LUNE DE PRINTEMPS

Bette Bao Lord

LUNE DE PRINTEMPS

ROMAN

Traduit de l'américain
par Pierre Alien

Albin Michel

Édition originale américaine :
SPRING MOON

Traduction française :

22, rue Huyghens, 75014 Paris

ISBN 2-226-01627-9

A
Mes parents chinois et américains,
Mon mari, Winston Lord,
ET A
Mon éditeur, Corona Machemer
Des dettes dont je ne pourrai jamais m'acquitter.

Personnages principaux

MAISON DES CHANG À SOU-TCHEOU

Talent Courageux, fils du Vénérable et de sa première épouse, la Vieille Dame
Vrai Talent, fils du Vénérable et de sa deuxième épouse
Noble Talent, fils du Vénérable et de sa troisième épouse, Aurore Soyeuse
Neige Parfumée, épouse de Vrai Talent
Lune de Printemps, fille de Vrai Talent
Pure Vertu, épouse de Talent Courageux
Vents d'Août, parent éloigné
Esprit Résolu, fils du fermier Lee
Bouboule, fidèle servante

MAISON DES WOO À PÉKIN

Fière Rectitude, lettré Hanlin
Lotus Enchanté, son épouse
Heureuse Promesse, son fils
Jade Lustré, fille d'Heureuse Promesse
Promesse Durable, héritier adoptif de Fière Rectitude
Muette, servante muette

La Maison des Chang
1892

A Cour de réception
B Hall des Ancêtres
C Jardin du Cyprès
D Cour du Cœur Sage
E Pont des Allées-et-Venues
F Cour des Vertus Féminines
G Jardin de la Flûte Pensive
H Quartiers d'Aurore Soyeuse
I Grotte
J Étang des Fidèles Compagnons
K Quartiers de la Vieille Dame
L Quartiers du Patriarche
M Quartiers de Noble Talent
N Bureau Ming
O Maison d'école
P Dortoir des garçons
Q Jardin des Échecs
R Quartiers des serviteurs
S Cuisine

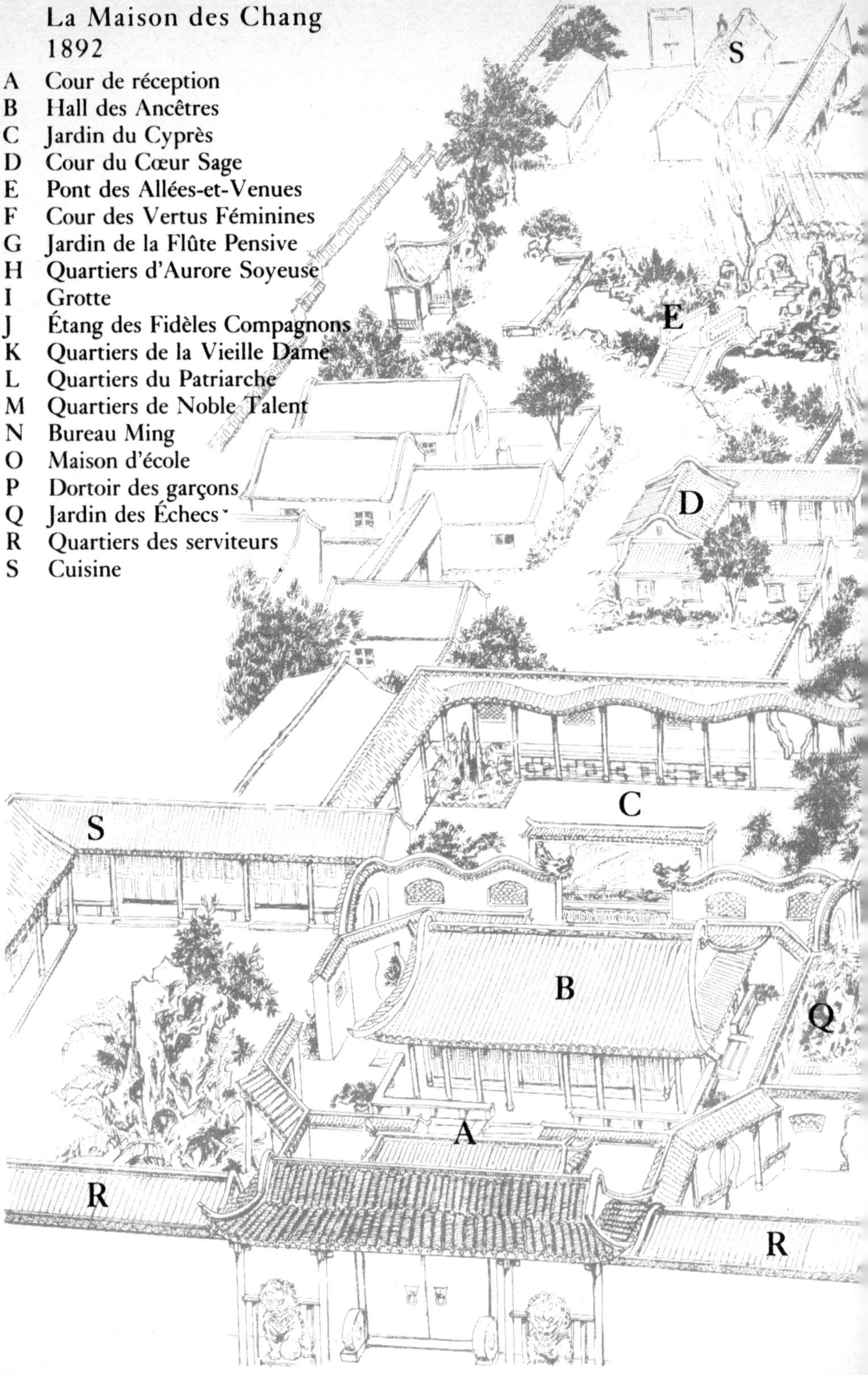

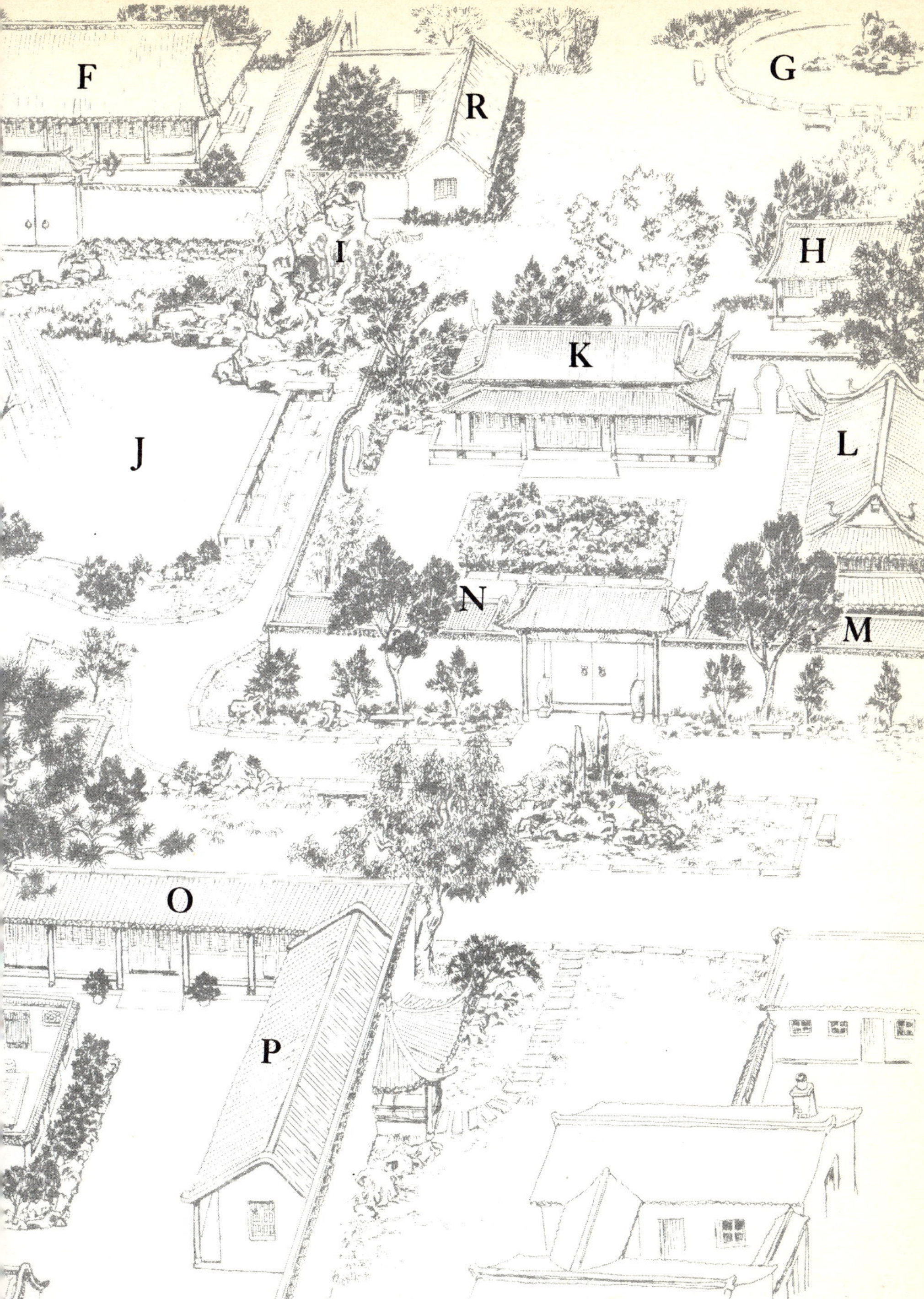

F
R
G
I
H
K
J
L
N
M
O
P

Prologue

Avant le commencement, c'était le chaos. Tous les sons, sans rien pour les entendre; toutes les formes, sans rien pour les voir. La nuit suivait la nuit dans l'infini des temps.

Quand ce fut le moment, Pan Koo, le géant endormi, émergea du chaos. A son réveil il s'offensa du vide et le fracassa d'un coup. Ce qui cède flotta vers le haut, ce qui résiste sombra, formant les Cieux et la Terre.

Le souffle de Pan Koo devint les vents et les nuages, sa voix le grondement du tonnerre, son œil gauche le soleil, son œil droit la lune, ses cheveux et les poils de sa barbe les étoiles, et la sueur de son front la pluie et la rosée. Les puces de son corps devinrent les hommes et les femmes. Ainsi commença le monde.

Trois maîtres divins vinrent aider l'humanité. Ils apprirent aux hommes à cheveux noirs à construire un feu, à pêcher, à chasser, à domestiquer les animaux, à cultiver la terre. Chacun régna pendant des millénaires. Puis le chaos revint, car leurs successeurs furent les princes de l'infériorité. Et, sans ordre, les hommes ne connaissaient pas de paix, et ne valaient pas mieux que des bêtes.

Enfin l'Empereur jaune monta sur le trône, restaurant la cité. De lui le peuple de Huang Ho apprit à creuser des mines et à frapper monnaie, à guérir les malades et à enregistrer la sagesse des hommes et le passage du temps. Son impératrice enseigna le secret de la fabrication de la soie.

Par la suite, pendant plus de quatre mille ans, des empires grandirent et déclinèrent, des dynasties s'élevèrent et tombèrent, des clans s'épanouirent et s'évanouirent, saison après saison, année après année. Et, toujours plus redoutés que les tigres, les inondations ou les esprits, c'étaient les temps du chaos, luan, *quand les rois n'étaient pas des rois, que les sujets n'étaient pas des sujets, que les pères n'étaient pas des pères, ni les fils des fils, que les maris n'étaient pas des maris ni les épouses des épouses, que les frères n'étaient pas des frères, que les amis n'étaient pas des amis.*

A l'époque du grand sage Confucius, le prince de Wu, en quête de gloire, parla ainsi à son Premier ministre : « Bâtis-moi pour mon royaume une nouvelle capitale qui sera le miroir du ciel et de la terre, où habiteront des lettrés vertueux et des femmes belles, et où, en temps de danger, les sujets et les biens seront à l'abri de l'ennemi. »

Et ainsi, située entre de riantes collines et des plaines fertiles, là où les fleurs s'épanouissent dix mois par an, s'éleva la ville forte de Sou-Tcheou, encerclée par un fossé. Comme le ciel elle avait huit portes pour les eaux; comme la terre, huit pour les piétons. Sur les hauteurs, une couronne de pagodes, et dans la vallée sillonnée de canaux, des jardins en perspective infinie.

Deux mille ans passèrent comme un jour. Alors, durant le règne de Wan Li, un étudiant pauvre et sa vieille mère s'arrêtèrent à Sou-Tcheou en allant à Pékin où il espérait réussir aux examens impériaux. Mais la femme tomba malade. Avant de mourir elle recommanda à son fils de l'enterrer dans le premier endroit possible et de se remettre en route pour accomplir sa destinée. Il fit ce qu'elle lui avait demandé. C'était près d'un étang où demeurait un couple de canards mandarins, d'une éternelle fidélité; la tombe fut marquée d'une ramille de cyprès.

Dans la capitale l'étudiant remporta tous les honneurs, mais jamais, en vingt-sept mois, un sourire n'éclaira son visage. Affligé par le souci de son serviteur, l'empereur s'en enquit. Le doyen des étudiants s'en expliqua. Tous ceux qui l'entendirent furent émus.

L'empereur l'envoya servir à Sou-Tcheou, où il pouvait être auprès de sa mère bien-aimée. A son arrivée il vit que le lieu de repos n'avait pas été dérangé et que la ramille était devenue un jeune arbre.

Il ordonna que les portes de sa maison soient construites au sud de l'arbre, et que celui-ci soit encerclé par les murs du jardin.

Histoire du clan

A L'OUEST LE SOLEIL resplendissait, et Lune de Printemps dormait. Il faisait frais dans sa chambre, à l'ombre du toit de tuiles vertes dont la courbe gracieuse s'écartait des murs antiques, et elle se pelotonnait avec satisfaction dans les recoins les plus profonds du lit, enveloppée par les rideaux de soie rose et le parfum du camphre. Sa respiration était imperceptible.

Tout d'un coup un rayon de soleil se glissa sous les tuiles et, par une persienne ouverte, trouva une fente dans les rideaux et vint éclabousser le lit. Sous cette caresse Lune de Printemps frémit et tira la couverture par-dessus sa tête. C'est tout juste si elle pouvait encore apercevoir la boîte rouge, et elle voulut se replonger dans son rêve. Mais il n'y avait plus moyen.

« Fleur de Prunier, appela-t-elle en rejetant les couvertures et en se redressant. Pourquoi as-tu laissé les rideaux ouverts ? Je faisais le plus merveilleux des rêves, et maintenant je l'ai perdu. »

C'était pourtant le meilleur des rêves, magique et frémissant. Des porteurs arrivaient, venus de très loin, avec un coffre en laque rouge. Sur son couvercle il y avait d'étranges caractères dorés qu'Oncle Aîné lui-même ne pouvait lire. « C'est un présent pour Lune de Printemps », dirent les porteurs. Elle devait attendre trois jours et trois nuits, l'avaient-ils prévenue, jusqu'à l'heure exacte de sa naissance, et la boîte s'ouvrirait d'un seul coup comme un marron grillé.

Et elle avait attendu. Mais quand l'heure du singe allait enfin venir, le soleil l'avait réveillée. Maintenant elle ne saurait jamais ce qu'il y avait dans la boîte.

Lune de Printemps soupira. Ce devait être quelque chose d'extraordinaire. Un noyau de pêche magique, peut-être, qui aurait chanté pour elle, ou un philtre pour changer les poivrons en friandises. Fleur de Prunier n'aurait pas dû laisser les rideaux ouverts, si peu que ce fût.

« Fleur de Prunier ? »

Toujours pas de réponse. Lune de Printemps éleva la voix.

« Fleur de Prunier, j'ai fini ma sieste. Tu ne dois pas dormir quand je suis réveillée. Réponds-moi. »

Elle écarta les rideaux. Il n'y avait personne dans la chambre.

« Fleur de Prunier ? Est-ce que nous jouons à cache-cache ? » Lune de Printemps se glissa hors du lit et jeta un coup d'œil en dessous. Il n'y avait là qu'un dé à coudre et la gourde placée au-dessous de l'endroit où elle mettait sa tête, pour écarter les esprits.

Lune de Printemps se redressa et s'arrêta un moment, en plissant le front. Puis, d'un geste rapide, glissant ses pieds enveloppés de bandelettes dans des souliers roses brodés et jetant sur elle sa *ta chin p'ao*, elle sortit sur la galerie qui longeait le jardin de la cour du Cœur Sage. Le jardin était petit, on ne pouvait pas s'y cacher, aussi alla-t-elle de porte en porte, regardant dans chaque chambre le long des trois ailes des logements de sa famille. Fleur de Prunier n'y était pas. Il n'y avait personne.

Où pouvait être la jeune fille ? Une peur soudaine fit battre le cœur de Lune de Printemps. Seul un serpent à deux têtes pouvait avoir enlevé Fleur de Prunier. A moins... et si Neige Parfumée avait eu besoin d'elle ? Est-ce que ce matin Bouboule ne se plaignait pas d'un mal de tête ? Peut-être Fleur de Prunier avait-elle été appelée pour servir Mère à la place de Bouboule.

Rapidement l'enfant se glissa par la porte de l'Éventail, traversa la cour des Bambous Silencieux, réservée à la famille des neveux du Vénérable, jusqu'au pont des Allées-et-Venues et la cour des Vertus Féminines. En approchant des grandes colonnes rouges qui marquaient l'entrée elle pouvait entendre le bourdonnement des commérages et le claquement des carreaux de mah-jong. Pendant un moment elle hésita.

Et si sa mère perdait encore devant Troisième Grand-tante ? Mais elle pouvait aussi avoir gagné et être de bonne humeur. Résolument Lune de Printemps traversa en quelques pas la galerie vers la porte ouverte.

Sur le seuil elle hésita encore, essayant de repérer Fleur de Prunier ou Neige Parfumée au milieu des grand-mères, mères, veuves, épouses, concubines, filles, jeunes esclaves et domestiques qui vivaient toutes ensemble dans les trente cours sous le toit ancestral. Son regard passa rapidement sur les trois fiancées, sur Petite Tante de Tien Tsin qui peignait des fleurs sur un éventail de soie. Petite Tante ne voyait pas sa belle-sœur singer derrière son dos son regard concentré et son air pincé, pour le bénéfice de la Vieille Dame. Et cette femme desséchée ne laissait voir par aucun signe qu'elle l'avait remarqué, bien que chacun sût que rien ne lui échappait. Elle était assise entre deux jeunes esclaves dont les traits délicats et l'élégante vêture témoignaient de la richesse et du niveau social de la maison, au centre exact de la pièce.

Au grand soulagement de Lune de Printemps, Neige Parfumée n'était pas avec Troisième Grand-tante qui, au son de sa voix, était sûrement en train de gagner. Mais il n'y avait aucun signe non plus de la jeune esclave; ses yeux se portaient d'un groupe à l'autre et elle était reprise par la peur. Enfin elle repéra la soie prune que, des années plus tôt, Neige Parfumée avait élue pour sa couleur préférée et à laquelle désormais elle restait fidèle. Sa mère brodait près de la fenêtre ouest, où arrivaient encore les derniers rayons de la journée. Lune de Printemps se faufila dans la foule.

« Mère ! » Elle tira la manche de Neige Parfumée. « Mère ! »

Neige Parfumée donna une tape à la main indiscrète. « Que fais-tu, vilaine fille ? Se précipiter en coup de vent, interrompre tes aînées sans même les saluer ! Tout le monde pensera que j'ai négligé mes devoirs. Tu vas jeter la honte sur nos ancêtres ! »

Lune de Printemps courba la tête. « Mille pardons, ma mère ! » Elle se détourna et marcha lentement vers la Vieille Dame.

Toute l'attention de la vieille femme se portait sur Cinquième Petite-nièce qui regardait l'ourlet de sa tunique pendant qu'on l'instruisait de la conduite convenable en l'attente d'un heureux événement.

« ... et rappelle-toi, pas d'aliments hachés de peur que le bébé ait des dispositions au laisser-aller... »

Lune de Printemps attendit d'être reconnue.

« ... et pas de pensées tristes de peur que le bébé ne s'en ressente. » La vieille dame inclina la tête. « Tu peux aller prendre le thé maintenant. » Elle se tourna vers Lune de Printemps.

Lune de Printemps rougit, se rappelant tout à coup qu'elle ne s'était pas lavée après la sieste. Grand-mère le saurait naturellement. Elle savait toujours. Mais on ne pouvait jamais dire ce qu'elle pensait parce que la poudre de riz cachait l'expression de sa physionomie aussi complètement que le masque d'opéra cachait le visage de la poupée qu'Oncle Aîné lui avait donnée avant de partir au loin. Quand la vieille dame la regardait, Lune de Printemps se sentait aussi petite qu'une graine de sésame.

« Eh ! bien ? »

L'enfant avala sa salive puis s'inclina profondément. « Bon après-midi, Grand-mère. Pardonnez-moi de ne pas vous avoir convenablement présenté mes devoirs quand je suis entrée. »

La vieille dame sourit, ayant soin de ne pas écarter les lèvres qui auraient laissé voir ses gencives sans dents. « En effet tu parais excitée. »

Lune de Printemps respira.

« Qu'y a-t-il, mon enfant ? »

A cette invitation les paroles se précipitèrent. « Oh ! Grand-mère, Fleur de Prunier est perdue. Je ne peux la trouver nulle part. »

Le groupe de femmes qui se trouvaient à proximité s'arrêta tout d'un coup de coudre et de bavarder, de manger et de jouer, pour regarder de son côté et écouter.

« Ne sois pas sotte, mon enfant. » La vieille dame ne souriait plus. « Elle doit être quelque part dans notre maison. Peut-être dans ta chambre en train de te chercher. »

Incapable de bouger, Lune de Printemps regardait sa grand-mère boire son thé à petites gorgées; elle avait l'impression que c'était elle qui était avalée.

« Eh ! bien, y a-t-il autre chose ? » La vieille dame attendait. Il n'y eut pas de réponse; elle parla plus rudement. « Parle, enfant, parle ! »

D'une voix tremblante Lune de Printemps obéit. « Mais, Grand-mère, elle n'était pas là quand je me suis réveillée. Je pensais qu'elle serait ici mais je ne la vois pas. Il doit être arrivé quelque chose. J'ai peur que quelque chose... »

Lune de Printemps balbutiait. Les yeux de la vieille dame, rétrécis jusqu'à n'être plus que des fentes, cherchaient dans la pièce le parent responsable. Tout de suite Neige Parfumée se leva pour remplir sa fonction et, en la tirant par l'oreille, mit à la porte son impudent rejeton.

Tous les yeux suivirent cette sortie. Pas d'autres bruits que le tintement des bracelets d'or aux bras de Neige Parfumée.

A l'abri des colonnes rouges la mère gronda. « Tu es toujours à te mêler des affaires de la famille, Lune de Printemps. Une bonne fille ne pose jamais des questions si impertinentes. » D'un geste elle renvoya l'enfant.

Lune de Printemps ouvrit la bouche pour protester, mais sa mère fronça les sourcils, la mettant au défi de proférer le moindre son. C'était inutile. Elle s'inclina et s'éloigna. Lentement elle revint sur ses pas jusqu'à l'appartement familial. Peut-être que Grand-mère avait raison, que l'esclave serait sur place.

Mais personne n'était assis sur la chaise peinte. Elle regarda dans la garde-robe en bois de rose et ouvrit les coffres en bois de santal, bien qu'ils fussent trop petits pour cacher quelqu'un de plus grand que le singe qui appartenait à Sixième Cousin. A la fin elle s'arrêta et se laissa tomber sur le *k'ang* de bambou de la jeune esclave.

Ses lis dorés lui faisaient mal, elle essaya de se masser les mollets comme le faisait toujours Fleur de Prunier mais elle n'avait pas assez de force dans les doigts. Fatiguée elle se renversa en arrière, essuyant une larme avant qu'elle pût tomber. Elle était trop grande pour pleurer. N'y avait-il pas plus de deux ans depuis son septième été, quand pour la première fois on avait utilisé les bandelettes pour lui bander les pieds ? Elle avait crié tant et plus alors, quand les quatre plus petits orteils avaient été ramenés sous la plante des pieds et la plante courbée sous le talon, jusqu'à ce que le pied fût presque plié en deux. « C'est pour ton bien, mon enfant, avait dit sa mère. Si belle, si riche, si dévouée à tes parents que tu puisses être, pas un homme n'épousera des pieds qui font floc floc comme un canard jaune. »

C'est Fleur de Prunier qui l'avait consolée, qui lui avait baigné les pieds dans des eaux médicinales, s'assurant que l'infection ne lui fît pas perdre un orteil. Chaque jour la jeune esclave l'emmenait sur son dos jusqu'à l'étang des Fidèles Compagnons où elle pouvait s'allonger sur la fraîcheur des rochers et jouer avec les carpes dorées.

Lune de Printemps sourit et s'assit. La grotte ! Pourquoi n'y avait-elle pas pensé plus tôt ? Autrefois, il y a très longtemps, Fleur de Prunier avait dit que c'était sa place favorite pour lâcher du *chi*. Peut-être y était-elle allée et avait-elle oublié l'heure.

Glissant bien vite du lit, Lune de Printemps ressortit en hâte.

Mais quand elle atteignit le jardin elle entendit un bruit, et s'arrêta pour écouter. Oui ! Elle l'entendit à nouveau, un bruit aussi léger que le pas d'un fantôme.

« Fleur de Prunier ? appela-t-elle d'une voix forte. Fleur de Prunier, c'est toi ? » Toujours pas de réponse.

Avec précautions elle fit le tour de la montagne miniature. Là, recroquevillée sur les genoux, levant le visage vers sa petite maîtresse, se tenait Fleur de Prunier. Elle essuya ses larmes avec le dos de la main.

« Fleur de Prunier ? » murmura Lune de Printemps. Elle n'avait jamais vu pleurer la jeune esclave, sinon aux funérailles, quand tout le monde se lamentait. Ce matin encore Fleur de Prunier n'avait pu s'empêcher de sourire car les cousines fiancées l'avaient classée comme beauté de troisième rang, ne relevant comme défauts que sa figure ronde et ses yeux rapprochés. Elle tendit la main pour toucher la joue de son aînée mais celle-ci se déroba.

« S'il vous plaît, laissez-moi, Petite Maîtresse. Je viendrai dans un moment.

— Mais qu'est-ce qu'il se passe, Fleur de Prunier ? Es-tu malade ? Mère appellera un docteur.

— Non, je ne suis pas malade.
— Alors pourquoi pleures-tu ?
— Je ne pleure pas. Simplement il faut que je pense.
— A quoi ?
— Ça n'a pas d'importance.
— Alors viens jouer. »

Fleur de Prunier secoua la tête.

« Tu dois. Tu es mon esclave. Tu dois faire tout ce que je te dis. »

Fleur de Prunier courba la tête. « Oui, c'est vrai. Je ne suis que votre esclave sans valeur. »

Jamais jusqu'ici elle n'avait parlé de cette façon, quoi que sa maîtresse ait pu lui dire. Tout de suite, Lune de Printemps lui prit la main et la porta à son cœur. « Non, Fleur de Prunier, tu es ma sœur. Je regrette, j'étais en colère. C'est parce que je t'ai cherchée partout. Qu'est-ce qui ne va pas ? Dis-le-moi, s'il te plaît. »

Fleur de Prunier ne fit que secouer la tête.

Lune de Printemps se pencha plus près et lui murmura à l'oreille : « Est-ce que Grand-mère a dit quelque chose qui t'a fait pleurer ?
— Chut ! » Fleur de Prunier mit sa main sur les lèvres de l'enfant.

« Ainsi, c'est Grand-mère...
— Nous ne devons pas parler d'elle...
— Ça m'est égal. Dis-le-moi tout de suite ! » Lune de Printemps élevait la voix.

L'esclave hésita puis haussa les épaules. « La Vieille Dame a dit que je devais aller dans une autre maison. »

Ainsi les larmes de Fleur de Prunier n'étaient pas de vraies larmes, après tout, mais des larmes rituelles, comme celles qu'on verse lors des départs. Lune de Printemps frappa des mains, applaudissant la performance, trop soulagée pour se fâcher de la supercherie. Comme elle avait bien pleuré, la petite esclave ! Elle avait été encore plus convaincante que les actrices à l'opéra du nouvel an.

« Mais ce sont de merveilleuses nouvelles, Fleur de Prunier ! s'écria-t-elle. Grand-mère t'a choisi un mari. Tu seras bientôt mariée et libre. Et moi... »

Elle s'interrompit. Son amie était secouée de sanglots silencieux, le visage enfoui à nouveau entre ses mains. Lune de Printemps était plus perplexe que jamais. Toutes les esclaves étaient mariées avant d'avoir vingt ans et Fleur de Prunier en avait déjà dix-sept.

« Pourquoi pleures-tu, Fleur de Prunier ? demanda-t-elle enfin. Nous nous sommes toujours attendues que ça arrive. Tu pourras revenir en visite. Je t'inviterai. Nous prendrons le thé dans le jardin et je... »

Elle s'arrêta car pendant qu'elle parlait Fleur de Prunier était devenue étrangement calme et quand elle leva les yeux, ils n'étaient plus brillants de larmes, mais ternes comme ceux du conteur aveugle.

« Vous ne comprenez pas, Petite Maîtresse, je ne vais pas être mariée.

— Mais tu viens de me dire...

— J'ai dit une autre maison, pas un mariage. Votre famille m'a promise comme concubine au Vieux Yeh. »

Mais Lune de Printemps ne comprenait toujours pas. La femme de Vieux Yeh, il est vrai, était racornie comme une crevette cuite, mais cela aurait pu être pire. Fleur de Prunier aurait pu être donnée à Loo le Boiteux ou au barbier qui louchait. Vieux Yeh était un lettré et il était très riche.

« Ne pleure pas, Fleur de Prunier, s'il te plaît. Pense à la dot que Grand-mère te donnera... Et jamais plus tu ne seras pauvre. Tu n'auras jamais à vendre ton enfant, pas même une de tes filles. Vieux Yeh est aussi riche... que nous. Tu lui donneras un fils. Et ce fils sera un lettré, j'en suis sûre. Il passera tous les examens impériaux, sera le doyen des étudiants, entrera même dans la forêt des Pinceaux Hanlin. Tous ses honneurs seront les tiens, et un jour tu seras la mère du Patriarche. Le destin y veillera. Tu peux même être plus honorée que moi. Alors c'est toi qui m'inviteras à prendre le thé. »

Mais sur le visage de Fleur de Prunier le regard n'avait pas changé et quand Lune de Printemps s'arrêta pour respirer, elle dit simplement : « Va-t'en, je t'en prie. » Sa voix était aussi unie que le melon *koo* et aussi amère.

« Est-ce que je ne peux pas rester avec toi ?

— Je t'en prie, va-t'en. Je viendrai t'aider à t'habiller pour le dîner. »

Lune de Printemps s'en alla à contrecœur, s'arrêtant tous les quelques pas pour regarder si Fleur de Prunier n'avait pas changé d'idée. La jeune esclave était ramassée sur elle-même sans bouger derrière la petite montagne, ses yeux sombres comme des fenêtres fermées à la lumière.

Lune de Printemps était résolue à comprendre mais n'osait pas déranger les femmes une seconde fois. Restaient les hommes du clan et les jeunes cousins. Les garçons devaient être à l'école et ne daigneraient pas lui parler même s'ils étaient au courant. Les hommes, elle les écarta un par un. Grand-père était malade. Son père, à cette heure, étudiait avec le lettré Tang. Les grands-oncles, envers elle, étaient disposés à l'indulgence, mais aucun, elle le savait, ne tolérerait d'être dérangé. Sauf... sauf peut-être Jeune Oncle. Il n'était pas comme les autres et elle était sa préférée. Qui d'autre avait reçu un éventail peint d'une carte de l'Empire, quand il était revenu de l'Académie militaire ? Peu importe que Bouboule ait dit à tout le monde que c'était seulement parce que les taches de couleur et les lignes en zigzag lui rappelaient le triste aspect des broderies de Lune de Printemps.

Rapidement, la petite fille se dirigea vers le jardin des Cyprès qui reliait les cours intérieures et extérieures du domaine familial. Arrivée à l'écran de marbre, elle s'arrêta et, faisant quelques pas en arrière, s'assit sur un banc de pierre à l'ombre du trésor du clan et attendit.

Elle venait ici presque chaque jour, Fleur de Prunier à son côté, pour écouter l'école du clan de l'autre côté du mur, essayant de trouver un sens aux sons que les garçons récitaient à voix haute, tous à la fois, mais jamais la même page. Elle savait que les débutants lisaient les formules des Trois Caractères et que les plus avancés étudiaient les principes de Confucius tirés des Quatre Grands Livres et des Cinq Classiques. Et elle savait que les écoliers ne comprenaient pas mieux qu'elle ce qu'ils psalmodiaient; leur maître n'expliquait un texte que quand chaque mot était su par cœur. Naturellement le maître ne lui aurait jamais rien expliqué à elle, une fille, pourtant pour Lune de Printemps, les sons de la leçon étaient ensorcelants et, là-dessus elle se fabriquait des histoires.

Aujourd'hui cependant, elle n'écoutait pas mais attendait avec impatience qu'un serviteur apparût qui pourrait entrer dans les cours interdites et demander à Jeune Oncle de venir la voir. Enfin il se fit un silence dans la classe et elle entendit un bruit de pas traînants. Le vieux jardinier était venu faire prendre l'air à l'alouette de Deuxième Grand-tante.

Lune de Printemps se leva et agita la main. « Vieux Jardinier, s'il vous plaît, venez ! » Pas de réponse, elle appela encore, plus fort cette fois. « Venez, Vieil Oncle. S'il vous plaît ! »

Le jardinier cependant continuait du même pas. Quand il arriva enfin près d'elle, il murmura : « Je ne suis pas sourd. Je vous ai entendue la première fois, Petite Maîtresse. Mais pourquoi aurais-je perdu le souffle à vous répondre puisque sous peu nous allions être côte à côte ?

— Vous avez raison. » Lune de Printemps savait qu'elle ne devait pas l'offenser si elle voulait lui demander un service. Les vieux serviteurs, disait sa mère, devaient être respectés, non commandés. Elle lui tapota le bras musculeux et bruni par le soleil : « Vous devez épargner vos forces pour émonder le jardin.

— C'est ce que je fais depuis que je suis venu ici il y a quatre générations. » Le vieil homme hocha la tête comme s'il avait triomphé dans la discussion.

Elle s'inclina profondément. « Vieil Oncle, vous avez servi ici plus longtemps que tout autre. Le clan est honoré. » Les yeux du vieil homme s'adoucirent, elle s'inclina et, levant les yeux sur lui, elle dit : « Vieil Oncle, voulez-vous faire une petite chose pour moi ? Cela prendra un rien de temps. »

Comme il ne disait rien, elle continua.

« S'il vous plaît, allez trouver Jeune Oncle et dites-lui que je dois le voir. C'est urgent. » Elle sourit avec espoir.

Il grommela : « Comment peut-il y avoir quelque chose d'urgent pour une enfant comme vous ?

— S'il vous plaît ? Avant qu'il soit trop tard !

— Vous êtes toujours à vous presser. Si ce n'est vous c'est quelqu'un d'autre. Écoutez un vieil homme. La nature donne la réponse. Rien ne vient à point quand les plantes sont forcées de fleurir hors saison. Alors comment mes jambes d'hiver pourraient-elles courir comme en mon printemps, hum ? Même pour vous ! Avez-vous pensé à ce qui arriverait à ce cœur en hibernation ? »

Lune de Printemps ravala son impatience. « Vous avez raison, Vieux Jardinier. Pas de hâte. Marchez aussi lentement qu'il vous convient. Je garderai pour vous l'oiseau chanteur. »

Il caressa sa longue barbe clairsemée, considérant son offre, avant de lâcher :

« Bon ! Pourquoi n'avez-vous pas dit ça plus tôt ? Nous n'aurions pas gâché tout ce temps. Je serais parti et déjà revenu. Mais vous parlez trop. »

Il s'éloigna en traînant les pieds et en hochant la tête si fort que sa barbe se balançait.

Certaine qu'il était en bon chemin, Lune de Printemps se rassit sur le banc. Elle plaça soigneusement la cage de bambou à côté d'elle et regarda le petit oiseau brun sauter d'un perchoir à l'autre. Au bout d'une minute il se posa sur la petite balançoire pour lancer les trilles de son chant vespéral. Quand la dernière note vibra dans l'air, il tourna la tête de côté et l'inclina vers Lune de Printemps pour l'inviter à lui répondre par une chanson. Elle chanta le premier air qu'elle avait appris, la chanson d'un homme venu du même village que Fleur de Prunier.

> La neige tombe au nouvel an,
> A chaque porte des lampes rouges,
> Les familles sont réunies,
> Mais il est parti construire la Grande Muraille.

L'oiseau inclina la tête, il ouvrait son bec pour recommencer à chanter quand le jardinier revint avec Noble Talent.

Comme Jeune Oncle avait l'air sévère quand il ne souriait pas ! Pour un moment Lune de Printemps se demanda si elle l'interrogerait, après tout. Mais elle n'avait pas le choix. Elle se mordit les lèvres, sauta sur ses pieds et s'inclina avec respect. « Merci d'être venu, mon oncle. Merci pour tout votre dérangement, Vieux Jardinier.

— Ce n'était rien, Jeune Maîtresse. De plus j'avais promis de montrer au maître les progrès que j'ai fait faire à l'alouette en son absence. » L'oncle et la nièce regardèrent Vieux Jardinier se pencher pour lever le loquet de la cage. L'oiseau tourna la tête et sauta sur la véranda. Soudain il prit son vol, hors de vue, par-dessus le mur du jardin. Le jardinier pouffa devant leur étonnement, puis ramassa la cage. « Patience. Simple question de patience, mes jeunes amis. L'alouette m'attend derrière la rocaille. » Tous deux le regardèrent disparaître par la porte du Trèfle.

« Tu voulais me voir, Lune de Printemps ? » demanda Noble Talent.

Elle leva son regard vers lui, si droit, si grand dans sa longue robe de soie bordeaux, comme les bannières que, pour le nouvel an, on suspend aux poutres dans le hall des Ancêtres. Elle se demandait par où commencer.

« Eh bien, Petite Nièce, qu'y a-t-il ? »

Lune de Printemps respira profondément. « Jeune Oncle, pourquoi ne portez-vous plus votre uniforme ? Il était merveilleux. »

Il rit. Voilà, c'était mieux. Il devrait rire plus souvent. Elle le prit par la main et le fit asseoir sur le banc, à côté d'elle, pendant qu'il répondait à sa question.

« Eh bien, il semble que mon père et toi vous soyez seuls de cet avis. Le reste du clan pense que l'uniforme ne convient qu'à un barbare ou un homme de la plus basse classe.

— Pourquoi le pensent-ils, Jeune Oncle ?

— Tu as sûrement entendu dire qu'"avec du bon fer on ne fait pas des clous, avec de bons hommes on ne fait pas des soldats".

— Est-ce vrai, mon oncle ?

— Non, pas toujours à mon avis, mais aussi je n'ai pas les idées de la plupart des gens. » Il sourit, comme s'il la mettait dans le secret. « Mais tu m'as fait venir, ma nièce. De quoi s'agit-il ? »

Sa façon encourageante de lui presser la main lui permit enfin de formuler sa question. « S'il vous plaît, oh ! s'il vous plaît, dites-moi pourquoi Vieux Yeh me prend mon esclave. »

Du coup il cessa de sourire. Jeune Oncle avait laissé la place au plus sévère des généraux. « Notre famille l'a promis et nous devons tous honorer notre engagement.

— Mais Fleur de Prunier est si malheureuse. Elle pleure tout le temps. Elle n'a jamais pleuré avant, ce n'est pas comme les autres. Est-ce qu'on ne pourrait pas donner Bouton de Miel ou Fleur Bénie ? Elles se tortillent et piaillent chaque fois qu'un étranger se montre à la porte de derrière.

— Possible mais elles ne rachèteraient pas notre parole...

— Ce n'est pas juste. Les bonnes filles ne doivent pas être données à des vieux comme concubines ! »

Noble Talent se leva d'un coup. Elle n'osait plus bouger. Qu'avait-elle dit pour le mettre en colère ? Il fit quelques pas dans la direction de l'écran de marbre, puis s'arrêta et s'immobilisa comme un acrobate en équilibre avant d'exécuter son tour le plus risqué. S'il vous plaît, pensa-t-elle, ne partez pas. Elle retint sa respiration jusqu'à ce qu'enfin il revînt à son siège et lui reprît la main. Il se passa un moment avant qu'il parlât.

« Ma nièce, tu ne comprendras pas et je ne devrais pas avoir de telles discussions avec quelqu'un d'aussi jeune, mais... j'étais le plus jeune aussi, jadis, et quand on ne vous dit rien, ce n'est pas facile... » Il s'éclaircit la gorge. « La nuit dernière, Deuxième Grand-Oncle est allé à une fête avec Vieux Yeh. Il a perdu toutes les parties de go. C'était presque l'aurore quand Vieux Yeh a proposé une dernière partie. Si Deuxième Grand-Oncle l'emportait, il regagnerait tout mais s'il perdait, Fleur de Prunier deviendrait la concubine de Vieux Yeh. Accord conclu. Deuxième Grand-Oncle a encore perdu. »

Cette explication n'avait pas de sens pour Lune de Printemps. Ce n'était toujours pas juste. « Pourquoi Vieux Yeh recevrait-il ce qui est à moi ?

— Parce que, ma nièce, Fleur de Prunier n'est pas à toi, dit-il doucement, presque tristement. Elle appartient à la maison des Chang. Tu es assez grande pour savoir que rien de ce que nous avons n'est à nous seuls.

— Mais... » Ses yeux étaient pleins de larmes et bien qu'elle se hâtât de contracter les paupières, l'une d'elles échappa et commença à rouler sur sa joue.

Il se raidit et se leva. « Maintenant, Lune de Printemps, il faut que je m'en aille. »

Inutile d'en dire plus. Elle se leva aussi et s'inclina rituellement, puis le regarda s'en aller jusqu'à ce qu'il disparût une fois de plus derrière l'écran. Il avait raison. Elle n'avait pas compris.

Elle resta assise un moment, pensive. Peut-être que Vieux Yeh ne savait pas combien Fleur de Prunier était malheureuse. Peut-être que si quelqu'un le lui disait, il changerait d'idée. Mais qui ? En fin de compte, elle se décida à risquer une autre réprimande de sa mère et retourna lentement vers la cour familiale.

Quand elle risqua un œil dans la chambre de ses parents et qu'elle vit Bouboule, la servante, apparemment en parfaite santé, en train de coiffer sa mère, le courage lui manqua. Neige Parfumée était fière d'inventer chaque semaine un nouveau type de coiffure et elle détestait qu'on interrompît sa toilette. Mais la chevelure formait toujours la vaste corolle d'un lotus comme déjà à l'heure du thé. Bouboule ne faisait que rentrer quelques mèches indisciplinées.

Lune de Printemps s'approcha de la table de toilette, ne comportant qu'une boîte à maquillage ouverte. « Mère, puis-je vous parler ?

— C'est presque l'heure du dîner, dit Neige Parfumée, jetant un regard entendu à la servante. Qu'y a-t-il de si urgent pour que tu me déranges maintenant ? »

Bouboule qui dirigeait la cour de la famille comme elle dirigeait son mari, Vieux Faucon, ne manquait jamais d'exprimer son opinion. « Votre fille, madame, devrait s'appeler Chèvre Agaçante. Nerveuse et entêtée. Ici elle s'en tire grâce à ses grands yeux noirs, mais chez sa belle-mère, ils ne lui rendront pas plus service que les yeux en vrille d'une souris. S'il vous plaît » — Bouboule se posa en suppliante, angélique, comme un bouddha ventru — « permettez que j'y sois pour le voir ! » Les deux femmes rirent.

Lune de Printemps tira brusquement la tunique noire de la servante. « Va-t'en, Bouboule, je veux parler à ma mère.

— Ma fille » — la voix de Neige Parfumée montait à l'aigu comme toujours quand elle était contrariée — « surveille tes manières.

— Oh ! elle ne fait que jouer, Maîtresse. » Bouboule était aussi prompte à pardonner que sa langue était acérée.

« Les enfants ne devraient pas être ainsi encouragés. Dis-moi, ma fille, qu'y a-t-il ? » Neige Parfumée consulta le miroir de la boîte à maquillage.

« Mère, je vous en prie, faites que Vieux Yeh me rende Fleur de Prunier ! »

Neige Parfumée foudroya des yeux le reflet de Lune de Printemps. « Tu es impertinente, mon enfant. C'est une affaire d'adultes. Ça ne te regarde pas. Il y a eu promesse. L'affaire est réglée.

— Cette promesse, il faut la rompre ! »

A ces mots les deux femmes pivotèrent et la fille se réfugia aussitôt derrière la masse de Bouboule, hors d'atteinte de sa mère.

« Comment peux-tu même penser une chose pareille ? » Comme si elle avait entendu elle-même sa propre voix, la mère s'arrêta et quand elle reprit, sa voix n'était plus si haut perchée mais froide comme l'eau du puits. « Que dirait-on si nous allions déshonorer notre nom pour une esclave insignifiante ? Nous perdrions la face pour des générations. Arrête de t'en mêler, ma fille, avant qu'il ne soit répété par toute la ville que tu es sans discernement et sans discrétion. Veux-tu ruiner tes chances d'un bon mariage ? La plus belle dot ne peut pas persuader une famille de prendre chez elle une faiseuse d'embarras. » Neige Parfumée se retourna vers son miroir. « Une autre épingle, ici, s'il te plaît, Bouboule. »

Il n'y avait plus rien à dire. Lune de Printemps tourna les talons et quitta la chambre, marchant lentement le long de la galerie vers la bibliothèque de son père et après, vers sa propre chambre. Quand elle atteignit la porte de Vrai Talent elle s'arrêta. Il était assis à son bureau, comme d'habitude avant l'heure du dîner, lisant l'un des milliers de livres, liés par des cordonnets, qui étaient soigneusement empilés sur des rayons le long des trois murs. Elle ne causait presque jamais avec lui, car il étudiait tout le temps. Pourtant, il rejoindrait bientôt ses aînés au dîner, il accepterait peut-être de s'interrompre. Et cette fois, peut-être, il pourrait l'aider.

Un rapide coup d'œil pour être sûre que sa mère et Bouboule ne regardaient pas, et elle entra dans la pièce.

« S'il vous plaît, Père, puis-je vous parler ? »

Vrai Talent ne répondit pas. Elle ne s'en étonna pas. L'esprit de son père était toujours quelque part ailleurs, peut-être à la cour du duc Ting, écoutant le Sage.

Elle répéta sa question. Toujours pas de réponse. Elle s'avança hardiment jusqu'au bureau et mit la main sur la page qu'il lisait.

Sur quoi il leva les yeux, un peu surpris. Son regard courtois se posa lentement sur le visage que levait vers lui son unique enfant. « Oh ! c'est toi ? Est-ce que ta mère me fait chercher ? Ai-je oublié un honorable invité ou une conférence du clan ?

— Non, Père, je viens vous parler de mes ennuis.

— Va voir ta mère. Elle saura ce qu'il faut faire.

— Mais elle n'y peut rien.

— Qu'attends-tu de moi, alors ?

— C'est Fleur de Prunier, Père. Elle a été donnée à Vieux Yeh. Je ne veux pas qu'elle s'en aille ! »

Perplexe, ses doigts remuaient les perles de jade, polies par l'usure, qu'il gardait sur son bureau. « Mais que veux-tu dire ? Qui est Fleur de Prunier ?

— Mon esclave !

— Oh ! alors, ce n'est rien, Lune de Printemps. Ta mère t'en donnera une autre.

— Je n'en veux pas d'autre.

— Ma fille » — Vrai Talent posa sa main sur l'épaule de l'enfant — « le Grand Sage a dit que le type d'homme le plus élevé cherche en lui-même ses satisfactions; l'homme inférieur cherche ses satisfactions chez les autres.

— Oui, mon père. Mais si c'est comme ça, pourquoi Vieux Yeh veut-il ma Fleur de Prunier ? »

Mais Vrai Talent avait déjà détourné les yeux. Sa longue face pâle se penchait à nouveau sur son livre, il suivait de son doigt mince les caractères qu'il lisait.

Lune de Printemps s'inclina. « Merci, mon père. » Elle tourna les talons et suivit lentement la galerie, du bureau paternel à sa propre chambre.

« Où avez-vous été ? » demanda Fleur de Prunier. Elle était assise sur le *Káng*, roulant entre ses mains une nouvelle série de bandelettes pour les pieds.

« Je suis allée partout pour essayer de faire rompre la promesse. Mais personne ne veut aider. » Lune de Printemps s'assit à côté de la jeune esclave et regarda ses mains.

« Vos aînés ont raison, dit Fleur de Prunier. Qui peut rattraper des paroles une fois dites ? Je ne me désolerai plus.

— Je ne te comprends pas, Fleur de Prunier. Qu'est-ce que ça veut dire ?

— Comment pourriez-vous comprendre ? » dit la jeune fille. Elle roulait les bandelettes de plus en plus vite. « Vous avez un chez-vous. Vous n'avez jamais dépassé les murs du jardin.

— Mais je donnerais... Je donnerais mes charmes porte-bonheur pour voir ce qu'il y a dehors.

— Non, vous ne le feriez pas ! »

Elle est plus loin que l'empereur, pensa Lune de Printemps, comme les maudites larmes lui échappaient une fois de plus. « S'il te plaît, Fleur de Prunier, tu me fais pleurer. »

Là-dessus la jeune esclave laissa les bandelettes et se tourna vers Lune de Printemps, soulevant doucement la face de l'enfant pour pouvoir la regarder dans les yeux. « Vous êtes trop jeune, Maîtresse, pour comprendre. Mais peut-être, quelque jour, vous vous rappellerez... » La voix de Fleur de Prunier se perdit très loin.

« Fleur de Prunier ? » demanda Lune de Printemps.

La jeune fille sursauta. « Oui ? » dit-elle, et puis : « Toujours jusqu'à ce jour, même après que mon père m'eut vendue et abandonnée, j'ai rêvé chaque nuit que si j'étais une bonne fille et que je travaillais dur, la Vieille Dame me marierait à un jeune artisan de la ville ou à un fidèle du clan. J'ai rêvé que nous serions bien assortis et que nous aurions des fils. J'aurais un foyer et ma vraie place comme belle-fille, épouse et mère. Grâce à ce rêve, d'être une esclave n'était plus important.

« Mais aujourd'hui, pendant votre sieste, mon rêve s'est brisé. Je ne serai jamais une épouse — rien qu'une concubine. Quand vous avez dit que j'aurai un fils et que par lui je serai honorée, vos paroles m'ont transpercé le cœur comme une lame. Voyez-vous, je n'aurai jamais de fils, jamais. Vieux Yeh est trop vieux. Il a déjà une femme et beaucoup de concubines mais pas d'enfant. Je serai un vase vide. Je n'aurai jamais une place à moi. Que Vieux Yeh meure ou que je lui déplaise, je peux être jetée dehors aussi facilement que l'eau du bain. Il n'y aura jamais plus de rêves pour moi. »

La jeune esclave se leva. Lune de Printemps ne reconnaissait pas l'étrangère qui ramassait les bandelettes et les rangeait dans la garde-robe.

Au dîner Lune de Printemps mangea peu et ne parla pas. Elle se rendit compte que les autres convives ne prenaient pas leur plaisir habituel à la taquiner, elle, la plus jeune des filles, mais l'observaient en silence comme si elle revenait parmi eux après une longue maladie. Fleur de Prunier allait et venait, servant sa maîtresse comme à l'accoutumée.

Alors au milieu du troisième service, elle remarqua que la Vieille Dame était absente du siège d'honneur. Elle se tourna vers Sixième Cousine et parla pour la première fois : « Où est Grand-mère, ma sœur ?

— Grand-père est agité. Elle le soigne. »

J'aurais dû aller à lui tout de suite, pensa-t-elle. Même malade,

Grand-père était le chef du clan. Tout ce qu'il déciderait serait exécuté sans question, sans délai. Si seulement elle pouvait arriver à le voir.
D'un geste, elle appela Fleur de Prunier et l'envoya demander audience au Vénérable.

Le Patriarche de la maison des Chang était couché dans son lit en bois de rose. Autour de lui s'affairaient médecins et serviteurs. Il souhaitait qu'ils s'en aillent car il était mourant et ils ne lui servaient à rien. Il leur aurait dit de partir s'il avait pensé qu'ils le feraient. Mais ils ne le feraient pas. Ils feraient semblant de lui obéir, à lui dont jadis le moindre mot faisait loi dans des provinces entières. Fonctionnaire revêtu des insignes de la Grue Blanche, il avait été traité avec déférence et respect, selon les stricts codes de l'étiquette. Maintenant...
Fatigué il ferma les yeux, se rappelant le refuge sacré que cette pièce avait été jadis, non seulement pour lui mais pour tous les autres patriarches avant lui. Il pouvait la voir sans ouvrir les yeux, dans le moindre détail. Tout y était symétrie, équilibre, harmonie : les écrans pliants en lattes de bois qui servaient de portes; les courbes élégantes des chaises à haut dossier qui se tenaient par paires à côté du bureau aux brillantes appliques de cuivre; les tableaux déroulés sur les murs sur lesquels les amis avaient échangé peintures et poèmes au fil des générations; les porcelaines que son grand-père avait collectionnées, le jade que son père avait amassé précieusement, les bronzes qu'il avait tant prisés étaient exposés dans des vitrines identiques, ouvertes; quant aux livres, le clan les estimait au-dessus de toutes les autres possessions.
Un vieil homme, ce qu'il lui fallait, c'était de l'ordre, pas ce chaos qui envahissait le sanctuaire de sa chambre. Domestiques, prêtres, esprits, première épouse — tout conspirait contre lui. Il n'était jamais seul, il y avait toujours quelqu'un, même quand il dormait.
Maintenant Bouboule se joignait à la foule, elle apportait un bouillon que son mari avait confectionné avec le pis d'une vache. Il pouvait en sentir l'odeur.
« Enlevez ça », dit-il, ouvrant les yeux tout grands. Il y avait du remue-ménage à la porte. Il fit signe au chef des domestiques. « Qu'est-ce qu'il y a ? Je ne suis pas assez malade pour qu'on ne puisse pas me dire ce qu'il se passe !
— Ce n'est rien, monsieur, rien qui puisse vous ennuyer. Ce n'est que Fleur de Prunier, une jeune esclave. Elle dit qu'elle a un message pour vous. Je lui ai dit de s'en aller. » Imbécile présomptueux. Perversement il décida de voir la fille.
Comme Fleur de Prunier avançait vers son lit, il lui fit signe de s'approcher davantage jusqu'à être plus près que tous les autres, à la place d'honneur, près des coussins qui lui tenaient la tête droite.

« Eh bien, jeune fille ? Pourquoi êtes-vous venue ? » A son grand ennui, sa voix chevrotait.

« S'il vous plaît, monsieur, je suis la servante de Lune de Printemps. Votre petite-fille m'a envoyée solliciter une audience. Elle aimerait vous souhaiter une bonne santé. »

Lune de Printemps. Même son nom était beau. Le Vénérable sourit. Stricts avec leurs enfants, les Chinois se prêtent aux caprices de leurs petits-enfants. Il la verrait. Mais avant qu'il pût parler, la Vieille Dame avait décidé : « Impossible. Le père de mes enfants a besoin de repos, pas de compagnie ! »

Le vieil homme la regarda. « Dites à ma précieuse enfant qu'elle peut venir, dit-il. Tout le monde dehors ! Y compris la mère de mon fils aîné. Dehors ! dehors ! » Il agita la main. Ils décampèrent comme des perdrix effrayées par une ombre. Lune de Printemps était à la porte qu'il ricanait encore à part lui, bien qu'il luttât contre le sommeil. Sa tête oscillait sur son cou mince et ses yeux clignaient rapidement.

« Grand-père, puis-je avoir la permission d'entrer ?

— Quoi ? Oh ! c'est toi, Petite-fille ? » Il eut tout à coup nettement conscience qu'il était mourant. Elle était si jeune.

« Viens, mon enfant. Viens. Assieds-toi près de moi et réchauffe-moi les mains, mon cœur. » La petite fille se hâta d'obéir, grimpant près de lui sur le lit, prenant dans ses mains les doigts jadis gracieux du vieil homme, maintenant noueux et tavelés, et plaçant tendrement sa joue sur la poitrine de son grand-père. Le vieil homme soupira.

Attentive à ne pas bouger, Lune de Printemps dit : « Je suis si triste que vous ne vous sentiez pas bien, Grand-père. Quelle maladie avez-vous ?

— La maladie de la mortalité.

— Mais bientôt vous irez bien, je le sais.

— Peut-être. Dis-moi, pourquoi es-tu venue me voir ?

— Grand-père. » Lune de Printemps oublia et releva la tête. « Il va arriver quelque chose de terrible. Ma Fleur de Prunier a été promise à Vieux Yeh. Je ne veux pas qu'elle parte. S'il vous plaît, faites qu'elle reste ou je mourrai de désespoir. »

Le Vénérable soupira encore. La petite était si innocente. « Non, mon enfant, tu ne mourras pas.

— Mais j'en mourrai. Je sais que j'en mourrai. »

Pendant un moment il ferma les yeux, essayant de se rappeler son premier désappointement. Inutile. Il ne pouvait pas se souvenir.

« Grand-père ? »

Il se souleva. « Non, enfant, tu ne mourras pas. Rappelle-toi que nous ne sommes pas des dieux qui peuvent façonner les événements. Nous ne sommes que des mortels qui doivent apprendre à ne pas entrer en lutte avec la vie mais à lui céder.

— Mais pourquoi dois-je céder aux désirs de Vieux Yeh ?

— Pour cause d'honneur et de devoir. Il y a là plus, beaucoup plus qu'il ne paraît, Lune de Printemps.

— Mais ce n'est qu'une dette de jeu, Grand-père. Jeune Oncle me l'a dit.

— Jeune Oncle aurait dû tenir sa langue. De plus il connaît seulement la peau qui recouvre les os. Crois-moi, je ne puis défaire ce qui a été fait. Je ne dois pas même essayer. »

Le vieil homme vit qu'il y avait maintenant des larmes dans les yeux de sa petite-fille. Un dernier don des dieux, pensa-t-il, cette sublime image de tout ce qui était jeune. Dernière douleur, être obligé de l'abîmer.

« Allons, Lune de Printemps, tu es trop grande pour pleurer. Laisse Grand-père te sécher les yeux et il racontera une histoire à sa préférée. »

Ses doigts tremblaient pendant qu'il tamponnait les larmes.

« Autrefois, il y a très longtemps, vivaient un homme et une femme qui désiraient un fils plus que tout au monde. Mais ils n'eurent pas de fils. Après plusieurs années de stérilité, la bonne épouse supplia son mari de prendre une concubine. D'abord il refusa. Finalement il accepta. Pourtant il n'y eut pas de fils.

« Ils vivaient dans une grande maison, possédaient des terres, avaient des richesses, c'était un fonctionnaire respecté, mais même les mendiants avaient pitié du couple sans enfant. Car il n'est pas en ce monde de destin plus terrible que de n'avoir aucun descendant. Comme l'homme était le dernier de sa lignée, même l'adoption était impossible. Sa femme et lui devaient avoir un fils ou être condamnés à errer, vagabonds pour l'éternité. Sans héritier pour balayer leur tombe, faire les offrandes et célébrer les offices, ils n'avaient aucun moyen d'assurer leur bien-être spirituel dans l'autre vie. Le couple priait jour et nuit pour un fils.

« Hélas, leurs prières restèrent sans réponse. Dans leur désespoir ils allaient jusqu'à prier pour avoir une fille, pensant qu'une grosse dot pourrait acheter à leur fille un mari venu d'une famille pauvre qui prendrait le nom de leur clan. Mais il ne naquit pas même de fille.

« Lorsque le fonctionnaire fut affecté à Loyang, loin de son *lao chia*, sa femme et lui vivaient porte à porte avec une autre famille qui avait un fils. Une année, à un moment où les deux maris étaient au loin pour le service impérial, une épidémie éclata. La mort frappait dans toutes les maisons. La peur était partout. La mort survenait si souvent, si implacablement, qu'il restait peu de monde pour enterrer les morts et les corps pourrissaient le long des rues. A la porte voisine la mère et le fils furent atteints. Tous leurs loyaux serviteurs avaient déjà succombé, les autres avaient fui. Ce fut la voisine sans enfant qui prit soin d'eux — faisant la cuisine, le nettoyage, les soins. Elle ne quitta pas leur chevet. Elle ne ferma jamais les yeux.

« Le soir du troisième jour, sans qu'on pût le prévoir, le garçon devint pâle, ferma les yeux, cessa de respirer et devint froid. Mais la bonne voisine ne voulut pas accepter la mort. Elle saisit la veste du garçon et courut dans les rues où les pillards, les fantômes et les bandits rôdaient en liberté, agitant le vêtement et criant : "Esprit de ce garçon, reviens ! Esprit de ce garçon, reviens !" C'est seulement quand elle n'eut plus de voix, que ses pieds furent à vif, qu'elle rentra à la maison. Elle trouva le garçon congestionné, mais vivant.

« La bonne voisine avait repris à la mort l'esprit du garçon. Et ce n'était pas même son fils.

« Maintenant la bonne voisine est vieille. Son mari et elle n'ont toujours pas d'enfant. Mais dernièrement elle a rêvé qu'une certaine esclave qu'elle connaissait, radieuse et forte, devenait la concubine de son mari, qu'elle en avait un fils qui serait son héritier. La bonne femme croyait que son rêve était un présage envoyé par la déesse Kouan Yin.

« D'abord le mari fut sourd à son souhait. Mais sa femme s'affaiblit et finalement il fut d'accord pour chercher le moyen d'approcher le clan auquel la jeune fille appartenait. Cela devait se faire indirectement car il n'est pas civilisé d'adresser à des amis qui ne peuvent refuser une demande d'importance. »

Le Vénérable s'arrêta, ferma les yeux un moment. La douleur était trop forte : dans ses yeux à elle, dans son cœur à lui. Quand il les rouvrit il pouvait à peine voir. Mais il lui fallait finir cette histoire. Il eut un chuchotement rauque, incapable d'éclaircir sa gorge.

« Ma petite fille, le garçon de cette histoire était mon fils aîné, ton oncle, Talent Courageux. La jeune esclave est Fleur de Prunier et la bonne voisine est la première épouse de Vieux Yeh. » Le vieil homme s'arrêta comme s'il attendait une réponse de l'enfant. Il n'y en eut pas et il continua. « Lune de Printemps, l'histoire n'est pas finie. Quelle fin lui donneras-tu ? »

Pendant plusieurs minutes il n'y eut d'autre bruit que la respiration pénible du vieillard. Alors l'enfant, d'une petite voix : « Grand-père, je voudrais n'avoir jamais entendu votre histoire. Avant, je savais ce qui était bien. Maintenant vous m'avez tout mis sens dessus dessous. Je ne sais pas ce qui est bien, ce qui est mal. Je ne veux pas choisir.

— Il n'y a pas de choix, mon enfant. Il n'y a qu'une fin qui s'impose. Nous devons honorer nos dettes. Seuls les dieux peuvent changer le destin. Toi, ma précieuse, tu dois céder. Céder, simplement.

— Vous faites paraître ça si simple, Grand-père, mais mon cœur se brise. » Lune de Printemps sanglotait maintenant sans retenue.

« Si ton cœur ne se brisait pas de temps en temps, Lune de Printemps, comment saurais-tu que tu en as un ? Les cœurs se brisent et se réparent puis se brisent et se réparent à nouveau, en un cycle sans commencement et sans fin. Aussi sûrement que l'aube sème le soir, le crépuscule sème l'aurore. »

Il essuya les larmes de l'enfant. Elle cessa peu à peu de sangloter et se calma.

« Cela paraît si beau quand vous le dites, Grand-père.

— C'est beau, dit-il pour elle et pour lui-même. Maintenant il est tard. Je dois dormir. »

Elle glissa du lit et s'inclina. « Bonne nuit, Grand-père. »

Ses yeux étaient déjà fermés.

Lune de Printemps sortit lentement de la chambre, retardant le moment où il lui faudrait expliquer à Fleur de Prunier ce qui s'était passé.

Que sa vie serait changée, pensa-t-elle, quand Fleur de Prunier serait partie ! Dans ses plus anciens souvenirs il n'y avait ni sa mère ni son père, elle se revoyait à cheval sur le dos de l'esclave. Même quand elle avait su marcher, elle avait souvent préféré se faire porter, bercée au rythme des pas de Fleur de Prunier, guidant la jeune esclave en tirant sur ses nattes comme si c'étaient des rênes. Pour la première fois, Lune de Printemps se demanda si cela faisait mal.

Elle passa le seuil. Fleur de Prunier l'attendait juste derrière la porte, debout, les bras le long du corps, haute et droite comme un arbre qui ne plie pas sous le vent.

La petite eut envie de courir à elle, elle ne le fit pas et se sentit soulagée parce que l'esclave restait silencieuse, la suivant à quelques pas de distance pendant qu'elles revenaient à leur cour. La soirée était d'une chaleur hors de saison. Le parfum du jasmin flottait dans l'air. Le ciel était clair, saupoudré d'étoiles. Derrière les murs du jardin quelqu'un jouait de la flûte.

Quand elles furent arrivées chez elles, l'esclave déshabilla l'enfant et prépara son lit. Lune de Printemps était complètement épuisée. Comme en rêve elle se glissa sous les couvertures. Son aînée lissa le couvre-pieds, écarta les cheveux de la figure de sa maîtresse et s'apprêta à quitter la pièce.

« Bonne nuit, Fleur de Prunier.

— Beaux rêves, Jeune Maîtresse. »

La première voix qu'elle entendit fut celle de sa mère. « Assurez-vous qu'elle garde la chambre. Elle ne doit pas voir. Vite maintenant ! »

Lune de Printemps se dressa et écarta les rideaux. Bouboule était à sa porte, haletante, essuyant sa figure ronde avec son tablier.

« Qu'est-ce qu'il y a ? Pourquoi es-tu là ? » cria l'enfant.

Bouboule se mit à gémir.

« Arrête et dis-moi ce qui est arrivé ! Où est Fleur de Prunier ? »

Bouboule se moucha et murmura une prière. « Votre mère va venir. Elle vous le dira elle-même.

— Dis-le-moi maintenant. Qu'est-ce qui se passe ? »

Comme Bouboule se contentait de secouer la tête, Lune de Printemps sauta du lit et courut à la porte. Bouboule l'agrippa mais la petite fille se libéra d'une secousse et lui échappa. Dehors, dans la cour, des gens couraient. Elle les suivit.

Dans le jardin du Cyprès la foule était silencieuse. Elle regardait bouche bée le vieil arbre. Lune de Printemps ne pouvait rien voir et personne ne s'écartait pour la laisser passer. Fiévreusement elle grimpa sur le dos de la tortue de pierre. De là elle vit.

Fleur de Prunier était pendue à une branche. Pour ce voyage elle s'était vêtue des plus belles soies, avec une écharpe de cérémonie autour du cou.

L'esclave avait réussi sa vengeance; la maison des Chang était humiliée. En honorant une dette elle en avait contracté une autre.

Le vieux cyprès fut abattu.

Le Vénérable mourut dans la semaine.

Ceci arriva à Sou-Tcheou, sous le règne de Kuang Hsu de la dynastie Ch'ing, pendant la cinquième lune de l'année du dragon, en 1892.

VENT D'OUEST

1

Le Nouveau Patriarche

On raconte que Yung Wing a été le premier à être appelé l'étudiant de retour au pays.

Dans son village il parlait le cantonais. A l'école de la mission il apprit l'anglais. Après avoir ingurgité la religion étrangère, il fut envoyé à Yale où il eut son diplôme à la promotion de 1854.

A son retour il endossa des « responsabilités que les yeux scellés par l'ignorance ne verront jamais » et rêva d'envoyer de plus en plus de jeunes Chinois étudier en Amérique. Dix-huit ans plus tard son rêve se réalisa. Le gouvernement envoya cent vingt jeunes garçons dans des foyers de Hartford, Connecticut. D'après le plan de Yung Wing, chacun devait bénéficier d'une éducation occidentale pendant quinze ans avant de retourner au service de la Chine.

Avant peu, comme Yung Wing, ils se transformèrent. Plus congrégationnistes que confucéens, ils prirent les vêtements occidentaux au lieu des robes du Royaume Fleuri. Avant peu, sentant le danger, l'empereur les rappela.

Mais déjà il était trop tard.

Déjà l'Empire était infesté de ports francs où gouvernaient les barbares, semant les mœurs étrangères.

Déjà les nobles Han, prévoyants, envoyaient leurs fils se faire instruire selon les méthodes étrangères, espérant ainsi sauver la Chine.

Déjà d'innombrables paysans pauvres, dans le district du Sud où vivait Yung Wing, s'embarquaient pour les montagnes d'Or, à l'autre bout du monde, envoyant chez eux argent, produits étrangers et idées nouvelles, de ces pays où l'on ne se prosterne pas devant l'empereur.

L'un d'eux devait être connu comme le père de la Révolution chinoise. Sun Yat-Sen s'embarqua à treize ans pour Honolulu où il ingurgita la religion étrangère. A son retour il détruisit les idoles des temples et bien qu'il eût étudié pour être docteur, il pratiqua ger ming, *la suppression de la vie.*

Histoire de Chine

TALENT COURAGEUX SE saisit de l'enveloppe que sa logeuse lui tendait et la mit dans sa poche.

« N'allez-vous pas la lire ? » Il y avait autant d'affection que de curiosité dans la voix de la dame.

« Je sais déjà ce qu'il y a dedans.

— Pas de mauvaises nouvelles, j'espère.

— Rien d'imprévu. Merci de m'avoir attendu. » Il fit un léger salut et s'engagea dans l'escalier.

« Allez-vous tout à fait bien, monsieur Chang ?

— Oui, très bien, merci. » Il monta lentement à sa chambre au troisième étage. Comme toujours l'odeur de la graisse de bacon devenait de plus en plus obsédante à chaque pas, mais aujourd'hui, pour la première fois depuis qu'il était venu vivre dans cette maison, elle l'écœura. Sa clé tâtonna dans la serrure.

Excepté son bureau, près de la fenêtre, encore éclairé par la faible lueur du soleil couchant, la chambre était dans l'ombre. Il ne donna pas la lumière mais ôta son manteau et sa cravate avant d'aller s'asseoir à son bureau, appuyant le télégramme au pied de l'encrier. Pendant longtemps il regarda l'enveloppe. Il s'était passé sept ans depuis qu'il avait dit adieu à son père. Maintenant il ne le reverrait plus.

Cette perte était attendue. Il avait lui-même affectueusement offert à son père, au soixantième anniversaire du Vénérable, le cercueil massif en bois venu des forêts de Liu Chow. Depuis longtemps les robes funéraires étaient prêtes, tissées exclusivement par des femmes doublement bénies par la perfection de leur broderie et par le bonheur d'avoir leurs pères, maris et fils toujours en vie. Et le Vénérable, après mûre délibération, s'était choisi un volume favori d'odes pour l'emporter au-delà des Sources Jaunes. Privilégié à la naissance par son nom et par son clan, il avait encore rehaussé l'honneur de ses ancêtres par ses services distingués et sa piété filiale. Il avait vécu harmonieusement. Il devait être mort content. Un fils ne peut demander plus. Talent Courageux était prêt à conduire son deuil.

Ouvrant l'enveloppe il lut : LE VÉNÉRABLE CHEVAUCHE LA CIGOGNE.

Il vérifia la date du télégramme et regarda son calendrier. Il n'y avait pas de temps à perdre. Il fallait qu'il soit à Sou-Tcheou avant le quarante-neuvième jour, il devait partir de New Haven aussitôt que possible.

Il se leva avec effort et alluma les lampes. Du placard il tira une malle et commença à emballer, remplissant méthodiquement les espaces vides avec les acquisitions de ses sept dernières années. Son esprit était agité de souvenirs qui étincelaient et s'éteignaient comme des diamants dans la nuit noire. L'orgueil dans les yeux du père quand son fils aîné parut devant lui, vêtu pour la première fois des robes officielles, portant l'insigne de Noble Aigrette brodé devant et derrière... La douceur du manteau paternel bordé de fourrure, et le jour où il s'était caché dans ses plis volumineux, un après-midi qu'il avait bouleversé les précieux chrysanthèmes de Vieux Jardinier. Le vêtement ne l'avait pas sauvé de la juste fureur du vieux serviteur. « Chaque fleur est pour lui comme un enfant, avait dit son père. Ne l'oublie pas. »

Tant de souvenirs ! La main du père touchant son front quand il était revenu à Loyang pour découvrir que son fils était presque mort... Les mots exacts du Patriarche, la nuit, peu après que la flotte du Sud eut été coulée par les Français, quand son père lui avait demandé de venir :

« Mon fils, je t'envoie en Amérique », avait-il annoncé.

Abasourdi, Talent Courageux était resté muet, les yeux fixés sur la fumée qui montait en spirale de la pipe à eau paternelle. Avait-il été si nul comme magistrat de district qu'il dût être envoyé au loin ? On ne pouvait nier que son administration n'avait plu à personne, ni aux autorités mandchoues, ni aux marchands, fils de Han, ni aux étrangers dont il avait étudié la langue et les mœurs.

Le Patriarche tira sur sa pipe. « Je t'ai étonné à ce que je vois. Alors laisse-moi te demander simplement combien de temps il me faudra pour finir cette pipe. »

Talent Courageux hésita.

« Eh bien, combien de temps ?

— Dix minutes ?

— Penses-y. En moins de temps que ça, notre flotte du Sud a coulé. Pour qu'elle renaisse, il faut que la Chine se modernise. Mais les conservateurs de Pékin ont fermé la Tung Wen Kuan aux études étrangères et rappelé de l'étranger tous les étudiants envoyés par le gouvernement. Nous qui nous opposons à eux, nous devons maintenant envoyer les nôtres à l'étranger, à titre privé. Toi, mon fils, logiquement, tu es candidat. Ta fiancée est morte, il se passera des années avant qu'on puisse t'en choisir une autre, par respect pour son clan. Tu as un esprit curieux.

— Mes frères ? Partiront-ils aussi ?

— Non. J'ai d'autres plans pour Noble Talent. La Chine a besoin de soldats modernes. Il s'enrôlera à la nouvelle académie militaire créée par le gouverneur de la province de Chantong. Nous avons la chance que tous les fonctionnaires ne suivent pas la ligne conservatrice de Pékin.

— Et Vrai Talent ?

— C'est un rat de bibliothèque et il restera à la maison. »

Le Vénérable avait fumé en silence jusqu'à ce que sa pipe fût finie, puis il la mit de côté, se leva et fit face à Talent Courageux qui n'avait pas bougé. Du ton solennel qu'on entendait seulement pour les rites du clan, le père prescrivit au fils son avenir.

« Tu voyageras en Occident. Tu étudieras les sciences étrangères. Tu viendras les enseigner à notre clan et partager avec nos compatriotes les secrets de leur force. »

Des semaines plus tard, le jour du départ, le Vénérable lui avait fait l'honneur de l'accompagner à sa chaise à porteurs. A ses côtés il était allé jusqu'à la porte, près de l'écran qui dissimulait l'entrée de la maison aux mauvais esprits, et il avait attendu que son aîné prît place dans la chaise. Il était resté près des lions en bronze, regardant les porteurs qui l'emportaient, jusqu'à ce que Talent Courageux ne pût plus distinguer ses traits dans le lointain. Il était toujours là, debout, mince silhouette droite, sa robe brodée étincelant à la lumière du soir, quand la chaise prit le tournant près de la pagode de l'Encre.

Le geste de son père avait été plus éloquent qu'aucune parole.

C'était l'aurore; les rayons et les tiroirs vidés, les malles bouclées, les caisses remplies de livres, Talent Courageux récupéra la petite valise de cuir sous le lit à colonnes où elle était restée sans y être dérangée, sinon par le balai de la logeuse, depuis le jour où il était arrivé à Yale, presque six ans plus tôt. Il y plaça les vêtements dont il aurait besoin en voyage, puis, très soigneusement, ses possessions les plus précieuses. Elles l'avaient accompagné d'hôtel en hôtel, d'Athènes à Paris et à Londres, partout où il était allé pendant les douze mois de l'obligatoire *grand tour* d'Europe, et finalement à New Haven.

D'abord, enveloppés de soie, il plaça sur le côté gauche les Quatre Trésors de la littérature, les épais pinceaux en poil de renard, leur support de jade, l'encrier sculpté en forme de feuille de lotus et les bâtonnets à encre que son père avait aimés.

Puis, entre deux robes, la photographie de la famille. Le portrait avait été tiré juste avant son départ de Sou-Tcheou : trois générations, cinquante-quatre membres du clan. Au centre son père et sa mère, raides sur leurs fauteuils en bois de rose. A leurs pieds, loin de la place qu'elle aurait dû occuper au milieu des enfants, la favorite du Vénérable, Lune de Printemps.

Pour finir, il prit la boîte en *cloisonné** qui était posée sur la table de chevet. Les branches de cyprès dessinées sur le couvercle en fils de cuivre, et colorées en bleu mahométan, étaient aussi brillantes qu'elles devaient l'avoir été le jour où l'empereur Wan Li avait offert ce jeu d'échecs au premier Patriarche de la maison des Chang. Jusqu'à ce qu'il l'eût reçu de son père, à son trentième anniversaire, il s'était demandé de temps en temps si son père, effectivement, choisirait son aîné pour lui succéder. Il y avait eu des cas, durant les trois cents ans rapportés dans le livre du clan, où un neveu avait été jugé plus digne qu'un fils.

Il ouvrit la boîte et passa les doigts sur les caractères copiés sur le Tambour de Pierre gravés sur les épais disques d'ivoire. Fantassin,

* En français dans le texte. (N.D.T.)

cheval, canon, ministre, général et roi. Il les reconnaissait encore au toucher. Une fois de plus il sourit, se rappelant une certaine fête de la mi-automne, quand son père était revenu de la capitale après plusieurs années d'absence. Lui-même avait vingt ans; Second Frère, trois ans de moins. Le Patriarche avait décidé un tournoi d'échecs après le banquet du Lièvre de la Lune, et les deux frères qui voulaient faire bonne impression sur leur père s'étaient échappés des festivités pour s'entraîner dans le jardin des Échecs. Troisième Frère, désireux de se produire, lui aussi, les avait suivis, bien que les trois petites tresses au sommet de son crâne rasé arrivassent seulement au haut de la table et qu'il ne comprît pas encore les mouvements des pièces.

Soudain leur père était survenu par la porte des Bambous, resplendissant dans une robe écarlate brodée de grues en vol. Les joueurs sautèrent sur leurs pieds. Le petit garçon s'enfuit.

« Reste ! » dit le père d'un air sérieux mais le rire dans les yeux.

Noble Talent s'arrêta court, lança un coup d'œil autour de lui et sur le signe du patriarche, se hâta de revenir à sa place, s'inclinant trois fois en faisant danser ses petites tresses.

« Reprenez le jeu ! » ordonna le père, mais les joueurs n'osèrent se rasseoir que lorsqu'il leur eut d'un signe indiqué leurs sièges. Il regarda en silence quelques mouvements et prononça : « Talent Courageux, ne t'attache pas trop à la méthode. Souviens-toi du but.

« Vrai Talent, cesse de te rappeler tous les mouvements possibles d'après les livres; pratique davantage.

« Noble Talent, rappelle-toi que l'attaque la plus efficace n'est pas toujours l'attaque directe; cultive la subtilité. »

Puis il s'en alla par la porte de la Feuille d'Érable, et quitta la cour si vite que ses fils n'avaient pas eu la moindre chance de lui répondre. Le Vénérable ne les avait jamais vus jouer auparavant.

Tant de souvenirs ! Talent Courageux referma doucement la boîte, l'enveloppant dans un linge fin, et la plaça dans la valise. Son père avait-il été encore capable de reconnaître les pièces les yeux fermés, ou l'âge, avant sa mort, avait-il émoussé le bout de ses doigts ? Il n'y aurait jamais de réponse. La partie dont il avait rêvé ne serait jamais jouée.

Une semaine plus tard à San Francisco, le nouveau Patriarche de la maison des Chang montait à bord du vapeur de Sa Majesté, *City of Peking*, en partance pour Changhai.

Le commissaire, un Anglais bedonnant, haut en couleur, le salua poliment, sans pouvoir cacher entièrement sa consternation de trouver un Oriental parmi les passagers de première classe, ni son soulagement quand Talent Courageux indiqua qu'il ne se joindrait pas aux autres pour le dîner, ni pour les autres repas. Avec une courtoisie excessive, il fit venir un des stewards qui se tenaient à sa disposition, la natte adroitement placée à l'intérieur de la blanche veste empesée. « Montrez à M. Chang le numéro 8. Occupez-vous de tout ce dont il peut avoir besoin. »

Embarrassé, Talent Courageux regardait debout par le hublot pendant que le steward faisait du zèle, passant sa main gantée sur les boiseries, empochant un bouton de rose fané, redressant un oreiller, plaçant la petite valise de cuir sur un porte-bagages, ouvrant le rideau qui cachait l'alcôve du cabinet de toilette. Le brouillard du petit matin qui enveloppait la ville s'était levé, laissant voir le soleil au-dessus des collines qui entourent la baie, telle une gigantesque pièce d'or dressée sur la tranche. Ce serait son dernier regard sur l'Amérique.

Il souhaita soudain avoir eu plus de temps. C'était sa première visite à San Francisco. Maintenant il ne connaîtrait jamais cette ville.

Quand pourrait-il à nouveau vagabonder à son gré ? Dans quarante ans ? Voûté, avec une barbe blanche tout emmêlée, libre enfin des exigences conformistes confucéennes et des responsabilités du clan, pourrait-il passer ses jours en ermite, à voyager dans les montagnes couvertes de brume, selon l'idéal taoïste ?

Le Vénérable n'avait jamais été libre. Son fils avait eu sept années. Trop de liberté pour un homme, peut-être. Il aurait besoin des quarante-neuf jours — trente-six maintenant — pour redevenir chinois.

« Maître, il y a eu erreur. Il n'y a qu'une valise ici. Si vous voulez me donner votre bulletin de bagages, je m'occuperai des autres immédiatement. »

Talent Courageux se secoua et se retourna. « Il n'y a pas d'erreur. Tout ce dont j'ai besoin pour le voyage est dans cette valise. Les autres peuvent rester dans la cale.

— J'espère que vous êtes satisfait de votre installation, monsieur ?

— Oui, c'est très bien. Mais j'aurais besoin d'une grande table rectangulaire, assez haute, à la place de ce bureau. Pouvez-vous m'en trouver une ?

— Certainement.

— Y aura-t-il du monde sur le pont, à l'aube ?

— Non, monsieur, seulement le groom qui promène les chevaux du lord anglais et la garde.

— Je ferai de la marche tous les matins, je reviendrai à la cabine à 6 h. A cette heure vous voudrez bien m'apporter mon petit déjeuner. Le déjeuner doit aussi être servi à midi; le thé à 4 h et le dîner à 7 h. Autrement je désire n'être pas dérangé.

— Les menus ?

— Peu importe. Avec du riz, des légumes frais ou en conserve et des fruits, cela ira. Pas de vin.

— S'il n'y a rien d'autre, je vais m'occuper de la table. » Le steward s'inclina et ferma sans bruit la porte de la cabine derrière lui.

Talent Courageux ouvrit la valise et se dépouilla rapidement du manteau, du veston, du pantalon et de la raide chemise étrangère. De la valise il tira une longue robe de soie beige.

Comme il en boutonnait le col montant, on frappa.

« Entrez. »

Le steward ouvrit la porte. « Votre table, monsieur. »

Pendant qu'on changeait les meubles, Talent Courageux se lava. Quand il rentra dans la chambre, il était seul.

Il sortit de la valise un rouleau de papier de riz et en couvrit toute la surface de la table, de telle sorte que le restant s'entassa à ses pieds. Ensuite il déplaça les Quatre Trésors et les rangea à sa gauche.

Retroussant ses manches flottantes il prit la carafe sur la table de nuit et versa de l'eau dans le verre. Il posa soigneusement le verre sur la table et versa un peu de cette eau dans l'encrier de pierre, goutte à goutte, pour ne pas dépasser la quantité correcte. S'assurant d'une bonne position il prit le pinceau dans la main droite, les bâtonnets à encre dans la gauche. Pour écarter les pensées importunes, il ferma les yeux et respira profondément.

Au travail maintenant.

Il fit longuement tourner un bâtonnet à encre dans l'encrier de pierre jusqu'à ce que le liquide noir et brillant eût la consistance convenable. Puis il humecta le pinceau, traçant quelques traits sur l'encrier jusqu'à ce qu'il fût satisfait de l'état des poils. Le pinceau bien en main, il s'arrêta, le bras étendu, au-dessus du papier.

Des taches noires maculèrent la feuille blanche. Sa main tremblait.

Rien d'étonnant. Quand avait-il, pour la dernière fois, pratiqué les arts anciens ? Il ne pouvait se le rappeler. Il n'avait eu de temps que pour les études nouvelles. Elles avaient été si importantes...

Dans ses lettres à la maison il avait fidèlement rapporté ses progrès en mathématiques et en physique de même que son étude de la philosophie occidentale qu'il préférait, à la vérité, à la physique et aux études techniques. Mais de ses inquiétudes croissantes, pas un mot. Plus il en savait, moins il osait en parler à son père. Était-ce possible de faire comprendre au Vénérable que les machines, qu'on l'avait envoyé étudier, n'étaient que la manifestation de la force des étrangers et non sa source ? Les racines s'enfonçaient dans la pensée occidentale, dans leur style de vie infiniment plus étranger que les chemins de fer et les moissonneuses, infiniment plus difficile à absorber pour un Chinois.

Maintenant, du moins, cette conversation lui serait épargnée.

Soudain il attaqua le papier, sculptant les mots de son pinceau — les mots qu'il avait dessinés quand il était petit garçon sous l'œil vigilant de son père. Répétant une fois encore, à l'infini, les traits du *na*, du *p'ieh*, du *k'ou*, la patte de mouton, la goutte de rosée tombant à la verticale, le bec d'aigle, le crochet comme une queue de dragon.

Quand le bateau appareilla, il n'y fit pas attention.

Après un voyage de trente-deux jours, le second jour de la quinzaine de la fin des temps chauds, le *City of Peking* jeta l'ancre en eau profonde au large de l'estuaire de la Whampoo. Au bout d'une heure, les passagers avaient embarqué à bord du chaland *Chiang Yung* pour les douze milles qui les séparaient de Changhai.

Ce matin Talent Courageux s'était vêtu avec soin d'une robe en soie gris tourterelle, restant de longues minutes devant la glace jusqu'à ce qu'il fût sûr de ne rien révéler de son excitation, celle d'un Chinois enfin de retour au pays. Maintenant il se tenait au bossoir, comme si cela eût pu le faire arriver plus vite chez lui, ses longs doigts fuselés reposant sur le bastingage, gardant la contenance sereine comme il convenait à un homme de Sou-Tcheou.

La Whampoo était la même que le jour où il s'était embarqué, debout déjà sur le bossoir. Les mêmes *lorchas*, vapeurs, remorqueurs, sampans et jonques, beaucoup avec d'énormes yeux ronds, peints à l'avant pour surveiller les démons du fleuve, se bousculaient dans une cacophonie de sirènes, sifflets et cornes de brume. A bord des sampans, des femmes pieds nus étaient accroupies devant des poêles à charbon, pendant que des enfants en sarraus de couleurs vives, avec des blocs de bois ou des gourdes creuses attachées à leurs petites personnes, en cas qu'ils tombent par-dessus bord, puisaient ou transportaient de l'eau. Des mouettes et des hommes en guenilles, armés de filets, se disputaient les ordures déversées par les vapeurs étrangers.

Devant lui, tout proche maintenant, Changhai et son horizon, plus Londres que Cathay. Le drapeau tricolore de France, l'Union Jack de Victoria, et non le Dragon impérial, flottaient toujours aux mâts alignés le long du quai, et sur les vastes boulevards de la concession britannique il pouvait voir les grands Sikhs coiffés de turbans rouges qui réglaient la circulation.

Le bateau, arrimé par des câbles, accosta le quai en douceur. Debout près de la passerelle, Talent Courageux attendait patiemment qu'on vînt au-devant de lui, pendant que les autres passagers se bousculaient, rassemblant bagages et enfants, échangeant des au revoir, jouant des coudes pour sauter à terre. A sa gauche un groupe tapageur de marins américains criaient et sifflaient vers des gens restés sur le quai. L'un d'eux se pencha dangereusement par-dessus la rambarde et ses amis firent mine de le soulever et de le lancer par-dessus bord, à la grande joie des spectateurs. Talent Courageux secoua la tête avec une grimace d'amusement. Quels enfants, ces Américains, avec leur gaminerie et leur chaleur facile ! Hommes qui donnaient des poignées de main à des étrangers, dames qui s'asseyaient et bavardaient à dîner avec des messieurs qu'elles n'avaient jamais vus auparavant, enfants qui jetaient des boules de neige à des adultes, quelle que fût leur situation : ils lui manqueraient.

Et pourtant il ne s'était jamais senti tout à fait à l'aise avec eux. Pas comme il l'était, par exemple, avec son jeune ami, Heureuse Promesse, lorsqu'ils étaient assis devant un échiquier l'un en face de l'autre, sans mot dire.

Le Vénérable lui avait écrit, il y avait à peu près un an, pour lui annoncer le départ d'Heureuse Promesse vers New Haven, pour commencer ses études à Yale, et il lui demandait « d'être un frère aîné pour le fils de mon vieux collègue ». Il n'avait pas trouvé la tâche difficile. Le jeune homme avait un charme désinvolte qui paraissait compenser sa propre réserve. Il était plein d'enthousiasme pour tout ce qui était occidental, même pour cette horrible activité appelée sport, et au fur et à mesure que le temps passait, il regardait l'avenir avec un optimisme quasi romantique. Très inhabituel, presque américain, mais chez un homme de cet âge, délicieux.

Talent Courageux, à part lui, esquissa un sourire. Le seul vrai ami qu'il se soit fait pendant toutes ces années à l'étranger. Un Chinois.

« Maître ! Maître ! » Derrière lui la voix parlait avec l'accent de Sou-Tcheou, et il se retourna pour trouver Vieux Jardinier.

« Mon ami ! » dit Talent Courageux ému par le sourire sur le visage du serviteur dont les yeux brillaient de dévotion pour le fils qui était revenu et pour le père qui était parti.

Les deux hommes s'inclinèrent protocolairement.

« Oh ! Maître, vous avez été absent trop longtemps, trop longtemps.

— Te voir c'est me trouver chez moi. »

Ils firent ensemble le restant du voyage, en remontant la rivière de Sou-Tcheou, à bord d'un *yuloh*. Soixante milles. Trois jours et trois nuits. Talent Courageux assis sur le pont se laissait bercer par le bruit du bateau, n'écoutant qu'à moitié Vieux Jardinier énumérer les rites qui devaient bientôt s'accomplir.

Pour le voyageur des pays lointains, la vie le long des méandres du fleuve semblait continuer à se dérouler selon un rythme éternel. Les buffles aveuglés continuaient à tourner les roues hydrauliques et les hommes à pousser à la perche les radeaux de bambou où perchaient de noirs cormorans tenus en laisse, cherchant dans les eaux brunâtres le poisson qui remplirait les paniers de leurs maîtres. En travers des bateaux d'habitation qui se pressaient le long des rives, chemises et pantalons d'un bleu passé jetaient leur note de couleur dans la brise estivale qui envoyait au voyageur, tantôt faiblement, tantôt crûment, les cris des enfants et l'odeur familière du poisson frit. Dans les champs, les paysans balançaient leurs houes selon un rythme plus ancien que la douce oscillation du yuloh, et chaque fois que le fleuve tourbillonnait contre un ou plusieurs rochers, des femmes accroupies bavardaient en faisant claquer le linge sur les pierres ou plumant de flasques poulets. A l'horizon, les champs de riz de la province de Kiangsou, émeraude et jade, saupoudrés d'oies blanches comme neige.

A la fin de chaque jour, quand des écheveaux d'or filtraient à travers les arbres, des volées d'étourneaux venaient se percher sur les poteaux et les fils télégraphiques. C'était la seule nouveauté. Et aussi le fait que lui, l'étudiant, soit maintenant le Patriarche. Son père avait dit : même dans le retour on trouve la séparation.

C'est au début de l'après-midi, un jour de marché, qu'après beaucoup de manœuvres, le yuloh réussit à mouiller à Sou-Tcheou, à la porte d'eau nord-ouest. Sur la place, une centaine de paysans tannés par le soleil étaient debout près de leurs paniers archipleins, faisant l'article à tue-tête; une centaine de colporteurs étalant leur marchandise sur des nattes de paille criaient non moins fort.

Les acheteurs, ceux qui n'avaient pas de chemise comme ceux qui étaient vêtus de robes tissées d'or, marchandaient pour un meilleur prix. Près du monument de la chaste veuve Kung, un musicien aveugle, debout à l'ombre d'une arcade de pierre, jouait, trompettait, tambourinait sur son *Busy-Ten*.

Bousculé par les bruits, les odeurs, la turbulence de la foule, Talent Courageux portait son poids d'un pied sur l'autre, avec impatience, attendant que Vieux Jardinier eût réglé ses comptes avec le batelier. Combien de fois était-il passé par là sans avoir jamais remarqué la vermine, l'ordure et le vacarme infernal ? Il raisonna : les marchés ne changent pas. C'étaient ses yeux et ses oreilles qui avaient changé.

« Pêches, pêches, douces comme le nectar de l'immortalité, pêches...

— Oreilles de nuages, yeux de dragon, boutons de lis...

— Racines de lotus garanties qui plairont même aux bureaucraties célestes...

— Soies des métiers de la Vierge Tisseuse...

— ... et qui plairont aussi à votre belle-mère !

— Canetons !...

— Os sélectionnés sur les tables des meilleures familles de la ville ! »

Il resserra sa poigne sur la valise qu'il avait insisté pour porter lui-même et se fit un passage entre deux groupes d'hommes désœuvrés dont l'un regardait un coiffeur en train de raser, l'autre, un écrivain public qui écrivait. Dans un petit espace libre, il brossa la poussière de sa robe et respirait un peu plus aisément quand, de derrière, il fut enveloppé d'une puanteur si atroce qu'il en eut la nausée. En se protégeant le nez il se retourna. Un mendiant abject se glissait furtivement de son côté. Le coiffeur, l'écrivain public et les spectateurs s'étaient dispersés à l'approche de l'homme.

Talent Courageux fouilla rapidement sa poche pour lui lancer une pièce de monnaie mais elle était vide. Qu'est-ce qui pouvait bien retenir Vieux Jardinier ? Le moment était mal choisi d'être sans un sou vaillant pour se protéger de ce tas de bouses et de haillons. Soudain le mendiant cessa d'avancer et inexplicablement retira la main crasseuse qu'il avait tendue. Un long moment ses yeux chassieux plongèrent dans les siens. Puis il cracha sur le sol et s'esquiva, se laissant tomber sur le sol derrière un porteur qui lampait un bol de soupe près de l'escalier du canal.

« Mon honorable monsieur, donnez-m'en une bouchée, rien qu'une bouchée.

— Va-t'en, va-t'en ! »

D'une saccade le mendiant se rapprocha. « S'il vous plaît, il y a des jours que je n'ai pas mangé.

— Va au diable ! Tu me coupes l'appétit ! » Le porteur abaissa le bol pour signifier à l'indésirable d'avoir à déguerpir. Ce fut l'occasion que saisit le mendiant. Rapide comme l'éclair il cracha dans le bol puis tourna la tête de côté et fit la grimace à la face de sa victime. Le porteur sauta sur ses pieds. Lentement, délibérément, il vida son déjeuner dans la fange et s'en alla la tête haute.

Talent Courageux le regarda disparaître dans la foule. Comme c'est chinois, comme c'est admirable ! pensa-t-il. Il n'y a que la soupe de répandue. En Occident le sang seul aurait réglé l'ardoise.

En riant, le mendiant d'un geste vif ramassa sur le sol les débris de légumes et de viande et s'en remplit la bouche. Quand ce fut fait, il se remit à fixer Talent Courageux avec à nouveau un visage de pierre.

Des minutes passèrent. Le mendiant ne faisait toujours aucun mouvement ni pour s'en aller ni pour se rapprocher. Talent Courageux se sentait de plus en plus mal à l'aise. Pourquoi devait-il se soumettre à cet examen prolongé et pénible ? Il regarda dans la direction du yuloh pour voir ce qui retenait le jardinier. Le vieillard était déjà en chemin et hâtait le pas.

« Maître, tout est réglé. Vos malles nous suivront par charrette après le déchargement de la cargaison. Nous pouvons aller directement aux chaises à porteurs. »

Montrant le chemin, le serviteur multipliait les signes de tête polis pendant qu'ils zigzaguaient au milieu des acheteurs. « Honorables citoyens, s'il vous plaît, faites place. » Un à un, les acheteurs devenaient silencieux. Sur chaque visage, le regard du mendiant.

Talent Courageux baissa les yeux sur son vêtement. C'était toujours le même. Il ne portait pas de chaussures étrangères. Qu'est-ce qui n'allait pas ? Il s'adressa à Vieux Jardinier.

« Oui, Maître ?

— Qu'est-ce qu'ils regardent ?

— Je vous demande pardon, monsieur. C'est vous qu'ils regardent.

— Est-ce qu'ils me connaissent ?

— Non, Maître.

— Alors, qu'est-ce qu'il y a à voir ?

— N'y faites pas attention, monsieur. Ce sont principalement des désœuvrés, les yeux leur démangent. » Le vieillard essaya de les écarter du geste mais les hommes de la ville ne bougeaient pas.

Talent Courageux tenta de saluer de la tête ceux qui encombraient la route devant les chaises à porteurs. Aucun n'y répondit. Déterminé à ne pas montrer son inquiétude, il marcha vers la bannière où se déployait le cyprès, ignorant les yeux qui le suivaient et la foule qui se refermait derrière lui. Il ne pouvait se souvenir d'une autre circonstance où il s'était senti si outragé. Même en Amérique, personne ne l'avait ainsi dévisagé. Lui avait-il soudain poussé des plumes ou des écailles ? De plus en plus angoissé, presque effrayé, il se demandait ce que ces gens feraient à un tel monstre. Il n'en avait aucune idée.

Enfin il arriva aux chaises. Les porteurs s'inclinèrent avec respect puis se raidirent. Dans leurs yeux le même vide.

Qu'est-ce que cela pouvait être ? Il se tourna à nouveau vers le jardinier. « N'hésite pas, vieil ami. S'il te plaît, dis-moi pourquoi ils me regardent comme ça. »

La tête penchée, le vieil homme répondit : « Ils ont rarement vu quelqu'un de votre distinction. Votre beau visage reflète la noblesse et le caractère de votre illustre clan.

— Va au fait.

— Mais mes paroles sont aussi pures que l'eau du puits impérial. Votre robe est aussi élégante que celle que les eunuques achètent pour la cour et...

— Et pourtant ? »

Vieux Jardinier riait maintenant ouvertement. « Ce sont vos cheveux. Ils se demandent tous comment un honorable étudiant Hanlin n'a pas de queue. Vos cheveux, Maître, sont aussi courts que ceux d'un singe barbare. » Se rappelant soudain les bonnes manières, le vieil homme se cacha la bouche derrière la main, mais sans pouvoir s'empêcher de pouffer.

Talent Courageux eut un sourire amer. Ainsi c'était ça. Il ne s'était pas fait couper les cheveux depuis qu'il avait quitté New Haven mais même comme ça il n'y avait pas de quoi en faire une queue. « Étranger ! » Leurs regards l'accusaient. « A ingurgité la religion étrangère. » Et il avait essayé si fort de redevenir chinois ! Pourtant à mesure que ses cheveux repoussaient pendant la traversée, il n'avait pas du tout pensé à une queue, mais à se couper les cheveux dès qu'il serait chez lui.

« Maître vous ne devez pas prendre ça à cœur. »

Était-il devenu si américain que ses émotions se vissent maintenant sur sa figure ? Il eut un rire forcé. Pour lui cela sonnait un peu creux mais cela parut convaincre le vieillard. « Mon ami, ils ont raison. Mes cheveux sont beaucoup trop courts. » Confus, le jardinier aida son maître à monter dans sa chaise et grimpa dans la sienne. Les deux chaises démarrèrent, abandonnant la foule.

Aïe, aïe ! il avait oublié ce que c'était qu'un voyage en chaise. Aussi désagréable que cette promenade en voilier à laquelle il s'était joint, l'an dernier, sur l'insistance d'un ami. Il sentait encore maintenant la bière et les œufs durs qui barbotaient dans ses intérieurs. Devrait-il rester encore cent ans en Amérique, il n'arriverait pas à apprécier ces activités éreintantes que les étrangers semblent chérir. Pour lui il y avait quelque chose de positivement incohérent à sacrifier sans raison son confort et à appeler ça plaisir. Il ricana. Peut-être était-il chinois après tout.

Mais c'est seulement quand la chaise quitta les grandes rues de la ville pour se balancer dans les ruelles tranquilles, entre les murs des jardins, qu'il commença à se sentir en harmonie, répétant en lui-même le nom des amis qui vivaient dans ces ensembles de cours, derrière les portes ciselées et les écrans protecteurs. Les Yang ont fait appel à son clan depuis des siècles; les Soong étaient la famille de sa fiancée morte, le Patriarche des Tang avait été dans la loge voisine pendant les trois jours et les trois nuits qu'ils avaient peiné sur le poème et l'essai lors des examens impériaux. Tous deux avaient obtenu le titre de Lettré en Bourgeon.

Avec une brusque secousse la chaise fit halte. Devant lui, la pagode de l'Encre, aussi familière que les toits ancestraux sur lesquels s'allongeait son ombre.

La valise à la main, il mit pied à terre, car il devait approcher son *lao chia* à pied, respectueusement. Il suivit lentement le mur de pierre jusqu'à la porte et aux lions de bronze qui l'avaient gardée depuis les dernières années de la dynastie Ming. Rien n'était changé depuis le jour où il était parti, à part les banderoles bleues et blanches qui, du toit, retombaient sur l'entrée, annonçant au monde qu'un membre du clan était mort.

Il était à mi-chemin quand un coup de vent agita les banderoles et lui envoya dans l'œil un tourbillon de poussière. Clignant des yeux il hésitait. Quand sa vue s'éclaircit il vit une silhouette debout à la porte, un homme qui n'était pas vêtu pour l'été mais drapé dans une cape écarlate brodée d'or. Est-ce que le fantôme du Vénérable attendait son fils, montant la garde là où il l'avait déjà fait, il y a si longtemps ? Avec la distance il ne pouvait distinguer ses traits et se mit à courir vers la porte. Oh ! père, ne vous fatiguez pas. Votre fils est de retour.

Mais avant qu'il eût pu l'atteindre la poussière se leva de nouveau et cette fois, quand il ouvrit les yeux, les banderoles retombaient flasques. La vision avait disparu.

Un instant après il était à la porte. Il posa sa main libre sur le lion de bronze et s'y appuya. Chauffé par le soleil, son contact semblait vivant.

Vieux Jardinier hors d'haleine se glissa silencieusement près de lui et alla de l'avant pour préparer le chemin. Aussitôt le son des gongs et des tambours éclata aux oreilles de Talent Courageux, annonçant le retour du fils, rappelant la mort du père. Il respira profondément. Il était de retour.

Faisant lentement le tour de l'écran des esprits pour pénétrer dans la cour de réception, il s'arrêta à l'entrée et examina l'espace vide, espérant une autre vision de son père. Il n'y avait là que les musiciens à gages et Vieux Jardinier l'attendant près d'une loge de concierge vide. Toute la maisonnée était auprès du mort.

« S'il vous plaît, Maître, pria le jardinier, par ici.

— Oui, bien sûr. » Talent Courageux hocha la tête d'un air absent. Dans l'ombre portée du saule était-ce lui ? Non, il n'y avait personne.

« Il est tard, Maître. Nous devons nous hâter. »

Il obéit, à la traîne derrière le vieillard qui le mena par une deuxième série de portes ouvertes dans la Grande Cour de la maison des Chang. Il s'arrêta encore, regardant comme en rêve le toit incliné aux tuiles vertes et les huit colonnes vermillon du hall des Ancêtres en face de lui. De nouveau il sentit le fantôme de son père qui maintenant lui faisait signe derrière les portes aux persiennes fermées. Il fit quelques pas à sa rencontre.

La voix de Vieux Jardinier l'arrêta. « Maître, s'il vous plaît. Par ici.

— Pardonne-moi, vieil ami. Je ne suis pas moi-même. Je me sens perdu ici.

— C'est bien compréhensible, monsieur. Alors, s'il vous plaît, allons-nous directement à votre appartement ?

— Oui, passe devant. »

Par la porte de la Bouteille, passant par le jardin des Échecs et la maison d'école, tournant l'écran de marbre... Talent Courageux s'arrêta brusquement. il ne pouvait pas se méprendre. C'était bien le jardin du Cyprès.Mais l'arbre n'y était plus. A sa place un étang de nénuphars lui barrait le passage. « Vieil ami, attends, s'il te plaît. Qu'est-il arrivé ici ? »

Le vieil homme ouvrit la bouche comme pour expliquer, puis la referma et reprit : « Par ici, monsieur, par ici. »

Talent Courageux n'insista pas. Il aurait dû être mieux inspiré que de s'adresser au vieux serviteur. Il ne pouvait compter que sur ses frères pour se faire conter les infortunes du clan.

Enfin ils arrivèrent chez lui. Il s'arrêta à la porte. Ici rien n'avait changé. La sobre élégance de la période Ming, dépourvue d'ornements, sauf les vases bleus et blancs sur les étagères, avait toujours le pouvoir d'alléger son cœur. En silence Vieux Jardinier lui montra les vêtements de deuil, le bonnet et les pantoufles de chanvre grossier déposés dans l'alcôve. Puis il se redressa cérémonieux, et resta un moment debout, les mains le long du corps, avant de s'incliner et de prendre congé.

En déballant sa petite valise et se vêtant de ses habits de deuil, Talent Courageux, une fois encore, répéta mentalement les rites. Vieux Jardinier les avait évoqués avec persistance en dépit de l'inattention du maître. Comme s'il pouvait réellement oublier de telles traditions. Comme si un Chinois le pouvait !

Quand le chant commença il était prêt.

Par la porte de la Lune et la porte du Trèfle, repassant l'écran de marbre, il revint sur ses pas dans le hall des Ancêtres. Le chant s'enflait, remplissait les cours. Les persiennes des portes étaient maintenant ouvertes. Il s'arrêta sur le seuil pour rajuster sa robe et se lisser les cheveux.

Plus de cent membres du clan, habillés de toile à sac blanche, coiffures et tresses défaites, les joues non rasées, étaient agenouillés en rangs sous la voûte sculptée du plafond, les hommes à gauche, les femmes à droite. Sur les côtés s'alignaient un grand nombre de saints hommes — moines bouddhistes en robe safran, taoïstes en noir. Le cercueil drapé de satin rouge reposait sur des tréteaux à l'extrémité de la salle, derrière l'autel. Depuis le troisième jour, son père enveloppé dans un manteau tissé d'or, brodé depuis longtemps, gisait dans la boîte de bois.

Pieusement, les yeux baissés, Talent Courageux s'avança vers l'autel et s'arrêta devant la table placée devant la bière. Sur elle, un portrait de son père et une tablette de bois avec son nom. Il se prosterna trois fois. Le chant cessa.

Un serviteur apparut avec un plateau de nourriture. Avec le cierge qui était déjà allumé, cérémonieusement, Talent Courageux enflamma les bougies et les bâtons d'encens, puis plaça sur la table les bols de viande, de légumes et de fruits, ainsi qu'une paire de baguettes. Il recula. Il cria par trois fois « O mon père ! » Par trois fois il se prosterna. La tête sur le plancher de bois, il entendit se mouvoir dans la salle les autres membres du clan. Tous les hommes de la maison des Chang, toutes les femmes se prosternèrent trois fois pendant que les prêtres entonnaient les prières pour le mort, ponctuant leurs paroles à coups de cymbales et de clochettes. Les femmes gémissaient et sanglotaient, de peur que le Vénérable parti pour les Sources Jaunes n'entendît pas leur douleur.

Avec l'obscurité les pleureurs quittèrent la salle, un à un, jusqu'à ce que Talent Courageux restât seul. Toujours à genoux devant le cercueil, il fit vœu de faire honneur à la maison de son père et de remplir son devoir dans le respect et le culte de leurs ancêtres, comme son père en avait fait vœu à son père et celui-ci au sien.

La paix était revenue dans la salle et dans le cœur du fils. Talent Courageux se leva et se dirigea vers les quartiers de sa mère. A l'entrée, il dit au domestique de demander audience en son nom.

Presque tout de suite il fut introduit dans le salon d'honneur particulier où sa mère, assistée par ses esclaves, était assise sur un fauteuil en bois de rose sculpté, ses lis d'or reposant sur un tabouret assorti. Maîtresse et servantes étaient pareillement drapées de chanvre blanc.

Il était à peine relevé de sa prosternation que sa mère se mit à le gronder. « Ainsi il fallait cela pour te faire revenir. Tu n'es qu'un vagabond, mon fils. » Son regard d'adoration démentait la sévérité de sa voix. « Viens ! Vite ! Que je puisse regarder à loisir ta vilaine figure ! »

Il s'approcha. « Eh bien ! mère ? » Il souriait presque. Elle, du moins, ne changerait jamais.

Elle avança le bras pour lui toucher le visage mais changea d'idée et le menaça de son doigt tendu. « Fils, fais-toi pousser une queue ! Les gens penseront que tu as été pris à vagabonder dans les cours intérieures. » Les jeunes esclaves gloussèrent. Rapide comme un serpent, la Vieille Dame tourna vers l'une et l'autre ses yeux étincelants, les transperçant toutes deux jusqu'à la moelle.

Talent Courageux jugea plus sage de changer de sujet. « Vous, ma mère, vous avez bonne mine. »

Elle se tourna vers lui. « Menteur ! Je n'ai pas fermé l'œil de sept semaines. Et comment ? Avec des centaines d'hôtes endeuillés à servir et à nourrir, des parents éloignés dont je n'avais jamais entendu parler — tous pauvres, bien sûr. Il fallait les loger et leur donner de l'argent. Sans parler des prêtres. Nous avons dû engager vingt-cinq aides supplémentaires. Si tu avais été ici à prendre ta part, j'aurais meilleure mine. »

Il baissa la tête. « Pardonnez à votre indigne fils. Je promets que jamais plus je ne négligerai les affaires du clan. »

Elle leva les mains au ciel. « Ha ! Tu ne m'as même pas donné de petit-fils. J'avais prévenu ton père de ne pas te laisser partir au bout du monde avant que tu sois marié. Maintenant, avec le deuil, on ne peut rien faire avant trois ans. A ce moment-là, tu seras un homme de quarante ans, l'âge auquel n'importe quel fils d'une piété convenable me présenterait des arrière-petits-fils. »

Ma mère bien-aimée en est restée exactement là où elle en était il y a sept ans, pensa-t-il. Il devait encore changer de sujet. « Mère honorée, tout a-t-il été fait pour les funérailles, demain ? »

La vieille femme ne fit pas mine d'avoir entendu. Elle fit signe à ses filles de l'éventer.

Il répéta sa question, plus haut cette fois.

Le volume de sa voix la fit tressaillir. Elle dit : « Oh ! nous ne pouvons pas célébrer si tôt les funérailles. Les astrologues sont en faveur d'une date plus tardive, peut-être l'an prochain.

— Mais la coutume, c'est quarante-neuf jours, et c'était aussi ce que souhaitait Père. Vous vous en souvenez, Mère, n'est-ce pas ?

— Depuis quand te soucies-tu de la coutume ? Selon la coutume je devrais examiner les offres des marieurs pour mon petit-fils. De plus les astrologues savent ce qui vaut mieux. Tiens, peu après ton départ, des démons étrangers sont venus, ils ont examiné notre pays avec des verres de sorciers et planté de grands poteaux avec des fils. Tous les astrologues de la ville ont mis les fonctionnaires en garde contre de telles pratiques, mais ils n'ont pas voulu les écouter. » Elle soupira dramatiquement. « Qu'est-il arrivé ? » Elle s'arrêta encore, attendant sa réponse. Comme il ne dit rien, elle répondit pour lui. « Simplement ce qu'on pouvait attendre. Les eaux ont monté et les récoltes ont été perdues. Craignez d'offenser les esprits du dragon. N'ai-je pas raison, mes filles ? »

Les filles opinèrent énergiquement.

Inutile de critiquer la foi de sa mère en la magie des astrologues. Cela ne donnerait rien. Il dit humblement : « Ma mère, comment pourrais-je faire des objections quand évidemment vous y avez beaucoup réfléchi ? »

Le sourire effleura à peine ses yeux mais qui la connaissait pouvait dire qu'elle était satisfaite.

En cas d'échec sur un point, le joueur tente un autre mouvement. Au bout d'un moment Talent Courageux demanda : « Comment va tout le monde ?

— Bien à cette heure. Jusqu'à ce jour ils passaient leur temps à entrer et sortir d'ici en courant, demandant après toi. » Avait-elle baissé sa garde ? Il le semblait.

« Y a-t-il beaucoup de mes cousines qui aient du bonheur ?

— Oh ! plusieurs. Au moins deux auront des garçons. Je peux le dire à la façon dont elles marchent. »

Voilà son ouverture. « Alors, Mère, je dois vite choisir une maison hors des portes de la ville, car vous avez toujours dit que cela porte malheur de donner la vie dans une maison où le mort gît encore. »

A l'expression de ses yeux il vit qu'il avait gagné, mais autrement elle ne laissa rien voir de son orgueil devant l'agilité d'esprit de son fils, ni de son exaspération à se trouver mise en échec. Simplement elle se tourna vers l'esclave la plus proche et lui ordonna de dire aux prêtres de préparer les funérailles.

A l'aube du jour dit, le cortège quitta les cours, menant sa route sinueuse à travers la ville, sortit par la porte piétonne de l'ouest, et prit les routes de campagne — bannières de condoléances, chaise à porteurs du Vénérable, son parapluie et son manteau, son portrait et sa tablette spirituelle, dix-huit moines bouddhistes, dix-huit prêtres taoïstes, sept lamas, deux orchestres complets, cent porteurs de présents pour les dieux, dix balayeurs de mauvais esprits, dix-huit hommes d'armes à l'épée flamboyante pour écarter les démons malveillants et trente-deux porteurs en habits de brocart vert et chapeaux à plumes rouges, supportant la gigantesque maison de soie qui abritait le catafalque — suivi par Talent Courageux, seul fils vivant de la première épouse, Vrai Talent, seul fils vivant de la deuxième épouse, défunte, et Noble Talent, seul enfant vivant de la troisième épouse, menant tous les mâles de la famille, à pied, et toutes les femmes dans des voitures fermées, puis la maisonnée tout entière, les amis, les employés et les fermiers de la maison des Chang.

La foule s'entassait de chaque côté de la route. Des coolies se frappaient le front, incrédules devant l'interminable défilé, les négociants saluaient avec respect la richesse des Chang. Les yeux des jeunes femmes et jeunes filles étincelaient à travers les fentes des fenêtres et des portes, elles gardaient ainsi la distance convenable sans manquer le spectacle. Les vieilles femmes bavardaient et ricanaient en désignant tel ou tel processionnaire, tout en gardant à contrecœur l'œil sur les gamins qui couraient vers les pétards et s'enfuyaient ensuite, comme des mouches attirées par la lumière et s'y brûlant les ailes. Beaucoup de boutiquiers et d'artisans avaient érigé des maisons de papier sur des tables comme sur des autels, le long de la route; devant chacune, une natte blanche sur laquelle les fils Chang s'agenouillaient pour reconnaître l'honneur ainsi rendu à leur père. Seuls manquaient les mendiants; le clan avait payé généreusement le chef de la Guilde des mendiants pour que leur odieuse et macabre présence ne vînt pas ternir l'imposante cérémonie.

La moitié du jour s'était écoulée que la procession n'était pas encore arrivée tout entière au cimetière familial.

D'après les astrologues, ce lieu jouissait d'un rapport privilégié entre le cours du fleuve, l'orientation des montagnes, la courbe de la chaussée, les esprits des arbres et la route du soleil et des vents. Génération après génération, les Chang avaient été enterrés là.

Quand le dernier des serviteurs fut arrivé dans le cimetière ancestral, le silence s'établit pour être brisé presque aussitôt par les lamentos stridents des musiciens. L'hymne funèbre montait vers le ciel, les hommes du deuil à l'intérieur, les femmes à l'extérieur dans leurs voitures formèrent un cercle pour regarder le cercueil transféré du catafalque dans la fosse peu profonde qui lui avait été préparée. Puis chaque homme du deuil jeta à son tour une poignée de terre dans la tombe et quand le cercueil fut complètement recouvert, les prêtres brûlèrent les dons, envoyant les chevaux de papier mâché, les serviteurs, les voitures, les porcs, les poules, la nourriture, l'argent, les luths, les livres, les jeux d'échecs, les maisons et autres agréments de la vie, vers les cieux occidentaux, à l'usage du défunt.

Pour finir, comme l'assemblée tombait à genoux, Talent Courageux dessina le point rouge sur la tablette de l'esprit qui, à la maison, ornerait l'autel, signifiant qu'un des trois esprits de son père résidait désormais pour toujours dans la maison des Chang, que le deuxième dormait dans la terre et que le troisième s'envolait au pays des Ombres.

Tenant la tablette devant lui, le nouveau Patriarche fit l'éloge de son père. « Mes péchés sont nombreux et haïssables, à cause d'eux je devrais mourir. Pourtant ma vie a été épargnée. Les dieux m'ont puni en faisant mourir mon père. Il est mort le cinquième jour de la cinquième lune de cette année sous les toits ancestraux. Mes frères et moi, nous versons des larmes de sang et nous courbons avec douleur nos cœurs vers la terre.

« Mon père est né... »

La voix de Talent Courageux était enrouée quand il eut fini d'exalter toutes les particularités de la vertueuse vie du Patriarche et d'exhorter l'assistance endeuillée à suivre son exemple.

« Nous vous dédions notre vie, ô Père, comme vous avez dédié la vôtre à la maison des Chang. »

Ainsi finit le séjour d'un homme en ce monde, ainsi fit-il sa venue au pays des Ancêtres.

La mort et le devoir ne peuvent se refuser.

L'année du dragon passa, et l'année du serpent, et celle du cheval, et pendant ce temps la maison Chang pleura la mort du Vénérable, s'habillant et se nourrissant simplement, renonçant à toute célébration de naissance et de mariage, retirée de la vie publique et des postes officiels. Ce ne fut qu'au jour du Pur Éclat, lors de l'année du mouton, en 1895, que les descendants s'assemblèrent pour balayer les tombes ancestrales avec des branches de saule fleuries, et que le clan rentra dans le monde.

2

Les Réformes

La tristesse du Chinois !
Ah ! ce dont je parle, c'est de la tristesse d'être chinois.
Non parce que les étrangers m'ont insulté,
Non parce que mon compatriote m'a opprimé :
Il n'a pas mis mon nom à l'index et ne m'a pas battu,
Il n'a pas dénigré mon nom et ne m'a pas insulté,
Simplement il s'avance vers moi face à face,
Fredonnant un air sans nom, et il passe.
Mais quand chez moi, je m'endors,
Il est dans sa maison, derrière le mur du jardin
Et fait sauter des pétards à double charge.

Chen Tso-jen, vers 1910

TALENT COURAGEUX FRISSONNA et enfonça les mains au fond de ses manches en s'avançant vers la porte le long des allées désertes. Il n'était pas trop tard pour faire demi-tour. Son poêle était chaud et un nouveau paquet de livres venait d'arriver de Changhai. Rien ne lui aurait fait plus de plaisir que de passer la matinée à lire. Mais le Patriarche ne pouvait pas se le permettre.

La cour de réception était déserte à l'exception des porteurs qui fumaient, recroquevillés contre le mur. Dans l'air glacé, leur respiration était aussi blanche que la fumée des cigarettes. A sa vue ils sautèrent sur leurs pieds et s'inclinèrent. Il leur fit un signe de tête.

De mémoire d'homme on n'avait vu un froid pareil. Même la veuve Wang n'était pas à son poste habituel, à côté de l'écran des esprits, en train de l'attendre pour déverser ses doléances contre tel ou tel fermier de la maison des Chang. La pauvre femme n'avait pas d'enfant et faisait métier d'être les yeux et les oreilles du propriétaire, espérant ainsi gagner sa faveur. Personne ne la prenait au sérieux, lui moins que quiconque. Néanmoins il fallait qu'il se rappelât de lui envoyer Bouboule demain avec une tranche de bacon, en retour de l'œuf de cane que la veuve lui avait apporté hier, avec son rapport. Il soupira. Les propriétaires pouvaient mal se permettre d'accepter les générosités de leurs paysans. En tout cas aujourd'hui, pas de solliciteurs : il allait pouvoir rendre visite au fermier Lee pour la première fois depuis quinze jours et s'acquitter ainsi de ses responsabilités de la façon la plus agréable. Lee était le seul fermier qui ne se targuait pas des privilèges de celui qui paie; ses paroles et ses actions étaient toujours ce qu'elles paraissaient être, aucune intention cachée ne s'y mêlait.

Relevant le pan de sa robe, Talent Courageux monta dans la chaise à porteurs. Le porteur de tête salua, ferma la porte puis lança un ordre à un jeune campagnard récemment engagé. Le jeune gars ne quitta sa place près du mur que pour se prosterner à plat ventre. « S'il vous plaît, Maître, ne me faites pas ça. Je ferai n'importe quoi d'autre. Mais, s'il vous plaît, Vieil Oncle... »

Le premier porteur répéta son ordre en grondant à voix basse. Le gars continuait à frapper de sa tête le pavé de pierre. Par complaisance Talent Courageux ferma les rideaux de la chaise, souriant à part lui. Maintenant le porteur, ne se sentant pas observé, pourrait dire ce qu'il pensait.

« Froussard ! avorton galeux d'un babouin bredouillard ! » Les mots furent suivis par un bruit de coups et un hurlement de douleur.

« Aïe ! Aïe ! Laisse ma queue tranquille ! Je viens. Ouh ! Ouh ! Ouh ! » Les cris étaient ponctués par les malédictions du porteur, quelque peu essoufflé parce qu'il traînait le corps maigre du jeune gars à sa place à l'arrière de la chaise. Il y eut un instant de silence menaçant. Puis une toux déchirante. Talent Courageux se demanda s'il n'était pas temps d'intervenir quand soudain le garçon poussa un autre beuglement. « S'il vous plaît, Maître, ne me faites pas marcher à nouveau sous du linge à sécher. Cette fois, pour sûr, il arrivera quelque chose d'affreux !

— Superstitieux rejeton de la fiente du chameau ! Ici, c'est une grande maison, une maison de lettrés. Si tu veux y travailler, marche droit et ne t'occupe pas de ce qui pend au-dessus de ta tête.

— S'il vous plaît...

— Oh ! hisse ! Aye ho ! cria le porteur de tête en prenant sa place.

— Oh ! hisse ! » gémit le gars.

La chaise fit une embardée et se balança autour de l'écran des esprits. Talent Courageux se fendit d'un large rire. Voilà un progrès ! Combien de mois lui avait-il fallu pour convaincre le porteur en chef qu'un pantalon au-dessus de sa tête ne présageait pas un désastre ? Cinq ? Dix ? Dommage qu'un langage si persuasif soit au-dessous de sa dignité.

Si seulement il pouvait faire de même avec le professeur qui menaçait toujours de le quitter plutôt que d'enseigner les mathématiques aux garçons. « Le trafic des nombres », comme il disait, « l'œuvre de petits employés et de commerçants fraudeurs ». Talent Courageux imagina la bouche cultivée du professeur, béante, vide enfin de couplets pédantesques et de métaphores obliques, après un mot ou deux tirés du répertoire du porteur en chef.

Quelques épithètes de ce genre dans la prochaine causerie du Patriarche au personnel des cuisines, à propos de l'hygiène, pourraient au moins les faire hésiter un moment avant de se cracher dans les mains et de les essuyer pour les sécher au fond sale de leurs pantalons. Il les imagina en tabliers immaculés, se lavant les mains dans les bassins qu'il avait fait installer plus de deux ans auparavant, et se servant pour une fois du savon qu'il leur avait appris à fabriquer, au lieu de le revendre sous la table à des marchands.

Toujours souriant, il se renversa sur son siège, jouissant d'une solitude rare. Elle lui rappelait la tranquillité de sa vie outre-mer. Là-bas personne ne l'avait persécuté avec des querelles à arbitrer ou des dettes à payer et il s'était accoutumé à vivre seul parmi les inconnus, au rythme suave de la langue anglaise.

Il secoua la tête. Chez lui depuis trois ans — et il ne pouvait toujours pas s'habituer aux accents stridents de sa langue maternelle. Le chinois avec son changement continuel de ton, son staccato de monosyllabes, était pour lui tambour, cymbales, gongs et cloches — une langue d'exclamations. Même dans le dialecte le plus doux, celui de Sou-Tcheou, la conversation ordinaire montait vite au fortissimo, et bien qu'il pût échapper de temps en temps aux visiteurs en quittant l'appartement du Patriarche pour son cher bureau Ming, il ne pouvait échapper aux bruits de la vie quotidienne chez les Chang.

Peut-être ne s'en serait-il pas tant soucié si quelqu'un avait eu quelque chose d'intéressant à dire. Mais sa famille, au moins pendant le deuil, avait peu à faire sinon ressasser certains sujets et se plaire à l'infini aux mêmes conversations. Ils discutaient sans cesse de l'habileté de différents cuisiniers, de l'insolence d'un domestique, des balourdises de l'ami d'un voisin. Des ragots. Rien que des ragots.

Chaque fois qu'il assistait à des dîners de famille dans la salle à manger des hommes, le sujet tombait tôt ou tard sur les étrangers. Cousin Aîné commençait, secouant soucieusement la tête. « Les barbares ne savent pas le premier mot du *jen*. Comment pourraient-ils espérer devenir un jour civilisés ? Rien que la semaine dernière, le frère de notre fille de cuisine a été congédié par son Anglais. C'est le privilège du patron. Mais s'il était un homme et non un barbare, il aurait permis au gars de sauver la face en le laissant s'en aller de lui-même. En Chine, même le plus sale voyou des rues ne donne pas un coup de pied à un ennemi en train de se noyer. »

Troisième Oncle ou Deuxième Cousin haussait alors les épaules et déclarait : « Mais comment pourraient-ils se conduire autrement quand leur gouvernement leur donne de tels exemples ? Les ministres de Victoria vendent de l'opium aux Chinois tout en en interdisant l'usage en Angleterre. Si la reine n'est pas vertueuse, comment le peuple le serait-il ? »

Tous alors déploraient ce que la Chine avait perdu dans la guerre de l'Opium, l'incendie du Palais d'Été, l'octroi des concessions — tous les cinquante-six, un à un.

Si Talent Courageux leur rappelait le meurtre de missionnaires sans défense ou l'édit impérial obligeant les émissaires étrangers à se prosterner devant l'Empereur jaune alors qu'ils ne se prosternent pas devant leurs propres rois, ils étaient prompts à rétorquer :

« Qui leur a demandé de venir ? Est-ce que l'empereur Chien Lung ne les a pas avertis dès le début que ni leurs biens ni leur présence n'étaient les bienvenus ? S'ils voulaient seulement rentrer chez eux, tout sous le ciel redeviendrait harmonieux. »

Le discours se poursuivait à l'infini, comme un jeu sans fin. Personne ne contestait que la Chine fût un fruit trop mûr, négligée, humiliée, prête à tomber dans la gueule des chacals étrangers. Personne, sauf Talent Courageux et Noble Talent, ne croyait qu'on pouvait faire quelque chose pour l'empêcher. La litanie était : « Pauvre Chine ! Pauvres fils de Han ! Une concubine mandchoue aux grands pieds derrière le trône ! Et des barbares au grand nez par tout le Céleste Empire. »

Vrai Talent n'était d'aucune aide. « Oui, disait-il, qui leur demande de rester ? Ils ridiculisent notre ancienne culture et nos sages, tout en prêchant les vertus d'un charpentier mort. Ils rient des tablettes de nos ancêtres mais ils adorent un dieu en trois esprits. Ils se moquent de la nourriture que nous sacrifions pour commémorer nos parents disparus, pourtant ils déclarent que le pain est la chair de Dieu et le vin, son sang. Cannibales ! Les convertis chinois ? Ah ! oui ! Dix ans de combats et vingt millions de morts avant d'avoir écrasé la rébellion chrétienne des Taipings. »

Si Bouboule servait, c'est elle qui avait le dernier mot. « Une tortue sans cou et sans yeux peut voir que ce sont des espions. Autrement, qui voudrait rester là où on ne veut pas de lui ? Des espions, rien que des espions ! Si jamais l'un de ces *yang kwei* me dit que je vais en enfer, je lui cracherai à sa face de pudding et je lui dirai : "Montre-moi le chemin." » Et tous de s'esclaffer comme s'ils l'entendaient pour la première fois.

Dans les premiers temps, Noble Talent avait été son allié dans ces discussions. Il comprenait la nécessité de se moderniser et avait un grand respect pour les instructeurs anglais et allemands de l'académie militaire. Mais dans les derniers mois, comme il devenait évident que le Japon avait l'intention de prendre la Corée, le jeune frère devenait obsédé, le pressant continuellement de lui donner la permission de retourner à son bateau, bien que la période de deuil ne fût pas encore terminée. « Je suis soldat. Mon rôle est de combattre l'ennemi sur mer. A quoi bon les réformes si le pays est occupé ? »

En tant que Patriarche, Talent Courageux avait dû rejeter ces appels. Comment aurait-il pu permettre à un membre de la famille de briser la plus sacrée des traditions ? D'autant plus que le clan ne manquait jamais de préciser que « même l'ancêtre honoré, le ministre de l'empereur, s'était retiré à Sou-Tcheou tant que le deuil avait duré ».

Maintenant Noble Talent restait assis sans mot dire, immobile, pendant les réunions familiales, ou bien il se retirait dans ses quartiers, comptant les jours et ne manifestant plus le moindre intérêt pour les efforts du Patriarche : introduire des réformes locales. « Qu'est-ce qu'un soldat connaît à l'agriculture ? » disait-il. Voulant peut-être dire, plus exactement : « Est-ce qu'un étudiant revenu d'Occident s'y connaît, lui aussi ? » Soupirant, Talent Courageux ouvrit les rideaux de la chaise pour respirer l'air frais.

Ils avaient dépassé les portes de la ville et se trouvaient maintenant sur un des nombreux sentiers qui s'entrecroisaient à travers les champs de la maison des Chang. Des deux côtés les champs de riz miroitaient, boue brune en cette période de l'année qui était la saison de la plantation. Le soleil de midi avait percé les nuages, les fermiers interrompant le travail des champs rentraient chez eux prendre un bol de soupe. Au passage de la chaise ils se rangeaient de côté avec un profond salut. Il faisait un signe de tête et souriait.

En sa présence les paysans étaient toujours respectueux et pour la plupart silencieux. Même le fermier Lee, toujours volontaire pour essayer une innovation, ne parlait pas beaucoup. Il riait, se grattait la tête, s'inclinait, faisait rarement une suggestion personnelle. Mais quand les autres virent que des âmes en peine ne hantaient pas Lee après l'installation d'une pompe mécanique à côté du tombeau des ancêtres, ils voulurent eux aussi utiliser la machine.

Dernièrement le fermier et lui avaient lancé un essai de coopérative pour réparer les digues endommagées, négligées par des fonctionnaires corrompus. Le clan, comme il l'avait fait dès le début, se plia sans enthousiasme à son désir et paya les outils et le matériel; Lee fournit les hommes. Grâce à la réparation des digues et au travail de la nouvelle pompe, les champs au printemps se couvriraient de plants de riz, et chaque rangée bien arrosée serait d'un vert luxuriant.

Comme la chaise oscillait pour tourner vers la chaumière, argile et paille, du fermier Lee, le son d'une jeune voix l'arracha à son agréable rêverie.

« Mère ! mère ! Honoré Maître arrive ! Honoré Maître arrive ! » Elle semblait venir de derrière la chaise. Se penchant, il aperçut le petit garçon qui agitait les bras et suivait la chaise en courant, sa tunique orangée s'agitant sur ses robustes épaules. C'était Esprit Résolu, quatre ans, le fils de Lee.

Au moment où il descendit, l'enfant avait disparu derrière le coin de la maison et les Lee se tenaient debout, groupe de bienvenue, tel un couvre-pieds fait de pièces et de morceaux, dans les bleus passés, avec une touche de rouge sur les tout-petits. Ils s'inclinèrent jusqu'à la taille, faisant craquer le capiton de paille qui rembourrait les différentes couches de leurs vêtements... « Bienvenue, Maître ! Nous ne méritons pas un tel honneur.

— Bonjour, mes amis. Avez-vous mangé aujourd'hui ?

— Nous allons bien, Maître. » Ils répondaient en chœur, s'inclinant encore. « Avez-vous mangé aujourd'hui ?

— Je vais bien aussi. » Il inclina la tête.

La grand-mère sans dents s'avança alors et lui présenta un bol d'eau chaude pendant que deux oncles décharnés se bousculaient à coups d'épaule pour avoir l'honneur de lui apporter une chaise et de la placer à l'ombre le long du mur. Quand le Patriarche but, les Lee se mirent à rire d'aise, hochant la tête avec contentement.

Soudain, de derrière la maison, Esprit Résolu apparut dans un tourbillon de poussière tirant un porcelet noir au bout d'une ficelle. Le petit garçon était déjà plus grand que ses deux frères aînés bien qu'il portât toujours aux oreilles les minces anneaux d'or de sa mère, pour tromper les dieux jaloux en leur faisant croire qu'il n'était qu'une fille, indigne de leur intérêt. A son cou s'étalaient des amulettes pour le préserver de la maladie qui avait failli le tuer quelques semaines plus tôt.

« Regardez, Maître Honoré, regardez comme M. Jambon a grandi !

— En effet le porc est vraiment digne d'un empereur. » Talent Courageux hocha la tête avec la gravité qui convenait.

Esprit Résolu en aurait dit plus mais sa robuste mère remonta sur son dos le bébé endormi et fit un pas pour prendre la main du petit garçon. Son fils devait se tenir à sa place.

« S'il vous plaît, n'emmenez pas le garçon, protesta Talent Courageux. Sa compagnie me fait plaisir. »

Esprit Résolu se dressa pour se grandir et son clan se mit à rire, puis il y eut un silence gêné. La mère le rompit avec une courbette. « Mon stupide troisième fils s'oppose à ce que quelqu'un d'autre s'approche de son porc. Il le nourrit de sa main et lui lave les pieds comme si c'étaient ceux du Bouddha.

— Honoré Maître. » Esprit Résolu s'inclina solennellement, très bas. Talent Courageux réprima difficilement son rire devant le petit derrière nu, dressé en l'air, qui se montrait par la fente de son pantalon. « Je veux que M. Jambon soit savoureux, Maître.

— Et tu peux être sûr que je donnerai un prix tout à fait spécial pour une saveur tout à fait spéciale !

— Oh ! non, Maître. » Le garçon secoua la tête si fort que sa courte natte se balança sur sa figure. « Jambon est un présent.

— Un présent pour moi ? »

Tout le monde acquiesça.

« Sans vous, Honoré Maître, dit la grand-mère, Esprit Résolu aurait rejoint ses ancêtres.

— Ce n'était rien. Le moins que je pouvais faire. »

La mère essuya ses larmes qui ruisselaient inévitablement quand elle repensait à la grave maladie de son fils préféré. « Vous auriez pu vous en aller, Maître, quand je vous ai disputé. Je pensais que l'hôpital étranger était un endroit maléfique. Je ne vous ai pas cru quand vous disiez qu'ils ne me prendraient pas mon enfant pour en faire de l'or. Pouvez-vous pardonner à cette femme ignorante ? » Elle tomba à genoux.

« Je vous en prie, levez-vous. Il n'y a rien à pardonner. »

Ceci terminait la conversation rituelle. Talent Courageux se leva et demanda Lee le fermier.

« Père n'est pas ici. Il s'est senti malade et il est allé tout droit au même hôpital.

— Quand ? » Ils se regardèrent. Un vieil oncle dit que c'était le jour de la pleine lune et sa femme, que c'était quelques jours plus tôt.

Tous étaient sûrs qu'il reviendrait bientôt complètement guéri. Ils hochaient la tête catégoriquement.

Leur foi récente mais absolue dans les pouvoirs magiques de l'hôpital de la mission effraya Talent Courageux. Il fit rapidement ses adieux et quand il fut hors de portée de voix, donna l'ordre aux porteurs de l'y mener directement.

Bâti en partie avec les fonds fournis sur son insistance, par le trésor des Chang, l'hôpital était une petite bâtisse de deux étages en briques rouges qui avait l'air d'avoir été amenée tout droit de New Haven, Connecticut, par quelque vent capricieux, et déposée au petit bonheur à Sou-Tcheou. La seule concession à l'environnement était le haut mur qui l'entourait. Au lieu de l'écran des esprits, il y avait au-dessus de la porte une plaque de bois qui portait HÔPITAL DE LA MISSION DES HOMMES DE SOU-TCHEOU, en anglais et en chinois.

Écartant d'un geste les porteurs, Talent Courageux traversa en flèche le vestibule, évitant des familles inquiètes qui avaient apporté des mets particuliers, interdits aux patients, et qui étaient maintenant accroupies le long des murs, se lamentant et se querellant avec le personnel. Il fronça le nez à l'odeur de maladie et de désinfectant qui se mêlait à celle des tisanes et du bouillon de poulet. La religieuse à cheveux gris, à la fois réceptionniste, traductrice et préposée aux renseignements, l'envoya à une chambre de derrière, portant le numéro 16.

La porte était ouverte. Lee le fermier gisait renversé sur ses oreillers dans le lit étroit.

La grande carcasse du paysan, pleine de vitalité seulement deux semaines plus tôt, paraissait creuse et frêle et sa figure avait la couleur d'une cosse sèche. Ses paupières étaient agitées par un tremblement nerveux. Un grondement montait de ses entrailles, sourd, intermittent.

Talent Courageux s'approcha du lit. La chambre minuscule était remplie d'esprits qui rôdaient, aussi chuchota-t-il sans s'en rendre compte : « Vieil ami, c'est moi, le Patriarche. As-tu mal ? Peux-tu parler ? »

Avec grand effort les yeux s'ouvrirent, se concentrèrent, l'éclair d'un sourire vint aux lèvres desséchées de l'homme. « Maître... »

Talent Courageux se pencha plus près. « Ne te fais pas de souci. Je vais parler au docteur. Tu auras les meilleurs soins possibles. Je le promets.

— Oui... Merci... » Soudain la respiration de Lee s'accéléra, à chaque respiration les pénibles grondements s'alourdissaient.

Talent Courageux se releva pour quitter la pièce : il devait chercher du secours.

« Restez... s'il vous plaît...

— Oui, bien sûr. » L'homme qui n'avait pas peur des fantômes craignait de rester seul. « Bien sûr, je reste. »

Talent Courageux tira son mouchoir de sa manche et se pencha pour essuyer le front du malade, puis hésita. La sueur dégouttait de la natte de Lee et tombait sur le sol. Il pourrait sûrement trouver de l'aide tout près, quelqu'un qui soulagerait le malade.

Portant son mouchoir à ses propres lèvres, Talent Courageux courut chercher du secours.

Il vit le médecin qui montait l'escalier. « Docteur, il faut que vous veniez. C'est Lee.

— Oui, je sais. » L'homme s'arrêta, hors d'haleine. Ses yeux rencontrèrent ceux de Talent Courageux.

« Y a-t-il quelque chose que vous puissiez faire ?

— Nous... » Le docteur secoua la tête. « Il est venu trop tard. »

A l'heure du coq le fermier Lee mourut. Le soir suivant son plus jeune fils vint dans les cours pour vendre son porcelet noir, trop petit pour valoir quelque chose. Le Patriarche en donna un bon prix. L'argent alla aux funérailles.

En revenant de l'enterrement, le nouveau porteur, descendant la rue, l'œil fixé sur un pantalon pendu au-dessus de sa tête, trébucha sur une pierre branlante et se cassa la jambe.

3

Les Souliers Ailés

Ma nièce, qui a six ans, s'appelle Mlle Tortue,
Ma fille qui en a trois, Petite Robe d'Été.
L'une commence à savoir plaisanter et parler,
L'autre déjà récite poésies et chansons.
Le matin elles s'amusent et s'accrochent à mes pieds,
La nuit elles s'endorment avec ma robe pour oreiller.
Enfants, pourquoi êtes-vous venues si tard au monde,
Venues à moi quand mes années sont écoulées ?
Les jeunes êtres attirent à eux notre tendresse,
Le cœur des vieux se laisse aisément capturer,
Le vin le plus doux à la fin tourne à l'aigre;
La pleine lune finit par décroître.
Ainsi chez les humains les liens d'amour et de tendresse
Changent parfois bien vite en tristesse et souci.
Mais tout au monde est entravé par les liens de l'amour;
Pourquoi ai-je pensé que seul j'y échapperais ?

Po Chu-I, dynastie Tang

QUELQUES SEMAINES APRÈS la mort du fermier Lee, à l'heure où le soleil passait au zénith, Talent Courageux était assis sur le tabouret à côté du bassin dans le jardin de la Flûte Pensive. C'était le quarantième anniversaire des douleurs de sa mère et tout le jour il s'était senti pris au piège du céleste filet. Maintenant ses yeux suivaient inlassablement une des carpes dorées qui s'élançait de nénuphar en nénuphar, faisant flotter ses draperies de mousseline.

Du moins, pensa-t-il, on lui épargnait les bons vœux à quoi les gens se croient obligés, en Amérique, à cette occasion; en Chine l'anniversaire est célébré le septième jour de la première lune. Habitude hautement civilisée. Ou l'était-ce ? Il secoua la tête. Il ne savait plus. Rien ne paraissait en harmonie. Rien depuis la mort du fermier Lee. Les lettres de ses amis « éclairés » s'empilaient sur son bureau attendant ses réponses mais il n'avait rien à répondre à leurs demandes d'appui et d'encouragements. Le matin des funérailles de Lee, la pompe avait gelé. Plus tard, les cérémonies terminées, il n'avait pas même su persuader un voisin de Lee d'envoyer sa fille à l'hôpital bien que tout le monde pût voir que sa jambe était déjà noire, infectée par la gangrène. L'homme s'était montré parfaitement logique. « Dites-moi qui voudrait épouser une femme avec une seule jambe ? Mieux vaut pour elle passer de l'autre côté des Sources Jaunes que de vivre une vie de mendiante. » Il n'avait pas dit que ni le médecin étranger ni le Patriarche n'avaient réussi à sauver Lee, mais c'était bien ce qu'il pensait.

Maintenant la fille était sous terre, elle aussi. Depuis sa mort, Talent Courageux avait lu et relu la lettre de Shen Chu-lien à sa fille morte, jusqu'à ce qu'il la sût par cœur. Ces mots le hantaient.

« Quand tu verras le juge de ce bas monde, joins les mains et plaide devant lui : "Je suis jeune, je suis innocente. Je suis née dans une famille pauvre et je me suis contentée de maigres repas. Je n'ai jamais gâché un grain de riz et je n'ai jamais délibérément négligé mes vêtements ou mes chaussures..." Je t'écris ceci maintenant mais tu ne sais pas encore lire. Je ne peux que pleurer sur toi et crier ton nom. »

Des mots tracés au pinceau trois cents ans plus tôt mais l'encre n'en était pas encore sèche ! Tant de petits fantômes !

Soudain il y eut un faible bruit. Il leva les yeux, surpris. Le bruit revint, plus fort cette fois, mais toujours bas. « Ho ! Ho ! Ho ! »

D'où cela venait-il ? Il regarda autour de lui. Personne. « Ho ! Ho ! Ho !

— Qui appelle ?

— Moi.

— Qui, moi ? » Il se douta que ce n'était que la voix d'un mortel.

« Lune de Printemps ! » dit-elle en se penchant derrière le rocher pour lui jeter un coup d'œil.

« Tu as failli causer ma perte. Et si tu m'avais fait tomber dans l'étang ?

— Je me serais sauvée !

— Tu m'aurais laissé me noyer ?

— Est-ce que vous ne portez pas le pantalon magique à vapeur venu d'Amérique, pour pomper, pour vous pomper jusqu'au rivage ? » lui rétorqua-t-elle en riant. Il secoua la tête, incapable de résister à son impertinence. Elle devait avoir écouté l'histoire qu'il avait inventée la veille pour expliquer un point de mathématiques, sujet que personne d'autre ne voulait enseigner.

Elle lui offrit une poignée de miettes et ils donnèrent ensemble à manger aux poissons.

Comme elle est gaie, pensa-t-il. Si différente maintenant de la créature aux yeux tristes qu'il avait trouvée à son retour d'Amérique. Si différente de celles de son âge, petites répliques de leurs mères et de leurs tantes. Lune de Printemps, c'était la joie, insaisissable comme elle.

« Regardez, Oncle ! » Elle le tirait par la manche et montrait du doigt l'étang. « Celui-là, avec les yeux qui ressortent. Je l'ai appelé Oncle Aîné, d'après vous.

— Parce que...

— Parce que... » Elle secoua les dernières miettes de ses mains et se tourna pour le regarder en face. « Vous n'aimerez pas ça, prévint-elle.

— Sûrement non. Sans ça tu ne l'aurais pas fait.

— Eh bien ! » Elle se pencha de plus près. « Chaque fois qu'un autre poisson s'approche, il s'enfuit et se cache. Quand il n'y en a pas dans le voisinage, il se glisse dehors et nage tout seul en secouant la tête. Tout comme vous. »

Le Patriarche rit. « Ta mère a raison. Tu es impossible.

— Mais vous m'aimez bien quand même, n'est-ce pas ? »

Il fit signe que oui, souriant. C'était vrai. La compagnie de la petite fille lui plaisait plus que celle d'aucun autre membre de la famille, et pourtant leurs routes ne se croisaient pas souvent. Jusqu'à la mort du fermier il était occupé de ses réformes et elle, sans doute, de ce que font les jeunes filles. Coudre son trousseau, à ce qu'il supposait, quoiqu'il doutât que Lune de Printemps se pliât de bon cœur à cette tâche. Il était trop souvent tombé sur elle en des endroits inattendus, comme cela venait d'arriver.

« Puis-je venir plus tard emprunter le livre d'images ?

— Celui qui a les machines à vapeur ? »

Elle fit énergiquement oui de la tête.

« Pourquoi t'intéresses-tu à celui-là plutôt qu'aux autres ? »

Elle ne parut pas entendre la question car elle demanda soudain : « Si la vapeur peut faire marcher les bateaux dans ce livre, Oncle Aîné, et les voitures qui courent sur des rails, pourquoi ne pourrait-elle pas faire des souliers ailés qui marcheraient sans me blesser les pieds ? »

Il regarda ses lis dorés. « Est-ce qu'ils te font toujours mal.

— Pas tellement, pas vraiment. Presque jamais. Je ne suis plus un bébé, vous savez. »

Elle se redressa et d'un regard hardi, elle le mit au défi de lui dire le contraire. Il ne put que secouer la tête pour reconnaître le fait.

Soudain elle se rappela autre chose. « Oncle Aîné ?

— Oui ?

— Grand-mère pense que les poteaux télégraphiques écorchent le dos du dragon et le rendent si furieux qu'il détruit les récoltes. Mais moi, je suis d'accord avec vous. Je pense que nous devrions construire un télégraphe à nous.

— Comment ferions-nous ça ? » Il était sincèrement curieux.

« Eh ! bien, je pourrais attacher une ficelle à une colonne de votre lit et la dérouler jusqu'au mien. Vous m'achèteriez deux clochettes, des petites, pour les attacher aux deux bouts. La nuit, quand les fantômes viennent, je peux tirer la ficelle et vous tirez de votre côté. Le son des clochettes les mettra en fuite.

— Ne serait-il pas plus simple de réveiller ton esclave ? »

Du coup son visage changea, aussi complètement que si elle s'était appliqué un masque de bois. Lentement elle secoua la tête.

« Mais pourquoi ? »

Elle haussa les épaules. « Parce que je n'ai pas d'esclave.

— Personne ne veut d'ennuis, c'est ça ?

— Non. » Sa voix n'était presque qu'un soupir. « J'aurais pu avoir celle que je voulais. Mère le disait. Mais celles qui sont venues, je les ai renvoyées. J'ai dit à tout le monde que je ne voulais pas d'esclave. Plus maintenant. Jamais. »

D'une voix douce il demanda : « Est-ce qu'il est arrivé quelque chose, Lune de Printemps ? »

Pendant longtemps, les yeux baissés, elle ne répondit pas. Il n'intervint pas. Elle avait l'âge maintenant pour avoir des pensées à elle.

Finalement elle leva les yeux et dit : « Quelque chose est arrivé avant votre retour. Ma Fleur de Prunier est morte dans le jardin du Cyprès. Personne ne peut prendre sa place. Personne. J'aime mieux avoir peur la nuit que de laisser quelqu'un d'autre venir dans mon lit. »

Vrai Talent ne lui avait pas dit que c'était l'esclave de Lune de Printemps qui était morte. « Je suis vraiment désolé. Cela a dû être très triste pour toi. »

Elle eut un léger signe de tête. Il prit sa petite main dans la sienne et la serra.

« N'y pense plus. Il y a longtemps que ça s'est passé.

— Mais je ne l'oublierai pas. Jamais.

— Tu as raison. Tu ne le dois pas. » Elle a dû se comporter comme une vraie tigresse pour avoir battu en brèche sa mère et la Vieille Dame.

Il devait lui dire quelque chose. Elle était trop jeune pour être hantée par des fantômes. *Je suis jeune et je suis innocente. Je suis née...*

Et tout d'un coup il sut quoi lui dire. Il se tourna vers elle. « Lune de Printemps ? » Elle leva les yeux. « Est-ce que tu aimerais apprendre à lire et à écrire ?

— Le pourrais-je ?

— Bien sûr que tu pourrais.

— Mais les garçons se moqueraient de moi. Le professeur voudrait encore s'en aller.

— Non, dit-il. C'est moi qui t'apprendrai.

— Qu'est-ce que Grand-mère va dire ?

— Tu n'as pas à t'en occuper.

— Mais...

— Je suis le Patriarche, non ? » Il prit une pose solennelle, comme dans un portrait d'ancêtre. Elle sauta sur ses pieds et s'inclina cérémonieusement. Alors, la tête inclinée de côté, les yeux pétillants, elle dit : « Oh ! Oncle Aîné, je crois que vous êtes impossible, vous aussi ! »

C'est ainsi que cela commença. Tous les matins, après ses visites aux aînés et le petit déjeuner, Lune de Printemps allait à la bibliothèque où, entre les deux cabinets de porcelaines Ming, on avait ajouté une table et une chaise. C'est là qu'elle travaillait sur de nouveaux caractères et lisait, pendant qu'il réglait les affaires du clan. Tous les après-midi ils prenaient le thé ensemble. Il répondait alors à ses questions et expliquait la leçon du jour suivant. Il était ravi par son intelligence. En un mois elle put lire et écrire un texte simple. Et à la différence des garçons elle comprenait ce qu'elle apprenait.

Naturellement la famille fut scandalisée.

« Pour une fille il est dangereux de trop apprendre, cela gâte ses chances d'un bon mariage. Les femmes instruites sont des mécontentes qui troublent la vertueuse harmonie de la maison. »

« La place des filles est avec leurs mères dans les cours intérieures, pour y apprendre l'art de tenir une maison. »

La Vieille Dame, inlassablement, reprenait le sujet. « N'as-tu pas de considération pour l'avenir de ma petite-fille ? Avant elle empoisonnait tout le monde avec ses *pourquoi* ci *pourquoi* ça. Si tu continues cette folie, aussi vrai que la déesse Kouan Yin est miséricordieuse, elle *osera* faire ceci, faire cela. »

Talent Courageux comprenait leurs frayeurs mais ne voulait pas céder. Même après la fin du deuil, Lune de Printemps continua à étudier. Pour lui, elle était son unique réussite, son seul espoir.

4
Le Soldat

Dans le monde d'aujourd'hui, quelle position occupons-nous ? Comparés aux autres peuples du monde, nous avons la plus grande population et notre civilisation est vieille de quatre mille ans; par conséquent nous devrions nous placer sur le même rang que les nations d'Europe et d'Amérique. Mais le peuple chinois n'a qu'une solidarité de famille et de clan; il n'a pas d'esprit national. Par conséquent, bien que nous soyons quatre cents millions d'individus rassemblés dans la seule Chine, ils ne sont en réalité qu'un amas de sable sans consistance. Aujourd'hui nous sommes la nation la plus pauvre et la plus faible du monde et nous occupons la plus basse position dans les affaires internationales. Les autres hommes sont le couteau tranchant et le plat que l'on sert; nous sommes le poisson et la viande.

Sun Yat-sen

AU MOMENT OÙ LES DERNIERS rayons du soleil s'accrochaient aux saillies extrêmes du Po Hai, Noble Talent descendait à pied vers la mer. Le vent du nord-est mugissait et le long du rivage les filets géants luisaient et claquaient au vent comme les tresses grises et emmêlées d'une sorcière sans visage. Çà et là des hommes travaillaient, grattant les anatifes sur le fond des bateaux, ramenant sur leur dos des paniers de poisson et de bois flotté vers les abris de paille tressée où des enfants en haillons se chauffaient les mains à des feux qui grésillaient.

Il marchait comme s'il n'y avait pas de vent et ne s'arrêta pas au bord de l'eau mais s'avança tout droit dans les vagues en pataugeant au-devant de la marée, s'enfonçant dans l'eau de la baie jusqu'à ce qu'elle léchât le haut de ses bottes. Derrière lui la racaille se groupait. Il pouvait entendre ses clameurs au milieu des miaulements des mouettes qui volaient au-dessus de sa tête.

« *Lai ! Lai !* Un fou dans l'eau ! Vite, avant qu'il meure ! criait un garnement.

— Qui c'est ?
— Qu'est-ce qui lui prend ?
— Hé, vous ! »

Soudain une voix d'homme. « Je vois qui c'est. De l'Académie militaire. Vous voyez ? Les mêmes bottes de cuir que les diables étrangers qui y enseignent.

— Tu vois comme ces étudiants singent les barbares ! » Chœur d'assentiments, sauvagement proférés.

« Hé ! Est-ce que c'est ça que les diables étrangers vous disent de faire pour devenir un *ping*, soldat ? »

La foule se tordait.

« Idiot de chien couchant, rester dans l'eau glacée, c'est tout ce que tu fais pour devenir *ping*, glace ? » Les spectateurs s'esclaffaient devant le jeu de mots. « Est-ce que ta mère ne t'a jamais dit la différence entre troufion et glaçon ?

— *Ping ping !* Soldat de glace ! soldat de glace ! » Les gens chantaient de plus en plus fort.

Noble Talent ne pouvait plus faire semblant de ne pas entendre et il fit volte-face. Un soldat mandchou marchait comme à la parade devant les enfants qui louchaient et se tapaient les joues à la manière des fous. Les autres, pelotonnés contre le vent, soufflaient dans leurs mains pour les réchauffer en se tenant aux aguets.

Pour la première fois à sa connaissance, il perdit le contrôle de lui-même. Comme si les abus qu'il combattait étaient une vipère qu'il aurait avalée, trop venimeuse pour qu'il pût la digérer et sans autre choix que de la recracher, avec pour seuls spectateurs le vent et la populace.

« Allez-vous-en ! cria-t-il, surpris lui-même par la force de sa voix. Laissez-moi. Je suis ici pour honorer les patriotes qui ont combattu et sont morts en mer. Pour dire adieu à mes amis. Encore quelques minutes et je partirai. » Il put voir que ses paroles avaient porté mais n'eut pas le sentiment d'avoir vaincu. S'il ne se domine pas lui-même, le chef est sans vertu, comme le fou qu'il leur semblait être.

Pourtant le garde mandchou, qui peut-être avait perdu des camarades, s'arrêta de se moquer et d'un geste dispersa les autres. « Filez maintenant. Il n'y a rien à voir. »

Les enfants traînèrent un moment comme s'ils ne pouvaient croire que le jeu était fini. Puis ils s'en allèrent l'un derrière l'autre en balançant les bras, imprimant dans le sable une seule ligne d'empreintes.

L'obscurité les engloutit; Noble Talent se retourna et se reprit à regarder la mer. Les vagues qui finissaient à ses pieds de bouillonner et de tourbillonner étaient d'un froid de glace, mais ce froid était bienvenu. Il endormait ses sens, masquait sa honte et sa fureur. Car il était arrivé trop tard. Tout comme le père de sa mère ! Ou, du moins, c'est ce qu'on murmurait.

Pendant tous ces mois d'attente, il s'était imaginé que lui, un des rares hommes entraînés à conduire une guerre moderne, pourrait retourner la situation. Les autres lanceraient des flèches contre des coques d'acier et croiraient qu'ils arrêteraient les obus avec des bâtons de bambou. Lui était maître en balistique et en stratégie navale.

Il cracha dédaigneusement dans la mer. A quoi bon maintenant son entraînement ? Le matin où il était venu reprendre son service, la base était presque déserte. Ses camarades étaient morts dans la bataille ou se remettaient de leurs blessures. Il ne restait pas un vaisseau, il n'en restait pas même un sur lequel il aurait pu entraîner d'autres hommes pour une autre guerre.

L'espadon avait harponné la baleine. L'Empire du Milieu était mort.

« Trois ans ! Trois années perdues ! » Sa voix était rauque.

Retournez chez vous et attendez, avaient dit ses supérieurs. Retournez chez vous et attendez avec les autres.

Attendre un an, peut-être deux. Attendre que d'autres vaisseaux soient construits dans les cales sèches de Grande-Bretagne et d'Allemagne. Attendre que l'impératrice douairière ait terminé son Palais d'Été et son Navire de Marbre pour qu'on retrouve assez d'argent pour les navires de guerre. Attendre un changement de cœur chez les dirigeants mandchous et les eunuques qui mentaient et abusaient la cour pendant qu'ils garnissaient leurs manches avec les pots-de-vin et l'argent des impôts payés par le peuple. Peut-être alors y aurait-il des crédits suffisants et plus de boulets en papier mâché dans les réserves de munitions.

Attendre un an ou deux ? Il renversa la tête en arrière et eut un rire de colère. Non, il avait été assez bête comme ça. Il n'attendrait pas éternellement.

Les yeux fermés, il voyait les deux cuirassés qui avaient resplendi dans le port, maintenant brisés, au fond de l'océan, les membres épars de son capitaine et de ses camarades pourrissant dans les eaux silencieuses, les Chinois étripés enterrés dans la fosse commune pendant que les vivants se prosternaient devant un Nain Basané.

Non, il n'attendrait pas.

Serrant son poing droit, il le dressa en l'air, crispé comme s'il le refermait sur les mâchoires de la vipère et hurla le vœu de son cœur. Sa voix se brisa.

« Entendez-moi, camarades disparus — vous qui êtes morts dans le golfe de Corée, quand votre transport a été coulé par les Japonais, avant même que la guerre fût déclarée. Entendez-moi, camarades disparus, vous qui êtes morts à Yashin, Pyongyang, Chen Yang et Séoul, tués par l'armée japonaise. Entendez-moi, camarades disparus — morts à la bataille navale de Yalou. Entendez-moi, camarades disparus — morts à

Port-Arthur, et à Wei Hai-Wai, à Haich'eng et Kaip'ing. Voici mon serment, le plus ardent. Votre mort sera vengée. La Chine sera libre et forte. Je consacrerai ma vie à la cause pour laquelle vous avez combattu et péri. Entendez-moi, amis disparus, et soyez en paix ! »

Il resta un moment encore, puis dégagea son pied du sable et marcha lentement dans l'eau jusqu'à la terre ferme. Il clopina jusqu'à ce qu'il pût marcher; ensuite il courut.

Pendant les huit jours du voyage qui le ramenait à Sou-Tcheou, il répéta sans fin le discours qu'il ferait quand il serait chez lui.

La chaise à porteurs s'arrêta. « Y sommes-nous ? demanda-t-il au porteur de tête.

— Non, Maître. Il s'en faut de trente pas mais il y a un rassemblement sur la route.

— Je n'ai informé personne de mon retour.

— Maître, ce ne sont pas des membres de votre illustre famille.

— Laisse-moi descendre. Je vais marcher. »

Il se fraya un chemin à travers la foule. Une femme courtaude, robuste, poussait des cris stridents et dansait comme un singe pris au piège, bloquant l'entrée, battant l'air de ses mains, avec une férocité d'autant plus impressionnante que ses mains n'étaient pas plus grandes que celles d'un enfant. Son visage était si contracté par la colère qu'il était impossible de distinguer ses traits et une veine pourpre se gonflait de son front à son cou. Sa respiration sifflait comme une soufflerie d'orgue rongée par les souris. « Chiens, moutons, chèvres, ces fils de tortues forniquent avec n'importe quoi ! » Elle cracha sur l'écran des esprits.

Noble Talent grinça des dents et tenta de se glisser à l'intérieur mais la femme fut plus rapide et l'attrapa par la manche. « N'entre pas ! » Elle le reconnut alors, le lâcha et leva le bras comme pour parer un coup. Pensait-elle qu'il se salirait en frappant une vieille folle ? Sans rien qui pût laisser croire qu'il l'avait vue, il contourna l'écran des esprits et entra dans la cour de réception.

Dès qu'il fut hors de vue elle reprit sa tirade. « Voilà une de ces saloperies de fausses couches ! Des poulets, des serpents, des lapins, des crapauds... »

La cour était vide, à l'exception de Bouboule, l'œil collé à l'écran. Elle ne le vit pas et avant qu'il pût dire un mot, elle détala tout à coup dans la grande cour, secouant la tête et agitant les mains avec horreur. Il courut après elle jusqu'au quartier des femmes.

En approchant des portes ouvertes, devant la cour des Vertus Féminines, elle se mit à crier : « Oh ! oh ! si seulement vous aviez entendu, si seulement... » et au moment où il atteignait les colonnes rouges, toute la maisonnée de femmes était sens dessus dessous. Des esclaves s'empressaient de-ci, de-là avec de l'eau de gingembre pour réconforter les plus vieilles qui se trouvaient mal en écoutant le récit qu'elles avaient brûlé d'entendre. Plusieurs mères levaient les yeux au ciel et soupiraient. « Penser que j'ai laissé cette femme approcher de l'enfant de mon mari », entendit-il dire à l'une d'elles; les autres hochaient la tête en signe d'assentiment. La voix de Seconde Grand-tante s'éleva au-dessus du vacarme. « J'ai toujours su qu'on ne pouvait rien attendre de bon d'Amah Liu. Si vous m'aviez écoutée, mes sœurs, on n'en serait pas venu là. Amitabha ! » Son éventail se ferma avec un bruit sec. « Attaquer le cuisinier avec un couteau ! »

Noble Talent se tint soigneusement hors de vue. Son frère était debout au centre de la salle, le dos aux colonnes, face à la Vieille Dame. Ils n'élevaient pas la voix mais cependant on pouvait les entendre malgré le brouhaha.

« Mon fils, fais quelque chose ! Tu es le Patriarche. Tu dois faire quelque chose. »

Talent Courageux joignit les mains et s'inclina. « Ma chère mère, je l'ai expliqué cent fois. C'est la tradition — tradition à laquelle notre clan s'est toujours tenu. Ceux qui sont renvoyés doivent avoir la permission d'injurier leur patron. C'est une bonne règle. Elle protège ceux qui ont besoin de protection.

— Mais on peut l'entendre de Changhai !

— Peut-être, mais imaginez la honte si je la faisais bâillonner et disparaître ! Tout le delta du Yang-Tsé en parlerait.

— Je ne me soucie pas de tes excuses. Fais quelque chose ! »

Elle fit signe à une jeune esclave de lui éponger le front, et pendant ce temps, Talent Courageux regardait les tuiles du toit comme s'il demandait l'inspiration aux immortels. Puis lentement il fit un signe de la tête. « Bouboule, viens ici.

— Oui, Maître.

— Va dire au majordome de reconduire Amah Liu chez elle, avec cérémonie, dans notre meilleure chaise à porteurs. Vite, avant qu'elle se pâme à force de se donner du mal ! »

La Vieille Dame fronça les sourcils puis son visage s'éclaira. « Intelligent, très intelligent !

— Je suis confus de votre louange. » Talent Courageux s'inclina derechef, étouffant visiblement son rire.

« C'est la faute de ces piments, les chilis, expliqua-t-elle. Ils font sortir le mauvais *chi* et causent un grand déséquilibre, réduisant... »

Mais Noble Talent n'en écouta pas davantage. Une guerre avait été perdue et ils déchargeaient leur mauvaise humeur sur un moustique ! Il décida d'aller attendre son frère dans le bureau Ming.

Sur le pont des Allées-et-Venues, il se heurta à Lune de Printemps qui se hâtait vers le remue-ménage tenant en main plusieurs des mouchoirs maternels en soie prune.

« Jeune Oncle, vous êtes déjà revenu ? Où est votre uniforme ? » Sans attendre de réponse elle continua : « Peu importe, venez avec moi dans le hall des femmes. Vous ne devez pas manquer le branle-bas. On dirait un jour de fête. Il s'en passe, des choses ! »

Il regarda la petite fille. Ses joues étaient enflammées, les rubans jaunes de ses longues tresses étaient dénoués.

« Oh ! Oncle, ne restez pas là. Venez avec moi.

— Lune de Printemps, tu devrais avoir honte — prendre plaisir à la détresse. »

Elle le regarda à son tour comme s'il l'avait éclaboussée avec l'eau du bassin.

Qu'est-ce qui lui prenait ? Est-ce qu'une fille de treize ans peut se conduire autrement ? Il s'éclaircit la gorge, voulant trouver une parole réconfortante. « Lune de Printemps...

— Je ne pensais pas mal faire, Jeune Oncle, vraiment je ne le voulais pas. » Elle tenta de sourire. Il hocha la tête, essayant lui aussi de sourire.

Tout de suite elle redevint joyeuse. « Oh ! s'il vous plaît, venez ! Grand-mère sera si heureuse de vous voir ! Seconde Grand-tante et elle sont allées au couvent prier pour vous la semaine dernière.

— Non, Lune de Printemps, je les verrai toutes plus tard. Je dois d'abord parler au Patriarche. Sauve-toi.

— Dois-je vous l'envoyer ?

— Ce serait vraiment de la prévenance, ma nièce. » Il inclina la tête, heureux d'échapper à l'exubérante joie féminine. « Parle-lui seul à seul. Je ne veux pas qu'on sache encore que je suis là. Je l'attendrai dans son bureau. » Il tendit la main, puis résista à la tentation de lui tapoter la joue.

« Oh ! je vous garderai le secret. » Elle sourit. « Jeune Oncle, je suis heureuse que vous soyez de retour et bien portant. »

Il inclina la tête et la regarda s'éloigner, fringante, descendre les marches du pont et disparaître par un sentier en zigzag.

Au crépuscule, pendant qu'Amah Liu se faisait escorter comme une reine, les deux frères étaient assis ensemble. Talent Courageux à son bureau, Noble Talent dans un des fauteuils en bois de rose appuyés au mur. Résolument calme, le jeune homme entama le discours qu'il avait si soigneusement répété, parlant d'abord de la fierté et de l'espoir ressentis quand le Vénérable les avait envoyés tous deux s'instruire en Occident. Mais comme il racontait les événements qui avaient amené la brusque fin de la guerre, la colère le submergea à nouveau, il sauta sur ses pieds et se mit à marcher de long en large, les mains nouées derrière le dos, chaque pas faisant danser l'ourlet de sa robe, l'ouvrant et la fermant, l'ouvrant et la fermant.

Ce n'est qu'à la fin de sa tirade que le soldat s'en rendit compte : pendant tout ce temps, Talent Courageux était resté impassible, tirant de temps en temps sur sa pipe à eau, apparemment plus occupé à regarder les mouvements de la fumée qu'à écouter ce qu'on lui disait.

Noble Talent chassa la fumée avec impatience puis rencontra le regard paisible de son frère et se rassit. N'ayant plus rien à dire il attendit.

Il y eut un long silence.

Au-delà des murs du jardin le veilleur de nuit faisait sa ronde. Ils pouvaient entendre sa claquette de bois et son cri : « Me voici ! me voici ! » Ainsi les malfaiteurs l'entendraient et ainsi serait évitée une confrontation dans le noir.

Enfin l'aîné parla. Ses paroles étaient sincères mais pour le soldat elles semblaient aussi inconsistantes, aussi irréelles que les volutes de fumée. « Je pense que peut-être la faute en incombe à notre amour de la littérature, du passé, de la famille. Pour administrer nos biens, conduire les guerres, rendre la justice, nous choisissons les hommes simplement sur la base des *essais à huit jambes* et des poèmes qu'ils écrivent selon les règles issues de la philosophie antique. Nous... »

Mais Noble Talent n'écoutait plus. Son poing droit sc scrrait tout seul. Aussi précisément qu'il les avait vus quand il était sur la plage, il vit les corps de ses camarades et dans une vision nouvelle, le Patriarche de la maison des Chang se prosternant devant les Nains Basanés. Non !

Mais c'est intérieurement qu'il avait dû crier car Talent Courageux frotta simplement une allumette et alluma sa pipe. Il parlait pensivement entre deux bouffées. « Le monde moderne ne nous laissera pas vivre mais nous ne le savons pas. Nous dormons, comme le coolie dans le ruisseau — sale, méprisé et mourant, rêvant cependant qu'il est roi et sage.

— Nous, mon frère ? » Noble Talent s'entendit lui-même crier. A nouveau il lutta pour reprendre le contrôle de lui-même. « Toi et moi nous faisons partie de ce *nous* ! Notre père n'a pas dormi. Toi et moi non plus. Nous devons agir ! »

Talent Courageux haussa les épaules. « Que veux-tu que nous fassions ? Tu as vu comment j'ai essayé. Pourtant il n'y a pas eu de changements, pas même le plus minime, dans nos cours. Regarde le peu qu'il a fallu, aujourd'hui, pour jeter la maison sens dessus dessous.

— Et tu restais là, justement, à écouter ces absurdités ? Je ne te comprends pas. »

Le Patriarche eut un sourire lugubre. « Le fait est que je ne trouve plus cela absurde, même si je l'ai pensé. Les femmes ont le droit de s'indigner. L'Amah a le droit de dire ce qu'elle pense. Il y a du mérite dans la voie moyenne. » Comme s'il se parlait à lui-même : « Quel droit ai-je de réveiller ce coolie ? Quel mal y a-t-il à rêver si cela soulage la douleur ? Quel bien y a-t-il dans la réalité si elle efface l'espérance ? Peut-on laver l'esprit d'un homme sans décolorer son âme ? »

Lentement Noble Talent se leva. Il se força à parler d'un ton réfléchi, à apprivoiser l'animal, l'animal qui hurlait en lui. « A quoi sert la blancheur de l'âme si le coolie est attaqué dans son sommeil par des chiens carnassiers ? Au matin ses os seront dispersés et enterrés, pour être à nouveau rongés en toute tranquillité. »

Il attendit, scrutant le visage de Talent Courageux sans rien y lire, plaidant en silence.

Pendant un moment l'aîné observa le cadet puis il se leva à son tour. « La température fraîchit. Tu le sens ? » Il s'approcha du poêle, leva le couvercle et tisonna les cendres, secouant de rouges pépites incandescentes.

Le soldat s'avança et y déversa du charbon. « Laisse-moi faire. »

Ils étaient tous deux près du brasier, la chaleur se répandait dans la pièce, d'abord insensiblement, puis vague après vague, dans le silence.

« Jeune Frère ?

— Oui ?

— Il se fait tard. J'ai encore les devoirs de Lune de Printemps à corriger. Nous reparlerons de tout cela. » Talent Courageux retourna à son bureau et ramassa quelques papiers. Quand il baissa les yeux il sembla qu'une porte se fermait.

Il avait été renvoyé ! Détournant rapidement le regard de peur de parler, de dire ce qui ne devait pas être dit, Noble Talent tourna les talons et quitta la pièce.

Après une nuit sans sommeil il fut debout à l'aube, s'habilla et se glissa hors des cours comme un fugitif. Pas plus qu'hier au soir il ne pourrait supporter l'accueil. Les femmes, leur bavardage, les sourires sur leurs visages.

Il marcha sans se soucier où il allait du moment que sa route l'éloignait de la maison.

Quand le ciel tourna au bleu pâle, il se trouvait devant les immeubles du gouvernement. Il était encore tôt, les portes étaient closes. Seuls quelques solliciteurs se tenaient alentour. Un ou deux lisaient les affiches. Les autres étaient près de la porte, chacun espérant être le premier à entrer. Il y avait les avis habituels — impôts, décisions des magistrats du district, listes de doléances, bulletins de naissance et de décès, annonces, même de vieilles nouvelles. Il les longea, les lisant l'une après l'autre, cherchant — il n'était pas sûr de ce qu'il cherchait. Au moment où il atteignait la porte principale du Yamen, parut un serviteur du lieu pour coller une nouvelle affiche et il s'approcha pour la voir de plus près. Il eut un regard pour les grands titres puis acheta à l'homme un exemplaire pour le lire.

Ce n'était pas possible ! Même après ses défaites la Chine ne pouvait pas avoir accepté de telles conditions de paix ! Serrant le papier dans la main, il se mit à marcher à grands pas puis il courut à la maison.

Il se rua dans le jardin de roses où il trouva Talent Courageux au milieu de ses exercices *tai-chi,* si perdu en lui-même qu'il ne vit pas l'intrusion. « Frère Aîné... » Il était encore essoufflé d'avoir couru, et dut s'interrompre. « Cela ne peut-il attendre quelques minutes ? » Talent Courageux passa lentement son talon droit sur son genou gauche en décrivant un cercle gracieux avec ses bras.

« Non ! Cela ne peut pas attendre. » Il mit de force le papier dans la main de son frère. Talent Courageux le prit à contrecœur et alla s'asseoir sur le banc de pierre à côté de l'écran de roses jaunes grimpantes. Noble Talent assis à côté de lui attendait impatiemment qu'il ait fini de lire. Sa main ne pouvait se tenir tranquille, elle lui tapotait la cuisse, tambourinant une marche funèbre pour les pertes de la Chine : Hong Kong, Ili, Liu-chou, l'Annam, la Birmanie, la Corée, Quemoy, Matsue, Taïwan. Comment son frère pouvait-il lire avec ce calme irritant, sans rien laisser paraître ? Il se sentait comme un élève en faute dont les mains brûlaient sous les coups de canne du maître. Chaque territoire abandonné, un nouveau coup.

Enfin Talent Courageux posa le papier. « D'où va-t-on sortir les deux cents millions de taels d'argent ? » Il secoua la tête d'un air chagriné. « C'est plus que trois fois le revenu total annuel de Pékin. Mon frère, où pourra-t-on les trouver ? »

Noble Talent le regarda sans y croire. Les réparations étaient ce qu'il y avait de moins important. Ce n'était pas un traité qui mettait fin à une guerre. C'était la fin d'une nation. Frère Aîné s'était changé en mangeur de livres, lui aussi, coupant les cheveux en quatre et ignorant la nature de la bête féroce.

« Je ne sais pas, mon frère », dit-il et il s'en alla. C'est en traversant la porte de la Lune qu'il décida de ce qu'il devait faire; il fit ses plans dans l'heure. Il irait au Sud, à Canton où vivaient ceux qui étaient le plus opposés à l'empereur, il chercherait les sociétés secrètes dont on parlait, dédiées à la révolution. Il dirait seulement au clan qu'il avait récemment reçu une offre d'une société d'import-export dirigée par des camarades de classe, les frères Sui de Kouang Toung. Cette dernière partie au moins était vraie. Pour la première il s'arrangerait. Et le clan n'en serait pas fâché. Même un marchand était préférable à un soldat.

La voie de l'honneur étant à nouveau claire, Noble Talent retrouva son calme : maintenant qu'il allait bientôt partir il n'avait plus à se presser.

Pour la première fois depuis son enfance, il rechercha la compagnie de sa mère, Aurore Soyeuse. Ils s'asseyaient côte à côte près de la fenêtre occidentale de sa chambre, lui avec un livre, elle au travail sur l'exquise broderie qui était sa principale occupation. Chaque fois qu'elle avait tiré le point final, elle lui demandait de trouver le premier ou le dernier point du motif. S'il en était incapable, elle souriait et disait : « C'est comme cela doit être. »

Elle ne pouvait pas se rappeler à quel âge elle était venue dans la maison des Chang; seulement que ses pieds n'étaient pas encore bandés. Son père avait été tué au service du Vénérable et sa mère était déjà morte. Elle n'avait eu nulle part où aller. Le clan l'avait recueillie.

La première femme du Vénérable et l'orpheline s'étaient liées d'affection et quand la seconde femme mourut du choléra, elle avait suggéré que le Vénérable prît Aurore Soyeuse pour troisième épouse. C'était une solution idéale car il devait bientôt quitter Sou-Tcheou pour un poste dans le Chantong. Il avait besoin d'une femme et la première épouse ne pouvait pas l'accompagner car, d'après la tradition, lui ayant donné un fils, on s'attendait qu'elle restât dans son *lao chia* pour s'occuper de sa belle-mère.

Peut-être cette histoire expliquait-elle pourquoi Aurore Soyeuse était si accommodante, souvent plus comme une servante que comme la mère du troisième fils du Vénérable. Ou peut-être avait-elle trop entendu de rumeurs, au sujet de l'homme qui était son père, qui avait servi le Vénérable dans sa garde personnelle, suggérant la nature de sa mort ? Ils ne parlaient de lui ni l'un ni l'autre, ni l'un ni l'autre ne connaissait son nom ni ne posait de questions. Pour son petit-fils, c'était comme s'il n'avait jamais existé, sauf dans des histoires mi-entendues mi-imaginées. Était-ce la même chose pour sa fille ?

D'après une de ces histoires, le garde au service de la famille s'était enfui de son poste, et ses hommes avaient été tués ou blessés. Parfois les rumeurs disaient que les bandits, pour une bague, avaient coupé un doigt, qu'ils avaient tranché la gorge à un vieillard ou poignardé cinq jeunes gens dans le dos. Toutes les rumeurs contaient comment le coupable était revenu recevoir son châtiment. Au lieu de quoi le Vénérable en avait fait son garde du corps. Des années avaient passé. Finalement le garde était mort en sauvant la vie du Vénérable. Une fois, disaient les rumeurs, il lui avait fait contre les balles un bouclier de son corps; une autre fois il avait détourné un tigre et s'était fait déchiqueter, ou enfin il avait caché le Vénérable dans un fleuve pour livrer bataille à une meute de loups.

Mais d'autres rumeurs encore disaient que ces récits héroïques étaient sortis de l'imagination du Vénérable obligé de trouver quelque chose pour apaiser sa jeune femme, pour consoler leur fils; car le garde était devenu fou et s'était suicidé ou avait été abattu en fuyant à nouveau son poste.

Quelques jours par an, chaque année, le soldat était certain qu'aucune de ces histoires n'était vraie. Que de fois avait-il désiré le dire à sa mère ? Mais il ne l'avait jamais fait.

Maintenant qu'il était sur le point de la quitter, il se demandait à quoi avait ressemblé sa vie, mariée à seize ans à un homme trois fois plus vieux qu'elle, et veuve avant quarante ans. A quoi pouvait-elle rêver maintenant ? Que quelque jour son fils irait servir l'empereur, pensait-il. Que ses nombreux descendants balaieraient sa tombe, honorant la chaste veuve qui avait vécu toutes les longues années de sa vie éternellement loyale à son mari défunt.

Mais jamais il ne servirait l'empereur. Il ne se marierait pas et n'aurait pas de fils car le soldat, et le révolutionnaire, doit être préparé à mourir.

Peut-être l'avait-elle toujours su. Quand il était trop jeune encore pour lire, il avait vu plus d'une fois des larmes couler de ses yeux — l'une après l'autre, chacune attendant poliment son tour.

Depuis un certain temps elle ne brodait plus que des chrysanthèmes. Il devrait lui demander de broder un narcisse ou quelque autre fleur printanière. Il aurait voulu lui dire : « Assez de ces fleurs qui ne s'épanouissent qu'à l'automne. » Mais il ne l'avait jamais dit.

La paix ne peut s'acheter et le traité de Shimonoseki était une provocation ouverte; quand un chat renverse une jarre, les chiens sont sûrs d'avoir à manger.

L'année suivante la cité céleste de Sou-Tcheou tomba sous le régime des ports francs, vingt-deuxième ville de l'Empire à être sujette aux traités inégaux qui exemptaient les étrangers des lois chinoises, donnaient pouvoir aux étrangers de fixer les tarifs chinois, abandonnaient les terres chinoises aux étrangers sans contrepartie. Talent Courageux passa à l'action. Il rejoignit d'autres aristocrates lettrés dans une Société de renfort mutuel pour explorer les voies de la réforme. Comme dans les sociétés similaires de nombreuses villes, la discussion était animée. Les messieurs se réunissaient tous les quinze jours pour lire les discours de Thomas Jefferson et la vie de Napoléon, cherchant un moyen de réinterpréter le confucianisme pour en nourrir l'occidentalisation.

L'année du chien, en 1898, treize des dix-huit provinces chinoises étaient devenues des sphères d'influence étrangère.

Derrière les murs des jardins la vie continuait, immuable, les gens vieillissaient.

5

Les Lettres Rouges

Quand un fils vous est né, on attend de lui qu'il prenne femme; quand une fille vous naît, qu'elle trouve un mari. Tous les pères de famille ont le même sentiment. Si l'un ou l'autre, sans attendre les instructions de leurs parents ou les arrangements des intermédiaires, creusent un trou dans le mur du jardin pour se voir, ou escaladent le mur pour se rencontrer, leurs parents les mépriseront, ainsi que tout le monde.

Le Livre des rites

LES YEUX FIXÉS sur son livre, Lune de Printemps tressait ses nattes d'un air absent, savourant le passage du *Rêve de la chambre rouge* où Jade Noir renonce à son amour malheureux.

> LE CAHIER OÙ LA BELLE Jade Noir avait transcrit les poèmes de son cœur avait déjà pris feu quand Oie Neigeuse, la servante, revint avec le tabouret de *hua-li*. Sans se soucier des flammes elle retira du brasier le recueil enflammé et le piétina de ses lis dorés jusqu'à éteindre les flammes. Mais, hélas, il ne restait qu'un amas carbonisé. Jade Noir ferma les yeux, satisfaite, et se laissa aller sur les coussins...

Soudain, de l'autre côté de la porte fermée, une voix interrompit son rêve. « Je n'ai pas de mains. Ouvre-moi.
— Reviens plus tard, Bouboule. Je suis occupée.
— Je suis plus occupée que toi, Mule Rétive. Ouvre ou alors ! »
La vieille finaude était une adversaire de taille, sachant très bien quand il fallait cajoler, commander, tromper, raisonner, plaider ou simplement tirer par l'oreille. Lune de Printemps mit son livre de côté et ouvrit la porte.
Bouboule entra en trombe avec une jarre d'eau froide pleine de

minces copeaux de *wu-mu* qu'elle agitait avec une spatule pour évaluer la consistance de la gelée. Elle avait les poches remplies de brosses, d'épingles et de peignes.

« Tu sais que je me coiffe moi-même, protesta Lune de Printemps.

— Pas aujourd'hui. Mule qui renâcle. Assieds-toi ! » Bouboule posa le *wu-mu* sur la coiffeuse et aligna les accessoires dont elle avait besoin. « Ta mère a demandé qu'on te fasse un chignon. Elle dit qu'il est temps de montrer ta féminité. »

Enfin ! Lune de Printemps avait cru que cela n'arriverait jamais. Maintenant tout le monde verrait ce qu'elle savait déjà depuis des mois — qu'elle n'était plus une simple fille mais une femme aux possibilités infinies, une femme qui pouvait partir d'un jour à l'autre pour la rue du Paradis, pour le Yamen ou même pour la lointaine Changhai dans sa chaise rouge de jeune mariée !

Elle s'assit le plus dignement possible et regarda dans le miroir Bouboule imprégner de gelée chaque centimètre de sa chevelure qui lui tombait jusqu'à la taille. « Alors c'est peut-être aussi le moment de ne plus m'appeler mule ceci ou cela, Bouboule. Il est temps de m'appeler Jeune Maîtresse.

— Vraiment ? » dit la servante en tirant un bon coup sur le peigne. Lune de Printemps adressa son plus beau sourire au reflet de la vieille femme. « S'il te plaît.

— Qu'il en soit ainsi, dit Bouboule. Maintenant tourne-toi, que je puisse voir ce que je fais. » D'un geste rapide elle posa le peigne exactement au milieu du crâne de Lune de Printemps, traça la raie et enroula une longue tresse luisante au-dessus de l'oreille gauche, formant un cercle parfait. Elle retint la boucle d'une main, sortit des épingles de sa bouche pour la maintenir en place, répéta la procédure du côté droit. Puis elle se recula pour admirer son œuvre. « Pas mal ! Pas mal ! » L'esquisse d'un sourire effleura ses joues rondes. « Jeune Maîtresse, tu n'es pas trop grotesque quand tu te tiens bien et que tu restes tranquille. »

Lune de Printemps se retourna, jeta un coup d'œil dans le miroir, puis s'examina plus longuement. Était-ce vraiment elle ? Ses deux tresses de jeune fille accentuaient ses pommettes saillantes et l'ovale de son visage. Ce pouvait être le reflet de Jade Noir, la beauté légendaire, échappée du livre qu'elle lisait.

Bouboule interrompit sa rêverie. « Pas le temps de t'admirer. Ta mère et la Vieille Dame attendent. » La servante ouvrit le coffre en bois de santal et en sortit les habits neufs. « Allez, allez !

— Je m'habillerai seule comme d'habitude. Je te prie de m'attendre dehors. »

Bouboule leva les bras au ciel mais sortit à grands pas sans protester. Quand elle eut disparu Lune de Printemps ôta sa robe de chambre, enfila prestement la tunique de soie lavande qui tombait gracieusement

— Vous le devez. Et vite, ou votre belle-sœur en fera à sa guise. » Les petits yeux de la vieille femme étincelaient, triomphants mais ses lèvres n'avaient aucune trace de sourire. Il faillit rire en comprenant le soin qu'elle avait mis à tout préparer.

Il se leva et s'inclina. « Comme vous voudrez, Mère. »

A la lumière de la fenêtre la peau de la vieille femme avait l'air d'une soie antique, ayant perdu son éclat mais rien de sa beauté. Il s'inclina encore et se retira.

Pendant les semaines suivantes Talent Courageux et Vrai Talent invitèrent systématiquement à dîner les pères et les fils des familles les plus respectées de Sou-Tcheou sous un prétexte ou un autre, mais ni son frère ni lui ne trouvèrent un candidat valable. Assez vite Vrai Talent se retira dans sa bibliothèque. Prendre une décision quelconque lui était déjà difficile, d'autant plus si cela devait inévitablement déplaire à sa femme et peut-être à sa fille.

Talent Courageux continua donc seul, consultant discrètement les membres du groupe d'études, prenant soin de ne pas éveiller l'intérêt de ceux qui avaient des célibataires à marier dans leur propre famille. Mais tous ceux qu'on lui désigna laissaient à désirer. Celui-ci manquait de caractère, celui-là était maladif, cet autre ignorant, cet autre encore avait un penchant pour les actrices d'opéra.

Sa quête attira bientôt les marieuses les plus ambitieuses de Sou-Tcheou, des femmes intrépides à la langue de miel. Il fallait les éconduire avec diplomatie, mais fermement. Et Talent Courageux, sachant qu'il ne suffirait pas à la tâche, engagea Bouboule pour conduire les entretiens pendant qu'il écouterait, caché derrière un paravent.

« Grande Sœur, Lune de Printemps a-t-elle des pieds comme de petits piments rouges ?

— On peut le dire, mugissait Bouboule.

— Et son visage ? J'ai entendu dire qu'elle était belle !

— Enfin, si vous aimez ce genre de visage.

— Quel genre ?

— Cela fait vingt ans, l'un dans l'autre, que je suis avec cette famille. Vous ne pensez pas que je peux en dire plus ? Cette fille est unique, et c'est tout ce que je puis dire.

— Mais... naturellement elle est d'un caractère adorable et sait faire les broderies les plus fines ? »

Bouboule étouffait un rire et opinait, trop complaisamment.

« Et comment pouvez-vous la comparer à sa cousine qui a épousé un de mes clients il y a quelques années ?

— Sans comparaison. Sans comparaison. »

Chaque matin, quand Talent Courageux lui présentait ses respects, la jusqu'au-dessous de ses genoux, puis revêtit la longue robe pourpre plissée sur les hanches. Sa mère avait brodé sur les larges manches et sur le col montant de la tunique seize papillons en plusieurs nuances de rose et de vert.

Un sourire sur les lèvres elle parcourut lentement la pièce, se balançant sur ses lis dorés, portant ses tresses de jeune fille aussi soigneusement que si c'était un diadème. Devant le miroir elle fit une révérence pleine de grâce — la nuque pliée, le dos droit, le genou droit touchant à peine le sol, ses deux mains effleurant sa hanche gauche — puis elle parla, les yeux baissés : « Cette fille de la maison des Chang ne mérite pas vos paroles pleines de bonté. Je ne suis pas la plus belle des belles... »

La porte s'ouvrit d'un coup. « Mais la plus lente des lentes ! Viens ici maintenant ! Viens avec moi. »

Pour une fois Lune de Printemps fit ce qu'on lui disait et suivit humblement la servante qui se hâtait vers les appartements privés de la Vieille Dame. Mais ses lis dorés ne pouvaient pas aller aussi vite que les grands pieds de Bouboule, et elle ralentit délibérément son pas. Pourquoi se fatiguer ? Elle n'était pas un portier parcourant les rues à la recherche d'une pièce ou deux. Elle était Jeune Maîtresse. Arrivée au jardin de la Flûte Pensive, elle s'arrêta net. « Ralentis, Bouboule ! Ce n'est pas encore l'heure du dîner, sac à riz ! »

Bouboule sauta en arrière et s'inclina très bas. « Cette fille de la maison des Yu ne mérite pas vos paroles pleines de bonté. »

Ainsi elle avait vu et entendu ! Servante insolente ! Lune de Printemps passa la tête haute. Bouddha soit loué, quelle que soit son insolence, on pouvait lui faire confiance pour ne pas faire de commérages et la rendre ridicule.

A la porte de la Lune elle renvoya Bouboule d'un geste et attendit qu'elle ait disparu. Alors elle se tourna face à la porte ouverte, rajusta sa robe et lissa ses manches. Prétends, se dit-elle, prétends que ce jour ressemble à tous les autres, qu'il n'est pas le commencement de ta vie. Elle prit son souffle, traversa la cour et passa devant les vieux cyprès nains à l'entrée du grand salon de la Vieille Dame.

Une fois entrée, elle s'arrêta. Où étaient les courtiers en mariage ? Où était l'intermédiaire ? Il n'y avait que Grand-mère et Mère, qui brodaient. Oh ! la ! la ! Elle avait été présomptueuse. Ce n'était après tout qu'un jour comme les autres.

« Bonjour, Grand-mère. Bonjour, Mère. » Elle s'inclina.

« Où étais-tu ? demanda Neige Parfumée sans lever les yeux de la soie qu'elle tenait.

— Ma coiffure...

— Est des plus charmantes, n'est-ce pas ? » demanda la vieille femme à la plus jeune.

Sa mère finit de nouer son point et reposa son aiguille. Puis elle regarda sa fille. Elle ne parla qu'au bout d'un moment. « *Aye ya*, elle n'est plus la même... civilisée. »

Elle continua à regarder jusqu'à ce qu'un discret coup de coude de la Vieille Dame la rappelât à son devoir.

« Lune de Printemps, vous pouvez vous asseoir. Votre grand-mère et moi avons à discuter avec vous de questions importantes.

— Avec moi ? » La jeune fille s'assit bien vite sur un tabouret, près du grand cadre à broderie, essayant de sourire sans y parvenir.

« Ma fille, vous êtes invitée à prendre le thé dans la salle des Vertus Célestes.

— Pourquoi ? » Il y avait toujours du thé.

« Est-ce le seul mot que vous connaissiez ? Peu importe pourquoi ! Nous comptons vous voir au thé ce matin.

— Ce matin ?

— Oui. Dans quelques minutes.

— Mais Oncle Aîné m'attend pour mes leçons. » Elle n'arrivait pas à cacher sa déception.

« Pour une fois vous prendrez le thé avec nous, comprenez-vous ?

— Oui, Mère.

— Vous vous tiendrez convenablement. Vous ne parlerez que lorsqu'on vous parlera. Vous ne vous éloignerez pas en rêvant comme de coutume, quels que soient ces rêves.

— Et mes leçons de l'après-midi, dois-je y renoncer aussi ? »

Neige Parfumée frappa sèchement dans ses mains. « Des leçons ! Toujours des leçons ! Si j'avais voulu un second rat de bibliothèque, j'aurais... »

Lune de Printemps baissa les yeux et se ferma les oreilles. Elle avait souvent entendu ce sermon. Les mots étaient toujours les mêmes.

Elle avait tellement espéré que ce jour serait un jour spécial, aussi mémorable que celui où s'étaient rencontrés Jade Noir et Pao-yu... Comment était-ce ?

La pierre précieuse que portait Pao-yu était de la taille d'un œuf de moineau et luisait d'un éclat rose comme les nuages du matin. Il y était inscrit :

Ne me perds jamais ! Ne me perds jamais !
Vie glorieuse — prospérité durable.

Puis Jade Noir lui montra son amulette en or, où étaient gravés ces mots :

Ne me quitte jamais, ne me rejette jamais !
Précieuse jeunesse — fleur immortelle.

Et Pao-yu s'exclama : « Nos vers se complètent les uns les autres et forment un parfait... »

« Lune de Printemps, écoutez-vous ? »

Elle leva les yeux. « Oui, Mère. » Neige Parfumée la menaça du doigt. « Maintenant souvenez-vous. Ne parlez pas de vos leçons à Pan Tai Tai.

— Non, Mère.

— Souvenez-vous du dicton du Sage : Une femme silencieuse est une femme vertueuse.

— Oui, Mère. »

La Vieille Dame, qui n'avait pas dit un mot pendant la tirade de sa fille, fit maintenant signe à Lune de Printemps et la fit venir près du fauteuil en bois de rose. Quand la jeune fille fut près d'elle la vieille femme se pencha et lui chuchota à l'oreille : « Vous devez faire excellente impression à notre hôte, ma petite fille, car Pan Tai Tai est venu spécialement pour vous voir. Ce n'est pas un thé ordinaire, mais une occasion importante. »

Lune de Printemps rougit de gêne et de plaisir. Elle avait eu raison, après tout ! Aujourd'hui serait le premier jour de sa véritable vie.

La Vieille Dame sourit largement, pour une fois, oubliant dans sa joie de cacher ses gencives. « Maintenant que vous comprenez, ma petite-fille, rejoignons ces dames. »

Pendant l'heure du serpent, tandis que sa mère et ses tantes bavardaient avec Pan Tai Tai de tout sauf du but de sa visite, Lune de Printemps but son thé d'un air modeste, les yeux baissés, mais son cœur battait plus vite que les aiguilles à tricoter de Quatrième Grand-tante. L'invitée avait l'air plutôt agréable, avec des dents peut-être un peu grandes. Elle se demanda si le fils ressemblait à la mère. Troisième Cousine affirmait que c'était la règle.

Les dames se levèrent. Le thé était terminé. Elle n'avait pas prononcé une parole.

Toutes ensemble, grand-mère, mère, fille, toutes leurs parentes et leurs domestiques firent des signes d'adieu. « Revoyons-nous bientôt ! » cria triomphalement Pan Tai Tai. Comme un colporteur qui a vendu toute sa marchandise, pensa Lune de Printemps. « Revoyons-nous bientôt ! » Les femmes revinrent à leurs places, bavardant gaiement, se préparant déjà aux réjouissances à venir, n'accordant aucune attention à la future épouse. Les mariages sont l'affaire du clan, le domaine des aînés.

Lune de Printemps s'éclipsa sans qu'on la remarquât et se dirigea rapidement vers les logements des domestiques.

Dans ses rêveries son fiancé avait mille noms, il était aussi changeant que le ciel. Elle en rejetait un, en choisissait un autre, selon son caprice.

Maintenant, bien sûr, elle n'aurait plus le choix.

Un inconnu. Et si le jeune Pan avait le visage grêlé, comme un pain au sésame ? Et s'il avait des jambes aussi maigres que des baguettes ? Et si... ?

Elle trouva Bouboule accroupie dans l'entrée de sa chambre, ses bras allant et venant tandis qu'elle frottait un des pantalons de Vieux Faucon contre une planche dans un baquet en bois. « Bouboule... » La servante sursauta et leva les yeux. Lune de Printemps s'agenouilla près d'elle sur la terre battue. « Ta robe neuve !

— Cela ne compte pas. S'il te plaît, puis-je te parler ?

— Maintenant ?

— S'il te plaît. » Bouboule rinça tranquillement le pantalon, l'essora et le lança dans la bassine. Puis elle s'essuya les mains sur son tablier avant de toucher le front de la jeune fille.

« Es-tu malade ? »

Lune de Printemps secoua la tête.

« Tu veux qu'on aille dans ta chambre ou dans la mienne ?

— Dans la tienne. »

La chambre de Bouboule n'avait pas changé depuis le jour où Lune de Printemps et Fleur de Prunier s'y étaient cachées pour échapper à Neige Parfumée qui voulait les mettre à la broderie. Il y avait toujours les deux tabourets, la malle bosselée, la pipe de Vieux Faucon, et accrochés aux murs les paniers remplis de ficelle, plumes, papiers et vieux os que Bouboule ramassait pour les vendre au marchand de bric-à-brac. Après la mort de la jeune esclave, Lune de Printemps était souvent venue aider Bouboule à trier ses trésors. C'est ainsi qu'elle l'avait remerciée d'avoir pris à sa charge sans protester le travail de Fleur de Prunier, lui permettant de refuser une nouvelle esclave. Ni l'une ni l'autre n'en parlaient, comprenant sans mot dire la valeur du service rendu.

Ele approcha son tabouret si près de celui de Bouboule que leurs genoux se touchèrent. « Vieille Amie. » Elle prit les doigts épais et boudinés entre ses mains. « Vieille Amie, il faut que tu m'aides avant qu'il ne soit trop tard. Dis-moi, je t'en prie, dis-moi à quoi ressemble ce fils de Pan Tai Tai ? Est-ce un lettré ? Fréquente-t-il les maisons de thé ? »

Bouboule secoua la tête et sortit son mouchoir pour se moucher. C'est même pire que je ne pensais, se dit Lune de Printemps. Bouboule ne se mouche ainsi que lorsqu'elle est troublée. « Alors, Vieille Amie, alors ? »

Bouboule hésita, regarda derrière la porte — comme si un mouchard se fût soucié d'espionner les affaires de Bouboule — puis se mit à parler très vite. « Si tu veux mon avis, Jeune Maîtresse, tu devrais te raser la tête, échanger ton trousseau contre un chapelet, et en finir avec tout ça.

— Sois sérieuse, Bouboule !

— Je suis sérieuse. Pan Tai Tai est une terreur. Un jour qu'elle était venue prendre le thé, elle a trouvé que je la servais avant qu'il ne soit suffisamment infusé. Elle a accusé ta mère, devant tout le monde, d'être trop indulgente avec ses domestiques. » Bouboule retroussa sa lèvre inférieure, avança les dents et prit un sourire faux. « Si vous passez une seule chose aux domestiques, chère Sœur Aînée, ils vous feront bientôt courir à leur service ! »

Lune de Printemps se mit à rire. « Il ne s'est rien passé de tel aujourd'hui, Vieille Amie. Un incident isolé a pu t'induire en erreur. »

Bouboule secoua la tête à nouveau. « Aujourd'hui elle voulait impressionner ton clan, Jeune Maîtresse. Mais une de ses filles de cuisine, qui vient de mon village, m'a raconté des histoires terribles.

— Son fils n'est peut-être pas comme elle. »

Bouboule cracha par terre. « Qu'est-ce qu'il a à faire là-dedans ? C'est la belle-mère qui compte. Cette femme Pan a deux visages — un pour les familles influentes comme la nôtre, un autre pour le reste du monde. »

Bouboule voyait-elle juste ? Soudain Lune de Printemps souhaita s'être montrée moins vertueuse à l'heure du thé. Si seulement elle avait bavardé sans arrêt, parlé de ses leçons, des courses qu'elle faisait sous la pluie quand tout le monde courait pour se mettre à l'abri... Mais peut-être n'était-il pas trop tard.

« Vieille Amie. » Elle reprit la main de Bouboule entre les siennes. « Je sais ce que nous pouvons faire. Va dire à la fille de cuisine des Pan les pires horreurs sur moi, qu'on doit sans arrêt me punir, que je brode affreusement mal, que je parle tout le temps. Et invente des choses en plus ! »

Mais Bouboule se moucha une fois de plus et secoua la tête. « Cela ne fera pas changer Pan Tai Tai d'avis, ma petite. Elle veut une alliance avec une famille de nobles et de lettrés pour faire reluire son argent. »

Tout en parlant Bouboule caressait la joue de Lune de Printemps, essuyant les larmes qui ne coulaient pas encore. Comme si la main douce de la vieille servante exprimait une vérité que ses paroles ne pouvaient transmettre.

Il n'y avait pas d'espoir. Le destin de Lune de Printemps était dans cette union.

Elle ne verrait jamais le lac Wu Shi, elle n'irait jamais jusqu'à Hang-Tcheou, elle ne connaîtrait que le jardin voisin, celui de Pan Tai Tai, elle ne verrait que le sourire et les dents de sa belle-mère et de son mari... ou les murs du couvent.

Il fallut que Bouboule tendît le bras et lui fît baisser les mains pour qu'elle se rendît compte qu'elle défaisait ses tresses de jeune fille. La vieille servante, sans rien dire, répara les dégâts. Lune de Printemps la laissa faire.

Quand les tresses furent remises en place, Bouboule se pencha pour lui parler à l'oreille. Il lui fallut plusieurs minutes pour comprendre le sens de ses paroles. « Dans une maison bien tenue, les inférieurs obéissent à leurs supérieurs, les enfants à leurs parents, les parents à leurs aînés, les aînés au Patriarche. »

Lune de Printemps secoua la tête. « Bouboule, je veux qu'Oncle Aîné, plus que n'importe qui au monde, pense du bien de moi. Si je lui parle des dispositions de mon mariage, il croira que je n'ai aucune pudeur — que j'ai les manières d'une femme du peuple, d'une actrice ou... pire. il me trouvera éhontée ! »

Sans plus d'espoir elle se leva et alla lentement vers la porte. Mais Bouboule courut lui barrer le passage, lui posa les mains sur les épaules et lui dit encore, d'un ton pressant :

« Non, il ne penserait rien de tel ! Parce qu'il a vécu chez les étrangers, et on dit que les femmes étrangères ont d'elles-mêmes de nombreux prétendants, avec la bénédiction de leurs parents. Ce que tu dis ne peut pas le choquer. Tu dois aller le voir maintenant, sans attendre, avant que les choses n'aillent trop loin. »

A l'heure du coq, Talent Courageux était à son bureau dans la salle d'étude, et en attendant Lune de Printemps il relisait le poème qu'elle avait écrit la veille.

D'entrer au monde du courage
Je m'éveillai à la vision
Il me faut quitter
La cour, mon univers
Pour connaître
Les sons du retour au foyer
Et les sabots acharnés de mon propre coursier.

Il sourit. L'effort n'était pas sans mérite. Il n'aurait jamais cru qu'elle fût allée si loin en trois courtes années, bien qu'elle travaillât tous les jours et souvent jusqu'au soir. Quel plaisir il avait eu de voir croître ses facultés !

La voix de Lune de Printemps brisa le fil de ses pensées, et il leva les yeux.

« Oncle Aîné ? » répéta-t-elle, debout dans l'embrasure de la porte.

Pendant un instant il fut incapable de répondre. Elle était belle. Pourquoi ne s'en était-il pas aperçu jusqu'à maintenant ? Étaient-ce les nouvelles tresses ? Ou cette nuance particulière de mauve ? Il était sûr qu'elle n'en avait jamais porté.

Elle parla de nouveau. « Mon oncle, pourquoi me regardez-vous ainsi ?

— Moi ? » Il poussa de côté les papiers qui couvraient le bureau. « Entrez, ma nièce. »

Elle s'assit sur la chaise à côté de lui, les mains jointes et la tête inclinée.

« Eh bien ? Parle.

— Je ne sais comment vous dire. »

Il attendit, étrangement troublé, comme s'il avait traversé un miroir et découvert chaque objet semblable, sans que plus rien ne soit pareil.

« Avez-vous dernièrement entendu Mère parler de moi ? dit-elle d'une voix très douce.

— Elle se plaint trois fois par jour de vos études, mais ce n'est pas nouveau. »

Lune de Printemps hésita encore un instant, puis les mots jaillirent. « Elle veut me marier ! »

Ainsi c'est arrivé, pensa-t-il. Il avait su que cela arriverait, mais il avait espéré que la vie continuerait inchangée pendant quelque temps. Il ne pouvait s'imaginer levant les yeux de son courrier sans plus la voir...

« Pourquoi êtes-vous malheureuse ? se contenta-t-il de répondre. Chacun doit se marier.

— Vous ne l'êtes pas, mon oncle.

— Non, mais je le serais si la fille choisie par la Vénérable avait vécu. » Trois fois marié même, se dit-il, si la Vieille Dame avait eu ce qu'elle voulait. Il fut repris par son ambivalence familière. S'il était marié, il trouverait cela très bien, il en était sûr. Mais il ne l'était pas, et c'était bien aussi. C'était comme s'il avait dépassé depuis si longtemps le carrefour où il aurait dû faire demi-tour, que rebrousser chemin exigeait plus d'efforts qu'il n'était disposé à en faire. Pourtant plus il avançait seul, plus il allait loin, plus l'effort nécessaire devenait formidable. Et il savait qu'il ne pourrait pas remettre indéfiniment le voyage de retour. Alors pourquoi s'attardait-il depuis trois ans, depuis la fin du deuil ?

Parce que cette période avait été des plus agréables, se répondit-il. Presque idyllique.

« ... Oncle Aîné, je vous prie, vous devez m'écouter. Aujourd'hui j'ai été présentée à Pan Tai Tai. Je ne l'aime pas. Je ne veux pas être sa belle-fille. »

Amitabha ! A quoi pensait donc sa belle-sœur ? Pan Tai Tai n'avait aucune éducation. Et son fils ne valait guère mieux. Il n'était rien d'autre, en fait, qu'un prince de l'oisiveté. Il était même probable qu'il fumait la boue des étrangers. Oui, il était sûr d'avoir entendu dire que le fils de Pan Tai Tai était un opiomane. Ce mariage ne convenait pas, pas du tout.

Il se leva de son siège et tendit quelques papiers à Lune de Printemps. « Ma nièce, restez ici et étudiez ces quelques corrections. Je vais parler aux femmes. »

Il trouva la Vieille Dame dans ses appartements privés.

Voyant que son fils avait en tête une affaire délicate, elle envoya ses esclaves leur préparer du thé. Une fois les jeunes filles parties, il prit la parole. « J'apprends que Lune de Printemps va être mariée.

— Je me demandais quand vous vous en rendriez compte. Si vous prêtiez plus d'attention aux affaires du clan, vous seriez mieux informé. »

Il s'inclina. « Mes insuffisances sont graves, en effet, Mère. C'est pour y remédier que je m'adresse à vous.

— Alors ? » Elle lui indiqua du geste une chaise auprès d'elle.

Il obéit, se demandant s'il avait bien fait d'attaquer le sujet de front. Cela ne lui ressemblait pas. Maintenant il n'avait d'autre choix que de continuer. « Est-ce donc exact, au sujet du jeune Pan ?

— Je ne puis nier que votre belle-sœur en parle avec enthousiasme.

— Ce garçon n'est pas digne de votre petite-fille. Dites à votre belle-sœur que cette alliance est inopportune. »

Elle ne répondit pas immédiatement, semblant peser ses paroles en hochant la tête. « Vous reconnaissez, mon fils, dit-elle enfin, que Lune de Printemps est en âge.

— Elle n'a que seize ans.

— J'étais mariée à quinze. » Ses yeux pénétrants semblaient lire la moindre de ses pensées.

« Mais vous penseriez de même si elle avait vingt ans !

— Certainement ! Le garçon est indigne ! » Il avait un ton plus passionné qu'il n'aurait voulu et sa voix faisait écho à ses oreilles comme une pièce lancée sur un plateau de cuivre. Que lui arrivait-il ?

Sa mère plissa le front dans un reproche muet. Il ne s'était pas senti à ce point blâmé depuis qu'il avait eu douze ans et qu'il avait délibérément laissé Vrai Talent se perdre à la foire. Avant qu'il ait pu s'excuser la Vieille Dame avait repris : « Mon fils, vous êtes incapable de juger cette question.

— Que voulez-vous dire, ma mère ? De mes propres yeux j'ai vu le fils Pan près de la maison des Saules Couchés. »

Elle se redressa tout droit sur son siège. Ses yeux n'étaient plus que les fentes coléreuses que son fils avait rarement vues, au contraire des femmes. « Écoute-moi, mon fils. Il est temps que Lune de Printemps quitte cette maison. Il est temps qu'elle serve sa belle-mère. Il est temps que ceux qui doivent se marier se marient.

— N'essayez pas de courir deux lièvres à la fois, Mère. Qu'il soit temps ou non est une autre question. On ne doit pas la donner à qui ne saura pas l'apprécier.

— A qui ne l'appréciera pas comme vous le faites, voulez-vous dire.

— C'est exactement ce que je veux dire. » Entendant ce qu'il venait de dire, il se hâta de continuer. « Après tout, je lui ai beaucoup appris. Ce n'est pas seulement une jolie fille de plus.

— Non, vous en avez pris soin. » La Vieille Dame était visiblement de bien meilleure humeur. « Et comme elle est tellement spéciale, mon fils, c'est vous qui devez choisir un mari pour Lune de Printemps.

— Moi ? » Il était vraiment surpris. « Mais, je ne saurais pas...

Vieille Dame lui demandait des comptes. Jour après jour, aucun nom n'émergeait.

Puis, un après-midi d'avril, un ancien camarade d'école passa le voir, le magistrat Tang. Comme Tang suivait désormais la ligne des conservateurs de Pékin, Talent Courageux fut heureusement surpris, croyant que cette visite pouvait annoncer quelques petits changements, voire le début d'une aide à la Société de renfort mutuel. Mais, après plusieurs coupes de vin, le magistrat se leva et prit une pose des plus officielles, s'inclinant profondément. « Vieil Ami, j'ai le plaisir d'être venu aujourd'hui représenter l'honorable famille des Pan et de vous présenter, à vous le Patriarche de l'illustre clan des Chang, cette Lettre Rouge contenant le nom de leur fils aîné ainsi que l'année, le mois, le jour et l'heure de sa naissance. Et, dans mon humble rôle d'intermédiaire, je serais honoré de porter la Lettre Rouge de votre vertueuse nièce, Lune de Printemps, à la famille des Pan, qui m'a prié de demander officiellement à conclure cette splendide union. »

Talent Courageux n'eut pas un battement de cils qui trahît sa consternation. Il était clair que Neige Parfumée s'était activée pendant ses atermoiements. Qu'elle avait, sans aucun doute, encouragé les espoirs des Pan. Il serait maintenant inconvenant de repousser leur demande. Il n'avait plus que le choix de s'exécuter, suivant la tradition.

Ainsi on échangea les Lettres Rouges et les références du fils de Pan Tai Tai furent posées sur une table devant l'autel en bois de rose du hall des Ancêtres. Si aucun signe adverse ne se montrait avant trois jours, on en conclurait que cette union recevait la bénédiction des ancêtres de la maison des Chang. Après quoi on établirait les horoscopes et le sort de Lune de Printemps serait scellé.

Neige Parfumée avait bien établi ses plans et fait allusion à la dot que les Pan allaient bientôt présenter aux Chang, si fait que toute la maisonnée bourdonnait d'enthousiasme pour le mariage. Pas trop tôt, disaient les aînés. Hélas, c'était vrai : Talent Courageux n'avait eu qu'un succès limité quant à la reconstitution de la fortune du clan.

Lune de Printemps était la seule qui n'eût pas grand-chose à dire. Après la visite de Pan Tai Tai elle ne parla plus jamais des préparatifs de son mariage, elle n'y fit même pas allusion, bien qu'elle demandât souvent à être dispensée de ses leçons. Maintenant, quand ils se voyaient, elle souriait à peine, et même la Vieille Dame se montrait froide avec lui. Chacune savait qu'il lui avait fait défaut.

Les heures cruciales passaient sans bruit et il n'avait pas plus d'idée de ce qu'il pouvait faire pour empêcher le mariage qu'à la première visite de l'intermédiaire. La dernière nuit, ne pouvant dormir, il parcourut les jardins en cherchant une inspiration. Dans la cour du Cœur Sage il monta sur la véranda et s'arrêta près de la fenêtre ouverte de Lune de Printemps. Sa chambre était obscure, comme les autres, mais il pouvait voir les rideaux de son lit onduler au clair de lune et sentir les lilas du vase posé sur la table basse. D'un geste absent il passa la main sur la surface lisse et laquée du rebord de fenêtre.

Maintenant il n'y avait plus que la ruse, quelque chose qui mettrait fin à l'alliance sans blesser l'amitié, sans laisser voir l'artifice, sans compromettre l'honneur. Il serait inutile d'acheter un astrologue : sa belle-sœur avait déjà réuni les prédictions les plus resplendissantes. Quoi donc ?

Il crut d'abord s'être imaginé un bruit de respiration entrecoupée. Puis il l'entendit qui continuait. Lune de Printemps ne dormait pas, elle pleurait doucement sans savoir qu'on l'écoutait. Il faillit l'appeler, mais il savait qu'il ne devait pas le faire. Que pouvait-il dire pour la consoler ?

Il erra sans but jusqu'à se trouver, à l'aube, sur le seuil du hall des Ancêtres. La lumière indécise lui permettait à peine de voir les offrandes posées sur la table de l'autel. A côté des jarres pleines de nourriture se trouvaient les Lettres Rouges attendant la bénédiction de ceux qui sont au-delà des Sources Jaunes. Si seulement ils pouvaient réellement parler ! Ils n'auraient sûrement pas voulu un tel mariage, non plus que le Vénérable, lui qui aimait si tendrement Lune de Printemps. Il resta longtemps sans bouger, tandis que le ciel blanchissait. Dans le panier de fruits une poire parut accrocher la lumière. A cette époque de l'année les poires étaient très rares, et c'était une offrande de prix...

Soudain il partit d'un grand éclat de rire. Les dieux existaient peut-être, après tout, car il avait sa réponse. Et il riait encore sans bruit en se glissant dans la salle vide.

Avant l'heure du serpent, debout près de l'écran de marbre, il observa les femmes de la maison se rassembler près de la mare aux nénuphars. On eût dit une troupe d'oiseaux, de cardinaux, becquetant et caquetant joyeusement, inclinant la tête pour se saluer, se mêlant les unes aux autres, et il eut un instant le sentiment d'être un chat féroce, prêt à bondir pour gâcher leur plaisir. Personne ne l'aperçut lorsqu'il suivit le cortège dans le hall des Ancêtres et alla se placer derrière un paravent d'ébène pour regarder la Vieille Dame et Neige Parfumée conduire les femmes à l'autel et reprendre les lettres. Seule manquait Lune de Printemps. Selon la tradition la jeune fille attendait la nouvelle dans ses appartements.

Soudain la Vieille Dame eut un hoquet. « Amitabha ! s'écria-t-elle. *Aye ya* ! Amitabha !

— Que se passe-t-il ? demanda Neige Parfumée.

— Regarde ! » La Vieille Dame tendit le doigt. Sur l'autel, la poire était tombée du panier de fruits sur les Lettres Rouges.

Chacun se pressa en avant pour mieux voir. Des cris de surprise furent vite étouffés de la paume.

La Vieille Dame fit le silence en frappant dans ses mains. Toutes se turent. Il sembla un instant qu'elles ne respiraient plus en attendant ce qu'elle allait dire.

Quand elle parla ce fut d'un ton qui ne laissait aucun doute à quiconque. « Les nobles ancêtres nous ont fait bénéficier de leur sagesse. Il n'y aura pas d'alliance entre les Pan et les Chang. »

Les autres femmes hochèrent la tête à droite et à gauche et lancèrent des exclamations à la cantonade jusqu'à ce que la salle résonnât d'un chœur approbateur. Neige Parfumée semblait la seule à ne savoir que penser. Elle tendit le bras pour toucher la manche de sa belle-mère. « Peut-être cela ne signifie-t-il rien du tout, Por Por. Il n'y a sûrement aucune raison pour désapprouver le fils de Pan Tai Tai. »

La Vieille Dame ramassa la poire et la secoua devant le nez de sa bru. « Qu'est-ce que ceci, alors ?

— Un *li*, répondit Neige Parfumée.

— Et que signifie *li* ?

— Poire, Por Por.

— Oui, oui, mais quoi encore ?

— *Li*... *li* veut dire aussi partir.

— Ainsi...

— Mais, Por Por, la poire a pu simplement rouler hors du panier d'offrandes. »

La Vieille Dame donna la poire à Neige Parfumée, se redressa de toute sa hauteur et déclara, imposante : « C'est précisément ce qui s'est passé. Mais c'est néanmoins un signe. Le signe indéniable du souhait de nos sages ancêtres. Le mariage ne doit pas avoir lieu. Il n'y a pas d'autre interprétation possible. » Elle fixa sa bru droit dans les yeux, la mettant au défi de protester encore.

Neige Parfumée ne pouvait plus que se taire. Elle hocha la tête, à contrecœur, en contemplant la poire dans sa main.

« Bouboule, appela la Vieille Dame. Envoie chercher l'intermédiaire, que nous puissions l'informer de ce qui est arrivé. » La servante sortit en courant, souriant de toutes ses dents.

Neige Parfumée regarda encore une fois sa belle-mère.

« Por Por ?

— Oui ?

— Que vais-je dire à Pan Tai Tai ? »

La Vielle Dame reprit la poire d'un geste et la reposa dans le panier, par-dessus l'orange, à la place qu'elle avait occupée la veille. « Dis qu'il y a eu un signe. Quel sens ont ces trois jours, sinon de consulter les ancêtres ? Si la situation était inversée, la famille des Pan serait obligée de faire exactement comme nous faisons. Personne ne perd la face. Les souhaits de nos augustes ancêtres doivent être respectés. »

Talent Courageux se glissa hors de la salle avec un sourire, savourant sa victoire. Mais cette ruse ne prendrait pas deux fois. Il n'était plus possible de reculer.

Doutant de sa propre résolution, il se fixa arbitrairement un délai de deux jours et alla feuilleter, à l'abri de sa porte fermée, la liste des anciens candidats. A la fin du deuxième jour il avait pris sa décision, à son corps défendant. Il avait choisi un membre de la Société de renfort mutuel, le petit-neveu d'un magistrat célèbre surnommé Papillon, et qui mettait tout délinquant à l'amende de cinquante papillons car « il n'est de meilleure réhabilitation que le temps passé avec la nature ». Son frère et lui avaient commencé par rayer le jeune homme, car c'était un esprit ne sortant pas de l'ordinaire. Mais c'était une âme aimable dont les parents avaient tous une dignité tranquille, étaient habituellement monogames et jouissaient d'une longévité peu courante. Sa nièce s'ennuierait peut-être, mais elle ne serait jamais maltraitée. De plus, se disait-il, Papillon avait une excellente bibliothèque et avait appris à lire à sa propre femme. D'ailleurs Lune de Printemps avait assez d'entrain et d'esprit pour pimenter l'existence la plus prosaïque. Il devait en parler avec leur famille, naturellement, mais il était sûr de leur acceptation.

Il consulta sa montre. Il lui restait près d'une heure avant que le clan ne se réunît pour le repas du soir, qu'il dût leur annoncer son choix et le leur faire approuver. Pour s'occuper il s'attaqua à la pile des lettres qui s'étaient accumulées pendant qu'il se consacrait aux affaires de famille. Plusieurs venaient de relations qu'il avait en Occident, beaucoup venaient du Yamen — pour solliciter des fonds, sans doute —, quelques-unes d'anciens camarades de classe qui servaient aujourd'hui dans des provinces lointaines, et une d'Heureuse Promesse. Surpris de voir qu'elle venait de Pékin, il l'ouvrit en premier. Les pages couvertes d'une écriture serrée lui apprirent que son ami était revenu d'Amérique plus tôt que prévu. « Père n'est pas en bonne santé, et je suis le seul fils de ma mère... » Il avait trouvé du travail comme traducteur pour la Société réformiste, et sa lettre était pleine d'espoir. « Notre ami K'ang Yu-wei est convoqué pour des consultations à la cour de plus en plus souvent, ce qui chagrine la princesse douairière et les conseillers d'Empire. Je ne serais pas surpris de voir le jeune empereur adopter un point de vue plus progressiste. Informe nos amis communs dans le Sud de ces derniers événements. » Pour une fois, se dit Talent Courageux, de bonnes nouvelles !

Il sourit, se souvenant de sa première rencontre avec Heureuse Promesse à la gare de New Haven. Il débordait de commentaires, d'admiration pour le cheval de fer, l'eau qui venait toute seule, le baiser qu'il avait reçu d'une religieuse à Springfield. Il avait le même enthousiasme que Lune de Printemps lorsqu'elle avait maîtrisé une idée.

Lentement, presque à contrecœur, une idée prit forme : Heureuse Promesse et Lune de Printemps. Pourquoi pas ?

Quelques semaines plus tôt, quand il avait exploré les possibilités qui s'offraient à sa nièce, il avait écarté Heureuse Promesse parce qu'il savait que son ami pensait rester à l'étranger et travailler à l'ambassade. Maintenant...

Les Woo n'étaient pas renommés pour leur fortune, mais les Chinois continuaient d'accorder plus de prix au savoir qu'aux richesses, et le père d'Heureuse Promesse était un lettré, un Hanlin. De plus c'était un vieil ami du Vénérable, à l'époque où ils avaient collaboré pour fonder le collège d'interprètes de Tung Wen, le premier du genre. La Vieille Dame, surtout, apprécierait ce fait. Et Heureuse Promesse, qui avait étudié à l'étranger, serait content de trouver une épouse à l'esprit éveillé.

Soudain l'air stagnant du bureau lui fut intolérable. Talent Courageux se leva et sortit dans le jardin des Roses. Mais la brise du soir qui ridait la surface des eaux ne put le rafraîchir, et il rentra bientôt dans son bureau pour composer sa lettre au Hanlin. Les mots ne venaient pas. Il n'avait pas dépassé les formules de courtoisie quand il entendit frapper légèrement à sa porte.

Lune de Printemps se tenait sur le seuil, les mains derrière le dos. « Oncle Aîné, puis-je entrer ? » Elle avait les yeux qui dansaient et un sourire lui effleurait les lèvres.

Il approuva de la tête et elle avança jusqu'à son bureau.

« Vous m'avez sauvé la vie, Oncle.

— L'ai-je vraiment fait ? » Ses propres paroles lui semblaient venir de très loin, comme si quelqu'un d'autre les prononçait. « Comment aurais-je accompli un tel exploit ?

— Oh... » Elle pencha la tête sur le côté. « Par télégraphe ! »

Il leva un sourcil étonné.

« Par télégraphe, mon oncle ! insista-t-elle. Je crois que vous avez construit une nouvelle ligne télégraphique... droit jusqu'à nos ancêtres. »

Elle commence déjà à me manquer, pensa-t-il.

« Et j'attendais, continua-t-elle, le rire dans sa voix venant démentir son ton solennel, de vous apporter un témoignage spécial de ma reconnaissance. » Elle se pencha vers lui, sortit les mains de derrière son dos et lui présenta une poire odorante.

Il la prit dans ses deux mains et la leva vers la lumière, l'étudiant comme si c'était un des vases de porcelaine bleue et blanche de son cabinet, mais sans la voir. Il lui fallut plusieurs minutes avant d'être sûr de pouvoir contrôler sa voix, et quand il parla ce fut presque dans un murmure. « Votre présent est sans pareil », dit-il, ajoutant intérieurement qu'il le chérirait à jamais.

Elle lui fit une révérence pleine de grâce — la nuque inclinée, le dos droit, le genou droit effleurant le sol, les deux mains touchant à peine la hanche droite.

Il voulut sourire mais en fut incapable. Un instant plus tard elle était partie.

En l'espace d'un mois les Lettres Rouges et le contrat avaient été acceptés par les deux clans. La Vieille Dame et Neige Parfumée firent venir Lune de Printemps. Talent Courageux était présent dans la pièce, en tant qu'intermédiaire, mais il préféra rester à l'arrière-plan. Ce fut sa mère qui parla, comme si Lune de Printemps n'avait pas été informée par Bouboule de chaque étape des négociations. « Ma petite-fille, un mariage a été arrangé pour vous par votre Oncle Aîné. Vous appartiendrez à une famille de Hanlin, les Woo de Pékin. C'est on ne peut plus convenable. »

Comme l'exigeait la coutume, Lune de Printemps se mit à pleurer. « Oh ! s'il vous plaît, s'il vous plaît ne me renvoyez pas. Je ne veux pas quitter ma chère famille. Je veux rester à Sou-Tcheou. Je ne veux pas aller vivre dans la capitale. »

Jusqu'à ce moment il n'avait pas réalisé que Lune de Printemps pouvait si bien jouer les rôles que la tradition lui assignait, tant elle lui paraissait différente des autres femmes. Il aurait préféré penser que les sentiments qu'elle affichait étaient authentiques, mais la perfection de son jeu fut trahie par le coup d'œil qu'elle jeta à travers son mouchoir pour juger de l'effet qu'elle faisait sur son public.

Les matrones et les jeunes esclaves parurent satisfaites, surtout quand elle fit signe qu'on lui apportât un nouveau mouchoir. « Je ne retrouverai jamais un foyer comme mon *lao chia*, dit-elle en sanglotant. Rien sur terre ni au ciel ne peut approcher la bonté, l'honneur et la sollicitude que j'ai connus dans ces cours. »

La Vieille Dame, la voix étouffée par l'éventail peint derrière lequel elle s'abritait, murmura à Neige Parfumée : « Pas comme le seau que j'ai rempli, jadis, mais adéquat, adéquat. »

Neige Parfumée hocha la tête en épongeant ses larmes.

Se voyant encouragée, Lune de Printemps se mit à gémir : « Oh ! oh ! oh ! la capitale est si lointaine. Je ne reviendrai jamais, pas même aux jours consacrés — ni le troisième jour après mes noces, ni au nouvel an ni à aucune des fêtes. Pékin est presque à deux mille cinq cents *li* d'ici ! »

Toutes les femmes sursautèrent devant l'énormité du chiffre, et Neige Parfumée s'écria, désespérée : « C'est si loin ! Je ne savais pas que c'était si loin ! »

Là-dessus Lune de Printemps renifla et courut embrasser sa mère. « Aucun jour de ma vie ne s'écoulera que je ne pense à toi, ma mère, et que je pleure. »

Elle ne jouait plus. Elle a probablement peur que sa mère ne change d'avis, se dit Talent Courageux avec une grimace intérieure. Elle craint de ne jamais dépasser les murs du jardin, après tout.

Il quitta la pièce sans qu'on le remarquât.

L'astrologue établit deux dates favorables pour le mariage — le 20 juin, six semaines après, ou le 20 décembre, huit mois plus tard. Comme les glaces pouvaient barrer un passage libre l'été, on choisit le mois de juin, et pour annoncer le mariage on livra aux maisons des parents et des amis des gâteaux en forme de phénix et de dragons où la date propice était peinte en sucre rouge.

Un mariage si rapide rendait impossible la plus grande part de la pompe et des cérémonies traditionnelles. Néanmoins, du jour où la nouvelle fut annoncée, la résidence des Chang fut remplie de l'aube au crépuscule de parents excités, d'ouvriers bruyants, de tailleurs myopes et d'amis postillonnant leurs félicitations. Bouboule et Vieux Faucon se portèrent volontaires pour accompagner la jeune fille à Pékin et rester là-bas à son service. Le Patriarche récompensa leur loyauté d'une somme généreuse, la Vieille Dame leur offrit une pipe incrustée d'argent et une broche en or agrémentée de plumes bleues d'oiseau-lune.

Neige Parfumée s'affaira jusqu'au tout dernier moment à surveiller la préparation du trousseau et des cadeaux pour les Woo, et vint souvent demander des fonds supplémentaires à Talent Courageux. « La parade devra éblouir tout le monde à Pékin, ne trouvez-vous pas ? » C'était la première fois qu'il se souvenait l'avoir vue levée et active à l'heure matinale de son *tai-chi*. Et tout au long du jour il lui semblait voir une robe pourpre dans chacune des cours, se précipitant pour contrôler les tailleurs, marchander avec les colporteurs alignés devant le portail, donner des instructions aux artisans qui campaient près de l'écran aux esprits à propos de l'emblème rouge et or qu'ils devaient peindre sur les vingt-quatre malles en cuir. A tous elle disait : « Allons, quatre de chaque, un pour chacun des dieux du mariage », et cela faisait comme une litanie.

Lune de Printemps, elle aussi, était partout. Et partout il lui semblait percevoir la joie de la jeune fille, dont il était profondément ému. Mais il ne fut pas moins troublé de la voir manquer la plupart de ses leçons et de l'entendre dire plusieurs fois comme elle regrettait d'avoir négligé ses travaux de couture.

Il ne lui arriva qu'une fois de voir la mère et la fiancée assises et immobiles. Elles étaient serrées l'une contre l'autre sur un tabouret près de la mare aux poissons, et chuchotaient. Il les regardait, lui-même invisible, vit une rougeur s'épanouir doucement sur les joues de Lune de Printemps, et comprit que Neige Parfumée racontait à sa fille quelque version attrayante de la fable du pommier et du pêcher.

Dix jours avant la date fixée on sortit des coffres en bois de santal les lanternes, les emblèmes en feuilles d'or de double bonheur, les banderoles écarlates et les porcelaines, les jades et les bronzes du trésor familial pour en parer les salles et les jardins tous illuminés de chandelles rouges pour la fête de la Jeune Fille.

Une fois toute la famille installée dans le jardin du Cyprès, sauf la fiancée et les invités, les hommes et les jeunes gens à leurs tables, les femmes et les enfants aux leurs, cinq artificiers déclenchèrent un feu d'artifice d'une telle magnificence que la nuit s'embrasa en attendant la future épousée. Et, quand pâlirent les derniers rougeoiements de la dernière fusée, elle apparut dans la porte du Trèfle, vêtue d'une robe rose brodée de perles, avec des pivoines piquées dans ses cheveux d'ébène.

Les acrobates s'élancèrent dans les airs, les musiciens jouèrent, les conteurs chantèrent leurs ballades, mais le regard de Talent Courageux retournait sans cesse à la jeune fille qui conduisait les serviteurs d'un invité à l'autre, de table en table, accomplissant le rituel en versant du vin et en portant un toast à tous ceux qui étaient venus célébrer l'occasion.

« Bienvenue ! Votre présence distinguée illumine notre humble résidence.

— Je bois à votre bonheur, Fille de la maison des Chang.

— Je bois au vôtre, Honorable Invité. »

Ils levaient les coupes en l'air et les portaient à leurs lèvres. Lune de Printemps faisait semblant de boire, puis tendait la coupe à un domestique qui la vidait pour elle. Il n'aurait pas convenu qu'elle bût trop, qu'elle titubât en public comme les flâneurs au ruisseau des Bambous. En la regardant Talent Courageux l'imagina dans une chambre nuptiale, souriante, empourprée par le vin, ses longs cheveux dénoués. Sur le lit, négligemment ouvert, un volume de vers par Li Po, ce flâneur sensuel, le poète favori de Lune de Printemps. Bien vite il chassa cette image. Mais les mots d'un des poèmes de Li Po ne se laissèrent pas oublier :

> Nuit après nuit je garde pour elle la moitié de ma couette
> Attendant que son esprit me revienne...

Quand elle approchait des tables où étaient les femmes, ces dames cessaient de potiner et de servir les meilleurs morceaux à leurs voisines pour lui roucouler des compliments sur sa beauté et la réconforter de tendres murmures. Il ne pouvait les entendre, mais il en était chaque fois ainsi. Et quand elle vint offrir un toast aux cousins célibataires assis à la table voisine de la sienne, chacun à son tour lui fit sérénade d'un lambeau d'opéra, des extraits du *Palais de la jeunesse éternelle* et de *L'Éventail à la fleur de pêcher*, comme le voulait la coutume.

Il voyait qu'elle commençait à faiblir. Ses petits lis dorés doivent lui faire mal, pensa-t-il, se souvenant de cet après-midi, il y avait si longtemps, où elle avait rêvé de chaussures ailées. Aujourd'hui elle rêvait d'Heureuse Promesse. Et demain elle franchirait pour la première fois les murs des jardins.

Enfin elle vint vers lui. Il se mit debout et leva sa coupe à hauteur de la sienne.

« Oncle Aîné, quel air solennel vous avez !

— Vraiment ?

— Craignez-vous que votre élève indigne ne soit un désagrément pour les Woo ? »

Il ne répondit pas, mais leva de nouveau sa coupe. « Je bois à votre bonheur, fille de mon frère.

— Je bois au vôtre, mon oncle. »

Une fois le dernier invité parti et les restes mis de côté pour les mendiants, Talent Courageux se retira dans son bureau. Les volets des portes étaient repliés et il pouvait voir dans le ciel la lune à moitié pleine. La brise fit frissonner des papiers retenus par un bloc de jade, et il caressa du doigt les symboles du yin et du yang gravés sur la pierre, regardant la pièce qui lui paraissait désormais tellement vide sans le second bureau.

Il alluma sa lampe et versa quelques gouttes d'eau du flacon en cristal sur l'encrier de pierre. Il écrasa le bâton d'encre, sans se hâter, saisit le pinceau et se mit à écrire.

Mon frère,

Vous nous avez manqué à la fête de la Jeune Fille. Tout Sou-Tcheou est venu. Vous avez été très demandé.

Je souhaite que vous soyez mon intermédiaire. Ayez l'obligeance d'aller voir Sui, le négociant, et de lui demander sa fille, Pure Vertu, pour être mon épouse.

Cette note une fois cachetée, il resta encore plusieurs minutes à son bureau, fixant la pièce d'un regard vide, puis alla lentement jusqu'au jardin des Roses où il fit les cent pas, de long en large, d'un bout à l'autre, jusqu'à ce que les premières traînées de l'aube vinssent colorer le ciel.

Finalement, le cœur las et mélancolique, il entra dans sa chambre et se déshabilla machinalement. Les rideaux du lit s'enflaient et se balançaient comme les manches longues et amples d'une gaze impalpable.

Il dormit d'un sommeil entrecoupé.

Un parfum de fleur de pêcher vint le surprendre et il ouvrit les yeux. Une beauté qu'il n'avait jamais vue était dans l'embrasure de la porte, comme un esprit rusé, qui récitait un poème. Sa robe avait la couleur des saules au printemps, sa voix emplissait l'air de volupté. Elle souriait comme s'ils s'étaient intimement connus.

« Qui êtes-vous ? demanda-t-il.

— Tu sais qui je suis.

— Pourquoi êtes-vous là ?

— Parce qu'il est temps.

— Pour quoi ?

— Pour jouer.

— Jouer ? »

La beauté pencha la tête sur le côté, noua un ruban dans ses cheveux et s'enfuit. Il resta seul. Il attendit. Elle avait laissé son éventail sur la table, près de lui. Il l'agita, elle reparut, portant deux gobelets d'ambre sur un plateau d'argent. A chaque pas les verres s'embrassaient.

Ils burent le vin, mais sa soif ne fut pas étanchée. Elle joua du luth, chanta des airs.

« Maintenant il est temps de jouer, dit-elle.

— Quelles sont les règles ?

— Les règles sont ici. » La beauté souleva les oreillers. Il y avait un jardin. Des hommes et des femmes étaient couchés, enlacés, comme dans *Le Livre du nuage et de la pluie*.

Soudain il rapetissa. De plus en plus jusqu'à être emprisonné dans le gobelet. Elle souriait toujours, mais sa voix soudain résonna. « Il est temps ! Il est temps !... »

« Il est temps de vous lever, Maître », dit le serviteur.

FEU DE PRINTEMPS

6

La Jeune Mariée

Anxieuse, la cigale gazouille,
Impatient, le criquet sautille.
Avant d'avoir vu mon seigneur
L'inquiétude m'emplissait le cœur.
Mais dès lors que je l'ai vu,
Que j'ai pu le rencontrer,
Mon cœur est en repos.
Le Livre des chants

LES COURS DE LA maison des Chang résonnaient au son des cornets, des cymbales, des flûtes et des tambours quand Lune de Printemps commença son voyage de dix jours vers Pékin. Son visage, sous la coiffe ornée de bijoux, était voilé, et les fenêtres comme les portières de la chaise nuptiale rouge étaient scellées. « La jeune mariée ne doit pas être vue jusqu'à ce que son mari soulève le voile », disaient les femmes.

On tira donc les rideaux de la cabine du yuloh jusqu'à Changhai, de l'appartement sur le vapeur, du compartiment dans le train qui la menait à la capitale. Quand Lune de Printemps passait d'un véhicule à un autre on lui remettait le voile nuptial et on refermait la chaise à porteurs. Tout du long elle ne vit rien, ne perçut que les bruits des villes, de l'eau qui s'enfuyait, le cliquetis des roues et le grondement des moteurs comme le cœur d'un géant.

D'abord elle supplia Bouboule et Vieux Faucon, de garde à l'extérieur de son compartiment, de la laisser jeter un coup d'œil. Mais, quand ils refusèrent, elle se résigna et pensa à autre chose. Étrangement elle pensait moins à ce qui allait venir qu'à son *lao chia*. La fête s'était bien passée. Grand-mère n'avait pas ri si fort depuis qu'elle avait perdu ses dents, et Mère n'avait cessé de parler de tous les petits-fils qu'elle allait avoir. Père lui-même avait écrit deux poèmes, un pour Heureuse Promesse et un pour elle. Les deux rouleaux seraient accrochés dans sa nouvelle demeure. « Printemps est partie, avant que j'aie pu la connaître... », commençait celui qui lui était adressé. C'était la première fois, dans son souvenir, qu'elle recevait un témoignage de son affection. Jeune Oncle avait envoyé ses excuses et un cheval en céramique Tang. Elle se dit qu'il ne l'avait pas choisi pour sa beauté, mais comme un symbole de vaillance militaire. Peu importait. Venant de lui, il lui serait précieux.

Il ne lui avait manqué que le rire d'Oncle Aîné, et elle se demandait ce qui l'avait assombri à l'heure de son bonheur.

Une fois le train arrivé en gare, à Pékin, on l'enveloppa une dernière fois dans plusieurs couches de brocart et de satin, on l'aveugla avec le voile en soie rouge et la coiffe rehaussée de joyaux qui dissimulait ses traits au monde, on l'enferma dans la chaise à porteurs pour le trajet jusqu'aux cours de son fiancé. Alors, pour ce qui lui sembla une période interminable, la chaise oscilla, sur des routes inconnues, à lui donner la nausée, avant de s'arrêter tandis qu'une musique s'insinuait dans l'obscurité étouffante. Elle mourait d'envie d'ouvrir la portière, de respirer librement, de voir quelque chose, ne fût-ce que la lumière du jour teintée de rose à travers son voile. Mais la coutume exigeait qu'on jouât trois airs pour éprouver la patience de sa vertu avant de pouvoir ouvrir la chaise à porteurs. Plutôt qu'on ne la crût impatiente, elle serait morte.

La musique prit fin. Un moment de silence. Et puis — voilà ! Les trois coups qu'elle avait attendus. Elle entendit un bruit de papier déchiré. Une brise souleva le coin de son voile. Elle aspira une grande goulée d'air frais.

La foule dont elle avait prévu la présence applaudit en criant : « La mariée ! La mariée ! » Elle essaya de les entrevoir, mais elle pouvait seulement distinguer, en baissant les yeux, le phénix et les poneys brodés sur sa robe rouge de mariage et les bouts de ses minuscules chaussures rouges. De douces mains féminines l'aidèrent à descendre et à se tenir debout. Elle se demanda un instant si ses jambes engourdies allaient la supporter. Quelle humiliation si elle trébuchait, s'ils pensaient, ne fût-ce qu'une minute, que les Chang leur avaient envoyé une femmelette ! Mais les mains la tinrent jusqu'à ce qu'elle se raffermît. Puis, lentement, elle avança, conduite par ces femmes inconnues qui seraient bientôt ses sœurs et ses cousines.

Des tapis rouges recouvraient les allées. Le sol de la salle de cérémonie était en bois, avec de profondes entailles. En franchissant le seuil elle vit devant elle, à quelques pas, les sandales à semelles blanches d'un homme et le bas de sa robe en soie bleue.

Une voix de basse proclama le début des rites du mariage, et la musique commença. Cymbales et tambours seuls — ou n'était-ce que son cœur ? Incapable de voir et empêchée de parler, elle fut conduite ici et là, on la fit s'agenouiller et se prosterner devant les membres de la famille qui serait bientôt la sienne et devant les invités.

L'esprit absent, elle se demanda comment ils pouvaient être sûrs qu'elle était vraiment la mariée et non une autre fille enveloppée de rouge qui serait montée par erreur dans la chaise à porteurs. Ou c'était peut-être elle qui s'était trompée, qui s'était égarée dans la maison d'un autre. Cette idée, curieusement, ne la dérangeait pas. Elle se sentait dans une sorte de rêve, comme si elle avait déjà vécu cette journée au cours d'une incarnation précédente. Qu'avait donc dit le Vénérable ?... Cède, mon enfant, cède.

Soudain la musique s'arrêta, la foule éclata en un tonnerre d'applaudissements et d'acclamations. Elle était maintenant l'épouse de l'homme qui avait marché et s'était prosterné à ses côtés. L'air vibra au son de la musique et des pétards.

L'ovation continua, des gens la firent sortir de la salle, l'escortèrent le long des allées, lui firent passer les seuils de cours inconnues. Et toujours, un peu devant elle, elle voyait l'ourlet bleu roi et les semelles blanches de son mari. Ils entrèrent finalement dans une pièce et on lui dit de s'asseoir à une table. Elle entendait des chœurs de rires étouffés, de murmures, le cliquetis des assiettes et les allées et venues continuelles des lis dorés. Puis une porte fut fermée et il n'y eut plus que le silence.

Elle attendit, sans savoir où tout le monde était allé, ni quand ils reviendraient. Elle se força au calme, à écouter. Soudain le poids de sa coiffe lui fut intolérable. Elle leva les mains pour se masser le cou.

Quelqu'un se racla la gorge, et elle sursauta. Heureuse Promesse était là depuis le début. Elle courba la tête et ferma les yeux, se demandant quand il allait parler. Elle-même, jusque-là, devait se taire. Il traversa la pièce et vint s'asseoir près d'elle sur le canapé. Toujours sans rien dire. Elle fut prise d'un étourdissement. Pas maintenant, Kouan Yin la miséricordieuse, pria-t-elle. Il ne fallait pas qu'elle s'évanouît, qu'elle touchât les vêtements de son mari. Brusquement il se leva et se mit à marcher de long en large en marmonnant à voix basse.

Elle ne comprit pas ses paroles, mais elle en reconnut le son. Talent Courageux, lui aussi, parlait tout seul en anglais. Et d'un coup elle se sentit à l'aise.

Aussi brusquement qu'il avait commencé, son mari s'arrêta et revint s'asseoir près d'elle. Ils attendirent. A la fin il parla, trop fort. « Petite Sœur, comment va mon ami Talent Courageux ? »

Maintenant elle pouvait parler. « Ainsi vous n'êtes pas sourd-muet.

— Qu'est-ce qui vous a fait penser que je l'étais ? » Sa voix lui plut.

« Voyons, vous n'avez pas dit un mot.

— Vous non plus. » Il répondait vite.

« Mais je ne suis pas censée parler la première.

— Qu'en savez-vous ?

— On me l'a dit.
— Alors ils ne vous ont pas appris que je jouissais de toutes mes facultés ?
— Non, mentit-elle. Je n'ai pas demandé.
— Vous n'avez pas demandé ?
— Non, je n'ai posé aucune question, pas la moindre. Je ne sais pas si vous êtes un bossu ou un géant, un dandy ou une brute.
— Ainsi vous acceptiez d'épouser n'importe qui ?
— Bien sûr ! » Croyait-il qu'on l'avait mal élevée ? « J'aurais épousé quiconque mes aînés auraient choisi », dit-elle d'un ton vertueux.
Il y eut un silence. Elle l'entendit soupirer. « Et moi de même, dit-il enfin. Je ne sais rien de vous, moi non plus.
— Rien ? » Mentait-il, lui aussi ?
« Rien. Comme vous, j'ai laissé mes parents s'occuper de tout.
— Alors vous aussi auriez épousé n'importe qui ?
— N'importe qui.
— Oh ! » Déçue, elle se tint encore plus droit.
Le silence retomba.
Finalement Heureuse Promesse se leva et rapprocha la table. Elle sentit l'odeur d'un canard à la pékinoise.
« Nous ferions aussi bien de dîner. Les invités vont bientôt venir et peuvent rester toute la nuit. Si nous ne mangeons pas maintenant nous n'en aurons peut-être plus l'occasion.
— Mais je ne peux pas manger en portant tout cela.
— Alors enlevez-le.
— Non.
— Pourquoi non ?
— C'est à vous de le faire.
— Je suppose aussi qu'on vous l'a dit. »
Elle hocha la tête.
« Eh bien, alors il faudrait peut-être que vous vous leviez d'abord.
— S'il vous plaît, Frère Aîné, aidez-moi à quitter la table. Je n'y vois rien. »
Heureuse Promesse alla de l'autre côté de la table et la tira loin d'elle. « Maintenant vous pouvez vous lever. »
Lune de Printemps se tint complètement immobile, debout, les yeux baissés, tandis qu'il soulevait soigneusement la coiffe de joyaux, puis le voile, et les posait au bout de la table. Un instant, aveuglée par la lumière, elle ferma les yeux. Puis elle les rouvrit lentement. Elle redressa la tête. Un bouton doré à hauteur de son visage. Elle regarda plus haut et compta encore deux boutons avant de voir le visage de son mari. Il était très grand. Il avait la peau lisse. Il sourit quand il vit son visage.
Rougissante, Lune de Printemps se rassit aussitôt. « Notre dîner refroidit. »
D'un seul coup elle mourait de faim. Il voulut dire quelque chose,

puis se ravisa. Elle prit ses baguettes pour s'emparer d'une crevette, se souvint des bonnes manières et les reposa très vite sur leur support. Elle regarda vers lui. Leurs regards se croisèrent. Il avait l'air troublé et faisait tourner machinalement l'anneau qu'il portait au majeur de la main droite. Elle lança sur les plats un regard de convoitise. Enfin il alla en face d'elle et prit place à table. Le dîner avait l'air délicieux !

Ils ne firent pas un geste. Allait-il jamais commencer ? Sinon, c'est elle qui le ferait ! Simultanément ils prirent chacun leurs baguettes et voulurent embrocher le même œuf de caille.

« Prenez-le, je vous prie, dit-elle.

— Non, je vous en prie. C'est vous l'invitée.

— Le suis-je ? » Elle fit une pause. « Eh bien, si vous insistez, entendu. »

Elle mangea avec grand appétit. Lui-même dîna du bout des dents, amassant sur son assiette des morceaux qu'il ne touchait pas. Il la regarda manger quatre chaussons fourrés au canard, cinq langoustines, deux boulettes, deux « œufs de deux mille ans », trois portions de bœuf aux épices, six champignons farcis, et tout le plat de porc à la sauce aigre-douce.

« Mangez-vous toujours autant ? demanda-t-il.

— Mangez-vous toujours si peu ? »

Heureuse Promesse rougit.

On frappa, et les domestiques vinrent desservir la table. L'un sortit aussitôt en courant et cria : « Une beauté ! Une beauté ! » Épouse et mari restèrent assis, rigides, jusqu'à ce que l'aîné des domestiques fît signe à Heureuse Promesse de sortir.

Pendant que les femmes retouchaient le rouge à lèvres de Lune de Printemps et reprenaient dans un peigne une mèche qui s'était échappée, elle regarda autour d'elle cette pièce qu'elle n'avait pas encore vue. Était-elle tellement plus petite que la pièce de réception dans la cour du Cœur Sage, ou était-ce seulement qu'elle était encombrée de meubles ? Peut-être sa belle-mère, après la naissance de son premier fils, lui permettrait-elle de la transformer un peu.

Quand les servantes se retirèrent, la plus jolie s'arrêta dans la porte pour appeler Heureuse Promesse. « Heureux époux, psalmodia-t-elle, vous pouvez maintenant prendre votre place auprès de la mariée. Votre famille et vos amis viendront bientôt réchauffer la chambre nuptiale. »

Heureuse Promesse vint comme on le lui demandait, tout en marmonnant : « Encore une de ces coutumes barbares.

— Est-ce si terrible ? chuchota Lune de Printemps.

— J'espère que non. Je peux seulement suggérer que nous supportions leurs farces. Faites tout ce qu'ils vous demandent, sinon ils vont s'obstiner et rester tout au long des trois jours et des trois nuits. »

Les parents de l'époux entrèrent en premier. Lotus Enchanté et Droiture Ardente avaient beau porter des vêtements de prix, remarqua

Lune de Printemps, sa belle-mère avait du style tandis que son beau-père semblait porter les habits d'un autre. Elle était d'une taille au-dessus de la moyenne, élégante, et beaucoup plus jeune que son mari, lequel était tout rond, sans être gros, avec une barbe jaunâtre et un visage grêlé, mais agréable.

Lotus Enchanté parla la première. « Bien, bien, bien, je ne me doutais pas qu'elle serait si jolie. Et vous, mon honorable époux ?

— Non. Oh non, bien sûr que non. Mon fils, vous avez de la chance que votre affreux père ait des amis plus avenants. » Lune de Printemps s'étonna de cette réponse. Bouboule lui avait dit qu'Oncle Aîné avait envoyé aux Hanlin la photographie qu'il avait prise d'elle sous un saule, près de l'étang des Fidèles Compagnons. Il était clair que son beau-père ne l'avait pas montrée à sa femme.

Le sourire aux lèvres, mais la voix froide, sa belle-mère ajouta : « Nous verrons si vos amis si avenants ont des petites-filles obéissantes. »

Peut-être serait-il plus sage d'attendre la naissance de son deuxième fils avant de parler des meubles, se dit Lune de Printemps.

Quand ses beaux-parents quittèrent la pièce elle fut entourée par toutes les femmes du clan des Woo. Très vite elle eut l'impression de n'être qu'un canard déjà plumé qu'elles s'apprêtaient à faire cuire pour le dîner.

« Par exemple, tous ces cheveux sont bien à vous ?

— Voyons voir de près vos petits lis dorés.

— Un peu maigre, ne trouvez-vous pas ?

— Oh ! je la dirais un peu boulotte.

— Croyez-vous qu'elle va être un *hwa tou,* comme tant de celles qui viennent du Sud ?

— Un oreiller brodé, peut-être. Décorative et rien à l'intérieur. Je ne serais pas étonnée de la voir s'y reprendre à deux fois avant de choisir le côté de la tasse où elle va boire. »

Parlez toujours, pensa-t-elle. Je suis une Chang !

Pendant que ces dames la palpaient et la tâtaient du doigt, les hommes restaient à l'écart, les yeux fixés sur elle, et félicitaient Heureuse Promesse avec de gros rires.

Mais les invités d'un certain âge ne s'attardèrent pas, et quand ils s'en allèrent ce fut le tour des célibataires d'entrer au galop en poussant des cris et des hourras. Plusieurs apportaient des tables et des chaises et s'installèrent aussitôt pour jouer au mah jong, tandis que les autres se moquaient du jeune couple, singeaient leur allure, les bombardaient de questions et de sarcasmes, selon la tradition. Ils essayèrent souvent de faire perdre son sang-froid à la jeune fille, s'efforçant de la faire rire, ou pleurer, ou jeter un cri de colère. Mais, à vrai dire, elle resta intérieurement aussi calme qu'elle le paraissait. A côté de Bouboule, ils n'étaient pas de force.

Quand l'un deux se mit à raconter une histoire obscène, Heureuse Promesse crispa les mâchoires, mais Lune de Printemps lui murmura : « Rappelez-vous ce que vous m'avez dit. Nous ne voulons pas qu'ils restent ici trois jours et trois nuits. »

Avant qu'une heure ne se fût écoulée, même les plus tapageurs étaient trop gênés pour insister. Quand le premier se décida à partir, tous le suivirent.

Peu après les domestiques revinrent préparer le lit nuptial qui était dans une pièce voisine, caché derrière des rideaux rouges. Une fois encore Heureuse Promesse attendit dans le jardin pendant que Lune de Printemps restait assise avec un sourire, contente de lui.

Quand les domestiques furent ressortis c'est Bouboule qui vint défaire la malle de la mariée et aider celle-ci à sortir de sa robe de cérémonie. Lune de Printemps sauta sur l'occasion. « Vite ! Vite ! Dis-moi ce que t'ont appris les domestiques. »

Bouboule, allant et venant de la malle à la commode, lui raconta. « Ta belle-mère n'est pas d'un tempérament heureux. Fais bien attention de lui plaire. »

Lune de Printemps secoua la tête, impatiente. « Non, non. Qu'as-tu appris sur *lui* ?

— Le Hanlin est un homme bon mais il a très peur d'elle.

— Non, non, ta sottise m'exaspère, pas lui ! Mon mari ?

— Oh ! » Bouboule hésita. « Mais toi-même tu l'as vu. Et puis, de toute façon, est-ce qu'il compte vraiment ? »

Elle se retourna pour poser les peignes sur la coiffeuse, mais la jeune fille l'attrapa par la manche. « Tu sais quelque chose. Tu dois me dire !

— C'est sans importance.

— Quoi ?

— Ce n'est rien. Pas maintenant, pas maintenant que tu es mariée.

— Mais comment pourrais-je être une bonne épouse si les autres savent sur lui des choses que j'ignore ? »

Bouboule se laissa fléchir. « Les domestiques disent que le jeune maître ne souhaitait pas se marier.

— Disent-ils pourquoi ?

— Cela n'a rien à voir avec toi, ma précieuse. Ils disent qu'il est contaminé par les idées venues de l'étranger, qu'il ne voulait pas d'un mariage traditionnel. Il souhaitait épouser quelqu'un qu'il aurait vu, qui lui aurait plu, qu'il aurait choisi.

— Qui était-ce ?

— Personne. Il n'avait personne en vue. Alors le Hanlin en a fait à sa guise. Allons, il est temps de te changer. »

Lune de Printemps ne dit plus un mot tandis qu'on lui ôtait couche après couche les brocarts et la soie rouge et qu'on les remplaçait par une longue robe de soie rose qui laissait deviner son corps mince. Mais plus elle pensait à ce qu'avait dit Bouboule, moins elle s'inquiétait. Oncle

Aîné ne lui aurait pas fait épouser un homme qui la négligerait.

Quand Bouboule fut satisfaite du moindre détail, elle serra affectueusement la jeune fille dans ses bras et lui chuchota : « Souviens-toi de ce que je t'ai dit. N'oublie pas la soie blanche ! » Lune de Printemps rougit. Amitabha ! Elle était reconnaissante à la servante de ses explications. Sans Bouboule elle serait encore à se demander pourquoi sa mère avait parlé de tel ou tel arbre.

L'instant d'après la jeune fille se retrouva seule au milieu de la chambre.

Devant elle se trouvait le lit nuptial en bois de rose sculpté, avec un dais richement brodé et des rideaux rouges. Le couvre-lit de satin rouge était couvert de pétales de rose et de chaussures de bébé de toutes les couleurs. Tout près, sur une colonne, se trouvait un plateau avec le petit carré de soie blanche avec lequel elle devrait au matin apporter la preuve de sa pureté, de ce qu'elle avait été réellement acceptée parmi les filles de la maison des Woo.

Elle entendit marcher, se retourna et découvrit Heureuse Promesse dans l'embrasure de la porte. Il lui sembla qu'il examinait la pièce tout entière, le lit couvert des symboles traditionnels de fertilité et le plateau avec son carré de soie blanche, avant de la voir debout devant lui. Son visage ne laissait rien deviner de ses pensées.

Pendant longtemps il ne bougea pas. Puis, délibérément, il alla vers la colonne et la renversa d'un coup de pied. Il ramassa le carré de soie blanche et le jeta au loin. Le tissu flotta doucement et tomba à ses pieds. Furieux il le reprit et le relança, recommençant plusieurs fois jusqu'à ce que la frustration le fît haleter.

D'abord elle se demanda si elle lui avait déplu. Mais non, se dit-elle. Il se conduit comme un petit garçon. Bouboule a raison. Il ne voulait pas épouser une inconnue.

Ni sa mère ni Bouboule n'avaient évoqué une telle possibilité. Pourtant, d'une façon ou d'une autre, tandis que le silence s'éternisait, ponctué par le bruit rauque de sa respiration, elle sut ce qu'il fallait faire. Délibérément, comme lui, elle avança jusqu'au lit, prit une chaussure d'enfant rouge et la lança violemment à travers la pièce. Puis une autre, une autre encore.

Plus tard, ils oublièrent qui avait ri en premier. Mais ils rirent à perdre haleine et finirent par s'écrouler sur le parquet. « Pourquoi avoir fait ça ? demanda-t-il enfin.

— Et vous ?

— J'ai demandé le premier.

— J'ai pensé que vous n'aimiez pas la tradition.

— L'aimez-vous, Petite Sœur ? »

Elle ne sut pas que répondre.

Il continua. « Vous avez raison. Je n'aime pas la tradition... épouser une inconnue. »

Elle tendit la main comme pour lui toucher les lèvres. « Frère Aîné, nous sommes mariés. Nous ne pouvons pas défaire ce que nos familles ont fait. Mais nous ne sommes pas obligés de rester éternellement des inconnus. Des inconnus peuvent apprendre à se connaître.

— Cela demande du temps.

— Nous avons toute une vie, mon frère.

— Cela ne vous ennuie pas d'attendre ? »

Elle rougit et secoua la tête. Il s'était déjà passé tant de choses pour leur première rencontre. Elle pouvait attendre et en être contente, maintenant qu'elle l'avait vu, qu'elle était sûre de pouvoir le faire sourire.

« Petite Sœur, comprenez-vous vraiment ? »

Elle le regarda au fond des yeux. Il avait des yeux moins allongés que les siens, c'était un homme du Nord. Ils ne ressemblaient pas aux autres, les yeux de son mari. « Oui », chuchota-t-elle en réponse à sa question. L'espace d'un moment ni l'un ni l'autre ne parla, ne bougea, ni même ne respira. Puis le charme fut rompu, et elle se mit à genoux par terre pour chercher parmi les chaussures qui jonchaient le sol, rampant dans tous les sens et jetant les chaussures à droite et à gauche.

« Que faites-vous ? »

Elle posa un doigt sur ses lèvres. « Chut ! »

Elle trouva enfin ce qu'elle cherchait — le carré de soie blanche. Avant qu'il ait pu l'en empêcher, elle s'était mordu l'intérieur de la joue et avait craché un peu de sang qui fit une tache rouge sur la soie.

Ensuite elle sourit, malgré la douleur, et lui lança le tissu. « Ce sera le premier de nos nombreux secrets, mon mari. »

L'aube approchait quand ils eurent remis un semblant d'ordre dans la chambre, mais ni l'un ni l'autre ne voulut admettre qu'ils étaient fatigués. Heureuse Promesse lui proposa de déjeuner de bonne heure. Elle accepta. Il alla prévenir les domestiques qui leur préparèrent sur-le-champ un repas.

Une fois la table servie et le personnel sorti, ils s'installèrent de nouveau à table. Lune de Printemps prit soin de mâcher du côté droit de sa bouche.

« Ces gâteaux sont délicieux. Je n'en ai jamais mangé de meilleurs.

— Savez-vous cuisiner ? »

Elle secoua la tête avec un soupir de regret. Il y eut un silence. « Pensez-vous que Por Por va me réprimander si le poisson n'est pas tout à fait d'un seul morceau ? demanda-t-elle.

— De quoi parlez-vous ?

— Ne vous ont-ils rien dit ?

— Il me semble que non.

— D'abord, vous et moi devons rester cloîtrés trois jours et trois nuits. Le jour suivant je dois préparer et faire cuire une carpe pour votre famille.

— Pourquoi ? »

Elle rougit. Comment dire que c'était pour mettre à l'épreuve son habileté et pour symboliser l'espoir du clan d'avoir de nombreux fils ? Elle haussa les épaules. « Encore la tradition. » Elle fronça les sourcils et reposa ses baguettes. « En mangerez-vous beaucoup, même si c'est très mauvais ?

— Pourquoi diable...

— Oh ! je vous en prie, il le faut. Je dirai à Por Por que c'est une spécialité de Sou-Tcheou et qu'on peut ne pas aimer cela la première fois. Mais voulez-vous faire semblant et dire que vous l'aimez ? En redemander deux fois ? Personne d'autre n'en voudra. » Elle fit la grimace.

« Croyez-vous que je vais mentir à ma propre mère ?

— Oh non ! Vous n'avez pas à dire quoi que ce soit, seulement à manger ! » Elle sourit. « Je vous en prie ! »

Il faillit sourire, lui aussi, et hocha la tête. « Je suppose que cela va être notre deuxième secret. »

Ils rirent, mais elle évita son regard.

Elle ne s'était jamais sentie ainsi. Ce n'était pas déplaisant. Décidément pas. Elle se remit à manger. Il la fixa des yeux, ses baguettes suspendues en l'air.

« Petite Sœur, vous devez coudre merveilleusement.

— Je couds comme un ours.

— Maintenant j'ai compris que vous êtes excessivement polie.

— Non. » Elle poussa un second soupir. « Non, c'est la vérité. Je n'aime pas coudre.

— Alors vous peignez des éventails, des fleurs, des montagnes perdues dans les brumes ?

— Je n'aime pas peindre non plus.

— Vous devez donc préférer le jardinage.

— Non. » Elle but du lait de fèves caillé.

« Vous chantez, peut-être, ou vous jouez du luth ? »

Elle reposa son bol et baissa la tête. « Je ne sais. »

Il la regarda sans mot dire.

Oh ! qu'ai-je fait ? se dit-elle. Il me prend pour un tourteau à riz ! Alors elle lui demanda brusquement : « Et vous ?

— Quoi, moi ?

— Vous cuisinez, cousez, peignez, jardinez, chantez ou jouez ?

— Non.

— Bien ! » Elle applaudit. « Nous avons beaucoup en commun. »

Il hocha la tête, incertain. Silence.

« Faut-il faire apporter des jetons ?

— Non. Je ne joue pas au mah-jong.

— Oh ! dit-il, perdu.

— Jouez-vous aux échecs ? » Lune de Printemps leva la tête, toujours modeste, et le regarda dans les yeux.

« Moi ? oui, bien sûr.

— Ah ! » Elle se tapota le côté de la tête. « C'est un jeu difficile.

— Ce n'est pas facile.

— Y a-t-il un échiquier ici ?

— Oui.

— Alors installez-le.

— Vous savez jouer ?

— Un peu. »

Il appela les domestiques pour qu'ils débarrassent la table, et quand ce fut fait il alla vers son bureau et en sortit un échiquier ancien en ivoire. Elle le regarda disposer les pièces. Sans un mot, elle joua le premier coup.

Elle prétendit ne pas voir son ahurissement quand elle contra son attaque. Finalement, quand le pion de Lune de Printemps remporta un coup stratégique, il quitta l'échiquier des yeux, se renversa dans sa chaise, les bras croisés, et choisit d'étudier son adversaire. Elle garda les yeux baissés. Soudain il demanda : « Savez-vous lire ?

— Un peu.

— Comme vous jouez aux échecs — un peu ? »

Elle essaya de ne pas répondre, puis cacha son rire derrière ses mains en approuvant de la tête.

Quand le gardien sonna l'heure du chien, ils bâillaient tous les deux, luttant contre le sommeil. Ni l'un ni l'autre ne voulait être celui qui suggérerait d'aller au lit. Ils sommeillaient sur leurs chaises. A l'heure du cochon la crécelle du gardien de nuit les réveilla. Tous deux se sentaient engourdis, fatigués. « Nous ne pouvons pas passer toutes nos nuits sur des chaises. Ne pensez-vous pas que nous ferions mieux d'aller au lit ? »

Elle approuva, puis, les yeux baissés sur ses mains croisées, lui demanda : « Puis-je entrer la première dans la chambre, seule ? Je vous appellerai quand vous pourrez venir.

— Je vous en prie. Prenez tout votre temps, Petite Sœur. »

Elle alla dans la chambre et se changea. Quand elle fut prête elle enroula une couverture, grimpa sur le lit et la disposa entre eux comme une barrière. Elle resta un moment sans bouger. Puis, remontant le couvre-pieds, elle l'appela : « Mon frère, vous pouvez entrer. »

7

Cher Inconnu

Au cinquième mois de l'année du chien, en 1898, pendant la treizième année du règne de Kuang Hsu, l'empereur proclama un édit comme suit :

Pour encourager les réformes nous avons adopté certaines méthodes européennes, car si la Chine et l'Europe s'accordent à tenir le bien-être du peuple pour le premier objet d'un bon gouvernement, l'Europe est allée plus loin sur cette route que nous-mêmes, si bien qu'à introduire des méthodes européennes nous pourvoyons simplement aux insuffisances de la Chine.

« A moins de connaître et d'employer les sources de leur puissance, il n'y a pas de remède à notre condition. Mon peuple ne reconnaît pas pleinement la cause de mon angoisse, car les éléments réactionnaires dénaturent délibérément mes intentions, font courir des rumeurs sans fondements pour troubler l'esprit des hommes...

« Que ce décret soit exposé dans la première salle de chaque édifice public de l'Empire afin que tous puissent le voir. »

Mais après cent jours de réformes la Concubine agit, aidée par l'ambitieux Yuan Shi-K'ai, chef de l'unique armée moderne de la Chine, qui trahit son empereur, et par son amant Jung-lu, le doyen des officiers mandchous.

Histoire de Chine

Lune de Printemps, comme elle le faisait chaque matin aussi longtemps qu'elle l'osait, se tenait immobile au seuil des appartements de sa belle-mère, reculant le début de son épreuve quotidienne. Lotus Enchanté, assise à sa coiffeuse, essayait des boucles d'oreilles. Un jour, pensa Lune de Printemps, un jour des conteurs chanteront mes louanges et je serai célèbre comme le vingt-cinquième parangon de la piété filiale. Plus aimée que Tong Yung, qui se vendit comme esclave pour payer l'enterrement de son père, plus respectée que Dame Tang, qui nourrit sa grand-mère édentée de son propre lait.

Avec un soupir, elle entra sans faire de bruit.

La pièce n'avait rien de la sobre élégance qu'elle avait toujours attribuée à ses aînés, elle était encombrée de tout ce que Lotus Enchanté avait caprice d'acheter et à quoi elle passait ses journées. Des colifichets en laque, en jade, en émail cloisonné, en ivoire et en or couvraient toutes les tables, comme les vieux boutons sur le plateau de Bouboule, dans sa boîte à couture. Les soies brodées s'accumulaient sur les paravents, dissimulant les motifs peints par les artistes. Des coffres de prix étaient remplis de boîtes sans valeur. Le tout était sans harmonie.

« Bonjour, Por Por. » Elle s'inclina.

« Où étais-tu ? demanda Lotus Enchanté en renvoyant sa servante, sans quitter un instant le miroir des yeux. Il y a des heures que je suis réveillée.

— Je suis venue plus tôt mais on m'a dit que vous souhaitiez ne pas être dérangée.

— Tout à l'heure, mais c'est du passé. Vos parents ne vous ont-ils pas appris à respecter vos aînés ? »

Lune de Printemps baissa la tête.

« J'ai posé une question.

— On m'a bien éduquée. Je m'excuse d'avoir pu vous déplaire. »

La main de la femme laissa échapper une boucle d'oreille. Lune de Printemps s'agenouilla aussitôt pour la ramasser. « Por Por, la perle a roulé sous votre chaise, hors de ma portée. »

Lotus Enchanté écarta sa chaise de la table, écrasant la boucle. « Regarde ce que tu m'as fait faire ! Comment penses-tu réparer une maladresse pareille ? »

Lune de Printemps ne sut que répondre.

« J'ai posé une question. Dois-je répéter chaque fois ce que je te dis ?

— Je vous prie d'accepter une paire de mes perles.

— Et puis ?

— Je vous prie de choisir également toutes celles qui vous plairont. »

Lune de Printemps ôta les perles de ses oreilles et les offrit à sa belle-mère.

« Comment oses-tu m'insulter de ton hypocrisie ! Crois-tu que je manque de bijoux ? Ai-je l'air de ne pouvoir acheter une autre paire de ces boucles d'oreilles de rien du tout ?

— Je reconnais mon tort, Por Por. »

Lotus Enchanté accrocha des boucles en jade à ses lobes. Comme elle s'observait de profil dans son miroir, elle surprit le regard de sa bru et se retourna brusquement. « Pourquoi me fixez-vous ? Suis-je si curieuse à regarder ? »

Une fois de plus la jeune fille courba la nuque. « Je pensais seulement que vous êtes très belle, Por Por. »

La femme battit des paupières, se retourna vers son miroir, plongea un doigt dans le pot de rouge et appliqua soigneusement la pâte sur ses lèvres. Quand elle fut satisfaite, elle répondit. « Ne crois pas qu'en cette vie la beauté signifie grand-chose », dit-elle seulement.

Tandis que Lune de Printemps attendait qu'elle ait terminé sa toilette, on entendit frapper à la porte ouverte. Heureuse Promesse était venu, comme chaque jour, présenter ses respects. Il s'approcha et s'inclina devant sa mère. « Bonjour, Mère. »

Elle lui rendit son salut et renvoya Lune de Printemps d'un geste. « Vous pouvez aller. J'ai à dire à mon fils des choses qui ne vous concernent pas. »

La belle-fille s'inclina silencieusement devant la belle-mère et le mari, puis sortit de la pièce.

C'était l'heure où les femmes de la maison se rassemblaient autour des colporteurs qui venaient chaque jour dans la cour des cuisines vendre des légumes, des articles ménagers, des aiguilles et du fil. Aujourd'hui le marchand de fruits était venu avec des paniers de melons vert pâle, des kakis jaune-orange et des poires dorées.

« Bonjour, mes tantes. » Lune de Printemps fit une courbette à l'intention des épouses des deux frères Hanlin et de la concubine du Hanlin. Occupées à choisir des fruits, elles ne prirent pas la peine de lui répondre. La jeune fille se tourna vers les filles jumelles que le Hanlin avait eues de sa concubine, des filles de son âge qui avaient le visage rond et les fossettes de leur mère. « Bonjour, mes sœurs. »

Les jumelles lui firent un signe de tête, réservées sans être froides. Elle crut voir un soupçon de sourire sur les lèvres de la plus dégourdie, mais il s'évanouit avant qu'elle pût en être sûre.

A quoi pouvait-elle s'attendre ? Une jeune mariée, dernière venue dans une famille, n'avait droit à aucune considération tant que les années n'avaient pas passé et que des fils ne lui étaient pas nés. Hier, de plus, elle s'était montrée indiscrète. Leur voisine Lin Tai Tai et ses brus étaient venues en visite, l'après-midi, et elle, au lieu de garder un silence respectueux, avait laissé échapper que les fleurs étaient plus variées à Sou-Tcheou que tout ce qu'elle avait vu à Pékin. Il faudrait qu'elle apprît à tenir sa langue — elle tâcha de se rattraper et ajouta : « Les fruits ont l'air délicieux. Je n'ai jamais vu des melons pareils dans le Sud.

— Ah ! » La marchande, une femme robuste, profita de l'occasion. « Cette belle maîtresse est des plus observatrices. Elle vous dira que mes fruits valent deux fois ce que j'en demande. »

Encore une erreur ! Elle aurait dû savoir qu'il valait mieux ne rien dire du tout. Quand les femmes lui tournèrent le dos et commencèrent à marchander, elle s'éclipsa et alla jusqu'à la petite cour où son mari et elle vivaient avec Bouboule et Vieux Faucon. Bouboule était dans la chambre, en train de ranger le linge, mais quand elle vit Lune de Printemps elle laissa retomber les bas dans le panier et lui prit la main. « Que s'est-il passé ? Pourquoi cette triste mine ?

— Rien de particulier, soupira la jeune fille en s'asseyant sur le lit, à côté de la servante. C'est juste... oh ! pourquoi ne puis-je jamais plaire à personne ? Surtout à elle. Si aujourd'hui le thé est trop chaud, demain il sera froid. Si je fais trop de bruit en quittant la pièce, c'est à pas furtifs qu'on m'entend revenir. Si je souris, je suis trop vieille pour faire des grimaces; si je ne souris pas, je fais la tête. Que dois-je faire ?

— Rien. » Bouboule lui tapota la main d'un geste tendre. « Personne ne peut rien y faire, Jeune Maîtresse. Cela a toujours été comme ça. Tu es une femme, maintenant.

— Mais ce n'est pas toujours comme ça. A Sou-Tcheou ce n'était pas comme ça.

— Là-bas tu étais une fille de la maison, pas une belle-fille. » Bouboule se remit lourdement sur ses pieds, sortit un chiffon de sa poche et se mit à épousseter.

« Inutile de toute façon de penser à Sou-Tcheou. Ici, désormais, c'est chez toi. Il faut que tu essayes de comprendre. Qui sait comment était Woo Tai Tai, avant de venir ici comme jeune mariée ?

— Je crois qu'elle a toujours été la même. Qu'est-ce qui aurait pu la transformer ? Ces cours ne sont pas si belles que les nôtres, de loin, mais ici personne ne manque de rien. Et tu m'as dit toi-même que c'est Por Por qui a insisté pour que le Hanlin prît une concubine. »

Bouboule ouvrit une persienne en treillis pour secouer son chiffon. « Jeune Maîtresse, n'as-tu pas trouvé les rouleaux frits particulièrement délicieux, ce matin ? »

En dépit de ses malheurs, Lune de Printemps faillit éclater de rire. Quand la servante voulait changer de sujet, elle n'était pas particulièrement subtile. Mais elle n'avait pas l'intention de la laisser s'en tirer à si bon compte.

« Vieille Amie, dit-elle, c'est toi qui m'as dit qu'elle a insisté. Je sais que c'est toi. »

Bouboule renfonça le chiffon dans sa poche avec un soupir et donna toute son attention à la jeune fille. « Mon innocente, il y a mille façons de digérer l'amertume. Il est vrai que Woo Tai Tai s'est arrangée pour faire venir une concubine. As-tu pensé qu'elle a pu trouver cela préférable aux attentions du Hanlin ?

— Mais, Bouboule... »

La vieille servante se boucha les oreilles. « C'est tout ! Je ne veux pas entendre un mot de plus. Tu dois faire attention à toi ou tu vas dîner d'un vent de nord-ouest. Les murs eux-mêmes répètent les racontars. Prends garde, ou ta belle-mère va te renvoyer. »

Lune de Printemps eut le souffle coupé; elle n'avait jamais pensé à cette éventualité.

« Ne vois-tu pas que tu es le vinaigre dans son thé, Jeune Maîtresse ? » La voix de Bouboule s'était faite soudain plus douce. « Sois patiente. Après tout, tu n'as qu'à attendre. Bientôt tout va changer, tout le monde sera plus aimable. » Elle se tapota le ventre avec un large sourire. « Bientôt tu vas lui donner un fils. »

Lune de Printemps sentit les larmes lui monter aux yeux. A ce moment, heureusement, Bouboule fut distraite par un mouton de poussière aperçu sous la bibliothèque, et ne la vit pas pleurer. Il fallait qu'elle ne se doutât de rien.

Se forçant au calme, la jeune fille se leva et dit d'un ton ordinaire : « Tu as raison. Je garderai ton conseil dans mon cœur. Maintenant il faut que je m'en aille. J'ai des choses à faire. »

Elle traversa lentement la cour jusqu'au banc qui lui était réservé près de la table d'échecs en pierre qu'Heureuse Promesse leur avait fait installer. Une odeur de marrons grillés flottait dans l'air automnal. Elle se força au calme en regardant le cheval Tang, placé tout près dans une petite encoignure, qui passait du soleil à l'ombre. De tout ce qu'elle avait apporté de Sou-Tcheou, c'était le cadeau que lui avait fait Jeune Oncle qu'elle préférait. Elle ne devait jamais se plaindre, elle ne devait jamais donner à Lotus Enchanté un prétexte pour la renvoyer. Car, si elle ne devait plus jamais revoir son mari, elle en mourrait.

En pensant à lui elle ne put s'empêcher de sourire. Nul n'était sincère comme lui, quand il complimentait Vieux Faucon sur son canard à la pékinoise, quand il conseillait son père sur des questions de politique intérieure, ou quand il apprenait l'anglais à sa femme. Il donnait à chacun le meilleur de lui-même. De temps en temps elle faisait volontairement une faute de prononciation, simplement pour entendre son rire.

Elle avait essayé d'écrire un poème sur ce qu'elle ressentait, d'expliquer la façon qu'il avait d'entrer dans une pièce ou de lui murmurer bonne nuit. Mais aucun mot ne lui était venu. Elle savait seulement que son cœur se serrait de plaisir et de fierté quand il était près d'elle, et aussi quand ils étaient séparés.

De temps en temps, néanmoins, il lui faisait peur. Le silence tombait sur lui, comme un suaire, et il restait assis à regarder la lanterne en soie peinte qui pendait aux poutres de la bibliothèque, faisant tourner sur son doigt l'anneau qu'il avait rapporté, avait-elle appris, de son école en Amérique.

Au début elle avait interrompu ces rêveries. Il avait chaque fois répondu à ses questions, expliqué patiemment pourquoi il était à ce point préoccupé. La politique, les réformes du jeune empereur, tout cela semblait le troubler.

« Je pensais que vous l'approuviez, mon frère.

— Je l'approuve. Mais je crains qu'à chaque édit l'empereur ne se fasse des ennemis plus puissants.

— Mais c'est l'empereur.

— Il est tout de même vulnérable. Surtout si ses ennemis persuadent la douairière que les réformes ne sont pas dans son intérêt. »

A la Société réformatrice l'atmosphère était pleine de rumeurs d'assassinats, de coups d'État, d'intervention étrangère. Dans leur ardeur à convertir l'empereur, les réformateurs avaient sous-estimé la bureaucratie. Or, expliqua-t-il, par leur nature même les bureaucrates considèrent tout changement, surtout s'il est rapide, comme une menace mortelle. « Si la moindre de ces rumeurs est exacte, j'ai des craintes pour notre pays, peut-être même pour nos vies. Notre succès avec l'empereur peut amener notre perte.

— Comment auriez-vous pu prévoir une telle chose ?

— Nous aurions dû. Cela s'est toujours passé ainsi. »

Maintenant elle restait sans rien dire pendant qu'il ressassait ses idées noires, souhaitant qu'il pût partager la joie qu'elle avait au cœur.

Elle fut tirée de sa rêverie par la femme de chambre de Lotus Enchanté. « Jeune Maîtresse, venez vite ! On vous demande. »

Por Por. Toujours Por Por. Aussitôt Lune de Printemps courut se mettre au service de sa belle-mère.

Le soir, après dîner, Lune de Printemps attendait son mari dans le jardin, seule, jouant négligemment aux échecs contre elle-même, quand il tomba soudain une goutte de pluie qui fit virer au rouge la fleur rose brodée sur sa manche. Le tonnerre grondait au loin. Elle rentra. A l'heure du rat l'orage était passé, mais il n'était pas venu.

Il était très tard quand elle finit par s'endormir. Au matin, de l'autre côté de la couverture roulée, le lit était intact.

Une pensée lui vint, comme une malédiction qu'un ennemi lui aurait lancée : j'ai perdu mon mari sans être son épouse.

Elle la repoussa aussi vite qu'elle lui était venue, craignant qu'une telle idée ne se changeât en prophétie. Pour tromper les dieux elle se gronda tout haut. « Petite idiote, une goutte d'eau te fait voir un déluge. Petite imbécile. »

Alors elle repoussa le couvre-pieds et s'allongea où il aurait dû être, s'agitant comme il le faisait dans son sommeil. Puis, comme chaque matin, elle cacha la couverture roulée et ordonna à Bouboule de préparer le thé.

Tout au long du jour elle essaya de faire comme si tout allait bien, contente pour une fois que la pluie empêche sa belle-mère de sortir et, par conséquent, tienne sa belle-fille occupée. Mais le soir venu, comme il n'était toujours pas rentré, elle se confia à Bouboule. La vieille servante pâlit et détourna les yeux.

« Que se passe-t-il ? s'écria la jeune fille.

— Je croyais qu'il était sorti tôt pour aller à la Société...

— Mais que se passe-t-il, Bouboule ? » Elle la tira par la manche, impatiente. « Dis-moi ! Dis-moi ! » C'était la première fois qu'elle voyait la vieille femme avoir peur.

« Les colporteurs n'ont pas arrêté d'en parler de la journée. Il y a des soldats partout, et les portes de la ville sont fermées. »

Ils l'ont tué, pensa Lune de Printemps. Puis : non, il va bien. S'il était mort, je le saurais. Il ne s'est rien passé. Rien !

« Jeune Maîtresse, faut-il que j'envoie Vieux Faucon aux nouvelles ? »

Un cauchemar. Elle était incapable de réfléchir. Il le fallait.

Bouboule répéta sa question.

« Non, vous ne devez pas sortir des cours. Il sera bientôt là, j'en suis sûre. » Surtout qu'elle garde son sang-froid.

« Veux-tu que je reste avec toi ? »

Elle secoua la tête et renvoya la servante dans son logement.

La pluie avait rafraîchi l'atmosphère, et elle remit du charbon dans le poêle avant de se coucher. Elle repensa à ce qu'il avait dit de ses ennemis politiques. Elle se répéta sans cesse la même prière : Que je dorme et que je me réveille pour le trouver ici.

Mais le sommeil ne vint pas. L'horloge sonna l'heure du rat, celle du bœuf. Il n'y avait d'autre bruit que celui du vent qui agitait les saules. L'heure du tigre passa, l'heure du lapin. Le vent soufflait plus fort et les saules bruissaient. Soudain elle s'assit dans son lit. Il y avait des pas sur la véranda. « Frère Aîné ? »

Pas de réponse. Elle raviva aussitôt la lampe à huile qui était dans une niche de son côté du lit. Heureuse Promesse était dans l'embrasure de la porte. Il était trempé, ses habits étaient tachés de boue, et son corps mince était secoué de sanglots.

Elle dégringola du lit pour aller l'aider. « Que s'est-il passé ? Où étiez-vous ? »

Il ne répondit pas.

Il ne me reconnaît pas, pensa-t-elle. Elle lui prit la main, qui était brûlante.

« Que s'est-il passé ? Où étiez-vous ? »

Pas plus de réponse. Elle le conduisit au lavabo comme un enfant et versa de l'eau dans une cuvette pour lui nettoyer le visage. Il se laissa faire sans un geste lorsqu'elle lui ôta ses vêtements mouillés, qu'elle lui mit des vêtements secs pris dans la penderie et qu'elle l'enroula dans une couverture. Pendant qu'elle lui servait du thé du pot resté chaud sur le poêle, il resta assis au bord du lit, traversé encore de frissons. Elle réussit à le faire boire. Ses dents claquaient sur la tasse en porcelaine.

« Que s'est-il passé ? Dites-le-moi, je vous en prie ! »

Il ne donnait toujours aucun signe de compréhension. Elle l'entoura de ses bras, l'allongea sur le lit et monta près de lui pour le réchauffer. Au bout d'un long moment il se calma et parut s'endormir. Elle n'osait pas bouger. Kouan Yin la miséricordieuse, pria-t-elle. Bouddha le miséricordieux...

Soudain il se libéra de son étreinte et se redressa en criant. « Non, non ! » Il se remit à pleurer. « Non !

— Tout va bien. Tout va bien, très bien. » Elle essaya de le consoler comme Fleur de Prunier la consolait quand elle était petite, lui pressant la tête contre son cœur et le berçant. « Chut. Ce n'était qu'un rêve. Vous êtes chez vous. Rien ne peut vous faire du mal, ici. » Cela sembla le réconforter, car il s'apaisa et la serra à son tour dans ses bras, mais un instant seulement, puis s'adossa au bois de lit sans cesser de lui tenir les mains. Elle vit qu'il voulait lui parler, et elle attendit, sans faire un geste.

« Ce n'était pas un rêve. » Il avait du mal à parler.

« Que voulez-vous dire ?

— Je n'ai rien fait. J'ai laissé faire. Je suis resté à regarder.

— Quoi ? Vous devez me dire ce qui s'est passé. »

Il ne répondit pas mais continua à suivre le fil de ses pensées. « Je savais. Je savais et je me suis enfui. Je savais qu'elle l'avait fait prisonnier. Je savais qu'ils viendraient. Je n'ai rien fait.

— S'il vous plaît, je ne comprends pas. Où étiez-vous ? »

Il ne lui répondit toujours pas, mais l'attira contre lui. Son visage mal rasé était rêche contre sa joue.

« Ma femme, murmura-t-il. Ma femme. »

Alors, sans la lâcher, il lui fit son récit, gardant les yeux fixés sur le rideau du lit comme si la scène qu'il décrivait y était représentée.

« Hier, sur le terrain de foire près du pont du Ciel, un pont de pierre, une foule s'est réunie malgré la pluie qui tombait à verse. Ils étaient venus pour s'amuser. Mais il n'y avait pas d'ours savants, pas de lutteurs, ni d'acrobates sur leurs perches de bambou.

« Au lieu de quoi il y avait mes amis : cinq appartenant au mouvement et un sixième, le frère de K'ang Yu-wei. C'était le chat qu'ils avaient pris pour faire peur au singe.

« Je suis resté au milieu des curieux. Je me souviens d'un garçon blessé à la tête qui s'est accroché à ma robe et qui s'est faufilé en avant pour mieux voir.

« La pluie collait la cagoule noire au visage du bourreau. Son sabre... » Il s'arrêta.

Elle resta immobile, et après quelques minutes il continua. « Un magistrat a lu la sentence du Crayon Écarlate. Mes amis se sont mis à genoux. Un garde a soulevé chaque natte pour exposer la nuque.

« Les corps sont restés à genoux tandis que les têtes roulaient dans la boue. »

La fièvre d'Heureuse Promesse ne tomba pas de huit jours. Puis, lentement, il reprit des forces.

A l'époque Lune de Printemps ne songea pas à s'étonner qu'une grande peine et qu'un grand bonheur pussent ne faire qu'un; qu'après seulement que son mari eut contemplé l'horreur et le mal ils aient pu connaître la beauté et le bonheur d'être vraiment mari et femme.

Au matin de leur première nuit d'amour, pendant qu'il dormait encore, elle se contenta de rédiger un poème.

Non plus des étrangers, mais plus étrange encore
    celle-là qui me singe
    dans le miroir en bronze.
Si loin de cette ombre frêle
    que je croyais être moi.
Longtemps exilée,
Enfin chez moi.

8

L'Attente Silencieuse

Le 22 septembre 1898 la Concubine proclama : « L'empereur étant souffrant, l'impératrice douairière reprend la régence. » L'empereur âgé de vingt-six ans fut emprisonné dans une île paradisiaque et ses édits déclarés nuls et non avenus.

Histoire de Chine

Si la fréquentation du hors-la-loi K'ang Yu-wei par Heureuse Promesse n'était pas passée inaperçue, son rôle avait été trop minime et la position de son père était trop élevée pour qu'il pût craindre des représailles. Une fois la Société réformatrice dissoute, il travailla chez lui, traduisant en chinois des informations politiques prises dans les publications anglaises, pour la bureaucratie, et des décisions judiciaires anglaises pour le corps diplomatique.

Lune de Printemps s'empressa de lui proposer son aide.

« Et vos devoirs envers ma mère ?

— Por Por y consentirait, j'en suis sûre, si la suggestion venait de vous. Elle ne vous refuse jamais rien. Rappelez-lui qu'il n'est pas besoin de me payer. »

Néanmoins, quand l'idée fut mise en avant, Lotus Enchanté la repoussa. « Mon fils, ce serait pour vous une solution parfaite. Si je pouvais, j'y consentirais. Mais qui me servirait ? » Le miel de ses paroles cachait mal le poignard dans son sein. N'ayant pas le choix, Lune de Printemps ravala sa déception et continua d'être aux ordres de sa belle-mère.

Ce fut peu après le nouvel an qu'elle s'aperçut que certaines choses disparaissaient — aucun objet de valeur, mais un jour c'était une poignée de bonbons, le lendemain une tasse à thé et une partie du thé qu'elle laissait dans le pot près du poêle. Bouboule, l'attribuant à un rat, signala la disparition d'une boulette qu'elle avait mise de côté pour le déjeuner de Vieux Faucon.

Puis, un matin qu'il faisait un froid perçant, Lune de Printemps entendit un son provenant d'un baquet vide. Elle se pencha pour regarder à l'intérieur, aperçut un visage de fille levé vers elle et reconnut la petite muette qui était venue accompagner une vieille marchande vendant du fil « si beau que les eunuques n'en trouveraient pas de meilleur pour la Douairière ».

Lors même qu'elle lui ordonna de sortir, Lune de Printemps sentit son cœur qui fondait. L'enfant était très maigre, presque gelée, mais elle n'avait volé que de la nourriture, et encore très peu. Dans le cabinet de toilette la malle pleine de capes doublées en fourrure n'avait pas été touchée. « Sors de là », lui répéta-t-elle. Elle n'avait d'autre choix que de la conduire à sa belle-mère, laquelle s'entretenait avec un vendeur de dinanderie dans la cour des cuisines.

La porte des colporteurs était ouverte mais la petite fille n'eut aucun geste pour s'enfuir quand Lotus Enchanté envoya ses femmes vérifier les coffres et les tiroirs de la maison. Elle se tenait droit, les bras le long du corps, malgré le vent qui transperçait sa blouse et son pantalon usés et décolorés. C'est ainsi que s'était tenue Fleur de Prunier, se rappela soudain Lune de Printemps, devant la chambre du Vénérable quand il était malade.

Quand chaque rapport eut confirmé qu'il ne manquait rien, Lotus Enchanté annonça sa décision. « Laissez-la partir, dit-elle.

— Va ton chemin ! » cria la concubine. La fille fit un pas vers le portail.

« Non ! » cria Lune de Printemps. Au son de la voix elle s'obligea à sourire pour s'excuser. « Ne peut-elle rester ? Par ce temps elle va sûrement mourir si nous la jetons dehors.

— Et alors, répliqua la concubine. Cette muette n'est pas de la famille. Des tas de gens ont faim. Comptez-vous les nourrir tous ? »

Les autres affirmèrent que la muette ferait venir le mauvais œil.

« Les dieux la punissent pour ses péchés dans une autre vie !

— Ne vous mêlez pas de ça !

— Mais, Por Por, supplia Lune de Printemps, le mauvais sort n'est pas toujours un châtiment des dieux. »

Sa belle-mère hésita.

Lune de Printemps continua. « L'enfant n'est pas grosse, elle ne mangera guère. Elle est muette et ne fera pas de bruit. Elle est abandonnée et ne nous coûtera rien.

— C'est une paysanne, elle ne sait rien faire !

— Je la formerai, Por Por. En un rien de temps, j'en suis sûre.

— Et pendant ce temps, qui me servira ? Mes jambes me font si mal, ces jours-ci, que je puis à peine marcher. »

Bouboule donna son avis. « Laissez la muette rester à l'essai,

Maîtresse. Permettez que je vous serve. Mes doigts magiques » — et elle pétrit le vide comme pour un massage — « vous ramèneront à la table de mah jong pour quarante-huit parties de suite. Garanti ! »

Lotus Enchanté joua quelques instants avec le bracelet en lapis-lazuli qu'elle avait au poignet, puis dit d'un ton désinvolte, comme si c'était sans importance : « La compagnie de ma belle-fille commençait à m'ennuyer. La fille peut rester ! »

Récurée, habillée et nourrie, Muette, comme chacun l'appelait dans la maison, se trouva être fort jolie, son visage anguleux de fille du Nord embelli par un teint parfait et de grands yeux marron. En quelque temps elle devint une excellente camériste. Et peu à peu l'emploi du temps quotidien de Lune de Printemps ressembla de plus en plus à celui qu'elle avait connu à Sou-Tcheou, bien qu'elle travaillât maintenant dans un bureau en face de son mari et non plus de son oncle — une femme, non plus une enfant.

L'affection qui avait suivi son mariage, l'amour qui avait découlé de leur intimité, la compréhension qu'apporta le temps qu'ils passaient ensemble, cela remplit sa vie. Sans un mot, souvent sans un geste, chacun devinait ce que l'autre pensait. Ils n'extériorisaient jamais leur joie — ce qui aurait été vulgaire — mais elle était sensible à tous ceux qui les connaissaient. Les domestiques en conclurent que « Jeune Maître et Jeune Maîtresse ont dû être déjà mariés, dans une incarnation précédente. Et Muette devait être leur petit chien ».

Pourtant, malgré tout ce bonheur, Lune de Printemps osa s'exposer aux caprices des dieux en les priant d'exaucer encore deux de ses souhaits.

Bien qu'elle eût parcouru plus de deux mille *li* et vécu plus d'un an dans la capitale, la jeune mariée avait encore à découvrir ce qu'il y avait au-delà des murs de ses jardins. Chaque fois qu'elle demandait à se joindre à une sortie, que ce fût une visite à leurs voisins les Lin, une excursion au couvent de Notre-Dame-de-la-Bonne-Vue, ou une réception à l'ambassade américaine, sa belle-mère refusait. Nul n'osait l'implorer, pas même Heureuse Promesse, car cela aurait pu faire perdre à Lune de Printemps les privilèges qu'elle avait conquis. De plus, se disait-elle, ce n'était plus qu'une question de temps.

Et son deuxième souhait n'en était que plus fervent. A mesure que passaient les semaines elle était prise d'espoir, puis de regret, quand chaque mois la réponse était la même. A quoi servait l'extrême bonheur qu'elle partageait avec son mari dans la chambre nuptiale si aucun fils ne lui venait ? Combien de temps la maison des Woo attendrait-elle ? Un an, deux au plus. Ensuite elle devrait s'agenouiller devant lui et le supplier de tout son cœur de remplir son devoir filial en prenant une seconde épouse.

Ce fut peu après la fête du nouvel an, célébrée chez sa belle-mère, que la femme sans visage fit son entrée dans les rêves de la jeune femme, enleva les livres de la bibliothèque pour y installer un lit où Heureuse Promesse l'étreignit avec la même ardeur, la même tendresse, qu'il témoignait à Lune de Printemps. A chacune de leurs étreintes son mari et la femme sans visage semblaient s'éloigner plus avant dans un monde secret qui leur était réservé, un monde séparé du sien. Parfois, dans son rêve, elle les appelait, mais sa voix se perdait dans la distance et jamais ils ne paraissaient l'entendre. Le couple enfin partit si loin que leurs ombres même avaient disparu, et Lune de Printemps contempla l'horizon, en attente. Pendant qu'elle attendait quelqu'un s'approcha d'elle... d'abord un point, puis une tache. Elle vit enfin que c'était son mari. Était-ce bien lui ? Elle vit que c'était son mari, mais devenu enfant. La maison des Woo s'inclina devant lui, devant le petit-fils du Hanlin.

Le même rêve, nuit après nuit, lui revenait sans cesse. Elle avait grande envie de pouvoir se confier à quelqu'un, mais les lettres qu'elle envoyait tous les mois à sa mère ne parlaient que de sujets joyeux. Son mari et elle mettaient beaucoup en commun, mais elle ne lui parla pas du rêve. Connaissant son attitude envers les « coutumes barbares », elle ne voulait pas ajouter son propre désespoir à la peine qu'il aurait quand ils seraient obligés de céder. Elle ne pouvait oublier l'expression qu'il avait eue quand elle lui avait montré la lettre de Neige Parfumée annonçant la naissance de Haute Vision, fils de Talent Courageux et de Pure Vertu.

Finalement elle s'en ouvrit à Bouboule. « Comment se fait-il, Vieille Amie, commença-t-elle sur le ton de la conversation, que Vieux Faucon et toi n'ayez jamais eu d'enfants ? Il a dû en vouloir une douzaine. Il t'adore comme si tu étais le Bouddha, tout le monde le dit.

— C'est vrai ! » Bouboule sourit et ronronna presque en parlant du passé. « C'est vrai. Avant d'épouser cette mauviette, j'étais mince comme un roseau. C'est difficile à croire, je sais. Nous vivions avec sa famille sur deux *mous* de terre. Cet imbécile me traitait comme une femme de riche, il me faisait rester assise à manger des douceurs toute la journée pendant qu'il peinait dans les champs. Bientôt je suis devenue aussi grosse qu'un marchand de riz. Mais il disait à tout le monde que j'étais splendide. Imagine ! Quelle absurdité, dire une chose pareille de sa propre femme ! Même la marieuse en riait.

« Quand un an s'est passé sans espérance de bonheur, je n'ai plus bu d'eau froide, plus jamais mangé de pastèque, j'ai mis trois couches de robes et je me suis enroulée autour du poêle même en plein été. Je suis allée au temple et j'ai payé les prêtres pour qu'ils me laissent toucher le membre de la mule en bronze. » Bouboule fit une pause, le temps de sortir un mouchoir et de se moucher.

« J'ai grossi de plus en plus, mais sans être enceinte. Finalement nous nous sommes habitués à rester seuls, et quand ses parents sont morts nous sommes allés travailler pour ton clan. Amitabha ! Si nous étions restés à la ferme, je serais devenue aussi grosse que la Grande Muraille.

— N'y avait-il rien d'autre que tu aurais pu faire ?

— J'aurais pu faire bien d'autres choses, mais rien ne m'aurait donné un enfant. Toutes les cartomanciennes étaient d'accord, les lignes de ma main n'annonçaient aucun fils. »

Lune de .Printemps soupira en regardant sa paume.

Aussitôt Bouboule lui montra la sienne. « Regarde, elles ne se ressemblent pas du tout. Tu auras de nombreux fils !

— Le crois-tu vraiment, mon amie ?

— Aussi vrai qu'il y a un empereur, je le crois. »

9

Les Poings Harmonieux

En l'année du rat, en 1900, les tiges et les branches furent dénudées par l'inondation et la sécheresse, et la famine sévit. A la saison des forêts, quand aux bonnes années les blés sont gorgés de grains et mûrissent les cerises, des enfants étaient vendus par leurs parents pour cinquante sous par tête.

La capitale était d'autant plus gaie, car les riches comme les pauvres devaient maintenir les apparences pour briser l'enchaînement des catastrophes naturelles et des malheurs du pays. Les théâtres en plein air, les fêtes dans les temples et les expositions de fleurs se multipliaient, des messagers en costume de cérémonie sillonnaient les hutung *de Pékin, apportant des invitations convoitées à des banquets somptueux, et des paniers d'œufs durs teints en rouge en signe de bonheur.*

On chuchotait que soixante adorateurs de Jésus avaient été massacrés à moins de deux cents li *de Pékin, mais la plupart des étrangers du quartier des ambassades ne faisaient aucun cas de ces rumeurs. La Douairière n'avait-elle pas proclamé que « Tous ceux des quatre mers sont nos frères » ?*

Histoire de Chine

LORSQUE LE DUC LAN invita la maison des Woo à une grande réception qui devait avoir lieu au quinzième jour de la quatrième lune, Son Excellence fit savoir qu'il souhaitait particulièrement la présence du fils des Hanlin et de sa jeune épouse. Quel honneur pour un homme aussi jeune ! Quel honneur pour une épouse de si fraîche date ! Dès que l'enveloppe rouge eut été ouverte les femmes furent plus aimables avec Lune de Printemps, lui retournèrent ses saluts, la complimentèrent d'avoir perdu son accent de Sou-Tcheou et discutèrent joyeusement des coiffures et des robes et des bijoux que chacune allait porter. Même Heureuse Promesse, qui prenait le duc pour un réactionnaire stupide et un ennemi en puissance, feignit l'enthousiasme pour faire plaisir à sa femme.

Le jour était venu, l'heure du singe allait sonner, et elle était assise devant sa coiffeuse, s'éventant avec fureur. Elle savait que Por Por était prête depuis l'heure du cheval, mais, pour la première fois de sa vie, elle n'arrivait pas à se décider. Les pendentifs de saphir ? Ou les rubis ? Et l'éventail ? En ivoire ou en soie ? La couronne de perles ou la coiffe en résille d'argent ? Ou des fleurs ? Une orchidée, un camélia, une rose ? Peut-être seulement des peignes en jade. Non ! Elle secoua la tête. La robe, d'abord la robe. Impuissante, elle regarda les robes drapées sur le lit, les malles embaumant le camphre, le divan en forme de dragon et les chaises en *lohan*. Qu'est-ce qui n'allait pas ? Ce n'était sûrement pas seulement l'excitation à l'idée de voir Pékin et d'être vue.

Muette, déjà vêtue d'un corsage et d'un pantalon neufs en soie turquoise, se moqua en levant les mains comme pour prier.

« Oui, je sais, il se fait tard. Mais je ne peux pas choisir... » La bleu roi, l'écarlate ? La pêche ou la jaune ?

Finalement elle désigna la petite servante en pointant son éventail. « Choisis, toi. »

Muette, aussitôt, avec un de ses rares sourires, alla prendre la robe émeraude brodée de phénix dorés.

« Tu as raison. Bien sûr, c'est celle-là ! » Elle ne s'étonnait plus. Muette avait un goût parfait. Qui l'aurait cru, d'une paysanne ? Quand on ne voyait pas ses pieds, personne n'aurait pu dire que ce n'était qu'une fille de la campagne.

Elle sentit un tiraillement. C'était Muette qui arrangeait l'ourlet. Les bijoux, maintenant. Elle tendit le bras vers le coffret, s'aperçut dans le miroir. Non, d'abord les cheveux.

Elle était prête, enfin. Elle alla lentement dans la pièce voisine. Heureuse Promesse leva les yeux. Leurs regards se croisèrent. Est-ce que je vous plais, mon mari ? demanda-t-elle silencieusement, et elle vit qu'elle lui plaisait.

Ils se joignirent aussitôt aux autres dans la cour de réception, où des chaises de location attendaient pour emmener la famille et les domestiques à la maison des Lan.

A travers une fente du rideau Lune de Printemps entr'aperçut pour la première fois quelques images de la capitale. Des murs gris, *li* après *li*, parfois un marchand des rues, de la poussière, encore de la poussière. Rien à voir, se dit-elle. Rien du tout. Mais les étroites *hutung* firent place à une vaste étendue où s'étalait orgueilleusement un grand bazar. Des alignements sans fin de soies colorées chatoyant à la lumière du couchant. Des camelots. Des mendiants. Des vendeurs et des acheteurs en train de marchander. Arrêtons-nous ! voulait-elle crier, mais c'était bien sûr impossible. D'innombrables étalages où s'empilaient les fourrures — zibelines et visons, hermines et petit-gris, renards argentés, peaux de chèvre. Un chameau ! Non, trois. On disait qu'il y en avait beaucoup dans le Nord, mais jusqu'alors elle n'avait vu qu'une image dans un livre de Talent Courageux, *La Grande Route de la soie.*

La poussière la fit tousser et elle se recula, respirant à travers son mouchoir. Quand elle se risqua de nouveau à regarder, ce fut pour voir une rue étroite bordée de boutiques et d'enseignes tentatrices peintes en rouge, noir et or. « Pilules Bienfaisantes ». « Tonique du Tigre Bondissant. » « Potion du Serpent pour purifier les intestins. » De place en place la pièce de monnaie géante, dorée, d'un changeur.

Encore un tournant. Une autre rue. Elle reconnut la rue des Libraires, qu'aimait tant Heureuse Promesse, avec ses boutiques exposant des pinceaux, des inscriptions anciennes décalquées, des bâtonnets d'encre, des livres : tout pour les lettrés.

Une fois de plus, des murs gris. C'était aussi bien. La poussière et les cahots lui donnaient la nausée. Elle s'adossa sur son siège.

Soudain la chaise fit halte. Abritant ses yeux des derniers rayons du soleil elle vit des lanternes qui s'agitaient en haut d'un grand mur. Des hommes d'armes à cheval, vêtus de capes d'un vert brillant, gardaient un gigantesque portail où pendaient des oriflammes noires et violettes, les couleurs du duc Lan.

Elle regarda les hommes de la maison des Woo descendre l'un après l'autre de leurs chaises. Le Hanlin fut le premier à présenter son invitation au portier, qui alors la tint à bout de bras, très haut, pour annoncer l'arrivée de l'Honorable Invité. Sa voix lui était curieusement familière. Était-ce le maître de cérémonies de son mariage ?

Sa chaise s'ébranla. Selon la tradition les femmes et elle ne devaient pas descendre à l'entrée principale, on les conduisait directement dans les cours intérieures, à l'abri des regards masculins, où elles mettraient pied à terre. Elle referma vite le rideau, espérant que Por Por n'apprendrait pas qu'elle avait eu l'audace de regarder. Elle rajusta sa robe et remit sa coiffure en ordre. La chaise s'abaissa. La portière s'ouvrit. Muette était là pour l'aider à descendre — elles avaient répété chaque pas.

La cour où elle se trouvait était encore plus vaste que la Grande Cour de son *lao chia,* mais elle n'eut guère l'occasion de s'attarder sur sa magnificence, car Lotus Enchanté amena immédiatement les femmes du clan Woo en présence de la duchesse. Après Por Por et ses suivantes venaient la concubine et sa domestique, puis Lune de Printemps et Muette, et enfin toutes les autres femmes de la famille, comme c'était la coutume.

Ce ne fut que lorsque la concubine plia le genou que Lune de Printemps put apercevoir la duchesse. Quoi, mais elle a une tête de cheval ! Et c'est vrai, les femmes mandchoues ne se bandent pas les pieds, elles portent de hauts souliers surélevés et peints pour ressembler à des lis dorés ! Amitabha ! Elle était contente d'être une Han !

Quand elle dut faire la révérence à son tour, ses genoux tremblèrent. Devoir faire allégeance à une Mandchoue était déjà pénible, inutile d'empirer les choses en tombant. Elle s'appliqua à bien réciter le compliment qu'elle avait appris. « Que vous êtes bonne. Votre Grâce, d'inviter vos humbles serviteurs en un jour aussi grandiose. »

Un sourire transforma le visage de la duchesse. Elle avait un regard amical. « C'est donc vous qui en avez fait voir à tant de femmes. Maintenant je vois pourquoi ! »

Lune de Printemps rougit, puis laissa échapper quelques mots. « Je suis si contente d'être là. Je n'avais jamais vu un palais, ni même Pékin.

— Cette soirée n'a rien de remarquable, dit la duchesse avec un geste négligent. Ce n'est qu'une idiotie pour amuser le père inconséquent de mes enfants insignifiants. »

Son regard passa à la suivante. Il était temps que Lune de Printemps et Muette rejoignent la concubine. Quelle imbécile elle était, de bavarder comme une pie ! Sa belle-mère attendait au bas des marches montant au balcon des femmes, pianotant sur la rampe de ses ongles cerise.

Lune de Printemps regarda en l'air et pria pour ne pas avoir le vertige ! Il y avait au moins neuf marches. Dans les cours, toutes les pièces étaient au niveau du sol. Elle sentit la main de Muette qui prenait la sienne. L'angoisse de la petite fille lui fit oublier la sienne, et elle lui chuchota : « Tu t'en tires très bien. Aucune raison de te tracasser. N'as-tu pas vu que la duchesse a des pieds encore plus grands que les tiens ? »

A la porte de l'antichambre, en haut de l'escalier, Muette reprit place derrière elle, et elles attendirent que les suivantes de la maison Lan, vêtues de soie noire et violette, les conduisent à une des nombreuses tables rondes où les dames de Pékin, mandchoues et Han, étaient servies par leurs propres esclaves.

« Ayez l'obligeance de diriger vos pas de ce côté. » Muette sur ses talons, Lune de Printemps suivit la domestique à pas lents pour ne pas trébucher sur les bords du tapis en soie. Elle avait l'impression que toutes les invitées déjà assises savaient le nombre exact des points dont sa robe était cousue, ou la place du grain de beauté qu'elle avait à l'épaule gauche. Dans son sillage des murmures et des petits rires crépitaient comme des pétards mouillés. Qu'avait-elle oublié ? Une boucle d'oreille ? Une tache sur son nez ? Elle avait du mal à sourire et tenait la tête bien droite, espérant que Muette faisait de même.

Qu'elles regardent ! Elle voyait de ses propres yeux que ce qu'on disait était vrai. Les femmes de Sou-Tcheou étaient les plus belles. Dans la cour des Vertus Féminines, n'importe quel après-midi on pouvait voir des femmes plus belles que celles-ci. Troisième Cousine aurait eu du mal à trouver même une beauté de deuxième ordre parmi elles, à l'exception de Por Por.

Elle prit place entre les brus de Lin Tai Tai, échangea quelques politesses et se retourna pour regarder à travers le treillis du paravent qui était juste derrière sa chaise. Elle voyait très bien l'immense jardin — les hommes vêtus de soies de toutes les nuances, les serviteurs qui couraient de table en table, les lanternes qui vacillaient sous la brise, rivalisant avec les étoiles du ciel. Elle se recula et, comme par magie, la vue changea, à l'instar d'un kaléidoscope géant plein de formes et de couleurs mouvantes. Ravie elle se pencha encore, se redressa, tant et si bien que Sœur Lin lui demanda ce qu'elle faisait.

« La chaise était inconfortable. C'est mieux, maintenant. » Comment lui dire que pour elle tout était neuf, qu'elle se sentait comme une fille de la campagne ? Dégrisée, elle se pencha de nouveau pour chercher Heureuse Promesse.

Il lui fallut quelques minutes pour le repérer. Il était assis juste en dessous d'elle, semblant distrait, jouant avec sa bague d'un air absent, et elle se demanda un instant si quelque chose n'allait pas. Mais il tendit la main pour prendre une crevette, et l'homme élégant assis près de lui engagea la conversation. Elle eut un sourire et se retourna vers les femmes.

La duchesse était arrivée à la table centrale. Quand elle souleva sa robe en lourd brocart pourpre, brodée aux armes du duc, quatre jeunes esclaves poussèrent rapidement sous elle une chaise à haut dossier. C'était le signal des festivités. Les serveurs se faufilèrent entre les tables, les dames oublièrent leurs manières cérémonieuses et se mirent à bavarder bruyamment, saluant des amies d'un bout à l'autre de la salle, changeant de place et racontant des potins. Leurs suivantes les éventaient, servaient et desservaient les plats, apportaient des mouchoirs. Lune de Printemps adressa des compliments et en reçut, elle aussi, notant qui était qui, où étaient les plus riches, les plus respectées, les mieux éduquées. Elle leur désigna fièrement le Hanlin et Heureuse Promesse. « Voici mon illustre beau-père. Et voici l'homme qui a épousé votre négligeable servante. » Jusqu'à Muette, servant sa maîtresse, qui paraissait à l'aise. L'excitation générale aidant, personne n'avait remarqué qu'elle était muette.

Quand on leur servit la carpe carrassine au poivre rouge, l'aînée des brus de la maison des Lin tira Lune de Printemps par la manche. « Regardez, le duc a traversé toute la cour pour porter un toast à votre mari. »

La jeune femme se retourna vers le treillis. Le duc était un homme corpulent, vêtu d'une robe en soie violet foncé et d'une veste noire avec des boutons en jade *fei ts'ui*. Il avait des yeux comme des petits pois noirs, le genre d'yeux qui voient tout sans avoir l'air de bouger. Au début elle n'entendit que quelques bribes de la conversation, mais comme leurs voisins arrêtèrent de manger et de parler pour écouter, elle put entendre le duc. « Vous êtes impressionnable comme l'empereur —

vous accordez foi à la magie des étrangers. Vous êtes trop jeune pour comprendre que la volonté humaine peut tout. C'est la volonté qui donne à l'impératrice douairière la force, le pouvoir... »

Ainsi voilà pourquoi le duc a demandé que nous venions ce soir, se dit Lune de Printemps. C'était pour montrer le mûrier et en accuser l'âne ! Soudain tout son plaisir s'évanouit, remplacé par la peur.

Le duc regarda autour de lui, comme s'il vérifiait qu'on lui prêtait attention, et continua : « Jadis, l'impératrice douairière n'était qu'une des centaines de belles vierges mandchoues qui habitaient la Cité Interdite. Qu'est-ce qui l'a sortie du lot ? Sa volonté. Même l'empereur est tombé à genoux quand elle l'a mis en face de son manque de piété filiale. Pourtant elle n'a jamais voyagé dans un cercueil à vapeur ni tiré un coup de fusil. Elle commande grâce à son autorité morale. Je l'ai vue faire descendre du ciel des oiseaux sauvages qui se sont perchés sur son éventail pour chanter. La Douairière et l'Empire triompheront de leurs ennemis. »

Lune de Printemps eut un soupir de soulagement en entendant la réponse d'Heureuse Promesse. « Qu'il en soit ainsi, Noble Hôte. Je souhaiterais seulement être aussi optimiste. »

Elle n'avait plus aucune envie de bavarder, et se contenta de feindre l'enthousiasme jusqu'à la fin du dîner, au moment où les attractions devaient commencer. Quand on alluma les lanternes de la scène, elle envoya Muette aider à servir le thé. Inutile que la fille ait aussi peur qu'elle. « Regarde ce qui se passe, va t'amuser. Le duc va probablement faire un discours avant la pièce. » Muette toucha l'épaule de sa maîtresse et s'éloigna avec un balancement aussi gracieux que celui des autres jeunes filles, même si ses pieds n'eussent vraiment pas pu passer pour des lis dorés.

Bientôt, en bas, les hommes applaudirent en criant : « Hao ! Hao ! » et les femmes se levèrent, traversèrent la salle à pas pressés jusqu'au treillis, suivies d'une vague de jeunes esclaves qui portaient leurs chaises. Lune de Printemps n'eut qu'à tourner la sienne pour y voir.

Le duc Lan était monté sur scène et hochait la tête pour répondre à tous ceux qui le remerciaient de son hospitalité. Comme dans un temple, un grand autel était juste derrière lui, surmonté d'un portrait grandeur nature de Kouan-ti, le dieu de la guerre au visage rouge, les yeux exorbités, les narines dilatées. L'encens brûlait dans des coupes sacrificielles, sur l'autel, et des rouleaux jaunes couverts d'incantations tracées d'un pinceau hardi pendaient devant le rideau de brocart rouge.

Le duc s'éclaircit la gorge. Le silence passa de table en table comme un message.

« Pour vous distraire ce soir, Mesdames et Messieurs, quelque chose de nouveau. Cet opéra ne se passe pas durant la période des Trois Royaumes, ni aux pieds de la Grande Muraille. C'est peu orthodoxe, mais nous vivons des temps peu orthodoxes.

« Nous vivons une époque de danger, interne et externe, de guerre et de trahison. L'année dernière les provinces du Nord ont souffert des inondations, de la famine, des criquets et de la sécheresse. Ces désastres, venant ainsi sur les talons des concessions les plus humiliantes faites aux étrangers, sont un signe indubitable du déplaisir des dieux. Il ne reste guère un *mou* carré de terre chinoise qui ne soit déjà revendiqué, ou sur le point de l'être, par un des peuples au grand nez ou par les Nains Basanés. Les Allemands sont à Chantong et convoitent les provinces du Nord-Ouest. Les Russes sont en Mandchourie et convoitent la Mongolie. Les Anglais rêvent de la vallée du fleuve Bleu. Les Français comptent sur le Yunnan, le Kuang-hsi, et la plus grande partie de Kuang-tung. Les Japonais n'ont pas assez de la Corée, de Formose, de Liao-tung et des Pescadores, ils veulent Fu-kien. Il n'y a pas un port, tout au long des neuf mille *li* de la côte chinoise, qu'on puisse fortifier sans le consentement de l'étranger.

« Nous ne pouvons plus rester à l'écart et permettre aux barbares de troubler les vents et les eaux de notre pays bien-aimé. Mais nous sommes un peuple instruit qui abhorre la violence, qui aime la paix, tandis que les barbares recherchent le profit et la puissance. Comment pouvons-nous alors nous débarrasser d'eux ?

— Comment ? Comment ? répondit le chœur des hommes.

— La réponse, ce soir, est ici. Honorables Invités, voici ceux qui ont reçu du ciel sa bénédiction et les moyens de parler aux étrangers le langage qu'ils comprennent — le langage de la force brute.

« Puis-je vous présenter les vrais patriotes de l'Empire, la Société des Poings Harmonieux et Justes. »

Coups de gongs et de cymbales. Des hommes, des femmes et des jeunes garçons chargèrent de tous les côtés de la salle et s'élancèrent sur la scène au son des tambours. Les femmes, leurs cheveux noués en chignons, portaient une veste et un pantalon rouges et avaient une lanterne rouge à la main. Les hommes et les adolescents portaient des turbans rouges dont leur natte faisait le tour, jusqu'au-dessus de l'oreille. Ils avaient des manteaux courts de couleurs variées, mais on avait peint sur tous, devant et derrière, un médaillon noir au nom de leur société. A la taille une longue écharpe rouge, à la main une lance ou une épée où flottaient des rubans rouges.

Quand ils furent tous réunis sur la scène, un silence étrange s'abattit. Aucun son, aucun mouvement. Le moment parut s'éterniser. Puis, l'un après l'autre, les femmes et les enfants s'animèrent, et avec force glissades et contorsions commencèrent un ballet sauvage fait de coups de pied foudroyants et de coups de poing ponctués par des cris féroces. « Sha ! Sha ! Sha ! Tue ! Tue ! Tue ! » Leur fureur faisait trembler la scène.

Avec leurs lances et leurs épées les hommes mimèrent une bataille en chantant :

Frappe vers le Ciel, ses portes s'ouvriront,
Frappe vers la Terre, ses portes tomberont,
Soutenez les Ch'ing,
Exterminez les barbares !

Brusquement, comme elle avait commencé, la danse prit fin. Une grande femme brune resta seule au centre de la scène, bien plantée sur ses pieds affreux grands comme ceux d'un homme. Les autres se mirent sur les côtés.

La femme, levant les bras au-dessus de la tête, parla. « Les hommes de l'Ouest offensent les dieux par leur conduite, déclama-t-elle. Ils foulent insolemment aux pieds tout ce qui est sacré, ils mettent en rage le Ciel et la Terre au point que les nuages ne viennent plus nous apporter la pluie. Les missionnaires ensorcellent ceux qui écoutent leurs blasphèmes, celui qui boit du thé au presbytère en meurt, car son cerveau explose hors de son crâne. Les nonnes adoratrices de Jésus enlèvent les yeux, la moelle et le cœur des morts pour concocter des drogues, elles arrachent les intestins des enfants pour changer le plomb en or. »

Le public sursauta, et il y eut des murmures.

« Courage et prenez garde ! Bientôt huit millions d'esprits guerriers fondront du haut des cieux pour purifier l'Empire de cette peste étrangère. Alors seulement les fontaines du ciel reviendront fertiliser nos terres. »

Elle se recula et tous les autres bondirent, criant d'une seule voix qui résonnait dans toute l'enceinte.

« Hâtez-vous ! Hâtez-vous ! Portez la nouvelle au loin. Épées et lacent se brisent sur le dos d'un soldat des Poings Harmonieux et Justes, le défenseur de notre glorieux Empire. Les balles ne pénètrent pas son corps sacré. Ne craignez plus ! Avec nous ! Soutenez les Ch'ing ! Tuez les barbares ! »

Soudain, encore une fois, ce fut le silence. La plupart firent demi-tour et allèrent vers l'autel, laissant seulement au bord de la scène les trois garçons les plus jeunes. Traçant dans l'air un cercle imaginaire, chaque garçon y inscrivit un caractère. Puis, les yeux fermés, les paumes collées au front, ils récitèrent une phrase inintelligible et tombèrent en arrière, l'écume à la bouche, comme des arbres qu'on aurait abattus. Le public s'exclama, les croyant morts, mais les autres les remirent sur pied, et ils tinrent debout sans aide, mais sans remuer un seul muscle.

La grande femme, armée d'une lance, s'élança sur eux. Elle en frappa le premier, puis un autre, sans entamer la peau. Elle prit une épée pour les larder de coups rapides, mais pas plus dangereux qu'une brise légère. Pas une goutte de sang. Finalement elle prit un revolver, fit tourner le barillet et tira sur une urne en cuivre posée sur l'autel. La balle l'envoya rouler par terre. Elle alla jusqu'au bord de la scène et visa un des garçons. Elle tira. Les détonations se suivirent sans arrêt. Les enfants n'eurent pas un tressaillement.

Les balles roulaient à leurs pieds et les autres acteurs, triomphants, reprirent leur ballet autour d'eux : « Sha ! Sha ! Sha ! Tue ! Tue ! Tue ! »

Bientôt les femmes, elles aussi, reprirent le même cri.

Lune de Printemps souhaita n'être pas venue. Le visage de Sœur Lin était devenu aussi féroce que celui des paysans sur la scène, ses yeux lui sortaient de la tête comme ceux d'un poisson bouilli. Ainsi que ses voisines de table, et les autres. Même sa belle-mère était devenue laide. Et ce cri ! « Sha ! Sha ! Sha ! »

« Mère ! » Un cri perçant traversa le vacarme. « Mère ! » Cela venait de quelque part derrière elle. Elle se retourna et vit Muette. « Mère ! » cria encore la petite fille, qui resta ensuite immobile, le visage blême, les yeux vides. Lune de Printemps jeta un coup d'œil alentour. Était-elle seule à l'avoir entendue ? Non, quelques autres. Mais elles se retournaient déjà vers le treillis. Qu'importe une servante surmenée, après tout ? La jeune femme regarda sa belle-mère. Por Por semblait pétrifiée par le spectacle, comme toutes ses voisines. Elle s'éclipsa pour courir rejoindre Muette.

Les larmes coulaient sur les joues de la fille et tachaient le corsage neuf. Lune de Printemps la serra dans ses bras et l'emmena rapidement dans l'antichambre, hors de vue.

Elle laissa un message pour Lotus Enchanté aux domestiques postés au bas des marches et fit avancer deux chaises à porteurs. Mais, quand elles furent là, Muette s'accrocha à elle si bien que la jeune femme lui chuchota : « Je vais avec toi. » Elles montèrent dans la même chaise et se tassèrent sur le siège. Les cris « Sha ! Sha ! Sha ! » les suivirent dans la nuit, s'estompant lentement à mesure que la chaise s'enfonçait dans les rues éclairées par la lune.

Quand ils arrivèrent à la cour de réception de la maison des Woo, Lune de Printemps renvoya aussitôt les porteurs et dit au portier d'aller chercher Bouboule.

La servante arriva en courant, les cheveux défaits.

« Que s'est-il passé ? Pourquoi es-tu seule ? » Elle ouvrit la portière de la chaise et les contempla, surprise.

« Aide-moi ! J'ai dû la ramener. Elle a parlé. Je l'ai entendue crier *Mère* trois fois. Elle est accrochée à moi comme un bébé. »

Elles câlinèrent la petite fille jusqu'à ce qu'elle lâchât prise et sortît de la chaise. Mais dès que Lune de Printemps fut descendue elle entoura sa maîtresse de ses bras et se cramponna à elle, même quand elles eurent atteint sa petite chambre qui était autrefois un office. Tandis que Bouboule faisait chauffer l'eau pour le thé, Lune de Printemps prit sa servante dans ses bras et la berça doucement en lui murmurant des paroles apaisantes.

Quant le thé fut prêt les deux femmes réussirent à pousser une tasse entre les dents serrées de la petite, mais elle la repoussa après quelques gorgées. Soudain, à l'improviste, elle se mit à parler. Les sons qui sortaient de ses lèvres semblaient venir de très loin, ils étaient dénués de couleur, comme le chant lointain des prêtres. Les deux femmes tendirent l'oreille, n'osant pas bouger, craignant qu'un bruit ou qu'un geste ne mît fin à son récit.

« Comment aurions-nous pu savoir ce qui allait se passer ? Nous avions tellement faim. L'inondation avait emporté le millet. Mère mettait de plus en plus d'eau et de moins en moins de grains à cuire. Elle avait les seins desséchés, et Petit Frère criait de faim. On a mis en gage ce qu'on a pu pour acheter à manger. Tout le monde à Cendres Savantes cherchait des racines et des champignons sauvages. Je détestais ça. Je n'en trouvais jamais assez pour partager avec une autre famille, alors je devais y aller seule. Il y avait une meute de chiens. Quand on en a eu tué la plupart pour les manger, les autres se sont échappés. Ils mangeaient la chair humaine. Pas un coolie n'osait dormir au bord de la route.

« Un jour on nous a dit qu'on distribuait de quoi manger au village. Nous sommes allés voir, en apportant des écuelles, juste au cas où. C'était vrai. Au grand carrefour près du temple les villageois étaient sur un seul rang, tous une écuelle à la main. Au bout de la queue se trouvait un des Hommes Velus. Il avait une grande robe, comme le collecteur d'impôts. Sa natte était comme de la paille, et il avait des dents comme celles d'un âne. Il nous a fait signe de prendre la queue. J'avais peur, mais je sentais une odeur de soupe aux choux. J'ai collé mes pas aux talons de mon père.

« Finalement je suis arrivée devant le démon. Il a plongé sa louche dans la marmite. Il a rempli mon écuelle. Il y avait un morceau de chou et on sentait du gras dans la soupe. Quand j'ai fini mon écuelle j'ai couru au bout de la queue pour tenter ma chance une deuxième fois. Le démon a rempli trois fois mon écuelle.

« Quand la marmite a été vide, le démon nous a raconté des histoires. Personne ne voulait avoir l'air ingrat, alors nous sommes restés. Il a dit qu'il était un homme d'Église, venu nous parler du dieu charpentier. On ne comprenait pas grand-chose, mais tout le monde hochait la tête. Après tout, quel mal peut faire un dieu charpentier ? Tous les dieux sont utiles à un moment ou à un autre.

« Quand il a fini il nous a donné des papiers imprimés. Nous en avons tous pris un. Il a promis de revenir le lendemain avec de quoi manger et d'autres histoires. Nous sommes rentrés à la maison et nous avons pris les trois feuilles de papier pour réparer une fenêtre.

« Le soir des inconnus sont venus chez nous. Nous avons pensé que c'étaient des bandits. Ma mère et moi nous nous sommes cachées dans la pièce du fond.

« Leur chef a dit qu'il cherchait les traîtres et les espions qu'on appelait les adorateurs de Jésus. Père a ri. "Alors vous cherchez des os dans un œuf. Il n'y a rien de tel ici. Voyez vous-mêmes."

« Ils ont tout retourné. Quand ils ont trouvé le miroir à main qui venait de la dot de ma mère, ils l'ont fracassé en disant qu'il venait de l'étranger.

« Soudain ma mère m'a mis le bébé dans les bras. "Cours et cache-toi ! a-t-elle chuchoté. Ne reviens pas avant que je t'appelle. Vite !"

« J'ai ouvert la bouche pour demander pourquoi. Elle m'a giflé très fort. "Va-t'en, cours, cache-toi. Occupe-toi de ton frère."

« Je suis sortie par-derrière et j'ai couru dans les champs. Je n'ai jamais regardé en arrière. J'ai trouvé un fossé où j'ai rampé. Je tenais le bébé contre moi. Il riait, parce qu'il aimait courir et sauter et qu'il avait le ventre plein. Il s'est vite endormi.

« J'ai entendu un chien aboyer. Il n'y a pas eu d'autre bruit jusqu'à la nuit. Alors j'ai entendu chanter. "Sha ! Sha ! Sha !" Et des hurlements. On aurait dit des cochons. Mais personne n'en avait plus. Je voulais aller plus loin, mais il faisait noir. Et je ne voulais pas aller trop loin, pour entendre l'appel de ma mère. Alors j'ai attendu.

« Les chants sont devenus de plus en plus forts. "Sha ! Sha ! Sha !"

« Soudain les bandits étaient tout près. Ils tenaient des lanternes au-dessus de leurs têtes. J'ai entendu ma mère chuchoter. "Chut. Ne sors pas ! Reste cachée, quoi qu'il arrive !" Et puis elle a crié : "A l'aide ! A l'aide !" elle a bondi et elle s'est éloignée en courant. Les hommes aux lanternes ont crié : "La voilà !" et "Tuez-la !" et ont couru après elle.

« Leurs cris ont réveillé Petit Frère. Que pouvais-je faire ? J'ai ramassé une poignée de boue pour lui boucher la bouche.

« Je les entendais battre les buissons. L'un d'eux a crié : "Je l'ai." Ils l'ont appelée "fille de tortue menteuse". Ils ont dit qu'elle était une Velue au deuxième degré, une espionne, une femme qui avait avalé les paroles du démon.

« Ma mère suppliait. "Je suis chinoise, criait-elle. Je crache sur les étrangers !"

« L'un d'eux a demandé : "Si tu n'es pas une Velue au deuxième degré, pourquoi as-tu mis leur papier à ta fenêtre ?

— A cause des courants d'air", a-t-elle expliqué.

« Ils l'ont traitée de menteuse. Ils ont dit qu'elle avait reçu ces papiers du démon. Ils l'avaient vu les lui donner. Ils l'avaient vue manger sa soupe.

« Alors ma mère a hurlé et hurlé. Et puis elle s'est arrêtée. Les bandits sont repartis vers le village.

« J'avais trop peur pour bouger. J'ai attendu de ne plus les entendre.

Et je me suis souvenue de Petit Frère. Il n'avait fait aucun bruit. J'ai ôté la couverture de son visage.

« Il était froid. Sa bouche et son nez étaient remplis de boue. Il était mort.

« J'ai voulu me mettre debout mais mes jambes étaient comme des nouilles. Alors j'ai rampé en traînant son corps.

« L'aube est venue. J'ai vu la tête de ma mère dans la boue.

« J'ai laissé le bébé près de la tête et j'ai couru vers notre maison. J'ai vu quelqu'un debout dans un buisson de roseaux. J'ai cru que c'était un des bandits. Je me suis jetée par terre. L'homme ne bougeait pas, comme s'il se cachait aussi. J'ai rampé plus près. C'était la tête de mon père sur une pique au milieu des roseaux. Son corps était par terre, couvert de mouches... tellement de mouches.

« J'ai traîné son corps par les pieds là où j'avais laissé ma mère et le bébé. Après je suis allée chercher sa tête. J'ai voulu l'enlever doucement de la pique mais je n'ai pas pu, alors j'ai pris sa natte et j'ai tiré d'un coup.

« J'ai creusé avec les mains. Quand le trou a été assez grand j'y ai tiré le corps de mon père. Je l'ai redressé et j'ai mis la tête là où elle devait être et je l'ai collée au tronc avec de la boue.

« J'ai couché le bébé à sa droite.

« J'ai apporté la tête de Mère et je l'ai mise à sa gauche. J'ai cherché son corps. J'ai trouvé le tronc, puis les jambes, le bras gauche et le bras droit. Je les ai apportés au trou et je les ai remis ensemble. Il manquait son pied droit. Je ne pouvais pas la laisser partir ainsi dans l'autre vie. Comment marcherait-elle, avec un seul pied ? J'ai cherché et cherché. Finalement je l'ai trouvé, presque enterré. J'ai relevé les jambes de son *chang koo* et j'ai mis le pied au bout de la jambe.

« Je les ai vite recouverts de boue, plein de boue, jusqu'à ce qu'ils soient enterrés assez profond pour que les chiens ne les trouvent pas.

« Le lendemain je suis partie. J'ai marché et j'ai marché. Sur la route tous les chiens étaient gras. »

Muette s'arrêta comme elle avait commencé, et le silence remplit la pièce. La flamme de la lampe à huile mourut doucement, les murs et le plafond s'effacèrent.

Soudain elle hurla. Son cri monta et s'éteignit et reprit selon un rituel millénaire. Les yeux hier si vides se remplirent des larmes du chagrin.

« Oh, mon père ! Oh, ma mère ! Oh, mon frère !

« Oh, mon cœur ! Oh, mon foie ! Oh, ma rate ! Pourquoi m'avez-vous quittée ? »

A l'heure du rat, elle s'était endormie. Bouboule resta près d'elle et Lune de Printemps alla attendre dans l'ombre de la cour de réception, les mains glissées dans les manches de sa tunique. Le vent s'était levé d'un coup, secouait les volets, courbait les bambous. La poussière roulait sous les portes.

Elle tendit l'oreille pour entendre des pas dans la *hutung* qui longeait le mur du jardin. Elle n'entendait que le bruissement des feuilles et les frottements du bois contre le bois.

Elle avait décidé de s'excuser tout de suite pour sa conduite à la réception, mais de ne rien dire de plus. C'est Heureuse Promesse qui déciderait s'il fallait ou non raconter aux autres les événements de Cendres Savantes.

En y repensant, les paroles de Muette résonnèrent une fois de plus à ses oreilles et des fantômes ensanglantés peuplèrent la cour déserte. Elle ferma les yeux, mit ses mains sur ses oreilles, mais elle ne pouvait pas plus se les boucher qu'elle ne pouvait empêcher le vent d'entrer.

Quand elle rouvrit les yeux le portier s'inclinait devant la chaise du Hanlin. Un par un, en silence, les membres du clan descendirent de leurs chaises, et sans un bruit, l'un après l'autre, ils s'éloignèrent vers leurs appartements. Personne ne dit un mot. Chacun s'efforçait de marcher sans faire de bruit.

Elle sut d'instinct que ce n'était pas le moment de s'excuser. Même au clair de lune elle pouvait voir la peur sur les visages, et elle resta dans l'ombre jusqu'à ce qu'ils fussent tous passés.

Alors elle courut pour rattraper Heureuse Promesse. « Qu'y a-t-il ? Pourquoi ont-ils tous un si drôle d'air ?

— N'étiez-vous pas là ? demanda-t-il. N'avez-vous rien entendu, rien vu ? »

Bien sûr, il ignorait qu'elle était partie plus tôt. Elle le lui expliqua très vite. Pendant son récit son mari se contenta de hocher la tête comme s'il avait déjà entendu cette histoire. Quand elle eut terminé il dit simplement : « Quelle pauvre enfant ! Quelle pauvre enfant !

— Je vous en prie, maintenant, mon mari, il faut me dire ce qui s'est passé après mon départ. »

Il haussa les épaules. « C'est sans importance. Ce n'était rien. »

Cela avait dû être quelque chose qui dépassait toute imagination, pensa-t-elle. « Mon mari, je suis votre femme. Vous devez me le dire. »

Il fit oui de la tête, mais ne dit rien avant d'arriver dans leur chambre. Là il lui prit la main. « Vous avez vu le principal. Mais, après les clowneries, le duc est remonté sur scène. Il a fait encore un discours. En parlant de l'ennemi, il a pointé le doigt vers moi. »

A l'aube Lune de Printemps s'habilla et se rendit aussitôt au chevet de Muette. La fille dormait encore, et elle continua vers la cuisine. Même ce matin il fallait qu'elle s'occupât de faire placer les plats de riz et d'eau devant le dieu de la cuisine. La cour des domestiques était vide, sauf pour les poules qu'elle chassa de la voix, impatiente.

Au même moment elle entendit frapper à la porte des marchands.

Une voix de femme : « S'il vous plaît, je dois voir la jeune maîtresse de la maison des Woo.

— Que voulez-vous ? » Lune de Printemps approcha mais n'ouvrit pas la porte.

« J'ai quelque chose pour elle.

— C'est moi, mais je ne souhaite rien acheter.

— S'il vous plaît, je ne suis pas venue pour vendre. Il faut que je vous voie. C'est urgent. »

Lune de Printemps hésita un moment, puis tira le verrou d'un geste. Elle vit entrer une vieille femme crasseuse qui s'assit par terre et retira d'entre les deux semelles en toile de sa chaussure un papier qu'elle y avait caché et qu'elle fourra dans les mains de la jeune femme. Un instant plus tard, elle avait disparu.

Il n'y avait ni adresse ni signature, mais on ne pouvait se tromper sur la calligraphie. Il n'y avait que Noble Talent pour tracer des caractères aussi raides et tranchants. Seul un soldat prévenu d'un danger imminent pouvait agir avec une telle détermination.

Hormis la famille nul ne doit savoir qui je suis ni soupçonner que je suis là. Quittez Pékin ! La concubine est sur le point de rallier les soi-disant Poings Harmonieux, qui s'infiltrent déjà dans la capitale. Qui a le moindre rapport avec les étrangers n'est plus en sûreté. Partez immédiatement !

En trois jours, répartis dans huit chariots fermés tirés par des mules, la famille Woo avait quitté Pékin. On raconta que Lotus Enchanté était subitement tombée malade et que la famille devait avancer son départ pour la retraite montagneuse où elle passait tous les étés. Bouboule, Vieux Faucon et Muette, à qui on pouvait se fier, les accompagnaient. On laissa derrière les autres domestiques pour finir de fermer la maison, leur dit-on.

10

La Séparation

Le vingt-quatrième jour de la quatrième lune, pendant l'année du rat, en 1900, la légation britannique donna une grande réception pour célébrer le quatre-vingt-unième anniversaire de la reine Victoria, avec de la musique, de la danse et du champagne.

Quatre jours plus tard, alors que les Boxers détruisaient le chemin de fer des étrangers de T'ien-Tsin à Pékin, les premières gouttes de pluie tombèrent. La coïncidence apportait la preuve de la bénédiction divine.

Le vingtième jour de la cinquième lune, la Douairière annonça publiquement son ralliement et les Boxers envahirent la capitale. Les troupes impériales reçurent l'ordre de se joindre à la lutte contre les étrangers. Le quartier des ambassades fut assiégé.

Histoire de Chine

A UN ENDROIT OÙ LES pèlerins avaient installé un banc de pierre, Lune de Printemps s'assit pour attendre Heureuse Promesse, comme elle l'attendait chaque soir depuis qu'ils s'étaient réfugiés au monastère des Climats Bienfaisants, un mois plus tôt. Le soleil cramoisi disparaissait derrière les gouttières du temple, mais des nuages lumineux jetteraient pendant une heure encore une cape mauve de crépuscule sur les collines de l'ouest. L'air était frais, et embaumait le pin. Plus bas la nature étendait sa tapisserie à perte de vue, jusqu'à l'endroit où la terre se fondait dans le ciel. Des fumées légères montaient en spirale de cheminées invisibles. De temps en temps une brise passait, traînant les vêpres mélancoliques des moines comme la queue d'un cerf-volant.

Une des biches du temple s'arrêta de boire pour surveiller le sentier qui contournait les rochers couverts de mousse et les arbres noueux, le long du petit torrent. Prévenue, Lune de Printemps se leva pour rejoindre son mari.

Ils se promenèrent ensemble dans le jardin de rocaille, planté il y avait plusieurs siècles par un taoïste pour qui ce paysage était un rêve d'immortalité. Elle chantonnait, il glissa sa main sur la sienne. Elle se dégagea aussitôt, car ce soir ils n'étaient pas seuls. Dans le pavillon de la Vertueuse Contemplation un moine était assis, qui lisait, et sa tête chauve brillait à la lueur de la chandelle.

« Est-ce si étrange de trouver un moine dans un monastère ?

— Es-tu devenu fou ? Marcher et bavarder en public est déjà scandaleux ! Maintenant tu voudrais en rajouter en me prenant la main aux yeux de tous. N'as-tu aucun respect pour le bon renom de ta famille ?

— Il ne te plaît pas d'être avec moi ?

— Ce n'est pas la question.

— Par une soirée comme celle-ci, que m'importe le monde ?

— Pense au clan des Woo. Pense à ta mère. »

Elle se retourna comme pour s'enfuir, mais il la prit par la manche et chuchota : « Échec et mat ! »

Elle sourit malgré elle. Il ricanait comme un enfant.

« Regarde ! » Il désignait un pavillon. « Le moine s'en va. Nous pouvons nous cacher jusqu'à la nuit et personne ne verra quelle effrontée tu es. »

La nuit était calme. Le seul mouvement était celui du clair de lune qui dévoilait les falaises et le bouddha couché, immense, qui souriait à l'éternité. Ils restèrent quelque temps sans rien dire, puis Heureuse Promesse prit la parole.

« Nous avons été heureux, toi et moi — malgré tout —, n'est-ce pas, ma femme ? »

Elle serra sa main dans la sienne. « Je n'ai jamais connu un tel bonheur.

— Et si cela ne pouvait pas durer, regretterais-tu de m'avoir épousé ? »

Elle ne comprenait pas. Bientôt ils auraient un fils, et alors leur bonheur n'aurait jamais de fin. Elle leva la tête en souriant, et vit qu'il était sérieux. « Mon mari, pourquoi me demander si je regretterais de t'avoir épousé ? Pourquoi une telle question ? »

Il prit son visage entre ses mains et l'embrassa doucement sur les lèvres. « Parce que...

— Parce que quoi, mon mari ?

— Parce que tu ne devrais jamais avoir de regrets. Tu ne devrais jamais changer.

— Pourquoi devrais-je changer ?

— L'époque est au changement, dit-il d'une voix grave, en regardant le bouddha.

— Pour tout le monde, peut-être, mais pas pour nous, toi et moi, insista-t-elle. Comment pourrions-nous changer ? Nous sommes mari et femme.

— Non, cela ne changera pas », dit-il d'un ton désespéré, comme si ce qui pouvait arriver était déjà là.

Très vite elle posa sa main sur ses lèvres.

« Ne parlons plus, je t'en prie. Pas ce soir. »

Il hocha la tête, la serrant contre lui. Elle voulut se rappeler l'air qu'elle chantonnait, mais il était parti. A sa place il lui vint un vers de Yuan Chen : « Un magicien a refermé sa main sur toi et l'a rouverte, vide tout d'un coup. »

Elle avait dû frissonner, car il se leva, enleva sa veste et la posa doucement sur ses épaules. Puis il lui prit les mains, les leva contre ses lèvres comme pour les réchauffer de son haleine, et ensuite l'enveloppa de ses bras.

Mais ce n'était pas le froid qui l'inquiétait, et bientôt elle se dégagea de son étreinte pour formuler sa pensée. « Tu retournes à Pékin, n'est-ce pas, mon mari ? »

Il eut un hochement de tête imperceptible. « Il faut que j'y aille. Même si je ne peux rien faire, je dois essayer. Rejoindre mes amis. Aider les gens du quartier des ambassades. Je dois essayer. »

Il attendit qu'elle lui réponde, mais elle ne pouvait penser à rien. Un moment passa et il continua.

« Je voudrais pouvoir rester, mais je ne peux pas. Je ne peux pas rester spectateur comme je l'étais à la foire, sans rien faire. »

Lune de Printemps retrouva sa voix. « Que peux-tu faire là-bas ? Où iras-tu ? Qui verras-tu ? » Elle se cacha le visage dans les mains. « Tu vas mourir, je le sais, et pour rien.

— Pour l'honneur, peut-être. Je ne peux pas me cacher dans un monastère avec les femmes et les enfants, n'est-ce pas ? »

Elle frissonna de nouveau et le regarda. « Mais, mon mari, tu n'es pas un soldat. Tu ne sais même pas vraiment de quel côté tu es. Tu m'as dit que si les Poings Harmonieux sont vainqueurs, cela signifiera le massacre des innocents. Si ce sont les étrangers, des concessions supplémentaires, des humiliations supplémentaires. Si ce sont les troupes impériales, les Mandchous n'en seront que plus puissants. Tu ne peux gagner nulle part ! »

Il ne voulut pas discuter. Il la prit dans ses bras une fois de plus et la berça doucement.

Peu de temps avant, elle avait fait de même pour un inconnu accablé de douleur aux vêtements couverts de boue. Maintenant c'était son bien-aimé, et il allait mourir. C'était elle, cette fois, qui deviendrait folle de chagrin.

Elle s'écarta, ouvertement, sans honte, en larmes. « Je t'en prie, mon mari, je t'en prie. Mon univers a toujours été borné par les cours. Dans ces limites j'ai connu un grand bonheur. Pourquoi faut-il que ton monde soit plus vaste ? Ne pouvons-nous être heureux et vivre l'un pour l'autre ? Y a-t-il quoi que ce soit dehors qui vaille de mourir ?

— Je ne sais pas », dit-il. Et il ajouta : « L'honneur, peut-être. »

Se concentrant sur son incertitude, elle s'obligea à réfléchir, à démêler les brins de sa pensée, à ramener l'esprit de son mari vers son foyer. « Soyons l'herbe au pied du plus grand arbre, et laissons l'héroïsme à ceux qui aspirent à la grandeur, comme Jeune Oncle, parce que l'amour n'a pas répondu à leurs rêves. » Elle attira sa main sur son ventre. « Toi et moi, mon mari, avons rêvé de notre fils. Il est là. Je suis sûre, maintenant, qu'il est là. » Elle attendit. Quand il ne dit rien, elle supplia. « Promets-moi que tu n'iras pas. Promets-nous ! »

Il voulut parler puis ferma les yeux et tomba sur ses genoux, la tête dans le giron de sa femme. Elle le pressa violemment contre elle en retenant son souffle. Écoute, plaida-t-elle en silence. Écoute, ton fils te réclame.

Il n'y avait aucun bruit, sinon la fuite des pommes de pin chassées par le vent qui s'était levé.

Seuls dans leur chambre, ils ôtèrent leurs vêtements en silence. Elle monta la première sur le lit, en chemise. C'était un *k'ang* en pierre couvert d'une natte de jeunes bambous tressés.

Elle ne pouvait retenir ses larmes. Heureuse Promesse la tenait contre lui, lui caressant doucement les joues, essuyant les larmes une à une. « Ma femme, tu m'as donné plus de bonheur que je ne pourrais jamais te dire avec des mots. Tu le sais, n'est-ce pas ? »

Lune de Printemps, la voix rauque, chuchota : « Oui.

— Mais un homme sans caractère ne peut pas trouver le plaisir, même dans un bonheur comme le nôtre. Depuis que j'ai mis ma première veste, j'ai cru, comme des gens tels que tes oncles, que la Chine ne pourrait plus jamais redevenir l'Empire du Milieu et s'épanouir dans l'isolement. La Chine doit faire partie du monde. Comme le doivent tous les Chinois. Comme je le dois. Si j'essayais de faire tenir le monde dans une seule cour, je serais un homme sans caractère. »

Il attendit qu'elle répondît. Elle ne dit rien.

« Dis que tu comprends. » Il la suppliait, maintenant. « Lune de Printemps, je ne peux pas vivre sans prendre part à cette lutte. Et je ne peux pas risquer la mort sans que tu me comprennes. »

Elle resta un moment encore sans bouger, figée, glissant déjà d'une vie à une autre, envieuse de l'eau qui sautille dans le torrent, du rocher sur la montagne, des fleurs sauvages qui fleurissent à chaque saison devant la porte. Tout existerait encore, quand il serait parti.

Au crépuscule, rien ne peut retarder le coucher du soleil. Le Vieux Vénérable avait raison.

Elle se redressa pour étudier le visage de son mari au clair de lune. Il ne fallait pas qu'elle oubliât le plus petit détail. Elle voulait revivre ces deux années, se souvenir de chaque jour, de chaque nuit de leur vie conjugale. Au lieu de quoi elle murmura d'une voix douce : « Je comprends, mon mari », et se pencha pour lui baiser les lèvres.

Entre l'aube et le crépuscule du lendemain, à un moment ou à un autre, Heureuse Promesse s'en alla. Il ne dit pas au revoir et elle ne le vit pas partir. Le soir, quand elle rentra dans leur chambre, elle vit qu'il avait installé l'échiquier et mis ses pions en ordre de bataille.

Plusieurs semaines passèrent sans nouvelles d'Heureuse Promesse. Des réfugiés venus de Pékin qui s'arrêtaient pour prier au monastère avant de continuer vers le Sud parlaient d'un silence menaçant entrecoupé par des coups de canon, le son des cloches d'alarme, des cris de bataille et de douleur. Ils leur apprirent l'exécution des ministres qui s'étaient élevés contre les Poings Harmonieux.

Lune de Printemps rêva de son mari humilié en public.

A la fin de la cinquième lune le flot des réfugiés se ralentit. Ceux qui passaient encore disaient qu'il n'y avait plus que les pillards pour oser parcourir les rues de la capitale. On entassait les marchandises étrangères sur les places et on y mettait le feu. Le troisième jour de la sixième lune les flammes mirent le feu et détruisirent le Hanlin Yuan, la forêt des Dix Mille Crayons, la bibliothèque la plus ancienne du monde. On accrochait aux carrefours les têtes des Velus des deuxième et troisième degrés, comme des lanternes.

Lune de Printemps imaginait que celle de son mari en faisait partie.

L'offensive changea de camp à la fin de la sixième lune. Des renforts étrangers avaient débarqué à T'ien-Tsin et se frayaient par le feu un chemin vers Pékin. La Douairière et la cour s'enfuirent à Sian. Une nouvelle vague de réfugiés arriva de la capitale jusque dans les montagnes, apportant les nouvelles au monastère. A la fin de la huitième lune Pékin était désert, la moitié des maisons rasées, les magasins dévalisés. Par endroits on voyait des pancartes : *Très noble seigneur étranger : Ne nous tuez pas. Ici nous sommes tous des hommes de bien.*

Lune de Printemps voyait son corps transpercé par les balles des étrangers.

Pendant l'automne et l'hiver les troupes étrangères punirent le Nord. Là où ils passaient les villes étaient rasées et des milliers d'innocents abattus. Les puits étaient empoisonnés par les cadavres des femmes qui allaient chercher la mort dans les entrailles de la terre pour sauver leur honneur. Les moissons pourrissaient dans les champs.

Lune de Printemps contemplait, impuissante, son mari de plus en plus maigre, mourant d'une mort misérable.

Souvent elle criait en dormant. Muette, qui avait pris dans son lit la place de son mari, lui chuchotait : « Maîtresse, ne pleurez pas. Vous devez être forte. Pensez au bébé. Vous devez penser au bébé. »

La jeune femme essayait, mais comment le pouvait-elle sans aussitôt penser au père ?

Enfin, au premier jour de la quinzaine des grands froids, elle donna le jour à une petite fille. Le Hanlin prénomma sa petite-fille Jade Lustré, parce que le jade est la pierre la plus rare et possède cinq vertus : la charité, grâce à son lustre; la droiture, grâce à sa transparence; la sagesse, grâce au son pur qu'il rend quand on le frappe; l'équité, à cause de ses bords effilés qui ne blessent personne; le courage, car on peut le briser mais non le faire plier.

Peu après la naissance de l'enfant, quand les grandes pluies eurent pris fin et que les routes eurent séché, la maison des Woo rentra à Pékin.

Les murailles de la Vieille Ville portaient des guirlandes de pots de chambre et de chignons sanglants, de pauvres amulettes impuissantes à écarter les étrangers. La porte de Chien Men était écroulée. La rue des Saules, autrefois bordée de jardins avec de chaque côté des murs tous pareils, n'était plus qu'un désert coupé de-ci, de-là par des enceintes déchiquetées.

Vieux Faucon arrêta brusquement le chariot qu'il conduisait. Sous les regards de la famille il descendit et disparut à travers un portail défoncé. On ne le vit pas revenir de plusieurs minutes. A son retour on eût dit qu'on lui avait arraché le cœur.« C'est là, cria-t-il, en essuyant ses larmes sur sa manche.

— Non, ce n'est pas là. » Lotus Enchanté secouait un doigt accusateur. « Tu es un vieil imbécile aveugle.

— Es-tu vraiment certain ? » demanda Lune de Printemps.

Il hocha la tête.

« Comment peux-tu, pauvre imbécile ! postillonna Lotus Enchanté. Toutes les maisons de cette *hutung* étaient presque pareilles !

— Je vais aller voir », dit la jeune femme en tendant le bébé à Bouboule. Muette aida sa maîtresse à descendre et à marcher prudemment à travers les débris pour passer d'une cour à l'autre. Elles avaient toutes le même aspect — des tas de bois carbonisé, de briques brisées et de terre. Parfois un morceau de tuile bleue. Celles qui étaient intactes avaient dû être emportées, ainsi que tout ce qui avait quelque valeur ou pouvait encore servir. Lune de Printemps reconnut le coin de l'échiquier en pierre et s'accroupit pour trier les éclats, espérant retrouver le cheval Tang. C'était stupide, bien sûr. Le cheval avait sans doute été un des premiers objets volés ou écrasés.

Quand ils arrivèrent à ce qui avait dû être la cour du Hanlin et de Lotus Enchanté, ils ne trouvèrent pas un livre, pas un bibelot. Quelque chose brilla dans un rayon de soleil, mais ce n'était qu'un fragment de miroir. Les trésors de Por Por avaient disparu, eux aussi.

Lentement, Lune de Printemps fit demi-tour et repartit vers les chariots. Elle était presque arrivée au portail quand elle trébucha sur un morceau de la plaque qui avait annoncé au monde, pendant trente ans : *Dans ces murs habite une grande famille qui a engendré un lettré Hanlin pour l'honneur de l'Empire.*

11

L'Adieu

L'herbe peut se flétrir, ses racines ne meurent
Et quand c'est le printemps elle revient à la vie;
Le chagrin, lui seul, tant que ses racines durent
Même sans printemps, de lui-même revit.
Ch'en Shan-Min, dynastie des Song

Les frères du Hanlin et leurs épouses choisirent de retourner dans les cours ancestrales, au village des Roseaux, à une semaine à l'ouest de Pékin. Les murs des jardins étaient endommagés, mais les terres leur restaient et ils pouvaient espérer reconstruire le clan. Mais, malgré tout ce que put dire le Hanlin, Lotus Enchanté refusa de quitter la capitale pour la maison de sa belle-mère, et il dut abriter ses proches dans la demeure du lettré Yen, qui avait échappé à la destruction. Leur logement consistait en deux pièces attenantes. Le Hanlin et Vieux Faucon dormaient dans la plus petite, toutes les femmes dans la plus grande.

Ils y étaient depuis une semaine quand Vieux Faucon, à l'heure du coq, leur annonça que le troisième fils de la maison des Chang était dans une chaise à porteurs, venu leur rendre visite.

Personne ne bougea pendant un moment qui parut interminable. Puis le Hanlin dit calmement : « Veuillez faire entrer notre Honorable Visiteur.

— Non ! cria Lotus Enchanté. Pas encore. La pièce n'est pas prête. Il nous faut du temps. Veuillez aller supplier notre invité de nous accorder quelques minutes, afin que nous puissions nous préparer à sa visite. »

Vieux Faucon se tourna vers le Hanlin. Le lettré approuva lentement de la tête. « Ta maîtresse a raison. Il nous faut du temps. »

Lotus Enchanté fit attendre Noble Talent pendant une heure et chargea Bouboule et Muette de mettre un semblant d'ordre dans les chambres. « Que va-t-il penser ? répétait-elle sans arrêt.

— C'est sans importance, ma femme, dit le Hanlin d'un ton bienveillant. Il comprendra sûrement. » Elle n'entendait rien, semblait-il, et ordonna qu'on déplaçât des livres et des paquets qu'on venait déjà de changer de place.

Lune de Printemps, son bébé dans les bras, resta très droite sur une chaise pendant qu'on entassait sous les lits couvertures et provisions. On finit par emprunter des paravents pour délimiter un endroit où on pourrait recevoir convenablement l'invité et lui servir le thé. Et même alors Lotus Enchanté ne fut pas satisfaite avant que le Hanlin, Lune de Printemps et elle-même n'aient mis leurs plus beaux habits. Elle chassa tous les autres dans la petite chambre et leur ordonna d'y rester jusqu'au départ du visiteur. Bouboule était la seule qui pourrait entrer pour servir le thé. Enfin elle pria Vieux Faucon d'introduire leur invité.

Jeune Oncle avait des ombres sous les yeux, se dit Lune de Printemps, et une tristesse dans le regard qui n'y était pas quand il avait quitté Sou-Tcheou pour aller vivre au Sud.

Les hommes échangèrent des politesses, et le Hanlin employa des tournures plus élaborées que celles qu'on a habituellement avec un homme aussi jeune.

« Je vous en prie, illustre fils de mon vieil ami, veuillez vous asseoir et prendre le thé avec nous.

— Vous êtes trop aimable, répondit Noble Talent en évitant le regard de sa nièce.

— J'ai envoyé notre indigne personnel chercher quelques gâteaux, dit Lotus Enchanté en souriant. Il y a un restaurateur itinérant qui a sa pratique dans ce quartier. Il fait d'assez bons carrés au sésame. Oh ! bien sûr, rien de comparable avec ceux de Sou-Tcheou. Tout le monde sait que les gâteaux de votre honorable ville sont les meilleurs du royaume. Je n'ai personnellement jamais eu la bonne fortune d'en goûter, mais tout le monde le dit... N'est-il pas vrai, mon mari ? »

Elle continua à babiller avec la plus charmante gaieté. La jeune femme, pour la première fois, aperçut des mèches grises dans les cheveux de sa belle-mère.

On frappa à la porte et Bouboule entra, avec le plateau du thé. Elle s'inclina puis les servit, en commençant par l'invité. Quand elle lui tendit sa tasse, il la prit des deux mains. Aussitôt Lune de Printemps comprit la raison de sa venue. Jeune Oncle portait la bague étrangère.

Elle enfonça ses ongles dans ses paumes, essayant de refuser la vérité. Il était impossible que la bague eût le sens qu'elle lui donnait. Elle ferma les yeux. Quand elle les rouvrit Jeune Oncle était toujours là, la bague était toujours à son doigt. Elle regarda le Hanlin et Lotus Enchanté. Leurs sourires figés confirmèrent ce qu'elle craignait — ce qu'elle savait déjà. Son mari était mort.

Prudemment, très prudemment, elle prit la tasse en porcelaine que lui tendait la vieille servante, persuadée que si elle la laissait tomber, c'est Lune de Printemps qui se briserait en mille morceaux.

Ils attendirent que leur invité ait bu la première gorgée. A ce moment la porte se referma et ils furent de nouveau seuls.

« J'espère vraiment que vous resterez dîner, fils de mon ami, dit le Hanlin. Nous n'avons pas grand-chose à vous offrir, mais vous ne repartirez pas en ayant faim.

— Je vous en prie, insista Lotus Enchanté. Bien sûr qu'il reste. Voyons, votre père, le Vieux Vénérable, était souvent notre invité. Je me souviens des nombreuses fois où il est venu nous rendre visite rue des Saules, et de comme il gâtait les enfants... Oui, il le faisait toujours. Tellement d'enveloppes rouges... »

Pendant l'heure qui suivit Lotus Enchanté et le Hanlin s'enquirent poliment des divers membres de la maison des Chang. Et bien que Noble Talent ne fût pas rentré chez lui depuis plus d'un an, il répondit du mieux qu'il put, s'éclaircissant la gorge à plusieurs reprises, tandis que tous les regards restaient fixés sur le pot blanc et bleu posé au milieu de la table ronde.

Prudente, très prudente, Lune de Printemps écoutait, ne voulant pas qu'un murmure échappât à son attention, de peur de penser à Heureuse Promesse.

Quand la théière fut vide elle voulut la rapporter à la cuisine pour la remplir, mais Noble Talent la pria de rester. « Il est tard, je dois partir. » Il se leva.

Le Hanlin se leva également. « Fils... » La voix lui manqua, il se racla la gorge. « Fils de mon ami, je t'en prie, ne t'en va pas... pas encore. » Il regarda Lotus Enchanté, puis Lune de Printemps. Les deux femmes approuvèrent d'un signe. Le Hanlin se tourna vers son invité. « Je vous en prie, dites-nous. Nous souhaitons savoir. »

Ils se rassirent. Noble Talent ôta l'anneau et le posa sur la table. « Comment vous le dire ?

— Mon fils a quitté le monastère quand la sécheresse a pris fin. Commencez par là. »

Noble Talent hocha la tête, attendit un instant, puis commença. « Heureuse Promesse m'a retrouvé grâce à des relations communes. Il m'a demandé ce qu'il pouvait faire. Je lui ai dit de retourner au monastère. Il ne m'a pas écouté. Il a insisté. Alors nous avons essayé tous les deux de faire ce que nous pouvions, de prévenir les convertis en danger, de les aider à fuir le Nord. Plus tard nous avons tâché d'aider ceux qui étaient enfermés dans le quartier des ambassades, de raisonner les responsables chinois. Nous faisions passer des vivres et des informations. Nous avons recherché dans les troupes régulières chinoises les officiers qui s'inquiétaient des conséquences d'une victoire des Poings Harmonieux et qu'on pourrait persuader de retenir leur feu.

Beaucoup l'ont fait. D'autres faisaient comme s'ils attaquaient, mais tiraient en l'air pour les oreilles de la Douairière. Nous aurions pu nous faire tuer n'importe quand, par n'importe qui. » Il s'arrêta brusquement, comme s'il n'avait plus rien à dire.

« Continuez, dit le Hanlin. Continuez, je vous en prie. »

Noble Talent jeta un coup d'œil à sa nièce. Leurs regards se croisèrent un instant et elle hocha la tête. Il continua. « C'était le sixième jour de la cinquième lune. Il est venu me voir déguisé en coolie. Cette fois j'ignorais sa mission. Nous nous sommes salués comme chaque fois, mais il a sorti cette bague de sa poche et m'a demandé de la garder en sûreté... » Il reprit sa tasse. « C'est arrivé ce jour-là.

— Comment le savez-vous ? Comment pouvez-vous être sûr ? » demanda le Hanlin.

Noble Talent but une gorgée de sa tasse vide avant de murmurer : « Je le sais.

— Alors nous devons savoir aussi », dit le Hanlin.

Se raclant la gorge une fois encore, le soldat reprit son récit. « Nous l'avons trouvé avec trois camarades près d'une entrée secrète menant au quartier des étrangers, juste avant que la charrette vienne l'emporter avec les autres. Nous n'avons rien pu faire. Nous n'avions pas le temps. Il n'y a jamais le temps dans une bataille. »

Il n'y eut plus aucune question. Lune de Printemps resta parfaitement immobile.

Quand il finit par se lever, ils se levèrent tous et s'inclinèrent plusieurs fois devant lui. Les femmes restèrent à la porte tandis que le Hanlin accompagnait son invité jusqu'à la chaise. Quand les deux hommes disparurent dans la cour voisine, Lotus Enchanté s'écria : « Revenez ! C'était si aimable à vous, si aimable à vous de venir ! »

C'est à cet instant seulement que Lune de Printemps se rendit compte qu'elle n'avait pas dit un mot. Que personne n'avait dit à Noble Talent qu'elle avait donné une fille à son mari, et qu'elle s'appelait Jade Lustré.

Elle se détourna lentement de la porte, s'avança jusqu'à la table et fit glisser sa paume sur le bois comme une aveugle jusqu'à toucher la bague. Elle l'avait toujours dans la main en se couchant, mais elle la lâcha pendant la nuit et elle tomba sur le carrelage, ce qui la réveilla. C'est alors qu'elle pleura.

Le lendemain, au petit jour, Lotus Enchanté se leva et marcha d'un pas décidé jusqu'au *k'ang* où Lune de Printemps et le bébé étaient couchés avec Muette. Elle secoua sa belle-fille des larmes plein les yeux. « C'est de sa faute ! » Elle montrait Muette. « Ma sœur m'avait prévenue qu'elle attirait le mauvais sort. Dis-lui de partir immédiatement ! »

Cette fois la jeune femme vit qu'elle n'y pouvait rien. Si la haine, fût-elle injuste et imméritée, pouvait soulager la douleur d'une mère ayant perdu son unique fils, elle ne pouvait s'y opposer.

« Comment vas-tu te tirer d'affaire ? demanda-t-elle à la fille en l'embrassant. Où peux-tu aller ?

— Je vais rentrer chez moi, à Cendres Savantes. Pour moi aussi, la terre est toujours là. Et il faut s'occuper des tombes. »

12

La Veuve

Trente mille Chinois ont été tués durant ce qu'on appelle la Révolte des Boxers.

Quarante-cinq mille soldats étrangers — japonais, russes, allemands, britanniques, français, américains —, commandés par l'Allemand Von Waldersee, occupèrent les provinces du Nord pour venger la mort de trois cents étrangers.

Pendant l'année du tigre, en 1902, la Cour revint à Pékin et le Crayon Vermillon signa le protocole allié, reconnaissant par là que l'Empire du Milieu était non seulement parti en guerre contre d'autres nations, mais contre la civilisation elle-même. De nombreux membres de la famille impériale, ainsi que les conseillers qui avaient soutenu les Boxers et ainsi dévoyé la Douairière reçurent des cordes en soie, un exemple de la clémence impériale. Chacun fixa la corde à la poutre maîtresse de sa maison et se donna la mort, comme l'exigeaient le devoir et l'honneur.

Grâce à sa fuite à Sian et à son retour à la capitale, la Concubine fut convaincue de la pauvreté de l'Empire du Milieu et du besoin de changement. Elle institua sans délai une série de réformes très larges pour améliorer l'éducation du peuple et développer la puissance économique et militaire du pays. On recruta quatorze divisions pour les faire entraîner par des instructeurs étrangers, on envoya des milliers d'étudiants de valeur à l'étranger aux frais du gouvernement, et l'ancien système d'examens fut aboli.

Pendant les trois années qui suivirent ces réformes remportèrent de grands succès, mais elles arrivaient trop tard. Car aucun ne pouvait se comparer aux victoires du Japon insulaire sur l'immense Empire russe, pendant l'année du serpent, en 1905. Aucun ne pouvait ranimer la fierté nationale. Ainsi, alors même que l'édit impérial annonçait un gouvernement constitutionnel, les insurrections se poursuivirent ainsi que la répression.

En 1907, l'année du mouton, l'héroïne révolutionnaire Ch'iu Chin fut torturée, sans résultat, puis décapitée, et son corps fut laissé à pourrir. Sa voix fut entendue dans tout le pays.

Le soleil se couche sans route à l'horizon,
Je pleure en vain sur mon pays perdu
Même si je meurs je continue à vivre,
Par le sacrifice j'accomplis mon devoir...

En 1908, l'année du singe, l'empereur Kuang Hsu mourut à l'heure du coq. Suivi le lendemain à l'heure de la chèvre par l'impératrice douairière. Il avait trente-sept ans, elle tout juste le double. Certains disent que la Douairière avait infecté sa serviette avec la variole pour qu'il ne survécût pas à sa tante et ne vînt pas déterrer ses os. Comment aurait-elle su qu'elle allait si vite succomber à une indisposition fatale après avoir dîné de crabes à la crème ?

Le nouvel empereur, Hsuan T'ung, avait deux ans. Le nouveau régent, le prince Ch'un, remit les conservateurs au pouvoir.

Histoire de Chine

LE CLAN DES WOO décida de ne pas reconstruire la maison de la rue des Saules et de vendre le terrain. Par amitié pour eux, la riche famille des Lin acheta la propriété. Le montant de la vente servit en partie à doter et à marier les jumelles, à qui on fit épouser les fils d'amis de la famille au village des Roseaux. Ce qui restait appartenait au clan, qui dès lors versa une rente à ceux de ses membres, peu nombreux, qui restaient à Pékin. Leur fortune ainsi réduite, le Hanlin, avec sa femme et sa concubine, accompagnés de leur belle-fille et de leur petite-fille, quittèrent la demeure du lettré Yen pour une petite maison louée près de la porte de l'Est, sans avant-cour ni cours de derrière : une seule cour et trois pans de toit.

La forêt de Pinceaux du Hanlin ayant disparu, Fière Rectitude étant à la retraite et se consacrant pour son plaisir à un dictionnaire des caractères anciens, Lune de Printemps devint son assistante, annotant ses fiches pendant que Jade Lustré s'amusait dans un coin. A mesure que le temps passa le lettré et sa belle-fille apprirent à supporter de bonne grâce, sans trop d'amertume, leur nouvelle existence.

Lotus Enchanté et la concubine en furent incapables. Rien n'avait tourné comme elles l'avaient espéré, elles ne pouvaient presque rien faire et n'avaient nulle part où aller. Elles ne pouvaient certes pas se montrer dans les cercles choisis qu'elles avaient jadis fréquentés. Et comment pourraient-elles boire le thé avec les femmes du voisinage, les épouses vulgaires d'hommes grossiers, prêteurs sur gages ou employés subalternes ? Elles s'ennuyaient, se chamaillaient continuellement et reprochaient sans cesse leur conduite au Hanlin et à Lune de Printemps : « Il ne suffit pas que nous soyons pauvres, mais votre conduite indigne fait jaser. Dans une maison honorable le père et la belle-fille sont rarement ensemble. Dans cette maison, ils sont rarement l'un sans l'autre ! »

Lotus Enchanté, de plus, insistait sur l'échec de sa belle-fille à lui donner un petit-fils. Dès sa naissance elle avait appelé le bébé Bijou Sans Valeur, et qu'elle en fût venue à l'aimer ne l'empêchait pas de se lamenter continuellement au sujet de son sexe. Sa tendresse était inséparable de sa déception. « Ma précieuse bonne à rien, à quoi serviras-tu ? T'occuperas-tu de moi quand je serai vieille ? Accompliras-tu les rites pour m'assurer le confort dans l'au-delà ? Tu ne feras qu'engraisser à notre table, qu'embellir, amasser une dot coûteuse, et disparaître à jamais dans la maison de ton mari. Bijou Sans Valeur, si seulement tu étais un garçon ! »

Quand Jade Lustré eut trois ans, cette complainte lui était aussi familière qu'une chanson de nourrice, et la petite fille la reprenait en chœur : « Aye ya ! Aye ya ! Une fille vertueuse comme dix-huit Lohans ne vaut pas un fils débile aux pieds plats. »

A l'automne de l'année du serpent le Hanlin approcha de la mort. Il avait gardé toute sa raison et pouvait s'exprimer, mais il confondait les personnes et les dates. Sa fin étant prochaine, personne n'avait l'envie de corriger ses erreurs. C'était par simple bonté qu'on le laissait faire tout ce qu'il voulait avec ceux qu'il faisait venir. Il demandait souvent Jade Lustré. La petite fille ne semblait pas s'effrayer de sa pâleur, de l'odeur forte de sa maladie et des remèdes, ni des jeux bizarres auxquels il jouait. Elle restait assise pendant des heures sur une chaise, l'air solennel, à l'écouter parler, sentant d'une manière ou d'une autre qu'elle ne devait pas rire et briser le charme quand il demandait au prêtre de le raser ou au barbier de prier pour lui.

Elle était présente la veille de sa mort, quand Fière Rectitude dicta à sa belle-fille une dernière pétition pour le trône impérial :

« Dès lors que l'étranger a plongé dans l'affliction votre personne sacrée, vous n'avez cessé de rechercher nos avis, à nous qui sommes vos humbles serviteurs, à cause du souci pressant que vous avez d'établir une politique permettant de rendre la paix aux tombes de vos ancêtres et donc au peuple chinois. Mais nous avons échoué jusqu'ici à détourner l'adversité et à réconforter nos souverains; certes nos insuffisances sont cruelles et nous emplissent de honte et de détresse.

« Je soutiens humblement qu'il faut tenir compte des leçons de la guerre entre l'ours polaire et le singe brun. Jadis les insulaires du Soleil levant ne voulaient pas non plus avoir de rapports avec l'Occident, afin de perpétuer leurs antiques coutumes. Puis ils virent que leur isolement ne serait pas respecté, et ils décidèrent de rechercher de nouvelles voies où engager leur destinée propre. Alors nous avons vu le succès de cette entreprise.

« Par malheur, leur guerre avait pour enjeu des territoires chinois.

Par malheur leurs canons ont bombardé les côtes de la Chine. Par malheur ils ont combattu dix-huit mois sur le sol de la Chine. Par malheur notre neutralité n'a pas été respectée et nos compatriotes ont été massacrés.

« Néanmoins, dans ces derniers outrages résident l'espoir et la preuve de notre justification éventuelle.

« Moi-même, votre mémorialiste, désire très humblement souligner que si l'Empire tout entier apprenait ce que ces autres Orientaux ont déjà appris de l'étranger, nous serions également capables d'empêcher de nouvelles catastrophes et de ramener à la justice les projets des puissants.

« Alors la guerre fera place à la paix et les autels de nos dieux resteront inviolés. Empreint d'une incontrôlable indignation devant nos épreuves, c'est en larmes que je présente ce mémoire et que je supplie que Votre Majesté daigne en faire usage. »

Le vieux lettré dicta cette même lettre maintes et maintes fois au cours de la nuit, ordonnant qu'on l'expédiât aussitôt, et rappelant chaque fois Lune de Printemps comme s'il ne l'avait pas encore écrite. Il finit par s'endormir.

Au matin le soleil ne se montra pas, et on vit tout le jour les oies qui volaient vers le sud. A l'heure du cheval le Hanlin ouvrit les yeux et annonça : « On m'a appelé. Faites que je sois prêt ! »

Bouboule et Vieux Faucon le transportèrent aussitôt dans le vestibule de la maison et le placèrent sur un lit de planches, les pieds dirigés vers la porte. Puis ils le lavèrent avec de l'eau où on avait fait bouillir les feuilles parfumées du pamplemoussier, et le revêtirent de son plus bel habit, une robe bleu nuit brodée de grues en plein vol et ornée de perles en corail rouge. Quand ce fut terminé, et qu'on eut allumé les cônes d'encens, la maisonnée se rassembla, et Lotus Enchanté se mit au plus près du cœur de son mari. Le Hanlin les remercia d'un murmure. La famille et les domestiques fondirent en larmes. Jade Lustré échappa à sa mère et prit la main du mourant.

« Grand-père ! Grand-père ! »

Le Hanlin bougea mais sans pouvoir ouvrir les yeux. Il sourit faiblement. « Mon fils. Mon fils.

— Oui, Grand-père.

— Rappelle-toi ton devoir envers ta famille. N'oublie pas la douleur de notre peuple. Promets-moi, mon fils. Promets-moi ! »

Jade Lustré s'inclina solennellement. « J'entends mon père et j'obéis.

— Alors je suis prêt. » Le Hanlin serra encore un instant la petite main, puis il la lâcha.

Pendant des semaines, tandis que Lune de Printemps était agenouillée près du cercueil du vieil homme, elle se demanda de quelle exigence cette promesse allait peser dans la vie de sa fille, qu'elle-même pleurait sous le poids de son propre deuil. Depuis plusieurs années que son mari avait disparu, le Hanlin et elle ne s'en étaient jamais parlé. Peut-être avaient-ils chacun senti si vivement sa présence dans la maison qu'ils avaient jugé déplacé de parler comme s'il n'était pas là.

Maintenant le vieil homme était parti, lui aussi. Seule, elle ne pouvait plus maintenir l'illusion. Avant la mort du Hanlin Heureuse Promesse était toujours à ses côtés qui l'écoutait, la regardait, la suivait partout. Maintenant il n'était plus là, et n'apparaissait que lorsqu'elle fermait délibérément les yeux pour le faire venir. Il était impossible qu'il s'effaçât de sa mémoire, se disait-elle. C'était impossible. Peut-être son père avait-il plus besoin de lui, peut-être étaient-ils ensemble dans l'autre monde comme elle était dans celui-ci avec sa fille.

Au quarante-neuvième jour, Ardente Rectitude fut enterré auprès de ses ancêtres dans les collines avoisinant le village des Roseaux. Lune de Printemps apporta l'or de son mariage pour faire au Hanlin des funérailles dignes de son rang, tandis qu'on adopta un cousin pauvre mais doué pour accomplir les rites en tant que fils du défunt. Une fois les cérémonies terminées, Seconde Promesse accompagna sa nouvelle famille à Pékin où il allait poursuivre ses études, selon l'accord passé, sous la tutelle bienveillante des lettrés amis du Hanlin.

Lotus Enchanté entretenait cet unique espoir de retrouver la richesse et les honneurs aussi soigneusement qu'elle cachait les pattes d'oie qu'elle avait maintenant au coin des yeux. « Dès que Seconde Promesse sera connu dans le cercle des lettrés, nous pourrons acheter une maison plus grande, dans notre ancien quartier, et alors vous verrez revenir me voir les dames de la Cour. N'ai-je pas toujours dit qu'un fils vaut mieux que de l'or ? Maintenant je vais le prouver ! »

Lune de Printemps ne lui disait jamais ce que savaient déjà la plupart des gens : que les études classiques n'avaient plus guère de sens en ce siècle tout neuf, que l'ancien système des sinécures était aboli, que la nouvelle race des fonctionnaires faisait ses études au Japon. Pourquoi détruire ses illusions pour rien ? Seconde Promesse était sans prétention, faisait de son mieux pour plaire, mais il n'était pas doué le moins du monde pour les carrières commerciales rapides et lucratives qui offraient désormais une seconde route vers le pouvoir, même si elle était nettement moins glorieuse.

Étant la veuve d'Heureuse Promesse, Lune de Printemps avait le devoir de servir sa belle-mère aussi loyalement que son fils l'aurait fait s'il avait vécu. Mais le Hanlin, en s'adressant à Jade Lustré comme à son fils, avait souhaité qu'elle fût éduquée comme un garçon. Elle eut donc aussi le devoir d'apprendre à sa fille à lire et à écrire. Avant peu un voisin, puis un autre demandèrent à la veuve Woo de venir donner des leçons à leurs enfants. Lotus Enchanté y consentit, car l'argent ainsi gagné, si peu que ce fût, l'aida à surmonter son déplaisir devant une conduite aussi inconvenante.

Souvent, la nuit, la jeune femme fermait les yeux pour s'adresser à Heureuse Promesse. Mon mari, as-tu entendu comme notre fille a bien récité aujourd'hui ? N'as-tu pas été fier ? Elle est très grande; maintenant même Bouboule dit qu'elle aurait dû être un garçon.

Si seulement Por Por ne l'appelait pas Bijou Sans Valeur. Si seulement tu pouvais en parler à ta mère, elle arrêterait, j'en suis sûre. Si seulement tu étais là...

Parfois elle succombait à la solitude, et elle pleurait.

Plus tard, quand Lune de Printemps repensait aux années qui avaient suivi la naissance de sa fille, le temps lui paraissait s'être écoulé sans heurt, ponctué seulement par la mort : celle d'Heureuse Promesse, du Hanlin, de Vieux Faucon dans son sommeil. Finalement, à l'année du singe, ce fut celle de Vrai Talent, après plusieurs mois de maladie. Quand la Douairière avait aboli l'ancien système des examens, il avait paru s'effacer. « L'honneur auquel s'attachait votre père lui était plus précieux que la vie », lui écrivit Neige Parfumée. Lune de Printemps, désolée, relisait sans cesse sa lettre. Comment se faisait-il que son mari et son père, si différents en tout, aient succombé à la même et fatale maladie ?

CENDRES DORÉES

13

Le Retour au foyer

Le paon vole vers le sud,
Il se retourne tous les cinq li...
Quand le coq a chanté, j'ai continué à tisser.
Nuit après nuit sans cesse je t'ai attendu...
En trois jours je faisais cinq bandes de tissu,
Mais le Grand me trouvait trop lente.
Ce n'était pas du tout que j'étais vraiment lente,
Mais, dans ta famille — qu'il est dur d'être femme...
Alors je te supplie, demande à tes parents,
Quand il sera temps, de me renvoyer chez moi...
Ballade de la dynastie des Han

LUNE DE PRINTEMPS se demandait si les enfants cesseraient jamais de harceler Jade Lustré. Cela arrivait chaque fois qu'elles allaient ou revenaient des maisons voisines où elle donnait des leçons. Cela arrivait maintenant dans leur propre maison.

Gros pieds, gros pieds,
Des pieds si gros
Qu'ils bouchent la rue !

Sachant que s'il était vivant Heureuse Promesse aurait interdit qu'on bandât les pieds de sa fille, la jeune femme avait menti à Lotus Enchanté en toute bonne conscience. « C'était le souhait le plus fervent de mon mari. Il me l'a fait promettre de nombreuses fois. » Sa belle-mère n'avait pas le choix, et dut suivre la volonté de son fils. Mais maintenant Lune de Printemps avait parfois des doutes. Elle avait bien entendu dire que certaines converties n'avaient plus de lis dorés, mais aucune des filles des voisins n'y avait échappé.

Les paroles de Bouboule étaient comme des flèches. « Votre fille, celle-là, elle galope dans la rue comme un garçon. » C'était indéniable. Et de fait Jade Lustré se faisait une armure de sa particularité, ainsi que de son éducation inhabituelle, contre la cruauté des jeunes ou la pitié des aînés pour cette étrange orpheline.

On entendit venir du jardin sa réponse méprisante :

Petits pieds, lis dorés,
Gèlent en hiver,
Sentent en été.

Lune de Printemps soupira et se leva pour fermer la porte. Elle n'avait pas le temps aujourd'hui de se laisser distraire.

Depuis le nouvel an, après n'avoir épargné ni l'argent ni la ruse pour favoriser la carrière de Seconde Promesse, sans grand résultat, Lotus Enchanté se désespérait de plus en plus. Après les fêtes elle avait ordonné à la concubine de rentrer au village des Roseaux pour se mettre au service des vieilles tantes, et s'était mise à recevoir tous les après-midi une procession de marieuses. Elle envoyait Bouboule acheter des boulettes et des gâteaux pour offrir à ces femmes et le soir elle comptait en silence chaque bouchée qu'avalaient Lune de Printemps et sa fille.

Finalement, il y avait près d'un mois, au quatrième jour de la huitième lune, Bouboule leur annonça que les négociations sur le mariage et la dot de Seconde Promesse étaient conclues. La belle-mère avait commencé ses allusions sur l'heure. « Combien de cours aviez-vous à Sou-Tcheou ? Beaucoup doivent être vides maintenant ! »

Au début la jeune femme ne l'avait pas prise au sérieux. Il n'y avait que des femmes surprises en flagrant délit d'adultère qu'on renvoyait à leur famille; on préservait toujours la vie privée, si difficile qu'elle pût être, plutôt que de perdre ouvertement la face. Mais, la semaine dernière, Lotus Enchanté lui avait interdit de continuer ses leçons. « Je ne tolérerai pas que vous soyez une servante appointée dans les cours des autres. Je ne le tolérerai pas... »

Soudain la porte s'ouvrit et la jeune femme leva les yeux, s'attendant à voir un des enfants venu chercher une cachette ou quelque chose à manger. Mais c'était Lotus Enchanté qui se tenait sur le seuil.

« Por Por ? Que puis-je faire pour vous ? »

Sans même la saluer, sa belle-mère se mit à crier d'une voix coléreuse. « Déjà triste que ce soit une fille. Déjà triste qu'elle ait des grands pieds. On ne saurait la laisser souiller continuellement mon nom en fréquentant ces va-nu-pieds. A partir de maintenant, elle ne sortira plus de ces chambres. »

Aussi brusquement qu'elle était venue, sa belle-mère disparut. Pas une fois au cours de sa tirade elle n'avait pu prononcer le nom de sa petite-fille bien-aimée.

Les gouttes de pluie sur le toit faisaient comme le bruit des joueurs de *hu chin* qui font claquer leurs archets avant le début d'un opéra. Les deux femmes étaient assises en face l'une de l'autre, prêtes à commencer la scène que chacune savait devoir être jouée.

La belle-fille servit le thé, puis parla la première. « Por Por, je vous prie d'excuser ma requête peu filiale, mais puis-je vous demander d'avoir l'obligeance de me libérer de mes devoirs envers vous afin que je puisse retourner à Sou-Tcheou ? »

Lotus Enchanté porta la tasse à ses lèvres. Elle ne prit pas pour répondre une voix triomphante. « C'est fort irrégulier, mais peut-être pas inopportun... Il est temps que Seconde Promesse se marie. Sans alliance nouvelle, je n'ai plus guère d'espoir. Celle-ci rendra peut-être l'honneur à la famille du Hanlin. Nul doute que vous le compreniez. Nul doute que vous l'acceptiez. Et c'est pourquoi nous envisageons ensemble quelque chose d'à ce point inimaginable. N'est-il pas vrai, ma fille ?

— Oui, Por Por, murmura Lune de Printemps.

— Alors que puis-je, sinon y donner suite, comme vous ? Il n'y a pour nous deux aucun autre choix que de penser à l'harmonie de cette maison. Ainsi, moi qui suis la veuve du Hanlin, je vous permets de rentrer à votre *lao chia*. »

Elles gardèrent le silence pendant quelques minutes en écoutant la pluie, et laissèrent refroidir le thé.

Puis Lune de Printemps ajouta, comme on l'attendait d'elle : « Por Por, je vous prie d'excuser une seconde requête peu filiale, mais je vous demande d'avoir l'obligeance de permettre à votre petite-fille, dont la place est à vos côtés dans la maison de son père, de venir avec moi. »

Il n'y eut pas de réponse. Kouan Yin la miséricordieuse, pria-t-elle, accorde-moi ce souhait. Je ne peux pas en perdre une autre.

Quand Lotus Enchanté se décida à parler, ce fut avec une douceur que sa belle-fille ne lui avait jamais connue, et en des termes qu'elle n'avait pas prévus. « Un jour je vous ai dit que la beauté compte peu dans la vie. Vous voyez maintenant que c'est vrai. » Elle fit une pause, les yeux grands ouverts, comme si elle se souvenait. Avant que Lune de Printemps pût savoir que dire, elle ajouta d'un air étonné : « Comment la beauté pourrait-elle jamais soulager la douleur que je sentirais en appelant Bijou à mon chevet et en sachant qu'elle aussi est partie ? »

Elle se tut à nouveau. On n'entendait plus que la pluie d'automne.

Enfin, très droite sur sa chaise, la belle-mère dit ce qui devait être dit : « Moi, la mère de votre mari, je vous permets de prendre avec vous ma petite-fille. »

Lune de Printemps, Jade Lustré et Bouboule furent prêtes dans la semaine. Quand elles partirent et même alors que leur chariot était déjà loin du portail, on entendait encore Lotus Enchanté se lamenter. « Comme tout pourrait être différent, ma petite-fille. Comme tout serait différent, si seulement tu étais un garçon ! »

De sa place dans l'express de Nankin, Lune de Printemps voyait pour la première fois ce dont elle n'avait fait que rêver quand elle était passée par là jadis, enfermée dans son chariot nuptial — son Kiangsou natal. Était-il le même aujourd'hui qu'autrefois ? Elle n'en savait rien. De l'autre côté de la vitre s'étendaient *li* après *li* des potagers et des rizières bien tenus, une terre bien différente des plaines jaunes et poussiéreuses du Nord. Il n'y avait pas de villes, grandes ou petites, mais seulement des grappes de hameaux construits en terre avec des toits de chaume. La moindre parcelle était cultivée, ne laissant que d'étroits sentiers et aussi de-ci, de-là des tertres que contournaient les charrues. Ainsi, de leurs tombes, les morts prenaient leur part de la terre des vivants.

Li après *li,* rien ne changeait. Le serpent d'acier poursuivait sa course sinueuse à travers les champs et des hommes vêtus de bleu, le visage tanné, leurs corps vigoureux un peu penchés en avant et sur leur gauche d'avoir transporté la nuit pendant des années leurs seaux pour engraisser la terre, arrêtaient un instant leur travail pour le regarder.

Li après *li* Jade Lustré écrasait son nez contre la vitre. « Encore combien de temps ? Encore combien de temps ? » criait-elle. Lune de Printemps sourit de la voir si excitée mais ne dit rien. La petite fille secoua la servante qui sommeillait.

Bouboule sursauta. « Qu'est-ce qui se passe ?

— Dis-moi combien de temps encore le voyage va durer ?

— Il y a une fessée qui te démange, Créature Éhontée, pour voler ainsi son sommeil à une fidèle suivante. » Elle se frotta vigoureusement le ventre.

« Mais encore combien de temps ?

— S'il n'y a pas de bandits, de suicidés ou de paysans endormis sur la voie, nous serons à Sou-Tcheou dans une heure environ.

— Une heure ? C'est trop long, Amah ! Beaucoup trop long ! » La petite fille boudait.

« Rentre ta lèvre ou quelqu'un va s'en servir de table », dit Bouboule en bâillant, et elle se pelotonna dans son coin pour continuer sa sieste, enserrant d'un bras possessif les ballots posés à côté d'elle.

Après un bref silence Jade Lustré revint à l'attaque. « Mère ? » Elle tira la jeune femme par la manche.

« Oui ?

— Pourquoi Amah a parlé de suicidés ? Pourquoi des gens du train voudraient se suicider ?

— Pas dans le train, mais sur sa route. La fin de l'année approche, il faut payer ses dettes, faire ses comptes. Mais beaucoup de pauvres gens ne peuvent pas payer leurs dettes. Ils ne peuvent pas vivre avec ce déshonneur, mais ils ne peuvent pas se permettre de mourir décemment. Alors ils se tuent près de la voie, sachant que la compagnie de chemins de fer paiera cercueils et enterrements plutôt que de laisser leurs corps pourrir en vue de tous les voyageurs. »

La fille n'hésita qu'un court instant. « Mère, dit-elle, si les compagnies payent pour ça, pourquoi ne donnent-elles pas tout simplement l'argent aux gens ? Alors ils pourraient payer leurs dettes et personne n'aurait besoin de mourir.

— Ce n'est pas si simple, Jade Lustré.

— Tu dis toujours ça, se plaignit-elle. Tu dis toujours ça de tout !

— Tu as peut-être raison », reconnut Lune de Printemps. C'était vrai. Il y avait tant de choses inexplicables et même incompréhensibles. C'était peut-être le destin, après tout.

« Mais pourquoi, Mère ?

— Parce que c'est ainsi, ma fille. Depuis qu'il y a des hommes sur terre, il y en a qui possèdent plus que d'autres. Certains prêtent et d'autres empruntent, et il en sera ainsi pour l'éternité. C'est le Sage lui-même qui nous a enseigné qu'il est plus facile de déplacer les montagnes que de changer le cœur des hommes. »

Jade Lustré réfléchit un instant. Puis, se tenant très droite, elle proclama : « Mère, c'est peut-être difficile, mais je ferai les deux. Je le ferai ! » Sans attendre de réponse, elle se tourna de nouveau vers la vitre.

Lune de Printemps soupira. Pourquoi faut-il que ma fille n'apprenne jamais les leçons que j'enseigne ? se demanda-t-elle. Ce n'était pas la première fois que Jade Lustré faisait de tels serments. C'était comme s'il y avait en elle des esprits trop nombreux qui la tiraient d'un côté et d'un autre. Elle ne saura jamais plier, se dit sa mère, priant qu'elle ne soit pas brisée.

Après quelque temps le train se mit à ralentir. Jade Lustré se tourna vers sa mère. « C'est Sou-Tcheou ? Dites-moi, Mère ? »

Déjà ? Si tôt ? Lune de Printemps regarda par la vitre, puis sourit sans rien dire. Elle ne pouvait pas répondre. N'ayant jamais vu la ville, comment pourrait-elle la reconnaître ?

Soudain on entendit un coup de sifflet strident et le train s'arrêta dans un crissement de freins. Les voyageurs furent projetés en avant. Bouboule glissa sur le sol avec ses paquets et s'éveilla en hurlant.

« Kouan Yin la miséricordieuse ! criait une vieille femme assise de l'autre côté du couloir. Des bandits ! Ce doit être des bandits !

— Des bandits ! Des bandits ! » cria Jade Lustré.

Bouboule se releva péniblement, épousseta ses vêtements. « Il y en aura peut-être un pour t'enlever, Mule Rétive. Alors je pourrai me reposer un peu.

— Ils ne me font pas peur, affirma la petite fille. Même pas s'ils me versent de la sauce au piment dans les narines. Où sont-ils, de toute façon ? Mère, dois-je avaler ma bague ?

— Pas de bandits ! Pas de bandits ! cria le contrôleur de sa place à l'autre bout du wagon. Rien qu'un léger retard. Nous sommes à moins d'un *li* de la gare de Sou-Tcheou. Patience ! Pas de danger ! Pas de bandits !

— Ce n'est pas juste », gémit la petite fille, dont l'histoire préférée était celle de Mu Lan, la fille qui a pris la place de son père dans la bataille. « J'aurais arraché un œil. J'aurais...

— Arrête ça, maintenant, exigea Bouboule. Tout le monde nous regarde. »

Brusquement Lune de Printemps sauta sur ses pieds. D'un seul coup elle ne supportait plus d'attendre pour voir la ville de sa naissance, qui restait pour elle aussi neuve que lorsqu'elle avait vu le jour, vingt-huit ans plus tôt.

« Aide-moi, Vieille Amie, aide-moi à baisser la vitre ! » Quand elle fut ouverte, elles se penchèrent toutes pour voir ce qu'il y avait plus loin. On ne voyait pas encore la ville, mais on apercevait la gare, dont le toit brillait au soleil. Devant, une grande foule était rassemblée qui leur barrait le chemin. Ils portaient tous le manteau court et flottant et le pantalon de coton bleu passé des paysans, sauf un, vêtu d'une robe de gentilhomme. Lune de Printemps était beaucoup trop loin pour distinguer son visage, mais l'idée lui vint subitement qu'elle le connaissait. Ce n'était pas seulement sa robe qui le différenciait des autres. Alors qu'on aurait dit des énergumènes, il restait parfaitement immobile, les mains derrière le dos, et regardait au loin comme un poète sur un tableau. C'était Talent Courageux.

« Qui sont ces hommes, ma mère ?

— Je ne sais pas. Mais l'homme à la grande robe est l'aîné de tes grands-oncles. » Elle se retourna pour le confirmer d'un sourire ravi à Bouboule, ébahie, qui aussitôt écarta l'enfant et se poussa en avant en louchant pour mieux voir. Jade Lustré se tortilla immédiatement pour reprendre sa place entre les deux adultes.

« Grand-oncle Aîné ? Celui qui a connu Père en Amérique ?

— Oui, c'est lui.

— Mais que fait-il ici ? Pouvons-nous aller le voir ?

— Non. Mais je vais lui envoyer un message. » Lune de Printemps écrivit quelques mots et tendit le papier avec une pièce de monnaie à un des porteurs qui attendaient près de la voie.

Pendant qu'ils attendaient les autres voyageurs descendaient du train, préférant louer une chaise pour faire les quelques centaines de *ma* qui les séparaient de la gare. Bouboule rassembla leurs affaires et Jade

Lustré resta pendue à la fenêtre, leur signalant les progrès de leur messager.

La jeune femme se rassit pour retrouver son calme. Ce n'était pas du tout ce qu'elle avait prévu. Elle n'avait pas annoncé son retour pour reculer une explication difficile, sachant qu'à Sou-Tcheou, les paroles de bienvenue masqueraient la hantise à l'idée qu'elle pût avoir manqué à son devoir. Pas un instant elle ne s'était attendue à rencontrer Oncle Aîné en premier. Elle souhaita presque qu'il ne fût pas trop tard pour rappeler le messager. Que pouvait-elle dire, dans ce train, aux yeux du monde entier ?

Et il montait déjà dans le wagon. Lune de Printemps se leva lentement, tenant Jade Lustré devant elle. Il s'était arrêté à la porte, essoufflé d'avoir marché si vite. Puis ses yeux trouvèrent les siens, il sourit et s'approcha sans hâte d'un air décidé.

« C'est vous, ma nièce ! » Il inclina la tête. Les trois femmes venues de Pékin firent une profonde révérence.

Délaissant Lune de Printemps il salua Bouboule et baissa les yeux sur la petite fille.

« Seriez-vous la fille de mon vieil ami ?

— Oui, Grand-oncle. Je suis Jade Lustré. »

Il étudia son visage quelques instants, puis lui effleura la joue. « Vous lui ressemblez, je pense, plutôt qu'à votre mère », dit-il, et il se tourna vers elle. « Pourquoi n'avoir pas dit que vous veniez ? »

Elle fixa son regard sur le ruban vert dans les cheveux de sa fille, espérant que sa voix ne tremblerait pas. « Mon oncle, il semblerait que je sois aussi déplaisante qu'autrefois. » Elle s'interrompit. « Je... c'est-à-dire nous...

— Déplaisante ? répéta sa fille en se contorsionnant pour la regarder. Mère, tu ne t'es pas toujours bien conduite ?

— Votre mère s'est toujours bien conduite », dit Talent Courageux. Lune de Printemps rougit. L'enfant les regarda l'un après l'autre et se mit à rire.

Des vociférations éclatèrent parmi la foule, ce qui sauva leur dignité, et Bouboule s'empressa d'aller voir à la fenêtre. « Je crois qu'il vaut mieux que vous preniez des chaises à porteurs. Il va peut-être y avoir plus de difficultés que je ne pensais.

— Quelles difficultés, Oncle Aîné ? Y a-t-il du danger ?

— C'est possible. Le chef de gare a reçu un pot-de-vin pour faire passer un convoi avant les porcs de nos paysans. Les bêtes, entassées dans les wagons, sont mortes. Nous sommes venus faire ce que nous pouvions. »

Jade Lustré le tira par la manche. « Je sais ce que vous devriez faire, Grand-oncle. Enfermer le chef avec les cochons ! Alors... »

Bouboule attrapa la petite fille et la secoua. « Tu parles trop, Petite Morveuse !

— Alors il sentira le pourri et... »

Lune de Printemps sentait grandir son inquiétude. Avec de si mauvaises manières, que deviendrait la petite fille dans les cours ? Oncle Aîné, lui, ne semblait pas s'en formaliser. Il sourit à la fillette et lui donna une tape amicale sur l'épaule. « Je ne pense pas qu'il faille prendre des mesures aussi rigoureuses, Petite-Nièce, dit-il gentiment. Nous espérons trouver un compromis. Après tout, nous ne pouvons pas nous permettre de nous faire un ennemi du chef de gare. Nous avons besoin du chemin de fer.

— Mais il ne vaut pas mieux qu'un cochon !

— Les paysans se contenteront d'une indemnité. De plus il n'y a rien de plus perfide qu'un ennemi acculé. Souviens-toi de cela. »

La fillette ouvrit la bouche pour en dire plus mais elle vit un avertissement dans les yeux de sa mère, et à la place elle hocha la tête.

« Je m'excuse pour ma fille, dit Lune de Printemps. Elle parle trop librement.

— Son audace me plaît », dit-il, et un sourire lui plissa les yeux. « Elle me rappelle la vôtre. »

Bouboule et Jade Lustré partirent en tête, suivies du chariot portant les bagages. Talent Courageux fit signe aux porteurs d'attendre, et regarda Lune de Printemps. « Bienvenue à la maison, ma nièce.

— C'est bon d'être rentrée, mon oncle. »

Elle referma les rideaux de la chaise. Quelques minutes plus tôt elle s'était efforcée d'apercevoir sa ville natale, et maintenant, étrangement, cela n'avait plus d'importance. Lao Tseu enseigne que plus on va loin, moins on en sait, et c'est le sentiment qu'elle avait après avoir revu Talent Courageux.

Elle repensait à lui. Les femmes seraient-elles aussi contentes de la voir ? Jamais, dans son souvenir, une belle-mère n'avait renvoyé quelqu'un dans sa famille, pas même une esclave. Et la voilà qui revenait, veuve avec un enfant.

La chaise s'arrêta. Elle ouvrit les rideaux et vit pour la première fois le portail de son *lao chia*. Elle le reconnut grâce aux lions, dont l'image se retrouvait sur les assiettes en porcelaine qu'on utilisait aux grandes occasions. Puis la chaise contourna l'écran aux esprits et entra dans la cour de réception.

Le portier, trop jeune pour l'avoir connue, croisa son regard et s'inclina poliment.

A l'entrée de la Grande Cour un vieil homme sommeillait, assis sur un tabouret. Il avait le visage enfoui dans ses bras et une cage à oiseau sur les genoux. Sans lâcher la main de sa fille, Lune de Printemps s'approcha de lui. Était-il possible que Vieux Jardinier ait survécu à tous les hivers qui s'étaient écoulés ?

Jade Lustré, quand elles furent près de lui, demanda, d'une voix beaucoup trop forte : « Votre oiseau sait-il chanter ? »

L'homme remua mais sans lever la tête.

Avant que sa mère ne pût la retenir, l'enfant donna un coup sur la cage. « Chante, oiseau. Pourquoi ne chantes-tu pas ? »

Certaine, maintenant, Lune de Printemps s'adressa au vieillard. « Vieux Jardinier, c'est moi, la fille du second fils du Vénérable. »

A ces mots il leva la tête en clignant des yeux, lentement. Quand il vit Jade Lustré, un sourire élargit ses lèvres. « Où étais-tu, Jeune Maîtresse ? Ta petite esclave t'a cherchée partout. »

L'enfant fixa les yeux du vieil homme comme pour décider s'il était aveugle ou non. « Que veux-tu dire ? Je suis Jade Lustré. Je ne suis jamais venue ici et je n'ai pas d'esclave.

— Je sais, je sais. » Il se tourna posément vers Lune de Printemps. « J'ai connu tous les membres de cette illustre famille depuis cinq générations. »

Il ressemble plus à un bébé qu'à un vieillard, pensa la jeune femme. Elle se pencha vers lui. « Je suis vraiment enchantée de vous revoir, Vieux Serviteur.

— Vous pensiez que j'aurais déjà traversé les Sources Jaunes, n'est-ce pas ? Eh bien, pas encore, pas encore. »

Il posa la cage à côté de lui, puis s'appuya contre le mur et se hissa lentement sur ses pieds, se redressant autant que l'âge le lui permettait. Il s'inclina. « Bienvenue chez vous, Jeune Maîtresse.

— Merci. C'est vraiment bon d'être de retour. »

Ils n'eurent pas le temps d'en dire plus, car Bouboule parut à la porte de la Bouteille et leur fit signe. Quand Lune de Printemps l'eut rejointe elle chuchota : « Je leur ai tout dit. Ils attendent. »

Prenant l'enfant par la main, la servante la précéda jusqu'à l'écran de marbre par un chemin qu'elle ne connaissait pas. De l'autre côté du mur, la jeune femme s'arrêta. Le jardin du Cyprès était comme elle l'avait vu le jour où elle avait passé la porte du Trèfle, vêtue de rose pour sa fête de Jeune Fille. Rien n'avait changé, sinon peut-être pour embellir. Les chrysanthèmes de Vieux Jardinier étaient plus variés, le vieux grenadier était encore plus noueux, les bambous encore plus luxuriants.

Comment disait déjà ce poème de Yuan Mei, le premier qu'elle ait jamais récité devant Talent Courageux ?

> J'avais longtemps pensé me construire un bateau
> Qui frôlerait les vagues aussi vite qu'un oiseau,
> N'emporterait personne loin de ses amis,
> Mais pourrait seulement les ramener chez eux.

Quand elles eurent franchi le pont du Départ-et-de-l'Arrivée, et qu'elles eurent en face d'elles les colonnes rouges de la cour des Vertus Féminines, Lune de Printemps s'arrêta encore. Kouan Yin la miséricordieuse, pria-t-elle, fais que je retrouve mon foyer. « Tout va bien », dit doucement la servante. Puis : « Elles attendent. »

En tête cette fois, Lune de Printemps passa le seuil. Toutes les femmes du clan étaient réunies, chacune à la place qui lui revenait, immobiles. Elle ne savait que faire, car il n'y avait pas de coutume pour la guider, et on ne pouvait rien lire sur les visages qui la contemplaient.

Comme si ses yeux avaient une volonté propre elle les dévisagea une par une, les grand-tantes, les tantes, et les esclaves. Les cousines de son âge, bien sûr, avaient disparu, remplacées par les jeunes épouses de ceux qui l'avaient courtisée. Vers le milieu de la pièce, disposées selon leur rang, se tenaient une dame à peine plus âgée qu'elle qui devait être Pure Vertu, puis Aurore Soyeuse, la troisième épouse du Vénérable, et enfin Neige Parfumée, la veuve de son deuxième fils, en robe de soie prune brodée de narcisses.

Finalement, à contrecœur, ses yeux atteignirent celle qui se tenait à part, précisément au centre de la salle.

Était-ce un nouveau fauteuil ? Il lui semblait plus imposant que celui dont elle se souvenait.

Elle s'avança lentement, puis se figea et attendit, les yeux baissés. Combien de temps n'entendit-elle que les battements de son cœur ? Puis : « Ma petite-fille ! Mon cœur ! Tu es rentrée ! »

Lune de Printemps leva les yeux. La Vieille Dame souriait.

« Oh ! Grand-mère ! » La jeune femme tomba à genoux. Elle se prosterna.

« Chair de ma chair, laisse-moi t'embrasser. » C'était Neige Parfumée. A nouveau Lune de Printemps se prosterna. Sa mère la releva et la prit dans ses bras.

Elles étaient toutes les deux aveuglées par les larmes quand les parentes et les servantes les entourèrent en sanglotant, tâchant de trouver les mots justes pour l'accueillir, s'empressant autour de la petite fille.

Quand le vacarme fut retombé la Vieille Dame prit Lune de Printemps par la main. « Petite-fille, vous devez présenter vos respects à l'épouse du Patriarche. »

Pure Vertu avait une attitude si réservée qu'elle paraissait se tenir loin des autres, mais son sourire était plein de chaleur. Aussitôt Lune de Printemps s'agenouilla devant elle. Avant que son front n'eût touché le sol la jeune femme lui parla d'une voix douce qui gardait une trace de l'accent du Sud. « Non, non, il ne faut pas. Je ne mérite pas un tel honneur. Je vous en prie, ma chère nièce, relevez-vous. »

Bouboule, soudain, se moucha, faisant le bruit d'une oie qui découvre un boucher, et des rires firent résonner la salle.

Je suis chez moi, se dit Lune de Printemps.

Plus tard, après le thé, on présenta Jade Lustré aux enfants de la maison. « Notre école fait l'envie de Sou-Tcheou, se vanta la Vieille Dame. Tous les jours je dois renvoyer des amies venues me supplier d'accepter leurs enfants aux cours.

— Des enfants ? demanda Lune de Printemps. Voulez-vous dire que notre école accepte garçons *et* filles ? »

La Vieille Dame, dédaigneuse : « Naturellement. Notre famille est une famille évoluée. »

Tiens. Lune de Printemps sourit intérieurement. Oncle Aîné avait raison. Ce n'était qu'une question de temps.

Les élèves et leur professeur étaient alignés dans le jardin du Cyprès, rangés selon leur statut en vue de la présentation. D'abord le précepteur, un jeune homme à qui des lunettes rondes donnaient un air d'étonnement perpétuel. Puis les garçons. Chacun s'inclina à son tour, en commençant par les deux fils du Patriarche, pour continuer par les arrière-petits-fils des frères du Vénérable, et pour terminer par Vents d'Août, un orphelin venu d'une famille pauvre, des parents éloignés. C'était le plus grassouillet, et il avait l'air de mâchonner quelque chose. La Vieille Dame le foudroya du regard, mais il fit comme s'il ne voyait rien en examinant ouvertement les grands pieds de Jade Lustré pendant que les filles disaient leurs noms. Elles avaient remarqué les pieds, elles aussi, et elles gloussaient timidement derrière leurs mains.

Jade Lustré, prompte à la repartie, souleva sa jupe et tendit le pied pour qu'elles vissent mieux.

La Vieille Dame toussa. Le silence se fit. Les filles firent la révérence en chœur et filèrent dans les cours intérieures. Les garçons saluèrent et se retirèrent derrière l'écran de marbre, le fils aîné du Patriarche en tête : Haute Vision. Le petit gros fermait la file.

Jade Lustré voulut le rattraper, mais sa mère lui prit la main. « Ma fille, à Sou-Tcheou tu as beaucoup à apprendre. D'abord que tu ne dois pas aller là où tu n'as rien à faire. Et tu n'as pas ta place dans les cours extérieures. Désormais tu resteras ici, avec les femmes. Sauf pour l'école, tu ne dois jamais franchir l'écran de marbre.

— Mais pourquoi ?

— C'est la tradition.

— Je n'aime pas la tradition.

— Tu ne dois pas répéter cela, ma fille. C'est interdit. »

Quelques semaines après le retour de Lune de Printemps, Talent Courageux était assis dans le bureau Ming et faisait cliqueter son abaque, notant des chiffres à mesure. De même que la veille et l'avant-veille, les colonnes de chiffres le mettaient au défi, comme un jeu de solitaire.

La prochaine réunion du clan devait examiner les comptes de fin d'année, et il n'y avait pas moyen de dissimuler le déficit. Que pourrait-il dire ? Que ce n'était pas de sa faute, que la Chine entière périclitait ? C'était indéniable, mais c'étaient les fonds qu'il avait investis dans les fonderies d'acier et dans les filatures qui avaient été engloutis. Et s'il espérait encore que l'argent dépensé pour moderniser le pays servirait à long terme les intérêts du clan, il craignait maintenant que les difficultés du court terme ne laissassent le clan trop exsangue pour profiter d'un quelconque bénéfice éloigné. Il se donnait bonne conscience depuis des années en se disant que depuis qu'il était patriarche l'apport le plus important au trésor familial avait été la dot de sa femme. Mais elle avait fondu, et rien n'était venu la remplacer.

Ce qui le tracassait le plus, c'étaient les sommes qu'il versait à Noble Talent. Les demandes de son jeune frère étaient de plus en plus fréquentes, urgentes, et toujours considérables. Pourtant nul ne devait soupçonner que le trésor des Chang alimentait les révolutionnaires, même si le clan avait quelques doutes sur les activités de Noble Talent dans le Sud.

Talent Courageux reprit son abaque, fractionna ces versements et ajouta les résultats aux colonnes chiffrant les dépenses respectives des sept branches de la famille. Puis il déchira la feuille. C'était ridicule. Personne ne croirait à ses calculs.

Et pourtant, deux ans plus tôt, il avait cru qu'il n'avait pas le choix.

« La Réforme est morte, mon frère, avait dit Vrai Talent à l'époque. Elle est morte avec la Douairière et l'empereur. »

Par quelle aberration, se demandait Talent Courageux, la Vieille Concubine avait-elle attendu que les Poings Harmonieux aient fait leurs dégâts pour éclairer sa lanterne ? Et pourquoi, quand elle y avait vu plus clair, n'avait-elle pu vivre assez longtemps pour faire passer les réformes, même tardivement ?

« Tu dois le reconnaître, avait dit Noble Talent. Tu dois reconnaître que le nouveau régent est un âne qui a les yeux à la place de la queue. »

C'était vrai. Même la Douairière n'était pas incompétente à ce point.

« Quelle preuve te faut-il encore, après qu'il a chassé Yuan Shikai ? » Noble Talent s'enflammait. « Il a l'intention de remplacer tous les responsables chinois par des Mandchous. Combien y en a-t-il qui soient capables de gouverner ? Dis-le-moi !

— Pas beaucoup. Une poignée. » Mais il n'avait pas l'enthousiasme voulu.

« Frère Aîné, il y a seize ans que tu patientes. Ton geste n'aurait rien d'irréfléchi. Malgré un empereur dans les langes, un régent ignorant, une armée désuète, des officiels corrompus, malgré la stagnation, les inondations, la famine, les bandits et les enclaves étrangères, quatre millions de Mandchous règnent encore sur quatre cents millions de Han. Il ne reste que la révolution. Tu dois nous rejoindre. »

Et il avait accepté. Et maintenant il ne savait plus combien de taels d'argent il avait dépensés.

Brusquement il se leva, repoussant les papiers. A quoi servait tout cela ? Il n'y avait eu aucune révolution, mais des discours, quelques sabotages, le meurtre d'un fonctionnaire mandchou sur la route de Canton. Pour ne donner aucune réforme mais la répression, la censure, des taxes supplémentaires pour payer les milices locales et les troupes impériales.

Il alla lentement jusqu'à son secrétaire. D'habitude il y avait quelque chose de magique à saisir le pinceau, étaler l'encre, sculpter les caractères. Chaque boucle, chaque ligne, chaque point correctement tracés montrait la beauté de l'équilibre, la force du déséquilibre, la liberté donnée par la contrainte et la contrainte implicite de la liberté. Quand l'essence d'un caractère était vraiment saisie, c'était l'union de l'idée, du symbole et du style, l'harmonie des contraires — le yin et le yang. Plus de contradictions, c'était le règne de l'intuition.

Mais ce soir, cela lui échappait. Il reposa son pinceau, traversa la cour et les appartements du Patriarche vers la chambre de sa femme.

Depuis qu'elle était revenue, il espérait à chaque instant trouver Lune de Printemps sur son passage. Mais il ne la croisait jamais. C'était toujours Pure Vertu qui était là.

« Vous êtes venu bien tôt, dit-elle.

— Je suis trop fatigué pour travailler. Prendrez-vous le thé avec moi dans la salle de réception ? »

Elle inclina la tête et posa son ouvrage.

« Et demandez à Lune de Printemps de se joindre à nous. »

§ 14

La Bonne Épouse

Il m'a lancé un coing
Je lui ai donné un pendentif en jade;
Non pas tant pour le récompenser
Mais pour que notre amour perdure.

Il m'a lancé une pêche
Je lui ai donné une émeraude;
Non pas tant pour le récompenser
Mais pour que notre amour subsiste.

Il m'a lancé une prune,
Je lui ai donné un jade noir;
Non pas tant pour le récompenser
Mais pour que notre amour demeure.
Le Livre des chants

PURE VERTU SOULEVA le couvercle en porcelaine de la théière pour voir si le thé s'était entièrement déposé. C'était un thé connu pour son parfum délicat, du Puits du Dragon. Quelques feuilles flottaient encore sur l'eau chaude. Elle regarda à nouveau son mari.

Talent Courageux suivait sa nièce du regard. Lune de Printemps allait d'une vitrine à l'autre, prenant parfois un livre pour le feuilleter. Pure Vertu baissa les yeux très vite, ne voulant pas empiéter sur la nostalgie qu'elle voyait dans ceux de son mari. Puis elle aussi regarda la jeune femme.

Elle était très belle, sans avoir étudié pourtant les arts de la beauté. Ni elle ni personne ne voyait jamais si sa robe était neuve ou ses joues fardées. On ne remarquait que ses yeux pétillants, son rire communicatif, et sa vitalité, même quand elle était immobile. Depuis son retour les cours semblaient plus gaies.

Pure Vertu remplit les tasses et offrit la première, des deux mains, à Talent Courageux. « Mon mari ?

— Merci, ma femme. »

Elle prit la seconde et la tendit à Lune de Printemps, qui regardait toujours les livres. La tasse lui brûlait les mains. Elle finit par dire : « Venez, ma nièce, asseyez-vous et buvez pendant que c'est chaud. »

La jeune femme sursauta et remit aussitôt en place un gros volume relié en cuir. « Excusez-moi, Tante Aînée. Je n'y étais plus. Il y a tellement de nouveaux livres. » Elle prit la tasse et s'assit. « Oncle Aîné, puis-je en emprunter quelques-uns ?

— Autant que vous voudrez. Vous êtes la bienvenue ici n'importe quand, n'est-ce pas, ma femme ? »

Pure Vertu approuva de la tête et leur offrit à chacun un assortiment de gâteaux à la noix, aux amandes et au sésame.

« J'en ai déjà choisi un — la nouvelle traduction par Lin Shu de *A Tale of Two Cities*.

— Bien sûr. Mais pourquoi une traduction ? Heureuse Promesse m'a dit dans ses lettres que vous appreniez l'anglais. Vous devriez lire l'original, au lieu de la version de Lin. Il ne connaît aucune langue et il doit les écrire en chinois d'après une lecture qu'on lui fait. Ce sont peut-être de très bonnes histoires, mais ce n'est pas du Dickens. »

Lune de Printemps se mit à rire. « Oh ! Oncle Aîné, on dirait que vous êtes toujours mon professeur. »

Il rit, lui aussi, insistant malgré tout sur ce qu'il avait dit.

« Vous avez sûrement raison, mon oncle. » Lune de Printemps but une autre gorgée. « Mais je n'ai jamais étudié à Pékin comme à Sou-Tcheou. Et il y a des années que je n'ai pas lu en anglais. »

Comme il leur est facile de se parler, pensa l'épouse en offrant à nouveau l'assiette de gâteaux. Comme s'ils avaient eu la même nourrice.

Talent Courageux fit un geste de la main. « Aucun problème, ma nièce. Notez simplement ce que vous ne comprenez pas, et nous en discuterons.

— Vous y perdriez des heures, mon oncle.

— Non, non, pas du tout. Vous ne devez pas oublier l'anglais. »

La jeune femme se tourna vers Pure Vertu. « Cela ne vous ennuie pas, ma tante ? J'aurai tant de questions à poser. »

Pure Vertu sourit en hochant la tête. « Mon mari aura plaisir à discuter de ses livres avec vous. »

D'un geste impulsif Lune de Printemps tendit le bras et lui prit la main. « Comment vous remercier, ma tante ? J'ai eu si peu à faire depuis mon retour, sauf aller de temps en temps au monastère prier pour mon mari. Ma fille n'a plus besoin de mes leçons, et la maison est si merveilleusement tenue par vous qu'il ne nous reste rien à faire. »

Pure Vertu baissa les yeux par modestie. Vais-je la chérir comme lui ? se demanda-t-elle.

Son mari brisa le silence. « Dites-moi, ma nièce, les écrivains anglais que vous connaissez déjà. »

Pendant qu'ils parlaient des mystères qu'on ne trouve que dans les livres des étrangers, Pure Vertu mangea un gâteau aux amandes. Elle n'avait rien à dire. Talent Courageux avait voulu lui apprendre à lire quand elle était venue, mais il lui fallait des semaines pour retenir ce que les enfants apprenaient en un seul jour. Chaque fois que son mari l'avait interrogée, sa tête avait explosé comme un feu d'artifice. Il n'avait jamais eu un mot dur, mais il avait bientôt cessé de lui poser des questions. Et quel soulagement elle avait ressenti ! Si seulement il avait insisté, se disait-elle maintenant.

Brusquement Talent Courageux et Lune de Printemps se mirent à rire. L'épouse rit avec eux. Ils s'arrêtèrent... et elle riait encore.

Il y eut un instant de gêne. Pure Vertu ne savait pas si son mari s'attendait qu'elle parlât. Elle se sentait la gorge sèche, comme en coton. Impossible de le regarder en face.

Lune de Printemps lui reprit la main. « Tantine, ces gâteaux sont délicieux. Il faut me dire comment vous les faites. »

Soulagée, Pure Vertu se tourna vers elle. « J'en serais ravie. D'abord il faut choisir la plus belle farine de riz, puis... »

Talent Courageux s'éclaircit la gorge. « Ma femme, le secret de votre art ne s'explique pas si aisément. Puis-je vous suggérer d'inviter notre nièce à la cuisine la prochaine fois que vous ferez des gâteaux ? » Il parlait d'une voix douce, et ses paroles coulaient comme le vin nouveau.

Mais il avait raison, bien sûr. Les recettes de petits gâteaux ne pouvaient pas l'intéresser. Elle s'inclina.

« Mon mari, vous faites honneur à mes pauvres efforts. » Elle se forçait à prononcer les mots. « Mais j'inviterai certainement notre nièce à voir comment il est ridiculement facile de faire ces gâteaux.

— J'en aurai un immense plaisir. » Lune de Printemps prit un autre morceau.

« Pour en revenir à ce que nous disions, ma nièce... »

Pure Vertu observait son mari. Il n'avait bu que du thé, mais on aurait dit que c'était du vin, à le voir si animé, faisant des gestes pleins d'abandon, finissant parfois les phrases de la jeune fille.

Avec sa femme il était constamment correct, respectueux, et aussi lointain qu'un rêve au moment du réveil.

Dès l'instant où il avait soulevé son voile de mariée, elle l'avait adoré, et il lui arrivait encore de se réveiller le cœur serré, craignant que ce ne fût jamais arrivé. Elle sortait d'une humble famille de marchands dont la fortune subite avait encore l'éclat du neuf et dont les tombes ancestrales ne couvraient pas plus de deux générations. Elle n'avait aucun titre à prétendre que ce lettré était son mari, à être l'épouse du

Patriarche d'une famille aussi glorieuse. Mais il n'avait jamais eu le moindre écart de langage et la traitait avec le plus grand respect. Ainsi que tous les membres du clan. Jamais elle n'avait entendu glousser derrière son dos. Il ne l'aurait pas toléré ! Ce dont elle lui était reconnaissante.

Et les dieux avaient été bons pour elle. Haute Vision était né la première année, Brillante Vision deux ans plus tard, et elle avait réussi à survivre à une petite fille mort-née deux ans après. Quand elle fut remise il était venu lui dire : « Ma femme, votre vie m'est très chère. Vous m'avez déjà donné deux fils robustes, et il est sage de ne pas tenter le sort. Je vais faire de nouveau installer mon lit dans l'alcôve du bureau Ming. Vous n'aurez plus à vous faire du souci. » Elle lui avait demandé, bien sûr, de prendre une concubine, mais il avait simplement répondu, avec un bon sourire : « La mère de mes enfants est la seule femme dont j'ai besoin. »

Elle servait sa belle-mère, aidait son mari à régler les problèmes et les chamailleries des cours, était disponible pour tous ceux qui pouvaient avoir besoin d'elle; elle lui préparait ses plats favoris, soignait ses refroidissements, épargnait son argent, élevait ses fils, adorait ses ancêtres. Elle apprit à contrôler les désirs qu'elle ne pouvait ni supprimer ni comprendre, tant ils semblaient déplacés entre un homme et la mère de ses enfants. Elle n'était pas malheureuse, et il ne semblait pas insatisfait.

Jusqu'à maintenant. Son cœur saignait pour eux trois — la veuve encore ignorante, le mari incapable d'oublier, et l'épouse vertueuse.

Une fois Lune de Printemps sortie, Pure Vertu demanda à son mari la permission d'inviter sa nièce à revenir prendre le thé chez eux.

15

Le Nouvel An

Les anciens souhaitant illustrer leurs vertus de par l'Empire commençaient par bien gouverner leurs provinces. Pour bien gouverner leurs provinces ils commençaient par mettre en ordre leurs familles. Pour mettre en ordre leurs familles ils commençaient par cultiver leurs propres personnes. Pour cultiver leurs propres personnes ils commençaient par discipliner leurs cœurs. Pour discipliner leurs cœurs ils commençaient par être sincères en esprit. Pour être sincères en esprit ils commençaient par élargir leurs connaissances aux limites du possible. Un tel élargissement de la connaissance passe par l'étude des choses.

Les choses une fois étudiées, la connaissance est complète. Leur connaissance une fois complète, leurs pensées sont sincères. Une fois leurs pensées sincères, leurs cœurs sont disciplinés. Une fois leurs cœurs disciplinés, leurs personnes sont cultivées. Une fois leurs personnes cultivées, leurs familles sont en ordre. Une fois leurs familles en ordre, leurs provinces sont justement gouvernées. Une fois leurs provinces justement gouvernées, l'Empire tout entier trouvait le bonheur et la paix.

Confucius, Le Grand Enseignement

AU PREMIER JOUR de l'année de l'ours, en 1911, les cours se réveillèrent transformées par la neige, la terre nue se drapa de velours blanc. Au matin le soleil, qui depuis des jours et des jours luisait faiblement au fond d'un chaudron d'acier, flamboya dans un ciel de porcelaine bleue. Des glaçons étincelaient sur les gouttières. Les toits en tuiles vertes, vernis par la gelée, brillaient comme le plus beau jade.

Depuis plusieurs semaines les cours bourdonnaient d'activité. Bouboule supervisait le nettoyage complet de la maisonnée en vue de son inspection par la Vieille Dame. « Il ne doit pas rester un grain de poussière. La maison doit être pure pour le nouvel an. » Les femmes du clan avaient confectionné et empaqueté des cadeaux pour les amis. Elles avaient choisi, trié, coupé, mélangé, trempé, tranché, compté et emballé. Elles avaient mis en conserve des abricots, des pommes, des poires et des dattes. Elles avaient fait mariner du chou, du gingembre et des racines de lotus. Elles avaient fumé des jambons et des carpes, cuit au four du riz et des gâteaux aux amandes..

Maintenant la maison était prête, et l'air frémissait d'impatience. Il y eut tout le jour des allées et venues de visiteurs chargés de cadeaux, et des enveloppes rouges pour les enfants et les domestiques. Les portiers ne cessèrent de balayer la neige dans les allées des jardins.

Vers le soir il y eut comme un silence, une attente. Les mèches des lanternes multicolores papillotaient le long des galeries, et des lampes à pétrole fabriquées par les étrangers traversaient les fenêtres en papier d'une lueur de clair de lune. Lune de Printemps s'arrêta un instant sur le pont des Allées-et-Venues pour regarder le jeu des lumières sur les glaçons. La neige était rare à Sou-Tcheou. Elle ne se rappelait avoir vu ces cours enneigées qu'une seule fois, quand elle avait sept ans. Ses cousines avaient batifolé d'une cour à l'autre, dessinant des visages sur la neige. Comme elle les avait enviées ! Mais ses pieds qu'on venait de bander, le mois précédent, la faisaient encore plus souffrir que ses ardeurs d'enfant.

Cette fois tout n'était que plaisir, et le vent léger mettait la dernière touche à un rouleau peint en clair-obscur.

Du jardin du Cyprès, où le clan se réunissait, montait un chœur de voix assourdies. Pourtant elle attendait encore. Elle se demanda si son bonheur était aussi visible que l'air qui sortait de sa bouche, et pensa qu'il devait l'être, en effet. Cette nuit était la plus belle des nuits, celle où les anciennes dettes sont acquittées et où les nouvelles ne pèsent pas encore, où vos écarts sont pardonnés, où l'exception devient la règle. Il en était ainsi quand elle était petite. Il en était toujours ainsi. Souriante, elle courut rejoindre les autres.

Tous avaient pris un bain et s'étaient changés pour la soirée. Les hommes portaient des calottes noires et des robes en satin doublées de fourrure, aux couleurs vibrantes, les femmes et les enfants avaient des vestes en soie fourrées et des chemises brodées de rouge. De nombreuses dames avaient des bandeaux de velours incrustés de perles et de jade au-dessus des oreilles. Chacune portait une petite chaufferette remplie de charbons ardents pour leur réchauffer les doigts et les orteils.

Tout le monde était là. Des cousins venus de provinces lointaines. Des parents éloignés qui n'avaient encore jamais vu leur *lao chia*. Noble Talent lui-même était venu de Canton. Il se tenait debout entre Aurore Soyeuse et la Vieille Dame, assiégé par les grand-tantes et leurs jeunes esclaves. A voir son air de souffrance, un interrogatoire par les Nains Basanés n'aurait pu être plus détaillé ou plus embarrassant.

Un peu plus loin, à côté de la tortue en pierre, il y avait Jade Lustré, cramponnée à la main de Bouboule. Quand son regard croisa celui de sa mère, elle baissa respectueusement les yeux et attendit que son aînée lui prêtât attention.

Lune de Printemps étudia sa fille quelques instants, surprise de ne pas la voir crier son nom de loin et courir vers elle, menaçant dans sa course d'écraser les lis dorés avec ses grands pieds. Depuis leur arrivée, trois mois plus tôt, il n'y avait pas eu un jour que Jade Lustré n'ait provoqué quelque commotion, transgressant hardiment la limite d'une cour interdite, brisant au passage un bijou de famille, donnant son avis à voix haute quand le silence était de rigueur. Lune de Printemps avait cru que chacun de ces incidents était volontaire, un geste de défi. Jusqu'à ce soir.

Ce soir la robe de sa fille était impeccable, chaque pli accordé à l'ensemble, et pas une mèche ne barrait son visage radieux. Jade Lustré, ce soir, n'était pas une offense à l'harmonie.

La mère fit signe à sa fille de venir. Jade Lustré hésita encore un instant, puis lâcha la main de la servante pour se hâter de prendre celle de sa mère, comme si, détachée, elle avait peur de s'envoler.

« Suis-je bien, ma mère ? demanda-t-elle, timide. Mes cheveux ? Ça va ? Tout à fait comme les autres ? »

Tout à fait comme les autres, ma fille, mais plus beaux, beaucoup plus beaux, pensa la mère, qui ne devait pas le dire. Il ne lui vint rien d'autre à l'esprit.

« Suis-je bien, ma mère ? »

Lune de Printemps approuva de la tête, solennelle. Elles allèrent toutes les deux présenter leurs respects à Neige Parfumée qui venait d'arriver, élégante comme une orchidée au milieu des pavots. « Ma fille, chuchota-t-elle, dites-moi quel miracle a eu lieu ? Ma petite-fille a presque l'air civilisé ! »

Lune de Printemps sourit intérieurement, mais avant qu'elle pût répondre elles furent toutes les trois entourées par les jeunes femmes qui bavardaient et se faisaient des politesses comme si la plupart d'entre elles ne se voyaient pas tous les jours de l'année, et que les nouveaux visages ne fussent pas des inconnues mais des sœurs attendues depuis longtemps.

Alors, à un moment où les récits des hommes à propos de leurs bonnes fortunes et les commérages des femmes s'étaient tus, inexplicablement, Talent Courageux et Pure Vertu entrèrent par la porte du Trèfle. Tous deux portaient des manteaux en damas cramoisi doublés d'hermine, celui du mari d'un ton uni, bordé seulement d'un galon doré, celui de l'épouse entièrement brodé comme une tapisserie. Il se porta immédiatement au secours de son frère, et rejoignit les hommes. Elle occupa sa place auprès de la Vieille Dame, prenant doucement son bras.

La Vieille Dame frappa dans ses mains. Les femmes coururent se placer derrière elle. Comme la queue capricieuse d'un dragon, la procession serpenta par la porte du Trèfle et suivit les allées du jardin jusqu'à la cuisine principale. Alors la Vieille Dame couvrit de miel les lèvres peintes du dieu des cuisines et l'envoya au ciel en y mettant le feu pour qu'il fît un rapport de fin d'année favorable. Une fois l'ancien dieu disparu, elle accrocha à sa place le nouveau portrait et les femmes, chacune à son tour, allumèrent l'encens dans un trépied de bronze et lui firent des offrandes, des boulettes, des douceurs et du riz.

Quand Lune de Printemps leva des deux mains le bol de riz en l'honneur du dieu, ses pensées s'envolèrent soudain très loin, à Pékin, dans la maison des Woo. Elle n'avait passé que deux fois le nouvel an avec Heureuse Promesse, et c'était ce soir le dixième qu'elle passait sans lui. Oh ! mon mari, pleura-t-elle intérieurement, sache que j'ai servi ta mère avec obéissance tant qu'elle a voulu de moi...

Une bouffée d'encens la ramena sur terre. Les autres attendaient. Ce n'est pas le moment, se dit-elle. J'ai payé mes dettes. Elle posa le bol sur la table et reprit sa place auprès de Jade Lustré.

Après que la dernière en date des épouses eut accompli le rite, les femmes retournèrent au jardin du Cyprès et tout le monde, hommes et femmes mêlés, se promena au hasard, sans ordre précis, d'une cour à l'autre, les remplissant d'une gaieté bruyante et chaleureuse. Sur chaque porte le Patriarche collait des rouleaux de papier rouge où les hommes du clan avaient copié des poèmes ou des chansons de leur plus beau pinceau, célébrant la prospérité, l'harmonie, l'étude, la piété et la paix.

De temps en temps, pendant que Lune de Printemps échangeait ses vœux avec ses aînés et répondait aux questions de Jade Lustré, elle sentait un regard qui l'observait et lui faisait instinctivement baisser les yeux. Ce n'était pas l'œil critique des vieilles femmes, ni la curiosité des enfants. C'était un regard bienveillant. Tendre. Qu'elle connaissait, sans même lever les yeux.

Suis-je bien, Oncle Aîné ?

Ils arrivèrent enfin à la Grande Cour, devant le hall des Ancêtres. Là, sous le regard des hommes, les femmes ôtèrent la vieille nappe d'autel en brocart et déplièrent la nouvelle. Toutes y avaient travaillé pendant des mois, brodant la soie écarlate de fils d'or dessinant les Huit Immortels et leurs emblèmes. Par-dessus elles disposèrent des plats de légumes, de poisson, de viande, des gâteaux, du riz et des fruits, pour l'agrément des trépassés.

Quand tout fut prêt le silence se fit, aussitôt brisé par le son d'une cloche en bronze. Vieux Jardinier frappa par trois fois l'ancienne relique, offerte à leurs ancêtres bien-aimés par un lettré ami du clan. Le Patriarche, lentement, s'agenouilla devant les tablettes ancestrales. Il se prosterna trois fois. Puis, debout devant l'autel, plein de respect, il annonça d'une voix sonore les bonnes nouvelles du clan.

« O illustres ancêtres, à la première lune de l'année du chien, la maison des Chang a été comblée d'un bonheur indescriptible, car l'une de celles qui vivent encore dans l'enceinte de nos jardins a célébré son quatre-vingt-quinzième anniversaire. En second lieu... »

Quand le Patriarche eut terminé sa litanie, il s'assit sur le petit banc en bois de rose près de l'autel, et un par un, sous le regard des femmes, les hommes du clan vinrent s'agenouiller et se prosterner, suivant leur rang dans la hiérarchie familiale.

La cérémonie était largement entamée quand Lune de Printemps se rendit compte que sa fille récitait à voix basse le nom de chaque membre du clan à genoux devant l'autel. « Grand-oncle Maternel Numéro Trois... Oncle Maternel Numéro Quatre... Cousin Maternel Numéro Un... »

Elle ignorait que sa fille se souciât à ce point, ou même le moins du monde, du *lao chia* de sa mère. Quelle piété filiale ! Peut-être, pensa-t-elle, presque comme une prière, peut-être Jade Lustré trouvera-t-elle cette année ici la place qui lui convient.

Finalement le plus jeune des garçons fit sa révérence et rentra dans le rang. Aussitôt Talent Courageux se leva. « Au feu d'artifice ! » cria-t-il en s'élançant vers la sortie.

Une fusée bondit vers la lune, explosa à mi-chemin, et ce fut un pêcher en fleur; puis, bang, bang, bang, un pot de lotus, un vase de chrysanthèmes, un panier de fleurs de prunier. Pour chaque saison un jardin fleuri était suivi de boules sifflantes qui couraient dans la nuit jusqu'à dessiner d'une pluie d'étincelles multicolores les Huit Immortels l'un après l'autre.

Le spectacle se termina avec le vieux dieu de la longévité qui traversa le ciel en chassant les étoiles devant lui avec sa canne.

« Mère ! » C'était Jade Lustré dont la voix sonna haut et clair dans le silence qui précéda les applaudissements, après la dernière explosion. « Mère, il n'y a rien d'aussi merveilleux. Je suis si heureuse, si heureuse d'être ici ! »

Ainsi les applaudissements, quand ils éclatèrent, semblèrent s'adresser aussi à elle, comme si elle était vraiment une Chang.

Quand elles retournèrent dans le hall des Ancêtres, transformé par les domestiques en salle de banquet pendant que le clan assistait au feu d'artifice, Lune de Printemps se pencha pour murmurer à l'oreille de sa fille : « Tu peux t'asseoir où tu veux, ce soir. Tous les premiers de l'an on oublie toutes les différences et chacun est l'égal de tous. Mais ne prends pas la dernière place libre à aucune des tables. Il faut garder des sièges pour nos ancêtres. »

Elle laissa sa fille indécise examiner les tables, et alla s'asseoir près de Bouboule. Elles échangeaient leurs vœux quand Bouboule s'interrompit au milieu de son troisième « bonne année ».

« Regarde l'impudence de cette fille ! » siffla-t-elle entre ses dents serrées.

Jade Lustré avait choisi de se mettre près du jeune Vents d'Août.

Table après table le silence se fit, et le clan tout entier fixa des yeux la fille Woo et le jeune orphelin. L'accueil chaleureux qu'elle avait ressenti juste avant s'était évanoui comme s'il n'avait jamais existé.

« Vous voyez, mon frère, dit Jade Lustré d'une voix qui portait, j'ai gagné. Me voilà assise à côté de vous, juste comme je l'avais dit. » Son rire ricocha dans toute la salle comme les *p'ungs* d'un joueur de mah jong indésirable.

Tous les regards se portèrent vers Lune de Printemps, exigeant silencieusement que la mère se chargeât de son rejeton. Incapable du moindre geste, Lune de Printemps baissa la tête. Elle aurait voulu expliquer : L'enfant ne sait pas, je lui ai dit de s'asseoir où elle voulait, je n'imaginais pas qu'elle irait près d'un garçon. Jamais je n'aurais pensé...

Elle entendit le bruissement d'une robe en soie, et leva les yeux. Talent Courageux était venu s'asseoir à côté de Jade Lustré.

La salle se remplit de murmures. Les têtes allaient du garçon à la fille, de Lune de Printemps au Patriarche.

Oh ! Oncle Aîné, se dit Lune de Printemps. Oncle Aîné, on ne prend pas du petit bois pour éteindre le feu.

On entendit, aussi clairement que le son du *pi-pa*, un léger tintement de bracelets en or. L'instant d'après Pure Vertu occupait le siège de l'autre côté de Vents d'Août.

Aussitôt voisins et voisines se congratulèrent et l'assemblée retrouva sa gaieté.

« Bonne année, ma nièce. » Elle sursauta, se retourna et vit Noble Talent assis à côté d'elle, sa coupe levée. « Bonne Année », répéta-t-il.

Lui, se dit-elle, il sait ce que c'est que d'être mis à l'écart.

Elle se retrouva une fois encore à Pékin, le jour où le soldat était venu chez le lettré Yen. Les tasses à thé étaient bleues. Elle écarta bien vite cette image. Pas aujourd'hui. Ce soir, il ne fallait penser qu'au bonheur.

« Bonne année, mon oncle, répondit-elle en levant sa coupe vers la sienne, cul sec ? proposa-t-elle.

— Cul sec. »

A chaque table on buvait à la santé les uns des autres en buvant chaque coupe jusqu'à la dernière goutte, et les voix de plus en plus fortes résonnaient d'un mur à l'autre.

Le regard de Lune de Printemps fit délibérément le tour de la salle, s'attardant sur chacun de ceux qui appartenaient à la maison des Chang. Aucun n'était identique, tous étaient aussi dissemblables que des frères peuvent l'être, et souvent plusieurs générations les séparaient. Mais il y avait entre eux une parenté qui les liait de façon indissoluble, et aussi loin qu'ils allassent, sur quelque chemin que ce fût, chacun continuait à vivre à l'ombre de ses ancêtres et à entendre, chaque premier de l'an, l'écho des rires enfantins et des cloches de bronze.

Elle s'arrêta en dernier sur la Vieille Dame, assise à une table d'angle. La vieille femme remarqua le regard de sa petite-fille et lui fit un signe, ainsi qu'un de ses rares sourires édentés.

Trois heures plus tard Talent Courageux se leva pour signaler la fin du banquet. Tous l'imitèrent. Quelques grains de riz avaient été laissés dans tous les bols, symbolisant l'espoir que le clan ne manquerait de rien au cours de l'année à venir.

Hommes et femmes suivirent le Patriarche jusqu'à l'énorme *mei-loo* qui brûlait dans la Grande Cour. Là, chacun selon son rang, les adultes remplirent leurs braseros portatifs de charbons ardents, puis, accompagnés par les enfants, ils parcoururent toute la maison, déposant des braises dans les poêles des trente cours jusqu'à ce que tout ce qui était enclos par les murs du jardin fût réchauffé par le trésor des ancêtres.

Finalement, quand ce rituel fut accompli, les Chang retournèrent dans le hall des Ancêtres pour s'amuser à des jeux, écouter des histoires, assister à des saynètes. Tous étaient présents, même les derniers-nés, car personne ne voulait dormir par une nuit pareille, de peur d'avoir un mauvais rêve qui fût le présage d'un avenir malchanceux.

Leurs jeux s'interrompirent à minuit, pour un court instant, quand le Patriarche conduisit les hommes du clan jusqu'au portail principal pour le fermer à clef, enfermant rituellement le bonheur et la richesse à l'intérieur de la maison.

16

Les Conspirateurs

Par dizaines de milliers ils prêtèrent le serment révolutionnaire : « Je jure par le ciel de faire tout mon possible pour œuvrer au renversement de la dynastie mandchoue, à la fondation de la république, et au règlement de la question agraire sur la base d'une redistribution équitable des terres. Je promets solennellement de rester fidèle à ces principes. Si je les trahis, je demande à être puni avec la plus grande sévérité. »

Par tout l'Empire des hommes demandaient : « Qu'êtes-vous ? » et on leur disait : « Nous sommes les Chinois. »

« Quelle est la chose ? » Et on leur disait : « C'est la chose chinoise. »

« Quelle est la matière ? » Et on leur disait : « La matière universelle. »

Histoire de Chine

C'ÉTAIT LA PREMIÈRE nuit de l'été, et l'air trop humide pour la saison résonnait au son des grenouilles qui coassaient comme des agonisants à leur dernier souffle. Pure Vertu avait apporté sa chaise près de la fenêtre et travaillait à sa broderie à la lumière du soir, dessinant une feuille de saule sur une veste pour son fils aîné. Talent Courageux et Lune de Printemps étaient encore près de la table basse, un livre ouvert entre eux. Tous les trois restaient silencieux, comme dans un tableau, et regardaient Bouboule débarrasser les tasses qu'ils avaient mises de côté.

Normalement la vieille servante n'était pas au service du Patriarche. On avait dû l'enrôler parce que les autres domestiques refusaient de dissimuler leur indignation devant les réunions quotidiennes de Talent Courageux, sa femme et sa nièce.

Mais rien, naturellement, ne pouvait arrêter les commérages. « Enfin, la vertueuse veuve du père du Vénérable ne s'est plus jamais mise en présence d'un homme après la mort de son mari ! Enfin, la vertueuse veuve de l'oncle du Vénérable n'a jamais touché un objet qu'un homme aurait tenu dans ses mains ! Où le clan va-t-il en arriver ? »

En public les hommes du clan se vantaient de l'éducation de Lune de Printemps. « Les Soong n'ont-ils pas envoyé leurs filles étudier au Japon avec leurs fils ? Nous avons changé de siècle. La maison des Chang ne restera pas arriérée ! » En privé, ils pensaient que le Patriarche les avait manipulés. Certes, avec les nouvelles écoles qu'ouvraient un peu partout le gouvernement et les missionnaires, tous les professeurs modernes et qualifiés de l'école du clan étaient à peine embauchés qu'ils trouvaient mieux et s'en allaient, et ils n'avaient donc pas fait d'objections quand le Patriarche leur avait proposé Lune de Printemps. Mais ils n'avaient jamais imaginé qu'elle suivrait aussi des cours particuliers d'anglais. Et si la présence de l'épouse faisait taire ceux qui aimaient pêcher en eau trouble, ils n'en étaient pas moins offensés par cette intimité inconvenante entre le Patriarche et la veuve.

Quand Bouboule quitta la pièce, Lune de Printemps s'éclaircit la gorge et reprit sa lecture à haute voix. Le livre s'appelait *Oliver Twist*, et elle hésitait chaque fois sur le nom du héros. *Oliver* était très difficile à prononcer correctement.

Talent Courageux n'écoutait guère, mais hochait la tête de temps en temps pour faire semblant. Il jouait son rôle depuis le début de la semaine comme si tout allait bien, alors qu'en fait il jouait son va-tout.

Une fois, très jeune, il s'était vanté de pouvoir dessiner en même temps un carré de la main gauche et un cercle de la droite. Devant ses cousins il avait essayé, essayé encore, et échoué. Finalement il s'était enfui en courant sous leurs éclats de rire et il était tombé, en se cognant la tête. Cette même douleur lui était revenue, une semaine plus tôt. Des carrés et des cercles, des cercles et des carrés. Il regarda ses mains et vit qu'elles tremblaient. En silence, il maudit son frère.

« Quelque chose ne va pas, mon oncle ? » demanda Lune de Printemps en chinois.

Il sursauta. Leurs regards se croisèrent. Si elle n'avait rien demandé il n'aurait peut-être jamais pensé lui dire, ni à personne. Sur le moment, sans y réfléchir, il décida de lui dire son secret.

« Quelque chose ne va pas ? » dit-elle encore.

Il secoua la tête, jetant un coup d'œil vers Pure Vertu. « Non, rien. J'écoutais les grenouilles, c'est tout. Tenez, donnez-moi le livre, je vais lire un peu. »

L'air perplexe, elle lui passa néanmoins le volume.

« Ma nièce », dit-il, en anglais cette fois. Leurs regards se croisèrent à nouveau. « J'ai quelque chose à vous dire. Je ferai semblant de lire, mais mes paroles ne viendront pas de Dickens. »

Il fit une pause, mais elle accepta d'un signe sans montrer de surprise, comme si elle avait déjà joué à ce jeu.

« Bien. Parlons anglais. Ma femme ne doit pas avoir de soupçons, pour qu'elle ne s'inquiète pas. Vous comprenez ? »

Elle hocha la tête une seconde fois. Ils se penchèrent sur le livre, et il suivit les lignes imprimées du doigt comme s'il lui indiquait les mots. « Mon frère fait partie d'un groupe révolutionnaire et cela fait plusieurs années. » Il s'arrêta, s'attendant à tout sauf à la réaction qu'elle eut. Elle parla du ton dont elle aurait discuté une question grammaticale, ni plus ni moins.

« Je sais. Je m'en suis doutée depuis l'époque des Boxers. C'est lui qui a prévenu la famille de mon mari. »

Ainsi Jeune Frère, cette fois du moins, avait reconnu ses obligations. Talent Courageux approuva et se tourna de nouveau vers le texte. « Il y a quelques semaines il a acheté un lot de fusils qui se sont révélés inutilisables, et maintenant on le soupçonne. Depuis le début beaucoup de gens se sont méfiés de lui, parce qu'il n'est pas cantonais. Et maintenant ils exigent qu'il prouve sa loyauté en exécutant une mission spéciale. »

Il leva les yeux. Lune de Printemps regardait fixement le livre. Il continua.

Une fois lancé il découvrit qu'il pouvait contrôler sa voix sans problème, jouer son rôle, et ligne après ligne, page après page, il lui raconta l'histoire de Noble Talent. Son frère avait accepté d'assassiner un certain Mandchou, un conseiller impérial pour les transports qui avait plongé les mains dans le trésor public et amassé une fortune en pots-de-vin. C'était un homme impitoyable qui avait également provoqué la mort d'un grand nombre d'innocents.

Pendant un silence il sentit le regard de Pure Vertu et leva les yeux, s'obligeant à sourire.

« L'histoire est-elle très triste ? » demanda-t-elle.

C'est Lune de Printemps qui répondit. « Oui, Tantine.

— Alors peut-être pourrez-vous la raconter aux dames quand vous l'aurez finie ? »

Lune de Printemps promit qu'elle le ferait.

Il tourna la page et continua. « Mon frère m'a tout raconté la semaine dernière, quand il est venu, même la méthode qu'il comptait employer. Une bombe ne peut pas rater, a-t-il dit. En attaquant au Yamen nous serons sûrs que personne ne se méprendra sur notre cause.

« Quand j'ai voulu l'en empêcher, il a quitté notre maison. Je n'ai pas pu le retrouver... »

Elle posa la main sur la page et revint à la précédente, comme si elle voulait un éclaircissement sur le texte. « Mon oncle, vous devez l'arrêter. S'il se fait prendre, tous ceux de son sang vont mourir. »

Pendant quelque temps il n'y eut que le silence. Cette fois l'épouse ne se lança pas dans un bavardage compulsif.

« Je l'ai supplié, mais il n'a pas voulu m'écouter. Il a dit qu'il n'avait pas impliqué le clan, qu'il ne le ferait jamais. L'imbécile ! Maintenant le temps presse. Le conseiller arrive mercredi, il habitera le couvent de la Quête Sereine. Jeudi il doit assister à des réunions au siège du gouvernement. Je ne peux même pas me renseigner, de peur de provoquer des soupçons.

— Dites au conseiller de ne pas venir ! » Elle montra une ligne au milieu de la page.

« Sous quel prétexte ? » Et même si le Patriarche de la maison des Chang, lui-même, se joignait à la suite du Mandchou, rien ne garantissait que Noble Talent le reconnaîtrait assez tôt pour arrêter l'opération. Il n'y avait aucun moyen de protéger le conseiller sans dévoiler le complot, aucun moyen de sauver son frère sans attirer l'attention sur sa trahison, la seule chance était que le Mandchou mourût dans son sommeil. Mais il n'était pas vieux, et en excellente santé. Il n'y avait rien à faire pour sauver le clan, rien du tout.

« Il n'y a rien à faire, dit-il tout haut, sauf si le criminel meurt pendant son sommeil. » Il cessa de lire et leva les yeux, se sentant stupide, vaincu. « Je n'aurais pas dû vous le dire, ma nièce. Cela ne sert à rien, et je ne sais pas ce qui m'a poussé...

— Mon mari, ferai-je encore servir du thé ? »

Il sursauta. « Non, non », dit-il, d'une voix trop forte. Il se reprit aussitôt. « Tout va bien, ma femme. Mais la nuit tombe. Voulez-vous allumer la lampe ? »

Lune de Printemps ne dit rien, et quand Pure Vertu retourna à sa broderie, il tourna la page et se mit à lire vraiment le texte. Il avait lu un chapitre entier sans s'arrêter et sans rien comprendre quand soudain Lune de Printemps posa sa main sur le livre. « Attendez, mon oncle. Vous avez dit quelque chose d'intéressant tout à l'heure. »

Il ne voyait pas quoi.

Elle tourna une page, puis une autre. « Vous avez dit quelque chose à propos de mourir en dormant. Voilà la solution.

— Logique, mais impossible à accomplir.

— Laissez-moi réfléchir, dit-elle. Continuez à lire. »

Il lut plusieurs pages de la même façon mécanique quand soudain Dickens se mit à lui parler, à lui et à son frère... « Fils indigne, lâche, menteur — toi qui tiens tes conseils avec des voleurs et des assassins, la nuit dans des pièces obscures, ... toi dont les complots et les ruses ont provoqué la mort violente d'un homme... » Sa voix se brisa, puis reprit : « ... le fiel et l'amertume au cœur de ton propre père... »

« Oncle Aîné ? » Lune de Printemps attira son attention. Il jeta un coup d'œil vers Pure Vertu. Apparemment elle n'avait rien remarqué.

« Oncle Aîné ? répéta-t-elle. N'avez-vous pas dit que ce fonctionnaire a été accusé de malversations ?

— Oui. Tout le monde sait que sans ses liens étroits avec la Cour, il aurait été puni il y a longtemps.

— Alors, mon oncle, je crois connaître un moyen. Nous pouvons lui envoyer un témoignage de la clémence impériale. Une corde en soie. »

Une corde en soie. Une corde en soie... Lentement, il hocha la tête. Cela pourrait marcher. Il y avait une chance.

Il faudrait que ce soit au couvent, avant que le Mandchou n'arrive à Sou-Tcheou. Et comme Lune de Printemps y allait régulièrement, il n'y aurait rien d'improbable, au bon moment, à ce qu'elle... Il ouvrit le livre à un chapitre précédent, moins triste, et le poussa vers elle.

« Lisez, maintenant, ma nièce. »

Son esprit se concentra, évaluant les possibilités, les probabilités, précisant les détails, ajustant chaque facette pour qu'elle s'adaptât à la suivante puis à la suivante afin que tout contribuât à l'événement voulu. Puis il reprit tout à l'envers, répétant chaque étape comme dans une partie d'échecs où il ne devait pas permettre à son adversaire un seul mouvement imprévu.

De temps en temps Lune de Printemps lui jetait un regard. Une fois elle régla la mèche de la lampe.

17

La Corde en soie

Jadis on construisit un couvent bouddhiste, de vastes temples situés parmi des pins majestueux à un jour de marche à peine de l'antique cité. Pendant des siècles le refuge prospéra. Puis les temps difficiles et le poids des dettes menacèrent de fermer ses portes cloutées et de rejeter les femmes dans le monde.

Mais la mère supérieure avait été une veuve méprisée par une grande maison, et il lui était impensable de perdre une seconde fois son foyer. En femme pleine de ressources, elle prit des mesures radicales, mais non sans précédent. Désormais les nonnes les plus jeunes et les plus avenantes ne se raseraient plus les cheveux. Au contraire, elle leur apprit à se peindre le visage, veilla à ce qu'elles se vêtissent de robes en soie, à ce qu'elles apprissent l'art de la conversation, celui de solliciter et de rendre une faveur, et celui du plaisir sexuel.

Ces nonnes particulières furent désormais assignées aux hôtes de passage pour la nuit, et aux nombreux clients instruits qui contribuaient régulièrement au trésor du couvent. Et si la plupart des dames de la noblesse continuaient à fréquenter cette retraite pour y prier, quelques-unes, en échange d'une certaine somme, la trouvèrent convenir également à la conduite d'affaires relevant plutôt de ce bas monde.

Ainsi les intérêts des dieux furent gouvernés de concert avec ceux des mortels, sans conflit d'intérêts ni offense à la bienséance, et le foyer des déshéritées fut préservé.

Conte chinois

Il faisait déjà chaud quand la chaise à porteurs de Lune de Printemps quitta la maison des Chang et descendit la rue des Pagodes vers la porte nord-ouest. La pluie était tombée doucement peu avant l'aube, de sorte que Sou-Tcheou frémissait dans la lumière du matin comme une cité de jade. Le long des canaux des pêcheurs en capes de paille brune glissaient au travers de la brume montante comme des fantômes à peine entr'aperçus.

Les porteurs trottaient en cadence, ils passèrent le pont en croissant de lune où les anciens faisaient prendre le soleil à leurs oiseaux chanteurs, puis suivirent le grand canal où étaient amarrés les bateaux fleuris. Le cœur de la jeune femme battait plus vite que le claquement des sandales sur les pavés.

Soudain la chaise oscilla et s'arrêta. Elle se cramponna aux poignées, contente de ne pas être tombée de son siège. Ouvrant le judas qui laissait passer la voix, elle demanda au chef des porteurs ce qui s'était passé.

« C'est un incendie, Jeune Maîtresse. Nous ne passerons pas.

— Êtes-vous certain ?

— Oui. Faisons-nous demi-tour ?

— Non ! Il doit y avoir un autre chemin.

— Le moins propice qui soit, Jeune Maîtresse. Faisons demi-tour, l'autre chemin n'est pas convenable.

— Le chemin n'a pas d'importance. »

Le porteur haussa les épaules et reprit son harnais. Ils firent un détour par la gauche, le long d'une rue étroite bordée de marchands se soieries. Ensuite elle ne réussit pas à se rappeler le moment où elle entendit le bruit. Cela commença doucement, comme un vol de sauterelles, mais à mesure que la chaise avançait cela s'enfla jusqu'à faire penser aux hurlements d'une centaine de veuves, au rugissement d'un dragon. Soudain il y eut une puanteur d'ordure et de terreur, plus forte encore que le jour où elle était retournée à Pékin, après le séjour à la montagne.

Elle écarta les rideaux. La chaise traversait une vaste place qu'elle n'avait jamais vue. C'était le lieu des châtiments publics, là où les criminels étaient fouettés, mis au pilori, marqués au feu, torturés ou décapités en accord avec la tradition et la justice impériale. En haut des poteaux qui entouraient la place, des têtes encroûtées de sang séché, noires de mouches, montaient la garde.

Un jeune voleur était assis par terre, suppliant la foule et les dieux d'écarter les mouches qui recouvraient son visage boursouflé et couvert de sueur. Ses bras ne lui servaient à rien, car il avait un carcan carré de trois pieds de côté autour de son cou maigre. Autour de lui quatre ou cinq marmots s'amusaient, prétendant venir à son aide, sur la pointe des pieds, pour s'enfuir aussitôt en courant et en hurlant de joie.

Un peu plus loin un marchand richement vêtu était agenouillé près de sa confession, l'aveu de son vol était peint en grands caractères et affiché pour être vu de tous. Un gong retentissait à chaque coup de fouet.

Au milieu de la place la chaise dut s'arrêter, le passage barré par une foule de coolies, torse nu. Trois hommes en haillons étaient assis par terre, ils plaisantaient en choisissant des légumes et du porc dans les plats posés devant eux, et ils claquaient bruyamment des lèvres de contentement. A côté, debout, le bourreau capuchonné de noir attendait patiemment qu'ils aient fini de manger.

« Faites place ! Faites place ! Honorables citoyens, faites place ! » La chaise fendit la foule des spectateurs pour être bloquée une fois de plus près d'un pilleur de tombes. La tête de l'homme dépassait du haut d'une cage où pendait son corps, et seuls les bouts de ses orteils reposaient sur un tas de cailloux. Sous les yeux de Lune de Printemps le garde ôta une des pierres, puis une autre. Un autre homme, un homme qui aurait moins aimé la vie, peut-être, aurait choisi une mort rapide en donnant un coup de pied dans la pile instable. Les yeux du malheureux, grands ouverts, fixèrent ceux de la jeune femme avant que la chaise ne repartît.

Quand ils atteignirent le couvent, le soleil couchant avait jeté un filet de lumière frémissante sur le temple tout en or et en vermillon, et le ramenait lentement sur le sol de la forêt. Des oiseaux chantaient les chants du soir qui annoncent que toute la lumière s'en va et disparaîtra bientôt.

Elle alla directement au grand brasero installé au milieu de la cour, y jeta l'argent pour les esprits et se recula pour regarder les faux billets se tordre dans les flammes. Comme d'habitude la petite nonne au visage grêlé arriva avant qu'ils ne fussent réduits en cendres, sa robe noire en toile à sac dégageant une poussière qui étincelait quand elle passait de l'ombre à la lumière.

« Amitabha ! » Elle fit une profonde révérence. « Honorable Bienfaitrice, vous conduirai-je à la prière ?

— Pas aujourd'hui. J'ai des questions urgentes à régler avec la mère supérieure. »

Sans montrer ni surprise ni curiosité, la nonne s'inclina une seconde fois. « Suivez-moi, je vous prie. »

Lune de Printemps monta derrière elle les marches usées de l'escalier en pierre, puis la suivit le long d'une galerie tortueuse, interminable, jusqu'à une petite pièce placée si loin du soleil qu'il y faisait déjà nuit. Il ne s'y trouvait que deux tabourets et une table en chêne où vacillait une petite lampe. « Attendez là, je vous prie », dit la nonne en refermant la porte. La jeune femme frissonna, surprise même de ne pas voir l'eau sourdre du sol en terre battue. Elle s'assit en ramassant sa jupe et attendit, immobile comme une pierre enrobée par la mousse.

Une phalène fit le tour de la lampe, projetant sur les murs la silhouette de créatures qui semblaient la poursuivre, une chasse en rond qui se rapprocha de la mèche jusqu'à y être prise et tomber dans l'assiette pleine d'huile de fève. La phalène agita encore un peu ses ailes blanchâtres et ne bougea plus.

A l'extérieur un pivert cognait sur un tronc, s'arrêtait, recommençait.

Enfin la vieille mère supérieure se glissa dans la pièce dans l'envol de sa volumineuse robe écrue. Lune de Printemps ne lui avait jamais parlé, ne l'avait même vue que de loin, car elle ne s'occupait pas des femmes extérieures au couvent, à moins qu'elles ne réclamassent un service particulier. Elle fit un signe de tête et s'assit sans un mot. Également silencieuse, Lune de Printemps ôta les deux bracelets en or de ses poignets et les posa sur la table.

La vieille nonne avait des yeux larmoyants, presque aveugles, mais elle évalua d'un seul coup d'œil la valeur des bijoux. Alors elle baissa lentement ses paupières, prit une grande bouffée d'air et retint son souffle, ramassée sur son perchoir comme un vautour qu'un mouton n'a pas encore aperçu.

Brusquement elle se racla la gorge. « Tout coûte cher ces temps-ci. » Elle avait une voix rude, comme si elle se nourrissait d'ossements. « Que demandez-vous ? » Elle ne voulut pas s'engager avant que la jeune femme n'ait encore posé devant elle une bague en or et deux peignes en jade. « Hautement irrégulier, mais accepté. Amitabha ! » Elle se leva. « Suivez-moi. »

Lune de Printemps avait du mal à suivre la vieille femme, tant elle marchait vite. Elles sortirent du temple, traversèrent le jardin du Silence, la tonnelle de glycine, et suivirent un sentier capricieux, couvert d'aiguilles de pin, jusqu'à un bâtiment allongé dissimulé sous les arbres. La façade lisse n'était brisée que par une rangée de petites fenêtres et de portes percées l'une à côté de l'autre.

La mère supérieure ouvrit une des portes. « Tout ce dont vous avez besoin se trouve dans l'armoire. »

Elle avait disparu avant que Lune de Printemps n'ait pu la remercier.

La cellule, éclairée par une bougie fixée au mur, contenait un lit, un lavabo, et une armoire. La jeune femme en retira une robe noire à manches longues et amples, et un bonnet noir et serré de novice. Il ne lui fallut pas longtemps pour se changer.

Elle se glissa hors de la cellule et remonta rapidement le sentier qui traversait le bois de pins jusqu'au bâtiment principal. Le ciel se faisait plus sombre, le vermillon s'atténuait, l'or s'enfuyait, et de la haute salle de Prières en face d'elle il n'y avait plus que le faîte à être pris dans le filet du soleil couchant. Elle attendit un instant, pour reprendre son souffle, puis baissa la tête et escalada prudemment les hautes marches, y posant les mains pour ne pas perdre l'équilibre.

Les deux idoles géantes qui gardaient l'entrée, en haut des marches, semblaient ce soir la mettre au défi, et elle garda les yeux baissés sur le sol en passant près d'elles. A l'intérieur elle s'arrêta une seconde fois, essayant de calmer le sang qui lui battait aux oreilles. Elle chercha son mouchoir. Elle n'en avait pas. Elle respira profondément. L'air était piquant, saturé d'encens, et ne la soulagea pas.

La voûte du plafond était plus haute que dans son souvenir, c'était maintenant le fond d'une gueule caverneuse. Les veuves âgées qui priaient aux pieds des idoles lui paraissaient des fantômes, et leurs prières étaient des gémissements de spectres. Les bougies vacillantes qu'elles avaient allumées jetaient plus d'ombre que de lumière. Aucune ne lui prêta attention lorsqu'elle les dépassa d'un pas rapide et se dirigea vers l'écran qui remplissait le fond de la salle et dissimulait les dieux.

A son approche le paysage du Septième Enfer parut s'animer. Dans la lumière mouvante les fouets tenus par les démons enragés et les bêtes féroces s'abattaient à nouveau sans répit sur le dos des pilleurs de tombes et des mangeurs de chair humaine pour les conduire à la rivière de feu. Leurs yeux s'écarquillaient de terreur, comme ceux du pilleur de tombe aperçu sur la place.

Finalement elle se força à avancer, et contourna lentement l'extrémité de l'écran jusqu'à la salle des Trois Bouddhas. Les dieux, qui représentaient le Passé, le Présent et le Futur, se tenaient derrière la longue table d'autel portant tous les accessoires nécessaires pour se les concilier et pour deviner l'avenir. Elle ne vit personne, mais il lui semblait que les âmes damnées de l'écran se fussent rassemblées derrière elle, dans la salle, et elle se hâta vers le coin noir au fond de la pièce où devait attendre Talent Courageux.

Il n'y était pas. Hors d'elle, elle fouilla le moindre recoin, mais il n'y avait personne. Finalement elle s'arrêta devant le bouddha du Présent et s'efforça de reprendre son souffle et son calme. Qu'est-ce qui avait pu mal tourner ? Le chemin le moins propice qui soit, avait dit le porteur. Ne convenant pas. Mais qu'aurait-elle pu faire d'autre ? Que pouvait-elle faire, maintenant, sinon attendre ? Attendons, Kouan Yin la miséricordieuse, mais pas trop longtemps.

Elle marcha lentement jusqu'à un coin obscur aux pieds du bouddha du Passé et se mit à genoux. Le sol en terre était humide. Elle ferma les yeux. « Dieu de miséricorde, je vous prie... » Elle essaya de prier en silence, mais une voix en elle s'obstinait à chanter les vers d'un poème qu'elle ne pouvait pas identifier.

Si sombre, si noir,
Si lourd, si lent,
Si triste, si froid,
Si mort.

Les mots se répétaient et résonnaient dans sa tête qui menaçait d'éclater, minute après minute, et elle attendit si longtemps que ses jambes s'engourdirent. De plus en plus sombre, la salle. Si morte.

Soudain la pièce déserte résonna d'un vacarme d'enfer. Une puanteur emplit ses narines. Une odeur de chair brûlée ? Elle leva les yeux, adossée au mur, regardant l'écran qui brillait d'une lueur infernale. La lumière dépassa lentement l'écran et entra dans la salle elle-même, traçant un chemin sur la terre battue du sol. Elle couvrit sa bouche de sa main pour étouffer un cri — puis, soulagée, tremblante, retint son rire en voyant déboucher une procession de nonnes qui chantaient et portaient des cierges. Les nonnes étaient suivies de novices chassant devant elles une légion de poulets, trois chèvres, deux mules, une vache et une quantité de canetons et de lapins. Derrière venait une foule de veuves en effervescence, qui se poussaient en gloussant pour mieux voir. Amitabha ! Tout le couvent était là ! Vite, elle s'enfonça dans l'ombre entre les statues massives.

La mère supérieure entra la dernière, sa tête chauve luisant à la lueur des cierges. D'un geste elle fit ranger les veuves sur le côté, les animaux au centre, et précéda un noble corpulent vêtu d'une robe en soie verte, qui s'avança mains jointes et tête baissée, et traversa l'assemblée turbulente jusqu'au milieu de l'autel, devant la statue du bouddha du Présent. Une douzaine de porteurs le suivaient, portant deux grandes caisses drapées de brocart rouge.

L'air solennel, le noble alluma un bâtonnet d'encens et se prosterna trois fois. Puis il s'agenouilla pour prier en silence tandis que les nonnes marmonnaient, les veuves caquetaient, et que les animaux joignaient leur vacarme à ce chœur profane.

Quand la mère supérieure donna un coup de gong le noble se leva, ses mains jointes dressées dans un geste de supplication, et proclama : « Je vous délivre de votre tâche terrestre pour que vous puissiez servir mon honorable mère dans l'autre monde ! »

Il y eut un second coup de gong. D'un geste large les domestiques ôtèrent une des pièces de brocart. Une centaine de tourterelles blanches comme neige s'éparpillèrent en l'air, du haut en bas de la salle, cherchant frénétiquement une issue.

Il y eut encore un coup de gong. « Je vous délivre aussi de votre tâche terrestre pour que vous alliez servir mon honorable mère dans l'autre monde », psalmodia le gros homme, et les domestiques ôtèrent l'autre tissu et détachèrent les côtés de la caisse. Une centaine de serpents se faufilèrent dans tous les coins de la pièce.

Lune de Printemps savait qu'ils étaient inoffensifs, mais elle ramassa sa robe autour d'elle. Heureusement, aucun ne s'approcha d'elle, et tous s'enfoncèrent dans le sol et disparurent en quelques minutes.

Les tourterelles eurent plus de mal à s'échapper et voletèrent longtemps avant de trouver, l'une après l'autre, un passage sous les tuiles. Quand il n'en resta que quelques-unes, épuisées, à voleter d'une poutre à l'autre, le fils vertueux s'écria : « Amitabha ! Amitabha ! Amitabha ! » Les femmes lui firent écho, puis toute la troupe fit demi-tour et passa de l'autre côté de l'écran.

Une fois de plus, Lune de Printemps était seule.

Il fallait qu'elle bouge. Ses jambes étaient insensibles, comme des bouts de bois, et pourtant piquées par un millier d'abeilles. Elle mit lentement un pied devant l'autre et atteignit l'autel. Elle alluma un cierge, un bâton d'encens, et se remit à genoux, en prières. La salle semblait remplie de battements d'ailes, l'atmosphère était pleine d'une odeur de terreur et de fuite. Bouddha miséricordieux, pria-t-elle, fais sortir les oiseaux. Fais sortir les oiseaux qui restent.

Soudain elle entendit des pas. Ceux de Talent Courageux. L'instant d'après il tombait à genoux à côté d'elle. « Bouddha miséricordieux... », commença-t-il aussitôt, puis lui chuchota très vite : « Je l'ai vu. Il est là. »

Sans se tourner vers lui, la jeune femme demanda à voix basse : « Vous êtes sûr ?

— Garde-nous du mal..., psalmodia-t-il. Oui. Il a quitté cette salle il y quelques instants.

— Mais personne n'est venu depuis le service de la Vie Délivrée.

— C'est le Mandchou Pu Hsiao, lui-même, qui a délivré les animaux pour sa mère.

— Ce n'est pas possible ! s'écria-t-elle à voix haute.

— Attention, lui dit-il.

— Comment ce fils vertueux pourrait-il être l'homme corrompu que vous avez décrit ? murmura-t-elle, désespérée.

— Un bon fils peut être un fonctionnaire indigne. Et nous ne sommes pas là pour le juger. Notre devoir est envers le clan. Je vous l'enverrai ce soir après le dîner. » Il se leva pour partir.

« Attendez, s'il vous plaît... » Elle leva les yeux vers lui, et sa voix mourut sur ses lèvres en voyant son visage aussi calme, aussi dénué d'expression que celui d'un inconnu, comme si les dieux lui avaient déjà accordé l'absolution. N'avait-il vu aucun présage ? Il n'était pas venu par le même chemin qu'elle. Peut-être ne savait-il rien. Ou était-ce seulement qu'il savait qu'ils devaient aller de l'avant, qu'il n'y avait pas d'autre route ?

« Prenez garde ! » Il s'éloigna à grands pas.

La cloche du temple annonça la tombée de la nuit. Lune de Printemps voulait courir après lui, mais elle n'en fit rien. Bientôt il arriverait à la salle à manger où il devait accueillir Pu Hsiao, lui faire boire du vin, gagner sa confiance et stimuler sa convoitise. Il n'y avait pas de reculade possible. Elle se remit à prier. « Bouddha miséricordieux, garde-nous du mal. » Mais elle ne trouva pas la paix.

Enfin elle se leva et quitta le temple, prenant un cierge pour s'éclairer dans le bois jusqu'à sa cellule.

Son dîner était sur un plateau posé sur le lit. Elle prit une bouchée de pain, mais elle avait la gorge trop sèche pour avaler. Elle but le thé, qui était froid. Elle posa le plateau à l'extérieur, devant sa porte, et s'allongea, essayant de retracer en esprit leur plan, pas à pas, une fois de plus, exactement comme ils l'avaient mis au point pendant les leçons d'anglais.

Quand la cloche sonna l'heure de l'ours, la nonne se leva et reprit lentement le chemin de la grande salle de Prières. Les mèches allumées vacillaient en glissant sur l'huile des lampes et la pièce était remplie d'ombres et de spectres qui bondissaient du plafond, se tapissaient dans les crevasses et suivaient les ombres qui venaient griffer les murs. Les bouddhas étaient peints avec du sang, leur haleine était chargée de flammes et de glace. Leurs yeux la suivirent jusqu'à la place qu'elle choisit, et leurs robes semblaient bruire sous une brise qui effleura les joues de la nonne sans les rafraîchir. Au loin, comme venant de l'autre extrémité du couvent, on entendait chanter les sutras, les claquements des *mu* sur les *mu,* les rythmes d'un antique tambour.

Une tourterelle gisait à terre. La nonne la déposa sur l'autel. Son âme s'était déjà envolée.

Elle s'agenouilla pour attendre dans une chapelle obscure, derrière le bouddha du Passé.

Deux hommes entrèrent dans la salle.

« Il est trop tard. Elle est partie. Rentrons finir le vin, dit le premier, un Han.

— Ne soyez pas si pressé, mon nouvel ami. Nous n'avons regardé dans aucune des chapelles, répondit l'autre, un Mandchou.

— Il n'y a personne ici.

— Comment pouvez-vous en être sûr ? Cessez de me tirer en arrière.

— Demain. Je vous promets de vous présenter demain.

— Pourquoi pas maintenant ?

— Eh bien...

— Je ne vous blâme pas. » Le Mandchou eut un sourire compatissant. « Si elle est comme vous le prétendez, je ne m'étonne pas que vous vouliez la garder pour vous. Mais vous vous en êtes vanté toute la soirée. Il est temps que je m'en rende compte par moi-même. »

Les deux hommes se tirèrent et se poussèrent en chancelant, puis le Mandchou parvint à se dégager. Il courut aussitôt à la chapelle la plus éloignée, où la nonne disait son chapelet.

« C'est elle ?

— Non. » La voix était sèche. « Non, ce n'est pas elle.

— Regarde bien, mon ami. J'insiste.

— Peut-être, après tout. » Puis, sérieux. « C'est elle.

— Présentez-moi. Je suis impatient de perdre le pari que nous avons fait. Si elle peut prédire l'avenir vous gagnez mon étalon. Allez-y. »

Quand le noble Han s'approcha de la nonne agenouillée, celle-ci leva les yeux.

« Excusez-moi, sainte femme. C'est votre indigne serviteur, jadis votre voisin.

— Que se passe-t-il ? Il est tard.

— Je suis impardonnable d'interrompre vos prières, mais un très haut fonctionnaire insiste pour vous rencontrer ce soir. Comment un homme de peu, comme moi, pourrait-il refuser ? Puis-je vous présenter maintenant l'honorable Pu Hsiao ?

— Même les nonnes ont besoin d'amis haut placés. Amitabha ! » Elle se leva, fit demi-tour et s'inclina, les mains jointes. « Puis-je vous servir ? Je serais heureuse de prier pour vos ancêtres.

— Merci, sainte femme. On s'est déjà occupé des besoins de mes ancêtres. Mais si vous m'accordiez une autre requête, j'en serais des plus reconnaissants.

— C'est un honneur pour moi. Vous n'avez qu'à parler.

— Mon ami ici présent m'a informé de vos talents uniques. »

La nonne fronça les sourcils et regarda le deuxième homme, qui baissa la tête. « J'étais ivre. Je me suis vanté.

— Comment avez-vous pu dévoiler mon secret ? Je me suis faite nonne pour échapper à ceux, dans le monde, qui me harcelaient de questions à propos du futur.

— Allons, allons, ne vous tracassez pas. » Pu Hsiao, d'un ton raisonnable, tâcha de la calmer. « Puisque je le sais, et que vous savez que je le sais, et que nous sommes tous les trois seuls, ne ferez-vous pas honneur à ma requête ? »

La nonne baissa la tête, puis regarda le Han. « Je ne reviendrai pas sur ma promesse. Mais par contre, voisin, vous ne pouvez y prendre part. Il vous faut partir. »

Le noble Han s'inclina, servile, et s'éclipsa.

« Commençons-nous ? » demanda la nonne.

Ils s'agenouillèrent ensemble devant le bouddha du Présent.

Pu Hsiao lui indiqua les détails de son horoscope, les noms des grands devins qu'il avait consultés. Puis la nonne commença ses calculs, pliant et dépliant ses doigts à mesure qu'elle comptait les dix tiges du ciel, les cinq éléments et les douze branches, ainsi que les animaux solaires, qui révélaient les profondeurs de son caractère et de sa vie.

A chaque phrase l'homme hochait la tête, approbateur. Quand elle eut fini il était stupéfait. « Sainte femme, vous ne vous êtes pas trompée. Tout ce que vous avez dit est effectivement vrai.

— Y a-t-il un aspect du futur que vous souhaitez connaître ? Il se fait tard. »

Il l'implora d'un sourire. « Je vous en prie, dit-il d'une voix suppliante. Dites-moi seulement le nombre d'années qui me restent à vivre. »

La sœur fit quelques calculs rapides. « Auriez-vous l'obligeance de jeter un bâtonnet sacré ? Il me faut d'autres signes. »

Pu Hsiao prit une boîte sur l'autel et la secoua jusqu'à ce qu'un des bâtonnets soit tombé sur le sol. La nonne regarda le symbole gravé dans le bois. « Veuillez en jeter un autre.

— Que se passe-t-il ?

— Rien... Il y a une certaine confusion. Je veux être absolument certaine. »

Cette fois Pu Hsiao dut secouer la boîte plus longtemps. Finalement un bâtonnet tomba. La nonne l'étudia.

Pensive, elle caressa le symbole du doigt, puis demanda : « Que vous ont dit les autres devins ?

— Que je vivrai pour voir mes arrière-petits-enfants.

— Ah ! ils ont sûrement raison. Vous vivrez assez vieux pour en voir beaucoup !

— Sainte femme, vous n'êtes pas sincère avec moi.

— Monsieur, vous faites erreur.

— Alors pourquoi cette confusion ?

— Parfois il vaut mieux ne pas en savoir trop.

— Laissez-moi en juger. »

La nonne resta immobile, calme, égrenant son chapelet de la main gauche. Finalement elle lui dit : « Puis-je vous inviter à méditer pour mieux y voir ? Je ne veux pas me prononcer à la hâte. »

Pu Hsiao accepta. Quand l'encens fut à point et se consuma régulièrement dans la coupelle en cuivre, la nonne se mit à scander un rythme hypnotique sur le poisson en bois. Pu Hsiao défroissa sa robe et ôta les fils qui dépassaient de l'ourlet qu'il avait replié sur ses genoux.

Quand l'encens eut brûlé un certain temps, la sainte femme cessa brusquement son jeu et tout son corps se tassa. De la voix d'une mère qui appelle son enfant, elle s'écria : « Tigre Chauve !... Tigre Chauve !...

— C'est mon surnom d'enfant. C'est ainsi que m'appelait ma mère.

— Tigre Chauve...

— Est-ce vous, honorable Mère ? »

La nonne ne répondit pas, mais continua de l'appeler par son nom.

Pu Hsiao la regardait, impuissant, le front couvert de sueur.

Soudain la nonne se tut. Elle resta un instant immobile, aussi figée que l'air de la salle. Puis elle reprit le bâton et se remit à frapper sur le tambour. « Ai-je dit quelque chose ? » demanda-t-elle.

Pu Hsiao était blême, et il dit d'une voix rauque : « Vous ne vous en souvenez pas, sainte femme ?

— Non, je ne m'en souviens jamais. »

Il sortit un mouchoir de sa manche et s'épongea le front. Puis, décidé, il lui demanda : « Qu'avez-vous appris ? Jouirai-je d'une longue vie ? »

Elle fit lentement signe que oui. « En vérité, les autres avaient raison. Je ne comprends pas comment j'ai pu me troubler à ce point. »

Il lui prit le bras, puis le relâcha comme si sa chair était brûlante. « Vous mentez. Je ne vous crois pas.

— J'ai épuisé mon pouvoir. Il est tard. Il est temps de nous retirer.

— Vous ne m'avez pas dit la vérité !

— Je vous prie d'accepter mes excuses. Je vous souhaite une bonne nuit. » Elle se leva et se dirigea vers la porte.

« Vous ne partirez pas ! » cria Pu Hsiao. Puis, plus calme : « Je vous ordonne de vous rasseoir ! »

Elle hésita.

« Sainte femme, vous ne quitterez pas cette salle sans m'avoir tout dit.

— Mais il n'en sortira rien.

— Laissez-moi en juger. »

Elle baissa les yeux. « J'ai peur.

— De quoi ?

— De votre pouvoir.

— Sur mon honneur, je ne me mettrai pas en colère. Dites-le-moi ! »

Elle prit son chapelet dans ses paumes jointes, le porta à son sein et parla d'une voix douce, comme à un enfant. « Les autres n'avaient pas tort. Il vous avait été accordé plus de soixante-dix ans. Mais ce soir j'ai décelé une interférence inattendue, puissante, venant d'une source inconnue. Ce n'est pas la maladie, l'accident ni l'infirmité. Mon intuition me dit que c'est vous qui choisirez le moment de votre mort.

— Quand ?

— Votre vie prendra fin cette nuit.

— Que voulez-vous dire ? » La sueur lui tombait dans les yeux, et il cligna des paupières mais sans la lâcher du regard.

« Je me trompe sûrement, monsieur. En fait, je ne vois pas comment je pourrais avoir raison. Donc j'ai tort.

— Non, attendez... Qu'avez-vous vu ?

— J'ai vu une vieille femme avec une peau d'albâtre et des cheveux d'argent. Sa détresse était grande, elle pleurait et se lamentait. Je ne puis être sûre de son identité, mais elle fait partie de votre famille — peut-être une grand-mère, ou une tante ?

— Non, c'était ma mère. Quoi d'autre ?

— Elle appelait sans cesse Tigre Chauve. Elle disait que lui seul pouvait empêcher qu'elle ne devienne un spectre affamé, une âme solitaire errant pour l'éternité dans le silence de la nuit. »

Il secoua la tête. « Mais je ne comprends pas. Ma mère n'a aucune raison d'avoir peur. Elle est enterrée dans une tombe magnifique, à un endroit choisi par six astrologues. J'ai porté son deuil pendant trois ans. J'ai offert aux dieux toutes les prières et les offrandes qui convenaient. Comment puniraient-ils une âme qui a mené sur terre une existence vertueuse et dont le fils exalte ainsi son crédit spirituel dans l'autre monde ? » Il ne la quittait pas des yeux, comme s'il cherchait un indice.

Elle baissa la tête, murmura une brève prière, puis le regarda en face. « Votre mère, Seigneur, craint que sa tombe ne soit profanée. Elle a dit que des hommes en colère viendraient disperser ses os sur la terre si Tigre Chauve ne leur donnait pas satisfaction. »

Elle fit une pause.

« Si Tigre Chauve ne leur donnait pas satisfaction, répéta-t-elle, sa mère serait plongée dans un enfer plus terrible que la rivière de feu ou la mer des scorpions.

— Mais que puis-je faire ? » La voix de l'homme était éteinte, presque inaudible. « Qui sont ces hommes en colère ? Et s'il s'agit de cette nuit, où sont-ils alors ?

— Je n'en ai aucune idée; voilà pourquoi je pense que j'ai tort. »

Pu Hsiao se cacha le visage dans ses mains et pleura comme un enfant. « Mère, supplia-t-il, dis-moi ce qu'il faut faire. Je le ferai. Je le jure. Mère, votre fils vous implore de lui dire ce qu'il faut faire ! »

Le laissant à genoux, la nonne se détourna et sortit rapidement de la salle.

L'heure du lapin sonnait quand Pu Hsiao regagna ses appartements. Il vit à peine que son garde était endormi, et ouvrit lui-même sa porte. Une fois à l'intérieur il tomba sur le siège le plus proche, frissonnant sans s'en rendre compte, ses vêtements trempés par la pluie. Il tendit la main vers la bouteille de vin.

Une lueur pâle filtrait par les persiennes. Il rit tout haut. Il était sauvé. Il regarda vers le lit et pensa à la femme qu'il avait pensé retrouver. Elle avait dû venir et repartir avant qu'il ne soit rentré.

Puis il remarqua le paquet. On l'avait posé sur les oreillers. La soie jaune exclusivement employée par la famille impériale était à ce point tachée de terre qu'il put difficilement déchiffrer son nom.

Il défit la soie d'une main tremblante et ouvrit le couvercle de la boîte en ivoire. Doucement, il en sortit la longue corde en soie.

Il la contempla un long moment avant de vraiment comprendre. Qui avait dévoilé ses secrets au régent ? Sa troisième femme ? Ou l'eunuque ? Qu'avaient-ils dit pour le faire condamner ? Il eut un gémissement. Quelle importance ? C'était l'heure dite.

Comme s'il jouait un rôle appris depuis longtemps, il noua la corde à une poutre, devant la porte fermée, fit un nœud coulant et posa un tabouret juste en dessous. Puis il retourna se rasseoir. Il termina la bouteille de vin sans quitter des yeux la boucle en soie. Quel objet innocent, comme la queue de son cerf-volant préféré, une carpe orange que lui avait achetée sa mère. Il s'était emmêlé dans les branches du pêcher, dans la Grande Cour de son *lao chia,* et les lambeaux de papier avaient claqué sous la brise tout l'hiver.

Il s'abandonna avec reconnaissance à l'alcool. Son corps n'était plus qu'un poids étranger qui l'encombrait, qui ne lui appartenait plus vraiment. Il toucha son visage et ne sentit rien. Il se leva, chancelant, puis se ravisa. Si ses jambes mal assurées le faisaient tomber, par accident, la sentinelle pourrait entrer avant qu'il ne fût prêt. Il se laissa lentement glisser sur les genoux. Puis, à quatre pattes, il traversa la pièce. Il effleura les griffes en bois rouge aux quatre pieds du tabouret, se hissa dessus et passa la boucle autour de son cou.

Il s'adossa au mur et ferma les yeux. « Mère, je serai bientôt près de vous... »

Mais il n'avait pas le courage de rejeter le tabouret d'un coup de pied. Il eut un sourire amer. Il se connaissait bien et il s'était préparé.

D'une voix angoissée il se força à crier : « Garde ! » Aussitôt la sentinelle ouvrit grand la porte, renversant le tabouret, et son cou se brisa.

18

Les Assassins

La force est suivie d'une perte de force;
Ce n'est pas la voie du Tao.
Ce qui va contre le Tao
Trouve une fin rapide.

Lao Tseu

C'ÉTAIT PRESQUE L'AUBE. La brume flottait sur le canal, s'amassait comme un brouillard, cachant les yeux peints sur les proues de la flottille de bateaux fleuris. Les rires et les chants des fêtards s'étaient tus depuis longtemps, car les dames qu'on appelait des fleurs et leurs clients avaient disparu dans les bateaux. Seul restait un parfum d'opium.

Dans un sampan amarré près des piles branlantes du pont du Chameau Paresseux, Noble Talent montait la garde tandis qu'Esprit Résolu dormait, tassé contre la coque. Il alluma une autre cigarette. Que le garçon dorme encore un peu, se dit-il. Qu'il rêve pour nous deux. Il prit une grande bouffée de fumée âcre. Lui-même n'avait pas fermé les yeux depuis plusieurs nuits, et ses mains tremblaient de fatigue. Heureusement le plan qu'il avait choisi n'exigeait pas une grande précision.

Un bruit inattendu le fit se retourner, mais ce n'était rien. Un rat, ou leur hôtesse qui ronflait dans la cabine. Il eut un sourire sans gaieté. La péniche reconvertie n'était pas vraiment le navire de guerre qu'il avait rêvé jadis de commander, mais s'était révélée une cachette parfaite. En fait, il l'avait même prise en amitié : l'odeur du poisson qu'on faisait fumer, les balancements des lanternes, le rythme du fleuve, la petite cabine où l'épouse du fermier divertissait ses clients, avec ses tissus criards, ses persiennes de bambou peintes et, incongru, un violon occidental. La fille, ayant déployé pour l'accueillir ses dents en or et ses boutons, s'était presque pâmée quand il lui avait offert vingt-cinq rouleaux d'argent pour quinze jours de droits exclusifs.

Au bout d'une semaine, pourtant, elle s'était impatientée — le noble restait insensible à ses charmes, et le paysan avait trop souvent recours à ses services. Ces derniers jours elle les avait évités tous les deux, préférant jouer aux cartes avec sa vieille servante dont les commérages pouvaient nuire à sa réputation. Noble Talent pensait que si elle n'avait pas compté acheter un goret à son mari et des chaussures neuves à ses enfants avec ce qu'ils lui avaient payé, elle leur aurait demandé de partir.

Dors bien, se dit-il. Dans quelques heures ils seraient partis et sa réputation professionnelle n'aurait plus rien à craindre.

Il soupira, souhaitant lui aussi pouvoir dormir et ne plus penser.

Il avait l'impression d'être maudit depuis toujours, et peut-être, maintenant, pour toujours. Seule une malédiction pouvait expliquer l'échec des révoltes. Il y en avait eu tant qu'il n'en savait plus le nombre. Douze ? Quatorze ?

Quand les Tung Meng Hui se préparaient en fonction du temps qu'il allait faire, ils se trompaient d'arme. Quand ils pouvaient équiper les hommes, deux ou trois des plus importants ne se faisaient pas reconnaître. Quand les hommes arrivaient à se reconnaître, certains ne comprenaient pas le dialecte des autres et auraient aussi bien pu être des Russes essayant de parler à des aborigènes. La dernière tentative, où cent vingt Trompe-la-Mort avaient attaqué le Yamen de Canton, avait enfoui soixante-douze martyrs sous le tertre aux Fleurs Jaunes.

Peut-être Talent Courageux avait-il raison, et le peuple n'était-il pas prêt pour le changement. Mais alors, si les temps n'étaient pas mûrs pour un soulèvement, quand le seraient-ils ?

Il jeta sa cigarette dans l'eau et frotta une allumette pour en allumer une autre.

Il avait donné la moitié de sa vie à la révolution, à une cause qui exigeait une loyauté sans faille. Certains pouvaient douter de son engagement; lui, non, et c'est pourquoi il exécuterait l'ordre qu'on lui avait donné.

L'ordre. Maintenant, après toutes ces semaines de préparation, ce n'était plus qu'un ordre. Pourtant, quand les mangeurs d'ail de Canton avaient fait allusion à leurs soupçons sans fondement il avait été pris d'une telle fureur que le meurtre et le rire mêlés avaient rempli son cœur. Mais il s'était interdit de réagir, d'être chassé du champ de bataille par la calomnie ou la stupidité. Le pays était divisé par les factions. Les factions ne devaient pas diviser leur union. Et c'est pour la cause qui les unissait qu'il contribuerait à s'employer, même avec les Cantonais.

Plus d'une fois, depuis quinze ans, il s'était forcé à détourner sa colère vers des choses inoffensives, insignifiantes, comme l'affreux dialecte de

Kuang-tung, par exemple. Il grimaça un sourire. Comment avait-il pu supporter ces sonorités qui vous brisent le tympan et vous font perdre votre sang-froid ? On disait que des Cantonais parlant d'amour semblaient moins caressants qu'une troupe de mendiants de Sou-Tcheou se battant autour d'une bourse pleine d'or, et c'était vrai. Mais c'était peut-être cette cacophonie qu'ils produisaient qui les rendait si impatients, et leur impatience même qui les prédisposait à voyager, à changer, à être de vrais révolutionnaires.

Alors que ceux qui cultivent les arts anciens résistent, se dit-il. Comme Talent Courageux.

Mais Frère Aîné, sur un point, avait raison. Malgré tous leurs efforts les révolutionnaires n'étaient pas plus près de renverser les Mandchous, d'expulser les étrangers, qu'ils ne l'étaient l'année où les Nains Basanés avaient coulé la flotte. En vérité, la Chine marchait à reculons.

Alors pourquoi continuaient-ils, continuait-il, lui aussi ? Parfois il se le demandait, mais jamais longtemps. La révolution était devenue un mode de vie, le seul qu'il connaissait. Il n'y avait pas de retour en arrière possible.

Esprit Résolu remua dans son sommeil, ramena ses genoux contre lui et sourit.

Quelle invraisemblable couple d'assassins ils faisaient ! Il avait quarante ans, deux fois l'âge du jeune homme, lequel le dépassait de deux têtes et était deux fois plus large que lui. Il avait eu tous les privilèges de la naissance, et l'autre, analphabète, était le fils du fermier Lee qui avait soutenu les efforts malheureux de modernisation entrepris jadis par Talent Courageux. Noble Talent était un soldat assoiffé d'ordre, Esprit Résolu rêvait de chevaliers errants.

A douze ans il avait laissé le *mou* de terre à ses frères et était allé tirer des péniches sur les canaux, rejoignant une des *bee mi tzu shr* qui fleurissaient parmi les travailleurs et leur permettaient de s'entraider. Certains de ses membres l'avaient présenté à un autre groupe, plus actif. Voilà, toute simple, l'histoire qu'il lui avait racontée le soir où il s'étaient rencontrés dans le labyrinthe des sociétés secrètes où des amis de hasard devenaient frères de sang. Ce n'est qu'après avoir été affectés ensemble, puisqu'ils venaient de Sou-Tcheou, qu'ils avaient découvert leurs vrais noms et leurs rapports passés. Et maintenant ils allaient partager le même destin.

Il se leva. Le ciel blanchissait à l'est. Il était temps de réveiller son compagnon.

Esprit Résolu débarqua le premier. Il passa inaperçu. Encore un paysan qui allait au marché, deux paniers jumeaux chargés de fruits se balançant à une perche d'épaule. Il sourit intérieurement. Il avait déjà commis une trahison irrévocable, le matin même, en coupant sa queue, mais nul ne s'en doutait, car la tresse était encore maintenue en place par un foulard. Il ne voulait même pas que Noble Talent le sache. Le monsieur avait déjà trop tendance à s'inquiéter.

Il n'y avait pas loin du pont à la place du marché devant le Yamen, et il trottait à bonne allure dans la foule. Sa taille, le poids de ses paniers, et ses cris, « Aye ho ! Aye ho ! » lui ouvraient le chemin. Il traversa la rue du Cheval, suivit les hauts murs de l'enceinte vers la porte, s'arrêtant pour jeter un coup d'œil aux avis placardés. Il pensait qu'une des affiches annonçait la visite du Mandchou, mais il ne savait pas lire. Il cracha par terre.

Quand il s'approcha de la porte les yeux exorbités des dieux qui décoraient le portique semblèrent le fixer, et il eut un frisson dans le dos, malgré la chaleur. Et si le fantôme du Mandchou revenait le hanter ? Bien sûr, le destin en déciderait, de même que c'était le destin qui l'envoyait accomplir son œuvre. Il cracha encore, cette fois avec moins d'assurance. Il valait mieux ne pas trop penser. Il s'arrêta un instant pour ajuster la perche sur son épaule, puis il passa sous l'arche, ignorant les hautes et puissantes sentinelles vêtues de noir, chacune armée d'une lance en acier luisant. Ce n'étaient que des hommes, faciles à vaincre.

« Hé toi, fils de tortue, où tu crois que tu vas ? » Le cri du portier l'arrêta net. Il se retourna, fit un salut respectueux.

« Honorable portier, j'ai une vieille mère à nourrir. Si vous avez la bonté de me laisser passer pour vendre des fruits aux pétitionnaires, le ciel vous récompensera.

— Et ici-bas ?

— Cela aussi, monsieur. » Il glissa quelques pièces dans la poche du portier.

Une fois dans la première cour, il examina soigneusement la situation, cherchant le meilleur endroit. La cour était pleine de pétitionnaires qui étaient arrivés tôt et qui resteraient tard, certains accroupis, d'autres marchant de long en large, qui échangeaient des potins, se chamaillaient, gémissaient ou pleuraient jusqu'à ce qu'on les appelât. Il remonta son fardeau d'un coup d'épaule et se dirigea vers une niche dans le mur du fond où on le laisserait tranquille et où, pensait-il, il pourrait attendre tranquillement Noble Talent.

D'après le plan un marchand devait vendre un certain melon à un noble qui arriverait peu après le Mandchou, reconnaissable à une moustache, des lunettes et un panama japonais. Esprit Résolu sourit. Il avait ri plus d'une fois avant que Noble Talent ait réussi à mettre la moustache d'aplomb et le chapeau à l'angle voulu. Des gens comme les Chang, qui connaissaient infiniment plus de mots que les gens comme lui, n'avaient jamais besoin de parler pour exprimer leur désapprobation. Il avait suffi à Noble Talent d'un frémissement imperceptible de la lèvre pour montrer combien il avait horreur de mettre ce chapeau japonais. Mais un noble de Sou-Tcheou ne devait pas prendre le risque d'être reconnu. Et il n'y avait qu'un noble pour entrer librement dans le bâtiment où Pu Hsiao devait déjeuner ce jour-là.

Son dernier repas, si tout allait bien. Esprit Résolu déposa son fardeau avec prudence, car le plus petit melon de son premier panier contenait une boîte de conserve remplie de poudre et un minuscule flacon de nitroglycérine.

Avant qu'il ait pu lui aussi s'installer par terre un des serviteurs du Yamen s'approcha de lui. « Il y a des semaines que je n'ai goûté à une prune bien mûre », dit-il en tâtant les fruits du premier panier.

Esprit Résolu se pencha et très vite en choisit une qu'il tendit à l'homme avec un geste large. « Je vous en prie, monsieur, acceptez celle-ci de ma part.

— Seulement si vous insistez.

— J'insiste, j'insiste », dit le paysan en saluant bien bas.

L'homme empocha la prune et fixa les yeux sur une orange.

« Monsieur, goûtez aussi une de mes oranges ! »

Le laquais en choisit une. « Naturellement, si elles valent quelque chose, je reviendrai en acheter un peu plus tard.

— Ce sera avec plaisir, monsieur. »

A peine le laquais avait-il tourné les talons qu'un autre se présenta. « Je vois que vous donnez des échantillons !

— A vous seulement. A vous seulement. »

Esprit Résolu se demanda ce qu'il ferait si ses marchandises étaient toutes vendues ou données avant l'heure cruciale. Lui non plus n'avait pas prévu l'œil rapace des domestiques qui n'avaient guère autre chose à faire que de prendre l'air important. Repartir avec un seul melon attirerait les soupçons. Refuser de s'en séparer serait désastreux.

Quand le soleil fut levé il découragea les acheteurs en faisant semblant de dormir, le bras autour du panier à melons. La plupart des clients possibles s'adressèrent à d'autres marchands, plus agressifs. Mais, malheureusement, les cornards en uniforme n'hésitaient pas à le chasser du pied quand l'envie leur en prenait, et il dut faire beaucoup de cadeaux pour une maigre vente. A mesure que diminuait son étalage il maudissait le démon stupide qui lui avait joué le tour de lui faire choisir des fruits parfaits, et non un peu touchés.

Une heure passa, une autre encore. Où était le Mandchou ? Il n'y avait eu en tout cas aucune sorte d'accueil. Les huit musiciens postés à la porte n'avaient pas joué une note de la matinée. La poudre noire était encore dans l'assiette à leurs pieds. Bientôt le soleil serait au zénith, et le Yamen fermerait à l'heure du déjeuner. Le Mandchou devait avoir changé d'avis. Il avait dû passer cinq minutes avec une fille fleur et il s'était fané ! Esprit Résolu se rassit et cracha une fois de plus. A quoi s'attendait-il ? C'était un Mandchou, non ?

Soudain il se mit en alerte, tout en se gardant de le laisser voir. Noble Talent était arrivé. Il était en train de parler au garde mais regardait dans sa direction. Quand leurs regards se croisèrent, le noble dit encore quelques mots, salua le garde et s'en alla.

Ça y était ! Quelque chose avait mal tourné. Il n'y avait plus rien à attendre.

Esprit Résolu se leva et rassembla ses affaires. Mais quand il se dirigea vers le portail un des gardes quitta son poste et se mit devant lui. Il voulut le contourner, mais le soldat tendit la jambe de sorte qu'il trébucha et faillit tomber.

« Ne sois pas si pressé, abruti. Je viens acheter. » Mourir, plutôt, pensa le jeune homme en reposant soigneusement ses paniers par terre. Très soigneusement. Il s'essuya la paume des mains sur son pantalon. Ce veinard de fleur de nave aux dents en or avait été très près d'oublier tout le bonheur du monde.

La sentinelle se mit à tripoter les fruits. Aussitôt Esprit Résolu lui offrit une prune, espérant détourner son intérêt pour les melons, s'il existait. Mais le soldat était de tempérament méticuleux. Sans rien dire il continua à caresser les oranges, s'arrêtant longuement sur chaque fruit. Il ne serait pas content, c'était évident, avant d'avoir tâté tout ce qui restait dans les paniers.

Esprit Résolu faillit éclater de rire. Dès le début lui-même, le paysan, avait eu son propre plan. C'était l'occasion de le mettre en œuvre, même s'il devait faire l'imbécile !

Il se prit le ventre à deux mains et se plia en deux en gémissant. « Honorable soldat ! » Il gémit plus fort et recula doucement vers le portail. « Je vous prie de m'excuser. Trop de prunes. Affaire urgente. Très urgente ! » Sous les cris et les huées des spectateurs il tourna les talons, fila devant le garde et passa le portail en courant, trébuchant sur un mendiant allongé par terre. Il était presque en sûreté sur la place du marché quand un millier de pétards éclatèrent dans son dos. Il fit demi-tour sur place. Un nuage de fumée et de poussière dans la cour du Yamen. Des gens qui couraient en hurlant. Quelques-uns qui se tordaient sur le sol. Un ou deux immobiles. Pendant qu'il regardait, planté au milieu du chemin, les gardes reprirent l'un après l'autre le même cri : « Marchand ! Suivez le marchand ! »

Esprit Résolu repartit en courant vers le labyrinthe des ruelles de l'autre côté de la place, sautant par-dessus les obstacles et se tordant pour échapper aux mains qui se tendaient vers lui. Il touchait presque au but quand il heurta un baquet d'anguilles et s'étala de tout son long. La foule l'entoura. Quelqu'un se pencha pour le relever. Les autres se reculèrent. Il vit que l'homme était Noble Talent et se remit sur ses pieds.

« Je l'ai pris ! » hurla Noble Talent en écartant les autres. La foule, pleine de respect devant un noble, s'écarta pour lui laisser le passage. Les deux fugitifs se précipitèrent par l'ouverture. Ils étaient presque arrivés aux ruelles quand un garçon surgi de nulle part s'abattit sur les épaules d'Esprit Résolu. Ce singe se cramponna à sa queue, mais la queue lui resta dans la main. « Sans queue ! Sans queue ! » cria-t-il en tombant, brandissant la tresse noire devant les gardes qui bousculaient la foule dans l'ardeur de la poursuite. « Le grand n'a pas de queue ! L'autre est un noble ! Le grand n'a pas de queue ! »

Esprit Résolu passa devant, ils dégringolèrent des rues étroites et des passages obscurs où portes et fenêtres se fermaient au son de la battue.

En arrivant au canal de la rue du Cheval, ils durent ralentir, essoufflés. Sans hésiter le paysan se dirigea vers l'eau. Il se boucha le nez et plia les genoux. Le noble hésita. Un rat mort flottait au milieu des ordures. Esprit Résolu lui prit le bras. « Tenez-vous le nez ! » cria-t-il en le poussant à l'eau.

Ils plongèrent et remontèrent sous les ruines d'un vieux pont laissé à l'abandon. Esprit Résolu se cramponna au mur branlant, soutenant son compagnon pris de vomissements et d'une toux convulsive. Des soldats passèrent à grand bruit en criant.

Même quand les soldats eurent disparu, les deux hommes ne firent pas un geste, comme si un clin d'œil avait pu les faire revenir. Plusieurs minutes passèrent. Ils n'osaient même pas se regarder, et guettaient chacun de leur côté le moindre mouvement dans leur direction. Il n'y avait plus rien. Apparemment ce bras du canal n'avait ni barques ni laveuses de linge.

Puis la rue retrouva son animation habituelle. Tous ceux qui passaient n'avaient qu'un seul sujet de conversation, le gigantesque marchand et le noble en chapeau japonais.

Quand il fit noir et qu'on n'entendit plus que le cri lointain d'un forgeron injuriant une mule qui refusait de se laisser ferrer, Esprit Résolu chuchota : « Que s'est-il passé ?

— Pu Hsiao est mort.

— Quoi ? »

Noble Talent confirma d'un signe. « Je l'ai lu sur une affiche. »

Alors c'était ça ! Esprit Résolu, de colère, se frappa la tête contre une pierre du pont. « Nous allons peut-être nous faire tuer à cause de mon crâne obtus.

— Ce n'est de la faute de personne.

— C'est de la mienne. Si je n'étais pas un aveugle ignorant, nous ne serions pas pris au piège.

— Inutile de gaspiller sa salive. La bataille a commencé. Nous devons nous mettre à l'abri !

— Maître, laissez moi partir seul. C'est moi qu'ils poursuivent.

— Silence. Laisse-moi réfléchir ! »

Quand la lune se leva les conspirateurs nagèrent jusqu'à la berge et se hissèrent hors du canal. Ils suivirent ensuite prudemment des rues désertes, sauf pour les veilleurs de nuit qu'ils entendaient venir d'assez loin pour se cacher.

Enfin ils atteignirent la porte des marchands de la maison des Chang.

« Ouvrez ! Ouvrez ! » chuchota Noble Talent d'une voix enrouée.

Personne ne vint. Il ramassa un caillou et l'envoya par-dessus le mur. Ils attendirent. Il en lança un autre, un autre encore.

Finalement une voix en colère leur siffla : « Partez ! Je vais appeler la garde !

— Bouboule, ouvre. C'est le troisième fils du Vénérable ! »

La porte s'ouvrit, et ils se précipitèrent dans la cour des domestiques. « Que faites-vous ici ? Et qui est-ce ? » Elle se recula. « Pouh ! » Elle se boucha le nez. « Éloignez-vous de moi.

— Ferme la porte, fidèle servante, et va te coucher. Ne dis à personne que tu nous as vus !

— J'y vais. J'y vais. N'ayez crainte. Personne ne me croirait ! »

Les deux hommes se glissèrent en silence à travers les ombres dont la lune peuplait les cours jusqu'au bureau Ming. Le Patriarche était dans son lit, dans l'alcôve, et il dormait.

Noble Talent tendit la main pour le réveiller, mais la retira avant d'avoir touché le couvre-lit en soie. Ses mains avaient gardé la puanteur du canal.

« Frère Aîné, réveillez-vous ! Réveillez-vous », chuchota-t-il.

Talent Courageux ouvrit les yeux. « Quoi ? Qui est là ?

— C'est votre frère. Nous avons à parler. »

Bien réveillé, Talent Courageux bondit hors de son lit. « Que faites-vous ici ? Vous sentez aussi fort que le canal. » Il prit la lampe sur la table de nuit et remonta la mèche. « Suivez-moi ! » Il passa près d'eux, alla poser soigneusement la lampe sur son bureau et pivota pour faire face à son frère. « Qui est avec vous ?

— Excusez-moi, Maître, dit Esprit Résolu en s'inclinant. Je vous demande pardon, monsieur. Je suis Esprit Résolu. Le fils du fermier Lee, le garçon au cochon. Le cochon noir, qui s'appelait Jambon. »

Le regard du Patriarche allait de l'un à l'autre. « Je ne comprends rien. Expliquez-vous, mon frère, et vite ! »

Pendant le récit de Noble Talent, son frère n'eut pas un geste. Son visage resta immobile, son regard dur.

« Vous voulez dire que des soldats sont en train de le chercher ? » Il désigna Esprit Résolu. « Et que vous l'avez conduit tout droit à la maison ! Avez-vous entièrement perdu l'esprit ? Vous auriez dû vous noyer et qu'on n'en parle plus !

— Je n'avais pas le choix. Je suis responsable de ce garçon.

— Et votre responsabilité envers cette maison ? Envers le clan ? Envers vos ancêtres ? » Sa voix tremblait de colère contenue.

« Soyez raisonnable, mon frère ! » Noble Talent fit un pas vers lui,

mais Talent Courageux le renvoya d'un geste brusque de la main.
« Éloignez-vous ! Vous m'offensez !

— Où pouvions-nous aller ? Du reste, personne ne nous a vus. Personne. » Noble Talent regarda Esprit Résolu, qui approuva humblement de la tête.

« Quelle importance, imbéciles ! Ils cherchent un paysan géant sans queue et un noble. Vous croyez qu'ils n'oseront pas venir ici ? Ils vont enfoncer la porte de toutes les maisons nobles. Combien de temps avant qu'ils ne relient le noble d'aujourd'hui au Yamen avec celui d'hier au... »

On avait frappé. Les trois hommes se retournèrent d'un seul coup vers la porte. « C'est Lune de Printemps », chuchota-t-elle en entrant. Elle les regarda l'un après l'autre. « Bouboule avait raison. »

Noble Talent leva les mains au ciel.« Aye ya ! J'aurais dû le savoir. Il n'y a pas de secret possible ici. Pas dans cette maison. Pas même pour une nuit !

— Des secrets ? Quels secrets ? Il n'y a plus de secrets, plus maintenant. » Talent Courageux était debout derrière son bureau, serrant le dossier de sa chaise si fort qu'il semblait que le bois allait se briser. « Comment avez-vous pu ramener ce garçon à la maison ? Quand ils le trouveront ici ce sera une preuve !

— Je vous l'ai dit. Il n'y avait pas le choix. Je suis responsable de lui. » Le soldat s'éclaircit la gorge, sentant le goût du venin. « Mon frère, il est impossible que vous ayez le cœur dur au point de sacrifier la vie d'un homme pour éviter un danger imaginaire, ou au pire improbable, à la famille. »

Il n'y eut pas de réponse.

« Pouvez-vous être aussi dur, mon frère ? »

Talent Courageux ferma lentement les yeux et secoua la tête, comme s'il souffrait. « Le danger n'est pas improbable, dit-il, vous ne savez pas. Vous ne comprenez pas... »

Les autres attendirent. Sur le toit, un chat miaula.

En fin de compte ce fut Lune de Printemps qui prit la parole. « Il est temps qu'ils comprennent, Oncle Aîné. Laissez-moi leur dire ce qui s'est passé après que Jeune Oncle fut parti... »

19

Un destin prophétisé

Quelque part entre Changhai et Manille, la jonque de haute mer Joss *fut prise dans un cyclone et tous à bord furent plongés dans la terreur. Quand la tempête fut à son point culminant, un dieu apparut et demanda d'une voix effrayante lesquels parmi eux étaient frères. Riant de soulagement, les passagers en désignèrent deux qui se tenaient côte à côte. Le dieu parla de nouveau. « Renie ton frère et tu peux rester à bord. Choisis ta parenté et saute dans la mer ! »*

Sans un battement de cœur d'hésitation, les frères, comme un seul homme, plongèrent dans les eaux turbulentes. Ils descendirent de plus en plus profond jusqu'à toucher du pied le fond de l'océan. Mais alors qu'ils s'inclinaient pour un dernier adieu, deux tortues géantes s'arrêtèrent près d'eux. En un rien de temps elles les portèrent à la surface de la mer. L'une nagea vers le continent, l'autre vers les îles.

Le grand navire avait disparu. Nulle part on ne voyait ceux qui avaient renié leurs parentés. Les eaux n'avaient pas une ride et le ciel était d'un bleu éclatant.

Histoire des clans

PENDANT LA QUINZAINE du repiquage des pousses de riz, la chaleur augmenta jusqu'à devenir insupportable. Tous les rideaux de bambou étaient tirés pour écarter le soleil impitoyable, et beaucoup ne se levaient plus de leurs nattes en paille, dormant jusqu'à la tombée de la nuit tandis que les domestiques rafraîchissaient les dallages et les parterres de fleurs en secouant des balais trempés d'eau. Rien n'y faisait, sauf peut-être une tasse de thé encore plus chaud. On parlait d'une grande tempête qui allait venir.

Néanmoins, le septième jour après le départ de Noble Talent pour Changhai, la Vieille Dame interrompit sa sieste de l'après-midi, car elle avait invariablement coutume une fois par an, ce jour précisément, de fabriquer l'élixir de perles.

Tandis que l'aînée des esclaves agitait doucement un éventail, l'autre, plus fraîche, réduisait en poudre les minuscules perles qu'on avait passées à la vapeur de riz.

« Est-ce assez fin, Maîtresse ?

— Presque. Encore quelques tours, répondit la Vieille Dame.

— J'espère qu'un jour mon mari m'achètera des perles, osa dire la fille. Je ne les boirai pas, je les mettrai à mes oreilles.

— A quoi bon des perles à tes oreilles, dit la Vieille Dame, si tes cheveux sont dénués de lustre ou tes joues sans éclat ? Mieux vaut les boire. »

L'autre esclave haussa les épaules. « Pourquoi parler de ces choses, sœurette ? Toi et moi ne verrons plus jamais de perles quand nous serons parties d'ici. »

La Vieille Dame hocha la tête. L'aînée des filles avait du bon sens. Elle ferait un effort particulier pour lui trouver un mari travailleur.

Quand les perles furent broyées aussi finement que de la cendre, la Vieille Dame mélangea elle-même la poudre dans un verre d'eau de riz sucrée et le but lentement, sans marquer du moindre signe le goût infect de la boisson.

Elle n'avait pas encore fini quand il y eut une bousculade à la porte. Les yeux de la Vieille Dame se fermèrent à demi, mais avant qu'elle n'ait pu ouvrir la bouche Bouboule s'était précipitée dans la pièce, les cheveux sur les yeux, son tablier défait. Prenant le ciel à témoin à grands gestes, elle se mit à gémir comme une femme dont le bébé refuse de naître.

La Vieille Dame coupa court au second crescendo. « Assez, Bouboule ! Que se passe-t-il ? Ton mari est-il revenu te hanter ? » On était indulgent envers les vieux serviteurs, mais même Bouboule n'avait pas le droit d'interrompre les rituels reconstituants de la Vieille Dame.

« C'était terrible ! Terrible ! Mais grâce aux dieux ils ne sont pas entrés dans les cours intérieures !

— Qui ? De quoi parles-tu, femme ?

— Les Gardes Verts ! » Bouboule essuya de sa manche la sueur sur sa moustache. « Ils avaient des sabres. Ils les ont plantés dans les buissons. Ils ont défilé dans toutes les pièces jusqu'à l'écran de marbre, en laissant de la boue. Ils ont fait aligner les porteurs et sont passés de l'un à l'autre en leur tirant la queue. Vieille Maîtresse, ils fouillent toutes les maisons de Sou-Tcheou à cause des deux fous qui ont mis une bombe au Yamen. »

Les deux esclaves filèrent vers la porte. Il ne fallait surtout pas manquer un tel spectacle.

« Idiotes ! » Bouboule leur barra le passage. « Votre devoir est ici. De plus les soldats sont partis. Le Patriarche leur a joliment graissé la patte, sans quoi ils seraient là. »

Ils n'oseraient pas, pensa la Vieille Dame, pas dans la maison des Chang ! Et pourtant... « Bouboule, laisse sortir les filles. Elles ont abusé de ma patience. Dehors ! Dehors ! »

Quand elles furent seules, elle se tourna vers la servante. « Que te prend-il de pleurer et de crier comme une mendiante ? Où est ta dignité ? »

Bouboule baissa la tête et ramena ses mèches de cheveux gris derrière ses oreilles.

« Mille pardons, Vieille Maîtresse. »

La Vieille Dame ne se radoucit pas. « Va et envoie-moi immédiatement mon fils.

— Je regrette de vous informer que le Patriarche a quitté les cours pour la journée. »

Donc, comme d'habitude, il n'était pas là où il aurait dû être. Peu importe. Il y avait quelqu'un d'autre au courant, et qu'elle saurait plus facilement faire parler. « Va me chercher Lune de Printemps à la place. »

Bouboule s'excusa une fois de plus et quitta la pièce.

Une fois seule la Vieille Dame se permit de s'adosser à son siège. Sa tête lui faisait mal; elle appuya ses mains sur ses tempes et ferma les yeux. Il y avait des mois, pensa-t-elle, qu'un désastre menaçait, depuis que Lune de Printemps était revenue avec cette incorrigible petite-fille des Hanlin. Combien de fois les autres ne s'étaient-ils pas plaints de la partialité du Patriarche envers ces deux-là ?

Maintenant tous se plaignaient de leurs pensions, chacun accusait l'autre de dépense exagérée. L'ancienne générosité avait disparu, la dissension gagnait, et bientôt elle-même ne serait plus là...

Un coup à la porte. « Grand-mère ? Puis-je paraître devant vous ? »

Avec effort, elle se redressa et indiqua un siège à la jeune femme.

Elles restèrent longtemps assises sans rien dire. Lune de Printemps avait la tête penchée. La chaleur montait par vagues, à vous couper le souffle.

Finalement, la Vieille Dame parla. « Je ne suis peut-être pas capable de lire des livres. Mais je sais lire les visages. Il y a quelque temps que j'ai des soupçons sur ce qui se passe dans cette maison. Ce n'est pas seulement la chaleur du soleil qui envoie Troisième Grand-oncle et Second Cousin dans les montagnes. Ce n'est pas seulement l'état de nos estomacs qui pousse ma belle-fille à faire d'incessantes allées et venues aux cuisines. Ce n'est pas seulement la gaieté de Changhai qui provoque la venue de mon troisième fils au milieu de la nuit et son départ sans même qu'il me salue. Ce n'est pas la situation de nos cours dans Sou-Tcheou qui retient l'attention des Mandchous. »

La vieille femme s'arrêta, souhaitant entendre ce que l'autre avait à dire.

Lune de Printemps ne dit rien.

« Eh bien ? Eh bien ? »

Toujours rien.

En colère, la Vieille Dame sortit son éventail de sa veste et le pointa vers la jeune femme. « Ma petite-fille, je t'ordonne de tout me raconter ! Je ne veux pas être la grenouille qui reste au fond du puits.

— Les temps sont incertains, Grand-mère. Les nôtres ont peur. » Lune de Printemps parlait dans un murmure, gardant la tête baissée.

« Peur de quoi ?

— Du garçon.

— Quel garçon ?

— Le nouveau domestique engagé par Oncle Aîné pour aider Vieux Jardinier dans les cours intérieures.

— Pourquoi ? »

Lune de Printemps hésita. Puis, relevant les yeux, elle se toucha les cheveux. « Parce qu'il est grand et qu'il porte une serviette autour de la tête par la chaleur qu'il fait.

— Ne parle pas par énigmes. Explique. » La Vieille Dame ouvrit son éventail d'un coup sec.

« Ils pensent qu'il est peut-être celui que les soldats sont venus chercher aujourd'hui — le marchand du Yamen qui a caché une bombe dans un melon et a perdu sa queue.

— Mais alors, pourquoi Talent Courageux ne le renvoie-t-il pas, ou ne le livre-t-il pas à la police ?

— Il ne le dit pas. Il refuse, c'est tout. Alors maintenant tout le monde soupçonne Oncle Aîné d'être le noble en robe qui a aidé le marchand à se sauver.

— Ridicule ! » La Vieille Dame renifla. « Tout le clan est-il pris de fièvre cérébrale ? Ridicule ! » Elle réfléchit un instant. « Ce n'est pas lui, n'est-ce pas ?

— Non, Grand-mère.

— Exactement !

— Non, c'est Jeune Oncle qui était avec le marchand. »

L'éventail de la Vieille Dame ralentit, puis s'arrêta. Elle ferma les yeux. Kouan Yin la miséricordieuse, pria-t-elle, soyez bonne, épargnez le *luan* à cette maison. Puis, tout haut : « Comment savez-vous cela ? »

Lune de Printemps ne répondit pas immédiatement, et la Vieille Dame répéta sa question. A contrecœur, la jeune veuve lui expliqua.

Au fur et à mesure la vieille femme avait l'impression de se dessécher, jusqu'à ce qu'il lui semblât que ses traits ne tenaient plus en place que grâce à la poudre de riz. Quand l'histoire fut terminée, elle put seulement murmurer : « Amitabha ! Mes fils et vous avez commis une trahison. Les Mandchous vont empiler toutes nos têtes comme des œufs de canard. Ils vont déterrer les tombes de nos ancêtres et disperser leurs os aux quatre vents. Amitabha ! » Ses yeux se remplirent de larmes.

« Grand-mère, ne pleurez pas, je vous en prie. Tout va bien se passer. Le marchand est déjà parti. Oncle Aîné le fait sortir de la ville en ce moment même. »

Les jeunes voient ce qu'ils souhaitent voir, se dit la Vieille Dame. Les vieux voient ce qu'ils ne voudraient pas voir. Maintenant elle en était sûre. Le temps de la puissance était révolu.

« Grand-mère, ne vous affligez pas. Tout va être comme avant.

— Comment ? Bientôt les autorités vont relier mon fils et vous au Mandchou, le Mandchou à la bombe, la bombe à Noble Talent, Noble Talent à ces cours. Vous êtes une imbécile si vous croyez que cela peut redevenir comme avant. De même que mon fils. Ce n'est qu'une question de temps... uniquement une question de temps. » Elle lâcha son éventail. Il tomba sans un bruit sur le tapis.

Lune de Printemps s'agenouilla pour le ramasser, et le remit doucement dans la main de la vieille femme.

La Vieille Dame resta sans bouger longtemps après que sa petite-fille eut quitté la pièce. Jamais, en soixante-treize ans, elle n'avait imaginé que l'ensemble pût se briser, que les portes du foyer de son mari pussent se fermer, séparant les parents les uns des autres. Même s'il ne s'agissait au départ que d'une séparation temporaire, l'isolement s'installerait. Et un frère ne pouvait pas connaître véritablement l'honneur si l'autre salissait le nom de la famille.

Elle ne quitta pas sa chaise de tout l'après-midi. Quand les jeunes esclaves vinrent l'escorter pour dîner, elle leur dit qu'elle dînerait dans ses appartements. Et lorsque les dames sortirent se promener dans les jardins pour profiter de la brise du soir, elle n'alla pas les rejoindre. Elle n'avait plus envie de s'asseoir près du bassin des lotus, là où s'élevait jadis le cyprès.

Après une nuit d'insomnie, elle envoya chercher son astrologue favori.

C'était l'heure du serpent quand la servante fit entrer Voyant Inspiré dans ses appartements privés. La robe de coton gris qui flottait sur son corps maigre était douteuse, comme toujours. Un parapluie noir pendait à son coude gauche, et il tenait de sa main droite la cage en bambou peinte en rouge qui abritait son mainate. Il la salua, et ils échangèrent des politesses avant qu'il ne prît place à la table ronde en noyer où on servait habituellement le thé. Quand il prit ses cartes dans ses manches, la vieille femme balaya la pièce d'un regard. « Dehors. Tout le monde dehors. » Les jeunes esclaves sortirent sans leurs protestations habituelles.

« Commençons-nous ? » demanda Voyant Inspiré.

La Vieille Dame se leva et alla vers la fenêtre ouverte. Il n'y eut aucun bruit, mais des ombres se fondirent dans la nuit. Elle ferma les persiennes et alla reprendre son siège. « Maintenant commençons ! »

Il battit trois fois les cartes et les disposa en trois rangées de trois. Puis, s'adressant à l'oiseau, il chanta : « Oiseau des esprits ! Oiseau des esprits ! Examine le cœur de cette vieille femme. Devine les réponses à ses questions. Choisis ce que tu dois. »

Il ouvrit la porte de la cage. Le mainate sortit en sautillant, s'inclina vers la Vieille Dame, et dansa au milieu des cartes. Il en becqueta certaines, en prit une dans son bec et la tendit à Voyant Inspiré qui récompensa l'animal de quelques grains de blé pris dans son autre manche.

Il y eut un silence malaisé pendant que le voyant étudiait la carte. « De grands changements arrivent, dit-il enfin. La fin de l'ancienne vie. Le commencement d'un ordre nouveau. Une époque de ruine et de renaissance.

— Quand ces changements auront-ils lieu ?

— Bientôt, peut-être d'ici quinze jours. Soyez prête.

— Combien de changements y aura-t-il ?

— Trois. L'un est irréversible.

— La mort ! » s'écria la vieille femme.

Le voyant baissa les yeux et ne confirma pas.

« Et les deux autres ?

— Un seul est irréversible. Les autres suivront la fureur de la tempête.

— Que deviendra le clan ?

— Les cartes ne le disent pas. Sinon que parmi vous quelqu'un vivra pour voir cinq générations sous le même toit.

— Qui ?

— Quelqu'un qui est baigné d'un reflet de gloire et réchauffe la neige.

— Est-ce tout ce que vous pouvez me dire ?

— C'est tout ce que j'ai vu, vieille femme. »

La Vieille Dame tira une pièce d'argent du sac brodé accroché à sa taille. Aussitôt l'oiseau sautilla sur la table, serra la pièce dans son bec comme pour en éprouver le métal et revint la déposer dans une tirelire à l'intérieur de sa cage.

Toute la journée, toute la nuit, la Vieille Dame essaya sans succès de déchiffrer l'énigme. Elle s'endormit à l'approche de l'aube.

A son réveil, elle avait compris.

Le changement irréversible était sa propre mort. Les autres étaient les « morts » de ses fils, qui disparaîtraient dans la tempête qui s'annonçait. Lorsque le clan endosserait la toile blanche du deuil, la poursuite cesserait.

Quant à l'individu qui vivrait pour voir cinq générations :

> La lune reflète la splendeur du soleil;
> Chaque printemps fond la glace de l'hiver.

En fin d'après-midi, le quinzième jour de la cinquième lune, le Patriarche de la maison des Chang quitta les cours familiales pour Changhai. Une fois arrivé, il devait envoyer un télégramme, signé officiellement par Lotus Enchanté, rappelant Lune de Printemps à Pékin, avec un message pour Noble Talent l'informant de leur « mort » imminente dans un typhon. Puis il devait trouver une école de mission pour Jade Lustré et une maison dans le quartier international pour « M. et Mme Yang ».

Le lendemain, Lune de Printemps reçut son rappel. En apprenant la nouvelle les femmes de la maison s'empressèrent de la féliciter, car elle retournait dans la maison de son mari, là où devait être une veuve honorable.

Au portail, elle le savait, elles verseraient des larmes, mais pousseraient un soupir de soulagement quand sa chaise aurait tourné le coin de la rue. Sa fille et elle avaient troublé l'harmonie de la maison des Chang. Il n'y avait que deux personnes à qui elle manquerait.

Elle fut prête avant le coucher du soleil. Bouboule et elle refermèrent la dernière malle, puis s'assirent ensemble sur le lit, la main dans la main.

« Je t'enverrai chercher dès que je pourrai. »

Bouboule approuva d'un signe. Lune de Printemps savait que la servante ne poserait pas de questions. Elle en avait assez vu pour comprendre le danger et elle avait même prévu leur séparation, la justifiant d'avance devant les autres en se plaignant très haut de ce qu'on lui demanderait encore de voyager à son âge.

« Ne t'inquiète pas, Vieille Amie. Tout ira bien. »

Soudain, Bouboule se mit à sangloter.

Ce n'était pas le moment de se laisser aller. « Je t'en prie, ne pleure pas. Nous nous retrouverons bien vite. Je le sais. Je te le promets. » Elle lui offrit son propre mouchoir.

Bouboule essuya ses larmes et se moucha le nez. Au bout d'un moment elle demanda : « Jeune Maîtresse ?

— Oui, vieille femme, répondit Lune de Printemps en souriant. Il y a longtemps que j'étais ta jeune maîtresse, mon amie. Que veux-tu me dire ? »

La servante s'éclaircit la gorge. « Si vous promettez de ne pas rire, Jeune Maîtresse, je vais vous dire un secret.

— Je le promets.

— Vous souvenez-vous du jour où vous êtes venue dans ma chambre et où vous m'avez appelée "Vieille Amie" pour la première fois ? Vous vous souvenez ?

— Je m'en souviens bien. Tu faisais la lessive.

— C'est vrai. C'est vrai. Eh bien, depuis ce jour, je me suis dit que vous... que vous étiez ma fille. N'est-ce pas ce que vous avez jamais entendu de plus drôle ? »

Avant que la jeune femme n'ait pu lui répondre, Bouboule se dégagea et courut à la porte. Arrivée sur le seuil elle se retourna. Elle avait toujours les yeux humides, mais sa voix s'était raffermie.

« Portez-vous bien, Jeune Maîtresse. Inutile de vous inquiéter pour moi. Je pèterais au visage du diable lui-même ! »

Quand le veilleur annonça l'heure du cochon, Lune de Printemps changea de robe. Elle voulait présenter ses respects à Pure Vertu, la remercier de la gentillesse qui avait permis à sa fille aux grands pieds et à elle-même de rester de nombreux mois à Sou-Tcheou sans connaître le riz amer de la charité.

Même depuis qu'il faisait de plus en plus chaud, sa tante n'avait pas cessé d'aller de cour en cour, infatigable, s'occupant des besoins de tous, comme elle l'avait toujours fait. Elle cueillait de la menthe fraîche dans le jardin, y mêlait des pétales séchés de chrysanthèmes et l'offrait à une famille pour rafraîchir le thé. Elle préparait une crème froide avec des haricots verts pour Jade Lustré, depuis qu'elle savait que la fillette l'aimait, et malgré l'enfer obscur qu'était devenue la cuisine.

Elle était restée assise près de la fenêtre, brodant à la lumière du soleil couchant, pendant que son mari et sa nièce bavardaient de sujets qui n'avaient pour elle aucun sens. Lune de Printemps ne s'était jamais demandé si elle avait eu envie de rester là, d'écouter des paroles qu'il lui était impossible de comprendre en attendant que le temps passe, de regarder son mari instruire sa nièce alors qu'il ne lisait même pas les leçons de leur fils. Qu'allait-elle lui dire, maintenant ?

Encore indécise, elle glissait son éventail dans sa tunique lorsqu'on frappa à la porte. Pure Vertu, sereine comme à l'accoutumée, entra dans la pièce, tenant dans ses mains une petite boîte enveloppée de soie rouge.

« Ma nièce, je suis venue vous souhaiter un bon vent et un retour paisible dans votre foyer. »

Lune de Printemps rougit. « Ma tante, vous me faites un honneur que je ne mérite pas. » Elle la fit asseoir. « En fait je me mettais en route pour chez vous », ajouta-t-elle en prenant la théière et en versant une tasse de thé tiède et parfaitement imbuvable.

« Vous me manquerez, Lune de Printemps », dit simplement Pure Vertu quand la jeune femme s'assit à son tour. Avant que Lune de Printemps ait trouvé une réponse appropriée, sa tante lui tendit le paquet de soie rouge en souriant. « C'est pour vous.

— Merci, très gracieuse tante. » La nièce se leva et prit le paquet des deux mains, en s'inclinant. Elle faillit le lâcher, car il était plus lourd qu'elle ne l'aurait cru. Elle le secoua doucement avec un sourire. « Encore un honneur immérité, ma tante ? »

Elle allait le ranger avec les autres cadeaux quand Pure Vertu lui dit : « Ne faites pas de cérémonies, ma nièce. Ouvrez-le maintenant, je vous en prie.

— Puis-je ? »

Pure Vertu hocha la tête. « S'il vous plaît. »

Se rasseyant à la table, Lune de Printemps ôta l'emballage, découvrant une boîte ornée de merveilleuses broderies. Le paysage, le fleuve Kiangsou et des montagnes, un lever de lune dans le brouillard, n'était pas terminé, mais elle reconnut aussitôt le travail exquis de sa tante.

« J'aurais voulu avoir le temps de le terminer, mais vous partez demain et je n'avais pas d'autre cadeau.

— Je l'aime tel qu'il est, ma tante. Les vides rehaussent encore la beauté de votre art. »

Pure Vertu rougit. « Vous êtes trop bonne, ce n'est rien. Ouvrez-la, je vous prie. »

Curieuse, sans se douter de ce qu'il y avait dedans, Lune de Printemps souleva le couvercle. Dans la boîte il y avait des pièces d'or. Elle les regarda, stupéfaite.

« Il y en a cinquante-deux, dit sa tante. Ma mère en avait cousu une dans chaque vêtement de mon trousseau, pour me porter chance dans la maison de mon mari. Mais je n'en ai pas eu besoin. Quel mal pourrait-il m'arriver dans ces honorables cours ? Vous avez eu de la bonté pour moi et pour mon mari. Vous devez les prendre. » Elle baissa la tête. « Moi, qui ai plus que je ne mérite, je serais très heureuse que vous, qui méritez plus, vouliez bien accepter ce présent insignifiant. »

Lune de Printemps contempla un long moment la femme assise en face d'elle. Celle qui vivait pour être au service de Talent Courageux, dont la seule récompense était le plaisir de son mari : que lui arriverait-il quand on le croirait mort ? Il n'était pas impensable qu'elle trouve la vie dénuée de sens au point d'avaler de l'opium pour aller le rejoindre dans l'autre monde. La jeune femme secoua la tête, mais cette idée ne lui sortait pas de la tête, avec l'image du fantôme de Pure Vertu errant dans les régions infernales, criant sans cesse pour appeler son mari qui n'y serait pas.

« Ne secouez pas la tête, ma nièce. Vous aurez besoin de ces pièces. Si votre belle-mère avait pensé à votre bien-être, elle ne vous aurait jamais envoyé... »

Mais Lune de Printemps n'écoutait pas. Aussi clairement que s'il était devant ses yeux, elle voyait le Mandchou pendu à sa poutre, un foulard de fête autour du cou.

« Qu'y a-t-il, ma nièce ? Qu'y a-t-il ? » s'écria Pure Vertu.

Du même geste elles tendirent le bras par-dessus la table et se prirent les mains.

« Ma tante...

— Oui ? »

Lune de Printemps fut incapable de parler pendant une minute. Enfin elle retrouva sa voix. « Ma tante, je n'ai pas de cadeau pour vous sinon l'histoire que je vais vous dire, une histoire que j'ai juré solennellement à Grand-mère de ne jamais répéter, et que nous sommes seules à connaître avec le Patriarche. »

Elle continua, lentement, s'arrêtant par moments comme si elle racontait un conte peuplé de gens et d'endroits si étranges qu'elle craignait que son auditoire ne fût incapable de se les représenter.

Pure Vertu ne fit pas un geste tant que dura le récit, et quand il fut terminé il n'y eut aucun son pendant plusieurs minutes, sauf celui d'une alouette qui passa dans le jardin.

Finalement Pure Vertu parla. « Je vous remercie de ce don que vous seule m'avez jugée digne de recevoir, et qui scelle vraiment mon mariage avec la maison des Chang. Soyez assurée que je ne trahirai pas votre confiance. Personne ne soupçonnera que je suis au courant, ni maintenant ni jamais. »

Puis elle se leva et dit d'un ton cérémonieux, comme si elle accomplissait un rite : « Maintenant je dois vous demander de faire trois choses. D'abord de prendre les pièces, pour votre confort à Changhai. Ensuite de veiller au bien-être des hommes, car votre exil peut durer de nombreuses années. Et enfin de faire en sorte qu'il y ait une concubine qui plaise à mon mari tant qu'il sera si loin de chez lui. »

Le lendemain matin, à l'heure du dragon, Lune de Printemps et Jade Lustré prirent le train pour Changhai. A l'arrivée elles allèrent aussitôt à l'endroit indiqué, sous la pendule de la gare. Quelques minutes après un messager s'approcha et tendit une enveloppe à la jeune femme.

Elle l'ouvrit et lut : *École de la Mission, 100 James Street. Hôtel des Voyageurs, 780, rue de la Paix.*

Elle prit sa fille par la main, suivit le porteur jusqu'à un fiacre, le paya et fit monter Jade Lustré dans la voiture. Elle donna la première adresse au cocher.

« Où allons-nous, Mère ? »

Lune de Printemps ne répondit pas tout de suite. Elle arrangea le col de sa fille.

« Où allons-nous ? » répéta la fillette.

« Mon enfant. » Elle avait appris son explication par cœur. Vite, pendant qu'elle en avait encore le courage, elle la récita. « Je t'emmène dans une école. Une école excellente. Tu y apprendras beaucoup de choses, pas seulement les matières traditionnelles mais les langues et les coutumes des étrangers. »

Jade Lustré ne dit rien mais tordit le cou pour regarder par la vitre.

« Ma fille ? »

La petite fille croisa les bras, apparemment absorbée par le spectacle de la rue.

« Regarde-moi, ma fille ! »

Comme elle ne voulait pas tourner la tête, Lune de Printemps posa doucement les mains sur les frêles épaules et la mit face à elle.

Les yeux de sa fille étaient pleins de larmes. Sa mère ne se souvenait plus de l'avoir vue pleurer. En tout cas elle n'avait pas versé de larmes en quittant la maison des Chang ce matin même, ni la maison des Woo neuf mois plus tôt.

« Qu'y a-t-il, ma fille ?

— Je ne veux pas aller dans une école des barbares et apprendre des choses étrangères. Je veux rester avec toi à Pékin.

— Ma précieuse, tu ne peux pas venir avec moi. » Lune de Printemps écarta les cheveux qui lui couvraient le visage. L'enfant lui parut fiévreuse. Elle prit un grand souffle, essayant de trouver le mot juste. « Te souviens-tu des histoires de ton père ? Qu'il était allé autrefois en Occident et était resté plusieurs années loin de chez lui ? Il savait que c'était nécessaire. Toi aussi, maintenant, tu dois y aller. »

En entendant parler de son père la fille pencha la tête, attentive.

« Je n'aurais pas voulu que ma fille me quitte si vite, mais toutes les deux, toi et moi, nous devons céder. C'est la seule façon. » Elle attendit une réponse.

Jade Lustré acquiesça de la tête.

« L'école t'aidera à tenir ta promesse à ton grand-père. Tu te souviens ? »

Elle fit oui de la tête et demanda, au bout d'un instant : « Est-ce que je serai un héros ?

— Peut-être. C'est l'histoire qui désigne les héros. Mais tu y apprendras de quoi trouver le bon chemin. De nos jours seuls peuvent le suivre ceux qui maîtrisent les voies de l'Occident aussi bien que celles de la Chine.

— Combien de temps serons-nous séparées, ma mère ?

— L'école est exigeante. Les missionnaires enseignent de nombreux sujets.

— Combien de temps, Mère ? Combien ?

— L'école demande six ans sans interruption.

— Six ans ? Ne vous verrai-je jamais pendant ces six ans ? » Une larme tomba. « Oh ! mère, c'est si long, si long. »

Lune de Printemps baissa les yeux, de peur de pleurer, elle aussi.

« Ne vous verrai-je pas du tout pendant toutes ces années ? répéta la petite fille.

— J'espère que si, ma fille. Je l'espère. Mais je ne peux pas le promettre. » Elle prit l'enfant dans ses bras jusqu'à ce que ses sanglots se calment, et trouva alors le courage de continuer son explication.

« Ma fille, un jour ton père m'a dit qu'il ne pouvait pas être un homme sans caractère. Ton destin est d'être la fille de ton père. Ton destin est d'être le fils de ton grand-père. »

Jade Lustré ne parut pas l'entendre, car avant que sa mère pût continuer elle demanda : « M'écrirez-vous, ma mère ? »

Lune de Printemps secoua la tête. « Non, mon enfant, pas avant longtemps. Avoir de mes nouvelles ne ferait que rendre plus difficile ta noble mission. Peut-être plus tard, quand tu auras beaucoup appris. »

Jade Lustré ouvrit la bouche pour protester, mais resta muette, et sa mère continua.

« Ma fille, les leçons que nous avons vues ensemble... Te souviens-tu de ce qui doit arriver avant qu'une chenille ne devienne un papillon ? »

L'enfant hocha la tête.

« Alors dis-moi. Qu'est-ce qui doit prendre place avant la transformation magique ? »

Les épaules de la fillette se remirent à trembler et ses yeux se remplirent à nouveau de larmes. Mais les larmes ne tombèrent pas, et elle récita ce qu'elle savait d'une voix claire et ferme. « La chenille doit tisser un coton, et vivre seule à l'intérieur. Elle devient une chrysalide et change constamment en attendant le moment voulu. Alors le cocon se brise.

— Et...

— Le papillon s'échappe.

— Il est...

— Très beau.

— Et il...

— Et il vole.

— Bien. Tu as très bien appris tes leçons, ma fille. » La mère essuya une seconde fois les larmes qui perlaient.

« Mère ?

— Oui ? »

Jade Lustré avala sa salive. « Je ne savais pas que les héros devaient être malheureux ! »

C'était la vérité. Lune de Printemps voulait lui expliquer, mais comment ? Comment lui faire savoir qu'un grand bonheur et un grand malheur étaient une seule et même chose ? Elle n'essaya pas, et dit simplement : « Ma fille, tu ne peux rien recevoir sans donner. Ce serait immérité. Tu es une enfant. Un jour la force de caractère te viendra. »

Le même jour, au crépuscule, Lune de Printemps se retrouva seule dans la ville aux quinze drapeaux, assise dans une chambre n'appartenant à personne, sur une chaise à ce point étrangère que ses pieds fatigués pendaient sans toucher le sol.

Elle avait dû inscrire Jade Lustré à l'école de la Mission, sans s'en rendre compte et lui faire ses adieux. Elle avait dû prendre une chambre à l'hôtel et défaire ses bagages. Elle ne s'en souvenait pas.

Elle prit la lettre posée sur ses genoux et brisa le rond de cire rouge portant le sceau de la Vieille Dame.

Pendant quelques moments elle tint le papier dans sa main sans le déplier. Pas encore, pensait-elle, pas tout de suite. Ce message était son dernier lien avec la maison des Chang. Une fois rompu, combien durerait le silence ? Elle n'en avait aucune idée.

Un soupir lui échappa, si triste qu'elle se réprimanda aussitôt. Comment, si elle se montrait si faible, pourrait-elle s'attendre que l'enfant qu'elle avait élevée survécût toute seule ? Elle ouvrit la lettre.

A mes fils et à ma petite-fille,

Quand cet écho de mes pensées vous atteindra, j'aurai entrepris mon voyage au-delà des Sources Jaunes. Bien avant votre départ, j'avais entendu l'appel des esprits. Je suis lasse, j'aspire à m'endormir dans le jardin auprès de nos ancêtres. Ne vous lamentez pas. Nous sommes tous des pèlerins en route vers la même destination.

Je suis prête. Quand la nouvelle de la mort tragique de mes fils atteindra Sou-Tcheou, le monde croira que j'ai succombé au chagrin. Cela s'accorde à mes plans et à mes souhaits.

Gardez-moi dans vos cœurs. Ne gémissez pas auprès de mon cercueil. Pour la même raison que je vous ai fait partir, je vous interdis de revenir dans ces cours pour vous agenouiller à mon chevet. Ne me faites pas défaut. Le clan serait perdu si les passions le gouvernaient.

Mais, lors d'une saison où reviendra le règne de l'harmonie, un jour que les collines seront vertes et le vent caressant, rassemblez vos enfants et les enfants de vos enfants pour ôter les herbes sèches de nos demeures éternelles. C'est ainsi que le passé se relie au présent et le présent à l'avenir. Ne négligez pas ces rites, que nous ne soyons pas seuls, sans un nom ni un lieu qui nous soit propre, privés de foyer.

La vie est un paradoxe conçu par les dieux pour que les mortels jouent à être des dieux. A cause de son désir de perpétuer l'ancien le Vénérable vous a envoyés, vous mes fils, étudier le nouveau. Comment aurait-il prévu que le clan, pour sauver l'Empire, devrait s'éteindre ? Je suis heureuse de ne pas vivre pour voir l'aboutissement de cette lutte. Je soupçonne qu'elle prendra fin quand l'ancien sera le nouveau et le nouveau l'ancien.

Ma petite-fille, il a été prédit que vous aurez la chance de connaître le plus grand des bonheurs possibles. Vous vivrez pour voir cinq générations. Soyez fidèle à votre destinée, mon enfant. Écoutez les sages, maintenez la tradition, et gardez notre postérité à l'abri d'un seul toit.

A travers vous, mes enfants, je vis.

Mère, Grand-mère

Le typhon annoncé par la chaleur longea pendant trois jours les côtes chinoises comme une toupie géante, coulant des navires en mer mais épargnant les terres. On annonça que les frères Chang de Sou-Tcheou faisaient partie des nombreuses victimes.

LE VIN DE L'ÉTÉ

20

Intermède

L'Empereur du Ciel avait une fille très belle, qui vivait seule sur les rives orientales du fleuve des Étoiles, et faisait du tissage. Le soin qu'elle y portait le touchait tellement que, quand elle en eut l'âge, il parcourut l'univers à la recherche d'un homme qui eût bon cœur. Après bien des lunes il trouva cet homme — un vacher qui vivait sur les rives occidentales. Et, par obéissance au père, ils se marièrent.

Après le mariage l'homme et la femme devinrent si amoureux qu'ils n'avaient plus de temps que l'un pour l'autre. Le métier s'arrêta. Les vaches erraient à l'abandon.

L'Empereur fut mécontent et chargea la pie d'ordonner au couple immodéré de se remettre immédiatement à leurs devoirs sur les rives opposées du fleuve et de ne se rencontrer qu'une fois par mois.

Hélas ! l'oiseau oublia et leur dit une fois par an.

Alors chaque année, le septième jour de la septième lune, les pies prennent leur essor et étendent le bout de leurs ailes jusqu'à ce qu'elles rejoignent les deux rives du fleuve des Étoiles, faisant un pont pour la réunion de la Vierge et du Bouvier. Comme les trois cent soixante-quatre autres jours de l'année sont des jours de privation, le bonheur du mari et de la femme, ce jour-là, est si grand que des nuages de pluie, par discrétion, doivent le dissimuler aux yeux des mortels en cachant le ciel.

Légende chinoise

COMME CHAQUE JOUR DEPUIS qu'elle habitait l'hôtel des Voyageurs, Lune de Printemps s'assit à la fenêtre de sa chambre, sur la chaise inconfortable. Il lui semblait qu'elle avait toujours été là, regardant Changhai sans le voir. Quand la tempête s'était-elle calmée ? Elle avait observé son déroulement et pourtant elle en avait peu de souvenirs. Sa pensée revenait sans cesse au couvent. Pas au Mandchou, cet acte avait été nécessaire et c'était chose faite, mais à la conjuration qui maintenant l'unissait à son oncle. Nuit après nuit elle avait eu peu de repos. Des fantômes qu'elle ne pouvait nommer la poursuivaient le long de galeries tortueuses par des cours peu familières jusqu'à des hauteurs étranges et d'où il n'y avait pas d'échappée possible. Le matin elle était épuisée, incapable d'oublier.

Le second jour elle envoya chercher un volume de la poétesse Song, Li Ch'ing-chao, dont le destin n'était pas sans ressemblance avec le sien. Elle aussi s'était mariée jeune, avait eu un mariage heureux avec le fils d'un érudit célèbre, avait été veuve puis avait été forcée par la guerre de quitter le Nord pour le Sud.

Solitaire à l'écart dans ma chambre
Mille soucis emplissent chaque pouce de mon être.
Regrettant ce printemps qui a passé si vite,
Que les gouttes de pluie aient hâté la chute des fleurs,
Je me penche à l'appui de la fenêtre,
Lasse et désespérée.
Où es-tu, mon bien-aimé ?
Seuls les prés jaunis à perte de vue s'étendent
Jusqu'à l'horizon et je guette la route,
Anxieuse, attendant ton retour.

Toujours ce poème, toujours.

De temps en temps elle fermait les yeux pour évoquer Heureuse Promesse et son visage lui apparaissait tel que lors de leur nuit de noces, ou le matin où il était parti. Comme il avait l'air jeune ! Maintenant elle l'avait déjà dépassé de trois ans.

Mon mari, pourquoi m'as-tu abandonnée ? Rien de ce que je souhaite à ce jour ne peut se comparer à la joie qui aurait été nôtre, si tu étais resté à flâner dans le jardin, le fils de ton fils dans les bras. Rien de ce que je ressens désormais ne peut se comparer à ce que nous sentions quand nous étions jeunes. Rien que je promette un jour ne sera jamais aussi sincère, car en promettant je brise ce que je t'ai promis.

Jadis elle pouvait reconstituer des journées entières qu'ils avaient passées ensemble. Ce qu'il portait. L'expression changeante de ses yeux. La sensation de l'air sur ses joues, à elle, et s'il y avait des feuilles sous les pieds. Tous les détails, elle les avait engrangés. Quand avait-elle commencé à oublier ? Elle ne savait plus.

Tant de choses lui échappaient maintenant. Est-ce qu'il avait une petite cicatrice au pouce ou à l'index ? C'était le premier souvenir qui s'était effacé. Elle se le rappelait. Et le fait qu'elle avait pleuré quand elle l'avait perdu. Plus tard elle avait arbitrairement placé la cicatrice au pouce. Après onze ans il était difficile de distinguer le passé réel des souvenirs inventés.

Ces derniers jours, quand elle l'appelait, les yeux sur sa photographie dans un cadre d'argent, c'est un visage sans vie qui la regardait, puis l'image s'effaçait, une autre prenait sa place.

« Non ! criait-elle quand cela arrivait, ce n'est pas celui que j'aime. Mon mari était jeune. Il n'avait pas de gris dans les cheveux. »

Mais la présence d'Oncle Aîné s'attardait, ainsi que les instructions laissées par Pure Vertu.

Des questions. Continuellement. A qui sa loyauté ? Au passé ? A une promesse ? A quelqu'un ? A plusieurs ? Aux dettes contractées ? Que sacrifier ? Que garder ?

Elle se détourna de la fenêtre, prit une cerise sur le plateau qui était resté sur la table, intact, et l'avala distraitement avec le noyau en même temps qu'elle s'entendait gronder Jade Lustré pour avoir agi de même. Kouan Yin la miséricordieuse, pria-t-elle, faites que les moments de tendresse l'emportent sur les paroles dures et consolez mon enfant dans les années à venir.

Ne tenant plus en place elle tira de sa tunique son éventail replié. Il était en ivoire, mais d'une ciselure si compliquée qu'on eût dit une dentelle blanche. Une voix du passé murmurait : « Êtes-vous sûre, petite fille, que l'éventail est rouge ? Regardez-le encore. » Il était bleu. « Regardez-le encore ! » disait le magicien. Il était en or. Qu'est-ce qui était vrai ? Qu'est-ce qui était truqué ? Sûrement l'attente du plaisir l'avait coloré. Ou était-elle ensorcelée ?

Et sinon, pourquoi ne pouvait-elle penser qu'à ce que ce serait d'être sans clan, sans nom ? Seuls tous les deux, à jouer un rôle.

Fermant l'éventail d'un coup sec elle se leva, alla au lavabo et tourna le robinet qui amenait l'eau. Elle se lava les mains. Quand elles furent sèches l'odeur de rose persistait. Elle sourit. C'était le parfum des soirs d'été, passés depuis longtemps, quand elle tendait ses doigts enfantins à Troisième Cousine qui patiemment teignait chaque ongle en rose en le frottant avec des pétales. Était-elle dans sa quatrième année quand le chèvrefeuille sentait si bon et que Fleur de Prunier avait pour l'amuser cueilli les fleurs les plus hautes ?

Comment serait-ce, seuls tous les deux, de vivre cachés ?

Il était trop tôt pour dormir mais elle s'allongea sur le lit et tenta de s'installer confortablement. Le matelas à l'occidentale était trop mou, l'oreiller de plumes était informe. Elle se sentait un oiseau en cage que la famille en route pour une autre maison aurait posé de travers.

Elle se força à se concentrer et à compter les jours. Y en avait-il sept ou huit qu'elle était arrivée ? Toujours pas un mot de Talent Courageux. Avant de quitter Sou-Tcheou il l'avait prévenue que cela pourrait prendre au moins une semaine. Réussir une nouvelle vie n'était ni facile ni rapide quand on devait garder le secret. Elle le savait. Mais elle craignait que s'il ne l'envoyait pas chercher bientôt, la solitude — ou le désir peut-être — ne l'emportât sur la raison et qu'elle ne les trahît.

La chambre d'hôtel n'était pas si petite, pourtant elle était encombrée par ce qui avait été et ce qui pouvait être. Si seulement elle pouvait aller se promener, parler à quelqu'un...

A quoi cela ressemblerait-il de seulement....

On frappa à la porte. Elle se leva en hâte.

« Qu'est-ce ?

— Une lettre pour Woo Tai Tai. »

Elle ouvrit la porte. Le portier s'inclina, lui tendant une enveloppe. Elle lui demanda d'attendre, ouvrit la lettre : *Ce soir, 333 Bubbling Well Road.*

Enfin ! Elle crut voir un regard de connivence sur le visage du portier et d'un coup reprit le maintien qui s'imposait. « S'il vous plaît, préparez ma note.

— Elle a déjà été réglée, Maîtresse. Et un fiacre attend votre bon plaisir. »

La course, dit le cocher, prendrait environ une demi-heure. Elle s'enfonça avec plaisir dans son siège. L'air était doux, frais même, mais elle respirait difficilement. Elle ferma les yeux puis, craignant ses visions, les rouvrit et regarda par la portière. Mais il faisait nuit et ils allaient trop vite pour qu'elle vît grand-chose.

Il se passa quelque chose qu'elle devait se rappeler plus tard. Peu après qu'ils eurent tourné pour quitter le Bund, une autre voiture roula à leur côté. A la lumière des lanternes de cuivre, elle luisait comme un coffret à bijoux laqué, et à l'intérieur il y avait un homme seul. Leurs yeux se rencontrèrent un moment avant qu'elle pût baisser les siens. Quelque chose en lui l'intriguait. Son visage lui était familier. Mais où s'étaient-ils rencontrés ? Pas à Sou-Tcheou; à Pékin peut-être. Alors elle comprit. Elle ne l'avait jamais rencontré. Elle avait seulement vu sa ressemblance avec Heureuse Promesse.

Sans qu'elle l'eût évoqué, son mari lui apparut tel qu'il avait été la première fois qu'elle l'avait vu, le jour de leur mariage. Sa peau était douce, ses yeux — personne n'avait ses yeux. Et tout d'un coup elle se trouva en train d'expliquer ce qu'elle n'avait pas compris jusqu'alors. « Je me suis battue durement, mon mari, très durement, pour empêcher la saison de changer. Mais le printemps est passé, et maintenant c'est l'été. »

Son image persista un moment encore et elle crut l'entendre dire comme autrefois : « Notre époque est celle du changement. »

Quand le fiacre fit halte à un croisement, elle leva à nouveau les yeux. La même voiture roulait à côté de la sienne et l'étranger avait un bon sourire. Sans y penser elle lui rendit son sourire. Au moment où elle se rendit compte de ce qu'elle faisait, les chevaux de l'étranger prirent le galop et sa voiture disparut.

Elle se renversa en arrière et ferma les yeux.

« Maîtresse, nous sommes arrivés. » Le cocher avait ouvert la porte du fiacre. Lune de Printemps sauta de voiture et le regarda détacher ses bagages, puis elle le précéda sur le perron en briques de l'immeuble. Elle le paya, puis attendit de ne plus entendre le claquement des sabots pour sonner à la porte.

Elle s'ouvrit. Un homme en costume de toile blanche, avec un nœud papillon noir, apparut devant elle.

« Oncle Aîné ? »

Il rit et leva la main pour se lisser les cheveux, coupés court et brillant de pommade à la mode européenne. « C'est un vrai changement. Je ne m'y fais pas moi-même. »

Il a l'air plus jeune, pensa-t-elle. Beaucoup plus jeune.

« Entrez, entrez, je vais porter vos bagages. Il n'y a pas encore de domestiques. Il vaut mieux, je pense, que vous les choisissiez vous-même. Jusque-là nous sommes seuls. »

Il referma la porte derrière eux et l'introduisit dans une longue pièce étroite, lambrissée de cette espèce de grands *mu-han* qu'elle était habituée à voir recouvrir le sol. L'effet était inattendu mais pas déplaisant.

« S'il vous plaît, prenez place. » Il lui indiqua un des fauteuils en cuir noir qui encadraient une table d'acajou et reprit sa place dans l'autre. Le livre qu'il était en train de lire était resté ouvert sur le bras rembourré.

Lune de Printemps ne trouvait rien à dire. Elle regarda autour d'elle, la cheminée massive, les tableaux à l'huile représentant des hommes à cheval, des bateaux à voiles et d'énormes dogues mouchetés.

Talent Courageux s'éclaircit la gorge et sur le ton de la conversation raconta ce qu'il avait fait pour se faire passer pour B.T. Yang, Chinois d'outre-mer, venu à Changhai pour affaires. Elle se borna à poser quelques questions appropriées. Quand il eut épuisé le sujet, il s'arrêta et dit : « Eh bien, que penseriez-vous de prendre quelque chose ?

— Prendre quelque chose ?

— Oui, je me suis arrêté à la boulangerie et j'ai acheté quelques gâteaux aux amandes, vos préférés. » Il se leva pour aller dans l'autre pièce.

Elle s'élança impulsivement pour l'en empêcher, criant presque : « Non ! N'y allez pas ! Ne prenez pas cette peine.

— Ce n'est pas une peine.

— S'il vous plaît, Oncle Aîné, j'ai mangé à l'hôtel avant de venir ici.

— Alors peut-être simplement du thé ?

— Du thé ?

— Du thé. »

Elle secoua la tête. « Non, je n'ai pas soif. » Aussitôt elle regretta d'avoir refusé. Cela lui aurait occupé les mains. Cherchant désespérément quelque chose à dire, elle lança : « Où est Jeune Oncle ?

— Aux Philippines, dit-il en se rasseyant, il est parti d'ici il y a plus d'une semaine.

— Combien de temps sera-t-il absent ?

— Autant qu'il le faudra. Les amis qu'il a dans la communauté des Chinois d'outre-mer l'aideront. » Leurs yeux se rencontrèrent. « Ne vous en faites pas pour lui, ma nièce. Il n'est pas seul. »

Elle détourna les yeux, regardant le livre qui était entre eux, lisant et relisant le titre sans comprendre.

Il se hâta de rompre le silence mais elle n'entendit pas ce qu'il disait. Y avait-il eu une époque où elle ne trouvait rien à lui dire ? Jusqu'à ce soir elle n'en voyait pas.

« Ma nièce ?

— Oui ?

— Je disais que cette pièce est la réplique de certains sanctuaires qu'on trouve à Londres. » Il expliqua le décor insolite. « Les aventuriers qui vont chercher fortune en Chine meublent souvent leurs maisons dans ce style. De retour en Angleterre ils ne peuvent pas songer à se faire admettre dans les clubs exclusifs qui ont ce genre de pièces.

— Comme c'est triste !

— Vous le pensez vraiment ? » Sa voix se teintait de rire, celui qu'il avait eu souvent pour obtenir de son élève la réponse exacte. Comme elle ne disait rien il continua. « Cela ne me paraît pas si triste. Après tout, qui peut réaliser tous ses rêves ? Pour quelques-uns une illusion, même brève, est suffisante. » Il attendit mais elle se contenta de regarder le dessin du tapis.

« Ce serait triste, continua-t-il, s'il n'y avait pas de lieu que les exilés, même à Changhai, ne puissent faire leur... » A nouveau il attendit un signe montrant qu'elle avait compris. A contrecœur les yeux de la jeune femme rencontrèrent les siens. Ce fut assez.

Quand enfin il se reprit à parler il y avait dans sa voix une tendresse qu'elle n'avait jamais entendue auparavant. « Lune de Printemps ? J'ai tant de choses à vous expliquer... »

Non, elle faillit le crier, pas maintenant, pas encore. Brusquement elle se leva. « Oncle Aîné, excusez-moi, je vous en prie. Je suis fatiguée. »

Il se leva aussi. « C'est bien compréhensible. » Il monta ses valises à une chambre sur la rue, au premier étage. Elle le remercia. Il lui souhaita bonne nuit. Quand il partit elle resta dans l'embrasure de la porte pour le regarder descendre l'escalier. Elle le reconnaîtrait n'importe où, pensa-t-elle, sous n'importe quel déguisement.

Seule elle déballa ses affaires, se déplaçant mécaniquement de la valise à la penderie et à la table de toilette, et ainsi de suite.

Quand les bagages furent vides elle s'assit à côté de la photographie d'Heureuse Promesse, posée sur son lit et l'étudia longuement. Il était grand, sa peau était lisse. Personne n'avait des yeux comme les siens. Et pourtant ? Son mari et elle étaient redevenus des étrangers.

Avant de quitter sa chambre elle plaça soigneusement le cadre d'argent dans un tiroir.

En bas toutes les lumières étaient éteintes sauf la lampe sur la table du vestibule. La porte d'entrée était grande ouverte. Talent Courageux était debout sur le seuil et lui tournait le dos.

Elle l'observa pendant un certain temps. Qu'il fût en mouvement ou au repos, comme maintenant, sa personne offrait un idéal d'élégance et de distinction. Il possédait la grâce, la grâce véritable, puissante, et celui qui voyait ses traits harmonieux avait immédiatement envie de le mieux connaître.

Elle heurta légèrement la porte.

Il se tourna et lui fit face sans surprise.

« Pourquoi êtes-vous dehors ? demanda-t-elle. Vous attendez quelqu'un ?

— Non, répondit-il gravement. Personne d'autre.

— Alors pourquoi attendre ainsi ?

— Ah ! Mais il y a si longtemps que je suis un imbécile, Lune de Printemps, si longtemps !

— Combien de temps ?

— Il n'y a qu'un autre imbécile pour le demander. »

Abolissant la distance qui les séparait elle appuya son visage contre le cœur de l'homme.

Tout l'été la lune au-dessus de Changhai fut diaphane, échelle de cristal perdue par une chatoyante ondine. Les nuits étaient douces. Une brise parfumée agitait tendrement les saules, sans hâte, les grillons stridulaient pour terminer leur musique avant la fin de leur vie éphémère.

Le vin de l'été avivait le désir.

21

La Soumission

A 9 h, le soir qui devait être appelé le Double Dix de la première année de la République chinoise, une bande de rebelles s'empara de l'arsenal de Wu-Ch'ang dans le Wu-Han.

Quand la nouvelle s'en répandit, des rebelles surgirent dans tout le pays. Ils ne rencontrèrent que peu de résistance. Quand un ennemi se coupait la natte, il était accueilli sans difficulté dans les rangs des républicains.

Le sixième jour avant le premier jour de l'année du rat, en 1912, le Pinceau Vermillon proclama son dernier décret :

Les vœux de millions d'hommes ne peuvent être écartés à cause de la gloire d'une seule famille. En conséquence l'empereur se retirera pour contempler à loisir la croissance et la décroissance de bien des lunes, couronnant ainsi un sage gouvernement.

Le Dragon Pourpre de la dynastie des Ching avait flotté sur les toits de la Chine pendant plus de deux cent cinquante ans. En une nuit il disparut. Sur chaque boutique, sur chaque bicoque de Changhai, les drapeaux blancs de la révolution claquaient au vent comme des draps mis à sécher. Au coin des rues, dans les trams, dans les ruelles, avant l'aube, après la tombée de la nuit, à tout moment, partout, des escadrons de ciseaux tranchaient à l'improviste les longues nattes noires, contre le gré de leurs possesseurs. Les hommes riaient en voyant leurs voisins tondus et ils l'étaient à leur tour. Sans la natte qui avait rassemblé ses cheveux, le pauvre avait l'air d'un porc-épic, le riche, qui pouvait se payer de la vaseline, d'un canard mouillé. Les fils pleuraient en priant leurs parents de leur pardonner pour avoir défiguré un don transmis par les ancêtres, pendant que les mères gémissaient en caressant les tresses coupées.

Histoire de Chine

Le premier jour de la première lune, Lune de Printemps écrivit à sa belle-mère pour lui souhaiter, à elle et à sa famille, une bonne et heureuse année du rat. Comme d'habitude elle raconta ce qui lui était arrivé les douze derniers mois, restant aussi près que possible de la vérité sans révéler de secrets. « Jade Lustré est dans une excellente école près d'ici et j'ai trouvé du travail chez la famille Yang de Changhai... » Elle n'attendait pas de réponse de Lotus Enchanté puisque sa belle-mère ne lui avait pas écrit l'année passée.

Trois semaines plus tard, un matin que les chevaux soufflaient un nuage blanc et que le soleil faisait paraître les chambres du devant plus vastes que d'habitude, elle était assise seule dans le bureau, à lire. Talent Courageux était sorti pour se rendre à des rendez-vous. Comme d'habitude elle avait envoyé une des domestiques lui rendre son dernier cadeau, avant midi, heure à laquelle il rentrait souvent déjeuner.

Elle sourit intérieurement en touchant son épingle à cheveux en or. C'était son premier cadeau, le seul qu'elle eût gardé. Pour lui, évidemment, ce qui comptait c'était le plaisir de donner, car il n'avait jamais remarqué que ses cadeaux avaient disparu. Avec elle et la nouvelle République, il était heureux comme un jeune homme, vivant d'espoir et tirant des plans sur l'avenir. Il répétait sans cesse : « Peut-être que le monde a changé. Peut-être est-ce la fin du combat. Peut-être que nous serons libres. » Il vivait comme si son bonheur devait durer toujours. Certaines nuits il riait tout haut en dormant.

Elle était sur le point de tisonner les bûches de l'âtre quand la sonnette retentit. C'était un messager. Les mains de Lune de Printemps tremblèrent en recevant le télégramme.

Il venait de Pékin. Lotus Délicieux avait besoin de sa belle-fille près d'elle.

Il n'y aurait pas de larmes. Dès le commencement Lune de Printemps avait su que son bonheur avec Talent Courageux ne serait qu'un intermède. D'abord elle avait pensé qu'ils auraient plus de temps, peut-être des années. Mais après Wu-Han son cœur s'arrêtait à chaque coucher du soleil, car une fois les Mandchous vaincus et l'ordre restauré, les révolutionnaires rentreraient chez eux. Les morts, comme les frères Chang, reviendraient à la vie. Les sans-racines, comme les Yang, mourraient.

Elle ne devait pas jouer à l'enfant sans souci, dont tous les vœux sont exaucés, tout comme si elle avait pu sauver son esclave et modifier le destin. Elle se répétait indéfiniment la leçon du Vénérable pour que, le moment venu, elle soit capable de se détacher. Tout en essayant de se préparer elle se demandait où elle vivrait. Sou-Tcheou était hors de question. Comment aurait-elle pu, du jour au lendemain, être sa nièce après avoir été sa femme ? Elle en serait incapable. Lui aussi. Pourtant il n'y avait pas d'autre lieu où aller.

Le télégramme lui donnait la réponse. Sans s'abandonner à la douleur, elle monta l'escalier pour préparer son voyage.

C'était l'heure du singe quand la bonne annonça que le maître était rentré. Lune de Printemps entra dans le bureau et le trouva déjà plongé dans les journaux qu'il avait étalés sur le bureau. Elle plaça le télégramme sur la page qu'il lisait et sans un mot alla prendre un siège près de la fenêtre.

Elle sentait son dos raidi, sa maîtrise de soi aussi vacillante que la flamme d'une bougie.

Soudain, il éclata de rire. Son rire sonnait creux, comme celui des marionnettes dans les spectacles pour enfants.

« C'est trop drôle. Ce sont les mots mêmes que j'ai mis dans le faux message que j'ai envoyé à Sou-Tcheou l'été dernier. Je cite : Lune de Printemps demandée immédiatement. Signé : Belle-mère. Fin de citation. Les dieux se servent de nos mensonges pour nous hanter ! Comique, n'est-ce pas ? »

Elle hocha la tête mécaniquement.

« Alors vous devriez rire. Pourquoi ne riez-vous pas ? » Il se leva d'un air décidé, et déchira la dépêche en menus morceaux avant de la jeter au feu. Elle regarda les bouts de papier s'enflammer, se réduire en cendres et tournoyer lentement en l'air, jusqu'à ce qu'ils disparussent dans la cheminée.

Ramassant le pique-feu il ranima les flammes.

Pour elle, pas un mot ne lui venait. C'était comme si la pièce était comble et ne pouvait accueillir ni pensée ni plainte.

Tout d'un coup il laissa tomber le tisonnier et vint à elle, la remettant brusquement sur pied. « Vous regrettez notre amour ? » Il la regardait dans les yeux, réclamant une réponse.

Elle ne répondit pas, se rappelant que son mari lui avait déjà posé la même question. Est-ce que le bonheur finit toujours comme ça ?

Il la serra contre lui et demanda encore : « Vous regrettez notre amour ? Il faut que je le sache. »

Pourquoi le demandent-ils ? pensa-t-elle. Est-ce qu'on demande au soleil s'il regrette de briller ? « Non, je ne le regrette pas, dit-elle avec tendresse. Je regrette seulement que nous devions nous séparer aujourd'hui.

— Faut-il que ce soit aujourd'hui ?

— C'est plus facile aujourd'hui que demain », répondit-elle. Il ne nia pas la vérité.

En silence ils s'étreignirent.

« Ce n'est peut-être que pour peu de temps », murmura-t-il.

Elle s'écarta et marcha vers le globe terrestre placé dans un coin de la pièce. Le faisant tourner distraitement, elle dit : « Ce sera pour toujours. » Et puis : « Ma belle-mère me rend responsable de tous ses malheurs. Si elle avait eu le choix elle ne m'aurait pas convoquée. Il doit être arrivé quelque chose à son fils adoptif. Je suis tout ce qui lui reste.

C'est mon devoir, mon destin. Pour l'honneur de mon mari je servirai sa mère comme il l'aurait servie s'il n'était pas mort. Nos ancêtres dont nous tenons la vie nous refusent à vous et à moi de vivre ensemble. Nous qui n'avons pas de place légitime l'un près de l'autre, nous devons céder. Il n'y a pas d'autre voie. » Elle baissa les yeux sur les lignes de sa main. Est-ce que tout y était écrit ? Son destin ? Quand elle leva la tête les yeux de l'homme brillaient de colère.

« Pas d'autre voie ! » Maintenant il suppliait. « Il faut qu'il y ait une autre voie. La révolution a mis fin à la soumission. Est-ce que vous ne le voyez pas ? »

Comme elle ne lui répondait pas, il tira de sa poche le chapelet qu'elle lui avait donné et se mit à l'égrener en marchant de long en large, rappelant les déceptions accumulées au cours des années. Elle n'intervint pas. Plus il s'enflammait, plus elle était calme.

« Est-ce que vous ne voyez pas ce qui va mal ? cria-t-il, ce qui va mal pour vous, pour moi, pour nous ? Pour Pure Vertu ? Pour tous les Chinois ? Pour l'ancien Empire ? L'ancienne façon de vivre ?

« Céder ! Voilà le mal. A la fin nous cédons toujours — à la tradition, aux étrangers, à la famille, à l'autorité, au devoir. A tout et à tous, vivants et morts, excepté à nos besoins, nos rêves, nos passions ! Si nous vivons pour nous-mêmes cela ne dure jamais. Un moment ici, un mois là. Tant que personne ne le sait. Tant qu'il n'y a rien de vraiment changé. Et puis une fois de plus nous cédons. Une fois de plus nous vivons comme les autres veulent que nous vivions. »

Brusquement il s'arrêta de parler et tourna les yeux vers la fenêtre que le gel teignait d'argent, assombrie maintenant que le soleil se couchait. On n'entendait rien que les craquements du bois qui brûlait dans la cheminée. Quand il recommença à parler sa voix était atone.

« J'ai beau protester, je sais bien qu'il n'en sortira rien. Vous honorerez votre mari mort. Je ne déshonorerai pas le clan. Ainsi nous vivrons, séparés, des vies que nous n'avons pas choisies. »

Elle alla vers lui, les bras tendus. Il refusa de la regarder.

Elle lui prit le visage dans ses mains. « Nous survivrons. En fin de compte nous trouverons naturel d'être séparés. En cédant davantage nous désirerons moins. Il en va ainsi avec nous, les Chinois. Vous l'avez souvent dit. »

Doucement elle le baisa sur les lèvres. Mais il refusa de se laisser consoler et lui tourna le dos. Il prit le tisonnier, écarta violemment des chenets ce qui restait des bûches carbonisées, en prit deux autres dans le coffre et les lança dans l'âtre. Il s'occupa du feu pendant un moment puis il parla.

« Ce qu'aucun autre homme ne tolérerait, je le subirai car je suis chinois. Quand des étrangers marchent à pied, ils rêvent de conduire une charrette, un cheval, puis un camion, un train de voitures et un jour, une voiture sans chevaux. Quand nous, les Chinois, nous allons à pied, nous nous estimons heureux d'avoir l'usage de nos deux jambes. Et si on nous coupe les jambes, nous domptons nos humeurs, nous ignorons les menaces, acceptons les insultes, écartons les pensées de révolte. Et si ce n'est pas possible, nous les cachons au monde et nous nous plions à un destin d'infirme, convaincus que nous avons bien de la chance d'être assis, et d'économiser les souliers pendant que d'autres, moins fortunés, gisent sous la terre.

« Nous cédons et nous survivons, Lune de Printemps, mais pour quelle fin ? Pour quelle fin ?

— Une vie de sacrifice — de devoir — d'honneur, répondit-elle.

— Ce n'est pas assez... »

Elle ne pouvait supporter la douleur de sa voix et lui posa la main sur les lèvres. « Je vous en prie, rien de plus. Rien de plus. »

Il acquiesça de la tête.

Il n'y avait rien de plus à dire.

A la gare, au moment de la séparation, il osa lui caresser la main pour lui dire adieu, et il sourit malgré lui de voir apparaître sur son front le froncement qu'il connaissait si bien. C'est ainsi qu'il l'avait vue, petite fille, avant de savoir qu'elle possédait cette partie de lui que les dieux avaient faite puis égarée par négligence au moment de sa naissance pour la donner, tout aussi négligemment, à Lune de Printemps quand elle était née.

A son retour il trouva une lettre d'elle sur le lit. Il la posa sur la table de chevet et s'assit en regardant l'enveloppe, craignant d'apprendre ce qu'elle n'avait pas eu le courage de dire. Finalement il l'ouvrit et lut.

Très cher,

Il fut un temps où je ne me sentais pas emprisonnée dans la vie, pas plus qu'un ver à soie dans son cocon. Et puis vous m'avez donné des ailes et j'ai connu le plaisir de m'envoler.

Mais la lune ne reste pas longtemps pleine et notre temps a pris fin. Mon cœur est plein. Il n'a plus de place pour les regrets.

Notre amour durera toujours. Mais les rêves que nous avons rêvés doivent mourir.

Ne nous écrivons qu'une fois par an, le premier jour de la première lune, selon la coutume. Si nous devons nous revoir, ne revenons pas à notre commencement.

Votre nièce.

§ 22

Pour tromper les dieux

Il lui naîtra des fils —
On les fera dormir dans des lits;
On les habillera d'une robe;
Pour jouets on leur donnera des sceptres;
Ils crieront à pleine gorge.
Beaux comme des astres dans leurs culottes rouges,
Futurs princes de la terre.

Il lui naîtra des filles —
On les fera dormir à même le sol;
On les vêtira de toiles d'emballage;
Pour jouets on leur donnera le carrelage.
Elles ne sauront faire ni le bien ni le mal.
Elles n'auront à penser qu'aux esprits et à la nourriture
Et à ne pas causer de soucis à leurs parents.

Le Livre des odes

CERTAINS JOURS, quand le vent souffle de l'ouest, le sable s'amoncelle dans le ciel au-dessus de la Ville Interdite, et l'air en est teinté d'or. Il en était ainsi le jour où la belle-fille revint à Pékin.

Elle arriva pour trouver sa belle-mère seule avec une servante à moitié débile dans une maison délabrée. Le fils adoptif avait disparu dans un incendie, un des nombreux incendies qui s'étaient déclarés après l'abdication de l'empereur.

Sa frêle veuve était retournée à la campagne, mais Lotus Enchanté avait refusé de partir. N'avait-elle pas été la beauté de la capitale du Nord ? Elle serait morte plutôt que de se prosterner devant la femme de son neveu.

Lune de Printemps écrivit aussitôt qu'on lui envoyât Bouboule et se mit à la recherche d'une nouvelle habitation — plus petite que la précédente dans un quartier encore moins élégant. Lotus Enchanté ne faisait guère que regarder au loin, surveiller le feu depuis longtemps consumé, et poser des questions à la cantonade. « Quelle sorte de dynastie est la République ? Quelle sorte de représentant du ciel est la volonté du peuple ? Quelle espèce de Chinois, ces gens qui n'ont pas de natte ? »

Quand le premier mois fut passé, Lune de Printemps le remarqua à peine.

Quand le deuxième mois s'écoula sans qu'elle fût rassurée, elle commença à se rappeler les histoires : du fonctionnaire qui avait perdu son emploi quand sa femme était devenue enceinte pendant les neuf mois de deuil national... de Maître Kou qui décapita sa femme et son amant et fut pardonné... de la lascive veuve Ling, enterrée vivante pour avoir souillé le nom du clan.

Elle avait aimé Talent Courageux et, tant que son inconduite était restée secrète, n'avait ressenti nulle honte. Après tout, les lois étaient des limites arbitraires imposées aux hommes par d'autres hommes pour assurer l'harmonie, et non des normes divines. Mais quand le troisième mois fut passé, elle sut que son affaire serait bientôt connue et le clan déshonoré. La peur la prit. Les potions de gingembre vert, de peau d'orange et de ginseng, pas plus que les bains brûlants et le jeûne, ne provoquèrent l'avortement.

Ce fut Bouboule qui, la première, mentionna l'indicible.

« Maîtresse il y a des semaines que je le sais, et il y a des semaines que je réfléchis. En d'autres temps le bébé aurait été apporté dans les cours par la porte de derrière, comme un enfant à moi. Mais je suis trop vieille. Alors vous devez me permettre d'aller trouver Muette et de faire les arrangements pour la naissance. Vous direz à votre belle-mère que vous avez pris un emploi de préceptrice dans une famille étrangère. Elle ne va pas bien, elle ne fera pas d'objection. Je la servirai jusqu'à votre retour. »

Rien de plus ne fut dit. Bouboule partit le matin suivant. Une semaine plus tard sa maîtresse montait à bord de la petite péniche du canal qui devait la mener à Cendres Savantes.

Quand elle arriva au village elle portait la jupe verte d'une concubine. Pas moyen de louer une chaise à porteurs mais le domestique du bateau procura une charrette et une mule à l'unique passagère de son maître.

Quand la charrette passa devant les maisons en terre tassées les unes contre les autres, les adultes la regardèrent bouche bée, les enfants rirent, la montrèrent du doigt et coururent après elle, montrant leurs paumes et leurs plantes de pied peintes de fleurs qui se dissoudraient tout de suite s'ils osaient aller jouer dans le canal malgré les interdictions. Quelques mendiants réclamèrent une aumône, en criant.

Même les chiens du village se rassemblaient, ayant senti l'étrangère. Elle baissa la tête, feignant de les ignorer.

La charrette s'arrêta avec une secousse. Immédiatement les gamins l'entourèrent, tâtant sa jupe et son bagage. Mal à l'aise, elle regarda autour d'elle. Le cocher était descendu de voiture et, derrière la charrette, pelletait le crottin laissé par la mule et le ramassait pour ses champs dans un panier pendu à l'arrière du véhicule, vite, avant qu'un autre s'en emparât.

La foule grossit autour de la charrette quand les femmes du village se joignirent aux enfants. Lune de Printemps regardait chaque visage, espérant en reconnaître un.

Soudain une voix cria : « Aye ya ! Aye ya ! C'est vous ! » Les femmes s'écartèrent et Muette s'avança lentement.

« Qui c'est ? crièrent les femmes. Qui c'est, la jolie dame ? »

Muette ne répondit pas mais aida Lune de Printemps à descendre de charrette. « Notre maison n'est qu'à quelques pas », murmura-t-elle. La jeune femme paya le cocher et lui demanda de l'aider à porter sa petite malle. Il s'inclina, compta les pièces de monnaie et fit un grand sourire. « Certainement, Maîtresse.

— Sœur ! crièrent les femmes, vous donnez trop, vous gâtez le cocher. Trop ! »

Chassant enfants, mendiants et chiens, elles suivirent Lune de Printemps et Muette, sans se démonter, dans la maison de deux pièces, promenant les mains sur sa tunique, ses cheveux, sa peau, examinant chaque aspect de l'étrangère.

« Juste comme le derrière de mon petit-fils, murmura l'une d'elles. Touche si tu ne me crois pas.

— Apportez-vous des cadeaux de la ville ? cria une autre. Vous resterez longtemps ?

— Sœur Hua, est-ce que je vais chercher le maître de maison ?

— Combien a coûté votre peigne ?

— Sœur, présente-nous ! »

Pas maintenant, s'il vous plaît, pas maintenant, priait silencieusement Lune de Printemps. Muette la dirigea vers le k'ang de pierre mais les femmes n'avaient pas laissé de place pour s'asseoir et en fin de compte, son bras passé autour de la jeune femme, elle dit :

« Hélas, ma maison est trop petite pour recevoir toutes mes aimables voisines et je n'ai pas préparé de rafraîchissements pour ce plaisir inattendu. Petites Tantes, Sœurs, et Nièces de Cendres Savantes, ne me faites pas perdre la face. Revenez demain quand j'aurai tout préparé. »

Prises au piège de ces paroles hospitalières les femmes se retirèrent une à une, à contrecœur.

Quand elles furent parties, Lune de Printemps, assise à côté de Muette sur la courtepointe, parla pour la première fois. « Sœur...

— Oui, Maîtresse ? »

Lune de Printemps baissa la tête. « Vous êtes ma sœur », murmura-t-elle. Puis : « Est-ce que Bouboule ne vous a pas tout dit ?

— Tout. » Muette aussi parlait bas. « Ne vous faites pas de souci. Vos secrets sont à l'abri ici, à Cendres Savantes. Je n'en ai même pas parlé à mon mari. Lui, comme tout le monde ici, pensera que vous êtes une parente éloignée, la concubine d'un homme riche que sa femme a renvoyée par jalousie. »

De honte, la jeune femme se cacha la figure.

« Ne vous faites pas de souci, dit encore Muette. Vous êtes la bienvenue. Mon mari est un brave homme. »

Frère Hua était en effet un brave homme. Il avait débuté comme ouvrier agricole à la ferme que maintenant il possédait. Parti glaner quand les Poings Harmonieux avaient massacré la famille Hua, il avait ensuite continué à travailler comme si rien n'avait changé, cultivant les cinq *mous* qui leur appartenaient au nord du village. On ne le voyait ni boire ni jouer à la taverne locale. Sa natte ne lui pendait plus dans le dos, elle était hors d'atteinte, roulée autour de sa tête. Il ne prenait jamais de congé. Les gens avaient oublié son nom et l'appelaient Sans Repos.

Bientôt le toit de la maison fut refait, il y eut à nouveau des poussins et des porcelets dans la cour, du maïs et des oignons pendus aux poutres. Les tombes étaient entretenues. Sans Repos installa son couchage sur le k'ang chauffé de la grande pièce mais ne s'arrogea pas d'autres privilèges.

Quand Muette revint au village elle lui en fut reconnaissante. Il quitta tout de suite la maison et demanda à Cent pour Cent Satisfait de prendre les arrangements convenables. Après le mariage il prit le nom de famille de sa femme pour perpétuer la lignée des Hua. Il en fut sans doute heureux car dès lors il travailla encore plus dur.

Bien que Sœur Hua ne fît jamais allusion à ce que leurs voisins n'avaient jamais oublié, à savoir que la ferme ne lui avait pas toujours appartenu, il s'en souvenait, et quand Muette lui dit que Lune de Printemps resterait chez eux un certain temps, il ne se plaignit pas. Dans son esprit, la terre appartenait toujours à Muette. Mais le premier soir, dans l'intimité de leur k'ang, Sans Repos dit à sa femme : « Ici, ce n'est pas la maison d'un riche. Tu ne peux pas faire à la fois ton ouvrage et le sien. Elle doit faire autre chose que sa part d'ordures dans le vase de nuit. Il faut qu'elle travaille ! »

Lune de Printemps entendit et se promit de le faire.

Elle était aussi peu utile qu'un bébé. Comme tous les hommes et les femmes de l'aristocratie elle n'avait jamais fait d'effort physique sauf pour tenir un pinceau et à l'occasion une aiguille, l'idéal étant une vie oisive et élégante. Elle ne savait même pas bander ses pieds correctement, encore moins allumer un feu, voler leurs œufs aux poules ou chasser les porcs de la maison. Elle offrit de préparer les repas mais son pain cuit à la vapeur était cru ou plein d'eau, ses légumes flasques et sans goût et, pis que tout, elle gaspillait. Au bout d'une semaine, Sans Repos déclara qu'il ne pouvait pas travailler toute la journée et manger de la lavasse, et Muette se remit à la cuisine.

Ce fut alors la quinzaine des plantes en bourgeons, quand les fraises sont mûres et que les femmes vont les ramasser. Lune de Printemps, malgré ses lis dorés, insista pour y aller aussi. Les femmes s'amusèrent abondamment à ses dépens mais ne la renvoyèrent pas et tous les soirs, malgré ses pieds à vif, ses mains écorchées, son dos douloureux, elle se tenait fièrement debout à côté de son petit tas de baies, les donnant à Sans Repos pour qu'il les vendît au marché.

Même quand son fardeau commença à se voir, elle rejoignit les femmes pour faire tout le travail qu'elle pouvait et, à leur tour, les femmes s'attachèrent à la concubine en fuite qui n'avait jamais l'air de se croire plus qu'elles, bien qu'elle eût naguère appartenu à une maison aristocratique. Quand elles l'appelaient Patte Tendre, elle ne s'en formalisait pas et riait. Il y en avait pour dire que c'était une honte de voir ses joues se hâler, ses pieds se déformer et ses mains devenir calleuses. Toutes aimaient les histoires qu'elle racontait, de l'alchimiste, la cruauté punie ou le sage magistrat et le général nain. En retour elles lui dirent l'histoire de Cendres Savantes, et comment le village avait reçu son nom.

Il y avait plus de deux mille ans, au temps du tyrannique empereur Ch'in Shih Houang Ti, qui le premier unifia la Chine, vivait en cette ville un lettré brave et fidèle. Quand l'empereur avait donné l'ordre de brûler les œuvres du Maître, le lettré avait essayé de sauver sa bibliothèque classique en scellant ses livres dans les murs. Son stratagème, hélas, fut découvert. Le lettré fut enterré vivant et sa tombe labourée, sans un monticule pour en marquer l'endroit. Le village fut brûlé. Mais en moins de vingt ans la dynastie Ch'in tomba et les empereurs Han restaurèrent l'enseignement du Sage. La ville se releva de ses cendres et fut désormais connue sous le nom de Cendres Savantes.

Après avoir entendu ce récit, chaque fois que Lune de Printemps racontait une histoire, elle commençait par dire : « Naturellement, l'histoire que je vais vous conter ne peut se comparer avec celle de votre illustre ville.

— Peu importe, peu importe ! criaient les villageoises, Sœur Hua dit que vous avez une histoire pour chacune des six mille trois cents marches qui montent au sommet de la porte du Ciel. »

Même Sans Repos s'habitua au voisinage de Lune de Printemps. Quand sa grossesse fut évidente, il déclara qu'il n'avait jamais beaucoup aimé les œufs et insista pour lui donner sa part. Est-ce que la vieille sage-femme n'avait pas dit qu'une femme en espérance d'enfant devait manger trente-six œufs ?

Quand le millet fut mûr et que Lune de Printemps fut devenue lourde et maladroite, presque incapable de marcher ou de se baisser, Sans Repos lui donna une mission particulière. « Jusqu'à ce que le blé soit coupé, bottelé et rentré à l'abri des murs de la ville, nous aurons à veiller nuit et jour contre les maraudeurs. Je désire que vous alliez vous asseoir dans un de nos champs.

— Certainement. C'est la moindre des choses.

— Bon. Prenez avec vous une natte de paille. »

Lune de Printemps se prépara un peu de nourriture et prit la natte, prête à suivre Sans Repos dans les champs avant de penser à demander : « Mais si un maraudeur vient ? Que dois-je faire ? Sûrement je ne peux pas l'attraper.

— Criez : Va-t'en ! Va-t'en !

— C'est tout ?

— Oui. Pas de raison de punir un mendiant qui meurt de faim. Il suffit de crier et de le chasser dans le blé d'un autre. »

Ce fut au matin du troisième jour de la quinzaine de la petite neige que Lune de Printemps sentit les premières douleurs et prit le lit. A la différence de son premier accouchement, cette fois la naissance fut une torture. L'enfant a honte, pensait-elle à mesure que passaient les heures. Il n'a pas le droit de naître, il ne le veut pas.

Elle entendait les cris d'un cochon qu'on égorgeait. Non, c'était elle. Elle ne savait plus depuis quand elle était en travail, sortant du martyre pour y retomber, honteuse de voir le regard de Muette et de la sage-femme sur elle, sur la bête qu'elle était. Elle luttait pour rester éveillée, pour s'empêcher de crier le nom de Talent Courageux. Puis elle ne put se retenir et sombra dans le néant. Elle se noyait.

Où était-elle ? Qu'était ce bruit ? Le grattement des chiens ou d'une houe ? Lentement, car cela lui faisait très mal, elle tourna la tête vers le bruit.

La sage-femme creusait un trou pour le placenta dans le sol en terre, à côté du k'ang. Alors c'est un garçon, pensa-t-elle. Si l'enfant avait été une fille, on aurait enterré le délivre hors de la maison car un jour elle appartiendrait à la famille de son mari.

Muette se pencha sur elle, faisant non de la tête pour contredire les paroles qu'elle criait très fort à l'intention des dieux jaloux. « C'est une petite fille ! Une petite fille sans valeur ! » Puis elle murmura à l'oreille de la mère : « Un merveilleux petit homme ! » et posa le paquet sur la couverture à côté d'elle.

« Merci, Sœur Hua. »

Muette sourit avec embarras et partit bien vite, accompagnant la sage-femme à la porte.

Lune de Printemps la suivit des yeux, ne voulant pas regarder la petite créature couchée à côté d'elle. Elle ferma les yeux pour refouler ses larmes. Le bébé vagit. A contrecœur elle se tourna vers lui. Elle ne voulait pas le connaître. Elle n'avait pas le droit de le revendiquer. La douce membrane qui palpitait au sommet de son crâne était aussi vulnérable qu'une fenêtre de papier dans une tempête.

Deux fois déjà la chaise placée derrière sa porte était restée vide pendant la durée de son travail, vide quand la porte s'était enfin ouverte et que la naissance avait été annoncée. Et, quand tout avait été prêt, personne n'était entré poser une épingle à cheveux en or sur son oreiller, par gratitude, gage de l'estime de son mari et attestant qu'elle avait accompli sa tâche. Personne n'avait pris dans ses bras le bébé, pas plus la fille vêtue de satin rouge, douze ans plus tôt, qu'aujourd'hui le garçon en coton molletonné, pour s'agenouiller devant les grand-mères, pour le promener avec pompe à travers les cours de la maisonnée et s'arrêter finalement devant la lampe de la continuité de la vie, dans le hall des Ancêtres. Personne pour allumer l'encens, guidant la petite main dans la grande main du père, annonçant l'heureuse nouvelle à tous les ancêtres, avant de remettre l'enfant à la garde de sa mère pour les trois jours de tranquillité.

Sa main se déplaça pour toucher la joue du bébé et le duvet noir de sa tête. Elle sentit soudain une vague d'inquiétude si forte qu'elle défit l'étoffe capitonnée et déshabilla son fils pour voir s'il était vraiment viable, ni infirme ni incomplet.

Il s'éveilla, gigotant furieusement, criant pour se faire connaître.

Il est beau, ce fils que nous avons fait, pensa Lune de Printemps, il a la force de dix tigres.

Le matin du quatrième jour, Muette se tenait près du lit de la jeune mère, tirant nerveusement les manches de sa veste bleue. Lune de Printemps était couchée avec le bébé auprès d'elle.

« Qu'y a-t-il, Sœur Hua ?

— Si c'était possible, cet homme sans valeur, mon mari, il se préoccupe... »

Lune de Printemps eut un signe affirmatif. « Oui, faites-le entrer. »

Muette courut à la porte et appela. Il arriva tout de suite et s'arrêta sur le seuil. Il s'était lavé.

« C'est trop tôt, Sœur Aînée, je reviendrai demain.

— Non, entrez, s'il vous plaît. » Lune de Printemps écarta la couverture rouge du bébé.

En deux grandes enjambées il fut à côté du lit. Le nouveau-né était endormi, faisant des bulles, l'air satisfait. Il tendit la main vers le petit visage. Brusquement il la retira. Sa main était aussi rêche que l'écorce d'un pin de pierre.

« Ahhh ! soupira l'homme. Quel petit homme ! Quel petit homme ! » Il recula et s'inclina. « Comment vous remercier ? Je n'avais jamais rêvé qu'une telle chose nous arriverait. »

Lune de Printemps fit un signe de tête, combattant les larmes, serrant contre elle le bébé que cet homme appellerait fils.

23

Lettres

La brume est si épaisse, le flot si large,
Que lettres ni marées n'arrivent jusqu'à elle.
Mais au-delà des nuages, dans le ciel bleu, la lune
Cherche à luire sur ceux qui s'aiment de loin.
Tout le jour le passé vient me blesser le cœur,
Mes sourcils attristés sont une serrure difficile à ouvrir.
Pour elle, chaque nuit je garde la moitié de ma couette,
Espérant qu'en rêve son esprit me revienne.

Li Po, dynastie des Tang

Premier jour de la première lune
Année du bœuf, 1913

Ma nièce,

Ici la vie est tranquille. Il n'y a que les cinq veuves, ma femme, mes fils et moi qui soyons restés à Sou-Tcheou.

Quand je suis rentré beaucoup de nos cours avaient déjà été murées et vendues. La Vieille Dame s'était entêtée à un deuil extravagant pour ses deux fils, pour qu'on ne mette pas en doute notre « mort par typhon ». Puis ma femme a tenu à ce que le départ de ma mère soit marqué par une pompe appropriée.

A la venue de la révolution, nos parents ont eu des craintes pour leur part du trésor, le peu qui en restait après qu'on eut payé les cérémonies. Il a été décidé que les terres et les biens seraient également partagés entre les différentes branches du clan. Les autres ont vendu leurs propriétés et sont allés dans les villes de la côte où ils espèrent faire fortune.

Même l'orphelin, Vents d'Août, est parti. Je lui ai proposé de l'envoyer à l'école avec mes fils à Sou-Tcheou ou de le recommander comme employé à des amis. Il a poliment refusé. Et un matin, simplement, il est parti, emportant seulement une poignée d'enveloppes rouges, un peu d'argent offert par les veuves. Il a dit qu'il n'avait aucun plan, mais en tout cas il n'avait pas l'air de se faire du souci.

Ma femme a assumé la responsabilité d'administrer les fermes qui me sont restées. Elle réussit mieux que je ne l'ai jamais fait. Peut-être a-t-elle hérité d'un talent pour les affaires. Bien qu'elle n'ait pas encore appris à lire elle s'est créé sa propre méthode pour tenir compte de toutes les transactions. Dans des trous forés sur le dessus d'une grande table, elle insère des chevilles de taille différente et des fils de couleurs, représentant les fermiers et leurs obligations, les dépenses et les revenus.

Mais pour elle les fermiers qui cultivent les terres ne sont pas de simples chevilles dans un panneau de bois : elle connaît intimement leur famille, leurs habitudes, leurs soucis. Elle ne fait pas comme tant de nos amis qui envoient l'intendant ramasser pour eux les loyers et les taxes; votre tante rend régulièrement visite à ceux qui continuent à travailler pour notre famille, elle résout leurs problèmes personnellement, avec un doigté qui lui gagne la loyauté de tous ceux qui en sont l'objet. Sa patience est infinie mais elle n'a pas peur non plus de dire non. Elle a compris instinctivement que des faveurs trop fréquentes et trop généreuses entraînent à la fin de la rancune.

Si cela ne devait nous embarrasser tous les deux, je lui dirais à quel point j'admire ce qu'elle fait. Mais les dettes de reconnaissance entre membres d'une même famille sont trop profondes pour qu'on puisse les exprimer facilement ou s'en acquitter avec de simples mots de louange.

Quant à moi je fais ce que je peux pour la République mais je préfère ma propre compagnie à celle de la nouvelle génération d'hommes politiques. Sun n'aurait jamais dû se démettre en faveur de Chang K'ai-chek. Il aurait dû savoir que le Nordiste romprait sa promesse et déplacerait la capitale de Nankin à Pékin où il a ses soldats.

Je me demande parfois si une république peut exercer quelque action dans un monde où les vieilles attaches ne peuvent être répudiées et où les nouvelles lois ne sont pas comprises ou pas respectées. Je crains que quand on change les anciennes façons d'être, quel que soit le temps qu'on y mette, quelle que soit la ferveur avec laquelle on le souhaite, ce ne soit le chaos qui s'ensuive.

Chez nous, maintenant, les briques ferment les portes qui jadis faisaient communiquer les cours de la famille, offense à la beauté. Combien d'années avant que la couleur des briques neuves se fonde avec les anciennes ? Que la brutalité s'adoucisse ? Combien de temps pour restaurer la solidarité ?

Heureuse année à tous,
Votre oncle

Premier jour de la première lune
Année du bœuf, 1913

Oncle Aîné,

Je n'ai rien d'extraordinaire à raconter sinon que Jade Lustré ne m'a pas rejointe à Pékin. J'avais écrit que j'étais solitaire et que je la souhaitais près de moi mais elle a pris à cœur la vie de l'école de la mission et a demandé à y rester. Comment aurais-je pu insister pour qu'elle abandonne les buts que justement je lui avais proposés ?

Nous vivons simplement. Ma belle-mère ne s'est jamais complètement remise du choc de l'incendie. Si elle pouvait moins penser au passé et à tout ce qu'elle a eu jadis, elle s'en trouverait mieux mais cela, je le sais, n'est pas facile.

Pendant quelques mois, après mon retour, j'ai enseigné le chinois à la femme d'un missionnaire étranger dans l'intérieur du pays. Son premier professeur était tombé malade et bien qu'elle dût bientôt retourner en congé dans son pays, elle ne voulait pas interrompre ses leçons plus que nécessaire. Maintenant qu'elle est partie, je regrette de ne plus travailler et ma belle-mère regrette ce revenu supplémentaire. J'espère trouver bientôt un autre emploi. Entre-temps je passe des heures à lire et à essayer de me rappeler mon anglais.

Heureuse année à tous,
Votre nièce

Premier jour de la première lune
Année du tigre, 1914

Ma nièce,

J'écris de Sou-Tcheou où je suis revenu pour les vacances, mais je vis maintenant à Changhai dans la maison qui était autrefois la propriété des Yang.

De façon tout à fait inattendue, l'été dernier, des amis de la Société de renfort mutuel ont décidé de financer une nouvelle aventure, les Publications de la Chine Nouvelle. Ils ont stipulé deux conditions : une, que j'assume la responsabilité des éditions, deux, que les bureaux et l'imprimerie soient situés dans la Concession internationale, pour plus de liberté et de sécurité.

Bientôt nous commencerons à publier des livres pour l'étudiant moderne, à tous les niveaux : traductions des classiques occidentaux et œuvres modernes intéressantes, magazine hebdomadaire dédié à la réforme.

L'occasion n'aurait pas pu tomber à un meilleur moment. Je me languissais chez moi, et après l'échec de la deuxième révolution et des efforts de Sun pour consolider le Kuomintang en opposition à Yuan, j'ai pu persuader Noble Talent de se joindre à moi. Il vit maintenant avec moi, Bubbling Well Road, ravalant son amertume pendant que les démocraties occidentales continuent à appuyer Yuan avec de faux prétextes et des prêts qui sont en fait des entraves à la souveraineté chinoise.

J'ai essayé d'introduire mon frère dans différentes familles qui ont des filles à marier. Il dit qu'il est trop vieux, qu'il est trop tard. Je crains que ce ne soit toujours pour la même raison — qu'il n'en a pas fini avec une vie de danger.

Votre fille, sans aucun doute, vous a fidèlement raconté mes visites périodiques à son école. C'est une étudiante modèle, une championne de la discussion et une star du badminton.

Mon fils aîné a fini le lycée cette année et je lui ai demandé s'il aimerait continuer ses études à Changhai. Je ne m'étais pas rendu compte qu'il s'était déjà décidé à partir pour une université étrangère et qu'ainsi il ne quitterait que trop tôt sa mère. Donc il reste à Sou-Tcheou. Aurons-nous jamais une chance de nous connaître, lui et moi ?

Je pensais qu'à sa place mon second fils viendrait à Changhai pour quelques années avant d'aller lui aussi en Amérique, comme je suppose qu'il le fera. Mais quand j'ai abordé ce sujet avec sa mère, elle a eu l'air de voir le ciel s'effondrer bien qu'elle ait murmuré : « Comme mon mari le désire. » Inutile de dire que je n'en ai plus fait mention.

Heureuse année à tous,
Votre oncle

Premier jour de la première lune
Année du tigre, 1914

Oncle Aîné,

Après un an où j'ai appris à des groupes de dames étrangères l'art de communiquer avec leurs boys, je vais enfin enseigner dans une école. Je dois à ma fille ce nouvel emploi. Elle a entendu ses professeurs parler d'une vacance dans l'école élémentaire de la mission, ici, à Pékin, et, d'elle-même, a mis en avant ma compétence. Pour une fois, je suis heureuse qu'elle ait de si grandes oreilles.

Bouboule a parié que mon âme est déjà promise à Jésus.

Malheureuse fille — sans père, grandissant parmi des étrangères, dans une institution étrangère. Encore un an de passé, et je ne l'ai pas vue depuis que je l'ai laissée à cette école.

Ses lettres sont remplies d'admiration pour les missionnaires qui ont traversé la moitié du monde pour consacrer leurs vies à la Chine et qui restent en dépit des risques pour leur sécurité et leur santé. Il y en a deux qui ont fait des milliers de *li* jusqu'à Changhai quand leurs parents ont été tués par les Poings Harmonieux. Jade Lustré leur a demandé tout net pourquoi elles restaient en Chine après cela. Elles ont répondu que c'était la volonté de Dieu. Ce qui maintenant semble être aussi la réponse de Jade Lustré et je crains parfois qu'elle ne veuille devenir missionnaire. Son professeur préféré, une Miss Clayton, travaille aussi à la porte de l'Espoir, un refuge pour les femmes maltraitées, administré par les étrangers des concessions. Jade Lustré s'est proposée pour être, le soir, monitrice de ces jeunes filles.

Je suis fière parce qu'elle semble réussir ce qu'elle fait, mais je suis tout de même inquiète. Elle n'écrit presque rien sur les filles de sa classe. Cela ne m'étonnerait pas qu'elle les trouve toutes frivoles.

Pensez combien ma mère s'est fait du souci autrefois à cause de mes leçons. Maintenant les dieux doivent rire.

Heureuse année à tous,
Votre nièce

Premier jour de la première lune
Année du lapin, 1915

Ma nièce,

Je souhaiterais ne pas partager vos craintes au sujet de votre fille. Si les jeunes personnes des cours intérieures sont des répliques en miniature de leurs mères, Jade Lustré est la version chinoise de la missionnaire — toute bonnes œuvres et gros souliers. Pas de diableries, comme vous. Pas de romantisme, comme son père.

Mais assez là-dessus. Peut-être que mes préventions sont trop visibles.

Les Publications de la Chine Nouvelle sont maintenant en bonne voie. J'inclus ici plusieurs de nos livres qui pourront vous servir dans votre enseignement.

Jeune Frère s'absente souvent de Changhai. Il ne me dit pas où il va, mais je suis sûr qu'il s'est remis aux intrigues et aux complots. Inutile d'essayer de l'arrêter maintenant que les Japonais ont rejoint les Alliés et pris Tsin Tao pendant que le prétendu gouvernement de Yuan, à Pékin, se contente de ne rien faire. Mon frère a toujours méprisé les Nains Basanés. Il pense que Tsin Tao aiguisera leur appétit pour d'autres territoires chinois. Je ne peux le contredire. Mais qu'est-ce qu'aucun de nous peut faire pour les arrêter ?

Heureuse année à tous,
Votre oncle

Premier jour de la première lune
Année du lapin, 1915

Oncle Aîné,

La chère Bouboule nous a quittées, elle est enterrée à côté de Vieux Faucon dans le village des Roseaux. C'est arrivé le quatrième jour de la dixième lune. Elle a travaillé toute la journée, pris un repas copieux, vu un opéra, elle est allée au lit et ne s'est pas réveillée. Je n'affirmerais pas qu'elle ait été incapable d'avoir tout arrangé elle-même.

Elle a certainement été explicite pour ses funérailles, son sujet favori de ces derniers mois. « Ne gâchez pas votre argent, gardez tout ce qui est à moi, disait-elle. Inutile de nourrir les vers avec de la soie ou de tenter les pilleurs de tombes avec la broche en or de Vieille Dame. Juste mes habits de travail et une simple caisse de sapin. Pour une crevette, à quoi bon s'affubler de la queue d'un dragon ? »

Tout en évitant hardiment les pièges ruineux d'un enterrement traditionnel, elle désirait néanmoins s'assurer contre la lointaine possibilité que les commodités de ce monde soient nécessaires dans l'autre. Aussi m'a-t-elle fait promettre de lui procurer un « cer biz minou ». Tout ce que tu veux, tout ce que tu veux, lui ai-je promis, mais qu'est-ce que c'est ?

« Ce qu'il y a de plus extraordinaire, dit-elle. Ah Sing, domestique dans la grande maison des étrangers, l'a vu pendant son voyage en Amérique avec sa famille étrangère. Dans toutes les maisons bien équipées où ils séjournaient il y avait une boîte parlante et à chaque instant du jour ou de la nuit, la maîtresse pouvait ordonner tout ce qu'elle désirait en le demandant par "cer biz minou" (service minute). »

Comme elle me manque ! Mais sûrement quel grabuge elle doit déclencher au ciel avec son téléphone.

Heureuse année à tous,
Votre nièce

Premier jour de la première lune
Année du dragon, 1916

Ma nièce,

Je vous écris du couvent de la Quête Paisible, où je suis venu chercher la solitude.

Apprendre que Yuan a accepté le Mandat du Ciel m'a poussé à Pékin, ainsi que mon frère, pour protester contre les vingt et une demandes du Japon. A cette heure vous devez l'avoir vu.

Qu'est-il arrivé à la révolution ? Avons-nous passé toutes ces années à pêcher la lune dans le lac ?

Je ne sais pas combien de temps je vais rester ici. Avec tout ce qui est arrivé à notre pays, il y a peu de raison, semble-t-il, de retourner à Changhai tout de suite après les vacances. J'ai pris un pavillon blotti dans les bois. En cinq enjambées je le parcours de long en large. Une couchette rudimentaire, une chaise, une table, quelques ustensiles et un poêle, voilà mon foyer. Dehors, proprement empilés à côté de la porte, il y a des fagots de brindilles et des pommes de pin pour entretenir le feu. Sous le larmier il y a des jarres de terre pour recueillir l'eau de pluie. J'entends les cloches du temple mais je ne vois que les arbres et les collines. Des nonnes silencieuses apportent ma nourriture. Pas de viande mais les légumes sont apprêtés pour ressembler aux meilleurs morceaux de poulet, de porc et de bœuf.

La matinée a commencé par du ciel bleu et une traînée de nuages. J'ai mis cinq couches de vêtements et je me suis assis à la porte en attendant la neige. Pouce par pouce le gris a évincé le bleu et voilé l'horizon. Les lointains ont disparu, la scène visible s'est resserrée de plus en plus jusqu'à ce que, finalement, il ne reste plus que les flocons qui tombaient dans les jarres. Je les ai comptés, puis j'ai recueilli la neige dans la bouilloire et j'ai fait du thé. Protégeant la chaleur de la tasse entre mes mains, j'ai savouré la différence.

Il n'y a rien d'autre que je puisse vous dire.

Votre oncle

Premier jour de la première lune
Année du dragon, 1916

Oncle Aîné,

Il y a peu de nouvelles. Mon enseignement va bien mais la maison n'est plus la même depuis que Bouboule nous a quittées. Quand elle était là, sa présence tenait lieu de clan. Maintenant qu'elle est partie la maison est pleine de fantômes.

Jeune Oncle est venu me voir il y a quelques jours. Je l'ai trouvé vieilli, comme s'il avait atteint l'âge mûr tout d'un coup. Il m'a seulement dit qu'il était venu pour protester contre les vingt et une demandes du Japon. Je soupçonne qu'il y a autre chose.

Pourquoi risquer de se faire arrêter quand déjà les étudiants défilent dans les rues ? J'espère qu'il n'a pas si vite oublié la leçon du Yamen. Pourtant qui peut nier que Yuan, en se déclarant lui-même empereur, a ridiculisé la République ?

Au lieu de parler politique nous avons parlé de notre *lao chia*. Vous rappelez-vous les fauteuils en bois de rose le long des murs du hall des Ancêtres ? Y sont-ils toujours ? Jeune Oncle pense qu'ils ont été vendus. Les carpes ont disparu, m'a-t-il dit. Mais pas les arbres nains dans leurs pots peu profonds, ni les lions de bronze au portail. J'y trouve du réconfort.

Heureuse année à tous,
Votre nièce

Premier jour de la première lune
Année du serpent, 1917

Ma nièce,

Haute Vision étudie en Amérique, à Harvard. A-t-il remarqué que je suis resté sur le quai jusqu'à ce que son bateau ait disparu ? De même que le Vénérable est resté à côté des lions le jour où j'ai commencé mon voyage en Occident.

Vents d'Août vit maintenant à Changhai. Je ne sais pas où il a passé ces dernières années; l'histoire change chaque fois qu'il la raconte. Chemin faisant, il a appris l'anglais.

Quand il m'a écrit pour me parler de son emploi chez M.S. et Cie, dans la Concession française, je l'ai invité à habiter chez moi, et bien qu'il ait décliné mon invitation il vient souvent dîner. Il a ramené le rire dans ma vie grâce à ses manières irrésistibles et impudentes.

Ce n'est pas à dire que je l'approuve aujourd'hui plus que je ne le faisais quand il était un jeune diable, trichant aux cartes avec les porteurs de chaises pour les dépouiller de leurs pourboires. Mais il a un charme indéniable. La semaine dernière il m'a pris dans ses bras pour m'apprendre le tango pendant qu'il fredonnait la musique. Comment est-il arrivé à me faire prendre une position si peu digne ? Je ne peux me le rappeler. Mais nous n'avons pas été découverts, et maintenant que je suis en sécurité à Sou-Tcheou pour les vacances, je trouve ça plutôt amusant.

Bien qu'il ne soit pas beaucoup plus vieux que mon aîné, il ne ressemble absolument pas à l'un ou l'autre de mes fils. Vents d'Août, en dépit de sa passion pour tout ce qui est étranger, ne trouverait pas que je suis vieux comme Confucius parce que, l'an dernier et cette année encore, j'ai refusé de substituer trois inclinations respectueuses aux prosternations dans les cérémonies familiales, ce que beaucoup ont fait. Le rite de la prosternation me remplit à la fois d'humilité et d'orgueil. C'est à la fois personnel et abstrait, une affirmation de la mort et aussi de l'immortalité. Je ne serai pas le patriarche qui changera la tradition. Si, en son temps, mon fils le désire, qu'il en soit ainsi. Jusque-là elle sera maintenue.

Il y a trop d'incertitudes aujourd'hui. Yuan est mort mais la république était déjà perdue. Il semble que par tout le pays triomphent les hommes adroits et non les hommes cultivés, les hommes armés, non les hommes vertueux. Ainsi, *luan.* Nord contre Sud, Est contre Ouest, leader contre leader, intérêt contre intérêt, génération contre génération.

Aussi avec plus de ferveur que jamais, je vous souhaite à tous une heureuse année,

Votre oncle

Premier jour de la première lune
Année du serpent, 1917

Oncle Aîné,

Ma belle-mère est gravement malade. J'ai laissé mon poste de professeur pour être jour et nuit avec elle. C'est une mort douloureuse et je crains qu'il n'y ait un pénible voyage en perspective.

Heureuse année à tous,
Votre nièce

24

Le Nom légitime

Les conteurs aveugles connaissaient des millions de récits et souvent, en les entendant, les gens pleuraient, si doux étaient les accords du pi-pa *dont ils jouaient, si édifiantes les vies vertueuses qu'ils célébraient.*

Une histoire parle des quatre qui avaient fui le fouet des barbares du Nord. Bientôt le fils et le neveu furent trop faibles pour marcher. Le père ne pouvait en porter qu'un, il demanda à la mère de choisir celui qui serait laissé en arrière.

La vertueuse mère dit : « Que ce soit notre fils. Nous pouvons en avoir un autre. Mais ton frère est mort et son fils unique doit vivre pour nourrir son esprit dans l'autre monde. »

Conte chinois

LES DERNIÈRES FEUILLES tombaient des arbres comme des papillons endormis quand Lotus Enchanté tomba malade. A partir de ce jour Lune de Printemps soigna elle-même sa belle-mère, se chargeant de toutes les tâches, se sentant plus utile quand il y avait quelque chose à faire, si déplaisant ou si trivial que ce fût. Chaque traitement proposé était essayé si bien que la chambre était totalement encombrée de fioles et de boîtes de pilules.

Il n'y avait rien d'aussi efficace que l'opium. Lune de Printemps apprit où l'acheter sous sa forme la plus pure, comment faire tournoyer la boulette avec une aiguille au-dessus de la flamme, et quand il était temps de l'insérer dans la pipe. Elle accomplissait ce rituel à toute heure, jour après jour, chaque fois que Lotus Enchanté tournait la tête vers le plateau où étaient rangés les ustensiles. C'est seulement quand l'odeur douceâtre avait complètement saturé la pièce que la belle-fille s'excusait et sortait prendre l'air.

Souvent, quand elle était sous le charme de la drogue, Lotus

Enchanté parlait, rappelant des fragments de rêve et des souvenirs du passé. D'autres fois Lune de Printemps allégeait le silence en lisant à la malade *Le Rêve de la chambre rouge* ou *Le Livre des odes* ou les sutras. A la fin de la quinzaine du grand froid, elle sut que sa belle-mère n'avait plus longtemps à vivre. Au cours de ses mois de maladie elle avait dépéri au point que sa poitrine était comme une planche à laver et que ses mains et son visage étaient tachés de noir. Les médecins avaient renoncé et ne venaient plus de peur qu'elle mourût en cours de traitement et qu'ils fussent accusés de l'avoir tuée.

Parfois Lune de Printemps se demandait s'il ne fallait pas espérer sa mort, souhaitant qu'il y eût là quelqu'un d'assez sage pour leur donner du courage. Elle imaginait le lit vide, la couverture de soie bien à plat, les robes proprement pliées dans la garde-robe exhalant le parfum féminin, une mèche de cheveux dans un peigne, une pellicule blanche de moisi commençant à tacher les souliers. Rien de plus, car la terre avide réclamerait le reste. Les murs de la chambre étaient imprégnés par la présence de l'agonie.

Elle essaya de se rappeler l'époque où personne qu'elle connût n'était mort, où la vie était sans limites et où la mort n'était qu'un mot, où Grand-père avait obligé son oiseau à chanter pour elle dans le jardin et où ce qu'il y avait de plus triste était le son de la pluie qui clapotait dans les cours, mettant fin aux jeux.

Trente-cinq ans maintenant : elle fut saisie par l'idée qu'elle était au milieu de sa vie, aussi loin du commencement que de la fin. Bientôt, avec la mort de Lotus Enchanté, elle aurait accompli ses responsabilités traditionnelles d'épouse et de belle-fille. Que faire ensuite ? Pure Vertu lui avait demandé de revenir à Sou-Tcheou. Était-ce là qu'était sa place, avec les veuves ? Mais alors, quel destin aurait Jade Lustré ? Il lui semblait peu probable que sa fille voulût rester longtemps avec les femmes. Elle devait avoir ses propres projets. « Mère, je voudrais aller étudier en Amérique comme mes cousins », écrivait-elle. « Mère, je serai médecin, car qui peut faire plus pour soigner l'humanité ? » Oui, avait répondu Lune de Printemps, mais est-ce un métier qui convient à une jeune femme ? « Mère » — la réponse arriva immédiatement — « il n'y a pas de différence entre les hommes et les femmes, pas dans l'esprit de ceux qui sont véritablement éclairés. N'avez-vous pas entendu parler de la brigade des lis dorés qui ont pris d'assaut Nankin quand la révolution a éclaté ? Les soldats mandchous riaient mais tombaient tout de même sous leurs coups. » Lune de Printemps n'avait pas poursuivi le sujet. L'année d'avant sa fille avait voulu faire des sciences; l'année d'avant encore devenir professeur.

Un soir, alors que le vent gémissait comme une vieille femme en deuil en balayant les toits et les rues de la capitale du Nord, Lotus Enchanté, après beaucoup de pipes, fit signe à Lune de Printemps de venir plus près. « Me voici, Por Por, me voici », dit-elle doucement. Sur la table de chevet elle prit du baume d'estragon et délicatement humecta les lèvres desséchées.

Lotus Enchanté repoussa la main puis la saisit et la tint ferme. « Écoute-moi, écoute...

— Oui, Por Por, je suis là. » Lune de Printemps était maintenant en alerte. Effrayée. Il y avait dans la voix de sa belle-mère quelque chose de pressant, tout à fait différent de la douleur. Était-ce le moment ? Elle se pencha plus près. « Je suis là. »

Les yeux de la femme étaient maintenant grands ouverts. L'effort qu'elle faisait pour s'empêcher de les refermer paraissait immense, contraire à la nature. Sa respiration s'accéléra.

« Ma fille ?

— Oui, Por Por.

— Ma fille, va me chercher le garçon.

— Oui, bien sûr. Bien sûr. » Quelle folie la poussait ? Était-elle redevenue jeune, appelant son fils ?

« Ton garçon, murmura-t-elle. Ton garçon. »

Lune de Printemps n'avait pas osé espérer, écartant l'impossible. Mais Lotus Enchanté lui donnait un ordre.

« Amène-le à la maison pour qu'il puisse nourrir mon esprit dans l'autre monde. Il sera mon fils adoptif. Ne dis plus rien. »

Lune de Printemps glissa sur les genoux, ravalant ses larmes. Elle se prosterna. « Por Por, pouvez-vous me pardonner ? Pourrez-vous jamais me pardonner ? »

Lotus Enchanté ne fit pas de réponse, murmurant simplement : « Va vite. Je dois le voir avant de mourir.

— Oui, Por Por, vous le verrez. »

Il n'y eut pas de réponse, mais les paupières retombèrent. Lotus Enchanté dormait.

Au matin, le vent n'était pas encore retombé mais Lune de Printemps ne pouvait retarder d'un jour son voyage. Elle fit acheter des vêtements pour un petit garçon, fermer hermétiquement les fenêtres et donna l'ordre que pendant son absence la chambre de la malade soit l'objet de soins assidus. Alors, la tête étroitement enveloppée et son pantalon serré aux chevilles, elle s'embarqua pour son voyage. Il faisait nuit quand elle entra dans le village où elle avait donné naissance à un fils.

Elle ne dit pas pourquoi elle était venue. Ils le surent dès l'instant où elle ouvrit la porte. Le garçon dormait déjà. Elle attendrait le matin pour le voir. Ils s'assirent et prirent une tasse de thé avant de se retirer.

Le petit garçon, en chemise à fleurs rouges et pantalon vert, était debout à la porte de sa maison. A côté de lui, sa maman et son papa qui lui avaient toujours ménagé un espace bien chaud entre eux deux pour qu'il pût y dormir; devant lui, la charrette et la belle étrangère qui s'appelait Sao Sao, Belle-sœur Aînée. Il la regardait, les yeux écarquillés, en se mordant les lèvres.

« Va, Petit Trésor, nous t'avons nourri assez longtemps. Va avec Sao Sao à qui tu appartiens ! » La voix de Maman était extraordinairement stridente. Comme le petit garçon ne bougeait pas, elle gronda. « Comment ? Tu veux me faire honte, mon garçon ? Est-ce que je ne t'ai pas enseigné les bonnes manières ? Conduis-toi bien et obéis à tes aînés. Va, idiot. » Elle lui donna une poussée. « Va, nous t'avons assez vu. »

Petit Trésor regarda le paysan. La douleur ravageait son visage mais quand il parla ce fut pour dire la même chose que Maman. « Va maintenant, mon garçon. Va ! »

Papa ne disait jamais grand-chose. Et quand il parlait c'était définitif. Le petit garçon se détourna, marcha puis courut à la charrette. Il y grimpa. La dame le suivit. « S'il vous plaît, cocher, nous pouvons partir maintenant », dit-elle.

Quand la charrette sans ressorts fut partie d'une saccade, cahotant le long des ornières de la vieille route, Lune de Printemps, pour la première fois depuis qu'il était né, toucha son fils et l'attira contre elle. Elle regardait devant elle, se raidissant pour garder son sang-froid, ignorant les regards curieux des villageois qui restaient immobiles, sauf lorsqu'ils essuyaient la poussière de leurs yeux. C'est seulement quand la mule prit le tournant vers le canal où attendait le bateau que Lune de Printemps regarda en arrière. Muette devait être rentrée à l'intérieur car Sans Repos restait seul dans l'entrée, à suivre des yeux la charrette. Dans la paume de sa main, la bourse de cuir, sur son visage un air aussi désolé que les champs durcis, lézardés par l'hiver.

Son regard revint au petit garçon, elle lissa de la main l'épi de ses cheveux. Les pièces d'or achèteraient un autre fils à Frère Hua, beaucoup de fils. Cet enfant était à elle, sa chair, son sang. Il était fait pour une vie meilleure que la leur. Une vie de lettré, non de labeur.

Pendant tout le voyage à Pékin, Petit Trésor ne parla pas et Lune de Printemps respecta son silence. Elle donnait du temps à son chagrin. A la tombée de la nuit ils atteignirent la maison de sa belle-mère.

Les deux servantes la saluèrent à la porte, tendant le cou pour voir le petit garçon inconnu. Lune de Printemps les écarta d'un geste.

Elle ordonna un baquet d'eau chaude et l'enfant se laissa baigner par elle. Il était debout dans l'eau, se laissant tourner et retourner comme une poupée de bois, les bras levés, les pieds savonnés, et toujours son regard fixé sur elle. Nu, tremblant de froid, il avait l'air aussi vulnérable que quand elle l'avait démailloté peu après sa naissance. Il avait le dos droit, les genoux noueux, sa claire peau d'ivoire était couleur de terre brune là où le soleil l'avait touchée. En lui brossant les jambes elle remarqua que la marque bleue de naissance, là où selon la tradition le juge de la cité de l'Autre Monde avait donné au bébé récalcitrant un coup de pied au derrière, pour l'envoyer dans ce monde-ci, avait disparu sans laisser de trace.

Elle l'essuya dans une grande serviette de toilette, l'entourant de ses bras sans esquisser un geste de tendresse. Il a besoin de temps, pensa-t-elle, fière que son fils soit loyal. Il n'y avait pas de raison de se presser maintenant que son nom était Woo.

Quand le petit garçon eut revêtu le vêtement de nuit molletonné qu'on lui avait préparé, elle le mit doucement au lit dans l'alcôve à côté de sa chambre.

Avait-il peur du noir ?

Elle ne le savait pas; après avoir baissé la mèche en ne laissant qu'une flamme à peine papillotante, elle se rendit en silence dans la chambre de sa belle-mère. Lotus Enchanté dormait mais son sommeil n'avait rien de paisible. De temps à autre elle secouait brusquement la tête comme pour dire non. Au bout d'un moment Lune de Printemps fit un signe de tête à la servante qui était de garde et rentra dans sa chambre.

Elle avait fait un long voyage mais le sommeil ne venait pas. Elle gisait tout éveillée, regardant le clair de lune se déplacer sur les murs de sa chambre, se rappelant Muette, la petite paysanne terrifiée, recroquevillée dans le tonneau à eau de pluie. La belle jeune femme qu'elle était devenue et qui lui tenait la main à la naissance de ses deux enfants. Et plus vivace encore, son cri de douleur et d'angoisse pour sa famille disparue.

« Oh, mon cœur ! Oh, mon foie ! Pourquoi m'avez-vous quittée ? »

Peu après le passage du veilleur de nuit qui annonçait l'heure du rat, il y eut un bruit. Elle se tourna vers la porte. Une petite ombre courut vers son lit. « Sao Sao » — la voix du petit garçon tremblait — « dormez-vous ? Chez m... au village, je ne dormais pas seul. »

Naturellement. Il n'y avait pas de poêles à Cendres Savantes. Il y faisait toujours froid. Elle entrouvrit sa couverture. « Allons, viens, Petit Trésor, il y a de la place pour toi dans mon lit. »

Ils dormirent tard et quand au matin elle l'habilla, elle sourit timidement, heureuse de pouvoir le couvrir de tant de vêtements et de le savoir bien au chaud. Pendant un moment elle pensa qu'il lui rendait son sourire mais quand elle lui montra ses nouveaux souliers, il secoua la tête et rentra dans l'alcôve. Quand il en sortit il avait aux pieds les souliers à face de tigre qu'il portait à Cendres Savantes.

Ils prirent ensemble un plantureux petit déjeuner de crêpes et de porc. Quand ils eurent fini Lune de Printemps lui prit la main et dit : « Petit Trésor, je sais que tu es un bon garçon car tu as en toi un creux qu'aucun bol de riz ne peut combler. N'est-ce pas ? »

Les larmes aux yeux, il fit signe que oui.

Elle respira profondément et reprit : « C'est ainsi que ça doit être. Il faudra que tu me parles des gens que tu aimes et des lieux qui te manquent. Cela t'aidera. Cela m'aidera. Promis ?

— Oui, Sao Sao. »

Étrange, le nom qu'il me donne, pensa-t-elle. Pourtant c'était bien car il serait toujours le seul à le lui donner. « Petit Trésor, est-ce qu'à Cendres Savantes tu avais tous les jours du travail à faire ?

— Oh ! oui, répondit-il avec un hochement de tête, je ramassais du petit bois pour le feu. Je balayais la cour. Je donnais à manger au cochon...

— Ici aussi tu auras quelque chose à faire. Plus important que les tâches que tu as eues. Très difficile. Il n'y a pas beaucoup de garçons de ton âge qui pourraient y arriver. » Elle s'arrêta comme si elle attendait de voir qu'il avait compris.

Il parut surpris mais non effrayé.

« Petit Trésor, je pense que tu peux faire le travail que je vais te donner. Veux-tu me dire si tu veux essayer ?

— Oui, oui, je veux essayer. » Poussée par son zèle, elle aurait voulu l'embrasser mais il ne le fallait pas. Il n'était pas encore temps.

Elle s'assit bien droite. « Bon. Dans quelques minutes je vais t'emmener voir ta Vraie Mère. Elle sera au lit. Elle est très malade, sa figure est toute en os. Mais si tu as peur, tu ne dois pas le montrer.

— Vous serez là, Sao Sao ?

— Oui. Juste derrière toi. » Elle sourit. « Quand nous entrerons tu te prosterneras trois fois, tu l'appelleras par son vrai nom qui est Vraie Mère et tu diras que tu es un fils de la maison des Woo. Peux-tu te le rappeler ? »

Il fit un signe affirmatif. « Oui. » Il hocha encore la tête. « Oui. C'est ma Vraie Mère et je suis un fils de la maison des Woo.

— Il se peut que ta mère parle. Si elle le fait tu dois faire ce qu'elle te dit. Cela la rendra très heureuse dans un moment très malheureux.

— Va-t-elle mourir ?

— Oui. »

Le petit garçon se mordit les lèvres, son front se rida. « Vous me tiendrez la main ? »

Elle secoua la tête. « Non. Mais je serai juste derrière toi.

— Je peux le faire demain ? demanda-t-il avec espoir.

— Non, tu dois y aller maintenant. »

Les deux servantes avaient préparé la chambre. Les médicaments étaient cachés, l'odeur masquée par l'encens et la mourante était si bien adossée à ses oreillers qu'elle paraissait assise. Elle avait le visage poudré, du rouge aux joues et aux lèvres. Au-dessus des yeux on avait dessiné des sourcils parfaits, en feuille de saule, les cheveux embroussaillés se cachaient sous un turban. Des pendants de jade à ses oreilles faisaient paraître son visage plus long qu'il n'était. Ses doigts chargés de bagues, flétris et ridés comme les serres d'un vieux coq, reposaient sur la couverture.

Quand la porte s'ouvrit les deux servantes se glissèrent à l'extérieur, essuyant leurs larmes à leurs manches. Lune de Printemps et Petit Trésor s'approchèrent du lit. « Por Por, votre fils est venu. »

Lotus Enchanté leva une main qui retomba presque tout de suite à son côté.

Aussitôt le petit garçon se mit à genoux et se prosterna puis se remit debout et dit : « Vraie Mère, je suis Woo, votre fils. »

Ouvrant la bouche avec lenteur, comme si elle avait besoin de tout ce qui lui restait de force, Lotus Enchanté murmura : « Fils... bon. »

Petit Trésor regarda Lune de Printemps comme pour lui demander ce qu'on attendait de lui, mais Lotus Enchanté parla encore. « Viens... prends ma... main. »

Le petit garçon obéit et couvrit de ses mains les doigts osseux. Une larme coula sur la joue de la mourante, dessinant dans la poudre un sillon blême.

Lotus Enchanté mourut la nuit même.

Pendant trois jours et trois nuits, Lune de Printemps, le petit garçon et les servantes se lamentèrent à côté du cercueil. Et quand celui-ci fut scellé, ils revinrent souvent à sa chambre lui présenter leurs respects en attendant le printemps pour le voyage au village des Roseaux.

Pendant ce temps mère et fils n'étaient jamais séparés. Elle lui racontait les histoires de la maison des Woo : sur son père, le Hanlin de la forêt des Pinceaux, son frère, Heureuse Promesse, qui avait voyagé au-delà des mers, sa mère, Lotus Enchanté, connue autrefois comme la beauté de la capitale du Nord. En retour il lui parlait de son ancien foyer : dormir avec les porcelets quand le canal était gelé, Maman qui avait cousu les faces de tigre sur le bout de ses souliers, Papa qui était fort et pouvait le porter sur ses épaules jusqu'à la ville voisine. Lune de Printemps racontait les aventures du roi des singes qui était allé en Occident. L'enfant lui chantait les chansons de Cendres Savantes, il jouait au volant, ils jouaient ensemble aux billes et à cache-cache. Il riait quand elle ne pouvait le trouver, caché derrière une porte, et riait encore quand il la trouvait facilement.

Il était très vif. Il ne fallut pas longtemps pour qu'il ne parlât plus le dur dialecte guttural du Chantong mais, comme elle, le mandarin adouci par un reste d'accent de Sou-Tcheou. A l'époque du voyage au village des Roseaux, pour les funérailles, il avait appris trente caractères et n'était jamais fatigué d'écraser le bâtonnet sur la pierre à encre et de tracer les mots dans les carrés qu'elle dessinait sur le papier.

Au village du Hanlin, le fils accomplit les rites avec une intense solennité. Le jour de la Pure Splendeur, il balaya les tombes, disposa les offrandes et se prosterna devant les ancêtres de la maison des Woo comme s'il était né pour accomplir ces devoirs. Selon la coutume, Lune de Printemps et lui pique-niquèrent au milieu des morts pour que les ancêtres fussent aussi associés aux moments heureux et que les offrandes ne fussent pas perdues.

Comme prévu, quand les rites furent accomplis, le Patriarche du clan des Woo leur offrit un foyer dans le village des Roseaux, de très bonne grâce. Comme prévu, Lune de Printemps à son grand regret déclina cette offre.

Petit Trésor et elle revinrent à Pékin. Là elle liquida les affaires de sa belle-mère, écrivit à Talent Courageux qu'elle revenait pour la remise des diplômes de Jade Lustré, avec le fils adoptif des Woo, vendit le mobilier, fit les bagages, renvoya la clé au propriétaire et congédia les servantes.

Quand ils montèrent dans le train pour Changhai, le neuvième jour de la neuvième lune, Petit Trésor avait abandonné ses souliers à face de tigre et portait les chaussures neuves en cuir.

Pendant que le train filait à toute vitesse vers le sud, Petit Trésor devenait de plus en plus excité et Lune de Printemps anxieuse. Il ne pouvait détacher ses yeux de la fenêtre et elle de lui. Ni l'un ni l'autre ne parlait beaucoup.

Quelle perversité chez les dieux, pensait-elle ! Ils changent le désir en crainte et vice versa, aussi sûrement que reviennent les saisons, si différentes que puissent être les années. Une fois de plus elle était dans le train avec son enfant. Comme avant, mais pas du tout comme avant. Une fois de plus, l'enfant ne se connaissait pas de père. Une fois de plus, Talent Courageux et elle se rencontreraient à Changhai. Les lettres de son oncle évoquaient toujours le passé, un passé qu'elle avait laissé de côté comme des feuilles d'automne, ramassées longtemps auparavant et mises à sécher entre les pages d'un livre. Maintenant elle revenait, il attendait. Maintenant pour elle, le plus précieux c'était l'enfant. Ce qu'ils avaient connu ensemble, le père de cet enfant et elle, ne vivait plus que dans ce petit garçon.

Délibérément elle évita de penser à ses retrouvailles avec Jade Lustré, se disant que ce serait une fête. Comment pourrait-il en être autrement ? Mère et fille réunies après tant d'années. Et pourtant, parfois, regardant Petit Trésor, elle s'interrogeait. Maintenant qu'elle revenait, est-ce que sa fille l'accepterait ? Ou leurs attaches avaient-elles été mises au rancart comme les souliers à face de tigre du petit garçon ?

Quand le voyage toucha à sa fin, il se tourna vers elle. « Sao Sao, est-ce qu'à Changhai ou à Sou-Tcheou tout le monde me donnera mon nom de lait ? Vous ne trouvez pas que Petit Trésor est un nom bête pour un garçon qui sait lire ?

— C'est donc à ça que tu pensais pendant tout le chemin ! » Elle lui lissa les cheveux. « Peut-être est-ce le moment que tu prennes un nom d'écolier.

— Qu'est-ce que ce sera ?

— J'y ai pensé aussi. Il faut qu'il ait un caractère commun avec le nom de ton frère aîné, Heureuse Promesse. Quant à l'autre... Tu crois que tu aimerais t'appeler Promesse Durable ? »

Le petit garçon fit signe que oui; pendant le reste du voyage elle lui apprit à écrire les caractères et il s'exerça jusqu'à ce qu'il les sût parfaitement. De temps en temps il levait les yeux sur elle et souriait. Il avait son sourire à elle et les yeux de Talent Courageux. Miséricordieuse Kouan Yin, pria-t-elle, ne permets pas qu'il s'en rende compte.

Dans la gare encombrée de Changhai, Promesse Durable tendait la tête de côté et d'autre, examinant tous ceux qui passaient sous l'horloge où il avait été convenu qu'ils attendraient. Lune de Printemps n'était pas moins impatiente, cramponnée à sa main, regardant de tous côtés si elle voyait Talent Courageux ou Jade Lustré, les décrivant à l'enfant et ne voyant pas de visage familier.

Comme elle allait justement s'enquérir s'il n'y avait pas une autre horloge, survint un élégant jeune homme en costume de toile blanche. Il était flanqué de deux grands étrangers, magnifiques dans leurs uniformes vert foncé et leurs casquettes galonnées d'or — un homme d'importance, c'était évident. Il s'inclina. « Bienvenue, Petite Tante. »

L'étonnement de Lune de Printemps devait être visible car il eut un rire joyeux. « Tante, c'est moi, Vents d'Août. »

Qu'était-il arrivé au petit joufflu, si souvent distrait en classe ? L'homme qu'elle voyait devant elle n'était pas grand mais il était svelte. Sa mise était impeccable, sa chaîne de montre en or aussi épaisse qu'un macaroni de Changhai. « Vents d'Août, vous avez changé.

— Réellement ? Vous trouvez ? » Il rit encore, comme s'il avait un secret. Son sourire à fossettes était si contagieux que Lune de Printemps se mit à rire aussi et, bien plus tard seulement, se rendit compte qu'après tout, ses traits n'avaient rien de remarquable.

Promesse Durable lui tira la manche. « Sao Sao, est-ce que ce sont des généraux ? » Il regardait fixement les deux étrangers.

Vents d'Août eut l'air réjoui. « Possible. Possible. Qui peut vraiment savoir ce que sont ces Russes blancs ? » Il se pencha jusqu'à ce que le bout de son nez fût au niveau de celui du petit garçon. « Mais je sais exactement qui tu es. Tu es Petit Trésor.

— Non, j'ai un nom d'écolier. » Gonflant sa poitrine il lança : « Je suis Promesse Durable !

— Vraiment ! Quel beau nom pour mon oncle !

— Non, non, insista l'enfant. C'est mon nom.

— Oui, je sais. Mais tu es aussi » — Vents d'Août s'inclina très bas — « mon oncle honoré.

— C'est vrai, Sao Sao, c'est vrai ? » Promesse Durable frappa dans ses mains avec ravissement.

Lune de Printemps fit signe que oui mais son esprit était parti bien loin de leur petit jeu et quand Vents d'Août se fut redressé, elle lui demanda sans attendre : « Où est Oncle Aîné ? Où est Jade Lustré ?

— Il vous envoie ses excuses, répondit Vents d'Août. Il a été obligé de sortir au dernier moment et m'a demandé d'aller au-devant de vous. J'ai essayé de persuader l'école d'autoriser Jade Lustré à venir avec moi mais les missionnaires ont été très méfiantes et ont estimé préférable que vos retrouvailles aient lieu demain à la remise des diplômes. » Il haussa les épaules avec un clin d'œil. « Peut-être... »

Oui, demain, ce sera bien mieux, pensa Lune de Printemps. Et rejeta tout de suite cette pensée.

« ... ma faute. » La voix de Vents d'Août retint à nouveau son attention. « Je leur ai dit que j'étais aussi son oncle. Évidemment elles ne m'ont pas cru. En quelque sorte je suis maudit. Il semble qu'on ne me croie jamais. » L'orgueil de sa voix le trahissait et elle ne put s'empêcher de sourire en elle-même. Après tout l'homme était toujours le même petit garçon.

Mais au moment même où elle le retrouvait, il changeait une fois de plus, il prenait les choses en main, envoyait l'un des hommes ramener les bagages, l'autre chercher la voiture, il leur frayait courtoisement un chemin à travers la foule, tout en causant du merveilleux plaisir de revoir son ancien professeur. Quand ils eurent franchi la porte principale et qu'ils se trouvèrent dans la rue, il s'arrêta.

« Qu'y a-t-il, Vents d'Août ? » demanda-t-elle.

Il eut un geste timide vers une longue voiture élégante qui luisait comme la surface d'un lac au soleil couchant. « La voilà ! Ma Pierce Arrow ! »

Promesse Durable lui lâcha la main et courut toucher la splendide apparition pour être sûr qu'elle était vraie. Satisfait, il s'épanouit et se tourna pour examiner le chauffeur, debout à côté de la porte ouverte. « Regardez, Sao Sao, il en a six comme les miens ! » Il montrait du doigt les six boutons étincelant sur la vareuse. Avant qu'elle ait pu dire un mot, le garde du corps apparut. A eux deux, les Russes lancèrent en l'air le petit garçon et l'assirent sur le siège avant. Vents d'Août et Lune de Printemps le suivirent à l'intérieur.

Lune de Printemps s'assit, secouant la tête et souriant en elle-même. Vents d'Août paraissait lire dans ses pensées. « Petite Tante, moi non plus, je n'arrive pas à y croire. Mais elle est à moi, bien à moi, c'est vrai ! » Ils rirent.

Vents d'Août dit : « O.K., à la maison ! » et le garde du corps bondit sur la manivelle à l'avant de la voiture. La Pierce Arrow se mit à trembler. En un rien de temps ils étaient en route. Le garde du corps sauta sur le marchepied et s'inséra sur le siège à côté de Promesse

Durable pendant que le chauffeur actionnait le klaxon pour écarter la foule des admirateurs. Le bruit fit sursauter le petit garçon. Il se tordit sur son siège vers Lune de Printemps, mais le chauffeur riant sous cape lui prit la main et lui fit presser la poire. *Honk ! Honk !* La foule se dispersa. Promesse Durable rayonnait. Un empereur chevauchant le plus féroce des dragons.

Le long du trajet, Vents d'Août indiquait les endroits les plus intéressants, son restaurant préféré, son horloger, son salon de thé, son tailleur. Remplissant les silences, empêchant de penser.

Pendant le dîner il continua à les faire rire avec ses histoires, mais s'excusa immédiatement après le repas. « Affaires urgentes. »

Elle aurait souhaité qu'il ait pu rester pour la distraire. La maison, Bubbling Well Road, était telle qu'elle se la rappelait. Seuls les domestiques avaient changé. Promesse Durable sommeillait, mais il fallait qu'il attende le retour de Talent Courageux. Elle ne voulait pas être seule avec lui, pas au début.

C'est à l'heure du chien qu'une voiture s'arrêta devant la porte. Lune de Printemps secoua doucement le petit garçon qui dormait sur sa chaise à côté d'elle. « Réveille-toi ! Il vient. Réveille-toi ! » Promesse Durable ouvrit les yeux et les referma. « Non, il faut que tu te réveilles ! » Elle le secoua encore.

Des pas. « Lune de Printemps ? » Elle se leva. Il était sur le seuil. Elle baissa les yeux puis le regarda encore. Il a l'air plus vieux, pensa-t-elle. Ou peut-être est-ce simplement que je ne l'ai pas vu vieillir.

Il ouvrit les bras et s'avança, puis s'arrêta car elle avait levé une paume et fait un pas de côté, révélant le petit garçon : « Petit Frère, lève-toi ! » L'enfant sauta sur ses pieds et s'accrochant à sa jupe se frotta les yeux pour se réveiller.

Elle sentait le regard de Talent Courageux, tangible comme une étreinte. Rapidement elle fit passer Promesse Durable entre elle et lui et se tint debout, les mains sur les épaules de l'enfant.

« Lune de Printemps ? » fit-il encore.

Elle n'osait pas parler. Qu'aurait-elle dit ? Il fallait qu'il comprît.

Chacun attendait que l'autre mît fin au silence qui leur semblait interminable.

Ce fut le petit garçon qui parla le premier. « Sao Sao, est-ce que l'honorable monsieur est notre grand-père ? »

Entre les larmes et le rire elle ne put que secouer la tête en regardant son fils.

Talent Courageux eut un rire grinçant et fit signe à Promesse Durable de s'approcher. L'enfant regarda Lune de Printemps, se demandant s'il devait y aller. Elle fit signe que oui, tenta de parler, ne le put pas et, doucement, l'écarta d'elle.

Promesse Durable s'approcha, Talent Courageux se pencha, prit sa petite main dans la sienne et le mena au fauteuil. Sans regarder Lune de

Printemps il s'assit avec sa grâce habituelle réservant une place à côté de lui pour le petit garçon. Promesse Durable grimpa sur le fauteuil et s'assit avec solennité, pointant vers le ciel le bout de ses souliers neufs.

« Qui êtes-vous, monsieur ? » demanda-t-il de sa voix la plus courtoise en regardant Talent Courageux.

Talent Courageux remua distraitement la tête comme s'il n'avait pas entendu la question. Le petit garçon la lui répéta poliment. « Je suis certainement assez vieux pour être ton grand-père, dit-il avec douceur. Mais je suis l'oncle de ta Sao Sao et donc je suis aussi ton oncle. »

L'enfant fronça les sourcils. « Mais Sao Sao m'a dit que vous aviez les cheveux noirs. »

Talent Courageux jeta un regard rapide sur Lune de Printemps. « Elle voulait peut-être dire ton autre oncle... » Sa voix hésitait.

« Oui, c'est exactement ce que je voulais dire », se hâta-t-elle d'expliquer.

Satisfait l'enfant tira la manche de Talent Courageux. « Oncle, mon nom est Promesse Durable, dit-il fièrement.

— Mais *c'est* le nom d'un lettré ! Je n'aurais pas cru qu'un si petit garçon pût écrire les caractères d'un grand nom comme Promesse Durable.

— Mais je peux ! je peux ! » cria le petit garçon avec délice. Il saisit le bras de l'aîné, lui ouvrit la main et, du bout de l'index, dessina les différentes lignes.

« Qui t'a appris à écrire ?

— Sao Sao.

— Est-ce que Sao Sao t'a dit qui lui a appris à elle ? »

Promesse Durable ne parut pas entendre, occupé à tracer ses lignes dans l'ordre convenable.

Les voyant sous ses yeux, assis côte à côte, il semblait évident à Lune de Printemps que c'étaient le père et le fils. Le front élevé, les yeux attentifs, les gestes étaient d'une ressemblance transparente. Quand leur conversation s'interrompait, ils la regardaient tous deux, la tête légèrement penchée sur le côté. Sûrement Talent Courageux devait voir cette ressemblance. Il le devait. Il ne fallait pas qu'il la vît. Comment avait-elle pu être assez folle pour croire qu'ils pouvaient se rencontrer et rester étrangers ?

Quand le dernier point du deuxième caractère, Durable, fut tracé, l'homme et le petit garçon se mirent à rire et cherchèrent d'un même regard son approbation.

« Oncle, écrivez maintenant votre honorable nom pour moi, s'il vous plaît, demanda le petit garçon en avançant sa petite paume.

— Mais je ne peux pas. » Talent Courageux courba la tête comme s'il avait honte.

L'enfant rougit. Il avait fait perdre la face à un aîné en l'obligeant à révéler qu'il ne savait ni lire ni écrire.

« Non, je ne peux pas », répéta Talent Courageux en secouant la tête. Il eut un regard pour Lune de Printemps, fit une pause à peine sensible, puis eut un sourire épanoui. Elle essaya de le lui rendre, ne le put et baissa les yeux. Il ne voit pas, pensa-t-elle, il ne sait pas, et elle s'étonna de se sentir si seule.

Brusquement Talent Courageux se mit à rire. « Promesse Durable, ne sois pas embarrassé, dit-il d'une voix amusée. Je te taquinais. Je sais écrire. Mais pas sur ton petit bout de main. Une virgule et un crochet, et il n'y aurait plus de place. » Une fois encore il regarda Lune de Printemps, les yeux voilés maintenant, dissimulant sa peine. Elle resta de marbre. « Viens avec moi, dit-il beaucoup trop vite. Viens avec moi dans la bibliothèque, tu pourras écrire comme un vrai calligraphe. Il faudra que tu t'exerces au moins une fois par jour... »

Lune de Printemps les regarda gagner la pièce voisine, la main dans la main, l'homme penché vers l'enfant.

Elle les suivit lentement et s'assit sur la chaise la plus éloignée de la table à écrire pour les observer. Talent Courageux s'occupait des préparatifs de la leçon. Leurs yeux ne se rencontrèrent qu'une fois, lorsqu'il sortit de sa poche son chapelet et le déposa sur un coin de la table.

Oui, ses tempes sont grises maintenant et il y a des rides autour de ses yeux. Il porte son âge, pensa-t-elle soudain : soixante-deux ans. Tant d'années ont passé !

Il fit tourner les poils du pinceau et montra au petit garçon comment écraser l'encre, approuvant de la tête les mouvements de l'enfant et tapotant les petites épaules d'un air absent.

Elle ne les quittait pas des yeux. Le père. Le fils. Ils l'avaient oubliée. Elle se leva, tenta de les rejoindre et s'arrêta en les voyant qui parlaient bas entre eux.

Elle s'éclaircit la gorge. « Je dirai aux domestiques que vous êtes ici... »

L'homme et le petit garçon éclatèrent de rire.

Elle s'enfuit de la pièce.

Pendant qu'on dressait la table, Lune de Printemps mit l'enfant au lit et rejoignit Talent Courageux dans la salle à manger.

« Ne voulez-vous rien manger, ma nièce ?

— Non, nous avons dîné plus tôt avec Vents d'Août. »

Il la regardait en face, pourtant il ne parut pas s'apercevoir qu'elle avait répondu à sa question car il la répéta.

Elle répondit une seconde fois, il détourna le regard et posa une autre question. « Qu'est-ce que vous pensez de notre orphelin ? »

Un instant elle crut qu'il parlait de Promesse Durable puis elle rougit et rit. « Vents d'Août raconte tellement d'histoires, et l'une plus extraordinaire que l'autre, qu'il est impossible de ne pas penser qu'il est un vaurien. Pourtant...

— Oui, je suis d'accord. » Il pouvait encore lire dans ses pensées, il finit la phrase pour elle : « Personne n'a plus de cœur que lui. »

Il y eut un silence. Talent Courageux retirait distraitement les arêtes de son poisson.

Enfin Lune de Printemps demanda : « Comment va ma tante ?

— Ma femme va bien. Elle espère vous avoir à nouveau à Sou-Tcheou.

— Et je me réjouis de la voir.

— Vous êtes de si bonnes amies. » Il la regarda. « On n'aurait jamais pensé que ce fût possible.

— Pourquoi ? C'est la meilleure personne que je connaisse.

— Et la plus compréhensive.

— Oui, la plus compréhensive. »

Un autre silence. Lune de Printemps se versa une autre tasse de thé et la but lentement. Au mur l'horloge cliquetait, pourtant on ne sentait pas le temps passer. Les lames du parquet criaient sous les pas du vieux domestique qui débarrassait la table. Ils le regardaient aller et venir, aller et venir, jusqu'à ce qu'il ne restât plus que le service à thé.

Quand ils furent seuls, ils se remirent tout d'un coup à parler tous les deux à la fois puis s'arrêtèrent pour laisser la parole à l'autre. Aucun ne put retrouver le fil de sa pensée. A la fin Lune de Printemps demanda : « Où est Jeune Oncle maintenant ?

— Il est retourné chez Sun, pour essayer de faire de Canton une deuxième capitale.

— Réussiront-ils ?

— Je ne le pense pas, pas tant que les étrangers continueront à reconnaître Pékin. Je ne suis même pas certain que mon frère le pense encore. Il continue parce qu'il n'a rien d'autre. »

Elle eut un signe d'assentiment.

Talent Courageux s'éclaircit la gorge et dit très doucement : « Vous, au moins, vous n'avez pas changé.

— Mais si, mon oncle.

— Pas pour moi. Pas pour moi. »

Elle tendit la main pour le toucher. Celle de l'homme tremblait et il la retira très vite.

Traversant le vestibule éclairé par la lune, le père alla à la rencontre des pleurs étouffés qui venaient de la chambre de son fils.

« C'était un fantôme ?

— Je... » Les mots se bousculaient. « Je ne veux pas mourir. Je ne veux pas mourir comme Vraie Mère. Pourquoi faut-il que je meure ? »

Talent Courageux l'entoura de ses bras et le réconforta. « Tu sais, si personne ne mourait, le monde serait terrible. Il y aurait tellement de gens qu'il n'y aurait plus de place pour faire pousser de la nourriture ou pour jouer. Ainsi il est meilleur d'avoir une saison et d'en vivre chaque minute jusqu'à ce qu'il soit temps de rejoindre nos ancêtres. »

Le petit garçon hocha la tête. « Dites-moi à quoi ressemble la mort.

— Est-ce que tu te rappelles ce que c'était quand tu n'étais pas né ? »

Il secoua la tête.

« As-tu senti quelque chose de mal ?

— Non.

— Avais-tu peur ?

— Non.

— Je pense que la mort sera comme ça.

— Êtes-vous sûr ?

— Oui. Maintenant recouche-toi. Je vais rester près de toi jusqu'à ce que tu sois endormi. »

PHÉNIX
DE JADE

25

La Remise des diplômes

Au temps de la dynastie Liang, vivaient un soldat loyal, sa bonne épouse, et leur fille très dévouée, Mou Lan.

Un jour l'homme tomba gravement malade. Peu après un ordre impérial l'envoyait à la guerre.

« Préparez mon cheval », dit le père, mais il pouvait à peine se tenir debout.

« Comment pourriez-vous aller à cheval, mon mari ?

— Je le ferai ! Je le dois ! » s'exclama le soldat, puis il s'évanouit.

Pour sauver l'honneur, Mou Lan prit les habits de son père et, à cheval, alla guerroyer à sa place.

Pendant douze ans elle mena les hommes au combat. Pas une fois le général ne trahit son sexe.

Histoire de Chine

« Il y a six ans nous avons quitté les cours de nos ancêtres pour entrer dans les salles du savoir. Aujourd'hui nous avançons dans le monde pour faire l'œuvre de Dieu... »

Lune de Printemps était assise dans la chapelle, au troisième rang, avec Vents d'Août, Promesse Durable et Talent Courageux. Elle écoutait à peine sa fille qui prononçait le discours d'adieu, l'« adresse ».

L'adresse, se dit-elle, souriant intérieurement. Un mot qu'elle ignorait jusqu'à ce qu'elle l'ait vu dans le programme, accolé à Margaret Woo, le nom que les missionnaires avaient donné à sa fille. Que sa fille ait reçu cet honneur ne la surprenait pas. Après tout la jeune fille descendait de deux familles d'honorables lettrés. Elle eut une pensée fugitive pour Vrai Talent, le vit nettement tel qu'il avait toujours été, assis à son bureau, un livre ouvert à la main. Puisse Père être satisfait. Le goût des études survit dans sa descendance.

La voix de Jade Lustré s'éleva et Lune de Printemps reporta les yeux vers l'estrade, sur l'étrangère qui était sa fille.

« Nous ne ferons pas de compromis avec l'ignorance. Nous ne ferons pas de compromis avec la corruption. Nous ne ferons pas... »

Elle essaya de se concentrer sur les mots anglais mais ne le put. L'orgueil qu'elle ressentait devant la réussite de sa fille était moindre que la gêne de voir Jade Lustré faire la leçon à ses aînés. Ses gestes étaient aussi extravagants que ceux d'un guerrier d'opéra et son ton si peu courtois que Lune de Printemps souhaitait presque la fin du discours d'adieu.

Avant même le début du discours, quand toutes les diplômées se furent assises côte à côte sur la petite estrade, toutes vêtues d'une longue jupe noire et d'une blouse blanche, leurs grands pieds encore agrandis par de hautes bottines à boutons, sa fille s'était levée. Elle avait l'air de venir du Nord, bien sûr, comme son père, avec une force sculpturale bien différente des délicats visages en amande de ses condisciples. Pourtant il y avait quelque chose d'autre, quelque chose qu'elle n'avait pas vu sur les photos que sa fille lui avait envoyées pendant les années de leur séparation, quelque chose...

Elle laissa ses yeux errer sur les visages de l'estrade. Les autres diplômées, pensa-t-elle soudain, en dépit de leur costume occidental, ne sont pas si différentes de leurs cousines des cours. Elle pouvait les imaginer se pressant les unes contre les autres après la cérémonie pour bavarder et classer les autres filles selon leur beauté. Le pasteur non plus n'était pas un étranger. A part les yeux ronds il lui rappelait Voyant Inspiré; en fait elle s'était presque attendue à voir l'oiseau mainate paraître sur son épaule quand, pour l'accueillir, il s'était incliné devant elle.

De lui, son regard passa aux femmes missionnaires assises à ses côtés sur l'estrade. Elle les étudia une par une, ces femmes à qui elle avait confié sa fille, à qui Jade Lustré désormais obéissait. Elles ne se ressemblaient pas, pensa-t-elle, bien qu'elles fussent pareillement vêtues de noir et que leurs cheveux fussent pareillement relevés dans un chignon qui bouffait au sommet de la tête. Mais elles avaient quelque chose en commun, quelque chose qui les faisait se ressembler d'une façon étonnante, ainsi que... Ses yeux se reportèrent sur sa fille. Elle compléta sa pensée... Ainsi qu'à Jade Lustré.

Un fracas la fit sursauter et elle regarda en bas. Promesse Durable avait laissé tomber la petite auto que Vents d'Août lui avait donnée le matin. Elle rougit, espérant que personne ne l'avait remarqué. Peut-être aurait-elle dû le laisser avec les bonnes. Personne n'avait amené d'enfant si jeune. Probablement cela ne se faisait pas. Le petit garçon tira Vents d'Août par la manche mais le jeune homme paraissait fasciné par les paroles de Jade Lustré et ce fut Talent Courageux qui ramassa l'auto, l'empocha et tendit à l'enfant son mouchoir pour qu'il joue avec.

Leurs yeux se rencontrèrent. Durant un moment ils n'assistèrent plus à cette étrange remise des diplômes, mais à la fête des Vierges, presque trente ans plus tôt. Il était si solennel. Elle était si jeune. Lentement ils levaient leurs coupes pleines de vin.

« Je bois à votre bonheur, fille de mon frère.

— Je bois au vôtre, mon oncle... »

Tout aussi soudainement elle se retrouva dans l'immense salle rectangulaire, avec ses bancs innombrables sur lesquels étaient assis des gens silencieux en train d'écouter. Les grandes fenêtres vitrées, les murs d'une blancheur sans ornement, la croix qui paraissait sur le point de tomber : tout était si différent des temples qu'elle avait connus, où les coins d'ombre vous attiraient dans leur intimité secrète et magique. Lui avait-on montré cette salle, quand elle avait amené Jade Lustré à l'école ? Mais elle ne pouvait se le rappeler; en fait elle ne pouvait se souvenir en rien de sa première visite. En voyant maintenant l'école, elle sut qu'alors elle ne devait pas l'avoir vraiment vue — les hautes haies, les allées rectilignes, les énormes bâtisses avec leurs nombreux étages de salles sous un toit qui perçait les nuages au lieu de se courber gracieusement à la rencontre du ciel. Tout était rigide, inflexible, comme pour défier les éléments, s'opposer à la nature, diviser plutôt qu'harmoniser. Si elle l'avait vu, à l'époque, elle n'y aurait jamais laissé Jade Lustré.

« ...Et au nom de mes condisciples, nous vous remercions, chers professeurs, du fond de notre cœur. » Jade Lustré debout, grande, très grande, s'inclina profondément.

Vents d'Août menait les applaudissements avec une force qui faisait trembler le banc tout entier. Promesse Durable applaudissait aussi, à l'imitation du jeune homme, jusqu'à ce que Lune de Printemps, horrifiée de voir la famille applaudir la famille, tendît la main pour l'arrêter. Une fois de plus elle accrocha l'œil de Talent Courageux. Il souriait en secouant la tête. Du coup elle sourit aussi. Difficile, en effet, de se retenir quand sa propre fille est partout première.

Graduellement les applaudissements s'arrêtèrent et la directrice annonça la remise des diplômes.

Quand les jeunes filles avancèrent une par une pour recevoir leur certificat et serrer la main de leurs professeurs, les applaudissements éclatèrent de nouveau. Cette fois Lune de Printemps s'y joignit, applaudissant toutes les diplômées.

Quand la dernière jeune fille eut repris sa place, la musique de l'orgue se fit entendre. Du coup l'assistance se leva et se mit à chanter. Comme elle l'avait déjà fait au commencement de la séance, Lune de Printemps se dressa sur ses jambes, prit le livre des hymnes dans la niche qu'il y avait dans le banc, l'ouvrit et regarda vaguement la page. Elle ne saisit que très peu de paroles, quelque chose sur des soldats du Christ et sur la croix de Jésus marchant devant eux. A côté d'elle, Vents d'Août semblait bien connaître le chant. Sa voix de baryton résonnait de façon inattendue et elle se demanda un instant où il l'avait appris, avant de reporter son attention sur Jade Lustré.

Le chant terminé, elle se disposait à s'asseoir mais se releva quand elle vit que les autres se bornaient à pencher la tête.

Le prêtre avait fait un pas en avant et priait tout haut : « ... Puisse le Seigneur te bénir et te garder... Amen. »

Les cérémonies traditionnelles étaient enfin terminées et les diplômées descendirent de l'estrade pour saluer leurs familles rassemblées sur les côtés. Lune de Printemps attendait Jade Lustré et la regardait descendre et marcher droit vers elle. L'instant d'après elle était dans les bras de sa fille. « Mère ! Comme je suis heureuse de te voir ! » Lune de Printemps restait raide, les bras le long du corps. D'autres affichaient en public la même intimité; elle, elle ne le pouvait pas.

« Ma fille, dit-elle cérémonieusement, il s'est passé beaucoup de temps. Écarte-toi, que je puisse bien te regarder. » Pendant un moment leurs yeux se rencontrèrent et la mère pensa : mon enfant, que tu es grande, que tu es belle ! Elle aurait voulu étendre la main, la poser sur la joue de sa fille...

« Petite Nièce, c'est bon de vous revoir », la voix de Talent Courageux la fit se retourner.

« Grand-oncle, dit Jade Lustré en s'inclinant.

— Et je suis Petit Trésor, cria le petit garçon. Sao Sao vous a écrit pour vous parler de moi. Non, je suis Promesse Durable. »

En riant Jade Lustré se pencha pour l'embrasser.

Alors seulement Lune de Printemps se rappela que Vents d'Août attendait. « Jade Lustré, tu reconnais notre ami ? »

La jeune fille secoua la tête avec une certaine hésitation tout en regardant le jeune homme à la dérobée.

Avant que personne ait pu dire un mot, il s'avança d'un pas et lui tendit la main. Automatiquement Jade Lustré la prit puis la lâcha brusquement devant le sourire triomphal de Vents d'Août, se rendant compte que serrer la main d'un inconnu était une coutume étrangère dont une jeune fille, même la plus occidentalisée, devait se garder.

« Petite Sœur, je suis Vents d'Août ! »

Jade Lustré eut un regard étonné.

« Oui, hochant la tête, oui, je suis Vents d'Août. Rappelez-vous. » Il sourit et brusquement Jade Lustré se mit à rire.

« Mon frère, dit-elle en s'inclinant.

— Ma sœur. »

Suivit un tumulte de salutations entre Jade Lustré, d'autres invités et des étudiantes qui la félicitaient. Lune de Printemps s'inclinait poliment de côté et d'autre mais ne disait rien. Sa fille parlait vite, faisant alterner l'anglais et le chinois, présentant ses amis et sa famille, le prêtre, le professeur de mathématiques. Tous semblaient être chez eux. Vents d'Août à sa façon était aussi à l'aise que Jade Lustré. Talent Courageux n'avait pas oublié la politesse occidentale qu'il avait apprise autrefois. Même ces femmes qui ne savaient pas l'anglais étaient venues vêtues des robes fourreaux alors à la mode et souriaient avec des signes de tête comme les autres.

« Est-ce que nous partons maintenant, ma fille ? » demanda Lune de Printemps à la faveur d'un répit. Elle voulait pouvoir se recueillir.

« Pas encore. Pas encore. Le thé est servi dans le jardin et je voudrais que vous rencontriez Miss Clayton.

— Bien sûr, si c'est prévu. »

Jade Lustré menait le train, s'avançant rapidement au côté de Talent Courageux, marchant du même pas, dans la même foulée, s'arrêtant çà et là pour serrer les mains ou saluer, pour offrir et recevoir des compliments. Vents d'Août s'attardait derrière eux avec Lune de Printemps, enlevant le petit garçon à cheval sur ses épaules, aussi peu soucieux des regards désapprobateurs de l'un des plus vieux professeurs que de la possibilité d'une tache sur son costume de toile blanche.

« Pas de raison de nous presser, Petite Tante. Que les grands pieds mènent le train. Vous et moi, nous prenons notre temps. »

Elle fut touchée qu'il se fût souvenu de ses lis dorés.

Les tables de thé étaient installées dans les courts de badminton encadrés de hautes haies. Chaque diplômée était à une table, faisant figure d'hôtesse, versant le thé, passant les sandwichs au concombre, coupés en ronds et, pour le cresson, en triangles.

Quand Vents d'Août eut fait asseoir Lune de Printemps, il sortit sa montre et la posa à côté d'elle. Regardant Promesse Durable qui était grimpé sur la chaise à côté de celle de Jade Lustré, il ouvrit lentement le couvercle. Soudain la musique s'en échappa. Promesse Durable, les yeux grands comme ceux d'un dragon, dégringola de sa chaise et courut à la montre. En riant Vents d'Août le souleva pour qu'il pût l'examiner de plus près et alla sa glisser avec grâce sur la chaise proche de son amie d'enfance.

Jade Lustré versait le thé, il lui fit des compliments mais elle ne lui rendit pas ses sourires. Lune de Printemps en fut soulagée. Au moins en cette matière, semblait-il, la petite qui affichait sa préférence pour le jeune joufflu avait acquis une certaine décence. Mais bientôt Jade Lustré essaya de se rappeler la dernière fois qu'ils s'étaient rencontrés. Ils s'étaient vus, insistait-il, le jour où il avait quitté les cours. Non, disait-elle, inflexible. Il lui demanda si elle se rappelait ce premier de l'an où elle avait choqué le clan en s'asseyant à côté d'un orphelin. Elle rit, ne le nia pas et lui offrit des sandwichs au concombre.

Bien que Vents d'Août eût à peine la taille de Jade Lustré, son corps ramassé semblait avoir l'énergie et le charme de plusieurs hommes et ses yeux montraient une avidité qui démentait son attitude désinvolte, comme s'il avait attendu cette rencontre depuis plusieurs années. La mère s'étonnait : en dépit des murs du jardin, il la connaissait donc si bien ?

« Quels sont vos projets, Petite Nièce ? demanda Talent Courageux quand tout le monde fut servi.

— Le travail de Dieu, répondit pour elle Vents d'Août.

— Travail de Dieu ou non, dit Lune de Printemps, nous allons d'abord aller à Sou-Tcheou. Nous avons besoin de temps pour être ensemble...

— Oui, mère, oui !

— Mais vous reviendrez à Changhai, n'est-ce pas, Petite Sœur ? demanda Vents d'Août.

— J'irai là où le Seigneur m'enverra.

— Par conséquent c'est sûr. Changhai est la ville du péché. Nous les pécheurs, nous avons besoin de Toi. » Il cligna de l'œil en tendant sa tasse pour qu'on la remplît. Mais Jade Lustré ne le regardait plus, son attention s'était fixée sur une grande femme aux cheveux rouges comme un coq, qui s'avançait vers leur table. « Oh ! Mère, voici Miss Clayton. » Pour la première fois, Jade Lustré paraissait moins sûre d'elle. « Tu l'aimeras. Elle a été pour moi... comme une tante. »

Miss Clayton s'approchait, Lune de Printemps vit une figure ridée au nez proéminent, mais éclairée par des yeux bleus pleins d'intelligence. Après les présentations la missionnaire s'assit à la place vide et, sans parler à qui que ce fût en particulier, dit : « Nous aimons tant notre Margaret !

— Margaret ? » demanda Vents d'Août, puis, se mettant à rire : « Ah ! oui, vous voulez dire ma sœur, Jade Lustré. »

Miss Clayton acquiesça. « Les noms chinois sont si difficiles ! On pourrait y arriver avec deux ou trois jeunes filles, mais nous en avons cent. Pour les jeunes professeurs, spécialement, se rappeler par cœur cent noms chinois serait par trop difficile.

— C'est bien compréhensible », avança poliment Lune de Printemps qui ne pouvait s'empêcher de penser que Jade Lustré s'était arrangée pour apprendre assez d'anglais pour faire un discours en cette langue. Elle-même en avait acquis la maîtrise... mais Miss Clayton parlait à nouveau.

« Oui, Margaret a surpassé notre attente. Nous sommes très fières d'elle, très fières. Pour toutes les Chinoises, elle sera l'exemple lumineux de ce que peut accomplir l'étude. »

Lune de Printemps baissa les yeux, mal à l'aise. Une étrangère s'enorgueillissait de sa fille. Est-ce qu'un tel éloge était coutumier chez les étrangers ?

« N'êtes-vous pas heureuse de tout ce qu'elle a accompli en six ans, madame Woo ?

— Tout ce que *vous* avez accompli, honorable professeur, avec l'être arriéré qu'est ma fille », lança Lune de Printemps.

Avant que Miss Clayton ait pu la contredire, Vents d'Août détourna la conversation du professeur en la complimentant sur les cérémonies et la dirigea habilement sur d'autres sujets.

« Quelle est votre ville d'origine, Miss Clayton ? demanda-t-il.

— Philadelphie.

— Merveilleuse ville, véritablement merveilleuse ! » Il eut un geste d'admiration.

« Quand l'avez-vous visitée ?

— Jamais. Mais je pense à Philadelphie un peu comme on pense au ciel — on n'a pas besoin d'y aller pour savoir que c'est un bel endroit. »

Restée un instant sans voix, la missionnaire offrit un sourire incertain. Vents d'Août ne parut pas le remarquer et se mit à conter une histoire qu'il avait entendue pendant une croisière qu'il avait faite pour sa santé sur un bateau de plaisance.

« Étiez-vous malade ? demanda Jade Lustré.

— Ah ! ma sœur, je vois que vous êtes inquiète. Inutile de l'être. Mon voyage, comme la médecine par les herbes, était préventif. Pourquoi devrait-on attendre d'être malade pour jouir d'un voyage comme celui-là ? »

Suivit une discussion sur les mérites de la médecine orientale et occidentale, la YWCA en Chine, et la montée du banditisme. Pendant que Miss Clayton, Vents d'Août et Jade Lustré bavardaient, l'heure s'écoulait lentement. Silencieuse, Lune de Printemps regardait l'ombre des haies s'allonger sur la table comme une nappe sombre. Talent Courageux ne parlait pas beaucoup non plus bien qu'il écoutât attentivement quand la conversation se tourna enfin vers la politique. L'enfant assis maintenant sur ses genoux dodelinait de la tête et de nombreuses tables étaient vides.

« Qu'en pensez-vous, monsieur Chang ? demanda Miss Clayton. Est-ce que la Chine va se joindre aux Alliés dans cette guerre ? »

Il hocha pensivement la tête et fit une pause avant de parler. « Je pense que Pékin est à la veille d'annoncer sa décision de s'y joindre. Si cela dépendait de moi, je maintiendrais la neutralité de la Chine. »

Le silence qui suivit fut rompu par Jade Lustré. « Pourquoi, Grand-oncle ? Pourquoi êtes-vous contre l'entrée en guerre de la Chine ? »

Si Talent Courageux fut surpris par ses manières audacieuses il ne le montra pas et répondit tranquillement. « Parce que la Chine n'a pas de grief particulier contre l'Allemagne, ma nièce, et Pékin ne projette de se joindre aux Alliés que pour en recevoir d'autres armes et d'autres prêts. Je ne pense pas que notre pauvre pays puisse supporter une plus forte dose de la générosité des Alliés. » Il secoua la tête.

« Peut-être, dit Miss Clayton, que si la Chine se joint aux Alliés, elle aura part ensuite aux fruits de la victoire. Autrement, elle n'aura pas la parole dans le monde qui demain sera le nôtre. »

A la grande honte de Lune de Printemps, sa fille reprit la parole.

« Je pense que la Chine doit se joindre au combat. Le président Wilson a dit qu'il fallait préserver la démocratie dans le monde. La Chine aurait tout à gagner d'un tel principe. Pouvez-vous le nier, Grand-oncle ? »

A nouveau Talent Courageux répondit comme s'il n'avait pas remarqué son impolitesse. « Les principes ont pour habitude de s'effacer devant le pouvoir. Yuan Shikai avait déjà promis de soutenir les principes républicains...

— Mais, Grand-oncle, le président Wilson n'est pas Yuan ! »

Lune de Printemps s'éclaircit la gorge, espérant attirer l'attention de sa fille et mettre un terme à son insolence, bien que Talent Courageux ne parût pas en être offensé. « Petite Nièce, dit-il gentiment, il n'est qu'un homme.

— Il est chrétien. »

Là-dessus Lune de Printemps dit — en chinois — : « Comment ma fille peut-elle penser qu'elle est l'égale du Patriarche ? »

A quoi la fille répondit en anglais : « Mère, chacun a droit à ses opinions. »

N'a-t-elle aucune pudeur ? Lune de Printemps parla à nouveau en chinois : « Je t'interdis de prononcer un mot de plus de cette manière. Ne t'est-il pas venu à l'esprit que le roi d'Allemagne est lui aussi un adorateur de Jésus ? »

Il y eut un silence embarrassant. Bien fait, pensa Lune de Printemps. Les aînés sont les aînés, même à une remise de diplômes.

Vents d'Août se reprit le premier. Frappant des mains, il s'écria avec un grand déploiement de bonne humeur : « Ah ! il faut que je traduise. Vous voyez, Miss Clayton, vous êtes si bonne amie que nous oublions que vous ne parlez pas notre langue. Mon honorable Petite Tante vient de dire que les sandwichs ronds sont tellement plus savoureux. Mais ma jeune sœur l'a priée de revenir sur son jugement, préférant évidemment les triangulaires. Quant à moi, je suis d'accord avec mon cher ami disparu. *De gustibus non disputandum est.* »

Tous trouvèrent très drôle ce qu'il avait dit, quoi que ce pût signifier et quand leur rire fut calmé, ils prirent congé de Miss Clayton et se retirèrent lentement vers le grand portail de l'école. Jade Lustré et Vents d'Août tenaient chacun l'enfant par une main.

En passant devant le seuil de la chapelle, Talent Courageux se tourna vers Lune de Printemps et dit tout bas, pour que personne ne pût l'entendre : « Son père aurait été heureux aujourd'hui, j'en suis sûr.

— Sa mère... » Elle s'arrêta, se souvenant. Puis lentement elle sourit. « Sa mère aussi », dit-elle.

Arrivé au portail et à la Pierce Arrow, l'enfant, bien éveillé tout à coup, tira Jade Lustré par la main.

« Viens, ma nièce, viens voir ! »

Mais Jade Lustré s'était tournée une fois de plus vers les bâtiments étrangers. Pendant un moment elle se tint là, très droite, très silencieuse, regardant derrière elle. Dans les yeux de sa fille Lune de Printemps crut voir des larmes.

26

Les Cadeaux

Il n'y a pas si longtemps, dans la province de Kiangsou, un jeune orphelin décida de chercher fortune et quitta la maison de ses bienfaiteurs.

A Chinkiang, au confluent du Grand Canal et du Yang-Tsé, il écouta les bavardages des maisons de thé, perdant volontairement aux cartes de sorte qu'il était le bienvenu à toutes les tables. Ainsi il apprit le nom du compradore qui avait gagné le plus d'argent dans le temps le plus court avec le capital le plus réduit.

Il se joignit au jeu de ce grand homme dans la maison de thé des Buveurs Moustachus et l'orphelin laissa entendre qu'il était en fait l'héritier délinquant d'un clan important. Il perdit encore. Incapable de racheter ses plaques, il s'offrit comme assistant sans gages et le compradore, n'ayant rien à perdre et pouvant y gagner le patronage d'un clan puissant, accepta. L'orphelin apprit les méthodes de vente, la tenue des livres et quand il fallait réduire l'inventaire. Au bout d'une demi-année sa dette était payée et il partit pour Yang-Tcheou où, d'un autre professeur, à l'insu de celui-ci, il apprit le crédit, la bourse étrangère et les opérations sur dépôts étrangers.

Sa prochaine étape fut d'apprendre l'anglais, la langue de l'argent. A Nankin il se présenta à la mission baptiste. Il avait fait vœu à sa mère bien-aimée, dit-il, quelques minutes seulement avant qu'elle partît par la porte de jade du ciel chrétien, que lui aussi assimilerait la religion étrangère et répandrait la bonne parole dans le monde. Le chef de la mission lui-même entreprit de lui enseigner l'anglais. Au bout d'un an il sollicita un congé pour se rendre sur la tombe de sa mère et se mit bientôt en route, chantant vigoureusement : « Louez Dieu de qui découlent toutes les bénédictions... »

A Changhai il obtint l'emploi de steward à bord du vapeur Odyssey. *Il remplit loyalement ses devoirs et étudia soigneusement les manières des riches étrangers.*

Parmi les passagers il y avait un voyageur solitaire. C'était, dit le commissaire, un riche juif allemand qui vivait à Changhai et voyageait pour sa santé.

Quand il débarqua, le juif offrit au steward l'emploi de collecteur des loyers.

Avant peu, l'orphelin sut exactement quels locataires étaient sujets à caution et lesquels étaient susceptibles de partir sans payer. Un par un, ils furent remplacés par des gagneuses émérites, des femmes prospères et discrètes dont les seuls clients étaient les plus respectés des Européens.

En un an, il devint l'assistant personnel du patron et un bureau à cylindre neuf fut installé à côté de l'ancien.

Au bout de deux ans le bruit courut que les propriétés des Allemands seraient confisquées et, par simple précaution, le propriétaire mit ses biens au nom de son employé chinois. Ils célébrèrent leur prévoyance avec un sherry d'origine, ne pensant ni l'un ni l'autre que rien n'eût été changé.

Et puis, une nuit, après le départ de son protégé, le vieil homme s'assit pour un dernier coup d'œil à son livre de comptes. Au matin, l'employé le trouva immobile, toujours assis.

Le jeune homme prit doucement le corps dans ses bras et le coucha dans la pièce du fond où le vieil homme avait son lit. Malgré ses recherches il ne trouva aucune famille — rien que la photographie pâlie d'une maison à charpente de bois, glissée dans un coin du miroir.

Il commanda le cercueil le plus cher, ainsi qu'une réplique du costume noir de son patron, une copie exacte avec même la brûlure de cigarette qu'il y avait à la manche. Il fit construire aussi un tombeau en marbre, image même de la maison sur la photographie.

Le quarante-neuvième jour, sans s'être rasé ni peigné, l'héritier prit la tête d'une procession grandiose jusqu'à la tombe. Il était suivi par des pleureurs professionnels avec des bandelettes en toile blanche autour de la tête et de la taille et par les dames de la nuit, élégamment coiffées, en bombasin de couleur sombre. La lamentation de la foule émut les cieux mêmes, jusqu'aux larmes, pendant que l'orchestre de l'hôtel Astor jouait Le Beau Danube bleu.

Histoire du clan

Vents d'Août accompagna les Woo à Sou-Tcheou sur l'une de ses maisons flottantes. Le voyage prit trois jours et trois nuits. Le soir les voyageurs s'asseyaient sur le pont, respirant le jasmin qui parfumait l'air nocturne. Pas de lune, les rives devenaient invisibles et les lanternes qui papillotaient sur le yuloh qui les précédait se confondaient avec les lumières du ciel. Presque comme si la maison flottante eût été remorquée le long de la rivière des Étoiles. La tête renversée vers le ciel, Lune de Printemps rêvait, plongée dans le bonheur du retour, pensant à peine aux changements survenus, se disant seulement que les cheveux de sa mère seraient devenus gris.

Parfois Lune de Printemps et Vents d'Août racontaient des histoires et l'enfant assis sur les genoux de Jade Lustré riait autant qu'elle. Une fois, dans son excitation, Promesse Durable glissa et faillit tomber à l'eau. Après quoi Vents d'Août attacha le petit garçon à une corde dont il enroula l'autre bout à la taille, prétendant que c'était un jeu.

Vents d'Août décrivait de façon extravagante comment il avait acquis sa richesse. « Récemment, disait-il, j'ai été présenté à l'homme d'affaires le plus riche du monde et il a vu immédiatement en moi de telles promesses qu'il m'a prié de devenir son associé. » Ou bien : « Je suis allé au Tibet et le Dalaï-Lama a fait pleuvoir sur moi diamants et rubis, un pour chaque os de mon corps, car vraiment, disait-il, j'étais fait pour devenir maharadjah ! »

Parfois Vents d'Août disparaissait subitement dans les profondeurs du navire et reparaissait un moment après dans une nouvelle toilette. Il paradait devant eux, sollicitant leur opinion sur « le costume de tennis du prince de Galles » ou sur « la tenue d'équitation du prince ». Le prince de Galles et lui avaient le même tailleur, expliqua-t-il, et le même cercle d'amis. « Autrement d'où croyez-vous que viendraient ma Pierce Arrow, la flotte que j'ai sur le canal et mes trains de marchandises ? »

Oui, d'où cela venait-il ? C'est ce que pensait Lune de Printemps, se demandant si elle tenait vraiment à connaître la vérité.

Ses histoires à elle parlaient des ancêtres, des mythes, des légendes et poèmes que Jade Lustré ne connaissait pas ou qu'elle avait oubliés. C'était presque comme si sa fille, une fois de plus, était enfant, tant elle avait à lui dire.

A l'occasion Jade Lustré leur parlait de l'école ou d'un récit biblique. Mais elle avait une telle gravité, un tel moralisme, que tout le monde était mal à l'aise. Heureuse Promesse, faisant montre du même sérieux, pouvait pourtant se moquer de lui-même. Sa fille riait aux histoires invraisemblables de Vents d'Août, mais paraissait se prendre elle-même très au sérieux.

Quand le groupe descendit de voiture à côté des lions de bronze, le ciel était bleu, Lune de Printemps entendait à distance tinter les cloches des pagodes. C'était un jour à se sentir joyeux, du moins à première vue. Mais en arrivant devant l'écran des esprits elle sentit une nostalgie si subite qu'elle en eut le souffle coupé. Elle l'avait déjà ressentie lorsqu'elle avait longé le pavillon dans les collines de l'ouest en pensant qu'Heureuse Promesse était là. Aujourd'hui, pour un moment, bien qu'elle sût que cela appartenait au passé, elle vit la cour des Vertus Féminines telle qu'elle était jadis, avec la petite silhouette bien droite de sa grand-mère dans le fauteuil en bois de rose.

Elle avait compté sur la force du lieu aussi étourdiment que l'on compte sur la jeunesse. Maintenant toutes deux s'étaient évanouies.

Brusquement la peur l'emporta sur la nostalgie, effaçant les souvenirs. Promesse Durable courait en tête. Et si l'une des veuves à l'œil vif saisissait la ressemblance ? Elle s'avança en hâte pour lui prendre la main, se disant que ce qui était fait était fait, qu'elle ne devait rien laisser voir.

Elle fit l'effort de sourire au gardien qui saluait la compagnie en s'inclinant. Ils étaient attendus dans le hall des Ancêtres, leur dit-il.

Qu'est-ce qui allait se passer, se demandait-elle, avec toutes les femmes à leur place légitime ?... La pression de Promesse Durable sur sa main la fit revenir à elle.

Vents d'Août avait pris la conduite de l'opération, instruisant le gardien de ce qu'il fallait faire avec la caravane de cadeaux qui allait bientôt arriver. « Envoyez-les directement dans le hall. Puis réunissez toute la maisonnée et veillez à ce qu'ils soient tous rassemblés. Avec vous, bien entendu ! »

L'homme ouvrit de grands yeux, pleins d'espoir et s'inclina plusieurs fois coup sur coup. « Bienvenue, bienvenue !

— Qu'est-ce que vous avez dans ces boîtes, Vents d'Août ? demanda Jade Lustré.

— Bientôt, bientôt ! » Il sourit et ajusta le col de la tenue de promenade princière.

L'enfant la tira dans la Grande Cour et immédiatement Lune de Printemps remarqua que la porte de la Bouteille avait disparu; à sa place une ombre noire en briques neuves qui bouchait la vue. Disparus, le jardin des Échecs, la maison d'école, le dortoir des garçons — et quoi encore ?

Elle secoua la tête. Elle ne devait pas s'appesantir sur ce qui n'était plus mais penser à tout ce qui était encore là. Devant elle, le hall des Ancêtres, les colonnes fraîchement repeintes en rouge.

Mais à mi-chemin de l'entrée elle s'arrêta une fois de plus, retardant le moment où elle verrait ce qui avait changé : les nouvelles tablettes ancestrales derrière l'autel, les vides laissés par celles qu'on avait emportées dans d'autres villes.

Et, tout d'un coup, tous ceux qui restaient dans le *lao chia* apparurent sur le seuil, comme par magie. « Bienvenue au foyer ! Bienvenue au foyer ! »

Lune de Printemps riait à travers ses larmes en embrassant toutes les femmes l'une après l'autre et en échangeant des saluts avec le jeune homme solennel qu'était devenu Brillante Vision. Elles étaient restées les mêmes, les grand-tantes, Aurore Soyeuse, Neige Parfumée, dont les cheveux n'étaient pas gris mais teints couleur d'ébène et ramassés sur la nuque, faisant comme une boîte cloutée de perles. Seule Pure Vertu paraissait avoir pris de l'âge et une silhouette de matrone. Mais son sourire était toujours chaleureux. « Ma nièce, cria-t-elle, comme votre présence me réjouit le cœur ! »

Tout le monde parlait à la fois, chacune disant à l'autre comme elle avait bonne mine, comme Jade Lustré avait grandi. Et, grâces en soient rendues à Bouddha, le petit garçon avait l'air en bonne santé. Personne ne reconnut Vents d'Août qui se présenta avec la modestie qui convenait, visiblement ravi de leur étonnement.

Ils entrèrent tous ensemble dans le hall des Ancêtres dans une joyeuse vague d'enthousiasme.

La pièce, autrefois harmonieuse, était encombrée de tables de mah-jong et de tables à thé, de métiers à broder et des fauteuils en bois de rose venus de la cour des Vertus Féminines. Un écran en laque de coromandel cachait à la vue l'autel et les tablettes des ancêtres.

Un instant, il parut à Lune de Printemps que la chaleur de l'accueil était affectée, comme si tout le monde s'efforçait d'ignorer la mélancolie des changements. Mais voilà que Promesse Durable lui prit la main, l'entraîna vers la table à thé chargée de rafraîchissements divers. « Venez, Sao Sao, venez vite ! C'est le plus beau palais que j'aie jamais vu même dans les livres. » Elle rit et le rejoignit.

« *Lai* ! *Lai* ! » criaient les autres, riant aussi, chacune invitant du geste l'enfant à grimper à côté d'elle, tandis que les voyageurs prenaient place autour de la table.

Promesse Durable regarda Lune de Printemps pour savoir quel rôle tenir, puis courut à la plus vieille. Deuxième Grand-tante se mit à rire, les autres firent des signes de tête approbateurs.

La vieille femme regardait de côté le visage du petit garçon en train de grimper sur ses genoux. « Tu as des traits tout à fait raffinés. Vraiment tu ressembles à Haute Vision quand il avait ton âge. Ne le pensez-vous pas, ma sœur ? » se tournant vers Aurore Soyeuse.

Le pouls de Lune de Printemps s'accéléra mais avant que quelqu'un ait pu donner son opinion, Pure Vertu parla. « Absurde ! Promesse Durable n'a rien de mon aîné. Il est beaucoup plus beau que Haute Vision. »

Il y eut du remue-ménage à la porte : les cadeaux étaient arrivés ! Arrivés aussi tous les domestiques attachés à la famille, peut-être deux douzaines dont beaucoup étaient aussi vieux que les plus vieilles veuves. La famille avait pu se disperser dans des villes lointaines, mais ceux qui l'avaient servie y avaient leur place assurée jusqu'à la mort.

C'est encore Vents d'Août qui dirigea le mouvement, faisant asseoir les domestiques par terre des deux côtés de la table familiale, les convoquant ensuite l'un après l'autre pour distribuer les cadeaux. Par quel miracle l'homme qui avait quitté les cours cinq ans plus tôt avait-il choisi le cadeau approprié à chacun ? Il y avait des lunettes pour la couturière myope, du savon parfumé pour la fille de cuisine, un chien pour le veilleur de nuit, des bains de pied et des casques coloniaux pour les porteurs de chaises, un manteau en écureuil pour l'Amah au sang affaibli, trop vieille maintenant pour faire beaucoup plus que s'asseoir dans la cour et bavarder dans l'entrée avec les colporteurs, un an de réserve en Tonique de Lydia Pinkham pour le terrible cuisinier dont les douleurs qu'il ressentait dans les trois cent soixante-sept points de son corps échappaient curieusement à l'herboriste et à l'acupuncteur, une échelle à rallonge pour le gardien des clés des magasins, une bicyclette pour le portier en chef, des boucles d'oreilles en jade pour chacune des servantes, une bouillotte d'eau chaude pour chaque lit.

A chaque merveille dévoilée, on entendait un gloussement de plaisir qui ne faisait qu'augmenter l'impatience de tous à l'idée du plus grand des cadeaux, celui qui était destiné à la famille.

Enfin il plongea la tête dehors et appela les porteurs; six hommes chargés d'un lourd fardeau, caché sous un tissu de brocart rouge, s'avancèrent vers le centre de la pièce; l'assemblée éclata en applaudissements.

« Qu'est-ce que c'est ? Qu'est-ce que c'est ? » criaient-ils, suppliant les porteurs de ne pas le laisser tomber, faisant des conjectures sur ce que ce pouvait être.

« Trois cercueils !

— Une voiture électrique !

— La fiancée du jeune maître !

— Cinq ans de réserve de purée de haricots !

— De l'or ! de l'or ! de l'or ! »

A chaque supposition, Vents d'Août debout à côté de son cadeau secouait la tête, solennellement. Quand ils en vinrent à se répéter, il frappa dans ses mains pour obtenir le silence. « Honorables Grand-mères, amis anciens et nouveaux... »

Personne ne respirait.

« Je vous donne encore une supposition chacun !

— Oh ! gémit Seconde Grand-tante, s'il vous plaît, plus de suppositions. Que cette vieille femme puisse le voir avant de s'envoler sur la cigogne.

— A votre gré, mon arrière, arrière, arrière, arrière-grand-tante. » Il s'inclina de nouveau. Alors d'un geste large, il enleva la couverture de brocart. Une vision de bois de rose et de nacre, d'ivoire et d'argent, se fit jour.

La maisonnée éclata en cris de bonheur et même Lune de Printemps s'en trouva si étourdie qu'elle fut un moment avant de se rendre compte que le cadeau était un piano.

Les trois vieilles veuves se hâtèrent d'avancer, oscillant sur leurs lis dorés autour de l'objet vers lequel elles tendaient les mains, sans avoir le courage de le toucher, pendant que les domestiques le montraient du doigt en se tapant sur les cuisses et en criant leur approbation. Aurore Soyeuse et Pure Vertu gardaient leur dignité, s'éventant furieusement. Lune de Printemps s'élança pour retenir Promesse Durable.

Un silence tomba.

« Qu'est-ce que c'est ? demanda Seconde Grand-tante, qu'est-ce que c'est ?

— Ne le savez-vous pas, ma sœur ? » Le ton de Troisième Grand-tante était tout à fait supérieur.

« Non. Et vous ?

— Naturellement je le sais. » Troisième Grand-tante fit une pause et la société se resserra autour d'elle pour l'entendre. « Mais je laisserai Vents d'Août vous éclairer lui-même. » Les autres gémirent, elle éclata de rire et le tressautement de son corps, aussi rond qu'une courge d'été, donnait le démenti à la main qu'elle élevait modestement pour cacher une gaieté incongrue et l'absence de deux dents.

Promesse Durable ne put en entendre davantage. Se libérant de Lune de Printemps, il s'élança et s'accrocha au pantalon de Vents d'Août : « Dis-le ! Dis-le ! »

Maintenant le rire se répercutait dans le hall, mêlé aux « Dites-le ! dites-le ! » chantés par les veuves. Lune de Printemps ne put s'empêcher de rire. Mes grand-tantes, pensa-t-elle, vivront bien jusqu'à cent ans si ce n'est deux cents.

Vents d'Août leva les mains comme pour se rendre, puis tâta chacune de ses poches jusqu'à ce qu'il ait trouvé un mouchoir pour s'essuyer le front. Tous les yeux étaient sur lui. Il plia soigneusement le mouchoir et le remit dans sa poche. « S'il vous plaît, asseyez-vous tous. Je vais vous montrer ce que c'est. »

Les veuves hochèrent la tête comme pour dire il est temps, il est grand temps, et s'aidèrent mutuellement à revenir à leurs fauteuils. Les domestiques reprirent leur place sur le sol.

Vents d'Août eut un sourire. « Mais d'abord... »

La foule gémit.

« Mais d'abord, avant que je puisse vous montrer la magie qu'il y a là-dedans, j'ai besoin d'une fille avec de grands pieds ! »

Les têtes virèrent d'un seul coup vers Jade Lustré. « Vous ! Vous ! Vous ! »

Dans son excitation Lune de Printemps avait presque oublié Jade Lustré. Celle-ci ne s'était pas écartée de la table, assise très droite dans son costume de missionnaire. Elle secoua la tête. Ma fille a l'air, pensa Lune de Printemps, d'avoir jugé quelque chose et de l'avoir trouvé en défaut. Même le charme de Vents d'Août ne la touche pas.

Lune de Printemps se joignit au chœur. « Toi, toi, toi ! »

Finalement Promesse Durable vint la prendre par la main. « S'il vous plaît, ma nièce, s'il vous plaît ? » Personne n'aurait pu lui résister. Chacun applaudit quand elle s'assit au piano.

« Maintenant, ma sœur, faites bien attention. » La voix de Vents d'Août résonnait dans la pièce : « Placez ici votre grand pied gauche », désignant la pédale de gauche, « et là votre grand pied droit ».

Jade Lustré obéit sans enthousiasme.

« Maintenant, ma sœur, servez-vous de vos pieds à bon usage. Appuyez sur l'un, puis sur l'autre. »

La jeune fille fit ce qu'il lui disait. Soudain la musique remplit la salle. Sauf Vents d'Août et Jade Lustré, personne ne reconnut les mélodies mais tous applaudirent lorsqu'il annonça qu'elles étaient l'œuvre du célèbre Américain Stephen Foster. Et des heures durant, les cours retentirent du chant, des claquements des lis dorés et des sandales de paille pendant que toute la maisonnée reprenait les airs des *Courses de Camptown*, *Jeannie aux cheveux châtains*.

C'est presque comme autrefois, pensa Lune de Printemps. Tant de chaleur, tant de bruit, tant de gens ! Même les ancêtres semblent proches; elle imagina son père, la Vieille Dame, le Vénérable, assis côte à côte dans leurs fauteuils en bois de rose, hochant la tête en musique, avec une grande dignité. Vieux Jardinier restait tranquille dans un coin et Bouboule, hilare, était partout à la fois.

Puis son attention fut attirée par son fils, tournoyant sur le plancher, les bras en l'air, la tête renversée, riant, pendant que Brillante Vision et les porteurs, l'un après l'autre, le suivaient pour le rattraper s'il tombait. Et Jade Lustré ? Les joues enflammées, elle appuyait inlassablement sur les pédales et échangeait de tendres regards avec le chef d'orchestre en chantant avec lui.

Les réjouissances durèrent jusqu'à la nuit et même le lendemain après le petit déjeuner. On pouvait entendre, par intervalles, dans les cours, les airs que chantaient les domestiques en allant à leur travail.

Lune de Printemps était en train de déballer ses livres dans la cour du Cœur Sage quand l'une des servantes vint demander audience pour Vents d'Août. Elle le reçut, mal à l'aise. Il aurait dû avoir le bon sens d'attendre un certain temps avant de venir lui parler de sa fille.

« Petite Tante, comme c'est gentil de me recevoir ! »

Elle lui indiqua un siège. « C'est la moindre des choses, pour un professeur, de recevoir son ancien élève.

— Je préférerais que vous pensiez à moi sous un meilleur jour. En dépit de vos brillants efforts j'ai été un bien mauvais élève.

— Pour certains la vie est le meilleur des professeurs. »

Il rapprocha sa chaise. « Puis-je vous demander une faveur, ma tante ?

— Je ne puis imaginer quelle faveur je pourrais vous faire, Vents d'Août. » Elle sortit son éventail et l'ouvrit d'un coup sec.

Il sourit sans être affecté, apparemment, par son ton cérémonieux. « Comme vous le voyez, en affaires, j'ai de nombreuses possibilités.

— Ne me parlez pas d'affaires. Je n'y connais rien. »

Il sourit encore. « S'il vous plaît, soyez patiente avec moi. Je voudrais vous demander une grande faveur, une faveur que vous êtes seule à pouvoir m'accorder, ma tante. » Ses yeux étaient graves et implorants.

Elle inclina la tête.

« Il s'agit d'un immeuble que je possède et que je souhaite conserver pour l'utiliser plus tard, si l'on a besoin en ce lieu d'une usine ou d'une gare régulatrice. Je ne veux pas que mes concurrents connaissent mon projet d'acheter les propriétés mitoyennes. Pour écarter les soupçons, j'ai besoin de quelqu'un de confiance qui habiterait la maison. Elle est équipée de tout ce qui est nécessaire, y compris d'un personnel domestique. Si je m'y installe les gens auront des soupçons. Mais si c'est vous, personne ne pourra deviner mes intentions. » Il s'arrêta comme pour attendre une réaction.

Lune de Printemps posa l'éventail mais ne dit rien.

Il continua. « Vous me feriez la faveur la plus insigne si vous acceptiez d'y habiter. Naturellement je vous défraierai de toutes les dépenses. »

Lune de Printemps secoua la tête.

« Petite Tante, je sais que c'est beaucoup exiger mais vous ne devez pas dire non avant d'avoir vu la maison.

— Vents d'Août, où est située la maison ?

— A Changhai, dans le secteur français, rue Flaubert. »

Et à proximité de votre MS et Cie, pensa-t-elle. Pourtant elle n'arrivait pas à lui en vouloir. Se rendait-il compte que le prix pour lequel il intriguait avec tant d'art, ce n'était pas elle qui pourrait le lui donner ? Avec Jade Lustré il n'y aurait pas d'intermédiaire.

« Vents d'Août, nous venons juste d'arriver !

— S'il vous plaît, ma petite tante, pardonnez-moi de vous parler de mes problèmes d'affaires si tôt après votre retour. J'aurais dû m'abstenir. Mais ne dites pas non maintenant. Donnez-y quelques pensées dans les mois qui viennent. Rien ne presse. » Il hésita, parut se demander s'il allait continuer et dit enfin d'une voix douce : « J'ai attendu longtemps, je peux sûrement attendre davantage. En dépit de ce que vous pouvez penser, mon cher professeur, je suis un homme très persuasif. »

27

Une personne de caractère

Il y avait une fois une femme qui souhaitait plaire à son mari, le faire sourire, le satisfaire.

Ayant ouï dire qu'il admirait les grands pieds elle fit vœu de débander les siens. Pendant le premier mois elle baigna scrupuleusement ses lis dorés dans des eaux médicinales jusqu'à ce que les callosités et les os soient redevenus souples. Pendant le deuxième, petit à petit, elle redressa les orteils déformés. Pendant le troisième elle réapprit à marcher, un pas à la fois. Chaque mois elle versait une citerne de pleurs.

Quand elle eut fini de débander ses pieds, ils restaient trop courts et elle bourra de coton et d'un cône de bois les bouts de ses souliers neufs à hauts talons. Elle marcha fièrement jusqu'à la porte de la Lune pour surprendre son mari qui revenait d'un séjour dans une autre ville.

Il ne remarqua le changement que lorsqu'elle faillit tomber.

La femme pleura sans mot dire : « Mon mari, je voulais vous plaire, faire ce que personne d'autre n'a fait en notre maison. Je voulais que vous puissiez dire que vous étiez fier de votre femme, une Chinoise moderne avec de grands pieds. »

Histoire du clan

Au crépuscule, le troisième jour de la quinzaine de la petite neige, Jade Lustré, assise dans la chambre qu'elle partageait avec Promesse Durable, tournait une à une les pages de son Nouveau Testament, tandis que sur la galerie extérieure le petit garçon jouait avec un balai en fredonnant une chanson qu'elle ne connaissait pas.

A l'heure du serpent les veuves et Pure Vertu, escortées par Brillante Vision, étaient parties pour le couvent de la Quête Sereine.

Elle avait savouré cette journée sans femmes et ce fait la troublait. Signe de faiblesse, manque de dévouement à ses devoirs ? En quatre mois, depuis leur retour, elle était devenue gênante pour tous ses commensaux et elle le savait. Mais qu'elles trouvent sa conduite inconvenante et peu civilisée, cela ne devait pas compter. Elle était censée œuvrer pour Dieu.

On ne pouvait nier que jusqu'ici tout ce qu'elle avait essayé avait mal tourné. Quand elle avait enlevé de sa place d'honneur le dieu de la cuisine, donné les offrandes qui lui étaient destinées aux mendiants qui passaient le temps à la porte des colporteurs, ses aînées avaient grondé pendant une semaine et bien des fois sa mère avait dû solliciter leur pardon. Quand elle avait retiré les boucles d'oreilles et les rubans dans les cheveux de l'unique fils du portier en chef qui était enfin arrivé à engendrer un mâle après six filles, le père s'était mis à pleurer. « Maintenant les dieux jaloux vont me voler mon garçon ! » s'était-il mis à crier indéfiniment, sans faire attention à ce qu'elle disait, jusqu'à ce qu'elle ait remis ce qu'elle avait enlevé. Les vieux serviteurs, comme un seul homme, avaient menacé de s'en aller si elle n'arrêtait pas d'intervenir et Pure Vertu avait dû les apaiser avec des cadeaux.

Elle avait vite cessé de leur lire les histoires de Noé, du Déluge, de Moïse et des dix plaies d'Égypte et même les paroles de Jésus. Les femmes s'intéressaient trop aux contes, la vérité leur échappait. Maintenant elle ne lisait plus que les passages les moins divertissants et les sermons, tout ensemble édifiants et différents des contes traditionnels qu'elles se racontaient tous les jours. Mais, aux Béatitudes, elles riaient et recommençaient à bavarder, à coudre et à boire du thé avant qu'elle ait atteint la dernière.

La pire était sa grand-mère, Neige Parfumée, qui semblait passer ses matinées à ne rien faire que se coiffer et peindre ses sourcils. Quelle futilité !

Sa mère n'était pas futile du tout mais elle ne lui était d'aucune aide. Elle avait enseigné dans une école chrétienne mais ici, dans les cours, on ne s'en serait pas douté. Leur dernier affrontement avait eu lieu hier seulement, répétition de tous les autres.

« Mais, Mère !

— Ma fille, je ne veux pas débattre les mérites de chaque goutte de pluie. Je parle de la tempête — la tempête que tu déchaînes partout où tu vas, prêchant ici, sermonnant là. Tu ne dois pas insulter tes aînés. Tu ne dois pas agir comme si tu étais plus sage qu'eux. J'aurais dû écouter Por Por et t'apprendre à lire sur les visages au lieu de t'envoyer apprendre l'anglais.

— Mais, Mère, ne pouvez-vous comprendre que leur ignorance les empêche d'avoir une vie plus productive et plus pieuse ? Je devrais m'arrêter, dites-vous. Mais si vous voyez quelqu'un boire à une coupe empoisonnée, n'essaierez-vous pas de l'arrêter ? Spécialement si cette personne est sans défense, comme si elle ne pouvait entendre, parler ou voir ?

— Assez ! Parler ainsi de ceux qui nous ont donné un foyer, c'est... un péché ! J'ai peur, Jade Lustré, qu'en élargissant ton esprit, tu n'aies rétréci ton cœur. »

Au moins Pure Vertu faisait quelque chose d'autre que jouer au mah-jong et broder des nappes d'autel, bien qu'elle aussi parût fermée à Jésus, remettant tranquillement le dieu de la cuisine à sa place sur le mur. Pourtant elle avait été la seule à ne pas se mettre en colère quand le cuisinier était resté un jour sans travailler après qu'elle lui eut dit que les feux de l'enfer chauffaient plus que son four. Et elle avait vraiment approuvé la bonne nouvelle, que des milliers de Chinoises se débandaient les pieds, tandis que les veuves se contentaient de réclamer un succédané des nouveaux souliers à hauts talons.

« Grand-tante, avait-elle dit, par toute la Chine, des jeunes gens de bonne famille ont juré de ne pas épouser des jeunes filles avec des lis dorés. »

Quand les veuves prétendirent qu'elle avait menti, elle leur lut les noms cités sur une coupure de journal.

Les femmes ne la croyaient toujours pas jusqu'à ce que Pure Vertu prît elle-même la parole. « C'est vrai. J'ai entendu mon mari en parler. Je l'ai entendu dire qu'il presserait nos fils d'épouser des jeunes filles avec des grands pieds.

— Si c'est ce qu'il souhaite, pourquoi ne débandez-vous pas les vôtres ? demanda Seconde Grand-tante, triomphante comme si elle venait de marquer un *p'ung*.

— Vous devriez ! Vous devriez ! s'écria Jade Lustré.

— Ce serait trop pénible, plaida Lune de Printemps. Est-ce que quelqu'un peut oublier les larmes que nous avons toutes versées pendant les premiers mois que nos pieds étaient bandés ? »

Les femmes se taisaient.

« Demanderiez-vous à qui que ce soit de revivre ces douleurs même si en le faisant vous pouviez capturer le vent ?

— Oh ! non, crièrent toutes les femmes, à l'exception de Pure Vertu. Oh ! non.

— Seul quelqu'un comme ma fille qui n'a jamais connu cette douleur pourrait suggérer une chose pareille ! Ce qui est fait est fait. »

Elles inclinèrent la tête. Jade Lustré se mordit la langue pour étouffer la réplique qui lui restait dans la gorge comme une arête de poisson.

Quand vint l'automne elle commença à accompagner Pure Vertu dans ses tournées le long des quelques fermes qui appartenaient encore à la maison des Chang. Partout où elles allaient, les fermiers avaient les yeux creux, étaient maigres, desséchés jusqu'à l'os. Beaucoup avaient engagé leurs vêtements d'hiver et n'avaient pas d'argent pour les racheter, ils grelottaient. Mais quand elle parla de leur triste condition, Pure Vertu n'encouragea pas sa sympathie, disant simplement d'un ton terre à terre : « Pas assez de pluie. Mauvaise récolte.

— Grand-tante, vous devez faire quelque chose pour les aider ! »

Pure Vertu ne lui répondit pas et ce n'est qu'après de nombreuses questions qu'elle essaya de lui expliquer.

Comme les récoltes étaient également partagées entre propriétaires et fermiers, ce qui avait été la coutume pendant des siècles, la vie était devenue de plus en plus dure pour ceux qui travaillaient la terre. Car les fils valaient de l'or, ils étaient même plus précieux que l'or pour des parents âgés, il en naissait beaucoup et, devenus adultes, ils voulaient aussi des fils, en sorte qu'il y avait trop de bouches à nourrir sur la part du fermier. Autrefois, avant que Sou-Tcheou devienne un port de concession, les paysans amélioraient leur revenu en vendant des objets de leur fabrication. Maintenant, eux-mêmes préféraient aux produits locaux les articles étrangers moins chers et mieux fabriqués. Ces dernières années, beaucoup d'hommes avaient quitté le pays pour chercher un emploi dans les villes, mais peu avaient réussi, la plupart se retrouvant à la charge de leurs familles.

C'était une série d'explications. Pas un mot pour suggérer un remède. Jade Lustré persista.

« Ne pouvons-nous au moins diminuer les loyers, Grand-tante ? »

Pure Vertu fit semblant de ne pas entendre et parla d'autre chose.

Mais Jade Lustré refusa de se laisser intimider, elle répéta sa question. En fin de compte Pure Vertu dit : « La maison des Chang a beaucoup de responsabilités. Il y en a beaucoup dans les cours qui ne peuvent pas être fermiers, beaucoup qui ont servi la famille pendant des générations, beaucoup qui sont incapables de changer, il y en a un qui étudie à l'étranger, d'autres qui comptent sur notre aide, l'hôpital, la guilde des mendiants...

— Mais, Grand-tante », Jade Lustré n'avait pas exactement interrompu mais pris avantage d'une pause, « Grand-tante, que vont-ils devenir ? Certains n'auront pas de quoi manger. Vont-ils vendre leurs enfants ? Ce n'est pas juste. Nous devons faire quelque chose. »

L'épouse du Patriarche dit simplement : « C'est le destin », puis reprit une phrase déjà employée par Jade Lustré elle-même : « Que la volonté de Dieu soit faite. » Jade Lustré ne dit plus rien.

Pourtant elle ne pouvait accepter ce qu'elle voyait. Bien sûr elle avait su que la Chine était pauvre, les missionnaires le lui avaient appris et elle avait écouté les histoires affreuses que racontaient les filles à la porte de l'Espoir. Mais elle n'avait jamais réellement vu, jamais imaginé que la vie des paysans fût si précaire. Une mauvaise moisson, des dettes la vie durant.

A l'une des fermes qu'elles visitaient, elle demanda à Pure Vertu l'âge des fermiers. Les adultes avaient dix ans de moins qu'elle n'aurait pensé. Ils avaient déjà l'air vaincus par la vie, bien qu'ils sourissent à tout propos, et les très petits enfants accrochés à la hanche de leurs mères avaient des plaies à la jambe et la morve au nez.

Elle était gênée aussi par les courbettes innombrables des paysans, par la façon dont les adultes mendiaient la moindre faveur. La plupart n'osaient même rien dire, bien que la maîtresse ne manquât jamais d'être aimable. Les enfants plus vieux se cachaient jusqu'à leur départ.

Ses idées lui tournaient sans fin dans la tête. Il fallait qu'elle fît quelque chose pour les aider, il n'y avait plus de temps à perdre... Peut-être n'irait-elle pas en Amérique, après tout... peut-être devrait-elle s'inscrire dans une université de province, pour être moins dépendante du clan...

Finalement elle décida de se porter volontaire pour travailler à l'hôpital. Comment pourrait-elle devenir médecin sans jamais voir de malades ?

La réaction des veuves était prévisible. « Kouan Yin la miséricordieuse ! lui dirent-elles. Ne suffit-il pas que la maison des Chang n'ait jamais refusé d'aumônes pour soigner les malades ? Que pourrait faire une fille comme elle au milieu d'inconnus ayant des maladies encore plus inconnues ? Sinon rapporter les maladies à la maison. Il faut le lui interdire ! »

Pour une fois sa mère ne prit pas leur parti. « Laissez ma fille aller à l'hôpital, dit-elle calmement. Qu'elle demande si elle peut se rendre utile. »

Jade Lustré, enthousiasmée, voulut y aller sur-le-champ, mais on lui dit que la voiture était prise. « Demain, lui dit sa mère. Attends demain. »

Cette nuit-là elle fut incapable de dormir, à l'idée de pouvoir enfin accomplir quelque chose.

Au matin la femme du médecin de la mission la reçut très cordialement et lui parla longuement devant une tasse de thé de l'importance des rapports entre les communautés et du grand besoin qu'ils avaient d'être soutenus par des familles influentes comme les Chang.

« Moi aussi je voudrais vous aider. Je pourrais...

— Oui, on m'a dit que vous vouliez faire des études médicales. J'espère que vous penserez à nous, Margaret, quand vous serez prête à exercer. Nous sommes toujours en quête de médecins. Mais nous n'avons pas besoin de volontaires. »

En rentrant chez elle Jade Lustré pleurait toutes les larmes de son corps. Margaret ne comptait pas. Le clan seul avait de l'importance.

Jade Lustré referma sa bible. Il faisait presque nuit, et elle remonta la mèche. L'heure de se coucher. Elle ouvrit les volets et regarda un moment par la fenêtre, observant le garçon. Aussi rondouillard que le Premier Immortel sous ses nombreux vêtements, il faisait semblant de ramasser des choses dans un panier imaginaire et chantait tout seul.

Vole un œuf, vole un œuf
Si tu le lâches tu perds un bœuf.
Cueille un jonc, cueille un jonc,
Si tu le lâches, perds un cochon.

On aurait dit une comptine paysanne et elle se demanda un instant où il l'avait apprise. Mais le vent du nord vint se prendre dans ses cheveux. « Promesse Durable, appela-t-elle, frissonnante. Il est tard. Temps d'aller au lit ! »

Elle sourit quand il arriva en courant. Le petit garçon ne se dérobait jamais à ses propositions, ne lui opposait jamais un silence glacé, ne lui disait jamais qu'elle était une étrangère.

« Je t'aide à te déshabiller ? » demanda-t-elle.

Il secoua la tête, solennel. Ses yeux étaient grands ouverts, innocents comme... comme ceux de l'agneau divin. Il était clair qu'il avait l'intention de faire traîner le rituel. Elle sourit encore. Voir à travers lui, en quelque sorte, lui donnait du courage, et quand la tête de l'enfant eut disparu dans le coffre où étaient ses vêtements de nuit, elle mit la bible de côté et prit un crayon et son carnet de notes. Elle devait se fixer des buts précis comme elle l'avait fait à l'école, quand il lui suffisait d'en rayer un sur sa liste pour avoir l'impression de remporter un grand succès. Gardant l'œil sur l'enfant, elle griffonna ce qu'elle devait faire quand les femmes seraient revenues de leur retraite.

Ce n'était pas facile. A la pensée qu'elles s'agenouillaient devant des idoles peintes, une colère aveugle l'envahit et elle froissa la feuille pour recommencer à écrire quand elle retrouva son calme. Bientôt une constellation de boulettes de papier s'éparpilla à travers toute la pièce. Cependant la liste s'allongeait. Dois encore essayer de convaincre le cuisinier que l'opium ne guérit rien. Dois encore essayer de me porter volontaire, à l'orphelinat cette fois. Dois expliquer que les gourdes sous les lits n'empêchent pas les fantômes d'étrangler les dormeurs. Dois... brusquement elle courut regarder sous son lit. Il ne s'y trouvait rien, ni gourde, ni touffe d'ail, pas même un mouton de poussière. Elle revint à sa chaise.

Dois prouver que la prédiction de la diseuse de bonne aventure était fausse. Dois...

Promesse Durable bondit hors de la salle de bains, la figure encore mouillée. « Un jeu ! Un jeu ! » cria-t-il en courant pour ramasser une boulette de papier.

Une fois de plus elle ne put s'empêcher de sourire. « Quel jeu ?

— Dans la boulette de papier ? Une surprise pour moi ? demanda-t-il plein d'espoir. Si je la trouve, je peux la garder ?

— Pas de surprise, dit-elle en ramassant rapidement les papiers. Il est temps d'aller au lit.

— Une histoire ?

— Non, il est tard.

— Une chanson ?

— Non, dit-elle, catégoriquement. Juste le temps de dire tes prières. »

Il ne protesta pas mais se mit vite à genoux à côté du lit, dans la position voulue, et récita la prière qu'elle lui avait apprise. « Dieu bénisse Sao Sao. Dieu bénisse ma nièce, Jade Lustré. Dieu bénisse mon neveu, Vents d'Août. » Brusquement il regarda Jade Lustré à genoux à côté de lui. « Est-ce que je peux demander à Dieu de bénir qui j'en ai envie ? »

Prise au dépourvu elle hésitait. Mais les yeux du garçon étaient vraiment anxieux. « Naturellement. »

Il inclina la tête à nouveau et dit : « Dieu bénisse Maman, Dieu bénisse Papa. Amen. » Et il grimpa bien vite dans son lit.

C'était la première fois qu'elle en entendait parler et elle demanda : « Est-ce que Maman et Papa sont du village ? »

Il fit un signe affirmatif. « Cendres Savantes.

— Tu veux dire le village des Roseaux ?

— Non. » Il s'assit et secoua la tête.

« Tu es sûr ?

— Oui. » Il insista. « Sao Sao m'a mené au village des Roseaux mais je ne vivais pas là. Seulement à Cendres Savantes.

— Avec Maman et Papa ?

— Naturellement. Papa m'emmenait tous les jours dans les champs. Maman a cousu mes souliers à face de tigre ! »

Sans doute avait-elle dit tout haut qu'elle ne le croyait pas car le garçon se glissa hors du lit pour courir au cagibi aux vêtements et revint avec une paire de vieux souliers. « Regarde ! Regarde ! C'est ce que je t'ai dit !

— Comment t'appelais-tu avant ? » demanda-t-elle. Serait-il possible que ce garçon ne fût pas un membre du clan des Woo ?

« Petit Trésor. Mais je n'aime plus ce nom. C'est un nom de bébé. Je sais lire ! »

Elle n'écoutait plus. Cendres Savantes... Savantes... Elle avait déjà entendu ce nom. Il y avait longtemps. Quand elle était petite. Dans une des histoires de sa mère, peut-être.

Alors elle se rappela. Cendres Savantes était le village de Muette. Muette qui avait soigné sa mère à la naissance de Jade Lustré, Muette dont la famille avait été massacrée, dont sa mère avait abondamment raconté les souffrances. Promesse Durable devait être son fils.

Elle n'avait jamais vu la servante, mais elle l'imaginait maintenant, en haillons, bouffie à cause de la famine, apportant le fils qu'elle aimait plus que tout au monde à son ancienne maîtresse, à son amie, pour lui demander son aide. Et celle-ci, au lieu de lui donner ce qu'elle pouvait, avait acheté l'enfant comme une marchandise, avait accepté l'inacceptable.

« Qu'est-ce qu'il y a, ma nièce ? Tu es triste ? » Promesse Durable tendit la main, inquiet, et lui toucha la joue pour attirer son attention. Mais même pendant qu'elle le rassurait, qu'elle le bordait, elle gardait en tête la même image qui devenait de plus en plus évidente jusqu'à ce qu'elle n'ait plus aucun doute. Sa mère était comme toutes les Chinoises qui vivaient derrière les murs des jardins et se cadenassaient le cœur contre ceux de l'extérieur. Sa mère avait pris un fils, peut-être un fils unique, à la plus misérable des créatures, à une femme qui avait dû enterrer sa mère, son père, son petit frère. Sa mère avait pris un fils... avait acheté un enfant... avait pris un fils... acheté...

Promesse Durable s'agita en dormant, elle le caressa pour le calmer. Elle était toujours à genoux et elle se mit à prier en chuchotant pour ne pas réveiller l'enfant. « Notre Père qui êtes aux cieux... »

Le matin suivant, quand elle s'éveilla, elle portait les mêmes vêtements que la veille, incapable de se rappeler quand elle s'était endormie, l'enfant dans les bras.

Toute la semaine, sauf lorsqu'elle devait s'occuper de Promesse Durable, elle resta dans sa chambre avec son Nouveau Testament, relisant sans cesse le même passage de la Première Épître aux Corinthiens : « Et lors il y a la foi, l'espérance et la charité; mais de celles-ci la plus haute est la charité. »

Ce fut pendant la nuit précédant le huitième jour de la quinzaine de la petite neige, où les femmes devaient revenir de leur retraite, qu'elle prit sa décision.

Elle rêva qu'elle jouait au badminton à l'école, mais cette fois une foule l'observait. Tout le monde était là, même le Hanlin et son propre père, dans son cadre d'argent. Puis le jeu se transforma. Le volant devint oiseau, le filet, l'écran des esprits. La raquette était une pierre qu'elle lança vers l'oiseau. Elle le manqua. La foule encerclait le court. Chacun tenait une pierre. L'oiseau avait disparu. A sa place, sa mère. Dans la main de Jade Lustré, une autre pierre. Maintenant tout le monde criait : « Vous ! vous ! » Lune de Printemps souriait, ouvrant tout grands les bras. Elle reprenait le chant : « Vous ! vous ! vous ! » Jade Lustré fit ce qu'on lui disait et jeta la pierre. Sa mère tomba, elle se réveilla.

Ses joues étaient trempées de larmes.

Le rêve était-il un message du Seigneur ou autre chose ? Elle n'en savait rien. Elle savait seulement qu'elle était incapable d'accuser sa mère, de l'affronter en révélant ce qu'elle avait appris.

Le dernier jour de la quinzaine de la grande neige fut anormalement froid, les pots où fleurissaient les chrysanthèmes jaunes se fendirent et dans le jardin l'eau de pluie retenue par une empreinte de pas se changea en glace.

Lune de Printemps, comme elle l'avait fait toute la semaine, travaillait à glacer des châtaignes et du gingembre pour les cadeaux de nouvel an, pendant que les autres femmes, assises autour du métier à broder, se hâtaient de finir la nappe d'autel et bavardaient en se demandant qui reviendrait pour la cérémonie, qui avait bien réussi dans les cités maritimes, ou bien quels étaient ceux qui leur manquaient et ceux dont elles seraient heureuses d'être débarrassées. Seuls Pure Vertu et Brillante Vision étaient absents, ils s'occupaient aux comptes de fin d'année et préparaient les enveloppes rouges pour la maisonnée.

Dans un coin, à la table de mah-jong, Promesse Durable et Jade Lustré décoraient un petit arbre de Noël que Vents d'Août avait envoyé avec une crèche extrêmement soignée, venue de France. De temps en temps elle entendait la voix aiguë du petit garçon au-dessus du brouhaha des autres. « *Cow* !... *Goat* ! » Jade Lustré lui apprenait l'anglais. « *Virgin Mary* ! »

Lune de Printemps tournait les yeux d'un groupe à l'autre, savourant le contentement intérieur qui semblait rayonner aussi chaudement que le brasero placé au centre de la pièce, près du fauteuil vide de la Vieille Dame. Est-ce parce que c'était déjà presque fête ? Parce que toutes les femmes, même Jade Lustré, prenaient tant de plaisir à leur tâche ? La scène était si familière, si semblable à celles de son enfance, et pourtant... et pourtant pas du tout la même. Timidement elle étudia les mains gracieuses d'Aurore Soyeuse, le visage serein de Troisième Grand-tante et les yeux qui louchaient de Deuxième Grand-tante. Pourquoi tant d'application à se les graver dans la mémoire ? Ses yeux s'attardaient sur sa mère qui avait disposé ses cheveux en bandeaux torsadés sur les tempes, comme les ailes d'un colombe.

Tout d'un coup Lune de Printemps sut qu'elle partirait bientôt.

Personne n'avait rien suggéré de tel. Mais moins on en parle, mieux on sent la tension. Il était temps de se retirer sans heurt, sans que personne eût à regretter des mots qu'il valait mieux ne pas dire; personne n'aurait perdu la face.

Elle ne dirait rien avant la fin des fêtes, puis invoquerait comme excuse l'instruction du petit garçon. Elle accepterait l'offre de Vents d'Août qu'il renouvelait sous une forme différente dans chacune de ses lettres. La dernière la priait de ne pas penser à cette maison comme à une largesse, mais comme à un faible remboursement de la dette qu'il avait contractée envers la maison des Chang. Accepter la maison voulait dire l'accepter comme prétendant de sa fille, mais Lune de Printemps avait assez vu Jade Lustré pendant ces quelques derniers mois pour savoir que la jeune fille ne consentirait jamais à un mariage arrangé. Les temps avaient changé et les jeunes gens modernes prenaient eux-mêmes ce genre de décision. Si Jade Lustré le choisissait, les aînés n'auraient qu'à s'incliner, comme ils apprenaient à le faire dans tout le pays.

Elle décida qu'une fois installée à Changhai, elle demanderait l'aide de Talent Courageux pour obtenir un poste de professeur. Il ne se méprendrait pas sur les raisons qu'elle avait de revenir dans cette ville où ils avaient été amants, elle en était sûre. Car même s'il avait paru attendre quelque chose, le premier soir de son retour, rien de ce qu'il avait dit ou fait ensuite ne suggérait qu'ils fussent autre chose qu'oncle et nièce. Peut-être même que, pour lui comme pour elle, ces heures étaient devenues souvenir plutôt que nostalgie.

Sa décision d'alors avait été la seule possible. Avoir fait une folie, c'était humain. Il avait été son professeur, son ami de toute une vie, son deuxième amour. Mais se laisser aller à en faire une seconde serait méprisable, sans dignité et sans grâce. Les exilés peuvent vivre comme bon leur semble, mais pas les membres du clan. Lui aussi maintenant s'y était plié, comme tous deux savaient qu'ils devaient le faire, même avant qu'ils se fussent séparés. Il le fallait. C'était fait.

A ses dernières visites à Sou-Tcheou, quand la conversation portait sur la politique, il parlait de plus en plus du passage des siècles; quand il évoquait ses souvenirs, il insistait sur les beautés d'un certain bouton, d'une certaine aurore. Alors qu'il vivait toujours en ville et ne visitait les cours que par occasions, il semblait très loin de tout. Elle se souvint qu'autrefois il parlait d'errer librement dans le brouillard des montagnes, comme de la façon idéale de passer ses derniers jours. Il ne s'était pas laissé pousser une longue barbe effilochée; pourtant, lui semblait-il, il avait déjà commencé à se perdre dans les collines qui prenaient forme dans sa tête. L'homme qu'elle avait connu n'était plus là.

Le glaçage était fini. Lune de Printemps alla se joindre aux autres femmes et prit un siège auprès de Neige Parfumée.

28

Le Soupirant

Un tigre fondit sur un renard et allait le dévorer quand son repas se mit à crier d'un ton royal : « Prends garde, mon ami, ne sais-tu pas que les dieux m'ont nommé Roi des Animaux ? Que tu touches un seul de mes poils et ils te puniront ! »

Le tigre rugit de rire. « Tu ne peux pas te tromper davantage, car c'est moi le Roi des Animaux.

— Alors suis-moi dans les bois et vois si tous les animaux ne fuient pas devant moi. »

Le tigre tomba d'accord et suivit la trace du renard. Il vit par lui-même que tous les animaux s'enfuyaient devant ce malingre compère. Il courba la tête et disparut dans les broussailles.

Le renard était si sûr de lui qu'il continua son chemin sans un regard en arrière.

Conte chinois

C'EST AU CRÉPUSCULE que les voyageurs arrivèrent au 42, rue Flaubert. La maison de briques rouges à deux étages semblait briller sous les derniers rayons du soleil et ainsi ressemblait surtout, se dit Lune de Printemps, à un énorme coffre de mariage. L'intérieur confirma cette impression. Leur nouvelle maison était un don de l'amour, elle contenait tout ce qu'il était possible de désirer, selon l'idée que s'en faisait Vents d'Août. Que ce soit vulgaire, encombré et surchargé au point qu'elle ne trouvait nul endroit où reposer ses yeux, cela nc comptait pas.

« C'est beau », dit-elle avec une émotion sincère.

Vents d'Août rayonnait de plaisir, ressemblant plus à l'écolier dont elle se souvenait qu'à l'homme d'affaires avisé qu'il était devenu. « Regardez, Petite Tante, avez-vous jamais vu plus beau téléphone ?

— Non ! » Promesse Durable répondit pour elle, soulevant le combiné et criant « *Wei ? Wei ? Wei ?* » Jade Lustré arrêta bien vite le jeu mais l'irrépressible garçon était déjà loin, tâtant allégrement les draperies de velours, le papier fleuri des murs et les lampes de chez Tiffany.

« Regardez, Petite Tante, des livres, des livres et encore des livres ! » Vents d'Août ouvrait d'une poussée les doubles portes de la bibliothèque.

« En avez-vous lu un, au moins ? » demanda Jade Lustré, tirant au hasard un gros volume puis un autre.

« Votre question, Sœur Margaret, montre que vous n'avez aucune idée des occupations d'un entrepreneur. N'en avez-vous pas entendu parler ? Le temps, c'est de l'argent, et c'est d'argent dont je m'occupe. »

Jade Lustré, sans lui prêter attention, se mit à lire dans le premier fauteuil venu.

« Est-ce que c'est ma chaise ? » demanda le petit garçon, désignant un tabouret pour les pieds dont la tapisserie au petit point représentait les cabrioles de terriers écossais.

« C'est à toi si tu le veux ! » Vents d'Août eut un geste magnifique. « Si tu aimes ça, mon oncle, je t'en achèterai un pour chaque pièce.

— Non ! s'écria Lune de Printemps. Nous en avons déjà plus qu'assez ! » En elle-même elle compta, rien que pour le parloir, sept fauteuils à une place, deux à deux places et un qui paraissait fait pour une douzaine de personnes.

« Petite Tante, qu'est-ce qui ne va pas ? Tout ce que vous voyez est une réplique exacte de ce que vous trouveriez à Buckingham Palace. »

Peut-être, mais est-ce qu'ils mettent tout dans la même pièce ? se demanda-t-elle.

« C'est parfait, dit-elle en souriant.

— Qu'est-ce qui vous plaît le plus, Tantine ? » demanda-t-il en hissant Promesse Durable sur son épaule pour que le petit garçon pût toucher le nez d'une tête d'ours accrochée au mur.

« Je vous le dirai, Vents d'Août, seulement si vous promettez de ne pas en acheter un autre. »

Il rit, acquiesça. « Je le promets, mais dites-moi. »

Lune de Printemps fit lentement le tour du salon, fronçant les sourcils comme pour faire un choix difficile. Vents d'Août et Promesse Durable étaient sur ses talons.

Beaucoup d'objets étaient très beaux mais plus au goût de Por Por qu'au sien. Que dire ? Sa tournée allait prendre fin, de retour à la bibliothèque, quand elle vit ce qu'elle cherchait. Le globe. Exactement le même qu'il y avait dans le bureau de Bubbling Well Road. Elle le montra du doigt. « Voilà ce que je préfère.

— Le globe ? » demanda-t-il.

Elle approuva d'un geste.

Il eut un profond soupir. « Oh ! Petite Tante, si je pouvais, c'est avec plaisir que je vous donnerais le monde entier !

— Je n'en doute pas un instant, Vents d'Août. » Elle souriait. « Vous êtes trop bon, vraiment. »

Le séjour à Changhai commença sous d'heureux auspices, et dès le premier mois chaque membre de la maisonnée savait le matin ce qu'il ferait dans la journée. Lune de Printemps et Promesse Durable allaient ensemble à l'École Moderne où elle enseignait en cinquième pendant qu'il suivait les cours en première. Jade Lustré travaillait à Chine Nouvelle à des traductions pour Talent Courageux en attendant d'entrer à l'automne à l'université de Changhai. Dès leur retour en ville elle était tout de suite allée à la mission, espérant que Miss Clayton lui proposerait un projet plus ambitieux. Mais la missionnaire était absente pour un de ses voyages réguliers dans l'intérieur du pays et en peu de temps la jeune fille en était venue à s'intéresser aux questions politiques, principal sujet de conversation au siège du journal.

Le soir, Vents d'Août les rejoignait pour le dîner, car il vivait à la MS et Cie, dans une pièce sur cour, sans confort et même sans domestique, excepté les deux Russes, le chauffeur et le garde du corps. Les dimanches, Talent Courageux dînait avec eux, évitant à dessein la conversation sérieuse, préférant jouer avec le petit garçon. « Jade Lustré, aie la gentillesse de m'accorder un jour de repos », disait-il quand la jeune fille demandait son opinion sur les dernières nouvelles.

Chaque fois que Noble Talent venait en ville, il venait les retrouver, lui aussi. Le soldat restait raide sur sa chaise, parlant seulement quand on lui posait des questions et se plaignant alors amèrement des cliques qui divisaient le pays, des vieux réformateurs comme K'ang Yu-wei qui avait appuyé la brève restauration des Mandchous, et de l'entrée de la Chine dans la guerre. Quand Jade Lustré essayait d'opposer à son pessimisme les quatorze points du président Wilson, il se réfugiait dans le silence. Lune de Printemps pensait que la vie avait été plus clémente pour les femmes du clan. Elles au moins avaient un foyer et nombre de distractions. Jeune Oncle n'avait rien.

Dès le début, ce qui n'avait rien d'étonnant, Vents d'Août montra un profond intérêt pour le christianisme. Il n'avait pas convaincu Jade Lustré mais elle ne pouvait refuser de lui donner des leçons sur la Bible et comme son élève se montrait extrêmement appliqué, elle finit par dire à sa mère que les voies du Seigneur étaient impénétrables, comme disait Miss Clayton.

Lune de Printemps regardait Vents d'Août courtiser sa fille avec un mélange d'anxiété et d'amusement. Quel couple mal assorti ! Même le plus aveugle des marieurs n'aurait pas osé proposer une telle union. Il avait l'insouciance d'un panda; elle avait le sérieux d'une panthère. Pourtant, chaque fois qu'il était là, Lune de Printemps se sentait plus à l'aise avec Jade Lustré, ce qui en même temps l'inquiétait. Souvent, dans le calme de ces soirées rue Flaubert, elle levait les yeux des copies de ses élèves et regardait Vents d'Août qui observait la jeune fille en train d'écrire furieusement dans son carnet. Parfois il avançait la main et écartait une mèche de cheveux tombée sur les yeux de la jeune fille. Le geste était si naturel, presque cérémonieux, que la mère fermait les yeux sur son incorrection.

§ 29

Le Bateau Dragon

A l'époque des Royaumes Combattants, le ministre-poète Ch'u Yuan fut accusé faussement à la Cour par des rivaux et perdit la faveur du roi. Il fut banni et parcourut la campagne, recueillant les légendes, rédigeant de pathétiques demandes de recours, jusqu'à ce qu'un jour, après avoir terminé son plus beau poème, il se noyât volontairement dans le fleuve Mi-Lo.

Le roi, qui avait compris la sincérité de son ancien ministre et ses propres erreurs, envoya un détachement chercher les restes de Ch'u Yuan. Mais le fleuve ne voulut pas rendre le cadavre. Alors les bateliers jetèrent du riz dans les eaux pour apaiser les démons des profondeurs et nourrir dans l'autre monde l'esprit du vertueux poète. Depuis ce temps, chaque année, au cinquième jour de la cinquième lune, les Chinois qui aiment les poètes et honorent les fonctionnaires vertueux affluent sur le bord des fleuves et des lacs pour commémorer Ch'u Yuan.

Histoire de Chine

Ennuyé par les discussions politiques qui semblaient accaparer les autres, Vents d'Août prit la bouteille de champagne au serveur et se leva pour servir lui-même ses hôtes.

« Assez ! Assez ! » Talent Courageux recouvrit de la main la coupe de cristal.

« Absurde ! » Vents d'Août rit, écarta la main du lettré, versa le vin.

« Encore ! Encore ! cria Promesse Durable.

— Plus maintenant. » Lune de Printemps s'empara du verre, le tendit au serveur le plus proche et enleva une miette sur le pantalon de l'enfant, qui protestait. « Maintenant, Petit Frère, sois gentil. Parle à ton neveu de ce que tu as appris à l'école. »

Vents d'Août soupira. Si la conversation ne roulait pas sur la leçon de géographie de l'enfant, elle traitait des Nains Basanés envoyant des troupes en Mongolie ou des étudiants chinois qui, pour protester, quittaient le Japon. Et c'était censé être une fête !

Quand il versait du vin à Jade Lustré ou à Noble Talent, ils ne faisaient pas attention à lui, bien que le soldat, fidèle à la tradition, vidât d'un trait le contenu de son verre et le laissât remplir à nouveau. Vents d'Août aimait mieux Noble Talent quand il n'avait pas bu. Sobre, le soldat restait souvent silencieux. Aujourd'hui il racontait sa vie à Jade Lustré qui la trouvait si passionnante qu'elle en oubliait de boire son champagne.

Maintenant que les seigneurs de la guerre du Kuang-tung avaient à nouveau chassé Sun de Canton et qu'il vivait à Changhai, Noble Talent allait souvent lui rendre visite. Déjà Jade Lustré et lui travaillaient ensemble pour la maison d'édition, ils collaboraient à des pamphlets en faveur de la république. « *Dois* l'écarter d'elle ! *Dois* l'écarter de lui ! » murmurait Vents d'Août en singeant le style de Jade Lustré. Après avoir rempli son verre, il lança la bouteille au serveur et s'assit pour bouder à loisir, les coudes sur la table et le menton dans les mains.

Pas un nuage au ciel et tout ce qu'ils faisaient, c'était parler, parler, parler. Vue incomparable sur la rivière mais personne ne la regardait. Peut-être que quand les courses prendraient le départ ils voudraient bien se rappeler pour quoi il les avait invités. Le pavillon de toile qu'il avait fait dresser avait coûté aussi cher qu'une maison ! Il avala son champagne.

La foule des jours de fête couvrait le rivage de la baie de Sou-Tcheou. Sur l'eau flottaient des oriflammes d'un rouge éblouissant, indiquant le trajet de la course nautique. De place en place une longue embarcation, mince comme le tour de taille d'un homme, avec à l'avant la tête d'un dragon dressée dans le vent et à l'arrière sa queue relevée, dansait sur l'eau, prête à s'envoler. Dans quelques-unes il y avait jusqu'à cent hommes, assis en équilibre en attendant le gong, les yeux sur les manches flottantes du chef de nage à l'avant. A son signal ils se mettraient à ramer au rythme des tambours ventrus.

Soudain le gong retentit et la foule rugit. Aussi soudainement les invités de Vents d'Août, même la missionnaire et son mentor, se levèrent et poussèrent des vivats. A son grand étonnement, Talent Courageux jucha le petit garçon sur la table et, devant les objections de Lune de Printemps, le lettré se mit à rire et arrondit un bras protecteur autour du petit polisson.

Les dragons avaient pris le départ ! Vents d'Août fit signe au serveur d'ouvrir une autre bouteille de champagne.

Tout l'après-midi, le chant des rameurs : « Ho lo ! Ho lo lo lo ! » couvrit le fracas des cymbales et le grondement des tambours, les détonations des pétards et les acclamations des spectateurs. Les bateaux fendaient les eaux, filaient d'une oriflamme à l'autre, leurs capitaines volant vers la victoire. De temps en temps un de ces chefs, magnifiquement vêtu de pourpre, ou d'or ou d'émeraude, faisait la culbute dans l'eau. Rebondissant comme un bouchon, la tête relevée sur un rictus mouillé, agitant les bras comme des fléaux, esquivant les dragons, il nageait vers la rive pendant qu'un autre prenait sa place.

Tout l'après-midi, Promesse Durable fit sur ses doigts le compte des chefs perdus et remplacés, pendant que le reste de la compagnie mangeait, buvait et riait comme s'ils vivaient à la cour somptueuse de Yang Kouei-fei, dont la prodigalité avait autrefois ruiné un empire. Quand il fut temps de rentrer, les hôtes se levèrent l'un après l'autre et selon la coutume levèrent leur verre à la santé de Vents d'Août. Solennellement, il choqua son verre tour à tour contre le verre de chacun d'eux. « Il n'y a pas eu course de bateaux dragons plus mémorable depuis vingt-deux siècles, parce qu'aujourd'hui vous avez honoré ma table indigne de votre illustre présence. »

Quand les Woo et Vents d'Août arrivèrent à la maison de la rue Flaubert, l'Amah mena tout droit Promesse Durable au lit. Lune de Printemps, fatiguée elle aussi, s'excusa bientôt.

« Mère, je suis bien trop excitée pour dormir. Pouvons-nous rester encore un peu ? » Jade Lustré eut un de ses rares sourires.

Lune de Printemps hésita puis acquiesça. « Pas longtemps.

— Promis. »

Quand ils furent seuls dans le parloir, Vents d'Août s'assit sur la banquette du piano, frappant une note de temps à autre, s'émerveillant de voir Jade Lustré, grisée par le vin, danser à travers la pièce. En dansant elle fredonnait pour elle-même l'air de *Jeannie aux cheveux châtains*. Il sourit, pensant qu'il ne l'avait jamais vue encore danser, souhaitant sans l'oser la prendre dans ses bras. Ce doit être le champagne, se dit-il, et il fut sur le point de rire. Dieu soit loué pour le champagne !

Elle s'assit à côté de lui et dit : « Je ne me suis jamais autant amusée. C'était merveilleux. Je crois qu'un jour pareil ne reviendra jamais.

— Mon but dans la vie est de veiller à ce que vous ayez d'autres journées comme celle-ci, encore, encore et encore ! » Il plaqua chaque fois un accord pour souligner ses paroles.

« Chhhut, dit-elle en se penchant près de lui. Chuttt. » Plus près encore.

Il était sûr qu'elle ne se mettait pas de parfum et pourtant...

« De quoi s'agit-il ? » demanda-t-elle, la tête penchée sur le côté.

Il effleura simplement sa mèche rebelle pour la remettre en place, incapable de dire un mot.

La main de la jeune fille traînait sur les touches comme si elle cherchait à retrouver un air. « Comme ils ont bien couru, les dragons ! C'était splendide. » Elle ferma les yeux et posa la tête sur l'épaule de Vents d'Août. « Mon ami.

— Très cher ami ? » Demain il devait acheter une vigne.

« Très cher ami !

— Voulez-vous m'épouser ? » Il n'attendait pas de réponse. Il aimait répéter cette phrase familière. Il l'avait souvent fait ces derniers mois.

« Chhhut ! Je rêve ! » Elle avait toujours les yeux fermés.

Il n'osait pas bouger de peur de briser le charme. Doucement il murmura : « A quoi rêvez-vous, Petite Sœur ? Laissez-moi faire en sorte que le rêve devienne réalité ! »

Elle parut s'attarder à cette idée, puis, d'un ton nostalgique : « Je rêve de monter sur un dragon doré.

— Un jour, je le promets. Un jour. »

Brusquement elle se raidit. « Je veux y aller de suite !

— Tout de suite ?

— Tout de suite ! » Elle se leva et se mit à le tirer par la main vers la porte.

« Que dira votre mère ?

— Elle ne le saura pas. »

Il hésita, mais on n'entendait aucun bruit au premier étage. Elle le tira par la main. Soit. Ils coururent à la porte.

« Pas de voiture ! Un fiacre !

— Chut. » Il acquiesça et se glissa avec elle dans la rue.

Il y avait un fiacre libre au coin de la rue. Il l'aida à monter et dit au cocher de les conduire sur le rivage.

Mais quand il s'assit à côté d'elle, elle secoua la tête et lui désigna le siège d'en face. « Il fait trop chaud. »

Il changea de place et demanda au cocher un éventail qu'il agita dans sa direction.

Dans son fourreau jaune pâle, les bras jetés sur toute la largeur du siège, la tête renversée vers le ciel, elle était aussi ensorcelante que la fée renarde. Il continuait à l'éventer en cadence.

« A quoi pensez-vous, Jade Lustré ?

— A la neige et au vent glacé du nord.

— Demandez-moi à quoi je pense.

— Chut. Il fait trop chaud pour parler.

— Je vous le dirai tout de même. » Il reposa l'éventail.

« Ne vous arrêtez pas.

— Jade Lustré, épousez-moi. »

Elle ne fit que sourire.

A la crique il l'aida avec beaucoup de soin à entrer dans un des dragons dorés qui étaient ballottés contre le débarcadère, jusqu'à ce qu'elle fût en sûreté au fond, à demi allongée. Rester droit risquait de faire chavirer l'embarcation étroite. Il grimpa après elle, s'allongeant de façon qu'ils fussent tête à tête, les mains sous le menton, leurs nez se touchant presque.

« Vous voulez ? demanda-t-il.

— Peut-être. » Elle sourit et ferma les yeux.

Ils restèrent allongés ainsi jusqu'à l'aube. Pendant qu'elle dormait, il montait la garde, rêvant d'une autre course de bateaux dragons où il assisterait serrant leur fils entre ses bras.

30

En chevauchant le tigre

Si, sur la grand-route,
Je vous prends par la manche
Ne me détestez pas;
Les vieilles habitudes sont longues à changer.
Le Livre des chants

IL Y EUT BEAUCOUP de promenades en fiacre après celle-ci, mais la magie de cette nuit de fête ne revint jamais.

La ville souffrait d'une chaleur impitoyable. Une torpeur l'envahissait. Dans les rues de boue surchauffée les mouches bourdonnaient sur l'ordure, attendant frénétiquement leur tour de se poser. Chaque jour les gens disaient que la vague de chaleur avait atteint son zénith, qu'elle allait diminuer, et chaque jour leur donnait tort.

Les pauvres mouraient en pleine rue. Des charrettes emportaient leurs cadavres avec d'autres qui n'étaient pas encore morts, mais trop faibles pour survivre au désespoir qui s'ouvrait devant eux comme un couloir sans fin.

Le dimanche où Jade Lustré avait enfin accepté de l'emmener prendre le thé chez Miss Clayton, leur voiture croisa une de ces charrettes. Aussitôt la jeune fille joignit les mains pour prier, tandis qu'il maudissait son cocher d'avoir pris cette route au lieu de n'importe quelle autre.

Quelques minutes plus tard, assis entre les deux femmes, une tasse à la main, il ravala sa déception et hocha poliment la tête quand Jade Lustré exprima sa colère d'avoir assisté à un tel spectacle. Inutile d'essayer de changer de sujet. Comment sa souffrance, à lui, pourrait-elle se comparer avec celle des pauvres, des orphelins, des malades ?

Quand il fut temps de partir, Miss Clayton lui fit traverser les bureaux pour le raccompagner jusqu'au jardin. Derrière le bureau de la vieille demoiselle, sur une petite table, il vit des photos couleur sépia, chacune dans un cadre doré, où chaque visage avait le regard intense et les yeux pâles de la missionnaire.

« Votre famille ? » demanda-t-il.

Miss Clayton hocha la tête et en profita pour lui expliquer qui était qui.

Il n'aurait jamais cru qu'une personne ayant une famille aussi nombreuse, même étrangère, traverserait la moitié de la planète pour aller vivre avec des inconnus. Miss Clayton avait même fait don à l'école de l'argent du voyage, envoyé par sa sœur après la mort de leurs parents. « Mère et Père m'auraient approuvé, lui dit-elle d'une voix douce devant la stupéfaction qu'il ne parvint pas à dissimuler. Ils étaient déjà avec Dieu. Cet argent a été mieux employé ici, en Chine. »

Quelle tristesse, pensait-il, d'avoir un clan si nombreux sans avoir de place dans sa vie pour le moindre d'entre eux. Mais, dans la voiture qui les ramenait à la maison, une idée lui tournait dans la tête. L'une avait beau avoir un teint de porcelaine et l'autre une peau comme celle d'un vieux citron, la belle jeune fille et son professeur préféré étaient de la même trempe. Jade Lustré, comme la missionnaire, passerait sa vie à s'occuper de gens qui ne lui étaient rien.

« Vents d'Août, vous ne m'écoutez pas », l'accusa-t-elle, les yeux fixés sur un des mendiants qu'on appelait des chrysanthèmes à cause de leurs vêtements en lambeaux.

« Je n'en ai pas besoin. Vous me faites toujours le même sermon. »

Elle le foudroya du regard.

« Je vous en prie, ne recommençons pas à nous disputer. » Il se pencha pour lui prendre la main.

Elle la retira.

« Épousez-moi, supplia-t-il.

— Vents d'Août, il y a tant de souffrances autour de nous.

— Mais vous ne m'apportez que du plaisir. »

Elle secoua la tête. « Vous vous moquez de moi, une fois de plus. Depuis notre enfance, vous n'avez pas arrêté de vous moquer de moi.

— Mais non. C'est juste que je ne veux pas vivre comme si une vocation sublime... » Il s'interrompit, puis continua. « Depuis le retour de Miss Clayton, vous passez votre vie aux bonnes œuvres. Les mendiants, les orphelins. Il y a autre chose de tout aussi important.

— Pour moi, il n'y a rien d'autre. »

Il changea de place pour se mettre à côté d'elle et lui murmura : « Jade Lustré, pour moi vous êtes tout.

— Voilà, vous recommencez. A vous moquer de moi.

— Non, pas de vous. De nous. Le sort nous a placés, vous et moi, sur le même tigre. Nous ne pouvons pas le chevaucher et nous ne pouvons pas en descendre. Moi qui vous désire par-dessus tout, je ne peux avoir votre estime. Et peut-être que si vous me ressembliez davantage, je ne vous trouverais pas si désirable. »

Elle ne protesta pas et pendant longtemps le seul bruit fut celui des sabots du cheval sur le pavé. Un bruit sans écho, pensa-t-il, tout en se demandant ce qui avait bien pu lui faire dire la vérité. Cela ne servait à rien. Jamais.

Elle demanda : « N'essaierez-vous jamais de voir le monde de mon point de vue, Vents d'Août ? »

Il fit signe que oui.

« M'accompagnerez-vous un jour à la porte de l'Espoir ?

— Bien sûr, bien sûr. »

Elle lui prit la main. « Et vous contribuerez à la cause ?

— Bien sûr, bien sûr. »

Quand vint l'automne et que Jade Lustré alla suivre les cours de l'université de Changhai, Vents d'Août la vit de moins en moins. Noble Talent lui avait suggéré de rejoindre l'Association des étudiants pour le salut national, et elle n'avait plus le temps de se promener. Quand elle n'avait pas à s'occuper de ses études, ou des orphelins, elle avait des réunions politiques. Jusque tard dans la nuit elle écrivait et distribuait des pamphlets disant tout ce qu'il fallait faire pour sauver la Chine, poussant les patriotes à s'organiser avant la fin de la guerre, avant que les Alliés ne reprennent ce qui appartenait aux Chinois. « Seule une Chine forte trouvera les remèdes aux maladies du corps social », disait-elle.

Noble Talent travaillait avec elle. « Nous ne pouvons plus nous permettre des parlements croupions, écrivait-il, des remaniements ministériels, des seigneurs de la guerre. Il est temps de former un gouvernement qui conserve à la Chine ce qui lui appartient. » Les autres partisans de Sun et lui attendaient le bon moment pour essayer une fois de plus d'établir au sud un gouvernement qui ne soit pas à la merci des factions.

Jade Lustré, un matin d'hiver, vint rendre visite à Vents d'Août à la MS et Cie. Il avait plu depuis la tombée de la nuit et il avait travaillé tard, essayant de boucler ses comptes. Il devait s'être endormi sur son abaque car il était à son bureau quand il fut réveillé par le bruit du heurtoir et par sa voix familière. « Vents d'Août, ouvrez. Il faut que je vous parle. C'est urgent ! »

Le soleil l'aveugla quand il la fit entrer. Il chancelait, se tenant la tête.

« Êtes-vous ivre ? » demanda-t-elle en l'entraînant dans la salle du fond où il prit une gorgée de thé froid dans une tasse à moitié pleine. « Êtes-vous ivre ? répéta-t-elle.

— Il faut croire, puisque vous êtes ici. » Ils s'assirent à la petite table de marbre où son patron prenait autrefois ses repas.

« Il faut que je vous parle, Vents d'Août.

— Ne me dites rien. » Il leva la main. « Que je devine ! Cent ? Cinq mille ?

— N'avez-vous aucun respect pour moi ? » Elle n'attendit pas la réponse. « Avez-vous lu les journaux dernièrement ? »

Il bâilla, frottant ses yeux pleins de sommeil. « Pas besoin. Rien de changé. La famine au nord. Des inondations au sud. Des seigneurs de la guerre qui se battent un peu partout. Des politiciens criant justice. Des étudiants en grève. Des étrangers provoquant des faillites. Des professeurs réclamant plus de discipline. Les Soviets sont nos alliés. Les Américains, on ne peut pas compter sur eux. Le Japon, c'est l'ennemi. Sun prépare une autre campagne. Confucius est confus. Et vous, ma petite sœur, ma Margaret, mon Jade Lustré, vous avez besoin d'argent pour une de vos terribles urgences. »

Il haussa les épaules puis passa derrière le paravent, de l'autre côté de la chambre, pour se laver la figure. Glissée dans le coin du miroir au-dessus du lavabo, il y avait une photographie de Jade Lustré qu'il avait découpée dans le bulletin d'informations de la paroisse.

Quand il revint à leur table elle était assise dans la même position, les mains croisées sur ses genoux et serrées l'une contre l'autre.

« Rappelez-vous quand nous étions enfants, ma sœur, dit-il d'une voix douce. Nous nous cachions derrière la rocaille pour étudier tout haut. Vous ne pouviez jamais trouver la bonne réponse parce que je vous faisais rire. Vous vous enfonciez les doigts dans les oreilles mais ça ne marchait pas. Et vous ne pouviez réciter la table de multiplication qu'en vous serrant les coudes autour du ventre. » Il sourit.

Le regard de la jeune fille s'adoucit un instant, comme si elle aussi se souvenait, et il continua.

« Je ne sais pas pourquoi tout le monde vous trouvait tellement intelligente. Je parie que vous ne pouvez toujours pas réciter la table de multiplication. »

Cela ne l'amusa pas. « Je n'ai pas de temps à perdre pour ces bêtises !

— Sœur, votre table par sept, s'il vous plaît. »

Elle l'ignora.

« S'il vous plaît ?

— Non ! C'est absurde ! »

Il essaya de lui prendre les mains. Elle les cacha derrière son dos.

« Dites la table de sept ou bien je n'écoute pas ce que vous êtes venue me dire. »

Elle grinça des dents. « Sept, quatorze, vingt et un... »

Il l'interrompit. « Vingt et un, vingt-huit...

— Sept, quatorze, vingt...

— Petite Sœur, recommençons depuis le début.

— Sept, quatorze, vingt et un, vingt...

— S'il vous plaît, un nouveau départ. »

Elle se leva. « Mon frère, vous avez eu votre nouveau départ. Pas la Chine. Vous devez aider. Il y a tant à faire pour notre pays, pour nos compatriotes. »

Il se leva aussi. Pourquoi se donner tant de mal ? Elle était si... missionnaire. « Je ne veux pas aider des inconnus, murmura-t-il d'une voix enrouée. C'est vous que j'aiderai. »

Un dimanche, avant leur départ à tous, une fois de plus, pour Sou-Tcheou à l'occasion du nouvel an, Vents d'Août alla comme d'habitude à la maison de la rue Flaubert.

Jade Lustré était assise dans la bibliothèque en train d'écrire, son carnet posé sur le bras du canapé Chesterfield; des feuilles de journal, des pages arrachées d'un livre jonchaient le sol.

« Avez-vous oublié, ma chère Margaret ? Nous sommes dimanche. »

Elle leva la tête, les yeux rouges, comme si elle avait pleuré.

« Aujourd'hui, je ne vais pas à l'église.

— Qu'avez-vous ? Vous ne vous sentez pas bien ? » Il lui posa la main sur le front avec sollicitude.

Elle l'écarta d'un geste. « Je vais bien.

— Alors, que se passe-t-il ? On entend déjà les cloches.

— Je *dis* que je ne vais pas à l'église aujourd'hui.

— Mais pourquoi ? Que s'est-il passé ? » demanda-t-il, connaissant déjà la réponse. Comme tous ceux qui réussissent par eux-mêmes, il avait ses propres sources d'information. Et il avait déjà fait en sorte de protéger ses investissements.

Elle pointa un doigt accusateur sur les journaux qui gisaient par terre. « Woodrow Wilson a menti ! » Sa voix était empreinte de désespoir et de rage. « Les Alliés ont menti ! Tous les bons chrétiens craignant Dieu ont menti ! »

En manchette : « Trahison à Versailles. » Les Alliés n'allaient pas rendre à la Chine ses territoires du Chantong comme ils l'avaient promis. Un traité secret, signé des mois avant que la Chine n'entre en guerre à leur côté, les avait déjà promis au Japon.

Était-il possible, se demanda-t-il, qu'elle ne s'en soit jamais doutée ? Ce n'était que de la politique, rien d'important, rien que de la politique. Il lui tendit la main. « Allons, rendons-nous à l'église. Vous vous sentirez mieux. »

Elle le regarda, incrédule. « Je ne vous comprendrai jamais ! En fait vous n'avez jamais eu la foi. Vous n'alliez au service que parce que j'y allais. Et maintenant vous insistez pour que j'y aille ! »

Il y avait dans sa voix quelque chose qu'il n'avait encore jamais entendu. Du mépris ? « Est-ce si difficile à comprendre, ma sœur ? »

Elle ne répondit pas, il reprit : « Il ne faut pas tourner le dos aux loyautés passées, ma Margaret, de peur d'en prendre l'habitude.

— Quelles loyautés ? dit-elle amèrement. Vous ne voyez pas que la Chine a été trahie ? Grand-oncle Aîné avait raison. Tous ces discours sur les principes chrétiens et sur les quatorze points, ce n'était qu'une astuce pour nous endormir, pour que les étrangers puissent nous dépouiller jusqu'à ce qu'il ne nous reste rien. Non, désormais je ne croirai plus à leurs promesses.

— Jade Lustré, écoutez-moi. » Il se mit à discuter. « Ceux qui sont en guerre font toujours de telles promesses pour engager les autres à se joindre à eux. Cela s'est toujours fait. Ce ne sera jamais différent.

— Vous... vous parlez comme ma mère. » Elle tira sur sa cravate, avec colère. « Regardez-vous ! Vous vous habillez exactement comme eux ! Vous aussi, vous auriez menti ! Vous ne vous en souciez pas ! Vous ne vous en êtes jamais soucié ! » Sa voix montait.

Brusquement Lune de Printemps parut sur le seuil. Elle frappa dans ses mains. « Cela suffit, ma fille. Tu cries comme un marchand des rues. N'as-tu donc aucune tenue ? »

Vents d'Août se leva pour mettre son pardessus. « Je vous en prie, ma tante, c'était ma faute. Peut-être vaut-il mieux que je parte ? » Il regarda Jade Lustré.

Elle ne dit rien.

Ce fut Lune de Printemps qui parla. « Oui, c'est peut-être le mieux. » Elle l'accompagna à la porte. Il s'inclina, hésita, regarda en arrière, espérant voir Jade Lustré au fond du couloir. Elle n'y était pas.

Lune de Printemps sourit. « Je vous attends à dîner, Vents d'Août. »

Il s'inclina. Dehors les cloches ne sonnaient plus. Il alla lentement jusqu'à la voiture qui l'attendait.

31

Jeux

Il y avait une fois un jeune paysan de Sou-Tcheou qui voyageait loin de chez lui. Un jour, il arriva à un village du Hunan où campait une troupe de saltimbanques. Pour lui la foire était une merveille avec ses attractions aussi nombreuses que les cailloux sur un jeu de go. Il y avait des coureurs montés sur échasses, des danses de dragons, des boxeurs shaolin, *un panda, un chameau et un singe qui fumait la pipe.*

Le bateleur souriant le héla. « Hé, le grand, tu veux doubler ton argent ?

— Comment ? demanda le paysan.

— Soulève la vache, comme le petit gars qui est là. » A son signal un homme encapuchonné, aussi large que haut, s'accroupit sous une vache qui bavait, se raidit et souleva la tête au-dessus du sol.

« Je peux faire ça », se vanta le gars et il drapa la vache sur ses épaules comme un manteau de paille.

Le lendemain comme il déjeunait de haricots noirs et de nouilles sur le bord de la route, vingt hommes apparurent, une épée flamboyante à la main. Parmi eux le bateleur. « Donne-moi ton argent, dit-il, si tu tiens à la vie. »

Le gars haussa les épaules. « Voilà ce que j'ai gagné, dit-il. Le reste est à moi. »

Le bateleur brandit son épée. « Le reste ou je t'arrache le foie et mes amis te donneront à manger aux cochons, morceau par morceau. »

Le jeune homme se leva lentement, ayant sur les lèvres le sourire de celui qui est prêt à se battre jusqu'à la mort. Mais avant que quelqu'un eût été expédié aux Sources Jaunes, voilà qu'apparut un petit homme costaud, celui qui avait soulevé la vache. D'un revers de la main il abattit l'adversaire.

« Qui es-tu ? Un chef de bandits ? demanda le jeune homme.

— Mon nom, dit l'homme avec un large sourire, c'est Pirate de la Montagne. Mais suis-moi et vois par toi-même si je suis un bandit. »

Alors le jeune homme le suivit dans les collines.

Pirate de la Montagne avait, encore enfant, arraché aux mâchoires d'un tigre un bébé en larmes; jeune homme, d'un seul regard, il avait désarmé vingt hommes; adulte il avait ramené la paix dans les villages, ne prélevant pour tribut que ce qui était raisonnable. Ses hommes et lui vivaient simplement, partageant également ce qu'ils avaient, prenant seulement ce qui était convenu, faisant tout ce qui devait être fait.

Ainsi le paysan de Sou-Tcheou apprit que la justice n'est pas forcément vêtue de longues robes et que celui qui fait peur n'est pas toujours un ennemi.

Histoire du clan

C'ÉTAIT LE DEUXIÈME dimanche de la quinzaine de la lumière pure, et Jade Lustré se sentait bien pour la première fois depuis longtemps. Ce matin Miss Clayton avait insisté pour l'emmener à l'église. « Pensiez-vous, Margaret, qu'il soit facile d'être chrétien ? Dans la vie de tout chrétien, vient le moment de l'épreuve. Non pas une fois, mais souvent. »

Alors elle y était allée. Et l'après-midi même, le Seigneur lui avait montré Sa grâce, car elle avait réussi à persuader encore vingt marchands de plus d'envoyer des télégrammes à Paris, exigeant que les deux délégations de la Chine du Nord et de la Chine du Sud se retirent de Versailles si le Chantong était donné au Japon.

Et maintenant elle parlait à un vrai héros, un pionnier, pas un simple étudiant. Noble Talent l'avait présenté comme Esprit Résolu, le fils du fermier Lee, « un vieil ami de l'époque révolutionnaire qui vient tout juste de revenir de France ». Immédiatement elle l'avait interrogé sur le détail de ses exploits. Mais sa mère était intervenue pour qu'on mange le poisson avant qu'il ne refroidisse et quand elle se tourna vers le héros, il rit et traita son rôle à la légère. C'est seulement quand elle l'eut pressé de questions qu'il marmonna quelque chose, parlant de lui comme d'un garçon de courses qu'on envoie chercher des melons.

Cet homme est différent, pensa-t-elle. Si différent de Vents d'Août qui a besoin de se vanter pour se grandir.

« Jeune Lee, dit-elle, parlez-moi alors de vos expériences en France. Qu'avez-vous vu là-bas et qu'avez-vous fait ?

— Je n'ai pas vu grand-chose. Je creusais des tombes pour les Français morts à la guerre.

— Avez-vous rencontré quelques-uns de nos étudiants là-bas ?

— Quelques-uns. Ils m'ont un peu appris à lire et aussi que nous devrions étudier un certain Marx. L'un d'eux, T.J. Hu, est devenu un ami. C'est lui qui m'a aidé à rentrer, ainsi que d'autres... » Il s'interrompit, comme si un souvenir lui revenait, puis dit brusquement : « Je n'aimais pas beaucoup la France.

— Mais pourquoi ? » Elle aurait donné n'importe quoi pour avoir été en France.

« La guerre finie, les Français ne voulaient plus de nous.

— Comment est-ce possible ? Vous étiez là pour les aider dans cette guerre. »

Il haussa les épaules. « Il y en avait de gentils. Je n'aimais pas ça surtout parce que ce n'était pas mon pays. »

Un instant, elle ne sut plus que dire. Elle se souvenait de la masure des Lee, des enfants maladifs qui devaient être ses neveux, de l'odeur des vases de nuit. Finalement elle lança : « Quand j'étais à Sou-Tcheou, j'ai vu la terre que cultive votre famille. Je ne pense pas qu'ils aient assez à manger. »

Esprit Résolu rougit.

« Laisse notre pauvre invité manger tranquille, ma fille. Tu parles trop. » Lune de Printemps lui servit une nouvelle part de poulet.

« Mais cela m'intéresse !

— Peut-être, dit Talent Courageux d'un ton tranquille, les fermiers n'ont pas envie de discuter de ces questions devant des propriétaires.

— Oh ! non, monsieur. Votre clan a toujours été bon pour nous. Le maître m'a sauvé la vie. » Il sourit dans la direction de Noble Talent.

« C'est exagéré ! c'est exagéré ! » répondit le soldat qui remplit son verre d'alcool de riz réchauffé.

Avant que Jade Lustré ait trouvé le moyen de reprendre la discussion, Vents d'Août frappa son verre de sa baguette avec un grand sourire. « Je pense, mes amis, que c'est le moment de jouer à un jeu ! »

Oh ! non, pensa-t-elle.

« Oui ! oui ! oui ! cria Promesse Durable.

— Entendu, alors.

— Pourquoi pas une série de couplets antithétiques ? suggéra Talent Courageux. Dois-je ouvrir le jeu en proposant un début ?

— Je veux être le premier. Est-ce que je peux ? Oh ! s'il vous plaît ! » Promesse Durable frappa dans ses mains et renversa son verre.

« Bon. Tu commences », dit Talent Courageux.

Silence.

« Eh bien ! dit Lune de Printemps qui écartait les tasses de porcelaine pour les mettre hors de danger. Eh bien ? »

Tout à coup le petit garçon rougit et il se couvrit la figure de ses deux mains comme si ne pas voir pouvait rendre invisible. « Je ne sais pas comment faire. » Tout le monde rit. Promesse Durable se tourna vers Esprit Résolu, seul à continuer son repas, et s'accrocha à sa chemise. « Pouvez-vous m'expliquer le jeu ? »

Esprit Résolu leva les yeux au-dessus de son bol de riz et ne dit rien. Vents d'Août toussa dans son mouchoir.

Talent Courageux se reprit le premier. « Je vais t'expliquer, mon neveu. Tu commences par réciter le premier vers d'un poème et l'un de nous doit lui répondre par une antithèse et une parallèle.

— Bien, Oncle, mais quelqu'un peut-il m'expliquer le jeu ? »

Même Talent Courageux se joignit à l'éclat de rire général.

Cette fois Lune de Printemps prit la direction des opérations. « Quel est l'opposé de terre ?

— Le ciel, cria le petit garçon.

— La lune ?

— Le soleil.

— Marcher ?

— Courir.

— La nuit ?

— Le jour », cria Esprit Résolu, prenant la balle au bond.

Le paysan eut un regard d'excuse vers l'enfant. Promesse Durable lui sourit comme pour dire : « Pas d'importance pour moi » puis demanda : « Puis-je commencer, maintenant ?

— Attention, prévint Lune de Printemps de sa voix professorale. Nous venons de commencer. Arbres verts ?

— Arbres rouges. »

Lune de Printemps secoua la tête.

« Mais pourquoi, Sao Sao ?

— Un mot qui est l'opposé de vert et un mot de la même famille qu'arbre.

— Fleurs rouges.

— Correct. » Lune de Printemps sourit. « Maintenant, des oiseaux jaunes chantent. »

Promesse Durable respira profondément. « Des grenouilles vertes parlent.

— Presque. Des grenouilles vertes coassent, ce serait mieux. »

Jade Lustré vit qu'Esprit Résolu continuait à manger, comme si son bol était un écran derrière lequel il pouvait se cacher. Il ne comprend pas le jeu, pensa-t-elle. Pourquoi le ferait-il ? Le jeu était sans importance, un passe-temps pour rats de bibliothèque. Si nous pouvions aller dans le salon pour discuter !

Lune de Printemps arrivait à la fin de ses explications. « La première ligne s'appelle la tête; la réplique, la queue. Maintenant tu peux commencer. »

Le petit garçon enfouit sa tête entre ses mains pour réfléchir. Les adultes attendaient. Il émergea brusquement, ouvrit la bouche. Rien ne sortit. Il fronça les sourcils puis enfouit à nouveau sa tête dans ses bras.

On entendait seulement Esprit Résolu qui avalait sa soupe.

Vents d'Août prit la parole. « Ami venu de France, dit-il, pourquoi ne pas montrer à ce garçon comment jouer à ce jeu ? » Il sourit d'un air innocent. « Vous, belle jeune fille, vous êtes sans pareille, odorante comme l'eau de source, instruite et bonne. »

Esprit Résolu eut un bon sourire et haussa les épaules.

« Prenez votre temps, mon ami. Nous ne sommes pas encore au dessert. »

Le paysan resta sans répondre.

Ce fut le petit garçon qui répondit, le tirant une fois de plus par la chemise : « Vous êtes pris au piège, Frère Aîné ! Maintenant vous avez à dire : Moi, garçon laid, je suis ridicule, puant comme l'ordure, stupide et méchant. Il vous a pris au piège. »

Esprit Résolu ne savait pas où tourner les yeux.

Très vite Jade Lustré rompit le silence. « Non, Promesse Durable, c'est toi qui l'as dit. Mon nouvel ami est trop malin pour être pris au piège comme ça ! »

Quand les rires se furent éteints, Vents d'Août leva son verre à Jade Lustré. Son sourire était amer. Elle n'y fit pas attention. Rien de ce qu'il pourrait faire ne l'empêcherait de revoir le fils du fermier.

Quand le repas fut terminé, Esprit Résolu se leva et s'inclina très respectueusement. « Mes ancêtres et moi nous vous remercions pour cet honneur. Ce jour est le jour le plus heureux de ma vie. »

32
L'Avant-Garde

Ce qui fut connu plus tard sous le nom de mouvement du Quatre Mai, commença quand à cette date, en 1919, l'année du mouton, des milliers de garçons et de filles de Pékin marchèrent sur le quartier des légations pour protester contre l'infamie des Alliés et plaider la cause de la Chine. Avant qu'ils aient pu l'atteindre, la police les refoula. Furieux, les étudiants mirent le feu à la maison d'un ministre projaponais et en injurièrent un autre. Beaucoup furent arrêtés.

Le public se sentit outragé. Marchands, ouvriers, intellectuels, les citoyens de toutes les grandes villes se joignirent à la grève patriotique contre la perpétration des injustices et l'humiliation nationale.

Histoire de Chine

LE SOLEIL DISPARAISSAIT déjà derrière les coupoles et les flèches de Changhai. Vents d'Août n'était pas venu. Jade Lustré tapa du pied avec impatience et arpenta les bureaux des Éditions Chine Nouvelle sans cesser de regarder dans Nanking Road si la Pierce Arrow familière n'arrivait pas. Pourquoi était-il en retard, aujourd'hui surtout ? L'esprit absent, elle tripotait un morceau d'étoffe caché dans la poche de sa jupe. Elle n'arrêtait pas de passer la main dessus, comme sur une dent qui lui ferait mal.

Enfin la voiture apparut. Elle rassembla les pamphlets intitulés « Pékin sous la loi martiale », se hâta de sortir et donna l'adresse au chauffeur avant de se glisser à côté de Vents d'Août. « Vous êtes en retard ! » Elle parla d'un ton sec, sans lui dire bonjour.

« Les rues sont bloquées par les manifestants. Nous avons dû plusieurs fois faire des détours. » Il s'arrêta. « Vous vous faisiez du souci pour moi ? »

Elle mentit et dit : « Oui. »

Il sourit. « Comme c'est bien de vous voir, ma sœur ! Il s'est passé tant de temps ! Vous m'avez manqué. »

Elle évita son regard, fixant ses yeux sur les prospectus qu'elle avait posés sur le plancher de la voiture, mais il ne parut pas le remarquer. « Est-ce que je vous ai manqué ? Un petit peu ? »

Fallait-il qu'il la regardât de cette façon ? Elle se lança dans le discours qu'elle avait préparé. « Ce matin, Esprit Résolu et moi, nous sommes allés chez un certain M. Ling lui demander de renoncer à ses marchandises japonaises, pour la cause. En dépit de nos appels à son patriotisme, il a refusé. Il m'a accusée d'être une hypocrite, une patriote par opportunisme.

— Comment a-t-il osé ? » La voix de Vents d'Août était pleine de colère.

« Exactement ce que j'ai dit. Il a affirmé que je poussais à brûler les marchandises japonaises pour que mes parents tirent profit de la pénurie.

— C'est ridicule !

— Je lui ai demandé les noms de ces prétendus parents. » Elle s'arrêta, le regardant dans les yeux pour la première fois, espérant qu'il dirait quelque chose. Il ne dit rien. Elle continua. « L'homme vous a nommé. » Nouvelle pause. Vents d'Août continua à se taire. « Il a dit que vous aviez seulement fait semblant de sacrifier le profit au patriotisme. Il a affirmé que vous n'aviez pas brûlé vos marchandises japonaises, que vous aviez brûlé seulement les quelques yards nécessaires à envelopper les fausses pièces d'étoffe que vous jetiez dans le feu. Quand la représentation a été terminée, vous avez changé les marques des marchandises et vous les avez vendues comme chinoises. Je vous ai défendu. Je lui ai demandé des preuves. Il m'a mise au défi de vous interroger. »

Vents d'Août chercha les mains de la jeune fille. Elle les retira. Il haussa les épaules et rit. « Ce Ling a une imagination... Vous ne voyez pas qu'il me coupe le pied pour pouvoir l'enfiler dans sa chaussure ? Vous croyez vraiment que je pourrais faire ça ?

— Je ne sais pas, répondit Jade Lustré. Vous le niez, alors ?

— Je le nie.

— La vérité, dit-elle lentement, doucement. La vérité, cette fois, Vents d'Août. C'est très important pour moi. »

Il secoua tristement la tête. « Mais j'ai dit la vérité. Ling ment.

— Vents d'Août, c'est vous qui mentez ! »

Elle tira de sa poche le morceau de tissu et l'étala sur le siège entre eux deux. La marque avait visiblement été retouchée.

« Vous auriez dû me dire la vérité ! cria-t-elle. Je vous ai supplié de dire la vérité. »

Elle rassembla les brochures et tira le rideau qui les séparait du chauffeur. « Arrêtez tout de suite, s'il vous plaît, je descends. »

La voiture s'arrêta au bord du trottoir. Elle n'attendit pas que le Russe ouvrît la portière.

En face d'eux, au croisement, un groupe de jeunes gens était rassemblé autour d'un feu de joie. Certains scandaient en cadence : « Chine, éveille-toi ! Chine, éveille-toi ! » D'autres alimentaient le brasier avec des marchandises japonaises confisquées. L'un d'eux, plus grand que les autres, se tourna vers la voiture comme s'il l'attendait. L'odeur des peignes brûlés, des pneus de caoutchouc, du savon, de la soie, des parfums, des parapluies, de la poudre dentifrice, des jouets, des livres, des horloges, des médicaments, des bouteilles Thermos était accablante.

Jade Lustré entendit le chauffeur demander à son maître : « Faut-il attendre, monsieur ? »

Elle se retourna. Vents d'Août regardait les flammes. On entendit une explosion. Il tendit la main vers elle. Elle lui tourna le dos, s'éloigna, puis courut vers le croisement pour rejoindre Esprit Résolu et les autres.

Quatre jours plus tard, Jade Lustré s'éveilla à l'aube. Elle avait encore du temps et elle s'attarda au lit, repassant dans sa tête le discours qu'elle avait rédigé, changeant un mot par-ci, une phrase par-là. Il fallait que ce soit le meilleur. Il devait émouvoir ceux mêmes qui répugnaient le plus à l'action. Quand elle fut satisfaite elle pria pour que sa voix fût forte, puissante comme la tempête. Que Dieu le veuille !

Elle se lava rapidement. Pour la première fois elle enfila un pantalon flottant de coton bleu avec une chemise paysanne à manches courtes et glissa ses pieds dans les sandales de paille achetées la veille à un vendeur des rues du secteur chinois. Elle vérifia qu'elle avait dans sa sacoche tout ce dont elle aurait besoin, si elle ne revenait pas chez elle cette nuit. Une fois satisfaite elle passa la courroie en bandoulière et s'examina dans le miroir. Oui, ça allait. Presque. Pendant un moment elle ne put décider ce qui manquait. Puis elle se rappela. Depuis le début de mai, les étudiants portaient des calots de coton — blancs à cause du deuil — au lieu des panamas japonais autrefois populaires. Elle prit le sien sur un montant du lit et essaya de le faire tenir en place avec des épingles. Ses cheveux se montraient rebelles, s'échappaient du chignon. Le bonnet tomba sur le sol.

Elle essaya encore.

Alors, dégoûtée, elle abandonna et fourragea dans ses tiroirs pour trouver des ciseaux. Quand elle les trouva elle brossa ses cheveux dénoués. Ils lui tombaient jusqu'à la taille. Les tenant de la main gauche elle les coupa tout droit, juste au-dessous de l'oreille. Quand elle remit le calot sur sa tête il resta en place. Elle se regarda une dernière fois dans la glace et sourit au coolie qui lui rendit son sourire.

Hu l'attendait dehors avec plusieurs autres étudiants et Esprit Résolu. Mei Mei aussi s'était coupé les cheveux et tous rirent quand le paysan décréta que c'était un présage doublement favorable. Jade Lustré le regarda et fit un signe de tête approbateur. Il rougit.

Côte à côte ils descendirent la rue Flaubert. A chaque coin de rue des jeunes gens attendaient pour se joindre à eux. Ils traversèrent la Concession internationale, grossissant leurs rangs. Tout était comme prévu. Aucune boutique n'était ouverte, sauf quelques étrangers. Même les mendiants avaient quitté leurs postes habituels. Eux aussi s'étaient joints à la grève. Aux croisements, des piles de marchandises japonaises flambaient sous les applaudissements des spectateurs. Des jeunes filles en uniforme d'écolières dirigeaient la circulation.

Ils ne s'arrêtèrent qu'au sentier de la Lanterne. Devant un magasin de riz, un marchand chinois criait à des grévistes furieux : « Allez-vous-en ! Je n'ai jamais fermé ce magasin ! Je n'ai jamais rien voulu jeter ! Je ne le ferai jamais ! »

Un des jeunes reconnut Jade Lustré et lui demanda de parler au marchand. « Il n'y a que vous qui puissiez le persuader. Vous le devez. C'est le seul de tout le quartier qui refuse. » Que dire ? Elle regarda Hu, s'attendant à moitié qu'il vînt à son secours avec une citation de Lénine. Il haussa les épaules, impuissant. Le marchand cria encore plus fort. « Jamais mes ancêtres n'ont fermé ce magasin. Je ne le fermerai jamais; jamais je ne briserai la chaîne de la fortune. Allez-vous-en ! »

Les ancêtres... La chaîne de... Jade Lustré faillit sourire. C'était si simple après tout. Elle n'allait pas le harceler ou lui donner de vilains noms, elle le vénérerait publiquement, lui rendant impossible de ne pas se montrer encore plus vertueux.

Elle leva la main, demandant le calme. Même le marchand resta tranquille en l'observant.

Sans un mot elle tomba à genoux et se prosterna. La foule béait. Trois fois son front toucha le sol. Alors : « O ami, honorez vos ancêtres en honorant votre pays », l'implora-t-elle.

Elle leva les yeux. Le marchand était très pâle. Elle se prosterna encore.

« Si vous ne faites pas votre devoir, je laisserai ma tête sur votre seuil jusqu'à ce que vous preniez le chemin de la vertu. »

Elle leva encore les yeux. Enfin le marchand outragé parla. Sa voix tremblait. « Je vais faire grève. Maintenant partez ! »

La foule applaudit. Avec un sourire de triomphe Jade Lustré se leva, prit le bras d'Esprit Résolu et de Hu et reprit la tête du défilé. Derrière elle on entendit le bruit des volets qui se fermaient.

Des centaines de manifestants étaient réunis devant la façade des Grands Magasins Wing-on, dans la Concession britannique, quand

Jade Lustré et Esprit Résolu y amenèrent leur groupe par Nanking Road. Des jeunes filles distribuaient des paquets de tracts. Des garçons déroulaient des bannières blanches avec des caractères rouges : « Manifestation des étudiants libres », « Boycottez les marchandises japonaises », « Destituez les traîtres », « A bas l'impérialisme », « Citoyens réveillez-vous. »

La charrette était là, avec mégaphone et tambour. Il faisait chaud et Jade Lustré fut heureuse qu'Esprit Résolu l'aidât à monter sur une estrade improvisée. Il lui sourit. « Ne vous en faites pas. Je serai là.

— Ça va très bien pour moi. Allez vous mêler aux autres. Les gens vous connaissent et auront confiance quand ils vous verront parmi eux. »

Elle le regarda s'enfoncer dans la foule et se retourna pour dire à Hu de commencer à battre du tambour. Mais les manifestants n'y prenaient pas garde, ils causaient, murmuraient entre eux, ils riaient parfois.

« Donne-moi le tambour », dit Jade Lustré.

Quand le silence fut obtenu, elle commença. « Citoyens de Changhai ! Peuples du monde ! Écoutez ! Et prenez garde !

« La Chine s'éveille. La Chine est unie. La Chine parle d'une seule voix. Étudiants, lettrés, paysans, marchands, ouvriers, artisans, hommes, femmes et enfants, tous parlent d'une seule voix. »

La foule l'acclama.

Qu'ils acclament, pensa-t-elle. Que le peuple se fasse entendre. Son regard balaya l'assistance. Çà et là au milieu de la foule elle reconnaissait un visage.

« Citoyens de Changhai ! Peuples du monde ! Nous sommes assemblés ici pour réclamer la souveraineté, pour protester solennellement contre des promesses solennelles traîtreusement violées. A ceux qui nous réduisent à la sujétion, à l'esclavage, à la dégradation, à ceux-là nous disons : Prenez garde ! Prenez garde ! »

La foule reprit en chœur : « Prenez garde ! »

« Faites attention, nous parlons d'une seule voix. Au lieu de nous égarer sur des chemins de traverses nous sommes un peuple uni. Nous combattons pour la justice. Justice à Versailles. Justice chez nous. Justice dans les hautes assemblées du gouvernement.

« Nous serons entendus. Vous qui voulez vous opposer à notre avance légitime, prenez garde ! Vous qui avez écrit la grande charte, la déclaration d'indépendance, vous qui autrefois avez crié Liberté, Égalité, Fraternité, vous qui vous appelez vous-mêmes démocrates et serviteurs du peuple, prenez garde !

« La Chine s'éveille. Aussi longtemps que resteront là ces hommes qui nous déshonorent, les patriotes seront en marche ! Les étudiants n'étudieront pas, les travailleurs ne travailleront pas, les commerçants ne commerceront pas avant que justice soit faite.

« Si le pays est paralysé, qu'il en soit ainsi !

« La Chine s'éveille ! Prenez garde ! Bientôt viendra une nouvelle marée, une renaissance, une révolution culturelle ! Prenez garde ! Prenez garde ! »

Maintenant les acclamations formaient une vague sans fin qui la remplit d'une joie pure. Elle avait fait ce qu'elle avait à faire et elle l'avait bien fait.

Elle descendit de la charrette et, lentement, bousculée par les étudiants excités, elle se fraya un passage jusqu'à l'extrémité de la foule. Alors, brandissant le tambour fleuri, elle le frappa en cadence et marcha en tête. Les autres la suivirent. Cette rue. Cette autre. Les artères de la ville européenne renvoyaient l'écho. « La Chine s'éveille ! »

Les marcheurs s'arrêtèrent brusquement; devant eux le mur massif de la police. A leur tête un diable blanc en uniforme brandissant son épée. Il ordonna aux étudiants de se disperser ou de s'attendre à être arrêtés.

« Arrêtez-nous ! Arrêtez-nous ! cria Jade Lustré. Tous les patriotes en prison ! »

La foule reprit le refrain.

Nos voix ont la puissance de la tempête, pensa-t-elle. La police s'apprêta à encercler l'avant-garde.

Esprit Résolu surgit de nulle part et lui prit le bras. « Venez, je peux vous sortir d'ici. »

Elle le repoussa. « Mais je ne veux pas partir !

— J'ai promis à votre oncle que je veillerai à ce qu'il ne vous arrive rien. Vous devez venir avec moi.

— Je ne veux pas. » Elle sourit. « Êtes-vous patriote ? N'allez-vous pas aller en prison ?

— Mais j'ai promis...

— Il comprendra. Je sais qu'il comprendra.

— Mais...

— Ne sommes-nous pas tous les deux les guides de cette manifestation ? C'est d'abord à nous d'aller en prison. »

Il hésita encore quelques instants. Puis il redressa la tête et reprit le refrain. « En prison ! Les patriotes en prison ! »

La prison était une salle vide au rez-de-chaussée de l'école de Nankin. Quand ils furent enfermés les patriotes poussèrent des vivats.

Assis par terre, ils bavardaient, racontaient des histoires, chantaient des chansons.

Le matin suivant, les portes s'ouvrirent. On dit aux étudiants de rentrer chez eux.

Jade Lustré se leva immédiatement. « Je ne partirai pas avant que les traîtres de Pékin soient punis ! »

Espoir Résolu se leva. « Je ne partirai pas avant que les traîtres de Pékin soient punis ! »

Un à un, tous les étudiants se levèrent et répétèrent le serment. Dans toute la Chine la réponse fut la même.

33

Mère et fille

Chaque fois qu'on trouve la répression de l'individualité, chaque fois qu'on trouve des actes contraires à la nature de l'individu, il n'y a pas de plus grand crime. C'est pourquoi les trois liens familiaux de notre pays — entre prince et sujet, père et fils, mari et femme — doivent disparaître et former avec la religion, le capitalisme et l'autocratie, les quatre mauvais démons de l'Empire.

Mao Tse-tung, Société d'études du Peuple Nouveau, 1918

Lune de Printemps était assise à la fenêtre ouverte et regardait la rue poussiéreuse; elle attendait. Avec le renvoi du ministre projaponais les manifestants étudiants avaient triomphé et Jade Lustré, en prison depuis presque une semaine, aurait dû revenir à la maison.

Un moment elle souhaita que Voyant Inspiré fût près d'elle, bien que l'oiscau mainate ne pût rien lui dire qu'elle ne sût déjà; les prophéties ne changent pas le destin, elles ne font que le confirmer. Aucun signe n'aurait pu être plus clair que le refus de Jade Lustré de quitter l'école quand, peu après son arrestation, tout avait été arrangé grâce à Noble Talent et à Vents d'Août. Elle avait dit non aussi facilement qu'elle aurait refusé une deuxième tasse de thé.

Maintenant, en y repensant, il semblait à Lune de Printemps qu'il y avait eu bien d'autres signes. Née loin des cours, à l'époque où les dames sauvaient leur honneur en se jetant dans un puits et où la bibliothèque Hanlin était partie en fumée; envoyée loin de Pékin, loin de l'autel des ancêtres, loin de Sou-Tcheou ; comment s'attendre que, maintenant, sa fille se souciât de son *lao chia* alors qu'elle n'avait pas connu l'ombre du vieux cyprès, ni les voix de fidèles compagnes ?

Le téléphone sonna. Promesse Durable fut tout de suite dans la pièce. « *Wei, Wei, Wei* », cria-t-il dans l'appareil. Il y eut une pause. Puis : « Je vais bien, mon neveu. Et vous-même ? » toujours criant. Une autre pause. « Oui, Sao Sao est ici. »

Lune de Printemps se leva, souriant au petit garçon. Pendant les semaines d'avant la manifestation, Jade Lustré l'avait négligé, car elle était rarement à la maison. La nuit dernière il n'avait même pas demandé qu'elle vînt l'écouter réciter ses prières.

Elle prit le téléphone et fit signe à l'enfant de monter faire la sieste.

« Vents d'Août, des nouvelles ?

— Oui. Nous avions raison. Votre fille sera chez vous aujourd'hui. »

Elle eut un soupir de soulagement.

« Elle va bien, j'en suis persuadé. Ne vous rendez pas malade à son sujet. Dans le fond c'est une bonne fille. Une fois rentrée elle entendra raison, vous verrez ! » Sa voix était tendre, celle d'un fils dévoué.

Brusquement elle crut qu'elle allait fondre en larmes, elle imaginait sa fille, les cheveux courts, et se rappelait les hommes mûrs qui pleuraient en implorant le pardon de leurs aînés, et pourtant leurs nattes leur avaient été coupées de force. Elle n'avait pas vu Jade Lustré le jour où elle avait quitté la maison ni le lendemain, quand avec Talent Courageux elle l'avait attendue en vain à la porte de l'école. Mais elle avait ramassé les cheveux coupés et les avait rangés dans une boîte. Elle avait cru devoir le faire.

« Petite Tante, allez-vous bien ? » Elle ne pouvait plus dire un mot. « Petite Tante, je viens tout de suite. » La ligne devint muette.

En quelques minutes il était à la porte. Chaque mot, chaque geste un effort, elle le fit entrer au salon. « Vous voyez, je vais bien. » Elle lui souriait, le remerciant d'être venu.

Il l'observait en bavardant de tout et de rien. Elle lui offrit des rafraîchissements. Il dit alors : « Je m'en irai avant le retour de Sœur.

— S'il vous plaît, restez encore un peu, Vents d'Août. » Elle s'arrêta, rassemblant les idées qu'elle avait pensé développer pendant le dîner avant de savoir que sa fille allait revenir à la maison.

« Vents d'Août, avez-vous changé d'avis au sujet de cette maison ? Il y a plus d'un an que nous y sommes entrés, assez longtemps sûrement pour décider si c'est un bon investissement. Dernièrement on m'a offert un poste de professeur à Sou-Tcheou et il me serait facile de retourner dans les cours familiales. Jade Lustré est toujours bien accueillie à la mission. N'ayez pas peur de nous gêner. »

Il parla sans la regarder. « Rien n'a changé. Mes projets sont restés les mêmes.

— Mais cela fait quelque temps que je soupçonne qu'il n'y aura ici ni gare ni usine. Vous pourriez vendre la maison et réemployer l'argent. »

Vents d'Août secoua lentement la tête comme s'il n'avait pas envie d'entendre ce qu'elle disait, encore moins d'y prêter attention.

« S'il vous plaît, insista-t-elle d'une voix douce, écoutez ce que je vous dis.

— Petite Tante, un bon homme d'affaires voit les possibilités que personne d'autre ne voit. Cet investissement va tout de même me rapporter gros. Mais ce n'est pas une affaire qui peut se décider en un an ou deux. Ou trois. Je n'ai pas d'autre projet. Je peux me permettre d'attendre.

— Êtes-vous sûr que ce soit sage ?

— Oui. » Il parlait tout bas, comme à lui-même. « C'est ce que je veux. Je suis prêt à attendre, à attendre aussi longtemps qu'il le faudra. » Il alluma une cigarette, en tira quelques bouffées et l'éteignit. « Petite Tante, vous devez m'aider !

— Je peux vous aider en partant d'ici, en vous forçant à vendre... Vents d'Août, je ne vois aucun signe de changement. J'ai peur que vous n'ayez rêvé.

— Quel mal y a-t-il à rêver, ma tante ? Quand je suis arrivé à la porte de la maison des Chang, orphelin en haillons, avec une lettre d'introduction de ma mère morte, j'ai rêvé qu'un jour je serais riche. Le rêve s'est réalisé. Personne ne l'aurait cru alors. Personne ne le nierait aujourd'hui.

— C'est exact, mais cette fois...

— C'est la même chose. »

Longue pause. Quand elle reprit la parole, c'était aussi bien pour elle-même qu'elle parlait. « Dans l'espace d'une vie un rêve se réalise; c'est déjà un cadeau des dieux. Que l'on continue à rêver et on est désappointé. Je suis vieille. Je sais qu'il y a des choses que les dieux eux-mêmes ne peuvent changer.

— Ils ne peuvent changer le cœur des hommes. » Il avait fini la phrase pour elle.

Elle entendait au loin le bruit des pétards, tel un rire qui rappellerait que le bonheur a disparu.

Deux heures après que les manifestants eurent quitté l'école, Jade Lustré se trouvait au croisement des rues et regardait Hu et Esprit Résolu s'en aller vers la maison de thé de la Flûte Perdue où les meneurs de grève devaient discuter un programme d'alphabétisation pour les ouvriers. Presque à chaque pas le paysan se retournait pour agiter la main en souriant, comme pour l'assurer que tout irait bien. Elle avait voulu aller avec eux mais Esprit Résolu avait insisté pour qu'elle n'en fît rien. « Le cœur d'une mère est fragile. En outre je suis responsable de votre absence de cette semaine. Ne faites pas croire à votre famille que je suis totalement indigne de confiance, totalement déloyal. S'il vous plaît. »

Elle avait accepté. Maintenant elle hésitait en regardant ses amis s'éloigner sans elle. Rien qu'un après-midi ? Quelle différence cela ferait-il ? De toute façon sa mère serait en colère. Lentement elle se détourna et prit la rue Flaubert. Chaque pas lui était une épreuve.

Quand elle ouvrit la grande porte, Lune de Printemps était à la fenêtre, elle la regardait, elle regardait à travers elle. Mère ne me connaît pas, pensa-t-elle. Elle approcha avec précaution et s'inclina.

Lune de Printemps se leva. « Tu vas bien ?

— Je vais très bien, Mère. Je ne me suis jamais sentie si bien.

— Tu es trop maigre. Qu'est-ce que tu as eu à manger ? Peu importe. J'ai dit au cuisinier de préparer quelque chose... »

Comment aurait-elle pu manger ? « Mère, je n'ai pas faim. Je... »

Lune de Printemps fronçait le nez. « Qu'est-ce que tu sens ?

— Mère, tu te fais des idées. Si tu sens quelque chose, c'est l'odeur des pétards. Nous en avons lancé des quantités. »

Sa mère n'écoutait pas. Elle prit le bonnet que sa fille portait encore et le lui enleva. Caressant les cheveux courts et comme se parlant à elle-même : « Si mal fait, pourtant cela te va. Tu as l'air... »

Glissant hors d'atteinte, Jade Lustré dit : « Peu importent mes cheveux. Sais-tu que le pays tout entier s'éveille ? Il y a un nouvel esprit d'union, une résolution nouvelle. Cette marche n'est qu'un commencement. Aujourd'hui trois ministres disgraciés. Demain...

— Ma fille ! » La voix de Lune de Printemps était impérieuse. « Ma fille, est-ce que tu ne comprends pas combien je me suis fait du souci ? »

Jade Lustré secoua la tête avec impatience. « Je t'ai dit que j'allais très bien. Mon discours a été un grand succès. » Elle s'arrêta un instant, le visage de sa mère ne changeait pas, elle poursuivit. « Même avant le discours je me suis affirmée. Un marchand, sentier de la Lanterne, refusait de se joindre à la grève, il disait que cela porterait malchance. *Hwen tan* ! Mais même lui s'est joint à nous quand je me suis prosternée...

Sa mère se raidit comme si une main froide l'avait giflée. « Tu quoi ? »

Elle hésita. Pourquoi avait-elle parlé ? Elle n'en avait pas eu l'intention. Maintenant il était trop tard. « Je disais que je me suis prosternée... » Le visage de Lune de Printemps était sans expression; dans ses yeux aucune lumière, aucun signe de connaissance. De sa main le bonnet tomba par terre, très lentement sembla-t-il. Délibérément Jade Lustré se leva pour le ramasser et le poser sur la table.

Bien qu'elle dominât son aînée de la tête, elle se sentait se rapetisser, se rapetisser, devenir aussi petite que son reflet dans l'œil maternel. Le silence entre elles l'agrippait comme une main. Elle n'osait bouger.

Quand Lune de Printemps parla enfin, ce ne fut pas la voix de sa mère qu'elle entendit.

« Jamais, ma fille, dit-elle lentement, jamais plus ne t'agenouille et ne frappe le sol du front aux pieds d'un étranger. En le faisant tu as humilié ton clan. En le faisant tu as souillé le nom même que les ancêtres nous ont légué.

— Je n'avais pas d'intention irrespectueuse.

— Tu mens ! Comment oses-tu me mentir ? »

Jade Lustré n'avait jamais vu sa mère perdre le contrôle d'elle-même. Même maintenant sa colère ne dura que le temps d'un éclair. Puis elle reprit le dessus, avec un effort visible, et sa voix redevint calme. Trop calme.

« Ma fille, nous ne nous agenouillons que devant nos aînés et nos ancêtres, par profonde vénération et respect. N'as-tu pas naguère écrit un essai sur le mal de s'agenouiller devant les idoles ? Maintenant tu t'agenouilles devant un simple marchand. N'importe quel dieu, sûrement, a plus de valeur pour ceux qui l'adorent.

— Mais je ne me suis pas agenouillée pour adorer, Mère, je me suis agenouillée pour prouver ma sincérité.

— Tu t'es agenouillée pour en faire à ta guise, sachant parfaitement que se prosterner devant des étrangers est un acte choquant, que la génuflexion c'est la soumission. Comment oses-tu afficher ton mépris pour ceux que nous honorons ? Qu'est-il arrivé à tes sentiments de piété filiale ? Quand on en est là, qu'est-ce qui reste ? »

Jade Lustré ne répondit pas.

« Qu'est-ce qui reste, ma fille ? »

Toujours pas de réponse.

À nouveau la mère ordonna : « Réponds-moi. Quand il n'y a plus de piété filiale, qu'est-ce qui reste ? »

L'injustice l'étouffait, lui serrait la gorge. Elle ne pouvait plus la ravaler. Délibérément elle commença : « Quand il n'y a plus de piété filiale, ce qui reste... », elle s'arrêta, choisit sa cible, utilisant les mots mêmes que sa mère avait utilisés auparavant dans un fiacre, il y avait longtemps, « ce qui reste, c'est "une personne de caractère". »

Lune de Printemps ne bougea pas. Son visage semblait pétrifié. Le silence de la pièce pesait aussi lourd que pèse la nuit avant l'aube de la bataille.

Finalement Lune de Printemps parla. « Quand il n'y a plus de piété filiale, il ne peut plus y avoir de famille. Quand il n'y a plus de famille, il ne peut plus y avoir de civilisation. Quand il n'y a plus de civilisation, les hommes ne sont plus que des bêtes. » Elle se leva et se tint très droite. « Et moi qui t'ai donné la vie, je ne veux pas d'une bête pour fille. A genoux, enfant, à genoux ! »

Non, Mère, cria silencieusement Jade Lustré, tu ne dois pas, tu ne dois pas exiger cela de moi. Pendant un moment elle pensa tourner le dos et prendre la porte. Mais sans qu'elle s'y attendît ses jambes fléchirent et elle tomba à genoux comme un cerf-volant brisé.

Tout en s'agenouillant elle fit un vœu. C'était son dernier acte d'obéissance, la dernière fois qu'elle serait une enfant. Plus jamais elle ne s'agenouillerait : ni devant sa mère, ni devant ses aînés, ni devant ses ancêtres.

Les yeux des deux femmes se rencontrèrent. Lune de Printemps paraissait épuisée comme si elle n'avait pas dormi depuis plusieurs jours. Aucune importance. Jade Lustré sentait que la colère en elle se glaçait, devenait dure comme de l'acier.

La jeune fille fut réveillée dans la nuit par des sanglots. Elle se hâta vers la petite chambre de Promesse Durable. L'enfant dormait. Elle ferma doucement sa porte et se tourna vers la porte voisine. Elle resta là longtemps, elle se rappelait. C'était un très beau fiacre, presque neuf, avec des sièges en cuir et un cheval blanc.

« Mère, où allons-nous ?

— A l'école.

— Pour combien de temps ?

— Six ans. »

C'est si long, avait-elle pensé, si long. Sans père, sans mère. Comme Vents d'Août, l'orphelin.

Doucement sa mère avait essuyé ses larmes.

Frappant légèrement à la porte, elle entra dans la chambre.

34

La Demande en mariage

Qui l'aurait dit, qui l'aurait dit ?
La carriole d'un pauvre homme
Remplie de larmes...
La haine, en vérité, née en un jour,
Il lui faut mille ans pour mourir !
T'ien Chien, vers 1950

C'ÉTAIT LE PREMIER jour de la quinzaine de la pluie, un mois avant que fleurissent les forsythias, mais le printemps se laissait deviner dans la brise qui soufflait de la rivière tandis que Jade Lustré se hâtait le long des quais de Woosung vers le bateau qui l'attendait. Elle avait pris deux paniers vides qui lui servaient de boucliers pour se frayer un passage au milieu des colporteurs et des pousse-pousse, des cageots de poulets et de porcelets qui encombraient le quai. De temps en temps, obligée de s'arrêter à cause de la foule, elle observait les mendiantes qui cognaient sur les flancs des vapeurs étrangers nouvellement arrivés, portant chacune deux corbeilles sur une perche et demandant l'aumône à grands cris. Attachés sur leur dos, sur leur poitrine, les enfants affamés de la Chine.

Un navire venant des Philippines accostait le long d'un quai, des coolies se battaient pour être le premier à sauter, à s'accrocher, à grimper à bord, peut-être à y trouver du travail. Les passagers s'alignaient le long du bastingage comme pour un spectacle sportif, applaudissant tantôt l'un tantôt l'autre. Les jeunes sautaient facilement mais elle avait vu, il n'y avait pas longtemps, un homme plus vieux se lancer du haut d'un tas de cageots. Il avait manqué son coup, glissé, et s'était accroché au rebord du bateau. Ses mains affaiblies par la faim ne s'étaient pas maintenues. Au bout d'un moment il avait disparu. Un autre avait pris sa place.

Aucun membre de sa famille ne connaissait les voyages de Jade Lustré sur la rivière pas plus que les activités qui l'amenaient à Woosung. Depuis qu'elle les avait bravés en restant prisonnière dans l'école, elle avait gardé secrète une partie de son travail politique, même vis-à-vis de Jeune Grand-oncle. N'avait-il pas cherché à la faire libérer avant la victoire ? « Vous êtes une fille, après tout. » Et plus tard, quand les grèves menaçaient de submerger les concessions et que les étrangers eux-mêmes avaient établi une censure, n'avait-il pas refusé d'imprimer son essai sur les compradores parce que les marchands, disait-il, s'en seraient offensés ?

Elle avait acheté secrètement une machine à polycopier avec l'argent obtenu de Vents d'Août et l'avait installée dans une pièce de derrière de l'entrepôt où Esprit Résolu était veilleur de nuit. C'est là qu'avec quelques amis ils imprimaient maintenant les articles de l'Union des étudiants, ceux qu'elle écrivait elle-même et les textes de Marx traduits par Hu. Tous les deux jours elle portait les pamphlets interdits à Woosung à un jeune étudiant qui la rencontrait dans le marché local, à l'étal des poissonniers. A son tour il les passait à d'autres, jusqu'à ce que toutes les écoles de la côte en aient reçu des exemplaires.

Aujourd'hui l'étudiant n'était pas là quand elle était arrivée, ce qui l'avait retardée. Elle sauta à bord du bateau fluvial et demanda à partir immédiatement. Il ne fallait pas qu'elle fût en retard au meeting de l'Union des étudiants.

Le vieux batelier sourd se contenta de s'incliner en disant : « Votre visite s'est bien passée, Jeune Maîtresse ? Dommage qu'il y ait tant de foule. Dommage. »

Le vieillard disait chaque fois la même chose. Chaque fois qu'ils passaient devant les manufactures japonaises il crachait dans l'eau et maudissait : « *Aye ya* ! Rien qu'un troupeau de buffles chiant la crasse et la suie ! » Chaque fois que le bateau traversait des bancs de détritus il les ramassait à la pelle et disait : « *Aye ya* ! Rien que des peaux de bananes pour mon dîner. »

Elle n'avait pas de temps à perdre avec son bavardage. Ses pensées allaient à la liste de ce qu'elle avait encore à faire. Dois voir Miss Clayton tout de suite pour trouver un médecin pour Sœur Su; de peur qu'un enfant lui fît perdre son emploi, elle s'était enfoncé une baguette dans le ventre. Dois lancer une campagne parmi les étudiants pour recruter d'autres volontaires pour apprendre à lire aux ouvrières des manufactures de soie. Dois mettre à jour la liste des marchands antipatriotes et la publier. Esprit Résolu et ses amis ne pouvaient pas mettre des piquets de grève devant tous leurs établissements à la fois. Publier la liste aiderait à boycotter ceux qui continuaient à vendre des marchandises japonaises.

« Maîtresse, tenez-vous bien, cria le vieux batelier. Un vapeur étranger qui vient tout près. »

Elle inclina la tête et s'accrocha pendant que la petite embarcation était ballottée dans le sillage du navire. En elle le ressentiment montait.

Est-ce que rien ne changerait jamais ? Est-ce qu'elle ne faisait que cracher dans l'eau comme le vieux batelier ? Peut-être que Jeune Grand-oncle avait raison. « Vos manifestations d'écoliers ne riment à rien ! » Il protestait de plus en plus. « Rien n'y fera rien tant qu'il y a les traités inégaux, tant que les seigneurs de la guerre se comportent comme des bandits et se battent entre eux comme les étrangers pour une nouvelle tranche de Chine. Nous avons besoin des marchands pour battre les étrangers. Forcez les Chinois à quitter les affaires et les affaires iront aux Japonais. Il y a des priorités, Petite Nièce ! Un pas à la fois. Je me suis occupé de révolution avant vous. »

Mais c'était là, exactement, que Hou intervenait. « Quelle révolution ? Sun est un clown. Quelle différence ses révolutions annuelles ont-elles apportée à ceux qui n'ont pas un bol de riz ? Cédez aux marchands et vous ne valez pas mieux que les seigneurs de la guerre ! »

« Maîtresse, appela le batelier en montrant du doigt les vieilles fortifications qui longeaient la rive, Maîtresse ? »

Elle soupira. « Oui, oui, je vois...

— Vous pouvez ne pas le croire, Maîtresse, mais autrefois je portais une longue robe et je me promenais sur les remparts... »

Elle inclina la tête, l'esprit absent et revint à ses propres soucis. Seul Esprit Résolu n'avait jamais minimisé ses efforts. Pour lui rien de ce qu'elle suggérait n'était trop difficile. S'il lui fallait vingt hommes il les lui procurait. S'il lui fallait des renseignements il les obtenait. Bien qu'il fût grand et fort les autres semblaient désireux de le protéger.

Ils prenaient soin de lui comme lui d'eux, pensa-t-elle. Tout à coup elle sourit. Sa première impression n'était pas fausse. Tous deux, le paysan et la petite-fille du Hanlin avaient le don. Personne ne pouvait nier la chaleur de l'un et le zèle de l'autre.

Le soleil était au bord du ciel, à l'ouest, quand le bateau atteignit enfin Changhai. Jade Lustré débarqua avant même qu'il fût amarré et se faufila rapidement à travers la foule du Bund vers le croisement de Nanking Road.

Brusquement il y eut un hurlement de freins. Un cri. Elle se retourna. Les passants couraient vers l'accident. Malgré l'heure tardive quelque chose la poussa à les rejoindre.

Quand elle réussit à se retrouver au premier rang de la foule, plusieurs policiers sikhs étaient arrivés pour contenir les curieux. Un coupé noir était monté sur le trottoir, et à côté un étranger à l'épaisse moustache s'épongeait le front.

Un des Sikhs, un sergent, salua. « J'ai tout vu, Sir. Cet imbécile s'est jeté en travers de votre route. » Il parlait anglais.

« Je ne l'ai pas vu ! cria l'automobiliste. Je ne l'ai pas vu ! »

Un Américain, pensa-t-elle. Elle parvint à faire le tour de la voiture. Le vieux batelier était étalé sur les pavés, comme une tache noire. A côté, intacts, les deux paniers de Jade Lustré.

Les deux hommes s'approchèrent du corps. « Qui était-ce ? » demanda l'Américain qui se détourna brusquement, très pâle. Il s'appuya à la voiture.

« Personne, dit le Sikh. Un coolie.

— Pauvre diable ! » L'étranger hocha la tête. « Que puis-je faire ?

— Nous nous occupons de tout. A le voir vous lui avez plutôt rendu service. »

L'autre ouvrit sa veste pour prendre son portefeuille et sortit une poignée de billets. « Ceci pourra peut-être aider.

— Gardez-le, Sahib. Cela arrive tous les jours. Vous devriez partir maintenant. » Il fit signe à l'un de ses subordonnés. « Monte en voiture avec ce monsieur. Veille à ce qu'il arrive sain et sauf à destination. »

Avec ses hommes le Sikh força les gens à reculer pour laisser passage à la voiture.

La foule la suivit des yeux en maugréant puis commença lentement à s'écouler.

Les paniers ! Elle fonça dessus. D'autres aussi. Elle en arracha l'un à un galopin. « C'est à moi ! » L'enfant lâcha prise et disparut en un clin d'œil.

L'autre panier était déjà parti. Sans aucune valeur ni l'un ni l'autre. Sans valeur pour elle, non pour le batelier. Il avait donné sa vie pour eux, pour elle. Elle serra le panier contre elle comme si en s'en emparant elle pouvait faire que le batelier ne fût pas mort pour rien.

Elle ne lui avait jamais dit, dans aucun de leurs voyages ensemble, qu'effectivement elle pouvait l'imaginer tel qu'il avait été autrefois : fonctionnaire du Service impérial, gardant la porte de l'Empire du Milieu, portant la longue robe, avec des plumes colorées dans son épaisse natte. Ou n'était-ce qu'un rêve ?

Brusquement elle se sentit faible et alla s'appuyer à un réverbère. Elle vit arriver la charrette des morts. Quand elle fut repartie des hommes nettoyèrent le sang avec un jet d'eau.

Elle reprit son chemin et remonta Nanking Road, marchant sans but. Elle essayait d'imaginer le batelier au ciel. Au lieu de quoi elle le voyait dans la charrette des morts, toujours en train de saigner. Il n'avait pas cru en Jésus, il avait adoré les idoles. Il n'hériterait jamais de la terre, ce brave homme qui avait couru après elle pour lui rendre ses deux paniers d'osier. Il y en avait des millions comme lui, trop pauvres pour s'acheter une chemise, trop faibles pour se battre.

Pourquoi, mon Dieu, pourquoi ? demandait-elle sans cesse. Et jamais elle n'avait de réponse.

Il faisait sombre quand elle arriva à l'école de la mission. Elle ne s'y était pas rendue depuis le début des manifestations. Quand elle voulut entrer le gardien, un nouveau, l'arrêta.

« Hé, vous n'êtes pas d'ici !

— Je viens voir Miss Clayton.

— Pas là, dit-il brusquement. Partie pour l'intérieur des terres.

— Mais il faut que je la voie !

— La semaine prochaine ! Revenez la semaine prochaine ! »

Elle s'en alla et fit quelques pas jusqu'à l'église. Les cierges de l'autel étaient allumés. Elle s'assit sur un banc au premier rang pour prier. « Notre Père qui êtes aux cieux, que Votre nom soit béni, que Votre règne arrive, que Votre volonté soit faite sur la terre... » Elle s'arrêta et recommença. « Notre Père... » Les mots l'étranglaient. Dieu ne connaissait pas ce coolie. Pauvre diable de Jaune ! Rien qu'un Chinois.

La porte s'ouvrit et se ferma, laissant entrer une bouffée d'air nocturne et frais. Elle eut un frisson, écoutant les pas qui s'approchaient et qui s'arrêtèrent dans une autre travée.

Un homme murmurait : « Notre Père qui êtes aux cieux... »

Elle se tourna pour le regarder.

« Pardonnez-nous nos offenses », psalmodiait-il.

Et naturellement il en serait ainsi, pensa-t-elle. Dieu pardonnerait à ce chrétien, à cet étranger. Jade Lustré se leva et laissa l'homme en prière.

Il était plus de minuit quand elle arriva devant le 42, rue Flaubert. Il y avait de la lumière dans la chambre de sa mère. Une voiture s'arrêta. « Jade Lustré, où étiez-vous ? » Vents d'Août ouvrit la porte. « Montez, montez. »

Elle obéit.

« Qu'est-ce qui se passe ? » Il l'entoura de ses bras. Elle ne résista pas. « J'ai dit à votre mère que vous étiez avec moi. Elle vous attendait à 9 h à la maison et elle m'a téléphoné. Je vous ai attendue ici toute la soirée. »

Les larmes, enfin, débordèrent de ses yeux.

« Que s'est-il passé ? Pourquoi pleurez-vous ? »

Elle ne dit rien. Comment pouvait-elle expliquer qu'elle pleurait un vieux batelier ? Qu'elle pleurait la fille de sa mère et l'élève de Miss Clayton et, maintenant qu'elle était dans ses bras, la jeune fille du bateau dragon ?

Il murmura son nom sans pouvoir s'arrêter, la serrant contre lui jusqu'à ce qu'elle ne pleurât plus. Comme elle ne bougeait ni ne parlait toujours pas, il l'embrassa follement, comme s'il avait peur qu'elle disparût, comme si seule sa passion pouvait la retenir.

Il la connaissait bien. Il avait raison. Elle partirait. Peut-être pas cette année, peut-être même pas la suivante. Mais elle partirait. Pour le moment elle s'accrochait à lui et rien ne comptait que le désir si longtemps réprimé.

Mais quand ils s'écartèrent l'un de l'autre, elle vit dans ses yeux un tel bonheur, un tel espoir, qu'elle en fut immédiatement refroidie. Elle lui mit gentiment la main sur les lèvres et secoua la tête en murmurant : « Pas plus, pas plus. » Puis elle s'échappa de ses bras et se glissa hors de la voiture.

Il l'appela, mais déjà elle était partie.

Elle s'arrêta un instant dans le clair de lune, à mi-chemin entre la voiture et la maison, regardant la fenêtre éclairée comme pour dire : « Mère m'attend », et elle fit le reste du chemin en courant. Il ne partit pas avant qu'elle fût à l'intérieur.

Tout en fermant doucement la porte, elle pensa encore qu'elle devait partir. Elle ne devait pas leur laisser d'espoir. Ne devait pas recommencer à leur briser le cœur. Une fois suffisait.

Elle ne se souvint pas du panier avant plusieurs jours. Elle l'avait laissé par terre dans la voiture de Vents d'Août. Inutile de le lui demander.

Plusieurs semaines plus tard, un jour que les jonquilles étaient en fleur, le long du Bund, et que les vapeurs du ciel et de la terre semblaient se fondre harmonieusement, Jade Lustré et Esprit Résolu marchaient d'un pas vif pour aller à Chine Nouvelle, en se faufilant entre les acheteurs de l'après-midi dans la rue de Fou-Tcheou. Près du coin de la rue de la Perle une foule les arrêta.

« Est-ce un accident ? » demanda-t-elle avec impatience en le regardant.

Il secoua la tête avec un sourire. « Rien qu'un marchand ambulant.

— Rien qu'un marchand ? »

Il inclina la tête et éclata de rire. Sans savoir pourquoi elle en fit autant. Finalement ils reprirent tous deux leur sérieux.

« Qu'est-ce qu'il y avait de si drôle ?

— Est-ce que vous achèteriez une lotion capillaire à un colporteur chauve ? »

Riant encore elle comprit soudain que son attente avait assez duré. « Venez par ici », lui dit-elle en s'enfonçant dans une ruelle sordide, lui faisant signe de la suivre. Ce qu'il fit, comme toujours, sans poser de questions. Elle le conduisit au petit salon de thé des Trilles du Rossignol. Comme elle était souvent passée par là, elle était à peu près sûre de n'y trouver personne de connaissance.

Les vieillards qui venaient tous les jours s'asseoir dans la boutique pour fumer et jouer au mah-jong levèrent les yeux, mécontents d'être dérangés, et le propriétaire, un gros homme, arriva en courant de l'arrière-boutique et leur essuya une table libre. « Ici, s'il vous plaît ! »

Il souriait et faisait des courbettes pendant que les deux jeunes gens s'asseyaient.

« Jeune Maîtresse, Jeune Maître, puis-je vous servir du thé de la Vapeur des Nuages ? C'est la qualité la plus fine, récoltée par des singes, sur les plus hauts sommets du Kiang-si, infusée dans la rosée recueillie au cœur de dix mille lotus.

— Le meilleur marché, ça ira », dit-elle avant qu'Esprit Résolu ait pu répondre.

Le patron soupira et secouant la tête, disparut dans la cuisine. Les vieillards branlaient la tête d'un air entendu jusqu'à ce que l'un d'eux, celui qui était vêtu de gris, criât « *P'ung* » et attirât l'attention des autres.

« Pourquoi sommes-nous venus ici, Jeune Maîtresse ?

— Jeune *Sœur*, le reprit-elle. Rappelez-vous, c'était convenu ! »

Il se frappa le front en souriant et déclara qu'il était vide comme un tambour.

« Ne parlez pas de vous comme ça ! »

Il haussa les épaules avec bonne humeur. « Vous n'avez pas répondu à ma ques... »

Le patron était de retour, plaçant devant chacun d'eux une tasse de thé à demi infusé. Les feuilles de thé couvraient de taches brunes la surface de l'eau tiède.

Esprit Résolu ne parut pas s'en soucier. Déployant ses coudes sur la table, il regarda sa tasse et souffla doucement sur les brins de thé pour les faire tomber au fond. Jade Lustré repoussa les siens sur les bords.

« Je veux causer sérieusement avec vous », dit-elle en se demandant pour la première fois quelle serait la réaction du jeune homme devant l'idée qu'elle avait en tête depuis plusieurs semaines. Son plan était logique. Il ne lui était pas venu à l'esprit qu'il pourrait faire la moindre objection.

« Bien sûr, bien sûr.

— Frère Aîné » — la gorge sèche, soudain, elle s'arrêta pour regarder sa tasse. « Frère Aîné, reprit-elle, bien que nous ayons travaillé ensemble pendant plus d'un an, nous ne nous sommes jamais parlé personnellement. Pourtant pour moi, c'est comme si nous nous connaissions vraiment très bien. N'êtes-vous pas d'accord ? »

Il sourit encore. « Oui, nous sommes toujours d'accord.

— Et nous sommes les meilleurs des amis ? »

Il rougit et inclina la tête.

Elle attendit qu'il en dît plus mais il évitait ses yeux, regardant de préférence l'étagère où on mettait les cages qui servaient aux vieillards à faire prendre l'air à leurs oiseaux.

Rien à faire. Il fallait qu'elle lui posât directement la question. « Mon frère ?

— Oui ?

— Que pensez-vous vraiment de moi ? »

Il rougit encore, baissa les yeux et but une gorgée de thé.

« Dites-le-moi, s'il vous plaît.

— Les gens comme moi ne sont pas à l'aise avec les mots. Pourquoi le demandez-vous ?

— Je dois le savoir. »

Il se remit à boire son thé. Elle couvrit la tasse de sa main.

« Je vous en prie, que pensez-vous vraiment de moi ?

— Je pense... Je pense que... » Il s'éclaircit la gorge, s'arrêta et recommença.

« Oui ?

— Je pense, ma sœur, que je mourrais pour vous. »

Elle soupira. Elle avait eu raison. Il l'épouserait. Et une fois mariée, elle serait à l'abri. Il n'y aurait pas de retour en arrière.

« Frère Aîné, je ne veux pas que vous mouriez pour moi.

— Je veux dire... » Il ne la regardait pas, dessinant sur le bois avec l'ongle du pouce. « Pourquoi me demandez-vous ça ? Je dois rougir comme le derrière de ces singes ramasseurs de thé.

— Mais vous avez dit que nous sommes d'accord sur tout.

— Sur les grèves, les étrangers, les choses comme ça. Mais sous d'autres rapports, nous ne sommes pas pareils.

— Vous voulez dire parce que je suis la petite-fille d'un Hanlin et vous le fils d'un fermier ? »

Il hocha la tête. « Vous lisez l'anglais, vous écrivez les caractères plus vite que je ne peux les prononcer. Dans la maison de mon père, il y a autant de puces que de livres dans la vôtre, et rien d'autre. Vos ancêtres étaient tous des lettrés. Je suis le premier de la famille à pouvoir écrire son nom. »

Un instant, l'image de la famille paysanne debout auprès de l'autel de ses ancêtres, à Sou-Tcheou, lui traversa l'esprit. Elle l'écarta. « Vous ne comprenez pas. Ma vraie place n'est pas près de ma mère. Ma vraie place est là où nous travaillons ensemble. Je ne me soucie pas des ancêtres. Ce qui m'occupe, c'est ce qui vous occupe vous-même. Ma famille c'est la Chine. Pas le clan.

— Non. » Il secoua la tête catégoriquement. « Non. Même pour une jeune fille moderne, ce que vous dites n'est pas convenable. » Brusquement il se leva, se cognant dans la table, renversant une tasse, cherchant de l'argent dans son pantalon. « A partir de maintenant, nous nous verrons seulement aux réunions. » Il jeta une poignée de monnaie sur la table. « Je regrette. »

Elle ramassa les pièces et les lui rendit. « Je n'ai pas envie de partir maintenant. S'il vous plaît, asseyez-vous. »

Il hésita puis se rassit lentement sur sa chaise.

Sois patiente, se dit-elle. Sois patiente. Elle reprit une gorgée de thé. Il était froid. « Mon frère, il y a une nouvelle Chine, nous ne sommes plus des enfants. Nous avons tous deux signé l'engagement de ne nous marier qu'avec ceux que nous aurons librement choisis. C'est vrai ? »

Il eut un regard pour les vieillards; l'un d'eux avait mis la main en coupe à son oreille, par peur de manquer un mot. Esprit Résolu déplaça sa chaise en lui tournant le dos pour faire écran.

Qu'ils nous écoutent ! pensa-t-elle, et elle reposa la question : « C'est vrai ?

— Oui mais...

— Esprit Résolu, je veux me marier avec vous. »

Il la regarda fixement. Elle crut un instant qu'il était en colère. Puis il dit : « Est-ce que vous vous moquez de moi ? »

Elle tendit la main et toucha la sienne. « Bien sûr que non. C'est simplement que je ne veux pas épouser un inconnu choisi par ma famille. Je veux épouser un ami qui ait les mêmes idées que moi. »

Elle s'arrêta. « Comme vous ne me l'auriez jamais demandé, je dois le demander moi-même. »

Maintenant les deux mains de la jeune fille recouvraient une main du garçon. « Ne voyez-vous pas que nous sommes bien assortis ? »

Il secoua la tête. « Votre mère ne sera jamais d'accord.

— Elle le sera si elle pense que je serai toujours seule, sans foyer, sans enfant, comme Jeune Grand-oncle. Et c'est ce dont je ferai vœu ! »

Il y eut de l'admiration dans ses yeux. « Vous feriez ça ?

— Oui, je le ferais...

— Vous ne devez pas. C'est de la folie. Des paroles folles ! »

A nouveau elle demanda : « Voulez-vous être mon mari ? »

Il hésita puis murmura d'une voix rauque : « Non. Ce ne serait pas bien ! »

Elle n'insista pas plus. Cela prendrait du temps.

LES SEMAILLES DE L'AUBE

§ 35

L'Empreinte du cœur

Jeune je suis parti. Vieux je suis revenu,
Parlant comme autrefois mais les cheveux plus rares;
Mes enfants me revoient sans plus me reconnaître.
Ils sourient et disent : « Étranger, d'où viens-tu ? »
He Chih-chang, dynastie Tang

LES NUAGES PESAIENT sur Changhai, haleine d'un dragon terrassé méditant sa vengeance. Talent Courageux était debout, le pinceau à la main au-dessus de sa table à calligraphier, inconscient de la tempête qui menaçait, cependant que les domestiques se précipitaient dans toute la maison pour fermer les fenêtres.

La pièce où il se trouvait était autrefois la chambre de Lune de Printemps. Depuis des années elle était restée vide à l'exception de la table à hauteur de ceinture et d'une étagère où étaient rangés ses encres, pinceaux, papiers et couleurs d'aquarelle. C'est là qu'il voyageait librement en d'autres mondes. Là, comme les lettrés poètes du passé, grâce à sa maîtrise de la calligraphie qu'il avait pratiquée sa vie durant, son pinceau traçait des tableaux tirés de sa mémoire ou des paysages vus de hautes montagnes qu'il n'escaladerait jamais. Il jouissait ainsi de possibilités infinies, et créait l'équilibre et la cohérence. Le contentement.

L'inspiration de peindre lui était venue trois ans plus tôt, quand il était retourné seul à la maison de Bubbling Well Road après le diplôme de Jade Lustré et le départ de Lune de Printemps pour Sou-Tcheou. La nuit d'avant son départ il y avait eu le cri de l'enfant, le « chut » étouffé de la femme qui avait fait appel à lui. Eux partis, les chambres vides avaient répercuté le silence, si vides de bruit que ce vide exaspérait ses nerfs. Il était resté pendant des heures devant sa table à calligraphier, aucun mot ne lui était venu, la main qui tenait le pinceau était aussi mal assurée qu'elle l'avait été à son départ de San Francisco.

Il ne pouvait pas se rappeler quand il avait dessiné les premières feuilles, le rameau de bambou. Le bambou qui plie sous le vent et ne casse jamais. Il avait peint dans la fièvre, brin après brin, pendant que dans sa tête il entendait l'écho des paroles du vieillard au peintre Ching Hao : « Les passions de ce monde sont des voleurs de vie. Les hommes vertueux s'occupent de musique, de calligraphie et de peinture et ne se laissent pas aller aux désordres du désir. » Heure après heure il avait travaillé jusqu'à ce que le pinceau parût voler de lui-même, saisir tout seul et sans hésiter la forme étroite des feuilles de bambou.

Alors, nuit après nuit, il élargit graduellement son répertoire — le bouquet d'arbres, le ciel, la brume, l'ombre du clair de lune, le personnage endormi — jusqu'à maîtriser toutes les formes du *Manuel du jardin de la Graine de Moutarde*. Pour capturer leur essence il attendait parfois une soirée entière, se rappelant un paysage ou un sentiment. Mais une fois que le pinceau attaquait le papier, l'image naissait dans un jaillissement d'énergie. Une fois sa vision matérialisée, il se sentait à la fois épuisé et rafraîchi.

Cette nuit il voyait un bassin paisible avec des carpes, et l'éclair d'une jupe en mousseline. Il trempa son pinceau dans l'eau pure, en mouilla le bout dans l'encre pâle qu'il avait préparée et le pressa sur le papier pour que l'encre s'étalât des deux côtés pour délimiter la surface de l'eau. Il fit de même pour chaque poisson, puis ajouta la rocaille, les tabourets de porcelaine et en trois coups de pinceau essentiels, une jeune fille avec la main tendue.

Son souvenir ainsi retranscrit, il examina la peinture et fut satisfait. Il avait pris une empreinte de son cœur.

Le Sage a dit quelque part que l'âme du sage est celle d'un enfant. L'enfant en lui, ce serait toujours Lune de Printemps. Dans une autre vie, dans une autre saison, comment pourraient-ils rester séparés ? Comme la mer et la lune, toujours ils iraient de concert. Sa main hésita un instant au-dessus des nattes qui voltigeaient, du tissu rouge de la robe. Puis il nettoya ses pinceaux et les rangea.

Comme d'habitude il descendit et ordonna à la servante d'apporter le thé. Quand il fut servi il le but très chaud, lentement. En fait ce n'était jamais le goût du thé préparé par Pure Vertu, même si les feuilles étaient de la même récolte, séchées par les mêmes mains. D'abord il avait pensé que cela tenait à l'eau, et sa femme avait soigneusement mis de l'eau en bouteille pour qu'il l'emportât à Changhai. Mais cela n'y avait rien fait.

Pure Vertu avait eu un cauchemar pendant sa dernière visite à la maison. Il l'avait entendue crier comme si elle avait mal, et il avait couru dans sa chambre pour la réconforter. Au bout d'un moment elle lui avait raconté son rêve. « Mon mari, j'avais fait cuire du pain pendant toute la semaine. Vous êtes venu à la cuisine et vous m'avez ordonné de retransformer les miches en eau et en farine. J'ai essayé tant que j'ai pu mais ce qui était fait ne pouvait être défait. Quand je vous ai rendu compte de mon échec, vous m'avez chassée, et j'ai marché des *li* et des *li* dans mes souliers neufs à hauts talons. »

Il resta près d'elle le restant de la nuit, la regardant dormir, se demandant si elle regrettait le jour où il avait envoyé Noble Talent voir son père.

A la pensée de son frère, il soupira. Quand il était loin, Noble Talent écrivait de longues lettres, ouvrant son cœur, parlant de tout ce qui le troublait, « une vie stérile qui n'a rien à montrer en sa faveur ». Pourtant, quand le soldat était à Changhai, assis dans cette pièce en face de lui, des heures s'écoulaient sans qu'un mot ne passât entre les deux frères. Peut-être est-ce ma façon d'être, se disait-il. D'une certaine façon me voir le rend irritable, comme s'il pense que j'ai failli au Vénérable, failli à lui, failli à notre cause. C'est peut-être vrai. J'ai trop aimé le passé pour vouloir tout déraciner...

Sa tasse était vide. Il s'en versa une autre, le thé était froid et il ordonna au domestique de l'emporter.

Il éteignit la lumière et monta l'escalier. Peut-être, pensait-il, nous autres lettrés, nous ne voyons que ce que nous voulons voir, cachant le reste dans le brouillard comme dans les paysages que nous peignons. Des impressions. Pas de détails. L'homme devient un nain à côté de la montagne; la douleur ou la joie sur son visage, les habits qu'il porte, qui peut les voir ? Une scène sans réalité. Pas de batailles, pas de sang.

« Nous voyons trop loin. » Il parlait tout haut. « Peut-être que nous ne voyons rien du tout. »

Le sommeil ne venait pas. Chaque fois, à l'heure tardive où il cherchait à dormir, les ennuis de Chine Nouvelle venaient l'obséder et pendant que les minutes se traînaient il se faisait du souci à l'idée de s'éveiller de bonne heure, ce qui ne manquait pas d'arriver. Pris entre ces deux éventualités, il restait éveillé, totalement éveillé, extrêmement fatigué.

Il souhaitait pouvoir en finir avec l'édition et ses difficultés financières. Ses amis ne s'y intéressaient plus et plus d'une fois ils lui avaient fait entendre qu'il devrait vendre et leur rendre ce qu'il pourrait des sommes investies. Il avait résisté à leur offre amicale, espérant chaque année qu'il pourrait réaliser des bénéfices. Mais alors Noble Talent et Jade Lustré s'en étaient mêlés. Au lieu de manuels classiques ils avaient imprimé et diffusé des tracts révolutionnaires qui menaçaient de faire fondre sur eux la fureur des seigneurs de la guerre ou des étrangers ou de la clique de Pékin, à moins qu'on ne leur versât de substantiels pots-de-vin.

Il secoua la tête. Il était injuste et il le savait. L'imprimerie n'avait jamais fait de bénéfice et n'en ferait jamais.

Brusquement la chambre lui parut insupportablement étouffante. Qui avait fermé les fenêtres ? Y avait-il eu une tempête ? Il se leva, les ouvrit, et resta debout un moment à regarder la lune se montrer et se cacher au milieu des nuages.

« A quoi ressemble la mort ? » avait demandé le garçon. C'est maintenant ce qu'il se demandait, tout en souriant au souvenir du petit garnement. Son ardeur, comme celle de Lune de Printemps, était irrépressible. Est-ce que ses fils avaient été comme lui au même âge ? Il ne le savait pas. Leurs lettres arrivaient régulièrement, une fois par mois. Haute Vision étudiait les mathématiques à Harvard. Brillante Vision était parti l'an dernier pour continuer la physique et la géologie au MIT. Ils pouvaient lui apprendre de quoi était faite une montagne, mais cela ne les passionnait pas. Comme leurs lettres étaient différentes de celles qu'il écrivait au Vénérable ! Les leurs étaient — des énumérations. Les siennes, des instantanés d'une pensée oisive.

Quand ses fils seraient prêts à revenir au foyer, serait-il encore là ? Ce serait sa dernière chance de les connaître.

Peu à peu l'idée de retourner à Sou-Tcheou s'empara de lui. Il ne voyait plus rien d'autre à faire. Il demanderait à Vents d'Août de s'occuper de la vente de la maison et de l'imprimerie. Peut-être l'orphelin aurait-il plaisir à jouer le rôle d'éditeur, puisque tout paraissait lui plaire, comme si la vie n'était qu'un divertissement. Nul doute qu'entre ses mains Chine Nouvelle ait les meilleures chances de survivre — du moins s'il ne persuadait pas quelqu'un d'autre de l'acheter pour une somme délirante. Talent Courageux sourit encore. Penser qu'il s'était fait du souci autrefois en pensant que Vents d'Août, en grandissant, deviendrait une souris dans le grenier des Chang !

Il ralluma la lumière et s'assit dans son lit, examinant le cyprès gravé sur le couvercle de la boîte en *cloisonné*, sur sa table de nuit, se rappelant le fantôme de son père près du portail.

36

Le Cadre

Année après année les manifestations populaires continuaient. Villes après villes étaient frappées, les ports étaient paralysés. Les coolies déposaient leurs perches quand les agitateurs leur en donnaient l'ordre, affirmaient certains.

Pendant ce temps les seigneurs de la guerre pillaient et se battaient entre eux, et les traités restaient inégaux. Des dizaines de millions de gens périrent par suite des inondations et des sécheresses.

Contre d'aussi terribles calamités, l'ennemi d'un ennemi devint un ami. Sun Yat-sen, chrétien élevé en Occident, mit son espoir dans la Russie et le Komintern ordonna aux communistes chinois de se subordonner au Kuomintang, le parti de Sun. Communistes et Kuomintang bâtirent ensemble une armée pour « extirper les traîtres de l'intérieur et résister à l'agression extérieure ». L'été de l'année du tigre, en 1926, après la mort de Sun, Chiang Kai-shek lança de Canton l'expédition du Nord pour unifier la Chine.

Province après province le pays fut regagné, mais l'unité du front se déchira, chaque faction se demandant comment, après la bataille, on pouvait croire qu'un ennemi accepterait la règle commune. Nulle part le problème de savoir qui était ami ou ennemi n'était plus troublant que dans le Hunan où Mao Tse-tung, membre intérimaire du Comité exécutif central du Kuomintang, et chef de la Section paysanne du parti communiste chinois, rédigea le rapport suivant au printemps de l'année du lapin, en 1927 :

« Un homme qui ne possède que cinquante mous *de terre est classé comme un bandit local et un homme qui porte une longue robe est dénoncé comme un membre nuisible de la noblesse terrienne...*

« On place un grand chapeau de papier où sont inscrites les indications : tyran local tel ou tel membre nuisible de la noblesse terrienne tel ou tel sur la tête de la personne qui doit être punie et on la promène, tenue en laisse, autour du village...

« Une seule exécution secoue la contrée jusque dans ses fondements et est en fait un moyen très efficace d'éliminer les influences féodales...

« Sous peu, cent millions de paysans se soulèveront comme une tornade ou

comme une tempête, une force si extraordinairement rapide et violente que nulle puissance, si grande soit-elle, ne pourra l'arrêter...

« Ils enverront à la tombe tous les impérialistes, les seigneurs de la guerre, les fonctionnaires corrompus, les tyranneaux locaux et les mauvais propriétaires terriens. Tous les partis révolutionnaires et tous les camarades révolutionnaires comparaîtront devant eux pour être jugés. »

Histoire de Chine

BAISSANT LA TÊTE contre le vent d'hiver, Jade Lustré progressait péniblement sur la piste de montagne, étroite, escarpée, à travers des forêts de sapins, épaisses comme une fourrure, vers le village de Forêt Bienheureuse. Ses pieds étaient comme des pierres, chaque pas était une épreuve. Encore dix *li* et pour se donner courage, rien que l'espoir d'un bol de riz aqueux.

Elle n'avait jamais mis en doute qu'elle y arriverait. La jeune fille si peu fière de sa beauté était devenue une femme très orgueilleuse de sa force. Un mois après qu'Esprit Résolu l'eut amenée dans ces collines, il l'avait nommée Jade de la montagne et ce nom lui avait fait plus de plaisir que tous les prix qu'elle avait gagnés quand elle était Margaret. Au cours des six ans qui s'étaient écoulés depuis lors, elle avait vite appris le dialecte rocailleux du Hunan et elle avait réussi à organiser un enseignement ambulant dans les secteurs de la province contrôlés par l'Association paysanne.

Elle avait appris aussi à vivre toujours dans l'incertitude et le danger, car le travail d'Esprit Résolu, c'était d'extorquer de l'argent, pour la cause, aux propriétaires terriens et aux marchands des régions périphériques et elle ne savait jamais s'il n'allait pas être dénoncé ou capturé. Elle avait donné naissance à son fils, seule, et l'avait mené sur son dos partout avec elle jusqu'à ce qu'il eût deux ans. C'est uniquement lorsque l'enfant avait été pris d'une fièvre persistante qu'elle avait fait un bref voyage à Changhai pour laisser Nouvelle Destinée à Lune de Printemps. Sa mère ne l'avait pas reconnue.

La piste arrivait à une fourche, elle s'arrêta pour reprendre son souffle et pensa, ce qui lui arrivait souvent, à Miss Clayton. A l'école on lui avait dit seulement que Miss Clayton était morte au Hunan, comme si ce n'était qu'un point sur la carte, un petit village. Elle aurait pu approfondir la question mais la nouvelle était arrivée juste au moment où Esprit Résolu et elle étaient sur le point de quitter Changhai et ils avaient eu bien peu de temps. Maintenant il valait mieux, semblait-il, continuer à penser que le professeur était enterrée sur la crête voisine, tout près.

C'est au début de l'après-midi qu'elle arriva au temple des Régions Modérées, lequel dominait de si haut le précipice que par temps couvert les nuages le dissimulaient aux villageois qui cultivaient les champs tout en bas. De loin, c'était un bâtiment céleste. L'intérieur était sordide, froid et humide, mais la masse des femmes qui étaient déjà là avec leurs enfants, emmitouflés contre le froid, avec du papier et de la paille, comme des épouvantails, n'y prenaient pas garde. Elles tressaient du chanvre ou faisaient des semelles avec des bouts d'étoffe. Quelques-unes allaitaient des nourrissons. Toutes bavardaient joyeusement. En hiver c'était le seul endroit où elles pouvaient se rassembler en si grand nombre et potiner.

« *Lai le ! Lai le !* » Des mains impatientes la débarrassaient de son havresac, la poussaient vers l'unique fauteuil, un trône en bois de rose sculpté, confisqué dans la maison du propriétaire et placé près du feu à son usage. Sœur Oong jeta un bâton dans les maigres flammes; toutes l'observèrent sans mot dire quand elle retira ses moufles pour se réchauffer les mains. La vapeur de leur respiration montait vers le trou irrégulier découpé dans le toit du temple.

Au bout d'un moment la vieille Goutte de Rosée, la cheftaine du groupe, pinça les lèvres et gloussa : « Quelle terrible randonnée par ce temps ! Simplement pour nous faire la leçon, à nous, ces incapables ! Nous avons été si longtemps stupides. Un mois de plus, quelle différence ? Le propriétaire est parti pour Changhai. Les terres sont partagées. Les jeunes orteils sont libres et frétillent. Tout va bien.

— Pas pour moi », cria à l'arrière une forte femme à la voix hargneuse.

Goutte de Rosée cracha avec dégoût. « Ne faites pas attention à elle. »

Mais la mécontente se fraya un chemin dans la foule pour lancer ses griefs à Goutte de Rosée en présence du cadre. « Et ma part égale du partage ? Mon *mou* de rocher n'est pas pareil à ton *mou* du bas pays.

— Vieille Mah, tu deviens *hoo li hoo too* ! » Goutte de Rosée contre-attaquait, les yeux sur Jade Lustré.

Celle-ci faisait semblant d'être occupée à se réchauffer les mains. Mieux valait qu'elles se battent à mort entre elles plutôt qu'elle leur impose ses propres vues — là-dessus, du moins. Elles entretenaient la même querelle tous les mois, depuis le partage des terres. Et avant elles avaient d'autres prétextes.

« Pas assez *hoo li* ! » Mah, furieuse, brandissait ses poings. « Je ne vais pas me contenter d'un *mou* de rochers quand tu as obtenu un *mou* de bonne terre ! »

Les autres s'en mêlèrent.

« Assez de mauvaises paroles. Les leçons, cette semaine !

— C'est toujours la même chose. La même chose.

— Vous faites perdre la face au village. »

Les voix des femmes montèrent de plus en plus, et soudain, Goutte de Rosée frappa dans ses mains pour rétablir l'ordre. Quand le silence revint elle répéta : « On est tous pareils.

— Si on est tous pareils, pourquoi ne changes-tu pas avec moi ? Ton *mou* de terre contre mon *mou* de roc, Goutte de Crotte ? »

Magnanime, Goutte de Rosée ignora l'insulte et se redressa avec une extrême dignité. « Ne sois pas si vorace ! Qu'est-ce que tu avais avant l'Association ? Un *mou* d'air pur ! »

Au milieu des rires la forte femme quitta la place, vaincue.

Jade Lustré ouvrit la bouche pour la rappeler puis résista à l'impulsion. Le mieux c'était de commencer la leçon, se dit-elle. Mah reviendrait bientôt.

Elle se leva, les femmes se calmèrent. Elle reprit patiemment le travail du mois précédent, où elle leur avait appris à écrire leur nom, les caractères pour mère, père, sœur, frère. Il n'y avait ni papier, ni plume, ni livre. Chaque mot devait être écrit dans la poussière avec l'index et effacé en le balayant de la main.

Une fois les caractères du mois précédent remis en mémoire, Jade Lustré en traça de nouveaux. Chine. Riz. Ane. Terre. Liberté. Féodalité. Comme toujours il y en avait qui se décourageaient et se tassaient dans un coin pour reprendre leur bavardage. Seules les plus déterminées apprenaient tous les mots. Et la moitié les aurait oubliés avant sa prochaine visite. Dois me rappeler, pensa-t-elle : « Un feu de prairie s'allume en frottant une seule allumette. » Dois me rappeler que c'est un commencement.

Elle se leva et s'étira, son dos lui faisait mal. Du coin de l'œil elle vit que la vieille Mah était revenue furtivement et se cachait derrière un pilier. Elle alla lui prendre la main et la mena s'asseoir auprès du fauteuil en bois de rose. Il y eut un murmure mais personne ne fit d'objection.

Pour son premier cours, à chacune de ses visites qui duraient une semaine, elle avait l'habitude de raconter une histoire aux femmes à la fin de la classe d'alphabétisation. Non seulement elle était trop fatiguée par la route pour mener une discussion politique qui soulevait inévitablement les passions, mais elles préféraient des histoires plus que tout le reste, et une semaine qui commençait par là avait toutes les chances de bien se passer. Elle frappa dans ses mains et annonça que l'histoire d'aujourd'hui serait celle de l'incendie de la grande manufacture de soie, qui amena la jeune Houang à organiser les fileuses.

Les femmes applaudirent et se groupèrent autour d'elle. Elle reprit son siège. Regardant leurs visages impatients, elle sourit en elle-même. Les paraboles qu'elle racontait étaient bien différentes de celles de sa mère, pourtant leur magie était aussi forte.

Pendant qu'elle attendait que le groupe soit installé, un petit garçon se faufila au premier rang. Elle s'imagina Nouvelle Destinée assis aux pieds de Lune de Printemps, écoutant ses histoires. Il aurait cinq ans dans quelques semaines, et il ne connaissait pas sa mère. Elle non plus, même en imagination, ne pouvait pas le voir. Rien que son vêtement de soie, haut comme ça. Pas de visage. Elle pouvait presque entendre la voix de Vents d'Août en train de ronchonner : « Même votre missionnaire avait les portraits encadrés de sa famille pour pouvoir les regarder de temps en temps. Mais vous... » Elle sortit de sa rêverie. Les femmes attendaient.

Tapotant le crâne du petit garçon qui riait et rentrait la tête comme une tortue, elle commença.

« Un jour que les femmes de l'usine de la Soie Céleste en étaient à leur douzième heure de travail, et leurs enfants aussi, le gros propriétaire, allumant sa pipe d'opium, jeta négligemment l'allumette... »

Les mots ne changeaient jamais. Ni les réactions des femmes, les cris perçants, les hurlements d'horreur quand les flammes consumèrent les travailleuses, les hurlements de rage contre le capitaliste qui avait fermé son usine à clé de peur qu'une ouvrière ne sortît avec quelques minutes d'avance, les applaudissements déterminés quand un fils survivant à sa mère faisait vœu de faire payer au propriétaire les centaines de vies perdues, les centaines de citernes de larmes répandues.

A la fin, d'un seul geste du bras, elle les fit lever, toutes ensembles, criant :

« Tout le pouvoir aux masses !

« Tout le pouvoir aux ouvriers !

« Tout le pouvoir aux paysans ! »

La réunion était finie.

Il ne restait qu'une heure ou deux de lumière avant la tombée de la nuit, les femmes se hâtèrent de rentrer au village, se séparant en groupes de deux ou trois, les lèvres serrées à cause du froid.

C'était au tour de Sœur Oong d'être l'hôtesse du cadre. Dans la petite maison en briques crues, Jade Lustré fut présentée au reste de la famille, d'abord le père et le frère, puis la mère et la grand-mère qui avaient passé la journée à préparer sa visite. Ils la regardèrent avec de grands yeux pendant qu'elle retirait les peaux de mouton qui lui couvraient la tête, les épaules et les pieds, et se lavait les mains dans le seau d'eau qu'ils étaient allés chercher pour elle au torrent voisin. Elle était aussi grande que les hommes. Ses cheveux coupés au niveau des joues lui retombaient sur les yeux.

Quand elle eut fini ils lui offrirent un bol d'eau chaude, car il n'y avait pas de thé. Sœur s'excusa et alla préparer le repas, laissant les autres, assis sur le k'ang, regarder boire l'étrangère.

Le vieil homme dit : « Si seulement nous pouvions vous offrir quelques bonbons ou des graines de melon !

— Si seulement je vous en avais apporté !

— Bientôt nous aurons tout ce qu'il nous faut comme nourriture. Bientôt quand le Hunan sera libéré.

— La Chine, leur rappela-t-elle. Quand toute la Chine sera libérée. »

Ils acquiescèrent solennellement.

Son estomac grondait. Elle vida son bol. Immédiatement on lui en offrit davantage. Elle refusa en remerciant abondamment. Un silence pénible retomba.

Tout d'un coup la mère annonça à voix trop haute : « Oui ! Avant l'Association paysanne, nous étions opprimés, quasiment esclaves du propriétaire. Nous travaillions dans ses champs et il gardait la plus grande partie du grain. Quand nous avions épuisé notre part il nous vendait quelques *ching* à manger, comme une grâce céleste. Quand nous n'avions plus d'argent, il nous prêtait des pièces à des taux d'intérêt diaboliques. Il abusait de nous et nous taxait à son plaisir. »

Le frère prit la parole. « Si je n'étais pas un fils unique, je serais soldat de la révolution dans la grande Expédition du Nord. »

Elle savait toutes ces litanies par cœur, elle les avait souvent entendues, les mêmes mots dans tous les villages qu'elle avait visités. Cette nuit elle avait trop faim pour réagir comme il convenait, et elle se contenta de signes d'approbation à tous les membres de la famille qui, l'un après l'autre, décrivaient avec zèle les épreuves que les propriétaires leur avaient fait endurer, rivalisant à qui conterait l'incident le plus haut en couleurs, exagérant et ressuscitant le passé jusqu'à ce que la colère les reprît vraiment.

Enfin le repas fut servi. Il ne fallut que quelques minutes pour avaler la bouillie aqueuse et les navets salés. Puis, comme le soleil se couchait, ils allèrent dormir. Il n'y avait pas de lampe.

Les premières fois que Jade Lustré avait passé la nuit dans une maison de paysans, les bruits et les odeurs des gens et des poulets entassés dans une seule pièce l'avaient tellement incommodée que, malgré sa fatigue, elle était souvent restée éveillée jusqu'à l'aube. Maintenant elle dormait sans rêve, inconsciente de la présence de Sœur Oong qui ronflait à côté d'elle, des pleurnicheries du bébé, ou du vieil oncle qui criait dans son sommeil. La sœur dut la tirer longuement par ses habits pour arriver à la réveiller. « S'il vous plaît, professeur, réveillez-vous. Il faut que vous m'aidiez.

— Quoi ? C'est le matin ?

— Non. Il faut que vous écoutiez. Il faut que vous m'aidiez. »

Elle tendit la main. Sœur Oong tremblait. « De quoi s'agit-il ?

— Il vous écouterait. Vous êtes une personne importante, un cadre. Pas de la Forêt Bienheureuse. Vous pourriez le...

— Qui ?

— Mon mari. Il vous écouterait. Dites-lui de me reprendre. » Sœur Oong sanglotait dans la couverture. Désemparée, Jade Lustré lui tapotait les épaules, essayant de la calmer. « Tout ira bien. Vous verrez. Tout ira bien. »

Après un moment la jeune fille continua. « Je n'étais qu'une enfant stupide. Je mangeais tout pendant qu'il était aux champs et quand il n'y avait plus rien, je me glissais dans la maison de mon père et j'en redemandais. Qu'est-ce que je savais de ce que ressent un homme ? Il a perdu la face. Il a un caractère emporté et il m'a battue. Mais le mien est plus emporté encore et j'ai divorcé sur-le-champ, parce que l'Association paysanne avait dit que tout le monde était libre. »

Une fois de plus elle se mit à sangloter, incapable de parler. Jade Lustré attendait, sachant bien comment l'histoire finirait. Une fois de plus on attendait du cadre qu'il rendît les services des intermédiaires de jadis.

Finalement Sœur Oong continua. « Mais quand je suis revenue ici, dans la maison de mon père, je n'ai été bien accueillie par personne. Ils ont dit que je ne faisais plus partie de la maison. Je n'étais qu'un estomac vide de plus. Et c'est vrai. Tant que je suis là, mon frère ne peut pas se marier. Qu'est-ce que sa femme aurait à manger ? Et sans femme, pas de fils, pas de petit-fils. Vous voyez, vous voyez ? Vous devez dire à mon mari de me reprendre ! »

Jade Lustré étreignit la jeune femme, la berça, murmurant : « Je promets. Demain. Je promets... »

Le tremblement de Sœur Oong s'arrêta peu à peu. « Promis ?

— Je le ferai. Promis, répéta Jade Lustré. Demain. »

Mais le matin suivant, arriva un courrier qui convoquait le cadre au quartier général.

Ayant délivré son message le courrier repartit. Elle avait été trop abasourdie pour réagir. Il devait être arrivé quelque chose de terrible. Esprit Résolu ? Avait-il été pris ? Exécuté ? Est-ce que finalement sa chance l'avait quitté ? Elle se calma peu à peu, elle se dit que ce n'était pas cela. La convocation n'avait rien à voir avec son mari. Une affectation spéciale, peut-être...

Elle se dépêcha de réunir ses affaires. Quoi que ce fût, cela pressait.

Avant de partir elle alla chercher Sœur Oong qui lavait le linge dans le torrent.

« Je reviendrai, Sœur Oong, et alors je lui parlerai comme je l'ai promis. »

La jeune paysanne, qui battait contre une pierre la chemise de son frère, ne leva pas les yeux.

Le voyage de retour dura longtemps et quand elle arriva au quartier général, le *lao chia* de l'ancien propriétaire, c'était la fin de l'après-midi. Elle franchit rapidement les deux portails en demi-lune et traversa plusieurs cours pavées pour arriver à la pièce où le garde lui avait dit d'attendre. Elle était vide, à part deux chaises et, sur une table bancale, une pendule au tic-tac nonchalant. Autrefois ce devait être une cuisine; les murs étaient noirs de suie.

Il y avait dix minutes qu'elle était là quand la porte s'ouvrit et laissa passer un homme de petite taille qu'elle ne connaissait pas. Elle se dressa d'un bond.

« Bonjour, camarade. » Il lui fit signe de reprendre son siège et s'assit sur la chaise en face d'elle.

Il prit la pendule et la remonta, sans rien dire. Dès l'abord elle avait su que c'était un personnage important, un de ceux qui font passer la discipline avant tout le reste. Il ne se pressait pas de dire ce qu'il était venu dire. Elle essaya d'attendre, impassible, qu'il parlât, mais à la fin, elle lança : « S'agit-il de mon mari ? Il lui est arrivé quelque chose ? »

L'homme ne répondit pas. Délibérément il tira sur ses doigts pour faire craquer les articulations. Enfin il secoua lentement la tête.

Merci, mon Dieu ! Dans son soulagement elle sourit presque, stupéfaite de sa réaction. Les mots d'autrefois ! Qu'aurait pensé cet homme s'il les avait entendus ?

A mesure que les minutes passaient, son irritation lui revenait. Bureaucrate mesquin ! « Eh bien ?

— Êtes-vous toujours aussi... aussi agitée, camarade ? » Il se leva et marcha vers la petite fenêtre. « Le Parti a décidé que vous et Esprit Résolu partiriez immédiatement faire un rapport au camarade Chou à Changhai. Il projette une nouvelle grève pour mettre les nôtres au pouvoir, de peur que le Kuomintang n'usurpe notre place quand arrivera l'armée révolutionnaire.

— Je pensais que la grève avait déjà été déclarée quelques semaines après la nouvelle année.

— Elle a échoué. Les seigneurs de la guerre et la police étrangère ont fait des centaines de morts et obligé le peuple à retourner au travail. Nous devons faire un nouvel essai.

— Esprit Résolu et moi, nous partirons ce soir.

— Maintenant. Vous partez immédiatement. Tout est prêt. Votre mari connaît la route. Il attend à l'écurie. » Il se tourna vers elle, lui tendit la main et, pour la première fois, sourit. « Bonne chance, camarade. »

Quatre jours plus tard, Jade Lustré et Esprit Résolu atteignirent le Yang-Tsé, le fleuve qui sépare le Nord du Sud et réunit l'Est à l'Ouest; ils s'embarquèrent pour un voyage de sept jours au fil du courant jusqu'à Changhai. Ils avaient un bateau à fond plat, tout le pont n'était qu'une simple planche à peine au-dessus de l'eau, avec une voile, deux avirons et une sorte de tunnel en chaume qui était le principal abri. Il fallait six pas à Esprit Résolu pour le parcourir en longueur, quatre pas en largeur à Jade Lustré.

Autour d'eux, des embarcations aussi nombreuses et aussi variées que les feuilles d'automne dans les bois. Des chalands, des remorqueurs, des gabarres, des péniches, des canonnières, tous lançaient leurs fragiles carcasses dans les remous turbulents. Bateaux à feu, bateaux de coiffeurs, bateaux de colporteurs, bateaux de foin, bateaux de fleurs. Barges d'habitation remplies de lépreux, jamais autorisés à débarquer, radeaux de bambous venus des montagnes, destinés aux chantiers de construction des villes. Grosses coques d'acier traînant des fumées charbonneuses, arborant la bannière étoilée, le drapeau du Soleil levant ou l'Union Jack. Çà et là, un bateau de papier lancé pour se concilier telle ou telle divinité. Dès leur premier jour sur le fleuve, Esprit Résolu repêcha l'un d'eux qui était en péril et le remit sain et sauf sur la bonne route.

Pour la première fois depuis qu'ils étaient mariés, c'était lui qui savait le mieux ce qu'il fallait faire et comment le faire. Il lui apprit à manœuvrer la voile, à barrer, à pêcher, la meilleure façon de tendre la toile huilée et de la déployer contre la pluie. Elle apprit que l'eau profonde se trouve près d'une rive escarpée, que le danger se dissimule dans les fonds rocheux, que les tourbillons cachent un rocher et que les taches d'huile signalent souvent un banc de sable.

Quand tombait la bruine, il voyait de la beauté dans les apparitions fantomatiques qui s'estompaient dans le brouillard. Et quand le soleil brillait à travers la brume, il plongeait son chapeau de paille dans le fleuve, et poussait des cris de joie quand l'eau fraîche dégoulinait de ses cheveux. Pendant des heures, sans bouger, assis sur ses talons il contemplait les rives.

Souvent il riait et même avant qu'il eut parlé, elle savait qu'il pensait à leur fils, les voyant bientôt réunis. « Nouvelle Destinée sait lire maintenant, n'est-ce pas, ma femme ? » disait-il. Ou : « Nouvelle Destinée a des joues qu'on meurt d'envie de pincer, j'en suis sûr. » Ou encore : « La peau de Nouvelle Destinée est aussi douce et blanche que la tienne, je le sais. »

La nuit, quand ils s'amarraient dans les marécages, les moustiques la tourmentaient mais lui les ignorait, occupé à fabriquer un sifflet en roseau avec l'une des queues-de-chat qui prospéraient le long du fleuve.

Pour Jade Lustré, les nuits sans sommeil faisaient les journées longues, trop longues. Elle se hérissait devant la satisfaction d'Esprit Résolu. Il essayait de la dissimuler comme d'autres cachent leur béguin pour une concubine et cela la contrariait encore plus. Elle le surprenait à sourire à la brève apparition d'une voile étarquée ou d'un vol d'oies sauvages, quand il pensait qu'elle ne regardait pas, elle l'entendait soupirer d'aise en fumant sa pipe au clair de lune quand il la croyait endormie. Elle ne pensait qu'aux tâches qui l'attendaient et à la longueur du voyage.

Lui arrivait-il d'y réfléchir ? Si c'était le cas, il n'en disait rien, bien qu'il fît les commentaires appropriés quand elle mentionnait le Parti et leur travail.

Que peut-il y avoir de si mauvais, de si intolérable, semblait-il dire, quand le soleil se lève, qu'il y a assez à manger, que nous allons ensemble voir notre fils et que le fleuve court vers la mer comme il l'a toujours fait? Elle se demandait parfois s'il était vraiment différent du coolie qui tire sur son pousse-pousse avec l'espoir de quelques sous, écartant d'un haussement d'épaules la certitude de mourir jeune. Et pourtant dans les montagnes, il n'y avait personne de plus sûr, de plus courageux que lui.

Au matin du quatrième jour, après une nuit mouvementée durant laquelle elle avait été réveillée plusieurs fois par les sanglots de Sœur Oong, elle se plaignit qu'il l'avait empêchée de dormir avec ses ronflements.

« Mais je ne suis même pas allé dormir, ma femme.

— Tu l'as fait. Tu as ronflé comme un troupeau de cochons.

— Il se peut qu'il y ait eu un troupeau de cochons sur la rive mais j'étais éveillé. La région est pleine de bandits. Je n'ai pas osé dormir. » Puis, presque comme s'il avait deviné ce qu'elle pensait : « Ce sont les moustiques. Tu n'y es pas habituée. Demain j'achèterai un peu d'encens pour les écarter, à un bateau de colporteurs.

— Je te le dis, ce ne sont pas les moustiques. » Ses yeux étaient humides de chagrin. « Dis-le encore... et je te donne un coup de pied ! »

Il acquiesça de la tête en souriant. « Vas-y, donne-moi un coup de pied. Possible que tu t'en sentes mieux. Cela ne me fera pas mal. »

Maintenant c'était elle qui lisait dans ses pensées. Ma femme, tu es une petite-fille Hanlin, habituée à une autre vie. Je suis un paysan, je peux faire avec rien.

Elle donna un coup de pied dans le côté du bateau, se cogna l'orteil, s'en alla en clopinant et se prit le pied dans le tissu de la moustiquaire.

Plus tard il prit une aiguille et du fil et recousit l'accroc.

37

Deux se divise

Vers la fin de l'équinoxe de printemps durant l'année du lapin, en 1927, l'armée révolutionnaire de Chiang Kai-shek avait chassé de Changhai les soldats des seigneurs de la guerre et occupé la ville chinoise, tandis que des troupes étrangères gardaient les concessions. Maintenant toutes les provinces chinoises au nord du Yang-Tsé étaient sous la domination du Kuomintang, et d'après la rumeur qui courait, les factions de la droite étaient menacées d'une trahison imminente par la gauche. Ou les factions de la gauche par la droite, selon les opinions.

A Changhai le camarade Chou avait placé ses hommes et emmagasiné des armes pour s'en servir éventuellement contre Chiang. Mais, à la différence de l'idéaliste Sun qui s'était fié à Yuan Shi-kai et avait ainsi perdu la direction de la révolution de 1911, Chiang n'était pas de ceux qui se laissent arracher leur victoire par des rivaux. Devançant une possible insurrection communiste, il fit arrêter et exécuter les cadres du PCC, les meneurs de grève et ceux dont on savait ou soupçonnait qu'ils appartenaient à l'extrême gauche. Le 12 avril des escouades d'hommes armés se déployèrent en éventail à travers la ville. La « Terreur Blanche » fit des centaines de morts.

Les anciens ennemis de nos nouveaux ennemis devinrent nos amis. Les troupes étrangères, les déserteurs des seigneurs de la guerre et les membres de la pègre de Changhai se joignirent à la chasse aux leaders communistes qui avaient échappé à la « Terreur Blanche ».

Histoire de Chine

LE HUITIÈME JOUR de la quinzaine de la claire splendeur, le Patriarche de la maison des Chang descendait à pas vifs une ruelle du secteur chinois de Changhai. C'était le petit matin. Les rues, bordées d'immeubles, étaient sombres et silencieuses. Le pas du lettré ne ralentissait jamais, même quand il retroussait sa robe en pataugeant dans les flaques laissées par la pluie de la veille. Un chien aboya sur ses talons.

Le coup partit de nulle part. Il n'y eut pas de douleur, seulement de la curiosité. Talent Courageux se vit tomber, vit son corps se recroqueviller sur les galets ronds qui pavaient la rue étroite. Plus loin, la fusillade continuait. Mais le bruit des balles s'écrasant sur les briques s'affaiblissait progressivement — comme le choc des jetons.

P'ung, dragons ! *P'ung*, bambous ! Nord. Sud. Une dernière partie. Mah-jong.

Qu'est-ce que je fais là ? se demanda-t-il. Oh, oui ! Il était venu jouer avec sa mère dans le pavillon des femmes. La Vieille Dame leva un sourcil. Fils, tu es trop vieux pour continuer à jouer ici !

Le cœur brisé il retourna au dortoir, à la longue pièce sonore où il dormirait désormais sans elle, au milieu de ses cousins. Elle lui avait envoyé un paquet de ses bonbons favoris, noué dans un foulard en soie, pour le consoler.

Lune de Printemps, est-ce toi ?

Pure Vertu, ne pleure pas ! Non, je suis content, je suis fier. Toi, ma femme moderne, avec tes grands pieds.

Lune de Printemps, est-ce toi ? Aujourd'hui nous apprendrons à compter. Quand je portais un chapeau de tigre et des souliers à pompons, le Vénérable m'a appris comme ça. Écoute bien, maintenant !

Un — le Cosmos
Divisé devient
Un, Deux — Yin, Yang,
Contraires qui forment le Tout.
Une, deux, trois, quatre, cinq
Saisons :
Printemps, Été, Mi-année, Automne, Hiver.
Une, deux, trois, quatre, cinq
Directions :
L'Est, le Sud, le Centre, l'Ouest, le Nord.
Un, deux, trois, quatre, cinq
Éléments :
La terre qui donne naissance au
Bois qui est coupé par le
Métal qui est fondu par le
Feu qui est éteint par
L'Eau qui est endiguée par la
Terre...

Encore ce bruit. Qu'est-ce que c'est ? Pas le mah-jong. C'est plus fort maintenant. *P'ung ! p'ung !* Des fusils, des coups de feu. Une bataille. Une guerre. Pas des étrangers cette fois. Chinois contre Chinois. Famille contre famille. Révolutionnaire contre révolutionnaire.

Dois avertir Jade Lustré. Dois avertir Noble Talent. A Changhai, vite ! Non, ne dois pas tomber. Je tombe.

Non, Promesse Durable, comme ceci. Regarde, un *tiao* horizontal, un *pieh* court, un *kou* arrondi. C'est ainsi qu'il faut peindre l'insecte qui chante. La calligraphie d'un homme est le portrait de son caractère, le travail d'une vie.

Il vous ressemble beaucoup, Lune de Printemps. Il est comme vous, doué pour la joie.

C'est fait, Noble Talent. Le Mandchou se balance à la corde de soie. Tu es sain et sauf. Si facile de culbuter une dynastie, après tout.

« Talent Courageux ?

— Oui, Père ?

— Talent Courageux, ne sois pas amoureux de la façon dont le jeu se déroule; rappelle-toi... » Rappelle-toi quoi ?

Un — le Cosmos.

Divisé.

C'est au crépuscule que la voiture de Noble Talent entra dans Changhai pour la première fois de l'année, traversant rapidement les faubourgs chinois où des corps étaient encore entassés sur les lieux des exécutions. Des chariots surchargés de cadavres encombraient les ruelles. On entendait souvent un bruit comme celui des pétards. Le soldat, désormais général, regardait le dos du chauffeur, droit devant lui, ignorant ce qu'il ne voulait pas voir, impatient de retrouver la paix d'une maison restée à l'écart des batailles qui n'étaient pas des batailles mais des trahisons. La voiture traversa sans incident les barbelés qui entouraient les Concessions dont les artères étaient désertes, à part les soldats étrangers et les tanks d'acier.

Quand il arriva au 42, rue Flaubert il faisait nuit. Il n'attendit pas l'arrêt complet de la voiture pour ouvrir la porte, ne s'arrêtant que pour donner au chauffeur l'ordre de retourner aux baraquements.

« Je pourrais peut-être rester dormir dans la voiture.

— Non, ce n'est pas nécessaire. Pars. Repose-toi bien. »

Le jeune homme salua. « Merci, général. »

Noble Talent, très droit, regarda s'éloigner la voiture, se demandant ce que le jeune homme pensait de cette sorte de guerre, et s'il avait un frère parmi les étudiants passés à la clandestinité. C'est seulement quand elle eut tourné le coin de Nanking Road qu'il se rapprocha des mûriers, frémissant au clair de lune, qui flanquaient l'entrée de la maison.

Soudain, arrivé à la porte, il s'impatienta et frappa sans arrêt jusqu'à ce que la lumière s'allumât dans le hall et qu'il entendît des pas. Il y eut un silence. La porte s'ouvrit à peine, puis largement.

« Vents d'Août »?

Le visage de l'homme était couleur de cendre, avec de grands cernes sous les yeux. « Vous ?... » Il murmura d'une voix rauque : « J'avais espéré... »

Vents d'Août ne dit rien de plus mais le tira rapidement à l'intérieur et le mena dans la bibliothèque. Le corps de Talent Courageux était étendu sur le canapé. Les domestiques l'avaient lavé et habillé, lui rendant décorum et dignité, et les bougies vacillaient sur la petite table à côté de lui. Aucun artifice ne pouvait cacher sa blessure à la tête mais il n'était pas défiguré.

Par la fenêtre ouverte, un souffle de vent souleva une mèche de cheveux blancs qui voleta sur le front du mort. Vents d'Août tendit la main et la remit en place.

« Comment est-ce arrivé ? Qu'est-ce qu'il faisait à Changhai ? » La voix du soldat tremblait. Il crut un instant que son frère allait lui répondre.

Vents d'Août haussa les épaules. « Je ne sais pas. Petite Tante a emmené Nouvelle Destinée et Promesse Durable à Sou-Tcheou il y a plusieurs semaines, avant le commencement des troubles. La police a apporté son corps à la porte, disant seulement qu'il avait reçu un coup de feu.

— De qui ?

— Cela peut avoir été n'importe qui. »

L'horloge dans le hall se mit à sonner : un, deux, trois... Noble Talent compta. Le dernier tintement vibra dans l'air. Il était 9 h.

Le soldat murmura : « Est-ce que quelqu'un le sait, à Sou-Tcheou ? »

Vents d'Août secoua la tête. « J'avais pensé leur dire en personne. J'avais pensé...

— S'il vous plaît, pouvez-vous me laisser seul avec mon frère un moment ?

— Vous êtes sûr ? »

Il fit signe que oui, ôta ses gants et son ceinturon, et les posa sur la table, soigneusement, comme s'ils pouvaient exploser.

« En ce cas j'emmènerai les domestiques avec moi au bureau. Il y a des dispositions à prendre. »

Noble Talent répéta le même signe, puis s'agenouilla. La serrure cliqueta.

Des heures plus tard, le frère cadet tira de la poche de sa veste une lettre qu'il avait commencée plusieurs semaines auparavant, durant la campagne du Nord, dans la province du Chekiang. Il n'avait pas eu le temps de la finir. Maintenant il la remettait en personne. S'éclaircissant la gorge, il lut :

Frère Aîné,

Je suis au milieu de mes admirables troupes et des foules de Hang-Tcheou qui nous acclament, mais je suis seul et j'ai besoin de vous parler.

J'avais toujours rêvé de cette marche victorieuse, depuis le jour où

Père m'avait envoyé à l'Académie. Maintenant que c'est une réalité, je sais que le rêve me plaisait mieux.

La vérité, c'est que j'abhorre les masses que nous avons libérées, leur pauvreté d'esprit et de corps, bien que je me rende compte qu'il s'agit d'un mal avec lequel ils sont nés et dont ils ne peuvent guérir. La vérité, c'est que la crasse, le vide mental et les violentes passions de ces paysans me dégoûtent plus que je n'ose l'admettre, sauf à vous.

Venu d'une cahute au bord de la route, un enfant court après moi, me supplie de le faire monter sur mon cheval; plus il piaille, plus j'enfonce mes éperons dans les flancs de la bête.

Proclamant que c'est le remède absolu, un paysan édenté me fourre dans la main du pain trempé dans le sang d'un meurtrier, obtenu à l'instant de sa décapitation. Je le chasse d'un coup de pied.

Je sais que nous n'aurions pas avancé pendant ces sept mois s'il n'y avait eu de telles gens. Ils nous nourrissent, nous logent, et espionnent pour nous. Pourtant, quand il faut que je mange avec eux, je n'ai pas d'appétit.

Je me pose des questions sur les bolcheviks. Ils nous donnent des armes et des conseils, des conseils sans fin. Mais ce sont des étrangers, les frères de sang des mercenaires qui se battent aux côtés des seigneurs de la guerre. Quand je vois l'un d'eux tirer sur un Chinois, un de mes ennemis, j'ai envie de le tuer à sa place.

J'ai même des doutes sur mes collègues du Kuomintang, les cadres communistes qui marchent en tête de mon armée pour préparer notre entrée dans les villes avec des mots d'ordre et des rassemblements. Je sais que Petite Nièce et son mari sont parmi eux, mais même ainsi je me défie de leur ardeur, de leurs discours sur les mauvais nobles dont la ruine sera le fait des nobles paysans. Mes sympathies vont aux anciens qu'on fait défiler en bonnet d'âne sur les places publiques.

Est-ce là ce que la révolution signifie ?

Il leva les yeux comme s'il attendait la réponse qu'il savait ne pouvoir venir. « Est-ce là ce que la révolution signifie ? » Il répéta sa phrase. « S'il en est ainsi, comme toi, je n'en ai pas le cœur. »

Une fois de plus la brise souleva une mèche des cheveux du Patriarche. Noble Talent tendit la main et la remit en place en pleurant.

Plus tard, à la faible lumière de la fausse aurore, le soldat debout près de la fenêtre fuma une cigarette, regardant d'un œil absent un tombereau d'ordures s'avancer dans la rue Flaubert. Un homme solide le poussait, un plus frêle le tirait. Peut-être le tombereau était-il déjà plein car ils ne s'arrêtaient pas pour ramasser les pots placés près des portes de service. Ils courbaient la tête sous l'effort pour garder une progression régulière malgré les ornières, en évitant les pierres éparpillées par les dernières pluies.

Ses pensées étaient à Sou-Tcheou. Il aurait à le dire aux femmes. Toutes veuves maintenant. Il dirait seulement que Talent Courageux était mort d'un arrêt du cœur. Ses lèvres eurent un sourire amer. Un arrêt du cœur. Ce ne serait pas loin de la vérité. Qu'est-ce que Talent Courageux disait autrefois ? Quel mal y a-t-il à rêver, si cela soulage la peine ?

Il n'y avait pas de raison de rappeler ses neveux de l'étranger. Haute Vision, à son retour, recevrait la boîte en cloisonné, mais ce ne serait plus qu'un souvenir. Il n'y aurait pas de nouveau patriarche pour la maison des Chang.

Tout d'un coup il fut en alerte. Le tombereau s'était arrêté au 42 et l'homme frêle s'approchait de la maison, regardait par le judas. Ses yeux se rétrécirent. Canailles ! Qu'est-ce qu'ils voulaient ? Il courut dans l'entrée.

Dans sa hâte il eut des ennuis avec la serrure, puis, ouvrant la porte en grand, il fit un pas dehors et cria dans la rue : « Hé, vous !... »

Le grand courut vers lui au lieu de fuir. Le garçon... où diable... ?

Une douleur aiguë dans les reins. Il baissa les yeux et vit le canon d'un pistolet.

« Arrière ! » Nouveau coup.

Une fois entré le grand claqua la porte et tendit la main pour tirer le cordon d'éclairage. Presque aussitôt un murmure lui échappa : « Noble Talent ? »

Clignant des yeux sous la lumière, Noble Talent les reconnut : Esprit Résolu et Jade Lustré. C'était elle qui tenait l'arme.

« Êtes-vous devenus fous ? » Il lui arracha le pistolet et le mit sur la table. « J'aurais dû savoir que vous aviez une part là-dedans ! »

Pendant un long moment personne ne bougea. Alors Jade Lustré parla d'une voix enrouée par la fatigue. « Oui, après ce que nous avons vu, oui. Peut-être suis-je devenue folle. » La haine de ses yeux le brûla et il fit un pas en arrière. Elle s'élança vers le pistolet.

D'un bond Esprit Résolu les sépara, ceintura sa femme, l'empêcha de bouger. « Vous devez lui pardonner. Comme vous l'avez peut-être deviné, il y a deux jours et deux nuits que nous devons courir et nous cacher. »

Il y eut un autre silence. Alors Noble Talent tourna sur ses talons et marcha vers la bibliothèque. « Suivez-moi. Entrez ici. » Il ouvrit la porte. La lumière du hall tomba sur le divan.

« Il a dû entendre dire que vous étiez ici tous les deux », dit-il. Sa voix était cassée. « Il a dû venir de Sou-Tcheou pour vous aider, pour vous protéger. »

Jade Lustré marcha lentement vers le corps, d'un pas incertain, comme si elle avait peur. Un instant on put croire qu'elle n'était pas sûre de savoir qui était là. Puis elle murmura : « Qui a fait ça ? »

Tout d'un coup le soldat perdit son contrôle sur lui-même. « C'est vous qui l'avez fait ! cria-t-il. Vous, les communistes, vous avez tué mon frère ! »

Jade Lustré secoua la tête et se tourna pour le regarder. « Vous vous trompez, Grand-oncle », dit-elle amèrement. Chaque mot était une flèche. « Vous vous trompez. Nous ne l'avons pas tué. Ce sont vos soldats... et les bandits à leurs gages... » Elle s'arrêta, frissonnante. « Ce sont les vôtres qui tuent ! Ce sont les vôtres qui jettent les jeunes ouvriers vivants dans la chaudière des locomotives ! »

Il était sur le point de répliquer quand il vit des larmes dans ses yeux.

« Je l'ai vu, chuchota-t-elle. Vous souvenez-vous de notre ami, Hu ? Nous l'avons vu mourir, nous avons entendu ses hurlements ! »

Était-il possible qu'elle dît la vérité ?

Il regarda son compagnon. « Vieil ami, est-ce vrai ? »

Le grand paysan fit signe que oui. « Elle dit la vérité. Nous l'avons vu. Nous avons entendu... » Il s'arrêta comme s'il cherchait un mot. Finalement il dit simplement : « Les cris. Nous avons entendu les cris. »

Le cauchemar n'en finit pas, pensa Noble Talent et il ferma les yeux, souhaitant qu'ils soient partis. Quand il rouvrit les yeux la pièce semblait plus sombre. Il chancela. La voix de Jade Lustré appela faiblement : « Grand-oncle ? » et alors il entendit l'écho de sa propre voix comme si elle venait de très loin. « Frère Aîné, réveillez-vous ! réveillez-vous !... »

Ses mains qu'il avait salies dans la vase du canal. « Comment oses-tu ? » avait dit le Patriarche. Il pouvait l'entendre si clairement maintenant. « Et tes responsabilités envers le clan, mon frère ? Envers les ancêtres ? Envers le clan, mon frère... »

La voix s'effaça et il sentit la main d'Esprit Résolu qui le soutenait.

Clignant des yeux il vit le corps sur le divan à la lumière éclatante du matin. Il marcha vers lui. « Responsabilité envers toi, mon frère, chuchota-t-il, et envers le clan. Je paierai la dette. »

Brusquement il fut en alerte. Il se tourna vers Esprit Résolu. « Le tombereau ! Il faut cacher le tombereau ! »

Ils se précipitèrent vers la porte d'entrée. Esprit Résolu regarda par le judas. « Trop tard. Des hommes.

— Ce sont peut-être mes hommes. » Noble Talent s'avança pour regarder lui-même.

Esprit Résolu ne bougea pas. « Ce ne sont pas les vôtres. Ils n'ont pas d'uniforme.

— Combien sont-ils ? chuchota Jade Lustré.

— Cinq. »

Réfléchir ! Le soldat se frotta les mains puis les frotta sur son pantalon. Réfléchir !

D'abord sa petite-nièce et son mari doivent se cacher. Il leur ordonna de monter au premier. Ils ne discutèrent pas. Le soldat avait pris le commandement.

Quand les fugitifs eurent disparu, il remit rapidement son ceinturon, décrocha le téléphone, donnant à l'opérateur le numéro privé de MS et Cie.

« *Wei ?* » C'était la voix de Vents d'Août.

« Ici Noble Talent. » Il parlait vite, ne gaspillait pas ses mots. « N'interrompez pas. Écoutez attentivement. Envoyez tout de suite deux coolies, un grand, un mince. Ils doivent enlever le tombereau d'ordures qu'ils trouveront devant la maison. Ensuite venez vous-même, avec le corbillard. Apportez le cercueil. Nos amis sont ici.

— Compris ? » Un coup à la porte. Des voix.

« Compris. »

Il reposa le téléphone mais ne fit aucun mouvement vers la porte. Il ne devait pas leur laisser voir qu'il les avait vus venir. La porte fut secouée. « Ouvrez ! Ouvrez ! »

Il tourna le loquet.

Quatre hommes formaient un demi-cercle bien espacé en face de l'entrée. A la porte le cinquième, sûrement le porte-parole. Un ruffian au cou épais à qui manquait le lobe de l'oreille gauche. Il fut visiblement surpris de voir un officier. « Nous sommes venus fouiller la maison.

— De quelle autorité ?

— Peu importe. Écartez-vous. » Il n'était pas du genre à se laisser intimider par un uniforme.

Néanmoins Noble Talent ne bougea pas. « Vous vous rendez compte à qui vous parlez ? »

— Écartez-vous. Ce n'est pas à vous que nous avons affaire. »

Le soldat tendit les bras en travers de la porte. « Qu'est-ce que vous cherchez ?

— Des agitateurs ! » L'homme cracha.

Noble Talent regarda le crachat avec dégoût puis, les yeux dans les yeux de l'intrus : « Il n'y en a pas ici. Vous vous trompez d'endroit.

— Il faut que je le voie par moi-même. » Il essaya de repousser le bras du soldat et eut la surprise de voir qu'il n'y arrivait pas.

Ignorant son insolence, Noble Talent parla encore. « Cette maison est en deuil. Le défunt devrait avoir droit à la paix. »

L'homme cracha. « Il faut que je le voie par moi-même. »

Noble Talent baissa le bras et dit : « Certainement, fouillez la maison, fouillez-en chaque pouce... Mais cela aura des conséquences... »

Le ruffian resta un moment à se décider. Puis il demanda : « Qui est mort ?

— Le patriarche de la maison des Chang dont le *lao chia* est connu à Sou-Tcheou depuis la dynastie Ming.

— Laissez-moi voir le corps. »

Noble Talent ne répondit pas immédiatement. Puis il fit un signe brusque. Le précédant dans la bibliothèque, il s'agenouilla solennellement devant le corps. « Fermez la porte en partant », dit-il.

Il sentit le regard du bandit examiner chaque pouce de son corps, étudiant attentivement son attitude. Puis l'homme se mit à marcher lentement autour du divan, l'examinant, toujours à la recherche de quelque indice qui trahirait une posture peu naturelle. Il ne laissa voir aucun signe d'inquiétude. Les talons du bandit claquèrent sur le sol quand il s'écarta du tapis. Le bruit s'approcha puis s'éloigna. Noble Talent avait la tête inclinée, comme s'il était en prière.

Maintenant l'homme était exactement derrière lui, près de la porte du parloir. Regardant probablement dans l'autre pièce, pensa Noble Talent. Il résista à la tentation de vérifier. Brusquement l'homme se rapprocha encore et se pencha pour examiner le visage de l'homme en deuil. Les yeux de Noble Talent ne quittèrent pas le corps de son frère.

A la fin l'intrus se redressa et s'éloigna. Encore le claquement de ses chaussures dans le hall. Il s'arrêta brusquement. Probablement au pied de l'escalier. Noble Talent resta coi, raidi dans l'attente du bruit qui allait suivre.

Les moineaux dehors. L'horloge sur le bureau. Sa propre respiration.

Le craquement des marches.

Il se demanda si c'était le moment d'ouvrir l'étui à sa ceinture.

Bang. La porte.

Non. Une astuce. Il resta sans bouger un temps interminable.

Enfin la serrure grinça en se fermant et il entendit des voix au-dehors.

Il resta encore immobile un quart d'heure, surveillant les aiguilles de l'horloge. Puis il alla à la fenêtre et lança un regard prudent entre les rideaux. Les hommes étaient toujours là, installés en rond sur le perron, et bavardaient. Celui à qui manquait le lobe de l'oreille avait allumé un cigare. Ils ne paraissaient pas pressés de s'en aller.

Enfin deux silhouettes apparurent à distance et s'approchèrent du tombereau. Ils prirent leurs places, le frêle devant, le grand à l'arrière. Le tombereau s'ébranla.

« Hé ! cria le chef des bandits. Hé ! Vous là-bas, arrêtez ! »

Les ramasseurs d'ordures se mirent à courir. Ils n'allèrent pas loin.

Ramenés de force devant le 42 ils s'accroupirent. Les bandits leur arrachèrent leur chemise.

« Pas de femme. Rien que deux puants. » Le chef les renvoya à coups de pied. Noble Talent se détourna de la fenêtre et se dirigea vers l'escalier.

Au crépuscule les cinq hommes montaient toujours la garde. Le cercueil ornementé fut porté au corbillard qui l'attendait. Le soldat et Vent d'Août l'escortèrent jusqu'à une péniche qui devait remonter à Sou-Tcheou.

Les deux fugitifs étaient dans le cercueil. Les restes du Patriarche étaient enfouis dans la cave à charbon.

38

Le Paiement final

La terre du cimetière, est-ce un pays pour l'homme ?
C'est le foyer surpeuplé des fantômes —
Les sages et les fous, épaule contre épaule.
Et tous, le Roi des Morts les réclame pour siens;
On ne retarde pas le destin des humains.

Chant funèbre

Il était minuit. Sur la rivière de Sou-Tcheou le brouillard enveloppait comme un linceul diaphane deux vaisseaux qui naviguaient de concert, une grande maison flottante qui remorquait un bateau plus petit. Noble Talent agenouillé sur le pont, à bord du grand bateau, tira sur la corde qui reliait les deux embarcations, amenant la plus petite au flanc de l'autre, pendant que dans la grande cabine Vents d'Août remplissait de livres le cercueil vide et que les deux fugitifs se reposaient. Esprit Résolu fut le premier à se reprendre. « Je ferais mieux d'aller sur le pont et d'aider. » Jade Lustré acquiesça, il tituba vers la porte et la ferma sans bruit derrière lui.

Les yeux fermés, elle appuyait la tête contre la cloison. Ses vêtements étaient trempés de sueur, ses membres raides, sa chair engourdie par l'enfermement. Respire profondément, lentement, se dit-elle. Pas si vite. Elle compta un, deux, trois. Un, deux, trois. Oui, c'est mieux. Elle pouvait sentir son cœur reprendre son volume. Ils étaient sauvés. Bientôt ils seraient loin, retournés dans les montagnes. Sauvés.

Ouvrant un instant les yeux, elle regarda Vents d'Août qui avait fini de remplir le cercueil et le scellait. C'est ainsi qu'on l'enterrerait, car Pure Vertu ne devait pas soupçonner, ne devait jamais savoir que le corps de Talent Courageux gisait loin du foyer. Lasse, elle laissa ses paupières se refermer.

Vents d'Août s'assit près d'elle, souriant doucement. « Vous allez bien ? »

Il paraissait plus vieux. Pas beaucoup. Un peu seulement. Pourtant son sourire restait le même que la dernière fois qu'elle l'avait vu, quand elle avait amené à Changhai Nouvelle Destinée.

Elle fit oui de la tête mais ne parla pas. Les mots de gratitude doivent rester scellés de peur que d'autres ne suivent. Quand leurs yeux se rencontrèrent le sourire de l'homme s'effaça, puis revint.

« Sœur, suis-je si défiguré par les années que vous ne puissiez vous obliger à me dire un mot gentil ? » Sa voix était chaude, taquine.

« Vous n'avez pas changé. Moi si. » Elle lui montra les paumes de ses mains.

Il les prit dans les siennes. « Vous êtes donc si fière de vos cals, Jade Lustré ? »

Cela la fit sourire. Elle se hâta de combler le silence avant qu'il pût en dire plus. « Il y a si longtemps. »

Il parut ne pas entendre et au bout d'un moment lança : « Avez-vous été heureuse ? »

Heureuse ? Il n'y avait que lui pour poser pareille question. Elle retira ses mains et se croisa les bras à cause de la fraîcheur. « Je n'ai pas le temps de penser à ce genre de choses.

— On a toujours du temps pour être heureux », dit-il. Comme elle ne réagissait pas il suggéra : « Peut-être quand vous êtes seule avec lui ? »

Pourquoi fallait-il qu'il lui posât ces questions ?

Il attendit patiemment sa réponse.

Quand elle ne put plus supporter le silence, elle dit : « Esprit Résolu et moi nous nous disputons rarement, pas comme vous et... Il est bon pour moi. J'essaie de ne pas être mauvaise avec lui. »

Sur ces paroles de la jeune femme, il se leva et s'éloigna, s'arrêtant pour tirer le rideau de la fenêtre et regarder au-dehors.

Pendant un moment ils ne parlèrent pas. Sur le pont, des pas, des voix, le raclement du bois sur le bois.

Enfin il se tourna pour lui faire face. « Si les mortels attendent pour être heureux que les dieux refassent le monde à leur gré, ils sont déjà en enfer. » Et puis : « Vous ne voulez rien savoir de moi ? Rien, après quatre ans ? » Comme elle ne répondait pas, il continua : « Très bien, sinon de moi, de votre mère ? De votre fils ? » Sa voix montait.

En silence elle l'implorait, s'il vous plaît, ne me faites pas poser de questions. S'il vous plaît. Il n'entendit pas.

« Vous ne voulez rien savoir d'eux ? Répondez-moi ! » Ses yeux étaient pleins de colère.

« Je ne peux pas. Je ne peux pas.

— Qu'est-ce que vous voulez dire, vous ne pouvez pas ?

— Je ne peux pas », répéta-t-elle tout bas. Elle ferma les yeux, se rappelant la terreur sur les visages de ceux qu'on avait brûlés vifs, essayant de se cuirasser contre ses questions.

« Est-il possible que vous ne le sachiez pas ? Que vous ne sachiez pas que vous leur avez brisé le cœur quand vous les avez quittés ? Toutes les nuits pendant des semaines, votre fils vous a appelée en criant, et votre mère a parcouru des *li* et des *li* de long en large dans sa chambre, tenant l'enfant dans ses bras, essayant de le consoler alors qu'il ne voulait que vous. Ses lis dorés la faisaient souffrir, mais elle n'aurait laissé personne d'autre prendre sa place. »

Il s'était rapproché d'elle en parlant et elle crut un instant qu'il allait la battre. Mais il se mit simplement debout tout près d'elle. Sa voix tomba.

« Je dois maintenant leur dire que je vous ai vue et que vous n'avez même pas demandé ce qu'aurait demandé un étranger : ils vont bien ? »

En son cœur elle le suppliait de s'arrêter. Elle cacha son visage dans ses mains mais il les écarta.

« Vous pleurez, chère amie ? Est-ce qu'une pierre pleure ? »

Elle leva les yeux.

« Sur qui pleurez-vous, camarade ? Sur les masses opprimées ? Voilà qui vaut bien une larme ou deux.

— Vous n'avez jamais compris.

— Non, je pense que non », dit-il d'un ton las. Il lui lâcha les mains comme si elles étaient sales. « Je vais sur le pont.

— Attendez. » Elle l'appela quand il était à la porte. « Attendez. »

Il s'arrêta.

« Mon frère. » Elle tendit le bras. Sa main tremblait. « Mon frère, s'il vous plaît. Si j'avais demandé, j'aurais su. Si j'avais su, je m'en serais souciée. Si je m'en souciais, je ne pourrais pas être ce que je dois être. » Elle laissa retomber son bras. Sans s'en rendre compte, elle se frotta l'épaule comme si elle avait été heurtée et qu'elle lui fît mal. « Autrefois vous m'avez dit que nous n'avions pas d'autre choix que d'être ce que nous sommes. Vous aviez raison. Ne le voyez-vous pas ? Moins j'en sais, moins j'en ai à oublier. »

Les yeux de l'homme s'adoucirent et quand il parla il n'y avait plus de colère dans sa voix, seulement de la peine. « Petite Sœur, nous sommes si différents. Vous ne voulez rien savoir. Moi je veux avoir quelque chose — n'importe quoi — à me rappeler. »

Mais je ne dois pas me rappeler, pensa-t-elle. Mon travail doit être plus important que moi. Autrement mes sacrifices ne signifient rien. Tout d'un coup elle voulait lui faire comprendre. « Je ne dois pas me souvenir. Mon frère, je ne dois pas me souvenir, sauf de ce qui sert ma cause. Je suis communiste. Je travaille...

— Vous êtes une hors-la-loi. Vous serez bloquée dans les montagnes avec des paysans infestés de poux. Ensuite vous serez tuée. Qu'aurez-vous accompli ?

— Vous vous trompez ! » Elle essaya de se lever, mais eut un vertige et retomba sur la banquette. « Nous ne serons pas tués. Nous triompherons. »

Il eut un rire amer. « Même un idiot ne parierait pas un seul billet là-dessus.

— Nous n'avons que faire des idiots. Nous avons le Parti, le peuple. »

Silence encore. Il sortit ses cigarettes, lui en offrit une, en prit une autre. Pendant un moment ils restèrent assis et fumèrent sans rien dire.

Vont-ils bien ? se demanda-t-elle, sans ouvrir la bouche. Mon petit garçon ? Ma mère ? Bien sûr qu'ils vont bien, pensa-t-elle. Quel danger pourrait-il y avoir pour eux ? Ils sont à Sou-Tcheou, derrière les murs du jardin.

Tout d'un coup il se reprit à rire. « Non, Petite Sœur, le fou, c'est moi. Risquer ma vie pour aider des communistes ! Vents d'Août, le plus gros capitaliste de Changhai ! Je peux vous entendre raconter l'histoire : comment j'exploite les ouvriers dans mes usines, comment j'exploite mes fermiers, comment en fait je ne fais rien qu'exploiter les masses vingt-quatre heures sur vingt-quatre. Si j'étais au Hunan, vous m'auriez déjà fait juger par un tribunal du peuple, promener dans les rues avec un grand bonnet d'âne et exécuter. » Il s'arrêta comme s'il s'attendait qu'elle protestât. Comme elle ne dit rien il se leva lentement et retourna à la fenêtre. Un souffle d'air agita le rideau.

Elle pensait à une autre nuit où ils avaient fait ce voyage, quatre voyageurs en train de rire sur le pont.

Il se tourna pour lui faire face. « Vous, les communistes, vous avez raison sur un point : nous autres bourgeois, nous sommes bêtement sentimentaux ! »

Elle se leva et s'avança vers lui mais une fois de plus elle retomba sans force. Ses jambes se dérobaient, il la soutint. Pendant un moment ils se trouvèrent debout, embarrassés. Puis sans rien dire il l'aida à reprendre son siège.

Dois essayer de lui faire comprendre. « Mon frère, autrefois mon cœur était comme le vôtre. Mais alors j'ai vu que la Chine nouvelle ne pouvait naître avant que la vieille Chine ne meure. C'est seulement en tranchant les liens du passé qu'on pourrait accomplir le bien. Je crois, non, je suis sûre que c'est seulement si le communisme remplace le confucianisme que les Chinois retrouveront leur unité. Et que la Chine retrouvera sa grandeur. »

Elle continuait à s'expliquer. Il écoutait sans l'interrompre, mais alors même qu'elle parlait des multitudes, elle savait qu'il ne pensait qu'à elle.

Quand elle eut fumé sa deuxième cigarette elle s'arrêta de parler et l'écrasa sur le parquet en bois de teck.

« Une autre ? » dit-il.

Elle fit signe que oui.

Il chercha dans sa poche mais quand il retira sa main, elle ne tenait pas l'étui d'or. Il regarda un moment l'épaisse enveloppe comme s'il était surpris de ce qu'il avait trouvé, puis la lança sur son giron. « Je vous ai apporté un cadeau. »

Jade Lustré regarda l'enveloppe comme si c'était un serpent prêt à frapper. Elle ne pouvait ni la toucher, ni en détacher ses yeux.

Au bout d'un moment il la ramassa et l'ouvrit, étalant une par une les photographies sur la banquette.

Une par une, elle les regarda, images de Nouvelle Destinée souriant, grandissant devant ses yeux. Nouvelle Destinée en robe de satin à côté du cyprès nain; Nouvelle Destinée en costume occidental à côté d'un télescope; Nouvelle Destinée en manteau garni de fourrure à côté de Lune de Printemps, habillés pour le nouvel an. Assez, supplia-t-elle, silencieusement comme avant. S'il vous plaît, assez. Elle rassembla rapidement les photographies et à nouveau les cacha dans l'enveloppe.

Avant de se rendre compte de ce qu'elle disait, elle avait demandé : « Êtes-vous marié, mon frère ?

— Non, mais j'ai un fils... votre fils. »

La porte s'ouvrit, Esprit Résolu apparut, remplissant l'espace. « Il est temps de partir », dit-il.

Délibérément Jade Lustré se leva, posa l'enveloppe sur la table et longea le cercueil pour gagner la porte.

« Mon ami, dit Esprit Résolu, mon ami, merci pour nous avoir sauvé la vie. Je n'oublierai jamais ce que vous avez fait. »

Vents d'Août inclina la tête.

« Encore une faveur, s'il vous plaît.

— Certainement. »

Esprit Résolu fouilla dans sa poche et en sortit le sifflet de roseau. « S'il vous plaît, donnez ça à mon petit garçon. »

Vents d'Août le prit, eut un regard vers l'enveloppe puis vers Jade Lustré. Elle secoua la tête. « Vite. Nous devons partir très vite », dit-elle.

A un moment où le brouillard les dissimula au rivage, Jade Lustré et Esprit Résolu grimpèrent à bord du petit bateau. Ils feraient voile par les canaux vers le Yang-Tsé tandis que les autres s'achemineraient vers leur foyer.

Trois jours plus tard, le cercueil était enterré à côté des ancêtres de Talent Courageux. La cérémonie fut simple, seuls y assistèrent les membres de la famille qui séjournaient à Sou-Tcheou à ce moment et quelques amis du lettré, de la Société de renfort mutuel. Le clan ne se réunit pas, la ville ne vit pas défiler une procession de prêtres et de musiciens. Des télégrammes furent envoyés à Cambridge, dans le Massachusetts, mais on ne dit pas aux fils du Patriarche de revenir en

Chine. Noble Talent informa les femmes qu'il avait laissé des instructions : « Dans la vie j'ai souvent négligé la sécurité de la famille; dans la mort, je souhaite ne pas l'exposer davantage. »

Après la dernière prosternation, Pure Vertu resta agenouillée devant la nouvelle tombe. Elle parla d'une voix douce mais si claire que, dans le silence, ses paroles restèrent suspendues dans les airs. « Mon mari, mon vœu le plus cher était de m'en aller la première aux Sources Jaunes pour vous préparer un bon accueil. Maintenant que vous êtes parti, glissant dans la terre aussi silencieusement que la rosée familière, sans baldaquin ni tambour, je suis extrêmement... » Sa voix tremblait. Elle s'arrêta, la tête penchée. Quand enfin elle reprit, ce fut comme si rien ne s'était passé, comme si, durant l'intervalle, le temps s'était arrêté :

« ... honteuse. Aussi pour qu'il y ait quelqu'un qui n'oublie pas, quelqu'un qui reste toujours en deuil, je ne ressortirai pas de mes appartements. Pas jusqu'à ce qu'il soit temps pour moi de dormir auprès de vous pour toujours. »

Les autres, sachant que c'était inutile, n'essayèrent pas de la dissuader. Comme eux, Pure Vertu se débarrassa de ses voiles blancs près des lions de bronze, pour empêcher la mort de les suivre à la maison. Puis elle ferma sa porte au monde.

Le lendemain des funérailles, Noble Talent s'éveilla de bonne heure au cri plaintif d'un sifflet de roseau. Il l'écouta un certain temps en regardant les rubans dorés du soleil se glisser dans la chambre par les fentes des volets. A part les rouleaux de papier rien n'avait changé dans la petite chambre depuis qu'il l'avait quittée, encore adolescent, pour aller à l'Académie. Pour la première fois depuis des années il se sentit en paix.

Ce fut à l'heure du dragon qu'il revêtit son uniforme, lequel avait été soigneusement préparé pour lui sur le coffre en bois de camphre au pied de son lit. Une fois de plus il s'avança vers le rouleau accroché au mur entre les fenêtres, à l'est. Celui-ci, il ne l'avait pas encore vu.

Où était-il au dernier nouvel an ? A Nanchang avec ses hommes, probablement. C'est à ce moment-là que Talent Courageux devait avoir accroché ce rouleau. C'était sa calligraphie. Debout, face au mur, Noble Talent lut à haute voix le poème de Wang Wei.

> Ami, je t'ai vu descendre la montagne
> Jusqu'à la nuit, et je ferme ma porte en chaume....
> L'herbe au printemps repousse et reverdit,
> Mais toi, Prince des Amis, toi le feras-tu ?

Noble Talent suivit du doigt quelques caractères, se rappelant son frère comme il le voyait à sa table de calligraphe — jeune homme, vieil homme. Cela faisait à tel point partie de Talent Courageux que pas une fois il ne l'avait interrogé sur son art. Maintenant c'était trop tard.

Lentement il se détourna pour finir de s'habiller. Il trouva ses bottes derrière la porte, trempées par une averse soudaine. Son domestique n'était nulle part en vue. Peut-être y aurait-il une autre paire dans la garde-robe.

Il n'y avait jamais regardé au cours des brèves visites qu'il avait faites à Sou-Tcheou depuis qu'il était parti pour le Sud, rejoindre les révolutionnaires.

En l'ouvrant, il fut stupéfait. Les vieilleries dépareillées dont il se souvenait avaient disparu. A leur place, des robes et des vestes de brocart et de soie. Des manteaux bordés de fourrure. Une rangée de pantoufles de satin. Il en essaya une paire. Elles lui allaient parfaitement. Curieux des robes, il mesura la bleue contre son épaule, puis la grise et la marron. Elles étaient toutes pareilles. Choisissant la grise, il se déshabilla et l'essaya. Quand il eut boutonné le col montant il en fut certain. Les vêtements avaient été faits pour lui. Se pouvait-il qu'Aurore Soyeuse ait continué à coudre pour lui toutes ces années ?

Sur le sol de la garde-robe, exactement au centre, il y avait une boîte en bois de camphre. Étonné, il la ramassa, la posa sur le bureau et l'ouvrit. A l'intérieur il y avait des foulards merveilleusement brodés. Le cheval de mer. Le rhinocéros. La panthère. L'ours noir. La licorne. Les insignes des grades militaires portés sur le devant et sur le dos du surcot officiel quand la Chine était encore un empire. Les rêves de sa mère.

Noble Talent les replaça dans la boîte. Puis, ramassant son uniforme qui était sur le lit, il le plia avec précaution et le rangea soigneusement dans le placard. Il alla à son bureau, sortit papier et pinceau. Il versa quelques gouttelettes d'eau du récipient de porcelaine dans l'encrier. D'un geste décidé il y écrasa le bâtonnet d'encre et prenant le pinceau, il écrivit à Chiang Kai-shek pour demander à être libéré de ses fonctions. « Le deuil et les responsabilités familiales me retiendront à Sou-Tcheou. Je les ai longtemps négligés. »

Il donna la lettre au porteur puis rendit visite à sa mère. Ils passèrent une journée tranquille, pendant qu'elle cousait.

Une semaine plus tard, à l'heure de l'ours, Lune de Printemps était assise sur un tabouret de porcelaine, au bord de l'étang des nénuphars, comme elle le faisait toutes les nuits depuis que Vents d'Août et Noble Talent avaient rapporté le corps du Patriarche. Pourquoi, dans son insomnie, se sentait-elle forcée de venir ici, comme si elle cherchait quelque chose ? Elle n'en savait rien. Ce qu'elle avait perdu était enterré avec Talent Courageux. Elle ne le retrouverait pas, ni cette nuit ni une autre nuit.

Personne ne pourrait jamais la connaître aussi bien, car il avait toujours été là. Il avait compris ses pensées, ses silences. Il avait partagé tous ses secrets, sauf un. Il n'y aurait personne d'autre pour retrouver les années passées.

Des pas. Elle tourna la tête, vit une silhouette debout dans l'ombre de l'écran de marbre.

« Qui est-ce ?

— C'est Vents d'Août, Petite Tante. Le portier m'a dit que vous étiez ici. » Il marcha vers elle et s'inclina. « Nous avons à parler.

— Oui, certainement. » Elle inclina la tête, se demandant ce que c'était, souhaitant ne pas avoir à l'apprendre.

« Irons-nous dans le hall des Ancêtres ? demanda-t-il.

— Oui, il se remet à faire froid.

— C'est aussi là que j'ai demandé au portier de conduire Noble Talent. »

Elle s'arrêta et resta immobile, examinant le visage du jeune homme au clair de lune. Le coassement des grenouilles était soudain devenu plus fort et plus insistant, étrangement humain.

Quand ils arrivèrent dans la salle, Jeune Oncle était déjà là. Ainsi lui aussi ne peut pas dormir, pensa-t-elle. Ils s'inclinèrent et s'assirent à la table de thé. Vents d'Août offrit une cigarette à Noble Talent. Il s'en alluma une, et, plongeant à nouveau dans sa poche, en ramena une barre de chocolat. « Petite Tante ? »

Elle rit, sans gaieté, mais elle eut du mal à s'arrêter. S'essuyant les yeux elle répondit : « Non merci. » Et puis : « Je trouve curieusement réconfortant qu'en dépit de tout ce qui est arrivé, ma mère et vous, vous soyez toujours les mêmes.

— Qu'est-ce que vous voulez dire ?

— Déjà, quand vous étiez petit, vous n'alliez jamais nulle part sans cacher de quoi manger dans vos poches. Le matin, ma mère s'attarde toujours à sa toilette, à se peindre les joues, à laquer ses cheveux, à choisir telle ou telle robe de couleur prune. Elle ignore toute agitation. Je pense quelquefois que si... » Les doigts de Jeune Oncle tapotaient nerveusement sa cuisse, il s'éclaircit la gorge. Elle s'arrêta. Qu'est-ce qui l'avait prise ?

« S'il vous plaît, dites-nous pourquoi vous êtes ici, Vents d'Août », dit Noble Talent.

Il inclina la tête puis sourit avec bonté à Lune de Printemps, comme pour indiquer qu'il ne trouvait rien à redire à son bavardage. Puis il éteignit sa cigarette et commença. « Changhai est infesté de rumeurs. Apparemment l'un des communistes est passé de l'autre côté et a donné une liste. Sur cette liste il y a beaucoup de noms, y compris ceux de Jade Lustré et d'Esprit Résolu. »

Lune de Printemps sentit sa gorge se dessécher. Le silence dura un long moment.

Puis Noble Talent dit simplement : « Je vois.

— Cette fois, poursuivit Vents d'Août, les pots-de-vin et les relations de famille n'y pourront rien. Ils doivent faire un exemple. »

Vents d'Août et Noble Talent allumèrent tous les deux une cigarette. Lune de Printemps les regarda fumer quelques minutes puis se leva et marcha lentement jusqu'aux paravents qui divisaient la salle. Elle replia avec précaution les panneaux du centre de sorte qu'une flèche de lumière, partie de la lampe, qui était sur la table à thé, allât luire sur l'autel à l'extrémité de la salle. Privée de la barrière du paravent, l'encens la submergea presque complètement et elle ne put distinguer les noms peints sur les tablettes des ancêtres qui bordaient le mur de l'autel.

Devant elle les ombres se remplirent de femmes, dont les chuchotements bruissaient comme des feuilles mortes. Sur l'autel, à côté d'une coupe de fruits, une poire. Elle entendit au loin la voix de la Vieille Dame. « C'est un signe — le vœu indéniable de nos sages ancêtres. » Le message était clair. Partir. Ils devaient partir. Lune de Printemps referma les panneaux et retourna à son fauteuil.

« Combien de temps pensez-vous que nous avons ? » demanda-t-elle.

Vents d'Août haussa les épaules. « Au plus une semaine, peut-être seulement cinq jours.

— Nous devons être partis avant, dit-elle. C'est le seul moyen. »

Noble Talent s'était levé, il arpentait la salle, ses pantoufles ne faisant presque aucun bruit sur le parquet de bois dur. Finalement, comme s'il était arrivé au terme d'un voyage, il s'arrêta. « Où pouvons-nous aller ?

— A Hong Kong », répondit Vents d'Août.

Le soldat réfléchit un moment puis eut un seul signe de tête, décisif. « Oui », dit-il. Et à nouveau, plus rudement : « Oui. »

Ma fille, qu'as-tu fait ? pensa Lune de Printemps. Tu ne pouvais pas avoir l'intention de faire ça. Tu ne le pouvais pas. Elle secoua la tête devant une pensée aussi terrible. C'était le destin. Rien de ce qu'une mère aurait pu faire, qu'elle pouvait faire maintenant, ne le changerait. Les dettes de la maison des Chang étaient sans doute trop lourdes, et ne pouvaient que se régler ainsi.

Elle regarda les hommes et ne posa pas de questions, heureuse que ce dernier paiement fût épargné à Talent Courageux.

Noble Talent s'éclaircit la gorge une fois de plus. « Il y a beaucoup à faire », dit-il simplement.

Une heure après, la maisonnée était sens dessus dessous. Du jour au lendemain les femmes firent les bagages et scellèrent les trésors du clan dans les cercueils prévus pour les veuves. Les porteurs, Vents d'Août, Noble Talent et Promesse Durable creusèrent autour du bassin des lotus. C'était un travail pénible, car les racines du cyprès s'enfonçaient encore profondément dans le sol de la maison des Chang. Mais ils eurent fini avant le coucher du soleil, et les trésors furent enterrés.

Cette nuit-là, le calme revenu, Lune de Printemps alla rendre visite à

Pure Vertu. Noble Talent lui avait expliqué qu'ils devaient partir, mais n'avaient pu la faire renoncer à son serment. Sa nièce n'essaierait pas. Une seule personne aurait pu la faire changer d'avis, un homme qui était mort.

« Entrez, je vous en prie.

— Bonsoir, ma tante.

— Bonsoir, ma nièce. »

En silence, elles se servirent du thé et le burent à petites gorgées, les yeux baissés.

Êtes-vous sûre, ma tante, êtes-vous vraiment sûre ? se répétait-elle intérieurement. Mais, bien sûr, sans poser la question. Peut-être ne lui arriverait-il rien. Peut-être Vents d'Août avait-il tort. Peut-être...

Pure Vertu parla la première. « Ma nièce, il y a une chose que je voudrais que vous fassiez pour moi, Vents d'Août et vous. Je mentionne l'orphelin parce qu'il est plus jeune que Noble Talent et qu'il nous survivra. Personne d'autre ne doit savoir. »

Lune de Printemps accepta d'un signe.

La veuve, mal assurée sur ses hauts talons, quitta la pièce. Quand elle revint elle portait le coffret en émail cloisonné. « Je vous prie d'enterrer cela en lieu sûr. »

Lune de Printemps se leva, tendit la main, et elles gardèrent un instant le coffret entre elles deux. Puis leurs yeux se rencontrèrent, et Pure Vertu ajouta : « Il est temps que vous partiez, ma nièce. »

Elle baissa la tête, prit la boîte, et se dépêcha de sortir.

Plus tard, dans le jardin, Vents d'Août lui demanda : « Où dois-je creuser ?

— N'importe où. C'est sans importance.

— Sous une dalle ? L'endroit dégagé autour du bassin a été entièrement utilisé.

— N'importe où. »

Il trouva dans l'allée une dalle branlante, l'enleva et se mit à creuser.

Elle s'assit sur le tabouret, regardant les branches de cyprès sur le coffret. Les filets de cuivre brillaient sous la lune comme des braises. Une fois sous terre, serait-il jamais déterré ? Elle en doutait. Même si cela était, son éclat serait à jamais terni. Peut-être devrait-elle l'emporter, en même temps que l'autre coffret qu'elle avait emballé dans la journée. Il était bleu, lui aussi, avec un paysage inachevé de montagnes et de brume — le cadeau de Pure Vertu. Elle y avait mis ce qu'elle avait de plus précieux : la bague venue d'Amérique, une antique figurine de jeu d'échecs en ivoire, une broche en plumes de martin-pêcheur et en or, une pièce d'or, une épingle à cheveux en or, un livre de poèmes de Li Po, des lettres, une ou deux photographies.

Mais elle ne pouvait pas emporter les deux coffrets. Et elle avait promis d'enterrer celui-là.

« Petite Tante ? » Vents d'Août était devant elle, se frottant les mains pour essuyer la terre.

Elle leva les yeux. A regret, elle lui tendit l'échiquier et le regarda le poser dans le trou. Puis, soigneusement, il le reboucha, et tassa la terre du plat de sa bêche avant de remettre la dalle. Enfin il l'essuya de la paume de la main, effaçant les traces de terre, et remit de la mousse dans les joints.

« Les pierres sont comme avant, dit-il. Personne ne se doutera de rien. Souvenez-vous, comme je le ferai, que c'est la septième dalle de la septième rangée. Souvenez-vous de la date des retrouvailles du Bouvier et de la Vierge. »

Un instant elle crut qu'elle allait pleurer, comme une enfant abandonnée.

« Tantine, vous allez bien ?

— Vents d'Août, je crois parfois que le monde est devenu fou. Puis je sais que cela ne peut être. C'est seulement que notre destin est de payer d'anciennes dettes. »

Sa voix se brisa, le jeune homme s'agenouilla et lui prit les mains.

« Petite Tante, cela n'a rien à voir avec ce que vous avez fait. Ni même avec ce qu'a fait Jade Lustré. Cela aurait très bien pu être l'inverse, avec Noble Talent à la tête des chasseurs ».

Elle secoua la tête. « Vous ne savez pas. J'ai fait des choses dont vous n'avez pas idée...

— Vraiment ? » chuchota-t-il, comme si lui aussi repensait au passé. Mais il haussa les épaules et ajouta : « La vie est-elle autre chose que désirs absurdes et choix imparfaits ? » Puis, d'un ton pressant : « Sûrement, si les mêmes circonstances se présentaient, vous feriez la même chose aujourd'hui... »

Elle ne l'écoutait plus et regardait leurs mains jointes. Il ne leur manquait qu'une ficelle pour jouer au berceau. Elle y avait joué avec Fleur de Prunier, quand elle était petite, plus tard avec Jade Lustré et Promesse Durable, maintenant avec Nouvelle Destinée. Ces souvenirs la firent sourire.

« C'est ce que je pensais ! s'exclama Vents d'Août. Vous feriez la même chose.

— Je pense que oui.

— Pas de regrets ?

— Pas de regrets. »

L'après-midi suivant, Lune de Printemps monta seule sur la colline où se trouvaient les tombes des ancêtres. Près de celle du Vénérable les deux pins avaient grandi, et quand les ombres qui s'allongeaient l'atteignirent elle s'arrêta un moment. Cela faisait combien de temps ? Trente-six ans ? Non, trente-cinq. Presque l'âge de Talent Courageux quand il était revenu de l'Occident. Elle sourit en pensant à lui, puis se demanda la vie qu'elle aurait eue s'il ne lui avait pas appris à lire.

Non, tout s'était passé comme il se devait, exactement. Elle en était sûre. Elle posa son panier et se mit à désherber les tombes.

Le vent soufflait du sud, un vent chaud inattendu. Les saules se balançaient. On entendait là-haut l'appel mélancolique des oies sauvages qui s'envolaient au nord. Elle travaillait sans hâte, savourant le temps qu'elle passait avec chacun de ses parents. Pour la plupart, elle ne les avait jamais rencontrés, mais elle connaissait leur vie et les appelait chacun par leur nom tandis qu'elle nettoyait leurs tombes.

Elle était encore à l'œuvre quand le gardien l'appela. « C'est l'heure, Jeune Maîtresse. » Elle lui fit signe. « Vous pouvez rentrer. Je vous suivrai. » Elle le regarda trotter au bas de la colline, vers la ville, soufflant et trébuchant sous le double fardeau accroché à sa perche d'épaule en bambou. Sa vieille mère, pelotonnée dans le premier panier, parlait à son petit-fils installé dans le second : « Reste tranquille, mon petit beignet sucré, sinon nous tomberons tous. »

Devant la dernière tombe elle disposa les plats de nourriture qu'elle avait apportés et les bâtonnets d'encens, déjà allumés à l'autel de la maison des Chang. Elle se prosterna trois fois. Puis elle parla.

« Grand-mère a dit qu'il était prédit que je vivrai pour voir cinq générations sous le même toit. Je crois que c'est mon destin.

« J'ai promis de rassembler notre clan devant vous quand les collines reverdiront et que le vent sera doux. Je tiendrai cette promesse.

« Ce ne sera ni cette année ni l'an prochain. Ce ne sera peut-être pas pendant cette décennie ou même la suivante. L'horizon est caché par de hautes herbes qui soupirent et se courbent au passage des vents dominants, et les nuits sont noires.

« Mais notre clan a survécu aux époques où le vin se changeait en vinaigre et l'encens en fumée d'incendie.

« Il y a une saison pour le soleil, une autre pour la nuit. Une saison pour chanter, une autre pour se taire. Et toutes les saisons connaissent la séparation et les retrouvailles.

« En cédant nous faisons comme l'eau, qui est de nature paisible et se conforme au creux d'une main minuscule; comme le temps, qui façonne même les montagnes à son gré.

« Ainsi nous conservons notre devoir et notre honneur. Nous chérissons le clan et la civilisation.

« Nous sommes chinois. »

Épilogue

A la huitième lune de l'année du chien, en 1934, les communistes étaient isolés dans les montagnes du Kiang-si, complètement encerclés. Quel espoir avaient-ils de survivre ? Aucun, pensait l'ennemi.

« Non pas, cria le Grand Timonier. Ce n'est pas la fin, mais un nouveau commencement. »

Les soldats de l'Armée Rouge se réunirent sur les places des villages. Un cadre, une femme de haute taille, courait de hameau en hameau et les encourageait. « Nous reviendrons, camarades ! Nous survivrons ! Nous vaincrons ! » Elle avait une voix aussi forte que la tempête.

Ce fut au crépuscule que son amant, le général-paysan, donna le signal du départ. Ils marchèrent jour et nuit, ignorant les bombes qui éclataient en l'air et l'odeur des villes qui brûlaient.

Le cadre s'occupait des blessés. Dans la fraîcheur du matin, alors que les feuilles tombaient des arbres, on lui remit un enfant, un soldat de treize ans. Elle l'avait déjà vu à des réunions se pavaner dans son uniforme trop grand, portant des bottes en cuir confisquées à l'ennemi.

Elle s'agenouilla près de l'enfant dans un bosquet de grands pins et l'appela d'une voix douce : « Camarade, camarade. » Il ouvrit les yeux. Elle lui prit la main et lui expliqua ce qu'il devait faire. Je te le demande parce que je sais que tu en es capable et que tu le veux. Ai-je tort ? »

Il secoua la tête, des larmes plein les yeux. « Non, tu n'as pas tort. »

Quatre hommes le soulevèrent. Le garçon hurla de douleur. « Je t'en prie, aide-moi. »

La femme cadre le bâillonna avec une grosse corde, et quand il leur fit signe de continuer les hommes le déposèrent dans un panier qu'ils hissèrent en haut d'un arbre, jusqu'à un poste de guet. Il avait une grenade à la main. Quand la femme lui fit un signe d'adieu, il salua, touchant de la main l'étoile rouge sur sa casquette.

Elle enfila ses bottes en cuir et repartit en avant.

Quand la colonne approcha de la Vieille Montagne, les soldats ralentirent.

La pente était si raide qu'on voyait seulement les semelles de corde de celui qui vous précédait. La nuit tomba. La montagne se changea en glace. Le cadre cria à l'homme qui s'accrochait au rocher derrière elle, gémissant de terreur : « Lève les yeux et compte les étoiles, camarade. Lève les yeux. »

Pendant la première lune de l'année de l'ours, en 1935, pendant la seconde, et la troisième, et la quatrième, l'Armée Rouge marcha et se battit, incapable de s'échapper du Kouei-tcheou. A chaque col, à chaque tournant, l'ennemi attendait. Les communistes se divisèrent en escouades et lancèrent des diversions, faisant des cercles jusqu'à ce que le gros des troupes se soit faufilé, franchissant des rivières pour aussitôt revenir en arrière.

Finalement ils arrivèrent au bord de la rivière des Sables Dorés, un torrent qui bouillonnait au fond d'une gorge d'un mille de profondeur. Il n'y avait pas de ponts, et six bateaux seulement. Les barques firent la navette pendant neuf jours et neuf nuits, et tous franchirent la rivière.

Ensuite ils allèrent vers le nord, à travers le Yunnan et les territoires des Lolos et des Miaos, jusqu'à la frontière de la province du Szu-ch'uan, où la crue printanière du fleuve Tatu leur barra le passage. Deux fois, déjà, à cet endroit, de grandes armées avaient trouvé la mort. Les légions du Kuomintang les attendaient au nord du fleuve.

Les deux armées, la rouge et la blanche, coururent chacune sur une rive du Tatu vers le pont de Luting. Tels des morts menés à coups de fouet par les neuf cercles de l'enfer, les communistes marchèrent pendant trois jours et trois nuits, ne faisant que des pauses de dix minutes.

Ils arrivèrent les premiers au pont mais ne trouvèrent plus que treize chaînes d'acier qui se balançaient au vent, suspendues au-dessus du gouffre. La petite garnison du KMT avait arraché la plupart des planches sur les deux cent cinquante mètres que mesurait le pont d'une falaise à l'autre.

A la nuit le général-paysan et vingt et un volontaires entreprirent la traversée, s'accrochant aux chaînes et se balançant d'une main sur l'autre. Il y eut des coups de fusil. Un homme tomba, un autre.

Quelques-uns atteignirent enfin les planches qui restaient. Des flammes s'élevèrent. Le général fondit sur l'ennemi à travers l'incendie. Ils se rendirent maîtres du pont.

Ce fut à la cinquième lune que l'Armée Rouge atteignit les sommets glacés du Tibet, sept chaînes de montagnes couvertes de neiges éternelles qui étincelaient comme des linceuls blancs mis à sécher au ciel. Les soldats de l'Armée Rouge, avec leurs uniformes en coton et leurs sandales de paille, continuèrent. Pensant qu'ils ne pourraient survivre, l'ennemi se retira.

A la sixième lune ils avaient atteint le nord-ouest du Szu-ch'uan où ils se reposèrent un mois pour reprendre des forces. Ils avaient été plus de cent mille à entreprendre cette marche. Maintenant, même avec de nouvelles recrues, ils n'étaient plus que trente mille.

Quand ils reprirent la route, la femme cadre écrivit un caractère au dos de chacun des soldats et le lui enseigna. Pendant la marche chaque soldat répétait le mot appris à celui qui le suivait. Tous les jours ils changeaient de place et apprenaient un mot nouveau.

Quand ils pénétrèrent en territoire mandchou, les marcheurs durent affronter un nouvel ennemi. Les tribus haïssaient les Chinois, rouges ou blancs, leur reine avait ordonné qu'on fît bouillir vivants tous les envahisseurs, qu'on rasât les habitations et qu'on dénudât les champs. Ceux qui échappaient aux flèches empoisonnées des ombres meurtrières de la forêt étaient affaiblis par la faim.

Ils faisaient face aux steppes de Ch'ing-hai : pas un arbre, pas un buisson, pas un rocher. De l'herbe et des marécages exhalant une puanteur plus forte que la pisse de cheval.

L'armée avançait précautionneusement, se tenant à des cordes accrochées à la ceinture des éclaireurs. La nuit quelques-uns s'allongeaient sur l'herbe. Les autres dormaient debout, dos à dos. Quand les herbes et les champignons eurent disparu jusqu'aux derniers, ils firent bouillir leurs ceintures pour les manger. Le cadre partagea ses bottes, celles qu'elle avait prises au garçon.

Après avoir passé dix-sept jours dans la steppe, l'Armée Rouge atteignit le refuge du Yen-an. Ils avaient marché pendant trois cent soixante-huit jours. Ils avaient traversé dix-huit chaînes de montagnes, vingt-quatre rivières et douze provinces. Vingt-cinq mille li. *Plus de dix mille kilomètres.*

Les cadres, les soldats, les paysans et les enfants de la Longue Marche ont donné les camarades qui ont combattu les Nains Basanés, gagné la guerre civile, repoussé les impérialistes, expulsé l'Ours polaire, et imposé l'ordre à un quart de l'humanité sous la direction du Grand Timonier.

Puis, une fois encore, le temps du luan *est revenu, les camarades se sont retournés, les uns contre les autres, de vieux amis sont devenus des ennemis et d'anciens ennemis des amis.*

Car la graine plantée à telle saison prend racine; l'arbre qui fleurit à une autre se meurt. C'est la nature de toutes choses.

Histoire de Chine

VINGT-CINQ ANS PLUS TARD, Promesse Durable rentrait chez lui. C'était tout au plus une question de jours. Il avait entre les mains le dossier qui lui permettrait d'être parmi les premiers à revenir, lui qui était conseiller spécial de la Maison Blanche pour les affaires chinoises.

Huit mois seulement s'étaient écoulés depuis le voyage secret d'Henry Kissinger à Pékin. Dès qu'il avait été annoncé, Promesse Durable avait entrepris ses préparatifs et recherché les faveurs de supérieurs et d'amis qu'il avait toujours eu horreur de mêler à ses affaires personnelles, n'osant pourtant croire qu'il pourrait réussir.

C'était Lune de Printemps qu'il voulait revoir, c'est à elle qu'il rêvait quand ses rêves le ramenaient chez lui. « Petit Frère. » Il l'entendait encore le taquiner. « Petit Frère, petit homme, viens m'attraper si tu le peux ! » A Pékin, à Sou-Tcheou, ils avaient joué au même jeu, jusqu'à Changhai, où il s'était brusquement retrouvé trop vieux pour jouer à cache-cache.

Il regarda sa montre, une fois de plus, puis le mur vert et la porte avec au-dessus le portrait de Mao. Patience, se répéta-t-il pour la centième fois. Patience. Mais c'était difficile. Il attendait depuis plus de deux heures, étant arrivé avant 9 heures du matin, à l'heure où les bureaux de Hong Kong de l'Agence du tourisme chinois avaient laissé entrer en se bousculant les premiers arrivés. Des Suédois, des Allemands, un Anglais ou deux, et plusieurs Australiens venus pour la foire de Canton. Ils s'étaient bousculés en criant toute la matinée autour de lui, réclamant des coupons de voyage et des places d'hôtel. Toute la matinée, les employés vêtus de cotonnade bleue avaient traîné les pieds du comptoir à la machine à tampons, l'air sévère, ignorant les problèmes des hommes d'affaires qui secouaient alternativement la tête et leurs visas. Plus ils protestaient, plus les Chinois allaient lentement. Ce serait comique, se disait Promesse Durable, s'il n'avait pas lui aussi à attendre.

Ce n'était pas d'attendre qui l'ennuyait. Ses papiers étaient en ordre, il en était sûr, et il y avait encore eu trop peu d'Américains, même de Sino-Américains, à être passés par ces bureaux pour que la routine se soit installée. Mais, au bout de vingt-cinq ans, il s'était attendu... à quoi ? Il n'en était pas sûr. A un sourire de bienvenue, peut-être. Au même traitement, pour le moins, que recevaient les étrangers qui allaient à Canton. Au lieu de quoi l'employé au teint brouillé du premier guichet avait à peine jeté les yeux sur ses papiers. « Asseyez-vous, avait-il dit avec mépris. Les voyages spéciaux exigent des précautions spéciales. »

Et, sûrement, des employés spéciaux, pensa-t-il en feuilletant négligemment la revue du mois où le président Nixon et le président Mao se serraient la main en première page. Des paysans aux joues roses et des ouvriers d'usine pleins de fierté levaient la tête vers lui en souriant. *Huan yin !* semblaient-ils dire. Bienvenue. Mais : chien valet des impérialistes, lui avait dit le regard de l'employé, comme s'il était venu profiter des fruits de la révolution sans avoir arraché une herbe ni écrasé le moindre insecte.

J'avais l'intention de revenir, aurait-il voulu expliquer. Quand je suis parti, j'avais l'intention de revenir.

Mais, quand les communistes avaient gagné la guerre civile, le retour était devenu impossible, ou du moins c'est ce qu'il s'était dit. Pas avec une épouse américaine et un enfant nouveau-né. On lui avait offert le poste qu'il occupait, professeur d'histoire chinoise, et il avait sauté dessus. Il n'avait pas le choix, se disait-il alors. Et les événements ne lui avaient-ils pas donné raison ? Bien sûr, se disait-il encore.

Il jeta le magazine sur la table, soudain pris de colère. Bon Dieu, il n'avait pas de raison d'avoir honte. Passeport américain ou non, il était chinois et il rentrait chez lui.

Il regarda une fois de plus la porte dans le mur vert. Rien n'y était marqué, mais il était sûr que l'homme qu'il attendait de voir était derrière.

Incapable de rester assis, il se leva et regarda par la fenêtre, prenant garde, en s'appuyant à la rambarde, de ne pas bousculer les bouteilles Thermos alignées comme des quilles. Le ciel de Hong Kong s'assombrissait, et la lumière étrange qui annonçait une tempête était atténuée par les nuages qui s'amoncelaient. En bas, dans les rues du centre, le vacarme de la circulation étouffait le bruit éloigné du tonnerre. Des piétons filaient dans les ruelles sans paraître redouter la pluie qui menaçait, comme si ce n'était qu'un visage maussade en plus au milieu de tous ces visages inconnus.

Grâce au demi-jour il put voir son reflet dans la vitre et rajusta ses lunettes, la seule concession qu'il eût fait récemment à la vieillesse qui s'annonçait. A soixante ans, il avait toujours les cheveux d'un noir de jais. Son costume neuf en laine beige, coupé dans la nuit à l'hôtel Mandarin, lui allait bien. Taille 38. Il n'avait pas changé de mesures depuis qu'il était allé aux États-Unis pour connaître la famille de sa femme.

Un changement indéfinissable dans le bruit de la pièce le fit se retourner. La porte dans le mur vert s'était enfin ouverte. Un cadre mince, d'âge moyen, en sortit, une tasse à la main. Promesse Durable s'éclaircit la gorge. Oui, bien sûr. C'était l'homme en question. Son costume bleu n'était pas en coton, mais en gabardine.

Il attendit que le petit employé au teint brouillé lui fît signe, mais celui-ci se plongea avec ostentation dans les papiers qui recouvraient son bureau tandis que le cadre s'approchait de la fenêtre où étaient entreposées les bouteilles Thermos. Déboussolé, Promesse Durable se demanda laquelle était la sienne, puis le regarda prendre un Thermos bleu orné de roses rouges et se verser une tasse de thé. Le cadre s'était déjà retourné quand il osa ouvrir la bouche. « Pourriez-vous m'aider, s'il vous plaît ? »

Sa question en cantonais resta sans réponse. Il la répéta rapidement en mandarin et finalement en anglais.

Le cadre, alors, se retourna et accepta d'un signe, légèrement surpris. Promesse Durable lui tendit sa correspondance avec l'ambassadeur de Chine à Ottawa et ses autres certificats.

L'homme resta un instant indécis, puis il haussa les épaules, reposa sa tasse et prit les papiers. Il les parcourut pendant un temps interminable, sans expression, et termina par le passeport américain qu'il ouvrit lentement, délibérément, à la page où était la photo. Il leva les yeux sans changer d'expression et fixa plusieurs secondes Promesse Durable sans ciller, sans la moindre chaleur. Puis : « Suivez-moi », dit-il, et il le précéda dans son bureau.

C'était une petite pièce meublée d'un grand bureau, de deux chaises et d'un téléphone, avec un portrait du président Mao sur le mur. Aucun papier sur le bureau, sauf le *Peking Daily*.

L'homme fit signe à Promesse Durable de s'asseoir sur une chaise et prit place sur la seconde, relisant chaque document encore plus soigneusement que la première fois, comme s'il cherchait quelque contradiction.

Promesse Durable attendait.

Finalement le cadre leva les yeux. Une fois encore, lentement, trait par trait, il étudia le *hua chiao,* son regard dédaigneux s'attardant sur le costume neuf, la bague qu'il portait.

« Quel est le but de votre visite à Sou-Tcheou, docteur Woo ? demanda-t-il en ouvrant le premier tiroir de son bureau pour y prendre un formulaire.

— Revoir ma sœur.

— Son nom ?

— Chang, Lune de Printemps.

— Son âge ?

— Quatre-vingt-dix ans. »

Les yeux le fixèrent à nouveau. « Quand vous êtes-vous rencontrés pour la dernière fois ?

— En 1947, avant que je parte pour les États-Unis.

— Pourquoi ? »

La question n'avait aucun sens, et Promesse Durable hésita. « Pourquoi quoi ? » lui auraient répondu ses enfants. Ses enfants américains. Qu'est-ce que le cadre ferait d'une telle remarque ? Il s'éclaircit la gorge. « Je suis allé à New York pour rencontrer la famille de ma femme, une journaliste américaine qui couvrait la guerre japonaise depuis Chung-king. »

L'homme hocha la tête, inscrivit quelque chose et tourna la page. « Êtes-vous resté en contact avec votre sœur ?

— Indirectement.

— Récemment.

— Non, la dernière fois date d'environ six ans. »

Les yeux se relevèrent d'un coup. « Alors il est bien possible qu'elle soit morte. »

Non, se dit Promesse Durable. Si elle était morte je le saurais. Mais il se contenta de répondre : « J'aimerais la voir, de toute façon. »

Ligne à ligne, le formulaire fut rempli. A mesure que le temps passait il semblait que la pièce se remplissait, comme d'un encens bon marché, du blâme silencieux qu'adressait le fonctionnaire à ses réponses, à ses vêtements, à son visage chinois sur un passeport américain, si bien que Promesse Durable se demandait s'il n'allait pas trop vite, si tous ceux qu'il verrait dans la République populaire n'allaient pas faire de même, le blâmer de... de quoi ? D'avoir quitté la Chine, d'abord, ou d'y revenir après tant d'années ?

Attendre plus longtemps, néanmoins, serait risquer de ne plus pouvoir y aller. Jamais. L'ouverture vers la Chine était fragile et menacée dans les deux camps.

Enfin le cadre tamponna le formulaire et se leva. « Vous pouvez vous procurer tickets et bons aux guichets. Il vous faudra trois jours pour aller à Sou-Tcheou.

— Trois jours... pas moins ? »

Le cadre continua comme s'il n'avait rien dit. « Les choses ont changé depuis la Libération, proclama-t-il. Nous avons débarrassé le pays des pratiques féodales. La Chine s'est dressée sous la sage direction du président Mao et du parti communiste. »

Promesse Durable hocha la tête et se leva. Aucun des deux ne tendit la main.

Trois jours plus tard il était à bord du train de midi pour Sou-Tcheou, dans le compartiment spécial réservé exclusivement aux visiteurs étrangers. Chaque fenêtre était ornée d'un rideau ajouré en dentelle, raidi par les repassages et l'amidon. Devant lui, sur la table pliante, une tasse de thé fumait, un cendrier était déjà plein de mégots, un paquet de cigarettes Panda était presque vide.

Trois jours après avoir franchi la frontière de son pays natal, il était soulagé de se trouver parmi des étrangers. Eux, au moins, ne le fixaient pas des yeux. Partout où il était allé, à Canton et à Changhai, il avait attiré des foules silencieuses, comme si sa peau était blanche, elle aussi, et ses yeux aussi bleus et ronds que ceux du grand Suédois dans le compartiment voisin. Il avait essayé d'engager la conversation avec ceux qui le regardaient, mais personne ne lui avait répondu, n'avait même souri. Ils se contentaient de le suivre, prudemment, le traitant comme un être venu d'une autre planète.

C'était à cause de ses vêtements, bien sûr, avait-il d'abord pensé. Mais il avait beau se rassurer, il n'y croyait pas, et la vérité, quand il s'en rendit compte, lui fut amère. Ses compatriotes se méfiaient d'un étranger ayant un visage de Chinois. Trop curieux pour s'enfuir, trop effrayés pour parler.

Lui aussi, au début, avait eu peur, peur que Lune de Printemps ne voulût pas lui parler, qu'elle refusât de le reconnaître comme son parent. Mais cette peur s'était évanouie, à peine surgie, ne lui laissant que l'attente de la revoir.

Il sourit. Lune de Printemps lui prendrait la main et se mettrait sur la pointe des pieds pour aplatir son épi comme elle l'avait fait si souvent, jadis.

Il ne l'avait pas vue depuis 1947, à Chung-king, peu avant son départ pour les États-Unis. Il l'avait sanglée sur son siège à bord d'un transport de troupes bosselé par les batailles qui allait vers la côte, sans se douter qu'ils seraient séparés pendant tant d'années, qu'il la verrait pour la dernière fois par la porte ouverte de l'avion. C'était la seule passagère, figurine de porcelaine au milieu des caisses en bois avec pour unique inscription : « Précautions spéciales ».

« Il n'est pas trop tard pour changer d'avis, ma sœur », avait-il dit.

Elle avait secoué la tête, serrant sur ses genoux le coffret brodé par Pure Vertu. « Ma tante est vieille, elle me demande.

— Mon neveu pourrait peut-être vous faire partir par un autre vol ?

— Non, il a même eu de la chance de trouver celui-là. Ne vous faites pas de mauvais sang, mon frère. » Elle fouilla dans sa poche et en sortit un œuf dur. Ses yeux sourirent. « Vous voyez ? Je me suis préparée à mon premier voyage aérien. De plus il est prédit que je verrai cinq générations. »

Ils s'étaient écrit régulièrement jusqu'à la guerre de Corée, au moment où la correspondance entre la République populaire et les États-Unis était devenue imprudente, sinon dangereuse, pour tous les deux. A l'époque les fils de Talent Courageux étaient déjà des personnages importants de la communauté scientifique chinoise, peut-être même travaillaient-ils sur des projets militaires, tandis que Jade Lustré et Esprit Résolu étaient des dirigeants du parti. Ce qui aurait peut-être protégé Lune de Printemps. De même que la famille de sa femme aurait pu le protéger de ceux qui se méfiaient de tous les Sino-Américains, sauf ceux qui battaient le rappel pour Tchang et le Kuomintang. Peut-être. En tout cas ni lui ni apparemment Lune de Printemps n'avaient risqué d'attirer l'attention sur leurs liens avec le camp opposé.

Plus tard, quand le climat politique était devenu plus stable, il lui avait écrit une fois par an, adressant sa lettre à un ami à Kowloon qui la faisait suivre avec un timbre de Hong Kong, évitant ainsi la mention suspecte, États-Unis d'Amérique. Mais il n'avait eu aucune nouvelle d'elle jusqu'en 1966, où il avait reçu une lettre postée au Pakistan. Une lettre courte et volontairement censurée, c'était évident, mais qui lui avait appris la naissance de deux petits-enfants de plus et l'avait assuré que toute la famille était en bonne santé. Dans l'enveloppe se trouvait une photo couleur sépia, comme si elle avait été prise longtemps avant. Lune de Printemps dans la galerie de la cour du Cœur Sage. Près d'elle une jeune fille, Jasmin d'Hiver, la dernière arrière-petite-fille. « Elle me ressemble beaucoup », disait la lettre, et sur la photo il voyait que c'était vrai, bien que sa sœur eût plus de soixante-dix ans et la fille pas plus de dix. Défiant l'usure des ans, Lune de Printemps n'avait pas une ride et avait gardé le sourire qu'il lui avait toujours connu.

Il n'y avait plus eu aucune lettre, et il avait cessé d'écrire quand la révolution culturelle avait submergé la Chine, craignant que toute communication venant de lui ne la mît en danger, comme tout membre de famille mandarin ayant des parents à l'étranger. Mais il s'était toujours dit qu'il saurait si elle était morte. Même à Hong Kong, dans le bureau du cadre, il n'avait pas douté de la retrouver, l'attendant, dans les anciennes cours de la maison des Chang.

Soudain le haut-parleur placé au-dessus de la porte du compartiment fit sonner la musique martiale qui annonçait l'arrivée du train dans toutes les gares depuis Changhai. Il consulta sa montre. Sou-Tcheou.

Le train ralentit. Il descendit ses deux valises du filet et se précipita au bout du wagon comme s'il pensait que quelqu'un était venu l'accueillir. Ridicule. Personne ne pouvait savoir qu'il était là.

Mais cette impression ne le quittait pas, et quand le train s'arrêta dans un dernier hoquet, il sauta sur le quai. Ignorant la foule qui le regardait, il alla droit jusqu'à la sortie principale où des limousines vert pâle attendaient les étrangers munis de bons spéciaux. Un des chauffeurs s'avança aussitôt vers lui, qui était le seul Oriental de tous les privilégiés, fit à peine mine de le saluer, prit le bon de sa main gantée de blanc et déposa les valises dans le coffre.

Promesse Durable allait monter en voiture quand il entendit une jeune femme l'appeler par son nom. « Docteur Woo ? Attendez ! Docteur Woo ? » Et sa voix avait l'accent chantant du plus caressant des dialectes.

Je rêve, se dit-il en pivotant sur place, s'attendant presque à voir courir vers lui la jeune fille, Jasmin d'Hiver. Mais ce n'était que la femme de service du train, celle qui avait une natte et qui lui avait demandé poliment de lever ses pieds pour qu'elle pût passer la serpillière dans son compartiment. Elle lui tendait son paquet de cigarettes. « Vous avez oublié cela.

— Merci ! » Il sourit au jeune visage si sérieux et mit la main à sa poche pour lui donner un pourboire. Non ! C'était une coutume capitaliste. « Merci ! » répéta-t-il.

La fille le salua d'un geste raide et se détourna. Il la regarda rentrer fièrement dans la gare. Au bout de trois jours il aurait dû se souvenir qu'on ne donnait ni remerciements ni pourboires dans cette République populaire. Montrer de la gratitude lorsqu'un camarade faisait son devoir n'était qu'un reste du passé féodal, le signe d'une condescendance dégradante.

Il restait trois cigarettes. Il en alluma une, en offrit une au chauffeur, lequel commença par tendre la main, puis changea d'avis, de toute évidence, et secoua la tête. Promesse Durable haussa les épaules et monta en voiture, sans un mot, claquant la portière sur les regards des curieux. Pourquoi essayait-il encore ? Quelques mots ne voulant presque rien dire pour un Américain pourraient compromettre le rapport que le chauffeur devait faire à son comité de travail. Pourquoi le chauffeur devrait-il supporter un interrogatoire superflu de son cadre politique parce qu'un étranger aurait fait des efforts absurdes pour alléger le sentiment inattendu de solitude qui lui alourdissait le cœur en retrouvant son pays ?

Impatient, il écrasa la cigarette à moitié fumée et en alluma une autre, il s'adossa sur la banquette pour observer par la portière la ville qu'il avait quittée en 1927, cherchant les points de repère dont il se souvenait vaguement.

Grâce à ses canaux, on ne pouvait confondre la Cité céleste avec aucune autre, même si tout le monde, comme à Canton et à Changhai était vêtu de bleu. Les immeubles neufs étaient anonymes et d'immenses panneaux surplombaient les grands carrefours — défilés des nationalités en costumes folkloriques multicolores, bras dessus, bras dessous, ainsi que la calligraphie du président, d'un noir intense sur fond rouge, appelant les camarades à s'unir.

Les canaux paraissaient plus propres qu'avant, reflétant le soleil au lieu d'absorber la lumière, et les nouveaux boulevards étaient bordés d'arbres. Les mendiants avaient disparu, mais aussi les bannières et les marchés en plein air et les vieillards faisant prendre l'air à leurs oiseaux, et les boutiques étaient si mal éclairées qu'on ne pouvait rien voir à l'intérieur. De temps en temps, au bord du trottoir, on pouvait voir un marchand de glaces.

La cigarette lui brûla les doigts, et il se pencha pour la jeter dehors. Tout était tellement différent — pourtant on voyait toujours des hommes courbés qui traînaient des carrioles surchargées, la lessive flottait toujours dans les ruelles et des volutes paresseuses s'enroulaient autour des cheminées en tôle.

Une fois inscrit à l'hôtel Nanlin, il n'alla même pas voir sa chambre mais retourna aussitôt à la voiture. « A la pagode de l'Encre, s'il vous plaît. »

Cette fois le trajet ne prit que quelques minutes. Promesse Durable essaya de se rappeler le chemin qu'ils prenaient, comptant les rues et apprenant les nouveaux noms par cœur. Il se sentait comme la première fois que Lune de Printemps l'avait conduit à son *lao chia* — excité, heureux, impatient. Comme un enfant.

Puis, brusquement, il toucha au but : la pagode était là et en face les épais murs gris qui avaient jadis ceinturé la maison des Chang.

Avant que la voiture ne se soit immobilisée, une foule s'était rassemblée.

« Combien de temps resterez-vous ? demanda le chauffeur.

— Vous pouvez rentrer à l'hôtel. Je n'aurai plus besoin de vous aujourd'hui. »

L'homme eut une hésitation.

« Je connais le chemin. J'ai des affaires officielles à régler ! »

Le chauffeur ne bougeait toujours pas. Promesse Durable tourna les talons et s'éloigna. Il se retourna au coin de la rue, s'attendant presque à se voir suivi, tout en espérant que le chauffeur n'avait pas osé abandonner sa voiture. La foule s'arrêta elle aussi, l'attendant, et il eut une grimace. Avec tous ces gens, le chauffeur était inutile, et effectivement il vit la voiture s'en aller.

Il tourna le coin. Les lions avaient disparu, ainsi que les portes, mais l'ouverture était au même endroit. Il voulait courir vers l'entrée comme il le faisait jadis, une branche de saule à la main, courir dans les cours, à l'abri des regards inquisiteurs. Mais il se tint droit et longea lentement la muraille, lisant du coin de l'œil les slogans peints en grandes lettres rouges. « Longue vie au parti communiste ! » et « Libérez Taiwan ! »

Enfin il atteignit l'entrée. Mais quand il aperçut l'intérieur il se sentit soudain désorienté, il se demanda si sa mémoire ne lui avait pas joué un tour et s'il ne s'était pas trompé de murs. Car la cour de réception était envahie d'un amas de cahutes tassées les unes contre les autres et remplissant tout l'espace au point qu'on pouvait difficilement passer entre, même en étant maigre.

Pour autant qu'il y eût quelqu'un. Il régnait un silence anormal, comme dans un théâtre vide, les tas de charbon dans les portes et le linge qui pendait faisant partie du décor. Il avança d'un pas et se retourna pour regarder l'entrée. C'était bien celle-là. Et là, sur la troisième pierre à gauche à partir du bas, il y avait le premier caractère de son nom d'écolier. Il n'avait eu le temps que d'en graver un avant d'être surpris par son oncle, Talent Courageux. C'était le dernier nouvel an qu'ils avaient passé ensemble à la maison des Chang, avant que Jade Lustré et Esprit Résolu partent pour les montagnes.

Il avança lentement dans une ruelle étroite qui tournait d'un côté puis de l'autre, comme le sentier d'un labyrinthe.

« *Wei* ? » appela-t-il d'une voix enrouée. « *Wei* ? » Il entendit remuer à l'intérieur des maisons, mais personne ne lui répondit. A un moment il se retourna, mais la foule s'était arrêtée à l'entrée. La solitude qu'il avait souhaitée l'effrayait maintenant qu'il l'avait trouvée, mais il continua, incapable de retrouver la sortie. A un endroit il crut voir un fragment du mur intérieur de la cour de réception, dont le mur du fond était maintenant un entassement de hangars. Et un des bâtiments, plus grand que les autres, était peut-être le hall des Ancêtres, mais il ne restait rien des colonnes rouges, et les persiennes avaient été remplacées par des cloisons percées de fenêtres minuscules.

Puis il passa l'angle d'une construction et sut aussitôt où il était. La porte du Trèfle était désormais l'entrée d'une autre ruelle, mais elle était restée intacte, par miracle, bien que de chaque côté les murs aient disparu. Il marcha lentement, passa dessous et s'arrêta à l'endroit où il s'était caché dans l'ombre, la nuit d'avant qu'ils ne quittent les cours, repensant au passé. Il avait vu Vents d'Août et Lune de Printemps enterrer le coffret en émail, si petit qu'il avait tenu sous la septième dalle de la septième rangée. Souviens-toi du Bouvier et de la Vierge, avait dit Vents d'Août.

Il était sûr que les autres trésors du clan étaient dispersés depuis longtemps. Mais le coffret, c'était différent. Il se demanda un instant si Lune de Printemps l'avait récupéré après la libération, puis fut certain que non. Il était toujours là, sous terre, à l'abri, à l'intérieur des cours.

Il se retourna et chercha des yeux la cour du Cœur Sage. Elle s'était trouvée juste là, devant le jardin du Cyprès, mais il n'y en avait plus trace.

Soudain la peur le reprit. Il entendait encore le cadre lui dire, très naturellement : « Il est bien possible qu'elle soit morte... » Possible qu'elle soit morte. Se pouvait-il seulement qu'il ait voulu croire à sa survie, depuis si longtemps ? Il secoua la tête. Non. Si elle était morte il aurait ressenti cette perte aussi fortement que la perte d'un bras ou d'une jambe.

« *Wei* ? » appela-t-il encore. « Je voudrais un renseignement, s'il vous plaît. » Des bras sortirent et fermèrent les volets.

Ne me connaissez-vous pas ? voulait-il crier. Ne me connaissez-vous pas ? Je suis chinois.

« Allez-vous-en, Démon Étranger ! » cria quelqu'un.

Il fit demi-tour. La porte du Trèfle était pleine de spectateurs. Étaient-ce les mêmes qu'il avait laissés à l'entrée ? Il ne pouvait voir qui avait crié.

« J'habitais ici, dit-il à voix haute. Je cherche ma sœur, elle s'appelle Chang, Lune de Printemps. Sa famille a vécu ici pendant des dizaines de générations. »

La foule ne laissa aucunement paraître qu'elle avait entendu, encore moins compris. Finalement un garçon d'environ douze ans, un foulard rouge autour du cou, sortit de la maison la plus proche. Il avait les cheveux coupés court, comme les marines américains, et se tenait très droit, les mains sur les hanches, avec un air de défi. « La vieille femme ne vit plus ici. C'est nous maintenant. Nous, le prolétariat. Allez-vous-en. Vous n'êtes pas le bienvenu. Vos vêtements sont ceux des étrangers.

— Mais c'était ici le *lao chia* de ma sœur ! »

Le garçon cracha par terre. « *Lao chia* ! » Ce mot, sur ses lèvres, devenait une injure. « Va-t'en, espèce de monstre, fantôme ! »

Désespéré, Promesse Durable se retourna vers la foule des badauds et tira de la poche de sa veste une photo de Lune de Printemps. « L'un de vous connaît-il cette femme ? » Un vieil homme tendit la main. La photo passa de l'un à l'autre et finit par lui revenir. Nul ne semblait la connaître.

« Allez-vous-en, vous tous ! » cria le garçon. Personne ne bougea. « Partez ou j'appelle mon frère. Il est soldat dans l'Armée de libération du peuple ! »

Lentement, la foule commença à se disperser. Le garçon les regarda, implacable, jusqu'à ce que Promesse Durable s'en soit allé, lui aussi, vers la tour de la pagode de l'Encre.

Pourquoi avait-il été persuadé qu'elle serait là où il s'était toujours imaginé la voir ? Ils s'étaient manqués de peu, sans aucun doute, d'un jour, d'une semaine au plus. Autant dire d'une vie entière. Maintenant il n'avait plus qu'à rentrer à l'hôtel et à chercher Jade Lustré ou Esprit Résolu. Ils sauraient où étaient ses cendres.

Mais plus loin, dans une ruelle, hors de portée du garçon, le vieil homme qui avait pris la photo l'attendait. Il lui fit signe de le suivre, tapotant ses lèvres du doigt pour qu'il ne dît rien.

Ce n'était pas très loin, mais ils durent suivre un dédale de ruelles taillées dans ce qui avait été les cours de l'ancienne noblesse. Enfin, dans un endroit si resserré que la lumière du soir y parvenait à peine, l'homme indiqua une porte et s'écarta, se glissa entre deux taudis, disparut.

Promesse Durable regarda autour de lui. Personne en vue. Aucun bruit à part le léger tintement des sonnettes de vélos circulant sur une artère voisine. Il frappa doucement à la porte. « Ma sœur ? chuchota-t-il. Ma sœur ? » Il frappa encore.

La porte s'ouvrit. Une toute petite femme ratatinée, ses cheveux blancs coupés droit sous les oreilles, leva les yeux vers lui. Il ne la reconnut pas jusqu'à ce qu'elle lui prît les mains. « Je t'attendais », dit-elle. Sa voix seule n'avait pas changé. « Je t'attendais », répéta-t-elle, et elle le fit entrer. Il n'était pas grand, mais il baissa instinctivement la tête pour ne pas toucher le plafond.

Ils s'assirent l'un en face de l'autre à une petite table. Elle ne lui avait pas lâché la main et l'examinait en hochant lentement la tête, comme pour se répéter que c'était bien lui. Une fois qu'il était là, qu'il l'avait trouvée, il ne trouvait plus ses mots. Il regardait la pièce, l'air anxieux, et son regard revenait sans cesse à la vieille femme. Il s'était trompé. Ses yeux non plus n'avaient pas changé, ils étaient restés clairs, brillants, même s'ils étaient entourés de rides où se perdaient les larmes.

Rien dans la pièce ne montrait que c'était Lune de Printemps qui vivait là. Pas de livres, pas de rouleaux calligraphiés, pas de photos. Uniquement quelques pots et des boîtes, par terre, un couvre-lit passé, un rideau vert moutarde qui pendait à une ficelle. Les murs, noircis par la fumée d'un petit réchaud à gaz, étaient nus, on n'y voyait qu'une image, un calendrier montrant une fille en short kaki et en sandales qui s'élançait en l'air.

Rien ne montrait que Lune de Printemps vivait là, sinon que chacun de ces objets misérables était d'une propreté exquise et à la place qui convenait. Un unique tube au néon jetait une lumière bleutée.

Et soudain elle se mit à parler, à réciter sans reprendre haleine toute une liste de choses qu'elle voulait lui dire, une liste qui s'était rallongée sans cesse avec les années. Elle parlait de façon décousue comme si elle avait peur, le moment venu enfin de s'épancher, de ne pas avoir le temps de dire tout ce qu'elle avait à raconter. Elle lui parla de Haute Vision et de Brillante Vision, désormais suspects, qui devaient balayer les laboratoires de l'Académie des sciences parce qu'ils avaient étudié à l'étranger; de Nouvelle Destinée, qui était instituteur à la campagne; de ses arrière-petits-enfants, tous les trois volontaires de la commune de la Prodigieuse Récolte, dans le Chinkiang. Elle lui raconta la naissance de la fille de Jasmin d'Hiver, Printemps de Jade, l'arrière-petite-fille qu'elle n'avait jamais vue; et elle lui parla de Vents d'Août qui... elle ne savait pas au juste ce qu'il faisait, mais tout allait bien pour lui.

Puis, d'un seul trait, elle lui demanda des nouvelles de sa famille, de lui-même, examina les photos de Nancy qu'il avait apportées, Nancy à qui elle avait appris le chinois à Chun-king, et de ses enfants — Mary, sa fille, au lycée, et les jumeaux. Elle hochait la tête en souriant et répétait sans arrêt leurs noms. Comme ils ont l'air beau et intelligent ! s'écriait-elle. Quels trésors pour leurs parents !

Elle s'attarda particulièrement sur une photo, celle de Mary parlant en public lors de la remise de son diplôme.

« Cela lui ressemble bien », dit-elle.

Comment le savait-elle ? se demanda-t-il. Lune de Printemps n'avait jamais vu sa fille. Peut-être voyait-elle sa ressemblance avec Jade Lustré, elle aussi.

En pensant à sa nièce, il se rendit compte que Lune de Printemps n'avait pas prononcé son nom. Se pouvait-il qu'elle s'y opposât encore, après toutes ces années ?

« Écoute-moi bien, lui avait-elle dit, en colère. Épouse une étrangère et tu n'auras plus de patrie. Épouse Nancy et tu ne seras plus chinois. »

Tout d'un coup il avait envie de voir Jade Lustré, de lui dire... quoi ? qu'elle avait eu raison ? Peut-être. Il se souvenait de l'avoir vue debout près de Chou En-lai, à la conférence de presse. Elle était venue à Chang-king pour servir d'agent de liaison entre les communistes et les troupes de Tchang après qu'ils eurent formé le Front Uni pour combattre les Japonais. Au début, il ne l'avait pas reconnue. Non plus que Nouvelle Destinée, étudiant à l'époque, n'avait reconnu sa mère, dont il avait pourtant vu des photos. La Longue Marche lui avait marqué le visage, et elle avait l'air presque aussi âgée que Lune de Printemps. Mais elle était toujours aussi grande et mince que lorsqu'elle avait défilé aux premiers rangs de sa première parade et qu'il l'avait observée par une fente des rideaux, furieux de ce qu'elle ne l'ait pas emmené. Il se demanda si elle s'en souviendrait.

« Ma sœur... », commença-t-il, sans aller plus loin.

Lune de Printemps regardait toujours la photo de Mary, et il vit qu'elle avait laissé couler une larme. La peur le prit, une fois encore. Sûrement...

« Et ma nièce ? » dit-il.

Lune de Printemps secoua la tête sans lever les yeux. « Ma fille », murmura-t-elle, et il comprit que Jade Lustré était morte. « Un instant j'ai cru que c'était elle, continua la vieille femme. Mais... » Elle finit par le regarder, les yeux brillants de larmes, mais aucune ne tomba. « Ce n'est pas une histoire facile à raconter. »

Elle reposa soigneusement la photo sur la table. Le silence se prolongeait. Elle prit la bouteille Thermos et leur versa du thé dans les tasses qu'elle avait mises sur la table. Il attendit pendant qu'elle buvait le sien à petites gorgées. Quand elle reprit la parole, ce fut d'une voix assourdie, comme si elle chantait une chanson dans un registre qu'elle ne pouvait plus atteindre.

« Après la libération nous sommes tous restés ensemble — ma fille, Esprit Résolu, Nouvelle Destinée, sa femme et moi. Nous habitions dans la cour du Cœur Sage; le reste de la maison et des terres avait été donné à l'État, parce que ma fille voulait donner le bon exemple. Je n'étais pas contre. Après l'occupation de Sou-Tcheou par les Japonais et la guerre avec le Kuomintang il y avait beaucoup de sans-logis, et comme Pure Vertu et les plus vieux étaient morts, nous n'avions pas besoin de plus.

« On confia à ma fille de hautes responsabilités. Après tout elle avait fait la Longue Marche, était un membre important du parti, et son mari était lui aussi un héros de la Révolution. Nouvelle Destinée et sa femme faisaient la classe. Je suis restée à la maison pour m'occuper de leurs enfants dès qu'ils sont nés.

« Je me suis décidée à m'adapter au changement. J'ai gardé mes doutes pour moi. L'ordre se rétablissait, au bout d'un demi-siècle. Les gens avaient du travail. Il n'y avait plus de mendiants. Plus de bombardements. Et il ne fallait pas une brouette pleine de billets pour acheter une paire de chaussures. Que tout le monde soit pauvre, que nous soyons tous habillés de coton bleu, que la nourriture soit rationnée, que les enfants se moquent de mes lis dorés — cela ne comptait pas. J'avais vécu longtemps et vu beaucoup de choses, voilà que c'était encore autre chose. Cela ne m'étonnait pas que les communistes aient besoin de temps pour voir ce qui marchait et ce qui ne marchait pas. La Chine est vieille, les Chinois sont nombreux. J'espérais que tout irait pour le mieux. Certaines nouveautés ne me plaisaient guère, mais j'avais foi en ma fille... »

Lune de Printemps s'interrompit. Il avait envie de la prendre dans ses bras et de la consoler, mais cela ne se faisait pas. Il resta immobile sur sa chaise.

« Pourtant, reprit-elle comme si de rien n'était, la vie n'était pas sans charme. Quoi qu'il se passât à l'extérieur des cours, à l'intérieur nous étions » — sa voix était retombée jusqu'au murmure —, « à l'intérieur nous n'étions qu'une seule famille, qu'un seul foyer. »

Elle prit une grande bouffée d'air, la retint plus longtemps qu'il ne semblait possible, puis parla d'une voix claire, sans plus murmurer.

« Le travail de ma fille était secret mais très important, et au printemps 1966 Liu Shao-chi l'a emmenée avec lui en mission diplomatique au Pakistan. J'étais tellement fière. J'ai acheté de la soie et je lui ai fait faire une robe couleur lavande ornée de branches de pruniers en fleur.

« A son retour elle m'a donné une photo d'elle prise avec cette robe, en train d'accueillir des dignitaires. Je l'ai mise à mon chevet. »

Elle s'interrompit encore, les yeux fixés sur le lit étroit à l'angle du mur. Il se souvenait vaguement d'avoir lu un rapport sur cette visite, rapport qu'il avait oublié quand la lettre lui était parvenue.

« Vers la fin de l'été j'ai vu le reste de la famille se mettre à chuchoter dans les coins. Souvent ils me demandaient avec un sourire si je n'étais pas fatiguée, si je ne devrais pas me reposer. Mais leurs yeux ne souriaient pas. Les arrière-petits-enfants étaient souvent absents. Esprit Résolu semblait avoir brusquement vieilli. Ses cheveux avaient blanchi. Il m'a dit qu'il dormait mal. Je lui ai reproché de ne pas aller consulter un docteur, mais il m'a dit simplement que ses maux étaient sans remèdes.

« A l'automne Nouvelle Destinée et sa femme n'ont pas retrouvé leurs postes. Ils nous ont dit que toutes les écoles étaient fermées. Mais eux aussi, comme les enfants, restaient souvent absents pendant plusieurs semaines de suite. Les réunions de quartier, où nous étions convoqués chaque fois qu'il y avait quelque chose d'important à discuter, avaient lieu presque tous les soirs. Le cadre nous disait que nous devions balayer "les monstres et les fantômes", les fourriers du capitalisme infiltrés dans le parti, dans le gouvernement, dans l'armée, dans les écoles. Nous restions assis pendant des heures sur des tabourets en bambou, tous en rond, pour étudier les œuvres du président, répétant sans cesse les mêmes passages, comme le plus lent des étudiants. Un jour une voisine paralytique a fait tomber son livre par accident et elle a dû rester dans la position de l'envol, le dos plié en deux et les bras largement écartés comme les ailes d'un avion, jusqu'à ce qu'elle s'évanouisse. Quels que soient mon ennui ou ma fatigue, il fallait que je reste en alerte.

« Ma fille passait tout son temps à écrire. Elle maigrissait. Parfois elle serrait les mâchoires jusqu'à grincer des dents, et en balayant je trouvais les morceaux de papier qu'elle avait déchirés. J'ai d'abord cru qu'elle écrivait un récit de la Longue Marche. Plus tard j'ai compris qu'elle faisait et refaisait sans cesse son autocritique pour le parti. »

Lune de Printemps avala sa salive. Elle porta lentement sa tasse à ses lèvres. Les gouttes tombaient maintenant sans interruption et venaient tacher sa veste en coton bleu. Elle avait les mains qui tremblaient.

Promesse Durable avait lu de nombreuses histoires de ce genre, reconstituées par des réfugiés qui avaient nagé jusqu'à Hong Kong dans une mer infestée de requins pour échapper à une persécution que la plupart ne comprenaient pas. Le propriétaire d'un chat qui avait brûlé par accident s'était accusé lui-même d'avoir attaqué le président, parce que « Mao est l'homonyme de chat ».

Qu'avait pu trouver Jade Lustré pour faire son autocritique, elle qui avait marché avec Mao ? Avait-elle eu elle aussi un chat qui miaulait trop fort ? Mais Lune de Printemps continuait.

« Un matin que toute la famille était là, une douzaine de Gardes Rouges ont fait irruption dans la pièce où nous prenions le petit déjeuner. "Comment osez-vous ?" ai-je crié, mais Jade Lustré m'a fait rasseoir et j'ai compris que je ne devais plus faire un geste ni dire un mot. Même Jasmin d'Hiver, Garde Rouge elle aussi, restait assise sans bouger.

« Ils ont fracassé un cheval Tang que j'avais acheté pour m'en rappeler un autre... » Elle hésita. « Ils ont brûlé des livres dans le poêle, et les souvenirs que je gardais dans mon coffret brodé... »

Ses mains tremblaient de plus en plus fort. Elle prit un mouchoir dans sa poche et l'appliqua contre ses yeux. Il eut à nouveau envie de la consoler, tout au moins de lui prendre la main. Au lieu de quoi il ferma les yeux pour ne pas la gêner, la revoyant comme il l'avait vue jadis dans l'avion, lui souriant, cramponnée au seul bien sans lequel elle ne se déplaçait pas.

Il se demanda s'il devait interrompre son récit, mais quand elle se remit à parler ce fut d'une façon impersonnelle, du ton qu'elle avait quand il était petit pour lui raconter les exploits cruels des empereurs, des dieux et des mortels les plus endurcis.

« Ces gosses ont crié pendant des heures en crachant, en agitant leurs poings, ils ont peint sur les fenêtres et les murs et les portes les mots Révisionnistes, Contre-Révolutionnaires, et Admirateurs des Quatre Vieilleries et Ennemis du Peuple !

« A peine le dernier sorti, ils sont tous revenus. Une grosse fille, brandissant des ciseaux, m'a ordonné de me lever. Esprit Résolu a protesté. Trois filles l'ont frappé par derrière avec des tubes d'acier. Il est tombé. Je me suis levée tout de suite.

« La grosse m'a arraché mon épingle en or et défait mon chignon. Les tresses qui n'avaient jamais été coupées ont été jetées par la fenêtre. Ensuite, fatigués de jouer, les gosses sont partis en riant et en se pavanant.

« Même quand nous sommes restés seuls, personne n'a rien dit, comme si nous sentions que nos paroles seraient des haches qu'on pourrait un jour retourner contre nous. Nous avons soigné Esprit Résolu. Les coups l'avaient rendu si petit, si petit.

« Après cela, jusqu'à la tombée de la nuit, ma fille m'a caressé les cheveux sans un mot, sans une larme... »

Sa voix se perdit.

Il attendit. L'histoire n'était pas finie, il le savait.

On entendit dehors le bruit de l'eau éclaboussant les pavés, des voix étouffées, une porte qui se fermait.

« Le premier jour de la dixième lune ma fille et son mari ont été arrêtés. Personne n'a demandé pourquoi ni où ils allaient ni quand ils reviendraient. Plus tard j'ai appris que les Gardes Rouges les avaient amenés dans une réunion de masse et les avaient accusés de travailler contre la révolution. La preuve en fut affichée : ce cadre avait porté une robe couleur lavande. La photo le prouvait. Et un homme de Cendres Savantes, comme si cela expliquait tout. Il en avait déjà entendu parler. impérialiste. »

Elle s'arrêta une fois de plus, répétant le nom du village, Cendres Savantes, comme si cela expliquait tout. Il en avait déja entendu parler.

« Cendres Savantes ? demanda-t-il.

— Oui, un petit village du Nord où, il y a de nombreuses années, une dette est restée impayée, où... »

Ses paroles devinrent incompréhensibles, destinées à elle seule. Il attendit, craignant de la déranger. Finalement elle prononça clairement le nom de sa fille et reprit son récit d'une voix ferme, assemblant ses phrases lentement, avec effort.

« Jade Lustré et Esprit Résolu ont refusé de se confesser ou de se mettre à genoux, réaffirmant sans cesse leur loyauté envers le parti. Ils sont restés emprisonnés, semaine après semaine, soumis à des interrogatoires, écrivant des justifications.

« Un jour, contre l'avis de tout le monde, je suis allée à la prison pour leur demander de reconsidérer leur attitude obstinée. Il n'y avait pas d'autre moyen d'y entrer.

« Sous la surveillance des gardes je me suis assise à une table en face de ma fille et de son mari, pour leur lire les paroles du président. “Tous nos cadres, quel que soit leur rang, sont des serviteurs du peuple, et tout ce que nous faisons est fait pour servir le peuple. Comment pourrions-nous alors hésiter à nous débarrasser de nos particularités nuisibles ?”

« Je lisais, je lisais. “Tout acte, toute parole, toute politique doit se conformer à l'intérêt du peuple, et s'il y a des fautes il faut les corriger — voilà ce que signifie la responsabilité envers le peuple.” J'ai lu encore une page.

« Mes yeux sont restés secs. Trop de larmes, trop longtemps retenues, s'étaient changées en pierre.

« Quand ce fut le moment de partir, je les ai suppliés de céder. “Cède, ma fille, tu dois céder”, ai-je dit, mais elle s'est contentée de sourire.

« Ils ont eu la précaution d'attendre quelques minutes après minuit, le vingt-sept décembre, pour que leurs suicides ne coïncident pas avec l'anniversaire du président et n'attirent pas d'ennuis à la famille. Je n'ai jamais vu leurs corps. »

Elle plia très soigneusement son mouchoir, coin après coin, et le remit proprement dans sa poche. Puis, relevant les yeux, elle ajouta : « Par la suite je suis restée seule dans les cours. Mais je ne pouvais plus habiter là. Le fantôme de ma fille venait pleurer la nuit. Puisqu'elle n'était plus là, la chaîne était brisée. Après tout, ce que la Vieille Dame avait prédit n'était pas mon destin. »

Le lendemain soir, assise à sa table, Lune de Printemps contempla la petite pièce qui lui servait de maison depuis cinq ans et se dit qu'elle lui voyait pour la première fois une atmosphère de fête. Il n'y avait pas de lanternes en soie rouge, de chevaux Tang ni de chaises en bois de rose. Pas de conteurs aveugles, de musiciens ou d'acrobates. Mais il y avait à sa gauche l'homme qui était son fils, même s'il n'en savait rien, et à sa droite l'homme qui aurait pu être son gendre si... elle secoua la tête. Pas de si. Pas ce soir.

Elle brisa la cire qui scellait la bouteille de *mao tai* et remplit le verre de Vents d'Août, confortablement installé, qui tirait sur sa cigarette. Il était de nouveau grassouillet, comme lorsqu'il était petit, mais son costume Mao en drap gris venait d'un bon faiseur et il dépassait de sa poche de poitrine un faisceau impressionnant de crayons à bille, les insignes de ses talents uniques. « Comment avez-vous fait ? » demanda-t-elle.

Il répondit d'un sourire, qui lui creusa le visage de mille fossettes, et d'un haussement d'épaules magnanime.

Il ne le dira pas, pensa-t-elle. Ne dira jamais rien, comme avant. Mais elle était aussi excitée qu'à seize ans, au moment de son mariage, et elle le cajola pour lui arracher son secret tout en remplissant le verre de Promesse Durable et le sien d'un alcool incolore.

« Oui, Vents d'Août, comment avez-vous pu réussir tout cela ? » Promesse Durable ajoutait sa voix persuasive à la sienne, désignant l'une après l'autre des petites assiettes où s'entassaient des crevettes, du porc, du poulet, du poisson et du bœuf. « D'après ce que m'a dit ma sœur, il y a là plus de viande qu'une famille ne peut se permettre d'en acheter en un mois. Je ne serais pas surpris que le dîner de ce soir coûte son poids de *ren min bi* !

— Ah ! mon oncle du pays des brasseurs d'affaires, vous ne voyez pas que l'argent n'est rien dans un pays socialiste, proclama Vents d'Août.

— Pourtant... » — Lune de Printemps jeta un coup d'œil à droite et à gauche avant de chuchoter — « pourtant les coupons alimentaires coûtent plus cher qu'un passeport pour l'immortalité ! »

Ils rirent.

« Vraiment ce n'est rien, rien du tout. » Vents d'Août soupira. « Le ciel peut s'écrouler, la terre se volatiliser, mais les gens ne changent pas. Et moi... » — il se tapota le nez du bout du doigt... — « j'ai le don de dénicher les gens qu'il faut en toutes circonstances. » Il leva son verre et cria : « Au peuple !

— Au peuple !

— Au peuple ! »

Une fois les verres vidés, le silence revint, un calme aussi doux et chaleureux que le vin.

Les pensées de Lune de Printemps ricochaient comme un caillou sur les années qu'ils avaient vécues ensemble, sur des scènes disparues de sa mémoire jusqu'à ce soir... Assise entre ces deux-là à l'hôtel où ils avaient passé leurs premières semaines à Hong Kong, lisant tout haut la lettre de Pure Vertu où elle leur disait comment elle avait simulé la folie pour échapper à ceux qui auraient pu s'attaquer à elle ou la déloger de la maison des Chang... Nouvelle Destinée arrivant en courant avec le journal qui annonçait la création du Front Uni entre le Kuomintang et les communistes : « Grand-mère, Grand-mère, maintenant nous pouvons rentrer en Chine, nous pouvons rentrer chez nous ! »... Noble Talent en uniforme, le jour où il les avait quittés. Elle savait déjà que Jeune Oncle ne rentrerait pas de cette guerre. Pourtant il avait l'air si heureux, et ne cessait d'ouvrir et de fermer son poing. « Mon arthrite a disparu, proclamait-il. C'est grâce aux Japonais, et au fait que je suis redevenu un soldat ! ...» Promesse Durable lui montrant timidement la dédicace de son premier livre, *Le Retour de l'étudiant*. « A ma sœur, Lune de Printemps », était-il écrit, « et à mon oncle, Talent Courageux, qui fut parmi les premiers à partir à l'aventure et à revenir... » Vents d'Août entouré par une troupe de jeunes cireurs faisant reluire le blouson en cuir qu'il portait à l'époque où ce genre de vêtement, l'uniforme des Tigres Volants américains, était recherché par tous les non-combattants. Il n'oubliait jamais, aux pires moments, de réciter l'homélie convenant à l'occasion et de donner des pourboires gigantesques.

« Combien de fortunes avez-vous gagnées et perdues, Vents d'Août, pendant que nous étions à Hong Kong ? » demanda-t-elle tout en s'étonnant de s'entendre penser à haute voix.

Ils essayèrent de s'en souvenir, comptant sur leurs doigts en choisissant des morceaux avec leurs baguettes, riant chaque fois qu'ils donnaient des versions différentes de ce qui s'était passé.

Lorsque Promesse Durable donna son point de vue sur la débâcle du soja, Vents d'Août baissa la tête pour montrer sa honte. « Et dire que j'ai pris leur argent aux veuves ! »

Promesse Durable se pencha pour lui taper dans le dos. « Mais c'était votre argent. De l'argent que les femmes recyclaient entre elles depuis des années aux tables de mah-jong !

— De plus, ajouta Lune de Printemps, vous leur avez donné des actions en échange ! »

Il rougit.

Ainsi elles ne valaient vraiment rien ! pensa-t-elle, mais elle se précipita à son secours. « Je me souviens que Seconde Grand-tante a refusé de parler à Mère pendant toute une semaine. Ni bonjour ni bonsoir. Cela parce que Mère avait gagné au mah-jong le soir où vous aviez annoncé une baisse des actions, et que le lendemain vous avez annoncé une scission ! »

Et tous éclatèrent de rire, plus encore qu'avant.

« Chhhut ! fit-elle en montrant les murs et la porte. Arrêtez. J'en ai mal à la bouche. Arrêtons. » Peu à peu ils se calmèrent et reportèrent leur attention sur le festin.

Si je meurs ce soir, se dit-elle, je mourrai heureuse. Mon fils, qui a le nom de mon premier amour et le visage du second, est près de moi. Peu importe maintenant que jamais il ne me dise « Mère ». Ce qui compte c'est qu'il a réussi.

Promesse Durable remplit une fois de plus leurs verres et dit : « Vous souvenez-vous de nos jeux, à Chung-king avec Nouvelle Destinée ?

— Comment aurais-je pu oublier ? » Vents d'Août retourna ses poches. « Des pertes, rien que des pertes ! »

Lune de Printemps soupira. « C'était la première fois de ma vie que je jouais au mah-jong ! Quel âge avais-je ? Soixante ans ?

— Et personne n'a jamais joué de façon aussi impitoyable. » Vents d'Août la menaçait d'un index accusateur. « Vous n'aviez jamais moins d'un dragon complet dans votre jeu. »

Oui, se dit-elle. Oui, c'était vrai. « Qu'ils nous bombardent ! avait-elle déclaré. Je ne m'enfuirai plus. Fini de courir, j'ai déjà fait des milliers de *li* ! » Après tout, les enjeux seraient les mêmes, à une table ou dans la cave. Comme elle ne voulait pas aller s'abriter, les hommes étaient restés avec elle. Tous rideaux tirés, ils avaient joué au mah-jong pendant les raids aériens, à la lumière des bougies.

Elle leva son verre et porta un toast : « Aux dragons !

— Oui, buvons ! » crièrent les hommes en vidant leurs verres que Vents d'Août remplit aussitôt.

Tout aussi vite elle leva une deuxième fois le bras : « A la vie !

— A la vie !

— A la vie ! »

Après le repas Promesse Durable offrit un cigare à Vents d'Août et les deux hommes fumèrent en silence pendant que Lune de Printemps débarrassait la table, mettant les restes dans une boîte qu'elle rangea sur la fenêtre. Elle ne se pressait pas, prétendant que cette nuit n'était pas un rêve, mais une nuit comme les autres. Une nuit parmi d'autres, non pas une occasion unique.

Ce ne fut que lorsque le thé eut infusé et qu'elle leur en eut servi à chacun une tasse que Promesse Durable rompit le silence en demandant : « Vents d'Août, comment se fait-il que le communisme semble vous agréer ?

— Ah ! » Il se redressa, les yeux pétillants. « Mais je n'ai jamais été en danger. Ne voyez-vous pas que je suis un de ceux qui sont indispensables à la révolution ? Marx, Lénine, Staline et Mao ont tous garanti ma longévité. Vous devez bien comprendre qu'il faut que moi, le capitaliste, le bourgeois, je survive, car où irait la lutte des classes, sans ennemi de classe ?

— En théorie, peut-être, mais...

— Promesse Durable, laissez-moi vous expliquer, dit Lune de Printemps en reposant sa tasse et en approchant sa chaise de la table. Quand tout le monde a jeté son or et ses bijoux dans la rivière de peur d'être stigmatisé comme ennemi du peuple, Vents d'Août a caché ses objets de valeur dans les œuvres du Grand Timonier ou derrière les portraits de Mao dont il avait couvert tous les murs de sa chambre. Et pour être sûr que personne n'y viendrait voir de trop près, il a parfumé la chambre avec des excréments. Il y en a eu peu pour avoir le courage d'entrer, encore moins celui de fouiller ses affaires. Et comme les plus zélés étaient les filles, il passait ses journées assis, sans le moindre vêtement, à les attendre...

— Vous auriez bien ri de me voir là-bas, vêtu d'une cigarette ! » Il s'esclaffa, et tous les trois se mirent à rire et à glousser. Comme s'ils chantaient en rond, dès que l'un s'arrêtait, un autre recommençait.

Promesse Durable fut le premier à se contrôler. « Mais pourquoi..., dit-il en essuyant ses larmes,... pourquoi les autres n'en ont-ils pas fait autant ? »

Le jeu prit fin brusquement. Vents d'Août avait un visage désolé. En le voyant, Lune de Printemps repensa au printemps où il était venu faire la cour à sa fille dans sa Pierce Arrow, le jour de la course des bateaux dragons. Impulsivement elle tendit le bras pour lui prendre la main.

« Les autres ? dit Vents d'Août d'un ton amer. Les autres y croyaient, et parce qu'ils croyaient... » Soudain il retrouva son sourire, un peu trop vite, et secoua la tête. « Je ne sais pas. » Puis il continua, en se tapotant amoureusement le ventre. « Comme je ne comprends pas pourquoi les gens ont peur d'acheter au marché noir. Chaque fois, après avoir bien mangé, je me dénonce consciencieusement aux autorités. Que peut-on me faire qu'on ne m'ait pas déjà fait ? Ce sont eux qui ont lancé l'idée que tous les bourgeois sont corrompus et succombent aisément à leurs mauvais penchants ! »

Corrompus ? Sûrement, se dit Lune de Printemps. Mais comme ami, c'est un excellent ami.

Elle les regarda tour à tour, pensant qu'il était tard, qu'il était presque l'heure où Vents d'Août devrait raccompagner Promesse Durable à son hôtel. « Je n'avais jamais rêvé, dit-elle doucement sans pouvoir empêcher sa voix de trembler, je n'avais jamais rêvé de pouvoir vivre une nuit comme celle-ci ! »

Ses yeux se remplirent de larmes et elle secoua la tête pour les empêcher de couler. Vents d'Août se pencha et lui chuchota : « Ma tante... » Il hésita, les yeux soudain humides. « Ma tante, vous êtes indestructible. Vous verrez sûrement beaucoup d'autres rêves se réaliser. »

Elle secoua la tête. « Non, ce n'est pas vrai. Les mortels doivent s'estimer satisfaits, pour ne pas provoquer la jalousie des dieux. »

Elle leur prit la main et ils restèrent longtemps assis tous les trois sans rien dire. Puis Lune de Printemps tendit le bras et raplatit l'épi de son fils, repensant à l'enfant avec ses chaussures à face de tigre, tâchant de s'imaginer son arrière-arrière-petite-fille, Printemps de Jade, une paysanne comme l'était jadis Promesse Durable.

« Si seulement...

— Si seulement quoi, ma tante ?

— Oh ! c'est impossible !

— Ma sœur, nous sommes tous les trois trop vieux pour croire qu'il y a quelque chose d'impossible. Dites-nous, si seulement quoi ?

— Si seulement ils pouvaient venir ici — tous les autres, ici à Sou-Tcheou — pour une semaine, même pour une heure.

— Les autres ? »

Elle hocha la tête en refoulant ses larmes.

Promesse Durable détourna les yeux, regardant le calendrier et la fille qui bondissait, mais Vents d'Août se releva brusquement, alluma une autre cigarette, prit une grande bouffée et se mit à marcher de long en large, s'interrompant de temps en temps comme pour réfléchir. « Ce n'est peut-être pas impossible... Avec un Sino-Américain aussi distingué venu nous rendre visite... on pourrait peut-être arranger ça. » Il se mit à hocher la tête en souriant. « Je sens que ce soir la chance est avec moi. Tantine, ne t'inquiète pas. Laisse-moi m'occuper de tout. » Puis il s'inclina avec un grand geste du bras devant son cadet et proclama : « Oncle estimable, oncle honorable, allons-y ! »

Lune de Printemps les accompagna jusqu'à la porte et les regarda disparaître dans la nuit. Elle entendit leurs rires jusqu'à ce qu'elle ait fermé la porte.

Sur une pente douce aux environs de Sou-Tcheou, les mauvaises herbes avaient poussé, les tombes étaient abandonnées, leurs pierres brisées, éparpillées.

Les membres du clan étaient venus d'au-delà des mers, de la campagne, des régions frontalières. Ce jour-là l'herbe était verte et le vent caressant.

Les cinq générations étaient debout côte à côte.

La mère regarda son fils, puis commença. « Honorables Ancêtres, nous sommes enfin venus... »

Après la fin des cérémonies, Lune de Printemps alla s'asseoir sous un jeune cyprès qui abritait le cimetière du soleil de midi. Elle attendit que sa famille se soit rassemblée autour d'elle pour leur raconter l'histoire qu'ils lui avaient demandée. Une histoire qui n'était pas nouvelle. Tous la lui avaient déjà entendu raconter, sauf la plus jeune, son arrière-arrière-petite-fille. Elle commencerait par le commencement, par Pan Koo.

On entendit au loin le tintement léger des cloches de bronze. Elle ferma les yeux pour écouter, plongée dans ses souvenirs, revoyant les hommes de la maison des Chang passer devant elle pour escalader lentement, dignement, la colline. Ils portaient des bonnets noirs et des robes en satin doublées de fourrure, les femmes et les enfants avaient des vestes fourrées, des chemises rouges brodées, et des serre-tête en velours incrustés de perles et de jade. Chacun portait une petite chaufferette en cuivre remplie de charbons ardents

Ouvrant les yeux, Lune de Printemps tendit le bras et prit la main de l'enfant.

Postface de l'auteur

Le 3 novembre 1938, ma mère a eu deux choses importantes à faire. La première a été d'envoyer un télégramme à mon père dans le Hunan pour annoncer ma venue au monde. La seconde, d'envoyer chercher Whai Kung, mon grand-père maternel, pour qu'il prédise mon avenir.

Whai Kung n'était pas seulement guérisseur par les plantes, poète et calligraphe, il pratiquait aussi l'art de la prophétie. Il étudia soigneusement les lignes de mes mains, l'endroit situé entre mes sourcils, la longueur des lobes de mes oreilles, les bosses de mon crâne et l'emplacement général de mes traits sur mon visage. Il consulta également des cartes et des calendriers célestes, notant que j'étais née à 3 h du matin pendant l'année du tigre. L'heure exacte était cruciale, car c'est à ce moment-là seulement que l'essence du tigre est à son zénith. De plus ma mère aussi était née l'année du tigre. Et enfin j'étais née le même jour que mon père et son propre père.

Finalement, lorsqu'il eut fini ses calculs, voici ce qu'annonça Whai Kung : « Fille Aînée, je n'ai jamais vu tant d'heureux présages dans un si petit enfant. Elle aura une vie pleine, un esprit vigoureux. Vous n'avez absolument rien à craindre. Ce bébé fera une traversée splendide. »

Je me souviens à peine de Whai Kung, mais sa prophétie me rassure et me réconforte tous les jours de l'année. Même à mes rares moments de dépression je rebondis bien vite, de colère et d'indignation, pour rappeler sa promesse au destin. Je ne sais pas exactement pourquoi ces paroles de mon grand-père ont protégé ma traversée. Comme la plupart des Chinois, je suis fondamentalement fataliste — trop sophistiquée pour être religieuse et trop superstitieuse pour renier les dieux. Pourtant, à un certain moment j'ai été ensorcelée par la magie du Tao jusqu'à croire que les prédictions de mon grand-père étaient plus qu'un rituel accompli pour plaire à sa fille aînée. Et, pour l'instant, c'est ainsi.

Mon dernier bonheur a été de pouvoir achever un cycle entier de mon destin durant le printemps et l'été de ma vie. Il a commencé avec ma naissance en Chine, s'est poursuivi en Amérique, où je suis maintenant chez moi, et a culminé avec un retour des plus propices au pays de mes ancêtres.

Les dieux m'ont sagement fait attendre vingt-sept ans ce retour. A l'âge de trente-cinq ans je voyais la vie des deux côtés : j'étais une mère et une fille, une Chinoise et une Américaine, je faisais partie des jeunes et des aînés, j'étais un individu et un membre du clan, je m'intéressais autant à l'histoire qu'aux rêves, je ne croyais plus que la vie n'avait pas de limites ni que la mortalité n'était qu'un mot. A ce moment où ma coupe était à moitié vide et à moitié pleine, j'étais prête à m'intégrer au paysage chinois. Alors j'ai appris l'histoire de mes ancêtres et j'ai vu la vie de mes parents — la vie que j'aurais pu avoir.

L'âme de *Lune de Printemps* revit dans ce voyage — dépassant les manchettes des journaux, les slogans communistes, les valeurs occidentales, le fossé culturel, l'isolement politique et la barrière du langage pour atteindre le cœur et l'esprit de mon clan. Ses membres vivent dans toute la Chine, de Changhai à Sian. Ce sont des nouveau-nés, des vieillards, des héros du mouvement communiste et des martyrs de la révolution culturelle, des balayeurs et des vice-présidents, des humbles et des triomphants... des vivants et des morts.

Avant j'étais très triste d'avoir manqué Whai Kung d'à peine trois ans. Mais peut-être, si nos mains s'étaient réellement touchées, si nos cœurs s'étaient rejoints à mon retour au pays, un tel bonheur aurait rendu les dieux fous de jalousie. Rien ne les aurait empêchés d'exercer une terrible vengeance. Mais cette scène n'a pas eu lieu, et les dieux jaloux ont été endormis par le silence de nos retrouvailles.

Whai Kung dort sous terre près de Sou-Tcheou. Il a des montagnes pour l'abriter du vent, de vertes campagnes pour reposer son regard, l'ombre d'un bosquet de bambous, le calme du vaste lac Tai Hu, et la brume chantante au-dessus de l'horizon. Et il a un nom. Il est gravé de neuf dans la pierre. Cet homme est né, il a grandi et il est mort. La pierre ne sera pas enfouie par les labours ni brisée, ni abandonnée, ni emportée au loin. Elle restera. Elle durera. Pour mon grand-père. Pour nous. Pour mes racines chinoises. De sorte qu'un jour, quand les enfants de mes enfants et leurs propres enfants, qui ne parleront pas chinois, verront des Chinois ou iront en Chine rendre visite à cet ancêtre solitaire, ils se sentiront chinois, comme moi-même ce jour-là devant sa tombe.

Puis je me suis prosternée trois fois. J'ai laissé les chrysanthèmes et j'ai emporté la sérénité, pour ma mère.

La prophétie de Whai Kung est toujours vraie.

Bette Bao Lord
New York
1981

Chronologie

Les dynasties

Période légendaire		
Dynastie des Hsia	c. 1990-1557 av. J.-C.	
Dynastie des Shang	c. 1557-1050 av. J.-C.	
Dynastie des Chou	1050-221 av. J.-C.	Époque féodale
Début des Chou	1050-722 av. J.-C.	
Printemps et Automne des Chou	770-476 av. J.-C.	Confucius enseigne la philosophie
Guerre entre les États	475-221 av. J.-C.	Vie de Lao Tseu ?
Dynastie des Ch'in	221-207 av. J.-C.	Unification de la Chine par l'empereur Ch'in Shih H'uang Ti. Construction de la Grande Muraille.
Dynastie des Han	206 av. J.-C. 220 apr. J.-C.	Modèle des dynasties suivantes
Les Trois Royaumes	221-265	
Dynastie des Tsin de l'Ouest	265-316	
Dynastie des Tsin de l'Est	317-420	
Dynasties du Sud et du Nord	420-589	
Dynastie des Sui	589-618	Construction du Grand Canal
Dynastie des Tang	618-907	Age d'or de la poésie
Les Cinq Dynasties	907-960	
Dynastie des Song	960-1127	Haute époque de la peinture
Séparation des dynasties Nord et Sud	1127-1279	
Dynastie des Yuan (non chinoise, mongole)	1271-1368	Voyage de Marco Polo en Chine
Dynastie des Ming	1368-1644	
Dynastie des Ch'ing (non chinoise, mandchoue)	1644-1911	

Histoire moderne

1757	La Chine restreint tout le commerce étranger à Canton, impose des restrictions aux étrangers.
1839	La Chine tente de mettre fin au trafic de l'opium par les Anglais en brûlant la drogue, ce qui conduit à la guerre de l'Opium.
1842	La Chine perd la guerre et signe le traité de Nankin, premier des traités inégaux, qui ouvre cinq ports au commerce étranger et aux privilèges.
1850-1864	Révolte des Taiping conduite par un mystique, Hung Hsiu-ch'uan, fortement influencé par le christianisme.
1894	Le docteur Sun Yat-sen organise la première de ses sociétés secrètes antimandchoues.
1894-1895	Guerre sino-japonaise, conclue par le traité de Shimonoseki.
1898	Les Cent Jours de Réforme sont proclamés par l'empereur Kuang Hsu et abrogés par l'impératrice douairière — sa tante, la concubine de l'empereur Hsien-feng — qui le fait emprisonner.
1900	Révolte des Boxers : les membres de la Société des Poings Harmonieux attaquent étrangers et convertis, font le siège des légations étrangères. L'impératrice douairière et la Cour s'enfuient devant l'expédition punitive internationale.
1902	La Cour revient à Pékin. L'impératrice lance d'importantes réformes.
1904-1905	Guerre russo-japonaise.
1908	Mort de l'empereur Kuang Hsu, précédant d'une journée celle de l'impératrice douairière. P'u-i, âgé de deux ans, devient empereur, le prince Ch'un, un réactionnaire, est nommé régent.
1911	Début de la révolution chinoise. Sun Yat-sen élu président des Provinces unies de la Chine, partisan d'un gouvernement parlementaire.
1912	Abdication de l'empereur enfant. Les factions opposent le Nord au Sud. Sun Yat-sen démissionne pour réunifier le pays, permettant à Yuan Shikai d'être élu président provisoire de la République chinoise par l'Assemblée nationale.

1913 Yuan élimine les membres du Kuomintang du Parlement élu et ignore l'Assemblée nationale.
Échec dans les provinces du Sud de la « seconde révolution » de Sun Yat-sen.

1915 Le Japon présente ses vingt et une demandes de concessions, y compris des droits spéciaux dans le Shantong, des baux de quatre-vingt-dix-neuf ans en Mandchourie, des participations dans les industries du fer et de l'acier, la promesse qu'aucun endroit de la côte chinoise ne serait cédé à une puissance étrangère, la nomination de conseillers japonais pour les questions économiques, politiques et militaires. Yuan, secrètement, en accepte une partie.
Il accepte également le trône impérial.

1916 La mort de Shikai fait surgir des seigneurs de guerre. Scission entre les gouvernements de Pékin, au nord, et de Canton, au sud.

1917 La Chine entre dans la Première Guerre mondiale dans le camp des Alliés — l'Angleterre, la France, le Japon et les États-Unis.

1919 La Chine refuse de signer le traité de Versailles, qui accorde des territoires aux Allemands en Chine et au Japon.
Les étudiants lancent le Mouvement du 4 mai (jour de la honte nationale) pour protester contre le traité.

1920-1926 Guerre civile entre les seigneurs de la guerre, grèves.

1921 Parti communiste chinois fondé à Changhai.

1923 Des conseillers soviétiques aident à réorganiser le Kuomintang, qui comprend désormais des membres du parti communiste.

1924 Chiang Kai-shek dirige la nouvelle Académie militaire de Huang-p'u, aidé par Chou En-lai, directeur politique.

1925 Mort de Sun Yat-sen, père de la République.

1926 Expédition du Nord pour réunifier la Chine, conduite par Chiang Kai-shek et l'Armée révolutionnaire du peuple avec la participation des communistes.

1927 Scission entre le Kuomintang et les communistes.

1930-1935 « Campagne d'annihilation » contre le communisme menée par Chiang Kai-shek dans les provinces du Hunan et du Kiang-si.

1934-1935 Longue Marche des communistes qui échappent à Chang et se retirent dans le sanctuaire du Yen-an, au nord-ouest.

1932 Le Japon occupe la Mandchourie et installe l'ex-empereur P'u-i comme régent du « Mandchukuo ».

1937 Le Kuomintang et les communistes forment le Front uni contre le Japon.

1937-1945 Guerre sino-japonaise.

1938 Canton et Hankou tombent aux mains des Japonais.

1940 Le Japon installe un gouvernement fantoche à Nankin.

1941 Le Japon bombarde Pearl Harbor, les États-Unis entrent dans la Seconde Guerre mondiale.

1943 Le Front uni échoue, la guerre civile reprend.

1945 Le Japon capitule.

1949 Les communistes dominent la Chine continentale, Chiang Kai-shek se retire à Formose.

1950-1953	Mouvement des Cent Fleurs lancé par les dirigeants communistes pour s'assurer la coopération des intellectuels.
1957	Fin du Mouvement des Cent Fleurs, les intellectuels sont à nouveau suspects.
1958	Grand Bond en avant : « vingt ans en un jour ».
1958-1959	Séparation d'avec la Russie.
1959	Liu Shao-chi nommé président.
1966-1968	Début de la Révolution Culturelle qui bouleverse toute la Chine. Liu Sha-chi dénoncé comme contre-révolutionnaire.
1969	Escarmouches entre Russes et Chinois sur le fleuve Oussouri. Lin Piao désigné comme l'héritier politique de Mao Tse-tung.
1970	Mao Tse-tung critique Lin Piao.
1971	Henry Kissinger fait en secret une visite à Pékin. La République populaire de Chine est admise aux Nations unies à la place de Formose. Lin Piao s'enfuit, il se tue dans un accident d'avion.
1972	Visite du président Nixon en Chine. Campagne anti-Confucius.
1973	Teng Hsiao-ping, expulsé en 1967, redevient vice-Premier ministre.
1974	25e anniversaire de la République populaire célébré en l'absence de Mao et de Chou.
1975	Teng Hsiao-ping nommé vice-président du Comité central et chef d'état-major de l'armée.
1976	Mort du Premier ministre Chou En-lai. Teng Hsiao-ping, critiqué par Mao, victime d'une seconde purge. Violent tremblement de terre dans le Tangshan. Mort de Mao Tse-tung. Les dirigeants de la Révolution Culturelle, qu'on appelle la Bande des Quatre, sont arrêtés. Hua Kuo-feng est nommé président du parti communiste chinois.
1977	Le gouvernement lève l'interdit sur Beethoven et Shakespeare. Teng Hsiao-ping nommé à nouveau membre du bureau politique. L'héritage de Mao Tse-tung est critiqué.
1981	Hua Kuo-feng est rétrogradé au rang de vice-président. Un protégé de Teng Hsiao-ping, Hu Yaobang, est nommé président du parti communiste chinois.

Table

PHÉNIX DE JADE

LES SEMAILLES DE L'AUBE

La composition
et l'impression de ce livre ont été effectuées
par l'Imprimerie Aubin à Ligugé
pour les Éditions Albin Michel

AM

Achevé d'imprimer le 6 septembre 1983
N° d'édition 8091 - N° d'impression L 15909
Dépôt légal octobre 1983

Imprimé en France